THE
COMMUNIST

红色的起点

叶永烈 著

人民文学出版社

图书在版编目(CIP)数据

红色的起点/叶永烈著.—北京：人民文学出版社，2020（2021.3重印）
ISBN 978-7-02-016262-8

Ⅰ.①红… Ⅱ.①叶… Ⅲ.①纪实文学—中国—当代 Ⅳ.①I25

中国版本图书馆CIP数据核字(2020)第072419号

责任编辑	刘　伟　温　淳
装帧设计	刘　远
责任印制	徐　冉

出版发行	人民文学出版社
社　　址	北京市朝内大街166号
邮政编码	100705
网　　址	http://www.rw-cn.com

| 印　　刷 | 北京新华印刷有限公司 |
| 经　　销 | 全国新华书店等 |

字　　数	464千字
开　　本	787毫米×1092毫米　1/16
印　　张	34.25　插页2
印　　数	10001—30000
版　　次	2020年7月北京第1版
印　　次	2021年3月第2次印刷

| 书　　号 | 978-7-02-016262-8 |
| 定　　价 | 99.00元 |

如有印装质量问题，请与本社图书销售中心调换。电话：010-65233595

红色的起点

目录

小引：不忘初心　牢记使命 / 001
总序：关于"红色三部曲" / 002
《红色的起点》序 / 006

001
序章·追寻

红色"福尔摩斯"出了好点子 / 002
《往矣集》记述了如烟往事 / 006
"恒昌福面坊"原来是块宝地 / 011
毛泽东、董必武投来关注的目光 / 016
美国发现中共一大文献 / 026
在苏联找到了俄文稿 / 032

037
第一章·前奏

出现在奥地利的神秘人物 / 038
列宁委派他前往中国 / 044
"马客士"和"里林"名震华夏 / 051
《新青年》"一枝独秀" / 058
蔡元培"三顾茅庐" / 063
群贤毕至北京大学 / 067
初出茅庐的"二十八画生" / 074
大总统的午宴被"五四"呐喊声淹没 / 078
"新世界"游艺场蹿出黑影 / 083
骡车载着奇特的账房先生去天津 / 089

097
第二章·酝酿

鲜为人知的"俄国共产党华员局" / 098
来自海参崴的秘密代表团 / 107
乔装的"新闻记者"访问李大钊 / 113
三益里的四支笔投奔陈独秀 / 124
渔阳里石库门房子中的密谈 / 134
张东荪和戴季陶拂袖而去 / 140
陈望道"做了一件大好事" / 144
添了一员虎将——李达 / 160
作家茅盾加入了"小组" / 165
陈独秀出任"小组"的书记 / 170

175
第三章·初创

"S.Y."和它的书记俞秀松 / 176
新渔阳里6号挂起魏碑体招牌 / 181
刷新《新青年》，与胡适分道扬镳 / 185
跟张东荪展开大论战 / 190
《共产党》月刊和《中国共产党宣言》/ 193
穿梭于京沪之间的"特殊学生"张国焘 / 200
"亢慕义斋"里成立了北京小组 / 205
罗章龙和刘仁静加入北京小组 / 208

213
第四章·响应

"毛奇"和新民学会 / 214
蔡和森从法国给毛泽东写来长信 / 221
"何胡子是一条牛" / 224

湖北出了个董必武 / 228
陈潭秋、包惠僧加入武汉小组 / 230
山东的"王大耳" / 235
水族青年邓恩铭 / 239
斯托诺维奇在广州找错了对象 / 241
北大三员"大将"南下羊城 / 244
陈独秀在广州建立小组 / 247
周佛海其人 / 251
周恩来赴法寻求真理 / 256
赵世炎加入旅法小组 / 259

匆匆转移嘉兴南湖 / 365
中国共产党宣告正式成立 / 371
陈独秀返沪出任中共中央局书记 / 382
中共二大在上海辅德里召开 / 387
国共携手建立统一战线 / 395
中共三大的主题是国共合作 / 403
《国际歌》鼓舞中国共产党人前进 / 410

267
第五章·聚首

维经斯基圆满完成来华使命 / 268
伊尔库茨克的共产国际远东书记处 / 272
张太雷出现在伊尔库茨克 / 277
共产国际三大在克里姆林宫举行 / 281
密探监视着来到上海的马林 / 288
尼科尔斯基之谜 / 292
"二李"发出了召开一大的通知 / 300
十五位代表聚首上海 / 308
"北大暑期旅行团"住进博文女校 / 316
查清中共一大开幕之日 / 319

415
第七章·锤炼

有人前进，也有人落荒 / 416
王尽美积劳成疾心力交瘁 / 418
李大钊从容就义绞刑架 / 421
张太雷血染羊城 / 426
李汉俊遭捕后当天处决 / 428
邓恩铭"不惜惟我身先死" / 434
何叔衡沙场捐躯 / 438
杨明斋死因终于大白 / 440
马林死于法西斯屠刀 / 443
陈独秀凄风冷雨病殁江津 / 449
陈潭秋秘密遇害于新疆 / 458
沦为巨奸陈公博千夫所指 / 462
卖国求荣周佛海呜呼狱中 / 466
维经斯基花甲之年病逝莫斯科 / 469
"理论界的鲁迅"——李达 / 471
董必武"九十初度"而逝 / 476
毛泽东离席震撼世界 / 479
陈望道脱党又重新入党 / 483
"栖梧老人"原来是包惠僧 / 489
张国焘冻死于加拿大养老院 / 495
刘仁静丧生车祸 / 500
终于找到尼科尔斯基的照片 / 506

327
第六章·成立

法租界贝勒路上的李公馆 / 328
日本作家笔下的"李人杰" / 331
中国现代史上划时代的一幕 / 335
一番又一番激烈争论 / 338
揭开突然闯入会场的密探之谜 / 342
法租界巡捕一无所获 / 354
子夜做出紧急决定 / 357
大东旅社发生凶杀案 / 362

513
尾声·中国共产党历程

小引：
不忘初心 牢记使命

党的十九大闭幕仅一周，中共中央总书记、国家主席、中央军委主席习近平带领中共中央政治局常委李克强、栗战书、汪洋、王沪宁、赵乐际、韩正，于2017年10月31日专程从北京前往上海和浙江嘉兴，瞻仰上海中共一大会址和浙江嘉兴南湖红船，回顾建党历史，重温入党誓词，宣示新一届党中央领导集体的坚定政治信念。习近平发表重要讲话强调，只有不忘初心、牢记使命、永远奋斗，才能让中国共产党永远年轻。只要全党全国各族人民团结一心、苦干实干，中华民族伟大复兴的巨轮就一定能够乘风破浪、胜利驶向光辉的彼岸。

……

习近平首先瞻仰了中共一大会议室原址。这个18平方米的房间按照当年会议场景复原布置。习近平久久凝视，叮嘱一定要把会址保护好、利用好。习近平动情地说，毛泽东同志称这里是中国共产党的"产床"，这个比喻很形象，我看这里也是我们中国共产党人的精神家园。

……

纪念馆宣誓厅，悬挂着巨幅中国共产党党旗。面对党旗，习近平带领其他中共中央政治局常委同志一起重温入党誓词。在习近平领誓下，铿锵有力的宣誓声响彻大厅，让现场所有人都深受感染，仿佛回到了那个风雨如磐的年代。习近平强调，入党誓词字数不多，记住并不难，难的是终身坚守。每个党员要牢记入党誓词，经常加以对照，坚定不移，终生不渝。

……

习近平指出，上海党的一大会址、嘉兴南湖红船是我们党梦想起航的地方。我们党从这里诞生，从这里出征，从这里走向全国执政。这里是我们党的根脉。

——新华社上海/浙江嘉兴2017年10月31日电《习近平在瞻仰中共一大会址时强调　铭记党的奋斗历程时刻不忘初心　担当党的崇高使命矢志永远奋斗》

总序：
关于"红色三部曲"

最近，作家叶永烈就他的"红色三部曲"——《红色的起点》《历史选择了毛泽东》和《毛泽东与蒋介石》回答了记者的提问。

问：为什么叫《红色的起点》？

答：因为中国共产党的诞生，是中国红色之路的起点。

中国共产党是在上海诞生的。我作为上海的专业作家，写作《红色的起点》，可以说占"地利"的优势。

《红色的起点》采用 T 字形结构，即既以写横剖面为主——1921 年中国共产党诞生的断代史，也写及纵剖面——中共一大代表们的后来，这样给人以历史的纵深感。

问：为什么说"历史选择了毛泽东"？

答：《历史选择了毛泽东》这部长篇是从特殊而新颖的视角——领袖史，来写中国共产党，来写毛泽东。

领袖是党的舵手。党的成败，领袖起很大的作用，在一定的条件下甚至起决定性作用。

中国共产党在 1921 年诞生之后，没有成熟的领袖，因此早年"左"右摇摆不定，像走马灯似的更换领袖：从陈独秀的右倾机会主义，到瞿秋白的"左"倾盲动错误，到李立三的"左"倾冒险错误，到王明、博古的"左"倾机会主义，走过了一右三"左"的曲折道路。

毛泽东是中共一大代表，是中共创始人之一。不过，在一开始，毛泽东在党内的地位并不显山露水。在 1927 年的"八七会议"上，毛泽东排名第十一位[1]（当然，当时排名顺序并不很严格）。然而，他坚持了一条正确的路线，即坚持武装斗争，创立红色根据地和红色政权，运用游击战术和运动战术，粉碎了蒋介石的多次"围剿"。虽然他多次受到"左"倾中央的批判、打击，以至被剥夺军权，但实践证明他是正确的。特别是1934年冬，红军长征途中，在"左"倾军事路线指挥下，大败于湘江，博古和共产国际军事顾问李德威信扫地，党内、军内要求毛泽东主持中央工作的呼声日高。这样，在1935年1月的遵义会议上，确立了毛泽东在中共和红军的领袖地位，乃是历史选择的结果。

事实表明了历史对毛泽东的选择，是完全正确的：从1921年中国共产党成立，到1935年遵义会议，这十四年间经历了一右三"左"的挫折；从1935年遵义会议，到1949年新中国诞生，也是十四年，在毛泽东领导下，中国共产党和中国人民打败了蒋介石，建立了中华人民共和国。前十四年和后十四年的鲜明对比，表明了毛泽东的正确，表明了领袖的重要作用。

《历史选择了毛泽东》，正是基于以上的思索写成的。

问：《毛泽东与蒋介石》写些什么呢？

答：蒋介石和毛泽东是国共两党的旗手，从20世纪20年代至70年代，蒋介石与毛泽东的合作和斗争，就是半个世纪的中国历史风云，就是国共两党的关系史。诚如美国总统尼克松所言："半个世纪以来的中国史，在很大程度上是三个人的历史：一个人是毛泽东，一个人是周恩来，还有一个是蒋介石。"

我正是选择了这么一个特殊的视角，透过国共两党的领

---

[1] 在中共中央文件《"八七"中央紧急会议》上，按照选票多寡排列改组后的新政治局委员名单，依次为：苏兆征、向忠发、瞿秋白、罗亦农、顾顺章、王荷波、李维汉、彭湃、任弼时（以上正式委员）；邓中夏、周恩来、毛泽东、彭公达、张太雷、张国焘、李立三（以上候补委员）。毛泽东的票数与周恩来相同，并列第十一位。

袖蒋介石和毛泽东以及周恩来的谈谈打打，打打谈谈，边谈边打，边打边谈，把半个世纪的中国历史风云浓缩于本书之中。

我运用"比较政治学"的手法，不断将毛泽东和蒋介石进行比较，比较他们的思想，比较他们的功过。从他们在20世纪20年代初识，比较到20世纪70年代他们相继去世。

美国《世界日报》曾经这样评论《毛泽东与蒋介石》一书：

"毛泽东和蒋介石的个人传记多如牛毛，但将这两位影响中国半个世纪历史风云的国共两党领袖，以比较政治学的手法合在一起来写，本书应是第一本。正因为作者选择了特殊的视角和人所未用的手法，使本书令读者耳目一新。"

问：这三本书为什么叫"红色三部曲"呢？

答："红色三部曲"可以用三句话来概括——

第一部《红色的起点》写的是"中国有了共产党"；

第二部《历史选择了毛泽东》写的是"中国共产党有了领袖毛泽东"；

第三部《毛泽东与蒋介石》写的是"毛泽东领导中国共产党和中国人民打败了蒋介石"。

我正是用这三句话，概括了从中国共产党诞生到中华人民共和国诞生的红色历史，所以叫"红色三部曲"。

问："红色三部曲"是纪实小说吗？

答：不，不是纪实小说。"红色三部曲"具有很强的可读性，是用文学笔调写党史，属于新品种——"党史文学"，亦即中共党史报告文学。它是文学与史学的结合，讲究史实的准确性。正因为这样，我做了大量的采访，也查阅了大量的档案、史著。我注重"两确"，即立论正确、史实准确，亦即史观、史实"两确"。由于进行了多方采访，掌握了许多第一手资料，使这套书的内容新鲜。

我沿着中国共产党诞生到中华人民共和国诞生的红色之路，进行采访：上海中共一大会址是采访的起点，然后来到嘉兴南湖的红船，上井冈山，入瑞金，进遵义，深入延安，又前往西安、重庆、南京等与西安事变、重庆谈判、南京政府相关的历史现场，此外在美国以及台湾也做了许多采访，当然最多的采访集中在北京，在那里我寻访众多的历史事件当事人，获得大量第一手史料。

《红色的起点》序

叶永烈

1990年5月23日 完成初稿
1998年6月7日 二稿
2014年6月24日 修改
2017年12月19日 改定

中国共产党的诞生，用毛泽东的话来说，"这是开天辟地的大事变"。每当我徜徉在上海兴业路上，望着那幢用青砖与红砖相间砌成的"李公馆"——中国共产党的诞生地，肃然起敬之余，我又感到困惑：这样"开天辟地的大事变"，为什么在漫长的岁月之中，还没有一部长篇细细描述？

作为上海作家协会的专业作家，占着"地利"优势，我在1988年冬开始着手这一题材的创作准备工作。

我进入"角色"之后，很快就发现，这一题材错综复杂，在当时有许多"禁区"，特别是当时舆论对一些重要的中共一大代表评价不一，所以多年来无人涉足这一重大题材的创作。

当我来到中共一大会址进行采访时，他们的第一句话，使我十分吃惊："你们上海作家协会又来了？！"

我一问，这才得知：在我之前，两位上海老作家早已注意这一重大的"上海题材"，先后到中共一大会址进行采访。

先是上海作家协会副主席、老作家于伶在20世纪50年代进入这一创作领域。他当时遇到的最大难题是如何正确评价陈独秀。陈独秀是中国共产党的主要创始人之一。写中国共产党的诞生，无法绕过陈独秀。在20世纪50年代，陈独秀还戴着"中国托派领袖""右倾机会主义头子"之类的大帽子。不言而喻，于伶无法写作这一重大"上海题材"。

接着是上海作家协会的另一位副主席、老作家吴强在20世纪60年代着手于这一重大"上海题材"。吴强除了遇到于伶同样的难题之外，还多了一道难题：当时，中苏两党正在展开"大论战"，而中国共产党是在共产国际、苏俄共产党（布尔什维克）的帮助下创建的。尽管赫鲁晓夫领导的苏联共产党并不等同于列宁领导的苏俄，但是在当时中苏"大论战"的形势下，这一题材仍是"麻烦"甚多。显然,吴强和于伶一样,在做了许多采访之后,也没有写出作品。

就创作才华和创作资历,作为后辈的我,远不如于伶和吴强。十分幸运的是,中共十一届三中全会之后,党和国家对历史问题倡导实事求是的原则,这使我有可能踏入这一久久难以涉足的创作领域。

我一次次访问上海中共一大会址纪念馆,得到了热情的帮助。从最初找到这一会址的沈之瑜,到馆长倪兴祥、支部书记许玉林,研究人员陈绍康、陈沛存、俞乐滨、任武雄、王美悌,还有档案保管人员,都给我以鼓励、支持。

在北京,我拜访了九旬长者罗章龙、王会悟,也得到李书城夫人薛文淑及其子女,还有包惠僧夫人谢缙云的许多帮助。中国革命博物馆[1]的李俊臣研究中共一大多年,与我长谈,给予指点。中国人民大学杨云若教授是研究共产国际与中共关系的专家,当时因病住院,她的丈夫林茂生教授陪我前去看望,答复了我的许多疑难问题。中国社会科学院近代史研究所李玉贞教授是研究共产国际代表马林的专家,也给我以指教。

在所有的中共一大代表之中,唯刘仁静的资料最少。我求助于他的儿子刘威力,他逐一答复了我的有关问题。

我来到嘉兴南湖革命纪念馆,与馆长于金良长谈,他非常详尽地介绍了中共一大在南湖举行闭幕式的情况。

上海的九旬老人、陈独秀的机要秘书郑超麟,亲历中共早期活动,尤其是熟悉陈独秀的情况。我多次拜访他,每一次他都不厌其烦给予答复。

陈望道之子陈振新,陈望道的高足、复旦大学中文系陈

---

[1] 现为中国国家博物馆,2003年,中国历史博物馆与中国革命博物馆合并,在此基础上改扩建为中国国家博物馆。

光磊教授，上海市地名办公室（原大东旅社）老职工孙少雄、曾汉英等，也给我以帮助。

我查阅了大量的有关中共一大的回忆录、访问记、论文、人物传记、档案，以及中共党史专家们做出的众多的研究成果。本书是在中共党史专家们的研究基础上进行创作的。没有他们的细致的研究，就不会有这本书。例如，邵维正教授的几篇关于中共一大的论文，给了我很多启示。

中共一大是在秘密状态下召开的，当时的档案所存甚少。中共一大的代表们虽然有很多人留下了回忆文章，但大都是事隔多年的回忆，而人的记忆力终究有限，因此对许多事说法不一。如陈公博的《寒风集》中甚至把马林和"斯里佛烈"（马林的原名）当成两个人，而《包惠僧回忆录》中自相矛盾的地方也有多处。

尤为重要的是，由于这些中共一大代表后来走上了不同的道路，政见不一，回忆的观点也有明显分歧。这些代表的回忆大致上可分三类：一类是后来留在中国大陆的，如董必武、李达、包惠僧的回忆；一类是在海外的，如张国焘的回忆；另一类是成为汉奸的陈公博、周佛海的回忆。仔细、慎重地比较各种回忆录，去除错记之处，剔除虚假，删去某些人的自我吹嘘，弄清某些难言之隐，这番"去伪存真"的功夫颇费时间，但这是必不可少的。我力避"误区"，尽量做到本书史实准确，因为所描述的是重大历史事件；然而，错误的窜入有时往往还是难以避免的。

本书采用T字形结构：第一章至第六章，写的是历史的横剖面，即1921年前后大背景下的中国共产党，而第七章则是纵线，写中共一大代表及与一大有关的重要人物自1921年至谢世的人生轨迹，其下限一直写到1987年刘仁静之死。另外，《尾声》一章以粗线条勾勒中共的历程。

这样的T字形结构，为的是使这本书有纵深感。

当本书正在写作之中，1990年2月12日，我在上海作家协会出席专业作家会议，有关领导传达了中共上海市委宣传部的意见："希望上海的专业作家能完成一部关于中共一大的长篇，以庆祝中共诞生七十周年。"这一意见与我的创作计划不谋而合。《新民晚报》很快就报道了我的创作情况。这样，我就更加紧了本书的创作。

《红色的起点》在中共党史研究中的一个突破，是它首次揭开了1921年7月30日晚闯入中共一大会场的密探之谜。这个七十年没有破解的历史之谜，是我1990年8月9日采访原上海法租界资深巡捕时，找到了谜底，得知那位密探就是他的上司程子卿。2011年第4期《同舟共进》杂志发表的上海师范大学人文学院院长苏智良教授的《夜闯中共一大会场的不速之客》一文指出："世人是何时知晓程子卿就是闯入一大会场的密探？谁第一个确认闯入一大会场的'包打听'就是程子卿呢？作出这一贡献的是作家叶永烈先生。1990年，叶采访知情者——原法租界巡捕房督察长薛畊莘后揭开了这一谜底。"

《红色的起点》初版本在1991年1月，由上海人民出版社出版。当时，正值中国共产党诞生七十周年前夕，而这本书在当时又是关于中国共产党建党的唯一一部纪实长篇，正因为这样，书一出版，引起强烈反响，进入"热门书排行榜"前五名。数十家报刊选载、摘载、连载了这部长篇，内中有《文汇报》《羊城晚报》《报刊文摘》《文摘报》《海上文坛》《民主与法制》等。《社会科学报》则连载了作者关于《红色的起点》的采访手记。

1991年6月28日，上海作家协会和上海人民出版社联合召开了《红色的起点》作品讨论会。作家、党史专家、评论家热情地肯定了这部纪实长篇。

中共党史专家、中国人民大学党史系杨云若教授指出：

"《红色的起点》一书收集了有关中共一大的大量资料，集中解决了若干含糊不清的问题，把党成立之前的有关事件和人物交代得一清二楚。全书才思横溢，文笔流畅，可读性很强，我几乎是一口气读完的。它既是一本优秀的报告文学著作，又有极高的科研价值。"

多年致力于中共一大研究的中共党史专家邵维正教授评价：

"看了《红色的起点》，大有清新之感，这样生动地再现建党的历史，的确是一个突破。"

中共一大专家李俊臣先生则指出：

"《红色的起点》把中共一大的历史和探索这一历史的故事相结合，颇有新意。"

《红色的起点》在港台的反响，颇为出乎意料。

在香港、台湾地区，我曾发表过许多文章，出版过很多著作，但是《红色的起点》能够打入港、台书市，出乎意料——因为这本书在海峡此岸，被列为中国共产党建党七十周年献礼书。这样的献礼书，居然堂而皇之地由香港和台湾的出版社分别印行港版、台版。

最初，在1991年7月1日，中国共产党七十大庆之际，香港《明报》月刊7月号和台湾《传记文学》第7期（及第8期），分别刊载了《红色的起点》的《序章》。

接着，香港印出了香港版本，书名用中性的表述《中共之初》。

随后，台湾版则用了《大机密》这样耸人听闻却又不具政治色彩的书名。

从《红色的起点》《中共之初》到《大机密》，反映了中国大陆、香港、台湾三地出版界的不同视角和心态。

台湾版封面上印着红色的《大机密》三个大字之外，在书名旁边，还印着"国共真相·军政秘档"。封面上方，有一行醒目的字："一举揭露七十年来国共政争的始源！"

这样一部充满神秘感的长篇，其实，就是《红色的起点》！

考虑到《红色的起点》是政治性很强的书，我与港、台出版社签约时，都说明如作修改，必须事先征得作者同意。对方遵守诺言，除了改换书名之外，内文一字不改，只是删去了原卷首语"谨以本书献给中国共产党七十华诞"，由我另写了适合港、台读者的卷首语。

台湾版的内容提要，是台湾出版商写的，印在封面勒口上。那措辞虽然是从台湾商业性视角写的，大体上还是可以的：

"十五个赤手空拳的年轻人竟然彻底改变了现代中国人的命运！

"对于中国漫长的历史而言，1921年7月23日至31日，确实是不平常的一周。这一周是中国现代史上'红色的起点'。

"虽说那十五位出席中共一大的代表，在离开李公馆那张大餐桌之后，人生的轨迹各不相同，有人成钢，有人成渣，然而，中国共产党却在七十年间，从最初的五十多个党员发展到今日拥有四千八百多万党员。中共不仅是中国第一大党，也是世界第一大党。中国共产党党员的人数，占世界共产党党员总数的一半以上！

"七十年前在上海法租界李公馆所召开的中共一大，虽只十五个人出席，其影响深远……"

这样的内容提要，一字不易，移作大陆版用，也未尝不可！

韩国一家出版社要出《红色的起点》的韩文版。他们说，韩国要与中华人民共和国建交，由于中国共产党是中华人民共和国的执政党，所以对于韩国人民来说，要了解中华人民共和国，首先要了解中国共产党，要了解中国共产党是怎么诞生的，需要读《红色的起点》。

《红色的起点》产生广泛的影响，以至如今诸多媒体把中共一大称之为"红色的起点"。

在《红色的起点》初版本出版之后，我又对《红色的起点》做了许多修改和补充，使这本书不断以新的面目与广大读者见面。

有人称《红色的起点》是"历史小说"。我的回答是否定的。我在答记者问时，明确地说："《红色的起点》是长篇报告文学。"

在着手采访时，我便在思索以什么体裁表现中共一大。最初确实设想写成"长篇纪实小说"，因为小说可以虚构，更便于塑造人物形象。但是当时我考虑到七十年间尚无一部准确、翔实描述中共一大的长篇著作时，便放弃了写成小说的念头。不过，我也力避用通常的"党史读物"那样的笔调去写。这样，我选择了"长篇报告文学"，以文学笔调而又真实、准确地向读者"报告"中国共产党诞生的全过程，亦即文学与史学相结合。

由于"行当"不同，我在采访或查阅文献时，十分注意观察、揣摩中共一大代表的性格。我发觉，没有着意"塑造"，他们本身的性格便是十分鲜明的，一人一貌，彼此不同：

当时的毛泽东二十八岁，含而不露，性格稳重。面对会上激烈的争论，他不轻易表示自己的意见，但很仔细倾听双方的意见。

共产国际代表马林个性很强，像一位演说家似的滔滔不绝申述自己的见解。与人争论时，如同火山爆发，但"爆发"过后很快又心平气和。他在上海马路上见到洋人欺侮中国人，竟怒不可遏与洋人挥拳相斗，这一细节最真实地反映出他的正直和急性子。

李汉俊懂数国语言，饱读马克思列宁主义原著，有学者、理论家风度，但又衣着简朴，看上去像乡下人。他与人争论，往往引经据典，在中共一大上几度成为争论的中心人物。不过他一旦认识到自己错了，马上承认，从不固执己见。

刘仁静才十九岁，自恃懂得英语，读过一些马克思主义原著，喜与人论战。但是他时"左"时右，摇晃不定，又孤傲，以至后来在托派中也独自一人成一派，没有支持者。

何叔衡是一位忠厚长者，不会讲多少理论，却能埋头做实事。

张国焘显得过于灵活，善于钻营，但有组织才干。正因为这样，他抵沪后迅速把上海"二李"（李达、李汉俊）甩在一边，夺得主持一大之权。

周佛海亦有组织才干，但野心勃勃，欲当"中国之列宁"。

陈公博有口才也有文才，但一副绅士风度。在所有的代表之中，唯独他带太太一起来沪，而且另住在南京路第一流的大东旅社，不住博文女校。

就"南陈北李"而论，陈独秀性急、固执，家长作风颇为严重，李大钊则和善、厚道、谦逊。

我在采访曾与陈独秀有过颇多交往的九旬老人郑超麟时，问及有关陈独秀形象的种种细节。他答道："讲一口安庆话，几十年几乎没有什么变化。怎么想就怎么说。习惯动作是用手拍脑门。不大讲究衣着，但很干净。长袍、马褂都穿，帽子不常戴，难得穿西装。烟瘾重，但不抽香烟，而抽雪茄。文章写得快，有学问，但口才并不好……"郑超麟谈毕笑道，问这些细节有什么用？从未有人向他问这些问题。我却以为，要勾画陈独秀的形象，他谈的这些细节颇为珍贵。

史学注重科学性，文学注重形象性。我想，取史学的科学性，取文学的形象性，熔于一炉，这就是我努力的目标。正因为这样，我在着手写作时，在注重史料的准确性的同时，也注重作品的可读性、生动性和形象性，希望读者，特别是年轻读者，愿意把这一"报告"读下去……

在创作《红色的起点》时，我努力做到"两确"，即史观正确、史实准确。香港一位学者撰写的关于中共一大的博士论文中，引用《红色的起点》达三十多处。他告诉我，在他的眼中，《红色的起点》是一部关于中共一大的重要史著。

2013年1月，波兰马尔沙维克出版社出版了《红色的起点》英文版 *RED ORIGIN*。

同年，美国全球按需出版公司（Demand Global）出版了《红色的起点》法文版 *DE POINT DE DEPDRT ROUGE*。

2017年冬日，应人民文学出版社之约，我再度对《红色的起点》进行大篇幅的增补、修改，对诸多史实进行订正，并补充了对于中共一大的最新研究成果，使这部长篇报告文学的内容更加丰富、扎实，以迎接中国共产党建党一百周年纪念。

不忘初心，牢记使命。中共一大的召开，就是初心。

中国共产党诞生纪念日是7月1日，中国人民解放军建军节是8月1日，中华人民共和国国庆日是10月1日。这三个重大节日产生的时间，虽说是偶然，但是偶然中却透露出历史顺序的规律：先是建党，然后建军，再赢得建国。

经过三十年细细打磨，谨以本书献给中国共产党建党一百周年纪念。

红色的起点

序章·**追寻**

序章·追寻

红色"福尔摩斯"出了好点子

时间如东逝的流水。在历史的长河中，追寻昔日闪光的浪涛，往往颇费周折……

1950年初秋，金风驱走了酷暑，在上海市中心一条并不喧嚣繁华的马路——黄陂南路，一男一女缓缓而行。那女的东张西望，在寻觅着什么。那男的跟在她的后边，总是保持半米的距离。

那女的四十九岁，一身蓝布衣裤，一头直梳短发，最普通的打扮。然而，那精心修剪过的一弯秀眉，那双秋水寒星般的眼睛，风韵犹存，看得出曾经沧桑，非等闲之辈。

她叫杨淑慧，写信或写文章署"周杨淑慧"。她的知名度并不高。不过，那个冠于她的名字之前的"周"——她的丈夫周佛海，却是个名噪一时的人物。在汪精卫伪政府之中，周佛海当过"行政院副院长"（相当于副总理），当过"财政部部长"，当过"上海市市长"，是一个声名狼藉的大汉奸。1948年2月28日，病死于监狱之中。

那男的三十四岁，穿一身蓝色干部服。他在出门前脱下了军装，摘掉了胸前的"中国人民解放军"标牌。瘦瘦的他，戴一副近视眼镜，举止斯文，倒是一派知识分子风度。

他姓沈，名之瑜[1]，就连他的子女也姓沈。其实他原姓茹，名志成。他的胞妹茹志鹃后来成了中国的名作家。

杨淑慧

[1] 1989年9月4日叶永烈在上海采访当年寻找中共一大会址的沈之瑜。

沈之瑜（1963年）　　　　　　沈之瑜与他的胞妹茹志鹃（1975年）

　　他本是画家刘海粟的门徒，1935年就读于上海美术专科学校。1937年毕业后，他留在这所美术学校当助教。战争的烽火，烧掉了他的画家之梦。1940年，他离开日军铁蹄下的上海，来到浙江西南偏僻的遂昌县，在那里加入了中国共产党。从此茹志成改名沈之瑜——因为茹是中国的稀有之姓，他不改姓换名很容易使弟妹受到牵连。不久，这位画家进入苏中抗日根据地，在那里当起参谋、文工团团长来。此后，他在陈毅将军统率之下，进军大上海。解放初，他是上海军事管制委员会文艺处干部。

　　沈之瑜跟杨淑慧是两股道上跑的车。如今，他与她怎有闲工夫徜徉在黄陂南路上？

　　事情得从几天前的一个电话说起……

　　"你马上到建设大楼来一下。"沈之瑜接到了姚溱的电话。

　　姚溱此人，当年以笔名"秦上校""丁静""萨利根"活跃于新中国成立前的报刊上，尤以军事述评为世瞩目。外界以为"秦上校"必定是一员武将，其实他乃一介书生。他十八岁加入中共。1946年，二十五岁的他在中共上海地下市委负责文教宣传工作。新中国成立后，他被任命为中共上海市委宣传部副部长。从1959年起，姚溱被任命为中共中央宣传部副部长。1966年7月23日逝世。

沈之瑜奉命赶往位于上海福州路上的建设大楼[1]。新中国成立后，此处成为中共上海市委的办公大楼。中共上海市委的首脑人物陈毅等都在那里办公。那时，只要一说去建设大楼，便知是去中共上海市委。

当沈之瑜一身军装跨入姚溱办公室，姚溱当即把中共上海市委宣传部干部杨重光找来，三个人一起开了个小会。

"交给你们两位一项重要的政治任务。"姚溱用苏北口音很严肃地说出了这句话。

沈之瑜的目光注视着姚溱，急切地想知道这项不寻常的政治任务究竟是什么。

"是这样的……"姚溱顿时成了"秦上校"似的，向他俩以命令式的口吻下达任务，"这项任务是陈毅同志提议，经市委讨论同意——寻找中国共产党第一次代表大会会址。因为我们党是在上海诞生的，明年7月1日是建党三十周年纪念日。作为中共上海市委，我们把寻找党的诞生地看成是自己的一项重要的政治任务。"

原来，新中国成立后，1950年2月13日、14日和21日，《人民日报》刊登《中央人民政府文化部文物局为搜集革命文物史料启事》，宣称："我局奉命在京筹设国立革命博物馆，把革命的文献实物有系统地陈列出来，以表现中国人民民主革命在共产党领导下，艰苦奋斗终于获得胜利的过程。"

紧接着，中央人民政府政务院于1950年6月16日以"政文董[2]字第24号"颁布《为征集文物令》，要求各地重视、征集有关革命文献。该命令对地方革命博物馆、革命文物陈列室的建立也做了具体的规定[3]。

此后，中央革命博物馆筹备处为庆祝中国共产党三十周年诞辰，策划举办"中国共产党三十周年纪念展览"。

中国共产党是在上海诞生。上海市市长陈毅依据来自

---

[1] 本书初版本写为"海格大楼"。1998年9月7日，据曾在中共上海市委宣传部工作多年的丁景唐先生打电话告诉笔者，应为"建设大楼"。后来迁往上海静安寺改名为海格大楼。

[2] 董，即董必武，当时担任政务院副总理。

[3] 1989年9月4日叶永烈采访中共一大会址纪念馆的陈沛存，他回忆了上海1950年执行政务院命令的情况。

政务院的命令以及中央革命博物馆筹备处的计划，向中共上海市委宣传部下达寻找中国共产党在上海的诞生地——中共一大会址的任务。

沈之瑜一听，显得十分兴奋。他是个老上海，对上海熟门熟路。他问姚溱："有线索吗？"

"听说是在法租界开会。"姚溱答道。

"法租界大着呢！"沈之瑜双眉紧锁，"洋泾浜以南，城隍庙以北，这一大片地方原先都是法租界。长长的淮海路横贯法租界。那时淮海路叫霞飞路，是以法国将军霞飞的名字命名的。这么大的范围，怎么找法？"

"你别着急，我给你一把'钥匙'！"姚溱笑了起来，"市公安局局长扬帆同志跟我说过，他把周佛海的老婆从监狱中放出来，她能帮助你们寻找！"[1]

"周佛海的老婆怎么会知道中共一大在哪里开的？"沈之瑜感到颇为奇怪。

"因为周佛海当年是中共一大的代表！"姚溱说出其中的缘由。

沈之瑜一听，打心底里佩服公安局局长扬帆的"神通"。

扬帆也经过一番改名换姓，他本名石蕴华。早在30年代，他便在上海文化界从事地下工作。后来，他在新四军军部担任副军长项英的秘书，从事保卫工作。那封以项英的名义发往延安，向中央申明"蓝苹（即江青）不宜与主席结婚"的电报，便是扬帆起草的。多年的地下工作、保卫工作，使扬帆变得精明、干练。他眼观六路，耳听八方，留神种种信息。

扬帆手下，有一员来历不凡的公安骁将，名叫周之友。在上海市公安局里，很少有人知道周之友的身份——周佛海之子！

1922年10月20日下午2时半，周佛海之子降生于日本

---

[1] 这是1989年9月4日下午本书作者访问沈之瑜时他所回忆的姚溱原话。本书作者于翌日又向上海市公安局老干部牟国璋查询，据他告知杨淑慧并未在上海市监狱关押，但上海市公安局知道她住在哪里。牟国璋说，被关押的是汪精卫的太太陈璧君，因为她是汪伪国民党的中央监察委员。很多人把被关押的汪精卫的太太陈璧君，误记为周佛海太太杨淑慧。

京都（据杨淑慧回忆说是"民国十年"，显然她记错了）。当时，二十五岁的周佛海正在日本留学，与杨淑慧同居，生下了儿子。周佛海给儿子取名周幼海，又叫周小海、周祖逵[1]。后来，周佛海名声沸扬，关于他的家庭的种种报道也见诸报章杂志，周幼海之名也为世人所知。

天上风云变幻，地上人事也变化莫测。尽管周佛海从中共党员变成中共叛逆，以至成了汪精卫的汉奸同党，由红变黑，他的儿子却走上革命之路，于1946年经田云桥介绍，加入中国共产党。周幼海改名周之友，悄然从事地下工作，成为扬帆麾下的一员战将。新中国成立后，扬帆出任上海市公安局局长，周之友成为他手下一名副科长。

当陈老总提出要在上海寻找中共一大会址，扬帆不愧为红色的"福尔摩斯"，马上想及周之友之母、周佛海之妻杨淑慧——她是一把"钥匙"！

周之友还向扬帆提供了一个重要线索："父亲周佛海写过《往矣集》一书，内中提及他出席中共一大时的情形！"

只是此"案"不属上海市公安局的工作范畴，扬帆便把"钥匙"以及线索都交给了中共上海市委宣传部副部长姚溱。

听姚溱如此这般一说，沈之瑜和杨重光心中有了底……

《往矣集》记述了如烟往事

从建设大楼里出来，沈之瑜心急如焚，直奔图书馆。

随着周佛海身败名裂，他的著作也被查禁。沈之瑜出示中共上海市委宣传部的介绍信，这才在一堆封存的书中找到那本《往矣集》。

真是"俱往矣"，这本1942年1月由上海平报社出版的《往矣集》（《往矣集》还曾由另几家出版社印过不同版本），记述着周佛海的如烟往事。此人擅长文笔，曾不断把往事凝固在铅字之中，在《往矣集》中留下他人生旅程

---

[1] 1989年9月5日叶永烈采访上海市公安局老干部、周之友同事、作家牟国璋。

中的脚印。

沈之瑜迅速翻过周佛海那篇记述童年的《苦学记》，目光滞留在他回忆加入中共经过的《扶桑笈影溯当年》一文。文中，有这么一段，详细写及他1921年7月从日本来沪参加中共第一次全国代表大会的经过，并提及了开会的地点：

> 接着上海同志的信，知道7月间要开代表大会了。凑巧是暑假期中，我便回到上海。党务发展得真快，不单是我们去年计划的上海、汉口、长沙、北京、广州，都成立了组织，就是济南也有了支部。当时陈炯明在粤主政，还没有叛变，约仲甫（仲甫，即陈独秀）去粤，担任广东教育委员会委员长。所以代表大会，他不能亲来主持。广东代表是公博（公博，即陈公博），北京是张国焘、刘仁静，长沙是毛泽东和一位姓何的老先生（即何叔衡），汉口是陈潭秋、包惠僧（包惠僧是否作为湖北代表出席会议，说法不一），上海是李达、李汉俊，济南是谁记不清了（即王尽美和邓恩铭）。丁默村虽然不是代表，却是C.Y.（共产主义青年团）的活动分子，也在上海。我便算是日本留学生的代表。其实鹿儿岛方面，没有一个人参加，东京只有一个施存统。我算是代表施和我自己两人。第三国际，加派了马令（马令，现通译为马林）来做最高代表。我和毛泽东等三四人，住在贝勒路附近的博文女校楼上。当时学生放了暑假，所以我们租住。没有床。我们都在楼板上打地铺。伙食，当然是吃包饭。在贝勒路李汉俊家，每晚开会。马令和吴庭斯基（吴庭斯基，应为尼科尔斯基）也出席。……

在周佛海的这一段记述中，提出两个地点：
代表的住宿地是"贝勒路附近的博文女校"；
开会的所在是"贝勒路李汉俊家"。
这么一来，寻觅的范围一下子从偌大的法租界，缩小到贝勒路及其附近。

上海黄陂南路（原名贝勒路）

不过，这缩小了的范围仍不小。贝勒路北起延安东路，南至徐家汇路，马路两侧有两千多座房子，何况李汉俊于1927年12月17日在汉口遇害，原屋早已易主。

贝勒路处于法租界之中。1906年，法租界工部局以法国远东舰队司令贝勒的名字给这条马路命名。那时，是一条荒僻的路，路边稀稀拉拉站立着几十幢低矮的平房，马路南段两侧是一大片农田。1943年1月9日，汪伪政府行政院院长汪精卫与日本驻华大使重光葵在南京签署了《关于交还租界及撤废治外法权之协定》。从这年8月1日起，上海撤销了租界，贝勒路也随之改名，以湖北省黄陂县县名命名，改称"黄陂南路"——援用上海路名惯例，通常以省名命名南北走向的马路，以县、市名命名东西走向的马路。因省名有限，用于命名南北走向的主要马路；贝勒路虽南北走向，但不是交通要道，故以县名命名[1]。

就在沈之瑜花了一个夜晚的时间读毕周佛海的《往矣集》之后，便急于想见到周佛海之妻，以便着手寻觅。

隔了一天，当沈之瑜刚在军管会办公室坐定，大门口警卫室便打来电话，说是一位姓杨的女人求见。

"哦，她来了！"沈之瑜一边朝大门口疾步走去，一边暗暗佩服上海市公安局局长扬帆工作的高效率。

果真是周佛海之妻。她自我介绍说："我是杨淑慧。市公安局扬局长要我来找您。"她的话不紧不慢，每一个字都讲得很清楚。

"你好……"在部队里说惯了"同志"的沈之瑜，这时不得不改用拗口的称呼，"周太太！"

"沈同志，"在办公室坐定之后，杨淑慧徐徐说道，"李

[1] 有关贝勒路的沿革史料，系上海市地名办公室刘方鼎及上海卢湾区地名办公室陈法清向笔者提供。

汉俊先生的家，我去过几次，印象不很深了。不过，当年的陈独秀先生的家，也就是《新青年》杂志编辑部，我在那里住过，记得很清楚，能不能先去找那个地方？"

"行，行。"沈之瑜答应道，"陈独秀的家在哪里？"

"我记得，在法租界环龙路老渔阳里2号。"杨淑慧一口气说了出来。

渔阳里之前，加一个老字，是因为上海有两个渔阳里，而且都在法租界，都是石库门房子弄堂：环龙路的渔阳里建于1912年，另一个渔阳里在霞飞路，建于1919年。这两个渔阳里弄堂彼此相通。为了区分这两个渔阳里，上海人把环龙路的渔阳里叫作老渔阳里，而把霞飞路渔阳里称为新渔阳里。霞飞路的新渔阳里的规模要比环龙路老渔阳里大。

"环龙路，也就是现在的南昌路。"沈之瑜对上海的马路十分熟悉。

那时，除了首长之外，没有小轿车，没有吉普车，沈之瑜、杨重光和杨淑慧在南昌路上步行着。

头一回出师告捷。因为南昌路基本上保持当年的模样，南昌路47号原是一所法国学校，外貌也依然如故，杨淑慧一眼就认出来——老渔阳里正是在它对面，如今的南昌路100弄。弄堂里，八幢石库门的房子，犹如从同一个模子里倒出来的。这八幢石库门房子，都是二楼二底，一个小天井，天井四周是高墙，墙正中是一扇黑漆大门。一幢房子，大约有一百多平方米，给一家人住正好。独门出入，与邻无干。这八幢石库门房子，曾经先后住过同盟会元老陈其美、民权人士杨杏佛、国民党元老叶楚伧。新中国成立前，上海曾大批地建造了这样的石库门房子。

杨淑慧步入弄堂，找到了2号。

这是一幢两层砖木结构旧式石库门房子。1915年9月，陈独秀在上海创办《青年杂志》月刊，自第二期改名《新青年》，编辑部即设于此。当时楼上厢房是陈独秀的卧室，楼下客堂为会客室。1920年9月《新青年》编辑部从北京迁回上海后，这里再度成为编辑部所在地。马克思主义研究会和中国共产党上海发起组也在这里成立，《新青年》也自此成为上海共产主义小组的机关刊物。

她对沈之瑜和杨重光说:"1921年,在召开中共一大的时候,陈独秀不在上海,而在广州。他的夫人高君曼带着两孩子住在这座楼的楼上。开会期间,李达和夫人王会悟也住在这里(据王会悟回忆,她与李达在1920年下半年于此举行婚礼后,一直住到中共一大召开)。我和周佛海结婚以后,也曾经住过这里的亭子间,所以印象很深。"

杨淑慧面对这幢熟悉的房子,勾起心中无限往事。此时,她仿佛回到当年的情境,带着沈之瑜、杨重光绕着房子走了一圈,像一位道地的解说员一般说道:"这房子两上两下。从大门一进来是客堂间——陈独秀的会客室。我印象最深的是,客堂间里挂着一块小黑板,上面写着'会客谈话以十五分钟为限'。客堂间里还有一把皮面靠背摇椅,陈独秀常常坐在这把摇椅上。"

杨淑慧领着沈之瑜、杨重光步入屋内,指着客堂后、厨房前那狭长的过道小天井,说道:

"这里原先有一个水泥的水斗,上面有个自来水龙头,平常是用来洗拖把的。有时,我们用木塞塞住水斗的出水口,放满了水,用来浸西瓜。……"

杨淑慧滔滔不绝地说起当年的情形,清楚地表明,这里确实是《新青年》编辑部所在地,陈独秀的故居,也是中共成立之后最早的中央工作部所在地。找到这一革命遗址,使沈之瑜和杨重光颇为兴奋。

看见杨淑慧已经有点累乏,沈之瑜道:"今天就到此收兵了吧。过几天再找一大会址。"

送走杨淑慧,沈之瑜跟杨重光做了分工[1]:沈之瑜负责寻找贝勒路上李汉俊家,杨重光则去寻找贝勒路附近的博文女校,来了个兵分两路,双管齐下。

---

1 杨重光曾于1991年4月6日致函本书作者,指出关于寻找中共一大会址的经过,他与沈之瑜的回忆在有些地方不尽相同。笔者请教了中共一大会址纪念馆的专家,到底以谁的回忆为准?专家指出,沈之瑜为了回忆关于寻找中共一大会址的经过,曾经召集当年参加这一工作的同志开座谈会,还做了调查研究,因此沈之瑜的回忆更加准确可靠。为此,本书作者以沈之瑜的回忆为主要依据,也参考杨重光的回忆,同时调阅了相关档案以及当时的报道。

"恒昌福面坊"原来是块宝地

博文女校是当年毛泽东、周佛海等中共一大代表开会期间住宿的地方。这所学校早在1932年,便从上海滩消失了。

不过,寻找一所早已关门的学校的校址,毕竟要比寻找当年李汉俊家要容易一些。

杨重光从他所在的中共上海市委宣传部寻找相关图书,找寻线索。

杨重光知道毛泽东是中共一大代表,而中共上海市委宣传部有萧三所著、北京人民出版社1949年出版的《毛泽东的青少年时代》一书。杨重光在这本书里惊喜地发现有这么一段话:

远道来的代表们住在法租界蒲柏路博爱女子学校里(那时该校已放暑假,校中只有一个校役和一个厨子在)。大会的开幕式就是七一的晚上在这学校里秘密举行的。接着就在李汉俊的家里(在法租界贝勒路)进行大会的议事日程。

萧三的这一段记述中,同样写及关于中共一大的两个地点:

法租界蒲柏路博爱女子学校;

李汉俊的家里(在法租界贝勒路)。

萧三是毛泽东青少年时代的同学,何况萧三的《毛泽东的青少年时代》是新中国成立之后出版的第一本关于毛泽东的传记,具有权威性,所以杨重光更看重这本书。由于《毛泽东的青少年时代》提及大会的开幕式是七一的晚上在博爱女子学校举行的,所以他最初据此认定博爱女子学校是中共一大会址。

博爱女子学校坐落在蒲柏路,亦即太仓路。蒲柏路是一条不长的马路,杨重光前往蒲柏路找寻,那里的老居民都说没有听说过"博爱女子学校",而只有一所博文女校。杨重光以为,萧三可能记错了,倒是周佛海《往矣集》上写着博文女校。

中共一大代表以"北京大学暑期旅行团"名义住在博文女校

杨重光派出了沈子丞，前往上海市教育局，翻阅新中国成立前的上海中小学注册簿。总算顺利，博文女校记录在案：

博文女校创办于1917年，董事长黄宗汉（黄宗汉原姓徐，嫁给黄兴后改姓黄。）校长黄绍兰……

该校曾三度迁址：最初在贝勒路，后来迁至蒲石路（今长乐路），1920年时迁入白尔路（后改名蒲柏路，今名太仓路）。

据此线索，杨重光前往太仓路寻访老居民。虽然路名更换、门牌变动，在老居民的协助下，还是在蒲柏路127号找到了一幢镶嵌着红砖的青砖二层楼房，已经很破旧，里面住了十来户人家，乱搭乱建严重，但是房屋总体结构还是原样——这便是毛泽东、周佛海等当年下榻之处。

棘手的是寻找李汉俊的住处——中共一大会址。沈之瑜约了杨淑慧，沿着贝勒路慢慢地走着、走着，诚如本书开头所写及的那样……

走走停停，停停走走，杨淑慧的双眉紧蹙着。她有点为难了：

"沈同志，李汉俊先生家里，我去过几次，可是现在我仅有的一点印象影迹皆无了。我记得，当时李家的房子是新造的，前门正对着马路，路边一片荒凉。大门对面是一片菜地，那里有一家吹玻璃的棚屋作坊。可是，眼下的贝勒路两旁全是房子，已经面目全非了，昔日的影子没有了！"

"别着急，慢慢地找。"沈之瑜安慰她道。

慢慢地、慢慢地踱着，杨淑慧极力搜索着当年的残存的印象。三十年前，她曾随丈夫周佛海去拜访过李汉俊，也曾给李家送过信件。然而，毕竟已经三十年了，天翻地覆，人世沧桑……

行行复行行。她走到了贝勒路与另一条马路的交叉路口，猛然间有一种似曾相识的感觉。

她向路人打听那条横马路的名字。

"这是兴业路。"她得到这样的答复。

兴业路？她还是平生头一回听到这一路名。她摇摇头，否定了自己头脑中闪过的那似曾相识的印象。

看到她迷茫、疲惫的神态，沈之瑜对杨淑慧说："我看你有点累了，早点休息吧，改日再找。"

过了数日，杨淑慧忽地来到了沈之瑜的办公室。她面含喜色，看得出，有好消息！

果真，有了眉目：原来，这几天她又独自到贝勒路细细寻访，终于证实她那似曾相识的印象是不错的。

那兴业路，是与贝勒路一起，在1943年改名的。兴业路原名望志路，是在1914年以当时上海法国公董局总工程师望志的名字命名的[1]。在1943年根据《关于交还租界及撤废治外法权之协定》的规定，废除了"望志路"这一路名，改用广西东南部的兴业县县名来命名，称为"兴业路"[2]（许多人误以为"兴业路"路名是新中国成立后取的，有"事业兴隆"之意。其实是1943年取的。于无意之中，取了一个含义深远的路名，一直沿用至今。）——与兴业路平行的另一条马路，便用广西东北部的兴安县县名来命名，叫"兴安路"。

在黄陂南路与兴业路的交叉口，亦即当年的贝勒路与望志路的交叉口，杨淑慧对一家横写着"恒昌福面坊"大字招牌的房子，凝视良久，觉得很像当年李汉俊家。不过，当年的房子是青砖中镶着红砖，而如今旁边却是白粉墙上面写着一个四块床板那么大的"酱"字，这是她从未见过的。房前是一个菜摊。

[1] 1989年9月8日叶永烈采访上海卢湾区地名办公室陈法清。

[2] 1989年9月7日叶永烈采访上海市地名办公室刘方鼎。

在贝勒路上反反复复逡巡,她觉得唯有此处与记忆印象相似。

她把自己的意见,告诉了沈之瑜。

这样,寻找李汉俊的旧居,总算找到了一点头绪。但是,印象只是印象,有待于进一步查证。

其实,使得杨淑慧对兴业路一带凝视良久,未敢认定,有一个重要原因:上海的石库门一般习惯于从后门进出,当年杨淑慧到李汉俊家,也是走后门、走后弄——也就是贝勒路树德里,而李公馆的正门在望志路(兴业路),所以杨淑慧只记得贝勒路树德里,而在兴业路见到李公馆的正门显得陌生。

沈之瑜前往兴业路调查。那里的居民都说,酱园的董老板是"老土地",住的时间最长,最熟知那儿的情况。

那家酱园,挂着"万象源"招牌。老板叫董正昌,卖酱油、酒、醋、盐之类。他娓娓道来,这才廓清三十个春秋的变幻。

原来,在1920年夏秋之际,一位姓陈的老太太[1]出资在那里建造了一排五幢房子。每幢房子一楼一底,独门出入,黑漆大门,黄铜门环,米色石条门框,门楣上装饰着矾红色浮雕,外墙是清水青砖,镶嵌着红砖——当时的上海,流行这种式样的石库门民居。石库门这名字,源于大门四周用石条作为门框,被叫作"石箍门"。后来从"石箍门"演变成"石库门"。在20世纪20年代,上海的民居四分之三是石库门房子。

石库门房子脱胎于中国传统的四合院,只是由于上海市中心地皮金贵,所以不能像北京四合院那样有宽大的院子,而且住房也不能是平房。推开石库门之后,通常是一个小天井,天井后为两层主楼,主楼中间为客厅,两侧是左右厢房。在客厅之后又有一天井,这个后天井之侧通常是灶间以及后门。石库门往往是成排建造,前后有高墙,与外界隔绝,闹中取静,很受居民喜爱。

这一排新建的石库门房子,坐落在望志路上,自东向

---

[1] 这个老太太一直被称为陈老太。笔者于1989年9月4日采访中共一大会址纪念馆的陈沛存,曾问及陈老太叫什么名字以及她的身世,他说当时只知她姓陈。据云,陈老太在20世纪50年代去世,她有女儿、女婿。陈老太怎么会有大笔钱在1920年建造望志路五幢石库门房子?她的丈夫是谁?一直是一个谜。笔者在20世纪50年代上海房地产业名录中只查到一个名叫陈女英的女性名字。

西，门牌分别为100号、102号、104号、106号、108号（后来改为兴业路时，门牌改为70号、72号、74号、76号、78号）。

董老板讲，姓陈的老太太建造了这五幢房子，并不是给自己居住，而是出租，坐收租金。租下望志路106号、108号两幢房子的，是一位姓李的先生。李先生把两幢房子的隔墙打通，变二为一。平常，李先生一家从后门由贝勒路（黄陂南路）树德里出入。后来，李先生搬走了。

1924年，董正昌把这五幢房子全部租下。他对这五幢房子进行了大规模的改建：把望志路100号、102号、104号改为三楼三底，把104号的天井改成厢房，又把外墙垒高，粉成白色，写上巨大的"酱"字。这样，那三幢房子成了"万象源酱园"。他又把106号、108号改成二楼二底，把106号天井改成厢房，租给了亲戚居住——他成了二房东。

后来，他的亲戚在106号开了当铺。不久，又改开"恒昌福面坊"，屋里安装了摇面条的机器，生产挂面，外墙也刷成白色。

如此这般，那一排房子变得面目全非。难怪杨淑慧来来回回走了好几趟，这才敢说那儿有点像……

董正昌所说的那位姓李的先生，显然是李书城——李汉俊的胞兄。

李书城当年的"官儿"不小。他是孙中山的总统府顾问、国务院参议。他租下那两幢房子居住。弟弟李汉俊从日本留学归来，住在哥哥家中。周佛海的《往矣集》中说中共一大是在李汉俊家中召开，亦即在李书城家中召开。李家，也就是后来的"恒昌福面坊"——望志路106号、108号，便是中共一大会址！

李公馆的门牌

1952年中共一大会址修缮前拍摄的外景，恒昌福面坊的招牌尚在，但是上方巨大的"酱"字已经被白色石灰涂掉

一个重大的历史之谜，终于初步弄清了……

毛泽东、董必武投来关注的目光

中共上海市委很谨慎，没有马上把兴业路上那一排房子确定为中共一大会址。市委派人把兴业路、《新青年》杂志编辑部、博文女校三处拍了照片。

1951年5月，中共上海市委派杨重光带着照片专程赴京。

杨重光是这样回忆的：

市委叫我把照片送到北京中南海。到京后，接待我的胡绳同志答应把这些照片呈请中央领导同志看看。

两天后，胡绳告诉我，毛主席和董老（引者注：董老，即董必武。毛泽东和董必武均为中共一大代表）都看了照片。他们说：博文女校是一大召开期间代表们住的地方，开会地点是在一大代表李汉俊的哥哥李书城的家里。李书城在建国后任农业部部长，胡绳要我找他弄清确实的地址。

第二天一早八时左右，我去北京东单，在东单公园对面，朝路南面走七八分钟，找到国务院农业部部址。我去找部长李书城，他刚好在。我向他说明来意，询问中共一大开会之事。他说他的弟弟李汉俊是中共一大代表，会是在他家开的。李书城说："那时我家在法租界望志路106号、108号，现在路名和门牌都改了……"

这么一来，中共一大会址——李公馆得到了证实。

不过，毕竟事关重大，中央又委托李达前往上海，实地看一看。

李达，毛泽东的老朋友，毛泽东总是称他"鹤鸣兄"——他字永锡，号鹤鸣。他是中共一大代表，和李汉俊共同筹备中共一大，他当然比杨淑慧更加熟悉李汉俊的家。新中国成立后，李达担任湖南大学校长（自1950年2月至1953年1月）。

李达来到上海兴业路，步入"恒昌福面坊"。他连连点头说："是在这里，汉俊的家是在这里。"

李达的认可，具有权威性。于是，兴业路上那一排石库门房子，被确定为中共一大会址。

中共上海市委开始动员"恒昌福面坊"乔迁。

"哟，我们住的原来是一块宝地！""恒昌福面坊"的老板得知内中原委，高高兴兴答应搬走。

不过，搬迁总要有个过程，搬迁之后还要修缮。这样，1951年7月1日——中国共产党三十周年大庆，作为中共诞生地的兴业路76号、78号，那里还挂着"恒昌福面坊"招牌。

1951年7月3日，中央致电上海市委，称兴业路76号一大会址、蒲柏路127号博文女校以及渔阳里2号党中央领导机关所在地，"中央认为这几个地方如属可靠，即可用适当方式保存留作纪念。但据报告这些房屋都极破旧，恐不易久存，望你处研究一下，这些地址是否确实，及是否可能保存，保存下来如何利用，如何布置，并望将你们的意见电告。"

中共上海市委派人经过仔细勘察，向中央报告："以上三处房屋，均保持卅年前之原形"。其中兴业路76号："房龄三十余年，尚牢固，很可保存。现有居民数家，均为小工商业从业员。"渔阳里2号："房屋尚新，相当牢固，可保存。"蒲柏路127号博文女校："房屋较破落，但经修筑后也可保存。"因此，"鉴于这三处地方，均有重要历史意义，故亟应迅速修筑，辟为革命历史博物馆。我们拟组织一专门委员会，进行修筑、整理、布置工作。"并在修缮后作为永久性的革命纪念馆，对外开放利用。

从1951年7月开始，上海市政府对这三处建筑的居民动员搬迁。7月25日，中央致电华东局转上海市委，指示搬迁："必须待原住户真正同意后再办，万勿急躁勉强，引起群众反感。"

1951年9月16日，在上海蒲柏路14号[1]，两位干部模

[1] 今上海重庆南路30弄14号。

样的人物，正在办理承租私房的手续。这儿是"戴瑞记经租处"——陈老太的账房所在处。那两位租房者，是上海市公共房屋管理处的干部。他们受中共上海市委的委托，向大房东陈老太租下兴业路76号和78号两幢石库门房子。

"今日起租？""戴瑞记经租处"老板戴凝瑞问。

"今日起租。"干部答。

"租金四十二点四折实单位。"

"好，按月照付。"

双方就这样谈定了租赁手续。所谓"折实单位"是新中国成立之初所实行的一种以实物为基础而以货币折算的单位。当时的房租、工资、公债之类都按折实单位计算，为的是不受物价波动的影响。这种制度一直实行到1954年年底结束。在起租时，每折实单位约合人民币旧币五千五百余元，即现在人民币五角五分，亦即月租为人民币新币二十三元左右。

这样，李汉俊的旧居，被中共上海市委租了下来。

1951年9月24日，中共上海市委派人与博文女校业主唐云龙商议购房，对方出价32840044元人民币[1]。当时用的是旧人民币，相当于现在的3284.0044元人民币，亦即相当于李公馆月租的一百四十二倍或者李公馆十二年的房租。

二十来天之后——1951年10月8日，中共上海市委发出通知：把兴业路上中共一大会址、老渔阳里2号《新青年》编辑部和博文女校，都辟为革命纪念馆。为此，成立了管理委员会，由夏衍牵头，担任主任，委员有恽逸群、陈虞孙、方行、沈之瑜、杨重光。管理委员会负责这三处革命纪念馆的修复、整理以及筹备建馆工作。

后来，又增加了周而复、叶以群为管委会成员。

在这个管理委员会成立后的两个月——1951年12月18日，兴业路上的小菜场，被迁往淡水路。

这样，那排石库门房子前面不再嘈杂了。

1952年5月22日，中共上海市委购下了兴业路上76

[1] 1989年9月4日叶永烈采访中共一大会址纪念馆陈沛存。

上海中共一大会址

号、78号——不再是向陈老太租赁了。在管理委员会指导下，中共一大会址进行了初步修缮，屋里也做了些布置。

叶飞的耳朵尖，成为中共一大会址的第一个参观者。他当时担任中共福建省委第一书记、福建省省长、中国人民解放军福建军区司令员，兼任中共中央华东局书记处书记。他在1952年6月3日来到兴业路。那时，中共一大会址尚在内部整理之中，不对外接待。

叶飞之行，很快在中共中央华东局内传开来了。在"七一"前夕——1952年6月30日，魏文伯、曾希圣、柯庆施光临兴业路，成为那里的第二批参观者。

终于，在翌日的上海《解放日报》——1952年7月1日，首次公开披露了消息，在第二版上登载新闻《上海市革命历史纪念馆经一年修建已初步完成》：

为找寻中国共产党一大会址和毛泽东等会议代表居住处，上海市委成立专门委员会，通过几个月勘察与对证工作，终于找到了位于兴业路78号（原望志路108号）的一大会址和代表们下榻处（太仓路127号）。经修建，恢复了房屋的原样。

在同一版上，还发表了杨重光的文章《星星之火，可以燎原——记上海三个革命历史纪念馆》。

现摘录杨重光的文章于下：

在上海复兴公园北面兴业路、南昌路、太仓路这几条毗连的路上，有三个在中国革命历史上有着极其重要意义的房屋。这就是中国共产党诞生的地方——党举行第一次全国代表大会的房屋，党成立后的第一个总部，以及在党的第一次全国代表大会前后毛主席等代表住宿的地方。去年中共上海市委曾派了专人，经过几个月的勘察和对证，找到了原来的房屋，经过了修建、恢复了房屋的原状，正式成立了上海革命历史纪念馆第一馆、第二馆和第三馆。在纪念中国共产党成立三十一周年的今天，这几个纪念馆的成立，应是极有意义的事。

"五四运动"促成了中国工人运动和马克思列宁主义的结合，在"五四运动"的后一年，先后在中国好几个中心城市，如：上海、北京、长沙、汉口、广州、济南、杭州等地，成立了共产主义小组。1921年7月1日，中国各地的共产主义小组选举了十二个代表（引者注：应是十三个），在中国工业的中心和当时的工人运动中心——上海，举行了中国共产党第一次全国代表大会。上海革命历史纪念馆第一馆就是中国共产党第一次全国代表大会故址。在三十一年以前，这里是望志路108号，现在是兴业路78号，也是黄陂南路（即前贝勒路）树德里7号。这是一座临街的两层的普通弄堂房子。在三十一年以前，即1921年7月1日（引者注：实际上应是7月23日），中

一大会议室正面曾悬挂毛泽东照片（左）

国共产党就在这座房屋的楼上（引者注：后来经董必武等实地回忆是在望志路106号楼下），正式成立了。当时出席的代表十二人（引者注：应是十三人），代表了约五十个党员。毛泽东同志代表湖南党的组织。当时会议室的布置很简单，只有一个大菜台，周围可坐十余人。……

中国共产党第一次全国代表大会通过了中国共产党的第一个党章（引者注：应为中国共产党的第一个纲领。中国共产党第一个党章是中共二大通过的），选举了党的中央机关，组织了中国共产党。从此，在中国出现了完全新式的、以共产主义为目标的、以马克思列宁主义为行动指南的、统一的中国工人阶级的政党。……

就在消息见报的当天上午十一时，上海市市长陈毅以及潘汉年、方毅、刘长胜、陈丕显、王尧山等赶往兴业路，参观了中共一大会址。

当天，苏联塔斯社记者闻讯，也赶到兴业路。于是，在上海发现中国共产党一大会址的消息，迅速传到了国外。

序章·追寻　021

1952年中共上海市委三位书记参观中共"一大"会址，左二起为陈毅、刘长胜、潘汉年。左一为杨重光

不过，那时，兴业路76号上的"恒昌福面坊"几个大字，仍刷在墙上。屋里，则挂起了马克思像、列宁像以及毛泽东手迹"星星之火，可以燎原"。

这年冬天，国家文物管理局局长王冶秋从北京来，参观了中共一大会址之后，说了一番很重要的话："革命历史纪念馆的布置应该完全恢复当年原状，使来馆景仰者能想象当时情景生肃然起敬之感。"

于是，马克思像、列宁像、毛泽东手迹取下来了——因为当年开会时，墙上没有挂过。

之后，"恒昌福面坊"招牌铲掉了，巨大的"酱"字铲掉了，外墙上的石灰铲掉了，"混水墙"变成当年的清水墙——露出了青砖与红砖。

王冶秋还叮嘱："做成模型送北京。"

模型在1953年春做好了。这年6月19日，中共上海市委派沈子丞带着模型前往北京，送到中共中央宣传部。

王冶秋、胡乔木看了模型之后，转呈毛泽东、董必武观看。

董必武看了说："是这座房子。"

毛泽东看了则说："叫包惠僧去上海看一看。"

于是，1953年8月10日，中共中央宣传部李兰天、杜民奉命来到北京西四羊市大街48号，寻访内务部研究员、五十九岁的包惠僧。他本名包道亨，又名包悔生，后来改名包惠僧。他也是中共一大的出席者，历尽风风雨雨，1949年11月从澳门返回北京，安排在内务部工作。毛泽东记起了这位老朋友，要他写点回忆文章，并到上海实地踏勘。

1954年3月，包惠僧与李书城夫人薛文淑一起来到上海。包惠僧出席过中共一大，而薛文淑则是当年望志路106号的女主人。他们详细

复原后的中共一大会场

回忆当年的情景,使中共一大会址纪念馆的布置越来越接近于原貌。

薛文淑说:"楼下大门应有两个,76号厢房原来是没有的。78号楼上是我和书城的书房,楼下是用人房,76号是李汉俊的卧室,楼下是客堂吃饭的地方,中间放大餐台。我记得会议是在76号楼下开的。"

李公馆的餐厅,是中共一大会场。工作人员最初从别处借来一张长方形餐桌,放在那里。薛文淑看了之后说:"太小,式样不对,颜色也不对。"薛文淑还送来了当年78号楼上起居室内的一张红木六角形茶几和一张椅子。于是工作人员按照薛文淑所说的式样、尺寸,用麻栗木定做,尽量符合历史原貌。

就连餐桌上放置的花瓶,也按照薛文淑的意见改换了。最初,放置了一个普通的红色花瓶。薛文淑说颜色不对,是玫瑰红色。纪念馆研究员陈沛存请教了陶瓷专家,这才得知原来的花瓶在烧制时加了黄金粉末。于是专门定制,做了一个与原物一样的玫瑰色花瓶。中央一大会址纪念馆还曾专门写过一个文件《关于一大会议桌上的一只花瓶的处理意见》。餐桌上除了放置花瓶之外,还放置了当年式样的烟灰缸。

序章·追寻

薛文淑记得，长方形餐桌平常是放了一块白色的桌布。工作人员按照薛文淑的回忆，放上了白色的桌布。

就连李公馆黑漆大门上的门环，也注意恢复历史原貌。工作人员在修缮黑漆大门时，装上了"豪华"的精雕细镂的铜门环。但是那一带的石库门房子都是安装简单光滑的圆形铜门环，于是"豪华"型门环被取下，换上普通的圆形铜门环。

只是薛文淑指出会议是在楼下开的，一时定不下来——因为李达说是在楼上开的。薛文淑说："我当时刚刚出嫁，还只有十七岁，对我的新房很有感情，楼上是我们的新房和李汉俊的卧室。"当然，薛文淑的回忆，显然比李达可靠。因为薛文淑是那里的主妇，天天在楼下吃饭，餐桌便是那张长方桌，而中共一大的代表们是围着长方桌开会，理所当然是在楼下。

不过，薛文淑没有出席会议，而李达是中共一大代表，李达的话势必比薛文淑更富有权威性——尽管李达只在那里开过几天会。人们仍遵从李达的意见，把会议室布置在楼上，供人瞻仰。

1955年，中央批准了上海建革命历史纪念馆的计划。一位苏联专家提出，中共一大会址太不"气派"了，应该把周围的房子都拆掉，建成一个大花园。上海的华东设计院按照苏联专家的建议，设计了草图。这个方案被中央否决了，指出："这么搞把周围环境都破坏掉了，看不出当年的原状和气氛了。"正因为这样，中共一大会址四周没有大拆大建，大体上保持历史原貌。

1956年春节，事先没有接到任何通知，一辆轿车驶入兴业路。从车上下来一位白发长者，留着白色髭须，那面孔是报上照片里常可见到的。哦，是最高人民法院院长、中共一大代表、七十岁的董必武！

董必武做了"裁决"。他说："当年开会不在楼上，而是在楼下，会议室应该布置在楼下。"

董必武说出了令人信服的理由："当时不似现在，人家有女眷，我们怎么好走到楼上去开会呢？何况那时我们的会议还有外国人参加。"

在楼下，董必武指着一扇窗上隐约突出的横条石说："这里原来是天井，也有一个大门，这不是原来的石库门框吗？"纪念馆工作人员经过细细查看，那扇窗当初果然是一道门，是在下边砌了砖改装成窗子的，这表明董必武的记忆力相当准确。

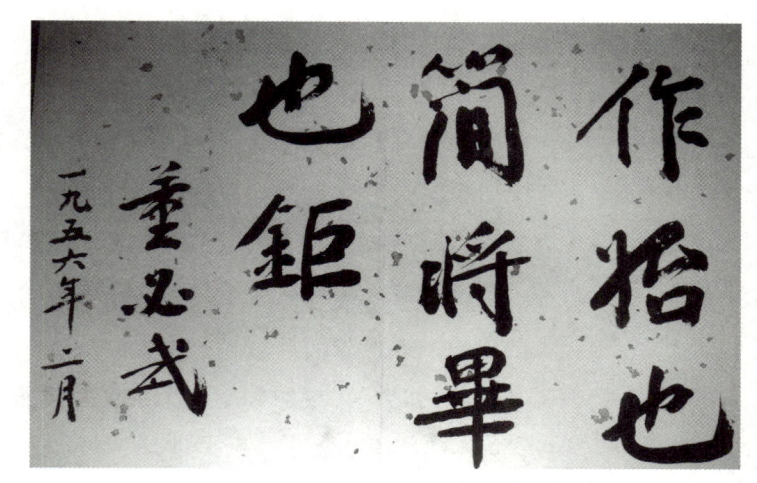

1956年2月董必武为中共一大会址题词

董必武的话，一锤定音。从此，那长方桌从楼上搬到楼下，完全恢复了历史原貌。

董必武还回忆说，开会时长方形餐桌上是没有白色桌布的。工作人员依据董必武的回忆，拿掉了长方形餐桌上的白色桌布。

董必武兴致勃勃，当场挥毫题词。他借用《庄子》内篇《人间世》的一句话，写下自己的无限感慨：

"作始也简，将毕也巨。"（《庄子》原文为："其作始也简，其将毕也必巨，夫言者风波也。"）

这八个字，概括了中国共产党从小到大、从弱到强、从"简"到"巨"的历程。

中共一大会址纪念馆自从1952年建立以来，已经累计接待了海内外参观者数千万人次。

如今，中共一大会址纪念馆的展览场地已经显得狭小，自1998年6月起开始扩建——原纪念馆保持原貌，在西面新建一幢仿造上海石库门式的建筑。扩建之后，陈列面积比原先扩大了四倍。2016年7月1日，为了迎接中国共产党成立九十五周年，中共一大会址纪念馆完成了十多年来最大规模的展览陈列扩容，新的陈列展览名为"伟大开端——中国共产党创建历史陈列"。

美国发现中共一大文献

费尽周折，在历史的长河中，终于找到了中共一大会址，恢复了当年的原貌。

然而，会址只是表明中国共产党第一次全国代表大会在什么地方召开。会议的内核——一大文件，却茫然不知何处。

健在的一大代表们都记得，一大曾通过一个纲领和一个决议——中国共产党的第一个纲领和第一个决议。显然，这是中国共产党极端珍贵、重要的历史文献。寻找这两篇历史文献，其意义绝不亚于寻找中共一大会址。

遗憾的是，这两篇文献当时只有手抄稿，并没有正式发表过。在那样动荡的岁月，几份手稿能够保存下来吗？沧海横流，何处寻觅？

早在1937年——中共一大召开后的第十六个年头，美国女作家尼姆·韦尔斯在访问陕甘宁边区时，便向中共一大代表董必武问起了一大文献的下落。

在尼姆·韦尔斯所著的《中国共产党人》一书第一卷《红尘》中，记述了董必武的回忆：

原来陈独秀要参加会议并确定为这次会议的主席。但是，那时他必须在广东，于是张国焘代替他。关于这次会议的所有记载都丢失了。我们决定制定一个反对帝国主义、反对军阀的宣言。但是，党的这个最早的文件，我们一份也没有了。……

是的，是"都丢失了"！"一份也没有了"！

一年又一年流逝，中共一大文件杳无音讯，遍找无着……

出乎意料的事，发生在大洋彼岸——万里之遥的美国纽约。

1960年，坐落在纽约的美国排名第七号的哥伦比亚大学里，一位名叫韦慕庭（C.Martin Wilbur，按照音译，应译为 C. 马丁·维尔巴，而他却给自己取了一个中国式名字"韦慕庭")的美国人,处于极度兴奋和极度忙碌之中。他是哥伦比亚大学的中国史教授,曾和华裔美国学者夏连荫(Julie Lien-ying How)编过《关于共产主义、民族主义及在华苏联顾问文件,1918—1927年》(哥伦比亚大学出版社1956年出版),对中国共产党的历史颇有研究。

霍华德·林顿先生告诉他的消息,使他的心情久久不能平静:哥伦比亚图书馆最近在整理资料时,从尘封已久的故纸堆里,发现一篇1924年1月该校的硕士毕业论文。论文是用英文打字机打印。作者署名为"Chen-Kungpo",而论文的题目令人注意——"The Communist Movement in China"(《共产主义运动在中国》)。

在1924年1月,哥伦比亚大学的学生怎么会写出这么一篇硕士论文?

"Chen-Kungpo"这名字,跟"陈公博"同音。稍知一点中国历史的人,都知道此人乃仅次于汪精卫的第二号大汉奸,在汪伪政府中担任过"立法院院长""上海市市长"等要职。汪精卫死后,他取而代之,任伪国民政府主席兼行政院院长。此人怎么可能写出《共产主义运动在中国》的论文?

也许是与"陈公博"同音的"陈恭伯"或者"陈功柏"吧?

韦慕庭教授赶紧调阅学校的微型胶卷档案。从《注册登记簿》第三卷,即"1912—1926年毕业生登记簿"上,查到了"Chen-Kungpo"其人,有三次注册记录:

第一次,1923年2月28日注册,他填写的生日是"1891年8月28日","生于广州"。

第二次,1923年9月27日注册,他填写生日为"1891年9月29日"。

第三次,1924年9月注册,生日只写"1892年"。

真是个道地的怪人,他的生日怎么在不断"变化"着,每一回都不一样?

赶紧去查日本1941年出版的《日本名人录 附满洲国及中国名人》,查到陈公博,生于1890年,广东南海人。这表明陈公博很可能就是那位"Chen-Kungpo":

他的生日不断"变化",大概是因为他不会把中国阴历换算为公历。他的生日可能是阴历8月28日,头一回写的是阴历。第二回则换算成公历而又少算一日——应是9月30日。第三回也许是笔误,也许又一次算错,写成"1892年"。

至于把出生地写成"广州",大概是因为广东南海的名声太小,美国人不熟悉,干脆写成"广州"。

那么,陈公博怎么会写《共产主义运动在中国》呢?

韦慕庭在仔仔细细读毕《共产主义运动在中国》之后,认为这篇论文倘若不掺杂着虚假的话,将是一重大发现:此文论述了中国共产党的建立,是极为难得的中国共产主义运动早期历史文献——写于中共一大之后的第三年。

此文的重要性还不在论文本身,而在于它的附录。附录全文收入六篇文献:

附录一　中国共产党的第一个纲领(1921年);
附录二　中国共产党关于党的目标的第一个决议案(1921年);
附录三　中国共产党宣言(1922年7月第二次代表大会通过);
附录四　中国共产党第二次全国代表大会决议案(1922年);
附录五　中国共产党章程(1922年);
附录六　中国共产党第三次代表大会宣言(1923年)。

在这六篇附录中,附录一、二、四、五是散失多年,连中国共产党自己也未曾找到的重要历史文献!

作为历史学家,韦慕庭搁下了手头别的工作,全力以赴来考证这篇1924年的硕士论文。

他把论文交给了多年的合作者——夏连荫女士,请她对论文本身进行初步评价。

他自己则集中力量,考证那个陈公博。

他拜晤了纽约市立大学的唐德刚博士。几年前，唐博士曾一次次访问当时侨居美国的胡适博士，为胡适录音，写作《胡适口述自传》。唐德刚熟知中国的情况，何况胡适当年也是哥伦比亚大学的学生（哲学系，1915年至1917年）。胡适此人参加过《新青年》编辑工作，后来担任过国民党政府驻美大使、北京大学校长、中央研究院院长，甚至与蒋介石竞争"总统"。唐德刚迅速地向韦慕庭提供了许多关于陈公博的背景材料。唐德刚读了那篇论文，对文中一些疑难之处做出了解释。

他从纳撒尼尔·B.塞耶先生那里，得到了日文的关于陈公博的材料。从中得知，陈公博写过一本回忆录《寒风集》，内中谈及参加中共一大的经过——陈公博当年也是中共一大代表！

韦慕庭千方百计寻觅《寒风集》。虽然哥伦比亚大学图书馆洛氏大楼顶层收藏许多中文书籍，却没有《寒风集》。他又求助于斯坦福大学胡佛图书馆，也找不到这本书。当他得知堪萨斯大学正在跟住在香港的中共一大代表张国焘联系出版回忆录时，韦慕庭给张国焘写信，问他有没有《寒风集》。张国焘此人，跟陈公博一样，最初参加过中共一大，是中共早期重要活动家之一。后来，他成了中共的叛徒，不得已于1949年冬躲到香港栖身。他给韦慕庭寄去了《寒风集》。

韦慕庭以急切的心情，赶紧打开1944年10月由上海申报社印的《寒风集》。此书分为甲篇、乙篇两部分。甲篇是陈公博写的自传性回忆文章：《少年时代的回忆》（写于1935年）；《我的生平一角》（写于1933年）；《军中琐记》（关于1926年北伐的，写于1936年）；《我与共产党》（写于1943年）；《改组派史实》（写于1944年）；《补记丁未一件事》（写于1944年）。

乙篇则是陈公博的文学作品，收入《我的诗》《偏见》《了解》《贫贱交与富贵交》《不可为的官》《上海的市长》《海异》。

韦慕庭的目光，停留在甲篇第191页起的《我与共产党》一文。这篇文章可以说用无可辩驳的证据，证明了"Chen-Kungpo"即陈公博。

在这篇文章的前言中，陈公博写道：

这篇文章我本来决定要写的，但我同时希望藏之书橱，待身后才发表。我不是想自己守秘密，我曾参加过共产党，并且是中共第一次全国代表大会的代表，这是公开的事实，就是日本出版的《中国共产党》也有这样的记载。……

陈公博既然是中共一大代表，那么，他在1924年写出《共产主义运动在中国》，也就合情合理了。在《我与共产党》一文中，陈公博详细记述了他参加中共一大的经过，写及"一连四日都在李汉俊的贝勒路家内开会"。

陈公博还谈及，中共一大曾就纲领和决议案进行激烈的争论。"应否发出，授权新任的书记决定。我回广东之后，向仲甫先生（引者注：仲甫即陈独秀，当时在广州，未出席中共一大，但被选为书记）痛陈利害，才决定不发"。这清楚表明，中共一大的纲领和决议案是由陈公博带到广州去的，他当然有可能抄了一份留在自己手头。另外，陈独秀"决定不发"，使中共一大文献没有发表，于是留存于世的唯有手稿——正因为这样，此后多年找不到中共一大文献。

在《我与共产党》一文中，陈公博还写及"在民国十二年（引者注：即1923年）2月12日随美国总统号赴美"。他说：

抵纽约之后，我入了哥伦比亚大学的大学院（引者注：似应为"文学院"），那时我又由哲学而改研究经济。……

我抵美之后，接植棠（引者注：即谭植棠，北京大学毕业生，1920年曾与陈公博一起在广州办《广东群报》。1921年初在广州参加共产主义小组，后来曾任中共粤区委员）一封信，说上海的共产党决定我留党察看，因为我不听党的命令，党叫我到上海我不去，党叫我去苏俄我又不去。我不觉好笑起来，我既不留党，他们偏要我留党察看，反正我已和他们绝缘，不管怎样，且自由他。但我和共产党绝缘是一件事，而研究马克斯（引者注：即马克思）又是一件事，我既研究经济，应该彻头彻尾看马克斯的著述。我一口气在芝加哥定（引者注：即预订）了马克斯全部著述，他自己著的《资本论》和其他小册子，甚而至他和恩格斯合著的书籍都买了。……

陈公博在1923年2月12日从日本横滨赴美，而哥伦比亚大学档案表明他在2月28日注册，完全吻合。

陈公博在美国研读马克思著作，而且"倏忽三年，大学算是名义上研究完毕了，硕士学位已考过"，这也与那篇硕士论文的写作相吻合。

韦慕庭越来越意识到那篇在哥伦比亚大学"沉没"多年的硕士论文的重要性——当然，这也难怪，在1924年那样的年月，美国的教授们谁会注意一个二十多岁的中国学生关于中国共产主义运动的论文呢？

韦慕庭着手详细考证论文。他的书桌上，堆满了关于中共党史的参考书：埃德加·斯诺的《西行漫记》，布兰特、史华慈、费正清合著的《中国共产主义文献史》（哈佛大学出版社1952年版），陈公博的《中国历史上的革命》（上海复旦书店1928年版），萧旭东（萧瑜）的《毛泽东和我都是穷人》（锡拉丘兹大学出版社1959年版），日本外事协会的《中国共产主义运动史》（东京，1933年版），史华慈的《中国的共产主义和毛泽东的崛起》（哈佛大学出版社1951年版），沈云龙的《中国共产党之来源》（台北，1959年版），汤良礼的《中国革命内幕史》（纽约，1930年版）……

通过何廉教授的介绍，韦慕庭访问了陈公博在美国的一位家庭成员，得知关于陈公博更加详尽的身世。

韦慕庭着手写作论文。他的论文，作为陈公博的《共产主义运动在中国》的绪言。由于得到哥伦比亚大学社会科学研究会的赞助，1960年哥伦比亚大学出版了《共产主义运动在中国》一书，收入韦慕庭的绪言和陈公博三十六年前的论文。

韦慕庭在绪言中指出：

直到现在，人们还不知道保存有（中国共产党）第一次大会所产生的文件；董必武认为所有的文件都已丧失。而附录一和附录二就是——我认为，那就是中国共产党第一次大会的文件。……

中国共产党第一次代表大会的文献终于在大洋彼岸被发现。陈公博沉寂了三十六年的论文，走出了冷宫。

不过，陈公博的论文是用英文写的，因此美国所发现的是中共一大文件的英文稿。

这些新发现的中共一大文件，其真实性是毋庸置疑的。令人遗憾的是，《中国共产党的第一个纲领》英文稿在第十条和第十二条之间，竟缺了第十一条！韦慕庭只能做如下推测："陈公博的稿本无第十一条，可能是他打印新的一页时遗漏了，或在第十条以后排错了。"

在苏联找到了俄文稿

不论怎么说，美国韦慕庭教授的发现和研究，对中共党史研究做出了贡献。

不过，1960年，哥伦比亚大学出版《共产主义运动在中国》时，在美国除了几位研究中国史的专家有点兴趣之外，并没有多少人注意这本书。

当时，中美处于严重对立状态，两国之间没有外交关系。韦慕庭的论文，被浩渺的大洋阻隔。大洋此岸，并不知道中共一大文献在美国被找到的消息。

国内的中共党史专家们，也在寻觅着中共一大文献……

1950年，一位国内党史专家发现了一篇苏联人葛萨廖夫写的《中国共产党的成立》。此文的写作时间，比陈公博的硕士论文晚不了多少时候。葛萨廖夫当时在中国，跟第三国际来华代表有过接触。这篇文章，有一定的历史价值。

这么一篇历史文献，竟是从一部蓝色封皮的线装书中发现的。这部书的书名颇为惊人：《苏联阴谋文证集汇编》！

这是一部文言文写的书。没有标明什么出版社出版。

经过查证，此书"来历不凡"：

1927年4月6日清晨，奉系军阀张作霖不顾外交惯例和国际公法，突然包围、袭击了苏联驻华大使馆以及附近的远东银行、中东铁路办事处、庚子赔款委员会，抓走了在苏联大使馆西院的中共领袖李大钊。他们还搜查了苏联大使馆，非法搜去许多文件，内中便有葛萨廖夫用俄文写的《中国共产党的成立》一文。

张作霖下令把搜到的文件译成中文（文言文），编成一本书——《苏联阴谋文证集汇编》。

这本印数很少的线装奇书，在新中国成立后被找到一套。于是，那篇《中国共产党的成立》也就得以重见天日。

葛萨廖夫的《中国共产党的成立》，详细记述了中国共产党成立的经过，提到了中共一大讨论第一个纲领的情况，谈及关于纲领的激烈的争论——可惜，没有收入第一个纲领的原文。

发现葛萨廖夫的文章，使人们对中共一大的纲领，有了一些侧面的了解。

重大的进展，是在1956年9月中共八大之后，中共中央办公厅主任杨尚昆前往莫斯科，与苏共交涉，要求把共产国际有关中共的档案交还中共。

苏共经过仔细研究，答应交还一部分。

于是，从莫斯科运回了几箱档案。

中共党史专家细细检视这批档案，居然从中发现了中共一大文件的俄译稿！

不言而喻，中共一大召开之际，第三国际派代表出席会议，把中共一大文件的俄译稿带回了苏联，保存在共产国际的档案库里。

查遍几箱档案，党史专家们都没有发现中共一大文件的中文原件。

于是，俄译稿被还原译成中文。

当时，中共一大的文件属党内重要机密。还原翻译的中文稿经过中共中央马恩列斯著作编译局再三斟酌，刊载于内部机密刊物《党史资料汇报》第6号和第10号上。

为了证实从苏联运回的这些文件是否可靠，还原译的中文是否准确，中央档案馆筹备处办公室在1959年8月5日，派陈铭康和李玲把文件送到中共一大代表董必武那里，请这位历史亲历者做鉴定。

整整一个月之后——1959年9月5日，董必武写下了亲笔复函[1]：

我看了你们送来的《党史资料汇报》第六号、第十号所载："中国共产党第一次代表大会"，"中国共产党第一个决议"及"中国共产党第一个纲领"，这三个文件虽然是由俄文翻译出来的，但未发现中文文字记载以前，我认为是比较可靠的材料，又"中国共产党第一次代表大会"一文没有载明时间，其他两个文件上载明的时间是：1921年，也就是一大开会的那一年，可说是关于我党一大文字记载最早的一份材料。……

董必武认可了这一批中共一大文件。

因此，在美国教授韦慕庭发现陈公博的论文之前，中共已经发现了一大的文件俄文稿。

美国教授声称自己是中共一大文献的第一个发现者——这也难怪，因为中共当时没有公开发表过发现一大文件俄文稿的消息。

严格地说，美国韦慕庭教授是中共一大文献英文稿的第一个发现者和鉴定者。

不过，韦慕庭教授的发现，过了十二年之久，才传到大洋此岸来……

那是1972年，北京中国革命博物馆党史陈列部的李俊臣，结束了"五·七"干校的劳动，回到城里。

自从"文革"开始以来，他已好多年没有机会查看外

[1]《"一大"前后》（三），109页，人民出版社1984年版。

国文献了。回到北京之后，他才有机会到北京图书馆翻阅资料。

前些年日本出版的《东洋文化》杂志上的一篇文章，引起了李俊臣的注意。这位三十一岁的壮实男人，从十八岁起便在革命博物馆当解说员。喜欢钻研学问的他，渐渐对中共党史发生兴趣，着手研究。他看到《东洋文化》刊载藤田正典教授的论文《关于中国共产党一全大会、二全大会、三全大会文件的研究》，聚精会神地读了起来。尽管他不懂日文，感谢"老天爷"，日文中有一大半汉字，使他能大致猜出文章的意思。比如，"一全大会"显然也就是"第一次全国代表大会"……他不光看正文，而且连文末的注释也不放过。从一条注释中，他得知重要信息——美国哥伦比亚大学出版了陈公博的《共产主义运动在中国》一书！他求助于友人周一峰，希望把藤田正典的论文译成中文。

周一峰何许人也？周作人之子！他日语纯熟，而且当时正在北京图书馆里工作，是最合适不过的翻译者。然而，一向小心谨慎的周一峰一听要翻译关于中国共产党的论文，而且又涉及什么陈公博——当年周作人曾与陈公博一样都当过汉奸，他理所当然地推辞了，要李俊臣"另请高明"。

李俊臣看出他的顾虑，赶紧说道："你来讲，我来记。出什么问题我负责。"

好不容易，周一峰答应了。

藤田正典的论文译成中文后，李俊臣也就知道了美国韦慕庭教授在十二年前的研究成果。

李俊臣赶紧查找韦慕庭在十二年前编的那本书。

一查，北京图书馆里居然有这本书！就像当年陈公博的硕士论文在哥伦比亚大学图书馆"冷置"了多年一样，这本英文版《共产主义运动在中国》也在北京图书馆"冷置"了多年，无人注意。

于是，韦慕庭的绪言及陈公博的论文，被译成了中文。

跟俄文版还原译的中文稿一对照，两种版本的中共一大文件只在翻译字句上稍有不同，意思完全一致！

这清楚表明，英文稿、俄文稿在当时是根据同一中文原稿翻译的。

最令人惊讶的是，《中国共产党的第一个纲领》英文稿缺了第十一条，而俄文稿同样缺了第十一条——这更表明两种外文稿同源于一种中文稿！

当然，那中文原稿中为什么会缺了第十一条，则成了历史之谜：或许是起草者把第十一条误编为第十二条，只是漏了一个号码，原件内容无遗漏；或许是手稿中漏写第十一条；也可能是第十一条引起很大的争议，付诸大会表决时被删去……这个历史之谜，要待有朝一日发现中共一大文件中文原稿时，才能判定。

在历史的雪泥鸿爪中苦苦追索，1921年7月在上海召开的那次极端秘密、只有十几个人参加而又极其重要的会议——中共一大，这才渐渐"显影"，被时光淹没的历史真相慢慢变得清晰起来。寻找中共一大会址和中共一大文件，只是这些年来苦苦追索中的两桩往事。

这些年来，关于中共一大的一系列课题，成为中外学者们竞相探讨的热点：

中共一大究竟是哪一天开幕？

在哪一天闭幕？

出席会议的代表究竟是十二个还是十三个？

那位共产国际远东书记处所派的代表尼科尔斯基，究竟是怎样一个人？

……

虽然中共一大的召开已经是九十年前的旧事，然而这些追索迄今仍在进行中。就在笔者着手采写这本《红色的起点》之初，尼科尔斯基尚是一个谜。中共党史研究专家告诉笔者，在任何档案中都没有查到关于尼科尔斯基的生平材料。可就在笔者采写本书的过程中，忽又闻这个被称为"一个被遗忘的参加中共一大的人"的身世查明了，于是，我便赶紧前往北京做详细了解……

笔者正是在中外众多学者专家数十年来研究中共一大的基础上，着手写了这本《红色的起点》。

以上权且作为全书的序章。

红色的起点

第一章 · 前奏

第一章·前奏

出现在奥地利的神秘人物

暮春初夏的维也纳,最为宜人,也最为迷人。每年这个时节,游人从四面八方拥向这座古城——自从奥匈帝国解体,奥地利共和国在1918年宣告成立,这儿成了奥地利共和国的首都。

湛蓝的多瑙河从市区缓缓穿过。古色古香的皇宫、议会厅以及直插碧空的教堂尖顶,在金色的阳光下发出璀璨的光芒。

在繁华的轮街街头的广场上,矗立着贝多芬的雕像。而在皇宫花园里,莫扎特的石像矜持轩昂。这座音乐之都,与舒伯特、勃拉姆斯、海顿、施特劳斯以及贝多芬、莫扎特的大名紧紧相连。在游人最盛的日子里,音乐节在这儿举行,空气中飘荡的音符更增添了欢乐悦耳的气氛。

1921年,在音乐节前夕,一列蒸汽机车呼哧呼哧喘着粗气,驶入维也纳车站。在一大群优哉游哉的下车旅客之中,一位步履匆匆的旅客显得与众不同。

此人年近四十,熊腰虎背,身材高大,连鬓胡子,衣着随便,看上去一派军人气质,或者工人模样。可是,那一副金丝边框近视眼镜,开阔的前额,却又显示出知识分子风度。

他双手拎着一大一小两只箱子,走出车

马林

站，跳上一辆马车。来到一家中等的旅馆里，他订房间时用德语说道："给我顶层的单人房间。"

"好的，先生。"老板用德语答道，满足了他的要求。德语是这里通行的语言。

他在房间里放好箱子，锁上房门，外出办事。奇怪，此人竟没有来过夜。

一天，两天，三天过去了，那房间仍然空荡荡的，不见那位旅客的踪影。

难道他在奥地利有亲朋好友的家可住？既然他有住处，为什么又要在旅馆里租房间呢？真是一位奇怪的旅客！

旅店的老板压根儿没想到：这位旅客此刻正在一个特殊的"住处"——维也纳警察局的监牢里！

他，被拘捕了！

他是在申请前往中国的签证时被拘捕的。他持有荷兰护照。他在旅馆的旅客登记册上签了"Andresen"（安德烈森）这样的名字，而他的护照上则写着他的姓名叫"Hendricus J. F. M. Sneevliet"（亨德立克斯·斯内夫利特）。

其实，对于他来说，在不同的场合改名换姓犹如在不同的季节改换衣服一样，毫不足奇。亨德立克斯·斯内夫利特倒是他的真实姓名。他的化名，多得令人眼花缭乱。

不久前，他在苏俄莫斯科，用的是"Maring"（马林）。

此外，他还用过化名"Marting"（马丁）、"Marling"（马灵）、"Mareng"（马伦）、"Malin"（马琳）、"Slevelet"（斯列夫利特）、"Dr.Simon"（西蒙博士）、"Mr. Philip"（菲力浦先生）、"Brouwer"（布罗维尔）、"Joh Vanson"（乐文松）。

他甚至还有中国名字"Gni Kongching"（倪恭卿）！

后来，他还取过中国笔名"Sun To"——"孙铎"呢！

以上共计十四个名字——这尚不包括他临时用一两天以及临时用

一次的那些连他自己都记不得的化名！

显而易见，此人非等闲之辈，从事特殊的工作。他来自莫斯科，要前往中国上海，理所当然地引起了奥地利警方的注意。刚刚建立世界上第一个红色政权才三年多的苏俄，震撼着欧洲，引起资本主义世界的"地震"。从1918年3月15日开始，英军在摩尔曼斯克登陆，协约国（即包括美、英、法、意、日等十五国）开始公开干涉俄国革命。4月5日，日本和英国的海军陆战队在苏俄东方的海参崴登陆。8月16日，美军也在海参崴登陆。经过艰苦卓绝的浴血奋战，新生的苏维埃没有被外敌的铁腕卡死在摇篮里，反而在反击侵略者的战斗中变得壮实、强大。

虽然入侵者被赶出了苏俄国土，但是，资本主义世界跟这个初生的社会主义国家之间的敌意愈发加深了。特别是从1919年3月起，到1921年初夏，不到两年的时间，保加利亚、南斯拉夫、美国、墨西哥、丹麦、英国、法国这七个国家，相继成立了共产党，引起了资本主义世界深深的不安。

各国共产党纷纷成立，革命浪潮此起彼伏：1918年1月27日芬兰共产党领导了芬兰革命，芬兰赤卫队占领了首都赫尔辛基的政府机关。翌日，宣告芬兰革命政府——人民代表苏维埃成立。芬兰苏维埃政权存在了三个月，最终被消灭。紧接着，1918年6月24日，匈牙利共产党夺取政权，在首都布达佩斯宣布成立工人苏维埃。这一红色政权遭到镇压之后，同年11月3日德国基尔港水兵在德国共产党领导下起义，升起了红旗，宣布成立苏维埃……

地处中欧，与苏俄只隔着捷克和匈牙利的奥地利，时时提防着苏俄的影响。即便是在琴声四起，《蓝色的多瑙河》旋律在"音乐之都"维也纳飘荡的歌舞升平时节，维也纳警察局仍以警惕的目光，注视着那些夹杂在游人之中、来自苏俄的"赤色分子"。

维也纳外事局的专员带着斯内夫利特的荷兰护照，特地来到荷兰王国驻奥地利的大使馆。大使先生很明确地做出答复："此人是共产党！"

于是，斯内夫利特被押进了维也纳警察局看守所。

得到了风声，斯内夫利特的朋友弗里德里希·阿德勒带着一位奥地利律师，赶到了维也纳警察局。

"你们为什么拘捕斯内夫利特？"阿德勃质问道。

"因为他是共产党！"警官傲慢地答道。

"你们有什么证据证明他是共产党？"阿德勃反驳道，"你们别忘了，他是外国人——荷兰人！这儿不是荷兰！他只是路过奥地利，希望得到前往中国的签证。他是奥地利的客人。他在维也纳，没有触犯奥地利的任何法律，你们怎么可以随便拘捕一个外国人？"

"警官先生，恰恰是你们的行为，违反了奥地利法律！"这时，那位律师也发话了。

警官无言以对。两道浓眉，这时紧紧地拧在一起。过了半晌，才从牙缝里挤出一句话："我们研究一下，给予答复。"

"在你们没有释放斯内夫利特之前，我每天都要和律师一起，到这里跟你们交涉一次，表示我们的抗议！"阿德勃用非常坚定的语气说道。

那家旅馆顶层的单人房间空置了六个昼夜，终于响起了开门声。斯内夫利特终于回来了。他的身后跟着四个人——阿德勃和律师，还有两名奥地利佩枪的警察。

斯内夫利特用粗壮有力的手，拎起两只皮箱，就离开了那个房间——竟然没有在那里住过一夜。

他在警察的押送下，来到维也纳火车站。因为奥地利政府下了"逐客令"——把斯内夫利特驱逐出境！

斯内夫利特于1921年4月15日离开维也纳，4月21日从意大利威尼斯踏上意大利的"英斯布鲁克"号（原名"阿奎利亚"号）轮船，朝东方进发，驶向上海……

时间淡化了档案的神秘面纱。据收藏在北京中国革命博物馆内的英文档案记载，早在1920年12月10日，北京的英国驻华公使艾斯敦爵士便已致函北京的荷兰驻华公使欧登科·维廉·亚梅斯，便已提及了这位行动机密的斯内夫利特先生。公函全文如下[1]：

1 中国社会科学院马列所、近代史研究所编，《马林与第一次国共合作》，2页，光明日报出版社1989年版。

北京荷兰公使

欧登科先生阁下

亲爱的同仁：

  兹接我政府电，谓某名为 H. 斯内夫利特者约为荷兰人，确已负有荷属东印度（引者注：即今印度尼西亚）进行直接的布尔什维克宣传的使命赴远东。电报命令我设法在他向英国驻华公使申请护照的签证时，阻止他得到签证。

  我没有关于这个人行动的任何材料，只知道他约在二年前从荷属东印度到了荷兰。

  如果阁下获悉斯内夫利特去申请英国签证的消息能告知我，我将不胜感激。

你忠实的艾斯敦

  翌日，荷兰驻华公使欧登科即复函艾斯敦，非常清楚地透露了斯内夫利特的身份和前往远东的使命。公函原文如下[1]：

北京比尔比·艾斯敦

爵士公使阁下

亲爱的比尔比爵士：

  现回复阁下的来函，奉告下述情况：几个星期前，我收到海牙外交部的一封电报，内称斯内夫利特受莫斯科第三国际派遣去东方完成宣传使命，电报指示我提请中国政府注意。我已照办并补充说，如果中国当局认为拒绝斯内夫利特在中国登陆是可行的，我将不会反对他们这样做。但我迄今尚未得到复函。

  如果我能够给你关于此人活动或打算的情报，我非常高兴地向你提供。

你忠实的欧登科

---

[1] 中国社会科学院马列所、近代史研究所编，《马林与第一次国共合作》，3页，光明日报出版社1989年版。

档案所披露的秘密表明，早在1920年12月，荷兰政府（当时设在海牙）和英国政府都已密切注视斯内夫利特的行踪，并已"提请中国政府注意"。

正因为这样，1921年4月，当斯内夫利特在维也纳出现，那里的警察便关注着这位来历不凡的人物。

在斯内夫利特被逐出奥地利之后，荷兰海牙殖民地事务部所存档案表明，奥地利维也纳警察局于1921年4月21日致函荷兰驻维也纳公使馆，内中非常清楚地告知斯内夫利特的动向：

> 斯内夫利特持有1918年爪哇所发护照，其上盖有前往德国、奥地利、瑞士、意大利、中国和日本的签证，其他身份证件则一概没有。经验证其身份和雇聘与解雇证明之后，斯不愿在维也纳逗留，遂于1921年4月15日离此前往意大利威尼斯市，并拟于1921年4月21日自威尼斯市乘直达上海的火轮继续其旅行。
>
> 在上海，他将作为一家英国（引者注：应为日本）杂志《东方经济学家》的记者进行活动。据本警察局所掌握的材料，1921年3月在海牙举行的国际反军国主义大会期间曾有传言说斯内夫利特到东方也将为进行反军国主义的宣传而建立联系。

当斯内夫利特在威尼斯踏上东去的轮船，由于接到维也纳警察局的密告函，荷兰、英国以至日本驻奥地利的大使，都高度重视这一"赤色分子"的动向。

各国大使紧张地行动起来，纷纷发出密电，那充满着音符的维也纳上空顿时夹杂着不协调的无线电波。

荷兰大使馆发密电通知荷兰驻上海领事馆，还通知了荷属东印度（即今印度尼西亚）。英国大使馆发密电通知英属亚洲国家——斯里兰卡、新加坡，也通知了英国管辖下的香港。

因为这些地方是斯内夫利特前往中国时可能经过的。另外，还通知了英国驻上海领事馆。

日本政府也收到了日本驻奥地利大使的密电。

如临大敌，严阵以待，斯内夫利特的中国之行，惊动了这么多的大使、警察、密探……

列宁委派他前往中国

斯内夫利特究竟是何等人物？

鉴于他后来在中国的常用名字是马林，以马林著称于世，此后行文为照顾习惯，改用马林。

1922年7月30日苏联《真理报》所载《中国共产主义运动的现状》一文，清楚地表明了马林的重要地位。只是《真理报》公开发行，不能把这位做秘密工作的人物的姓名捅出去，因此文中以"×同志"作为代词。

《中国共产主义运动的现状》原文如下：

在共产国际执行委员会的同一次会议（引者注：指1922年7月17日会议）上，×同志作了关于中国问题的报告。×同志在中国待了一年半，不久前刚回来。他仔细地研究了这个大国混乱不堪的政治和经济情况。他认为，中国的政治操于列强之手，而中国社会各阶级（中国国内尚无完全成形的阶级）并不发生有力的影响。在孙中山政府统治下的南方进行着民族主义运动，它得到侨居国外的中国大资产阶级帮助。

由社会主义和马克思主义的书刊哺育的知识分子是这个国家最活跃的一股力量。但是，这场革命的民族主义运动在一般中国人民中间，在农民中间却引不起丝毫反响。农民的大多数是租种小块土地的小佃农，他们在国家的政治生活中不起任何作用。情况是如此之独特，与其他国家农民的境遇相比又是如此之不同，以至直到如今也无法为他们制订出任何一个总的土地纲领。

处于外国资本家统治之下，而又是大工业中心的华中（上海），还不具备由中世纪行会组织和秘密组织向现代工会转化的可能性。南方的情形则不同，在这里，居于领导地位的孙中山的党对工人阶级也有着明显的影响，无产阶级同这一组织之间甚至有内部联系。这一点从最近有组织的海员大罢工中可以看出。广东的许多工会小组组织得很好，很集中。那里已拥有五万名有组织的工人，其中海员工会最强大，有一万二千之多。

随后，报告人详尽地描述了中国极其复杂的内部关系，在那里，大国之间尔虞我诈，彼此倾轧，为此他们竞相利用中国的各个派别。孙中山反对北京的斗争，是南方拥护改革、反对北方满洲反动统治阶级的民主制（引者注——原文如此）的斗争。在这场斗争中，孙中山看来遭到了失败。虽然南方发展共产主义运动的条件很有利，在某种程度上甚至政府也希望运动有所发展，可是我们在那边的同志却未能充分利用这一形象去加强联系工人群众。他们推行宗派主义政策，而把自己毫无起色的工作和背离群众迫切利益的现象归咎于什么非法地位。中国青年，尤其大学生，乃是极易接受社会主义的人。但还谈不上进一步研究马克思主义。

现在，红色工会国际和共产国际在中国，特别在南方，具有卓有成效地推进工作的十分适宜的土壤，因此，问题应当认真地加以讨论。……

决定委托×同志起草致中国共产党和日本共产党的信。

能够在莫斯科共产国际执行委员会上作关于中国问题的长篇报告，又能代表共产国际执行委员会起草致中国共产党、日本共产党的信，这位"×同志"——马林确非等闲之辈。难怪当他光临奥地利，会引起那么一番不小的风波！

共产国际，亦即"第三国际"。

"第一国际"是马克思、恩格斯在1864年创立的，叫"国际工人协会"，着力于组织各国的工人运动。"第一国际"于1876年解散。

"第二国际"是恩格斯在1889年创立的，是各国社会党的国际联合组织。后来，由于大多数社会民主党公开背叛了无产阶级，"第二国际"在第一次世界大战爆发后解体。

"第三国际"是列宁在1919年创立的，通常称共产国际。按照共产国际章程规定，共产国际是一个世界性政党，是全世界共产党和共产主义组织的国际联合组织，所以称"共产国际"。它的通俗、形象的称呼是"世界共产党"。各国共产党都是它的支部。因为它不仅仅是各国共产党的联合组织，它和各国共产党之间是领导与被领导的高度统一的上下级关系。在共产国际世界大会闭会期间，执行委员会是共产国际的最高权力机构，它的决定对共产国际所属一切政党都有约束力。列宁是共产国际的领袖。

虽说各国共产党都是共产国际的支部，受共产国际领导，但是俄共（布）却是个例外。这因为共产国际是由俄共（布）领袖列宁一手创立的，而且共产国际的总部机关设在莫斯科，共产国际的财政靠苏俄支持。这样，共产国际与俄共（布）的关系是一种超然于共产国际章程规定之外的特殊的关系。俄共（布）实际上凌驾于共产国际之上，是共产国际的领导者。

走笔至此，顺便向读者诸君介绍几个相似而又很易混淆的名词：

俄共（布）——俄国共产党（布尔什维克）的简称。俄国共产党（布尔什维克），也被译为俄罗斯共产党。前身为俄国社会民主工党（布尔什维克）。1903年7月30日，在俄国社会民主工党第二次代表大会上，分成列宁为首的布尔什维克派和反对列宁的孟什维克派，两派在许多重大问题上有严重分歧。1912年1月的俄国社会民主工党第六次全俄代表会议上，布尔什维克决定在组织上同孟什维克决裂，成为独立的政党，即俄国社会民主工党（布尔什维克）。1918年3月俄国社会民主工党第七次全俄代表会议决定将党的名称改为俄国共产党（布尔什维克）。

布尔什维克与孟什维克——布尔什维克（большевик），俄文"多数派"的音译，而孟什维克（Меньщевик），俄文"少数派"的音译。

苏俄与苏联——苏俄是俄罗斯苏维埃联邦社会主义共和国的简称。1917年11月7日俄罗斯爆发十月革命之后,建立俄罗斯苏维埃联邦社会主义共和国,亦即苏俄。苏联则是苏维埃社会主义共和国联盟的简称。俄文缩写为CCCP。1922年12月30日由俄罗斯苏维埃联邦社会主义共和国、白俄罗斯苏维埃社会主义共和国、乌克兰苏维埃社会主义共和国、外高加索苏维埃社会主义联邦共和国合并而成的社会主义联邦制国家。此后又有许多苏维埃社会主义共和国加盟苏联,其加盟共和国总共达十六个。苏联于1991年12月25日解体。

联共(布)——苏联共产党(布尔什维克)的简称。随着苏联的诞生,1925年12月在党的十四大上,俄国共产党(布尔什维克)改称苏联共产党(布尔什维克),即由俄共(布)改为联共(布)。在1952年党的十九大上改名苏联共产党,删去"(布尔什维克)",简称苏共。

1920年7月,马林在莫斯科见到了列宁,受到了列宁的赏识。

那时,共产国际第二次代表大会正在苏俄召开。马林作为印尼共产党的代表,出席了大会。

"马林同志,您从荷兰的殖民地——东印度来,我想请您参加共产国际的'民族和殖民地委员会'工作,好吗?"列宁紧握着马林的手,这么说道。

列宁领导了十月革命,给了中国以深刻的影响

马林(左三)与列宁(左四)

第一章·前奏　047

"好，我非常乐意参加这个委员会，愿为殖民地人民的民族解放斗争出力。"马林一口答应下来。他用流畅的英语跟列宁谈话。他能讲英语、德语、法语和荷兰语，也懂俄语。正因为这样，他奔走于世界各国，能用多种语言与人交谈。

列宁是民族和殖民地委员会的主席，马林被任命为秘书。在委员之中，有墨西哥代表团负责人，印度人罗易。

列宁非常重视民族和殖民地问题，要在共产国际的第二次代表大会上作《民族和殖民地问题》讲话。列宁写出了提纲初稿，向罗易也向马林征求意见[1]。

"列宁同志，我对您的提纲有不同的意见。"罗易很直率地说道。

"欢迎，欢迎。"列宁的眼角皱起了鱼尾纹，笑眯眯道，"罗易同志，我事先把提纲初稿打印出来，就是希望能够听取各种意见。"

"列宁同志，我认为您的提纲初稿中，低估了殖民地国家无产阶级的存在及其意义，低估了这些国家中革命的工农运动。"罗易开门见山地说道，"共产国际不应支持落后国家的资产阶级民主运动，而应当只帮助建立和发展革命政党所领导的共产主义运动。"

"罗易同志，你的意见很好。"列宁说道，"我建议你也写一份提纲，把你所熟知的印度和亚洲其他受英国压迫的大民族的情况写成提纲，在大会上发言。"

这样，列宁和罗易相继在大会上发言。

在7月28日第五次全体大会上，马林作了发言，谈了自己的见解，也谈了对列宁和罗易提纲的看法[2]：

同志们，荷属东印度问题是最重要的问题之一。……由于过去七年我的工作是和东印度运动密切联系在一起的，我希望大会对我作为一个革命的马克思主义者在这些国家中所取得的经验给予关注。我认为在议事日程中没有别的问题比民族和殖民地问题对世界革命运动的进一步发

---

1 杨云若、杨奎松著，《共产国际和中国革命》，上海人民出版社1988年版。
2 中国社会科学院现代史研究室组织编写，《马林在中国的有关资料（增订本）》，人民出版社1984年版。

展更为重要的了。……

我看列宁同志和罗易同志的提纲之间没有什么不同。他们的解释是一致的。……同革命的民族主义者合作是必须的,假如我们拒绝民族解放运动,扮演一个空谈理论的马克思主义者,那么我们就只是做了一半工作。……

马林在大会发言中,提到了应当重视中国的革命者:

我愿建议在这里通过的提纲,由共产国际用几种东方文字印刷,特别在中国和印度的革命者中间分发。……

我们应给东方革命者在苏俄学习理论的机会,以使远东能成为共产国际的一个有朝气的成员。

在这次代表大会上,马林当选为共产国际执行委员会委员——相当于这个"世界共产党"的政治局委员! 他,跃入共产国际领导人的行列。

马林的跃升,当然是由于列宁的信赖。而他,正是以丰富的革命经验和超群的工作能力,赢得了列宁的垂青……

马林,这个荷兰人,怎么会对东方的殖民地的革命如此熟悉? 他怎么会成为印尼共产党的代表?

在众多的欧洲国家中,荷兰和葡萄牙是两个奇特的国家。这是两个小国,论面积不到十万平方公里,论人口不过一千万上下,可是却曾成为不可一世的"海上霸王":在15世纪到16世纪,葡萄牙凭借自己强大的船队远征海外,占领了很多殖民地,成了"殖民地大国"。紧接着,在17世纪,荷兰猛烈地向海外扩张,一跃而为世界上最大的海上殖民帝国。

荷兰的殖民者远征亚洲,印度尼西亚沦为"荷属东印度"。

1883年,马林降生在盛开郁金香的荷兰海港鹿特丹。鹿特丹不仅是荷兰第一大港,迄今仍是世界最大的海港。万国商船云集。莱茵河、马斯河在那里注入北海。一座座风车在这片地势低洼的土地上缓缓转动,把水排到长长的海堤之外。

马林在这"欧洲的门户"长大。中学毕业后,来到首都阿姆斯特丹,考入荷京大学学习政治经济学,开始懂得革命的道理。

1902年,十九岁的马林加入了荷兰的社会民主党,开始他的政治生涯。他在铁路部门从事工会工作,表现出他的很强的组织才能。

1913年,三十岁的马林被派往万里之遥的荷属东印度从事革命工作。

印度尼西亚号称"千岛之国"。最为繁华的是爪哇岛,那里集中着全国百分之六十五的人口。马林在爪哇岛的三宝垄,担任那里商会的秘书。不久,他便兼任三宝垄铁路电车工会机关刊物《坚韧报》主编。在那里的荷兰人大都是殖民地统治者,而马林却站在被压迫者一边,成为那里革命的组织者。

马林深感政党的重要性。1914年5月9日,在他的倡议下,成立了"东印度社会民主联盟"(印尼共产党的前身)。他也意识到宣传工作的重要,亲自创办了荷兰文的《自由呼声报》。

后来,他又创办了印尼文的《人民呼声报》。擅长作文的他,写了不少宣传马克思主义的文章。

1917年11月,列宁成功地领导了俄国的十月革命。消息传到荷属东印度,马林兴奋不已,发表了好多篇文章,为十月革命欢呼雀跃。

荷属东印度总督早已把马林视为眼中钉。这时,他抓住马林的文章作为把柄,通缉马林,并由三宝垄法院对马林进行了审讯。

1918年12月5日,马林被荷属东印度总督下令驱逐出境。

马林不得不回到荷兰。但是,他仍通过他在荷属东印度的战友,领导着那里的革命活动。

1920年5月23日,荷属东印度社会民主联盟举行第七次代表大会,决定把党的名称改为"印尼共产党"。

就在这个月,马林从荷兰前往苏俄,以印尼共产党代表的身份参加了共产国际二大的筹备工作。

在莫斯科,列宁又一次会见马林,跟他讨论民族和殖民地问题——

因为马林有着在殖民地领导革命的丰富经验……

列宁那睿智的目光，关注着世界的东方，尤为关心东方的举足轻重的大国——中国。列宁说，"东方各民族对帝国主义的态度和他们的革命运动"，目前具有"最重大的意义"。然而，中国还没有共产党！列宁在考虑着、物色着恰当的人选，派往中国，帮助中国革命者建立中国共产党——共产国际的中国支部。

马林闯进了列宁的视域。不言而喻，他是非常合适的人选。

这样，马林在当选为共产国际执行委员会委员和民族殖民地委员会秘书之后，又接到共产国际一项新的使命：共产国际驻中国代表。

马林的这项新使命的任务是：考察包括中国在内的远东各国的情况和建立联系，调查是否有希望和可能在上海建立共产国际远东局，帮助建立中国共产党。

不过，马林在接到共产国际和列宁的委派之后，没有马上前往中国。他到巴库出席了东方各民族代表大会。然后，又回到荷兰，希望办理撤销荷属东印度对他的驱逐手续。1921年3月23日，他向荷属东印度总督寄递的撤销驱逐的申请书被驳回。他又到意大利处理一些事务。

在1921年暮春夏初，他出现在维也纳，开始他的中国之行……

"马客士"和"里林"名震华夏

遥远的东方有一条龙。中国，中国，五千年的文明史，灿烂的文化，辽阔的河山，众多的人口。中国，中国，1840年鸦片战争开始，一步步沦为帝国主义列强瓜分的半殖民地。

然而，中国仍在浑浑噩噩地沉睡着。

19世纪法国统帅拿破仑有句关于中国的命运的话倒是千真万确：中国是东方的睡狮，一旦苏醒过来，它将是无可匹敌的！

当20世纪的曙光照耀在东方睡狮身上，漫漫长夜终于渐渐过去。

这时，一个德国人的名字及其学说，开始传入中国。此人名叫马克思，也被译为"马客士""马客"以至"麦喀士"。

最早用中文介绍马克思的，是1898年夏上海广学会出版的系统讲解各种社会主义学说的《泰西民法志》（英国人克卡朴著，胡贻谷译），其中写道：

> 马克思是社会主义史中最著名和最具势力的人物，他及他同心的朋友昂格思（引者注：即恩格斯）都被大家认为"科学的和革命的"社会主义派的首领。

这是迄今查到的中国最早介绍马克思、恩格斯的文章。

紧接着，1899年2月上海广学会出版的《万国公报》连载李提摩太、蔡尔康合译的英国颉德（今译基德）所著《社会演化》前三章（出版单行本时书名译为《大同学》），第121期所载第一章中写道：

> 其以百工领袖著名者，英人马克思也。马克思之言曰：纠股办事之人，其权笼罩五洲，实过于君相之范围一国。吾侪若不早为之所，任其蔓延日广，诚恐遍地球之财币，必将尽入其手。

此处把马克思误为英国人。

其中所说"马克思之言曰：纠股办事之人，其权笼罩五洲，实过于君相之范围一国"，这段话出自《共产党宣言》，现在通行的译文是："资产阶级，由于开拓了世界市场，使一切国家的生产和消费都成为世界性的了。"这样，《万国公报》上的这段话，被看成在中国对《共产党宣言》的最早介绍。

紧接着，1899年4月出版的《万国公报》，则称"德国之马客，主于资本者也"。这一回，把马克思的国籍说对了，而"主于资本者"是指致力于"资本"的研究。

到了1902年，广有影响的《新民丛报》也介绍了马克思。《新民丛报》的主笔，乃是与康有为一起发动"公车上书""百日维新"的赫赫有名的清末举人梁启超。他在《新民丛报》上发表《进化论革命者颉德之学说》，提及："麦喀士，日耳曼社会主义之泰斗也。"

这样，长着络腮大胡子的马克思，开始为中国人所知——其实，早在马克思1883年逝世前，他已是欧洲名震各国的无产阶级领袖和导师。

过了四年——1906年1月，马克思和恩格斯合著的名篇《共产党宣言》被用方块汉字印了出来（尽管只是摘译，不是全文）。那是同盟会成员朱执信在《民报》上发表了《德意志社会革命家小传》一文，内中摘译《共产党宣言》的几个片段。这样，"共产党"这一崭新的名词，也就传入中国了。

共产党——"Communist Party"，这是马克思、恩格斯在1847年12月至1848年1月写作《共产党宣言》时第一次使用的新名词。当时，他们在英国伦敦把"正义者同盟"改组成为"共产主义者同盟"，为"共产主义者同盟"起草纲领。这个纲领最初叫《共产主义者同盟宣言》，在起草过程中改为《共产党宣言》——尽管此时建立的组织仍叫"共产主义者同盟"。

"共产主义者同盟"是第一个国际无产阶级秘密革命组织。它是无产阶级政党的雏形。后来遭到严重破坏，于1852年11月宣告解散。

此后欧洲、美洲各国成立的工人政党，大都以社会民主党或社会党命名，不叫共产党。正因为这样，恩格斯所创建的第二国际，是各国社会党（社会民主党）的国际联合组织。

后来，大多数的社会民主党蜕化，背叛了无产阶级。经列宁提议，把俄国社会民主工党（布尔什维克）改名为俄国共产党（布尔什维克），以区别于那些已经蜕变的社会民主党。俄国共产党成了第一个用"共产党"命名的无产阶级政党。

受列宁影响，各国纷纷建立共产党（也有个别仍叫社会民主党的）。正因为这样，列宁所创立的第三国际叫作共产国际——各国共产党的国际性组织。

把英文"Commune"译成"公社""工团"，因此"Communist Party"

应译为"公社党""工团党",似乎怎么也不会译成"共产党"。

1906年1月朱执信是从日文版《共产党宣言》转译的。日文版《共产党宣言》是1904年幸德秋水和堺利彦从英文版《共产党宣言》翻译的。他们第一次把"Communist Party"译为"共产党"。当时的《民报》是孙中山领导的中国同盟会的机关报,在日本东京出版,因此采用日译名词"共产党"也就很自然的了。

日本为什么把"Communist Party"译为共产党呢?2016年5月31日笔者请教了一位熟悉日语的朋友李重民先生。据他告知,在日文中,"共产"的意思就是"社会全体成员共同拥有社会财产"。其实,就连中文中的"公社""党员"这些名词,最初也是从日文中转用的。自从朱执信在1906年从日文中引入"共产党"一词,一直沿用至今。

1912年,《新世界》发表了节译的《共产党宣言》。

就在这个时候,中国有人振臂高呼,要建立"中国共产党"!

1990年2月26日笔者在上海查阅旧报刊,从1912年3月31日上海同盟会"激烈派"主办的《民权报》上,查到这么一则启事:

中国共产党征集同志:本党方在组织,海内外同志有愿赐教及签名者,请通函南京文德桥阅报社为叩,此布。

这则启事是谁登的,是谁在呼吁组织"中国共产党",不得而知。

不管怎么说,这可算是呼吁建立中国共产党的第一声。

当然,政党毕竟是时代的产儿。在中国爆发辛亥革命、推翻满清王朝的年月,还不是建立共产党的时候。

在这里,引用毛泽东的一句话,倒是颇为妥切的[1]:

十月革命一声炮响,给我们送来了马克思列宁主义。

1917年11月7日,俄国爆发了十月革命。三天之

---

[1]《论人民民主专政》,《毛泽东选集》第四卷,1408页,人民出版社1966年版。

后——11月10日,上海由叶楚伧、邵力子主编的广有影响的《民国日报》,登出醒目大字新闻标题:《突如其来之俄国大政变——临时政府已推翻》。报道称,"彼得格勒戍军与劳动社会已推倒克伦斯基政府","主谋者为里林氏"。

"里林"何人?哦,"Lenin",列宁!

《时报》《申报》《晨钟报》也做了报道。11月11日,《民国日报》刊登《俄国大政变之情形》,详细报道十月革命的经过。

于是,"里林""里宁""李宁"(均为列宁)成为中国报刊上的新闻人物。《劳动》杂志还刊载了《俄罗斯社会革命之先锋李宁事略》。

身为《民国日报》经理兼总编辑的邵力子,在1918年元旦发表社论指出:"吾人对于此近邻的大改变,不胜其希望也。"

这位邵力子,乃清末举人。人们往往只记得他是1949年国民党政府派出的与中国共产党谈判的代表团成员之一。其实,他早年激进,不仅是孙中山的中国同盟会会员,而且后来成为中国共产党最早的党员之一。正因为这样,他才会为"里林"的胜利发出最热烈的欢呼声。

十月革命的炮声震惊了上海,也震动了古都北京。一位身材魁梧、留着浓密八字胡的北京大学教师也深受震撼,他观察问题的目光要比邵力子锐利、深邃得多。他以为,俄国的胜利,靠的是"马尔格斯学说"。

这位北京大学图书馆主任,着手研究"马尔格斯学说"。好多位教授与他共同探讨"马尔格斯学说"的真谛。

北京的警察局正在那里起劲地"防止过激主义传播"。听说北京大学有人研究"马尔格斯学说",嗅觉异常灵敏的密探也就跟踪而至。

"不许传播过激主义!"密探瞪圆双目,对那位八字胡先生发出了声色俱厉的警告。

"先生,请问你知道什么是马尔格斯学说吗?"那位图书馆主任用一口标准的京腔,冷冷地问道。

密探瞠目以对,张口结舌,答不出来,只得强词夺理道:"管他什么'马尔格斯学说',反正不是好东西!"

"先生之言错矣！马尔格斯是世界上鼎鼎大名的人口学者。'马尔格斯学说'，是研究人口论，与政治无关，与'过激主义'无关！"图书馆主任如此这般解释道。

这时，另几位教授也大谈起"马尔格斯人口论"是怎么回事。

密探弄不清楚什么"马尔格斯""马尔萨斯"，只得悻悻而去。

那位八字胡先生，姓李，名大钊，字守常，乃中国第一位举起传播马克思主义旗帜的人。那时，他在文章中称马克思为"马客士"，但是，在组织马克思学说研究会时却称"马尔格斯学说研究会"，掩人耳目，令人误以为是"马尔萨斯学说研究会"，避开警方的注意。

李大钊非等闲之辈。他是河北乐亭县人氏，曾在北洋法政专门学校学习法政六年，又东渡扶桑，在日本东京早稻田大学政治本科深造三年，既懂日文，又懂英文。在日本，他研读过日本早期工人运动的著名领袖幸德秋水的许多著作，从中懂得马克思主义的基本原理。回国后，出任北京大学图书馆主任。1920年7月任北京大学教授。外人以为他大约是位精熟图书管理的人物，其实，他一连九年学习法政，他的专长是政治学。也正因为这样，十月革命一声炮响，他迅即着手深入研究"马尔格斯学说"——他的理解要比别人深刻得多！他广泛阅读日文版、英文版的马克思著作，成为中国最早、最重要的马克思主义者。

在苏联十月革命胜利一周年的日子里——1918年11月15日，北京大学在天安门前举办演讲会。李大钊登上讲坛，发表了著名的演说——《庶民的胜利》。

紧接着，他又奋笔写下了《Bolshevism的胜利》（亦即《布尔什维克的胜利》）。

《新青年》杂志五卷五期同时刊出了李大钊的《庶民的胜利》和《Bolshevism的胜利》两文，对苏联十月革命进行了深刻的评价：

"北李"，就是北京大学留着八字胡的教授李大钊

李大钊发表重要文章《庶民的胜利》

李大钊发表文章《Bolshevism的胜利》，称颂俄国十月革命

　　二十世纪的群众运动……集中而成一种伟大不可抗的社会力。这种世界的社会力，在人间一有动荡，世界各处都有风靡云涌、山鸣谷应的样子。在这世界的群众运动的中间，历史上残余的东西，什么皇帝咧，贵族咧，军阀咧，官僚咧，军国主义咧，资本主义咧，——凡可以障阻这新运动的进路的，必挟雷霆万钧的力量摧拉他们。他们遇见这种不可当的潮流，都像枯黄的树叶遇见凛冽的秋风一般，一个一个的飞落地在。由今以后，到处所见的，都是Bolshevism战胜的旗。到处所闻的，都是Bolshevism的凯歌的声。人道的警钟响了！自由的曙光现了！试看将来的环球，必是赤旗的世界！……

　　资本主义失败，劳工主义战胜。……这件功业，与其说是威尔逊（Wilson）等的功业，毋宁说是列宁（Lenin）……的功业；是列卜涅西（Liebknecht）……的功业，是马客士（Marx）的功业。……

　　1917年的俄国革命，是二十世纪中世界革命的先声。……

> 他们的战争，是阶级战争，是全世界无产庶民对于世界资本家的战争。

这里提及的威尔逊，是当时的美国总统；"列卜涅西"即卡尔·李卜克内西，德国共产党的领袖，第二国际的左派领袖之一；"马客士"亦即马克思。

李大钊力透纸背的这番宏论，表明东方睡狮正在被十月革命的炮声震醒。中国人已经在开始研究"马客士"和"里林"了！

《新青年》"一枝独秀"

李大钊的论文，发表在《新青年》杂志上。

《新青年》，是沉寂的中国的声声鼙鼓，是低回乌云下的一面耀目红旗。《新青年》在千千万万读者之中，撒下革命的种子。它为中国共产党的诞生，做了思想上的准备。

毛泽东当时也是《新青年》的热心的读者之一。

1936年，那位勇敢的美国记者埃德加·斯诺闯进延安，抓住夜晚的空隙访问毛泽东，"毛泽东盘膝而坐，背靠在两只公文箱上，他点燃了一支纸烟"，斯诺曾如此回忆道[1]：

> 《新青年》是有名的新文化运动的杂志，由陈独秀主编。我在师范学校学习的时候，就开始读这个杂志了。我非常钦佩胡适和陈独秀的文章。他们代替了已经被我抛弃的梁启超和康有为，一时成了我的楷模。

就连后来成为中国共产党上海市委第一书记、上海市市长、国务院副总理、中国共产党中央政治局委员的那位柯庆施，当时自称"在这社会上，已经鬼混十八九年"，也给《新青年》主编陈独秀写过一封信[2]：

---

1 埃德加·斯诺，《西行漫记》，125页，生活·读书·新知三联书店1979年版。

2 《柯庆施致陈独秀》（1920年），《陈独秀书信集》，水如编，291页，新华出版社1987年版。

独秀先生：

> 我在《新青年》杂志里，看见你的文章，并且从这许多文章中，看出你的主张和精神。我对于你的主张和精神，非常赞成。因为我深信中国旧有的一切制度，的确比毒蛇猛兽，还要厉害百倍；他一日存在，那就是我们四万万同胞的祸害一日未除，将来受他的虐待，正不知要到什么地步。咳！可怜！可痛！……

那位高擎《新青年》大旗的陈独秀，与李大钊并驾齐驱，人称"南陈北李"，又称"北李南陈"。当时青年中流传这样的小诗：

> 北李南陈，
> 两大星辰，
> 漫漫长夜，
> 吾辈仰承。

"北李"，因为李大钊是河北乐亭人氏，北方人，长期在北京工作。

陈独秀年长李大钊十岁。1879年出生于安徽安庆。安庆曾是安徽省省会，属南方，而且中国共产党建党时期他在上海、广州活动，所以被人称为"南陈"。

陈独秀，名庆同，字仲甫，常用的笔名为实庵。独秀原本也是他的笔名。

安庆有独秀山。据传，20世纪50年代毛泽东坐船沿长江驶过

"南陈"，即在广州的陈独秀

安庆，问左右道："先有陈独秀，才有独秀山，还是先有独秀山，才有陈独秀？"左右一时竟答不上来。

其实，答案是明摆着的：独秀山之名由来已久。此山在安庆城西南六十里，山并不险峻，只是平地而起，一枝独秀，故名"独秀山"。出生在那里的陈庆同，最初曾以"独秀山民"为笔名发文章，首次用于1914年11月10日出版的《甲寅杂志》上[1]，意即"独秀山之民"。不过，"独秀山民"毕竟显得啰苏，一望而知是笔名。

他舍去"山民"两字，用"独秀"为笔名。这"独秀"用多了，有时加上姓，就演变成"陈独秀"。当然，这么一来，不知内情者，以为他颇为自命不凡——自诩"一枝独秀"。其实，他借"独秀"之名表示对故乡的怀念。后来，以"陈独秀"署名的文章越来越多，以至世人把他的笔名当作姓名，而他的本名却鲜为人知了。

陈独秀亦非等闲之辈，他曾四次去日本求学：

第一次，1901年，他二十二岁，先在东京专门学校进修日语，然后在高等师范学校就读。学习半年后回国。

第二次，1902年，他二十三岁，再入东京高等师范学校学习。一年后回国。

第三次，1906年，他二十七岁，入东京正则英语学校，然后转到早稻田大学学习英语。一年后回国。

第四次，1914年，他三十五岁，在日本雅典娜法语学院学习法语。一年半后回国。

当年的日本，是中国革命分子的大本营。孙中山、李大钊、鲁迅、蔡元培、章士钊等，在那里组织各种各样的革命团体，办报纸，出书刊。学得日语、英语、法语的他，在日本读了许多革命书籍。他的思想日渐激进。

来来往往于安庆—上海—日本，陈独秀参与过暗杀清朝大官的密谋，办过《安徽俗话报》，参加过"励志会""中国青年会""爱国会""光复会""岳王会""欧事

---

[1] 任建树，《陈独秀传》上卷，14页，上海人民出版社1989年版。

研究会"等等。他是一位非常活跃的革命分子。

在辛亥革命中,陈独秀有过一番轰轰烈烈的举动。安徽省于1911年11月11日宣布独立,脱离清政府。孙毓筠新任安徽都督,特聘陈独秀为安徽都督府秘书长。陈独秀从杭州返回故乡安庆,权重一时。不久,陈的密友柏文蔚任安徽都督,仍任命陈为安徽都督府秘书长。柏文蔚经常不在安庆,都督府实际上常由陈独秀主持。安徽人当时称:"武有柏,文有陈,治皖得人。"

好景不长。袁世凯得势,安徽易帜。1913年8月27日,袁世凯任命的安徽新都督倪嗣冲占领安庆,下令"捕拿柏文蔚之前秘书长陈仲甫",抄了陈独秀的家。陈独秀逃往上海。不久,只得亡命日本——第四次赴日。

在日本,陈独秀"穷得只有件汗衫,其中无数虱子"。这位曾叱咤安徽风云的都督府秘书长,一下子从青云之上跌落到谷底。

经过这般大起大落,他冷静思索,悟明要从思想上影响民众,尤其是启蒙青年,才能推进中国革命。

1915年夏,三十六岁的陈独秀从日本回国,落脚上海,住在老渔阳里2号。这幢石库门房子的主人便是柏文蔚,所以陈独秀入住这里。

陈独秀一到上海,便着手筹办《青年杂志》,老渔阳里2号也就成了《青年杂志》编辑部所在地。

陈独秀的挚友汪孟邹之侄汪原放,在《回忆亚东图书馆》一书中写及《青年杂志》的创办经过[1]:

据我大叔(引者注:即汪孟邹)回忆,民国四年(1915年),仲甫亡命到上海来,"他没有事,常要到我们店里来(引者注:指亚东图书馆。当时的亚东图书馆是出版社兼书店)。他想出一本杂志,说只要十年、八年的功夫,一定会发生很大的影响,叫我认真想法。我实在没有力量做,后来才介绍他给群益书社陈子沛、子寿兄弟。他们竟同意接受,议定每月的编辑费

[1] 汪原放,《回忆亚东图书馆》,32页,学林出版社1983年版。

和稿费二百元,月出一本,就是《新青年》(先叫做《青年杂志》,后来才改做《新青年》)。"……《新青年》愈出愈好,销数也大了,最多一个月可以印一万五六千本了(起初每期只印一千本)。

陈独秀独挑重担,《青年杂志》在1915年9月15日出版了创刊号。陈独秀写了创刊词《敬告青年》,鲜明地向青年们提出六点见解:

(一)自主的而非奴隶的;
(二)进步的而非保守的;
(三)进取的而非退隐的;
(四)世界的而非锁国的;
(五)实利的而非虚文的;
(六)科学的而非想象的。

1915年9月陈独秀在上海创办的《青年杂志》,翌年改名为《新青年》杂志

《新青年》杂志

陈独秀指出:"国人而欲脱蒙昧时代,羞为浅化之民也,则急起直追,当以科学与人权并重。"他以为科学与人权(民主)乃"若舟车之有两轮焉"。这样,《青年杂志》一创刊,就高高举起了科学和民主这两面大旗。

《青年杂志》旗帜鲜明,思想活跃,文笔犀利,切中时弊,很快就在读者中产生了广泛影响,发行量扶摇直上。

一年之后,《青年杂志》改名《新青年》。改名的原因,如汪原放在《回忆亚东图书馆》一书中所述:

我还记得,我的大叔说过,是群益书社接到上海青年会的一封信,说群益的《青年》杂志和他们的《上海青年》(周报)名字雷同,应该及早更名,省得犯冒名的错误。想不到"因祸得福",《新青年》杂志和他们的宗教气十分浓厚的周报更一日日地背道而驰了。

更名《新青年》,使杂志更加名声响亮,提倡新思想、新文化,为新青年服务。

《新青年》"一枝独秀",使陈独秀声名鹊起。

蔡元培"三顾茅庐"

北京,离天安门不远处的西河沿,一家中等的中西旅馆。清早,一位年近半百的绅士风度的人物,内穿中式对襟袄,外穿呢大衣,一副金丝边眼镜,长长的山羊胡子,前往中西旅馆,探望六十四号房间的旅客。

"他还没起床吧!"茶房答道。

"不要叫醒他,不要叫醒他。"来客用浙江绍兴口音连连说道,"请给我一张凳子,我坐在他的房间门口等候就行了。"

北京大学校长蔡元培

六十四号房间的旅客是一位忙碌的人物，白天不见踪影，夜间又要看戏，迟迟才归。唯早晨贪睡晚起。那位访客来过几回未遇，索性一大早起来，在房间门口坐等。

那位忙碌的旅客非别人，陈独秀也。1916年11月26日，他和亚东图书馆老板汪孟邹同车离沪赴京，为的是在北京为亚东图书馆招股，募集资金。

那位坐在门外静候的人，比陈独秀年长十一岁，当年名满华夏。此人来历不凡，是清朝光绪年间（1892年）的进士，授翰林院编修。这位受四书五经熏陶的书生，居然举起反清义帜，于1904年任革命团体光复会会长。翌年，加入孙中山的同盟会，成为上海分部的负责人。辛亥革命后，被孙中山委任为南京临时政府教育总长。此后，袁世凯当权，他愤而弃职，游学欧洲。回国后，于1916年12月26日，被任命为北京大学校长。

此人便是蔡元培。

蔡元培深知单枪匹马赴任，难以驾驭那旧势力盘根错节的北京大学。这所由创建于1898年的京师大学堂发展而来的最高学府，封建余孽颇为猖獗。那辜鸿铭居然拖着长辫子走上讲坛，那刘师培言必称孔孟……蔡元培思贤若渴，寻觅一批新思想、新文化的新人物，作为新兴北京大学的栋梁之材。

应在这个当口，蔡元培见到北京医专校长汤尔和。汤尔和早在1902年留学日本时便与陈独秀相识。汤尔和当即推荐了陈独秀——尽管汤尔和后来跟陈独秀并无多少来往。汤尔和是从《新青年》杂志上识得陈独秀的才气，随即把十多本《新青年》交给蔡元培，说道："你看看《新青年》——那是陈独秀主编的。"

1904年12月，在上海，蔡元培与陈独秀有过一面之交，他们都是暗杀团成员。此后多年没有交往。这时，蔡元培读《新青年》，深深佩服陈独秀的睿智和博学，尤爱陈独秀的新思维、新见识，决定聘任陈独秀为北京大学文科学长。事有凑巧，陈独秀到京后，曾去北京大学看望过沈尹默。沈尹默把消息告诉蔡元培。蔡元培得知陈独秀来京就赶紧前往拜访。

就在蔡元培获得北京大学校长正式任命的当天上午，蔡元培就去中西旅馆看望了陈独秀。与陈独秀同住的汪孟邹在日记中曾写道：

12月26日，早九时，蔡子民（引者注：蔡元培号子民）先生来访仲甫，道貌温言，令人起敬，吾国唯一之人物也。

如此"道貌温言"，又如此亲自上门敦请，陈独秀却未肯答应下来！

蔡元培简直如同那位"三顾茅庐"的刘备一般，一回回光临中西旅馆，只是难得一遇陈独秀。干脆，他一早前来坐等！

至诚则金石为开。陈独秀吱扭一声启开房门，见蔡元培已在那里静候，大吃一惊，连声道：

"失敬，失敬。"

"仲甫先生，子民今日仍为聘请之事而来。"蔡元培进屋刚刚坐定，便道出来意。

"谢谢先生好意，只是仲甫才疏学浅，难以担此重任——日前曾再三说明。"陈独秀仍重复26日上午说过的话。

"先生有何难处，望直言。子民愿尽力为先生排难解忧。"蔡元培真诚地说道。

沉思了一会儿，陈独秀说出了心里话："仲甫再三推辞，内中有两个原因。"

"愿闻其详。"蔡元培双目注视着陈独秀。

"第一，仲甫从未在大学上过课，既无博士头衔，又无教授职称，怎可充当堂堂文科学长？"陈独秀说道。

"先生可以不开课，专任文科学长。"蔡元培为之排遣道，"至于教授职称，凭先生学识，完全可以授以教授职称——待先生进北大之后，当可办理有关教授职称手续。此事不难。"

"第二，仲甫身为《新青年》主编，每月要出一期杂志，编辑部在上海，无法脱身。"陈独秀又说出另一原因。

"此事亦不难解决。先生可把《新青年》杂志搬到北大来办！"蔡元培主意真多，又为陈独秀解决了具体困难。他说："北大乃人才济济之地。先生到北大来办《新青年》，一定比在上海办得更有影响。"

这下子，陈独秀心中的顾虑顿时烟消云散，面露笑容。

"先生答应啦？"蔡元培问道。

"我回沪后料理好杂事，即赴京就任。"陈独秀爽快地说道。

"一言为定！"

"一言为定！"

两只手紧紧地握在一起。

握毕，陈独秀却又道："文科学长之职，我只可暂代。我推荐一人。此人眼下正在美国。倘若他返回中国，即请他担任文科学长。此人之才，胜弟十倍。"

"先生所荐何人？"蔡元培赶紧追问。

"胡适先生！"陈独秀道。

"久闻适之先生大名。倘若仲甫先生代为引荐，适之先生归国之后能到北大任教，则北大既得龙又得凤了！"蔡元培兴奋地说道，"当然，文科学长一职，仍由先生担任。适之先生可另任新职。"

"不，不，文科学长一职，只是此时无人，弟暂充之。"陈独秀谦让道。

就在这次中西旅馆晤谈后十来天，1917年1月13日，蔡元培向陈独秀发出由北京政府教育总长范源濂签署的"教育部令第三号"：

"兹派陈独秀为北京大学文科学长。此令。"

1月15日，蔡元培校长签署的布告，张贴在北京大学：

"本校文科学长夏锡琪已辞职，兹奉令派陈独秀为北京大学文科学长。"

消息传出，北大震动。青年学生热烈欢呼，遗老遗少不以为然。

既然任命已公之于众，陈独秀也就在1月下旬赴京上任。北京大学原在北京地安门内马神庙，自1916年9月起在北京汉花园另建新校舍。汉花园即今日的沙滩。陈独秀被安排住在与汉花园只一箭之遥的北池子箭杆胡同九号——那里也就成了《新青年》杂志编辑部的所在地。

群贤毕至北京大学

陈独秀行魂未定，便有人敲门。开门相见，两人哈哈大笑。

来访者乃北京大学国文系教授钱玄同——他的儿子钱三强后来成了中国著名的核物理学家。

钱玄同是文学理论家、文字音韵学家，当年在日本时与鲁迅同听章太炎讲文字学。章太炎即章炳麟，1904年曾与蔡元培发起组织光复会。

钱玄同跟陈独秀一见面，便旧事重提："仲甫兄，还记得吗？光绪三十四年，我在太炎先生隔壁房间里，跟黄季刚聊天。忽听见有人在跟太炎先生谈话，用安徽口音说及清朝汉学家多出皖苏。黄季刚听着听着，便火了，用一口湖北话大声说道：'湖北固然没有学者，然而这不就是区区；安徽固然多有学者，然而这也未必就是足下。'隔壁之安徽人，闻言大吃一惊。这位安徽人，如今居然成了北京大学文科学长哩！"

两人相视，又一阵哈哈大笑。

陈独秀亦深谙训诂音韵学，曾被章太炎视为畏友。他跟钱玄同都擅长此道，又是旧识，何况思想同趋激进，相见甚欢。

不言而喻，钱玄同加入了《新青年》的阵营。

钱玄同前脚刚走，又一位教授后脚踏了进来。此人也是在北大文科任教，擅长旧体诗词，又擅长书法，尤以行书著称。一个多月前，陈独秀和汪孟邹来北京时，陈独秀曾特地去北京大学拜访此人——沈尹默。蔡元培知道陈独秀抵京，那"信息"便是从沈尹默那里得来的。

又是相见哈哈大笑。陈独秀拍了拍沈尹默的肩膀道："想不到，老兄的字已小有名气了！"

"仲甫，你那'字俗入骨'一句话，我迄今还时刻不忘！"沈尹默笑道。

沈尹默跟陈独秀相识，也有那么一番趣事：

那是1910年初，陈独秀在杭州陆军小学堂担任历史、地理教员。同校有个教员叫刘季平（又名刘三），喜爱文学，跟陈独秀过从颇密。

一天，陈独秀在刘季平家，看见墙上新悬一纸，上写一首五言诗。陈独秀精于旧体诗词，当即吟诵一番，细品诗意。

陈独秀指着诗末落款问道："这个沈尹默，何许人也？"

"我的友人沈士远之弟也，排行第二，又唤沈二。"刘季平答道，"前几天士远和他一起来寒舍饮酒，几盅下肚，沈二诗兴大发，口占一首五言诗。翌日，他又将诗写在宣纸上送来，要我指教。仲甫兄，你精熟诗词，请你不吝赐教。"

"这位沈尹默先生住在何处？"陈独秀道，"我当面跟他说。"

"也好，也好。"刘季平把沈尹默的住处告诉了陈独秀。

于是，陈独秀往访沈尹默。刚刚迈进大门，便喊道："沈尹默先生在吗？"

"在下便是。"沈尹默赶紧起身相迎。

"我叫陈仲甫。"陈独秀跟他一见面，便大声说道，"昨天我在刘三家看到你写的诗，诗作得很好，其字俗入骨，可谓'诗在天上，字在地下'！"

沈尹默闻言，双颊顿红。他从未遇见过如此直爽的人，那火辣辣的话使他很不自在。受陈独秀深深一刺激，沈尹默痛下决心练字。他跟陈独秀三天两头相聚，陈独秀不仅作诗，还写篆字给他。从此沈尹默刻意钻研书法，先学褚遂良，后遍习晋唐诸名家，对东坡、米芾、山谷也多所留心，心悟神通，倡导以腕运笔，自成一家，博得书法家之美誉。

如今，陈独秀前来北京大学任职，沈尹默又像当年在杭州一样与他朝夕相聚。沈尹默自然也成了《新青年》编辑部的一员猛将。

陈独秀进北大之际，刘半农亦应聘担任北京大学预科教授。用现今的话来说，刘半农属"自学成才"的人物：他出生于长江之畔的江苏省江阴县，那里的黄山要塞炮台名闻遐迩。刘半农之父刘宝珊乃一介寒士，生三子，刘半农居长。次子刘天华是中国二胡泰斗，亦是靠自学而步入音乐圣殿。刘半农只读过中学，此后做中华书局的编辑员，靠着自学而使学问渐丰。

从1916年起，刘半农便投稿于《新青年》，跟陈独秀有了文字之交。陈独秀来到北大，便提携刘半农出任预科教授。于是，刘半农亦加入了《新青年》编辑部。

刘半农因无高深学历而任预科教授，曾在北大受到猛烈攻击——其真正原因是刘半农在《新青年》上发表过一系列新思想文章。后来刘半农留学英法，于1925年获法兰西国家文学博士，此是后话。

就在陈独秀进入北大后半年，经他联络、推荐、聘请的那位在美国哥伦比亚大学攻读博士学位的胡适从大洋彼岸归来，出任北京大学中国哲学史教授，使《新青年》又添一员虎将。

胡适原名嗣，又名洪，后改名适，字适之。他的父亲胡传是安徽绩溪人，清朝贡生，做过地方小官。胡传曾把安徽茶叶贩到上海，在上海川沙县开了爿茶叶店，于是胡家落脚上海。

胡传原配早亡，无子嗣。继室曹氏，生三子四女。曹氏死于战乱。胡传四十八岁那年，娶年方十七的农家姑娘冯顺弟为填房。翌年——1891年，冯顺弟在上海生下一男孩，这便是胡适。

胡适在二十岁那年，赴美留学。他最初学农，入康奈尔大学农学院。两年后，又改修哲学。二十四岁，获康奈尔大学文学学士学位。然后，他考入哥伦比亚大学，师从杜威，攻读博士学位。

1917年5月，胡适参加博士学位考试，被评为"大修通过"（但未正式获得博士学位）。6月离美。7月抵沪探母。8月，赴北京大学就任哲学研究所主任兼文科教授。

早在《青年杂志》创刊伊始，汪孟邹便将杂志寄给了胡适。于是，胡适从美国源源不断寄来文稿，成了《新青年》的主要撰稿人之一，与陈独秀信函交驰，联络频繁。

陈独秀刚刚就任北京大学文科学长之职，便给胡适去函："孑民先生盼足下早日回国,即不愿任学长,校中哲学、文学教授俱乏上选,足下来此亦可担任。"此信使胡适下定归国之心。

胡适的到来,理所当然,加入了《新青年》编辑部。

就在胡适步入北大校园几个月后——1917年11月,一颗耀目巨星也进入北大。

此人便是"北李"——李大钊。那时,章士钊辞去北大图书馆主任之职,力荐李大钊继任。

于是,"北李""南陈"同聚于北大红楼,共商《新青年》编辑之事。

就在《新青年》不断添翅增翼之际,钱玄同又从北京宣武门外冷寂的古屋里,把一个埋头抄碑文的人,拖进了《新青年》的轨道。此人出手不凡,在《新青年》上头一回亮相,便甩出一篇《狂人日记》,使旧文坛发生了一场不小的地震!

那年月,同乡的概念颇重,北京城里有着各式各样的同乡会馆。绍兴会馆坐落在北京宣武门外。据说,那里院子中的一棵槐树上,吊死过一个女人,所以无人敢住,倒是一个剃着板刷般平头的绍兴汉子不信鬼,独自在那儿下榻。他图那儿清静,又不用付房租,就在那儿终日抄录古碑。

地点冷僻,况且抄碑者心似枯井,与外界极少来往,几乎没有什么客人惊扰。只是他的一位穿长衫的老同学,偶尔光临。他俩在日本曾同为章太炎门生,所以攀谈起来,倒也投机。

这位来访者,便是《新青年》编辑钱玄同。那位抄碑者姓周名树人,后来以笔名鲁迅著称于世。

他俩曾有过一番看似平常却至关重要的谈话。鲁迅在《〈呐喊〉自序》中这般描述:

"你钞了这些有什么用?"有一夜,他翻着我那古碑的钞本,发了研究的质问了。

"没有什么用。"

"那么,你钞他是什么意思呢?"

"没有什么意思。"

"我想，你可以做点文章……"

我懂得他的意思了，他们正办《新青年》，然而那时仿佛不特没有人来赞同，并且也还没有人来反对，我想，他们许是感到寂寞了，但是说：

"假如一间铁屋子，是绝无窗户而万难破毁的，里面有许多熟睡的人们，不久都要闷死了，然而是从昏睡入死灭，并不感到就死的悲哀。现在你大嚷起来，惊起了较为清醒的几个人，使这不幸的少数者来受无可挽救的临终的苦楚，你倒以为对得起他们么？"

"然而几个人既然起来了，你不能说决没有毁坏这铁屋的希望。"

是的，我虽然自有我的确信，然而说到希望，却是不能抹杀的，因为希望是在于将来，决不能以我之必无的证明，来折服了他之所谓可有，于是我终于答应他也做文章了，这便是最初的一篇《狂人日记》。从此以后，便一发而不可收，每写些小说模样的文章，以敷衍朋友们的嘱托，积久就有了十余篇。……

借助钱玄同的激励和介绍，鲁迅先是成为《新青年》的作者，继而加入编者的队伍。到了1920年秋，鲁迅应聘担任北京大学讲师，进入了北大。

其实，在与钱玄同作那番谈论之前，鲁迅已经注意《新青年》。据《鲁迅日记》载，1917年1月19日，他曾给当时在绍兴的周作人寄十本《新青年》。这十本《新青年》，或许是陈独秀所赠，也许是蔡元培所送。

1917年3月，由于鲁迅、许寿裳的推荐，蔡元培决定聘请周作人为北京大学国史编纂处编译员，于是周作人从绍兴来到北大。同年9月，周作人成为北京大学文科教授，讲授欧洲文学史。

钱玄同向鲁迅约稿，鲁迅又介绍了弟弟周作人。于是，周氏兄弟进入《新青年》行列。

在蔡元培出任北京大学校长之后，力主改革，招贤纳达，众星汇聚北京大学，而陈独秀身为文科学长、《新青年》主编，也就把一批具有新思想的教授、学者，纳入《新青年》编辑部。《新青年》新增一批骁将，面目一新，战斗实力大大加强。

如沈尹默所回忆[1]：

《新青年》搬到北京后，成立了新的编辑委员会，编委七人：陈独秀、周树人、周作人、钱玄同、胡适、刘半农、沈尹默。并规定由七人编委轮流编辑，每期一人，周而复始。

后来，到了1919年1月，《新青年》六卷一号刊载《本志第六卷分期编辑表》，又稍作调整：

第一期，陈独秀；第二期，钱玄同；第三期，高一涵；第四期，胡适；第五期，李大钊；第六期，沈尹默。

以北京大学为中心，以《新青年》为阵地，一个崭新的文化阵营在中国出现了。

在沉闷的中国大地，《新青年》发出一声声惊雷：

胡适的《文学改良刍议》，陈独秀的《文学革命论》，吹响了文学革命的号角，提倡白话文、白话诗；

陈独秀的《驳康有为致总统总理书》《宪法与孔教》《孔子之道与现代生活》，鲁迅的《狂人日记》，举起了反孔教的旗帜；

陈独秀的《有鬼论质疑》，易白沙的《诸子无鬼论》，鲁迅、钱玄同、刘半农的随感录，向封建迷信发起了进攻；

李大钊的《庶民的胜利》《Bolshevism的胜利》以及后来的长篇论文《我的马克思主义观》，毫不含糊地在《新青年》上歌颂苏俄十月革命，宣传马克思列宁主义。

内中，尤其是陈独秀与李大钊，成为《新青年》两位主帅。当时有诗云：

---

[1] 沈尹默，《我和北大》，《文史资料选辑》第六十一辑，1979年版。

北京大学是"五四运动"的发祥地,原本在北京城内的沙滩。这幢红楼,是李大钊、毛泽东、鲁迅曾经工作过的地方

> 北大红楼两巨人,
> 　纷传北李与南陈;
> 　独秀孤松如椽笔,
> 　日月双悬照古今。

北李与南陈两巨人,互相敬重,传为佳话。

陈独秀年长李大钊十岁。李大钊视陈独秀为师长,称赞陈独秀是"中国新文化运动的创始者,革命的先锋"。

陈独秀对李大钊也赞誉有加。陈独秀说,李大钊"是一位坚贞卓绝的社会主义战士。从外表上看,他是一位好好先生,像个教私塾的人,从实质上看,他平生的言行,诚如日月之经天,江河之行地,光明磊落,肝胆照人……世人称他为马克思主义先驱,革命家的楷模,是一点也不过誉的"。

有人问陈独秀,人称"南陈北李",你比他如何?

陈独秀答曰:"差之远矣! 南陈徒有虚名,北李确如北斗。"

问者道，先生自谦乎？

陈独秀说："真言实话，毫无虚饰。"

初出茅庐的"二十八画生"

就在《新青年》杂志推出一篇又一篇彪炳显赫的雄文之际，在1917年4月号，登出了一篇《体育之研究》。

此文作者的名字，是读者所陌生的："二十八画生"！

显而易见，这是一个笔名。作者不愿透露真姓实名。

那是陈独秀从一大堆来稿中，见到这篇寄自湖南的《体育之研究》。虽说文笔尚嫩，但是有自己独特的见解，何况《新青年》杂志的文章很少涉及体育，便把此文发排了。

推算起来，这是"二十八画生"头一回跟陈独秀结下文字之交。

当时，这位"二十八画生"，还只是位二十四岁的湖南小伙子。直到他后来成为中国共产党领袖，笑谈"二十八画生"的来历时，人们才恍然大悟："你把我的姓名数一数，总共多少笔画？"

哦，"毛泽东"——整整二十八画！

《体育之研究》是迄今发现的毛泽东公开发表的最早的文章。也就是说，毛泽东的"处女作"是在《新青年》杂志上发表的！

写《体育之研究》时，用毛泽东自己的话来说[1]：

"在这个时候，我的思想是自由主义、民主改良主义、空想社会主义等思想的大杂烩。我憧憬'十九世纪的民主'、乌托邦主义和旧式的自由主义，但是我反对军阀和反对帝国主义是明确无疑的。"

毛泽东的《体育之研究》写罢，曾请他的恩师杨昌济先生指教。杨昌济是毛泽东在湖南省立第一师范求学时的老师。毛泽东这样谈及杨昌济[2]：

---

[1] 埃德加·斯诺，《西行漫记》，125页，生活·读书·新知三联书店1979年版。

[2] 同上，121—122页。

给我印象最深的教员是杨昌济,他是从英国回来的留学生,后来我同他的生活有密切的关系。他教授伦理学,是一个唯心主义者,一个道德高尚的人。他对自己的伦理学有强烈信仰,努力鼓励学生立志做有益于社会的正大光明的人。我在他的影响之下,读了蔡元培译的一本理学的书。我受到这本书的启发,写了一篇题为《心之力》的文章。那时我是一个唯心主义者,杨昌济老师从他的唯心主义观点出发,高度赞赏我的那篇文章。他给了我一百分。

1909年春,杨昌济从日本来到苏格兰的北淀大学哲学系学习时,在那里结识一位名叫章士钊的中国留学生。

1917年,章士钊任北京大学教授兼图书馆主任,便向蔡元培推荐杨昌济到北京大学出任伦理学教授。蔡元培当即以校长名义,给杨昌济寄去聘书。于是,杨昌济于1918年春由长沙来到北大任教。

这年6月,杨昌济把家眷也接往北京,在鼓楼后豆腐池胡同十五号安家。他和妻子向振熙、儿子杨开智、女儿杨开慧住在一起。

这时,杨昌济在北京大学结识了一位年轻的哲学讲师,叫梁漱溟。此人的本家兄长梁焕奎与杨昌济有着旧谊。梁漱溟跟杨教授切磋哲学,相谈甚洽。于是,梁常常造访豆腐池胡同杨府。

从1918年8月中旬起,梁漱溟每当晚间叩响杨府大门,常见一位个子高高的湖南小伙子前来开门。他跟梁漱溟只是点点头,偶尔说一两句寒暄之语,听得出湖南口音很重。开了门,他便回到自己屋中,从不参与梁漱溟跟杨昌济的谈话。

这位杨府新客,便是"二十八画生"!

那是"二十八画生"——毛泽东,平生头一回来到北京。举目无亲而且又是借了钱去北京的他,投宿于恩师杨昌济家中。

当时,湖南的一批学生要到欧洲勤工俭学,毛泽东支持他们出国,但他自己并不想去欧洲。

他和这些学生一起来到北京。

北京对于毛泽东来说，开销太大了。他不得不寻求一份工作。

在北京大学图书馆里，杨昌济找到了主任李大钊："李先生，我有一位学生从湖南来——毛生泽东。此生资质俊秀，为人勤奋。不知李先生能否为他在图书馆里安排差使？"

"好，好，你请他来。"李大钊一口应承。

翌日，杨昌济便领着瘦长的毛泽东，去见李大钊——这是二十五岁的毛泽东头一回与二十九岁的李大钊会面。

李大钊带着毛泽东来到北京大学红楼一层西头第31号的第二阅览室，让他当助理员。

"你的每天的工作是登记新到的报刊和阅览者的姓名，管理十五种中外报纸，月薪八元。"李大钊对毛泽东说道。

这对于来自外乡农村的毛泽东来说，已是很大的满足了。

好多年后，当毛泽东跟斯诺谈及这段经历时，他说："李大钊给了我图书馆助理员的工作，工资不低，每月有八块钱。"[1]

其实，当时的北京大学校长蔡元培，月薪六百元；文科学长陈独秀，月薪四百元；教授，月薪起码二百元。

在1936年，毛泽东还曾对斯诺谈及如下回忆[2]：

> 我的职位低微，大家都不理我。我的工作中有一项是登记来图书馆读报的人的姓名，可是对他们大多数人来说，我这个人是不存在的。在那些阅览的人当中，我认出了一些有名的新文化运动头面人物的名字，如傅斯年、罗家伦等等，我对他们极有兴趣。我打算和他们攀谈政治和文化问题，可是他们都是些大忙人，没有时间听一个图书馆助理员说南方话。……
>
> 但是我并不灰心。我参加了哲学会和新闻学会，为的是能够在北大旁听。在新闻学会里，我遇到了别的学生，例如陈公博，他现在在南京当大官了；谭平山，他后来参

1、2 埃德加·斯诺，《西行漫记》，127页，生活·读书·新知三联书店1979年版。

加了共产党，之后又变成所谓"第三党"的党员；还有邵飘萍。特别是邵飘萍，对我帮助很大。他是新闻学会的讲师，是一个自由主义者，一个具有热烈理想和优良品质的人。1926年他被张作霖杀害了。……

我在北大图书馆工作的时候，还遇到了张国焘——现在的苏维埃政府副主席；康白情，他后来在美国加利福尼亚州加入了三K党；段锡朋，现在在南京当教育部次长。也是在这里，我遇见而且爱上了杨开慧。她是我以前的伦理学教员杨昌济的女儿。在我的青年时代杨昌济对我有很深的影响，后来在北京成了我的一位知心朋友。……

我对政治的兴趣继续增长，我的思想越来越激进。……

毛泽东夫人杨开慧和儿子毛岸英、毛岸青

毛泽东用这样一句话，概括了他在北京大学时的收获：

我在李大钊手下在国立北京大学当图书馆助理员的时候，就迅速地朝着马克思主义的方向发展。

毛泽东有了工作之后，有了收入，就搬到北京大学附近的景山东街三眼井胡同7号一间普通的民房里，跟蔡和森、罗学瓒、张昆弟等八人住在一起，"隆然高炕，大被同眠"。

毛泽东也去拜访了比他大十四岁的陈独秀。"我第一次同他见面在北京,那时我在国立北京大学,他对我的影响也许超过其他任何人。"

1917年9月,毛泽东在与蔡和森等人的一次夜谈中曾高度评价陈独秀,他说:"冲决一切现象之罗网,发展其理想之世界,行之以身,著之以书,以真理为归,真理所在,毫不旁顾。前之谭嗣同,今之陈独秀,其人者魄力雄大,诚非今日俗学可比拟。"

毛泽东还去拜访那位从美国归来的胡适——虽然胡适只比他大两岁,可是吃过洋面包,挂着"博士""教授"头衔,比毛泽东神气多了。毛泽东曾组织在北京的新民学会会员十几个人,请蔡元培、胡适座谈,"谈话形式为会友提出问题,请其答复,所谈多学术及人生观的问题。"[1]

毛泽东在北京大学工作了半年,经上海,回湖南去了。这位"二十八画生",当时尚未在中国革命中崭露头角,然而这半年,北京大学、《新青年》、"北李南陈"给予他的深刻影响,使他转上了马克思主义的轨道。

大总统的午宴被"五四"呐喊声淹没

1919年5月,鲁迅所言那间"绝无窗户而万难破毁"的"铁屋子",终于被众多清醒过来的人用愤怒的铁拳砸出了一扇窗户。

惊天动地的呐喊声,在5月4日爆发……

那天中午,北京的"总统府"里,还显得十分平静。

总统徐世昌正忙于午宴。这位"徐大总统"是在1918年9月登上总统宝座的。那时,孙中山在广州组建护法军政府,任海陆军大元帅。北洋军阀头目段祺瑞与孙中山对抗,在北京组织新国会,选举徐世昌当大总统。

徐世昌此人,二十四岁时便与袁世凯结为金兰。此后中进士,当上清政府的军机大臣,东三省首任总督。袁世凯得势时,他成了袁政府的国务卿。袁世凯去世,徐世昌成了北洋军阀元老,顺理成章成了大总统。

[1]《新民学会会务报告》第一号。

徐大总统设午宴，为的是替章宗祥洗尘。章宗祥早年毕业于日本东京帝国大学法学科，日语纯熟。后来投奔袁世凯门下，当过袁世凯总统府秘书，大理院院长。从1916年6月起，改任驻日公使，参与同日本的秘密谈判。三天前从日本返回北京，向徐大总统密报与日谈判内幕。徐大总统颇为满意，故为之洗尘。

午宴只请了解对日谈判核心机密的三位要员作陪：钱能训、陆宗舆、曹汝霖。

钱能训乃国务院总理，当然参与机要。

陆宗舆为币制局局长。本来币制局局长未必参与机要，但陆宗舆乃前任驻日公使，多次与日本外相密谈，所以也成为陪客之一。此人早年毕业于日本早稻田大学政经科，与日本政界有着瓜葛。自1913年12月起任驻日全权公使。此后，章宗祥继任公使。

曹汝霖为交通总长。照理，交通总长亦与此事无关。曹汝霖在座，那是因为他也与日本有着密切关系。他曾就学于日本早稻田大学、东京法政大学，熟悉日本事务。此后，他当过袁世凯政府的外交次长，参与对日秘密谈判。

如此这般，五人聚首，原因很明白：一个大总统，一个国务院总理，加三个"日本通"。

席间，觥筹交错，眉飞色舞。尤其是在章宗祥悄声讲起对日密谈的新进展时，举座皆喜。

正在兴高采烈之际，承宣官忽地入内，在总统耳边悄然细语，总统脸色陡变。承宣官走后，总统徐世昌只得直说："刚刚吴总监来电话报告，说是天安门外有千余学生，手执白旗，高呼口号，攻击曹总长、陆局长、章公使。请三位在席后暂留公府，不要出府回家，因为学生即将游行。润田、闰生、仲和三公，请留公府安息，以安全为重。"

徐世昌提及的吴总监，即警察总监吴炳湘。润田、闰生、仲和分别为曹汝霖、陆宗舆、章宗祥的号。

总统这几句话，如一盆冷水浇下，谁都放下了筷子，无心再吃——

虽说刚刚送上一道锅煎凤尾大虾，热气腾腾，那是为浙江吴兴人章宗祥特备的海鲜菜。

曹汝霖、陆宗舆、章宗祥面面相觑，不知所措。或许是酒力发作，或许是心虚之故，前额沁出了汗珠。

曹、陆、章各怀心腹事。前几天，他们已风闻，学生指责他们为三大卖国贼：

那丧权辱国的"二十一条"，是曹汝霖、陆宗舆1915年在北京跟日本驻华公使日置益秘密谈判而成的。谈判进行了一半，日本公使忽地因坠马受伤，无法外出，曹和陆竟赶到北京那"国中之国"——东交民巷使馆区，在日置益的床前谈定"二十一条"！

至于章宗祥，则在日本与日本外相后藤进行密谈。当日本要求继承德国在山东权益时，章宗祥竟表示"欣然同意"！

5月1日，上海英文版《大陆报》首先披露爆炸性消息：身为战胜国的中国，在巴黎和平会议上，曾要求取消"二十一条"，归还在大战期间被日本夺去的德国在山东的种种权利，却被由美国总统、英国首相、法国总理、意大利总理组成的"四人会议"所否决。

5月2日，广有影响的北京《晨报》刊载徐世昌的顾问、外交委员会委员兼事务长林长民的文章，透露了中国政府在巴黎的外交惨败。

"五四运动"时的传单

"五四运动"时期挞伐卖国贼曹汝霖的图书

"五四运动"时期挞伐卖国贼章宗祥的图书

消息传出，北京的大学一片哗然，北京的大学生们群情振奋。于是，5月4日中午，就在徐世昌"欢宴"曹、陆、章之际，三千多北京的大学生集合在天安门前，发出愤怒的呼号："取消二十一条！""保我主权！""严惩卖国贼曹汝霖、陆宗舆、章宗祥！"

"妥速解散，不许学生集会，不许学生游行！"总统徐世昌离席，要国务院总理钱能训立即打电话给警察总监吴炳湘。

总统、总理都忙着去下命令，午宴半途而散。

躲在总统府里如坐针毡，曹汝霖和章宗祥决定还是回家。于是，两人同乘一辆轿车，驶出了总统府，途经前门，向东，拐入小巷，驶入狭窄的赵家楼胡同，出了胡同西口，往东，到达曹宅。曹汝霖邀章宗祥入寓小憩，两人下车，见门口站着数十名警察。

往日，曹寓门口是没有警卫的。一问，才知是警察厅派来的，为的是防止学生闯入曹寓。

曹汝霖见有那么多警察守卫，也就放心了，跟章宗祥步入客厅，沏上一杯龙井清茶。悠悠啜茗，算是松了一口气。

一杯茶还未喝完，嘈杂之声便传入耳中，有人入内报告，学生游行队伍正朝此进发！

"不要吃眼前亏，还是躲避一下为好。"曹汝霖放下手中的茶盅，从红木太师椅上站了起来，对章宗祥说道。

曹汝霖略加思索，唤来仆人，把章宗祥带进地下锅炉房躲藏。那锅炉房又小又黑，堂堂公使大人此时也顾不得这些了，龟缩于内。

曹汝霖则避进一个箱子间。这小小的箱子间，一面通他和妻子的卧室，一面通他两个女儿的卧室。

据台湾传记文学出版社出版的曹汝霖的《一生之回忆》一书所载，曹汝霖当时的情景如下[1]：

1 曹汝霖，《一生之回忆》，台湾传记文学出版社"传记文学丛刊"，1980年版。

> 我在里面，听了砰然一大声，知道大门已撞倒了，学生蜂拥而入，只听得找曹某打他，他到哪里去了。后又听

得四周砰砰嘣嘣玻璃碎声,知道门窗玻璃都打碎了。继又听得瓷器掷地声,知道客厅书房陈饰的花瓶等物件都掷地而破了。

　　后又打到两女卧室,两女不在室中,……走出了女儿卧房,转到我妇卧房。我妇正锁了房门,独在房中,学生即将铁杆撞开房门,问我在哪里。妇答,他到总统府去吃饭,不知回来没有?……我在小室,听得逼真,像很镇定。他们打开抽屉,像在检查信件,一时没有做声。后又倾箱倒箧,将一点首饰等类,用脚踩踏。我想即将破门到小屋来,岂知他们一齐乱嚷,都从窗口跳出去了,这真是奇迹。……

　　仲和(引者注:即章宗祥)在锅炉房,听到上面放火,即跑出来,向后门奔走,被学生包围攒打。他们见仲和穿了晨礼服,认为是我,西装撕破。有一学生,将铁杆向他后脑打了一下,仲和即倒地。……

　　吴总监(引者注:即警察总监吴炳湘)随即赶到,一声"拿人"令下,首要学生听说,早已逃得无影无踪了,只抓了跑不及的学生二十余人(引者注:实为三十二人),送往警察厅。

1919年5月4日北京大学学生在天安门广场游行

这便是震动全国的"火烧赵家楼"。

翌日,为了声援被捕学生,北京各大学实行总罢课。

一呼百应,北京各界、全国各地奋起响应。万马齐喑的中国,终于响起呐喊之声——这是苏俄十月革命的炮声在中国的回响之声。

北京大学高擎"五四"火炬,冲锋陷阵在前。北洋军阀把枪口对准了北京大学,对准了校长蔡元培,对准了《新青年》主帅"北李南陈"……

"新世界"游艺场蹿出黑影

"全国看北京,北京看北大。"一时间,北京大学成了新闻中心。

1919年5月9日,从北京大学爆出一条哄传一时的新闻:校长蔡元培留下一纸辞职启事,不知去向!

蔡元培突然出走,事出有因:"北京学生一万五千人所为之事,乃加罪于北大之一校,北大一校之罪加之于蔡校长之一身。"

盛传,北洋政府"以三百万金购人刺蔡"。

为了蔡元培的安全,众友人力劝他火速离京,暂避风头。于是,5月9日拂晓,蔡元培秘密登上南下火车,悄然前往浙江,隐居于杭州。

一个多月后——6月11日,又从北大爆出一条新闻,掀起一番新的波澜。

暮霭降临北京城。闹市之中,前门外珠市口西,门口悬着"浣花春"字号的川菜馆里,一张八仙桌,五位客人正在聚餐。没有高声猜拳,只是低声悄语。操一口皖腔、穿一身西服的是陈独秀。不知什么原因,那件西服显得鼓鼓囊囊。另四位分别是《新青年》编辑高一涵、北京大学理科教授王星拱、北京大学预科教授程演生、内务部佥事邓初,他们或者衣襟鼓起,或者带着一只手提包。

饭足,天色已一片浓黛。王星拱、程演生朝另三位点点头,先走了。

他俩前往城南游艺园。

事先约定，李大钊在那儿等他们。

陈独秀和高一涵、邓初一起出门，朝"新世界"走去。"新世界"是模仿上海的"大世界"，由一位广东商人出资建造的游艺场，主楼四层，坐落在离"浣花春"不远的香厂路和万明路交叉口。"新世界"是个热闹的所在，唱小曲的，说相声的，演京戏的，放电影的，卖瓜子的，吃包子的，喝茶的，人声嘈杂，熙熙攘攘。

陈独秀怎么忽然有闲情逛"新世界"？

只见他们三人进了"新世界"的大门，几条黑影也随着闪了进去。

进门之后，陈独秀、高一涵跟邓初散了开来。邓初钻进茶室，又走进戏园。陈独秀和高一涵各处看了看，见到灯光明亮如昼，摇了摇头，朝楼上走去。

陈独秀这书生，头戴一顶白色草帽。他原本为了不让人认出来，但万万没有想到，这顶白帽子给那几条黑影带来莫大方便。即使在人群簇拥之中，也很容易找到这顶白帽！

"走，到屋顶花园去瞧瞧！"高一涵熟悉那里，便带着陈独秀走上四楼楼顶。

楼顶那屋顶花园，是盛暑纳凉用的。这时还未到纳凉时节，空荡荡的，一片漆黑。他俩从屋顶花园边缘伸出头来一瞧，第四层的露台上黑压压一片人，正在观看露天电影。

"这儿太好了！"陈独秀显得非常兴奋。他从怀里掏出那鼓鼓囊囊的东西，朝下一撒，顿时，纸片像天女散花一般飞舞。

正在聚精会神凝视银幕的人们，骚乱起来，仰起头惊讶地望着夜空中飘舞的纸片，你争我夺，秩序大乱。

陈独秀趁这机会，又甩了一大把纸片。

就在这时候，黑暗中蹿出一个人，朝陈独秀说道："给我一张。"

陈独秀竟然随手给了他一张。

那人借着亮光一看标题：《北京市民宣言》。这《北京市民宣言》是

1919年6月8日陈独秀、李大钊与高一涵共同起草的，号召北京市民推翻段祺瑞北洋政府，并宣布要判处京师卫戍司令段芝贵死刑。

猛地，那人尖嗓高喊："是这个！就是这个！"

一下子，从暗处扑出几条黑影，一下子就把陈独秀扭住了。

原来，密探们盯住陈独秀已经多时！

高一涵一见情况不妙，蹿上天桥想逃。密探大喊："还有一个！那边还有一个！"

高一涵在紧急之中，把怀里的《北京市民宣言》一股脑儿从天桥撒下，噔噔噔跑过天桥，扔掉长衫、草帽，下了楼，钻进混乱的人群。这下子，把尾随抓捕的密探甩掉了。

高一涵跑到楼下一看，邓初正在台球场里散发《北京市民宣言》传单呢。

高一涵连忙过去告诉邓初："独秀被捕了！"

"别开玩笑！"邓初还不相信哩。

就在这时，陈独秀被一群密探簇拥着，押下楼来。陈独秀一边走，一边高声大叫："暗无天日，竟敢无故捕人！"

陈独秀这般大嚷，为的是让高一涵、邓初知道，尽快逃避……

子夜，万籁俱寂。北京大学附近的箭杆胡同9号陈寓，响起了急促的擂门声。

"谁呀？"屋里传出女人的惊讶的问话。

"开门！"门外一声粗鲁的命令式的答话，表明事态严重。

那女人意识到发生了意外，连忙披衣下床。她叫高君曼，乳名小众，是陈独秀的第二位妻子。陈独秀奉父母之命，在十八岁时与年长他三岁的高晓岚结为夫妇。高晓岚乳名大众，文盲，小脚，与陈独秀的思想几乎相差一个世纪！婚后，生下三子，即延年、乔年、松年。后来，陈独秀爱上高晓岚同父异母之妹高君曼。高君曼乃北京师范学校毕业生，喜爱文学，思想新潮，跟陈独秀志趣相投。1910年，陈独秀与高君曼不顾陈、高家族的反对，在杭州同居。也正是在这个时候，沈尹默结识了陈独秀。当陈独秀出任北京大学文科学长之后，他把高君曼也接来,在箭杆胡同同住。

未及高君曼开门,大门已被撞开,一大群荷枪实弹的警察、士兵闯进陈家,屋里、屋外足有百人之众!

陈家,亦即《新青年》编辑部所在地,遭到了彻底的大搜查。《新青年》杂志、陈独秀的来往信件,都落到了警察们手中!

当夜在城南游艺园散发《北京市民宣言》的李大钊得知陈独秀被捕的消息,焦急万分。李大钊找来了北京大学德文班学生罗章龙[1]等人,要他们以北京学生的名义发电报给上海学生,把陈独秀被捕的消息捅出去,动员舆论进行营救。

隔了一天——6月13日,陈独秀被捕的新闻见诸北京《晨报》。全国各大报《时事新报》《民国日报》《申报》《时报》也都披载。一时激起众怒,各界纷纷抨击北洋政府。

一时间,各地抗议电报纷至沓来,飞向北洋政府。

李达在《民国日报》上发表《陈独秀与新思想》一文,说得痛快淋漓[2]:

陈先生捕了去,我们对他应该要表两种敬意。一,敬他是一个拼命"鼓吹新思想"的人。二,敬他是一个很"为了主义肯吃苦"的人。

捕去的陈先生,是一个"肉体的"陈先生,并不是"精神的"陈先生,"肉体的"陈先生可以捕得的,"精神的"陈先生是不可捕得的。

要求快恢复"无罪的""有新思想的""鼓吹新思想的"陈先生的自由来。

那位已经回到湖南的"二十八画生"毛泽东,在《湘江评论》创刊号上写了《陈独秀之被捕及营救》一文,赞誉陈独秀为"思想界的明星":

"陈君之被捕,决不能损及陈君的毫末,并且留着大大的一个纪念于新思潮,使他越发光辉远大,政府决没有胆子将陈君处死,就是死了,也不能损及陈君至坚至高精神的毫

---

[1] 1989年9月15日,笔者在北京访问了九十三岁高龄的罗章龙,请他回忆此事。
[2] 1916年6月24日《民国日报》。

末。"在文章结尾处,毛泽东写道:"我祝陈君万岁! 我祝陈君至坚至高的精神万岁!"

孙中山在上海会见徐世昌派出的和平谈判代表许世英时,也很尖锐地提到了陈独秀被捕之事:"你们做的好事,很足以使国民相信,我反对你们是不错的。你们也不敢把他杀死,死了一个,就会增加五十、一百个,你们尽管做吧!"

孙中山坚决要求徐世昌释放陈独秀。

许世英这位"内务总长"不敢怠慢,赶紧给徐世昌发去电报,转告了孙中山的意见。

慑于重重舆论压力,陈独秀被关押了九十八天之后,终于在1919年9月16日,由安徽同乡作保,从京师警察厅释放出来。

北京大学校长蔡元培在迎接陈独秀出狱时,当众宣称:"北京大学为有仲甫而骄傲!"

"北李"为"南陈"获释,热烈欢呼,欣然命笔,写了《欢迎独秀出狱》一诗:

你今出狱了,
我们很欢喜!
他们的强权和威力,
终究战不胜真理。
什么监狱什么死,
都不能屈服了你;
因为你拥护真理,
所以真理拥护你。

你今天出狱了,
我们很欢喜!
相别才有几十日,

这时有了许多更易：
从前我的"只眼"[1]忽然丧失，
我们的报便缺了光明，减了价值；
如今"只眼"的光明复启，
却不见了你和我们手创的报纸[2]！
可是你不必感慨，不必叹息，
我们现在有了很多的化身，同时奋起；
好像花草的种子，
被风吹散在遍地。

你今天出狱了，
我们很欢喜！
有许多的好青年，
已经实行了你那句言语：
"出了研究室便入监狱，
出了监狱便入研究室。"
他们都入了监狱，
监狱便成了研究室；
你便久住在监狱里，
也不须愁着孤寂没有伴侣。

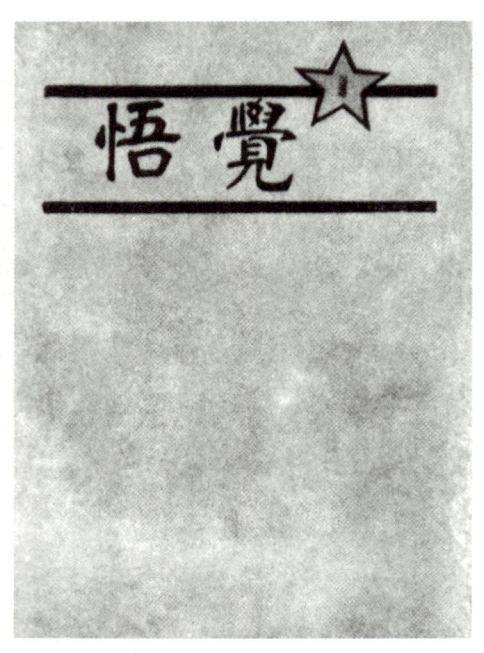

觉悟社在1920年1月出版的《觉悟》

[1] "只眼"是陈独秀在《每周评论》上发表《随感录》所用的笔名，取义于南宋杨万里的诗："近来别具一只眼，欲踏唐人最上关。"

[2] 指《每周评论》，由陈独秀、李大钊创办，1918年12月22日创刊。陈独秀被捕后，《每周评论》被北洋军阀政府封禁，1919年8月31日停刊。

陈独秀出狱之后，中断了快四个月的《新青年》杂志终于又和读者见面了。

就在陈独秀出狱的那天——9月16日，天津的十位男青年和十位女青年组织了一个崭新的团体，取名"觉悟社"，出版刊物《觉悟》。觉悟社的领导人，是一位二十一岁的小伙子，名唤周恩来。《觉悟的宣言》便是他写的。

应周恩来之邀，李大钊在9月21日来到天津觉悟社演讲。紧接着，《新青年》编辑部的钱玄同、刘半农、周作人也应周恩来和觉悟社之邀，前往天津演说……

骡车载着奇特的账房先生去天津

几个月后，李大钊又一次去天津。不过，这一回全然不同，他没有公开露过一次面，行踪绝密。

那是1920年2月中旬，年关逼近，家家户户门前贴起了"迎春接福""万象更新"之类红色横幅。离正月初一——公历2月20日，眼看着只剩不多天了。

的笃，的笃，一辆骡车缓缓驶出北京城朝阳门，先南后东，朝着天津进发。

车上有两位乘客，一位年约三十，留着八字胡，戴金丝边眼镜，身材魁梧，一身皮袍，正襟危坐，手提包里装着好几册账本，一望而知是年前收债的账房先生。他讲得一口北京话，路上一切交涉，都由他出面。

另一位坐在车篷之内，像是畏寒，一顶毡帽压得低低的，一件棉背心油光可鉴，约莫四十岁。此人看上去像个土财主，抑或是那位账房先生的下手。他总是"免开尊口"，要么无精打采地闭目养神，要么默默地凝视着道路两旁那落尽叶子的秃树。

那位"账房先生"，便是李大钊。那位躲在车里的，是陈独秀。他俩乔装打扮，秘密出京。

风声甚紧，警察在追捕陈独秀……

事情是前些天报上关于陈独秀的报道引起的：

《陈独秀在武汉文华学校演讲〈社会改造的方法与信仰〉》；

《陈独秀在武昌高等师范学校演讲〈新教育的精神〉》；

《湖北官吏对陈氏主张之主义大为惊骇，令其休止演讲，速离武汉》；

《陈独秀深愤湖北当局压迫言论自由》；

……

京师警察厅头目阅报大惊：陈独秀乃保释之人，每月都要填写《受豫戒令者月记表》，在京的行动尚受约束，怎可事先不报告擅自离京，更何况到了外地四处演讲、宣传"主义"，这怎么行呢？

于是，箭杆胡同里忽见警察在那里站岗。这儿既非交通要道，又非大官住地，不言而喻，警察在"守株待兔"，等候着从湖北归来的陈独秀，要把他重新逮捕。

其实，陈独秀早在1月下旬，便已经离开了北京，悄然前往上海。那时广东军政府委托汪精卫、章士钊等办西南大学，邀请陈独秀来沪商量有关事宜。陈独秀抵沪后，又受胡适之荐，前往武汉。

如胡适所言："那时华中地区的几所大学聘请我去做几次学术讲演，但是我无法分身，因为杜威教授那时也在北京讲演，我正是杜威的翻译；所以我转荐陈独秀前往。对方表示欢迎……"[1]

于是，陈独秀2月2日离沪，乘"大通轮"于2月4日抵达汉口。8日晚，陈独秀乘火车北上，返回北京。

在火车上，陈独秀和同行的几位武汉地区校长谈笑风生。那几位校长欲去北京物色教授到武汉任教。

火车迎着朔风，喷吐着黑烟，朝北京进发。

在北京大学校园里，李大钊手持陈独秀发来的电报，焦急万分。因为早有学生报讯，陈寓门口有警察站岗，正张网捕陈。

李大钊把《新青年》编辑高一涵及几位学生找到家中，商议对策，如此如此……

北京西站，陈独秀刚刚走下火车，一位学生便迎了上去："陈先生！"

那位学生递上李大钊的亲笔信，陈独秀才知道警察正在家门口"恭候"。

---

[1] 唐德刚译著，《胡适口述自传》，195页，华东师范大学出版社1981年版。

陈独秀只得随着那位学生，前往友人、北京大学教授王星拱家。刚一走进去，李大钊和高一涵已在里面等他了。

"仲甫，你要赶紧离开北京，避一避风头。"李大钊说道，"你如果再落到警察手里，就很难出来了。"

"那就到上海去吧。"陈独秀说，"汪孟邹在上海，我到他那里住一阵子。"

"你先歇息一下。"李大钊说，"我想办法护送你出京。"

关于陈独秀如何逃避警察，离开北京，还有另一个"版本"，那就是胡适晚年在口述自传里所描述的：

独秀返京之后正预备写几封请柬，约我和其他几位朋友晤面一叙。谁知正当他在写请帖的时候，忽然外面有人敲门，原来是位警察。"陈独秀先生在家吗？"警察问他。"在家，在家。我就是陈独秀。"

独秀的回答倒使那位警察大吃一惊。他说现在一些反动的报纸曾报道陈独秀昨天还在武汉宣传"无政府主义"，所以警察局派他来看看陈独秀先生是否还在家中。

那位警察说："陈先生，您是刚被保释出狱的。根据法律规定，您如离开北京，您至少要向警察关照一声才是！"

那位警察便拿了陈独秀的名片走了。独秀知道大事不好。那位警察一定又会回来找麻烦的。所以他的请帖也就不写了，便偷偷地跑到我的家里来。警察局当然知道陈君和我的关系，所以他在我的家里是躲不住的。因而，他又跑到李大钊家里去。

警察不知他逃往何处，只好一连两三天在他门口巡逻，等他回来。

为了能让陈独秀安全离京，李大钊雇了一辆小骡车，化装成生意人把陈独秀护送到天津。

……

翌日，一辆骡车来到了王家门口，那位"账房先生"已经跨在车辕上。陈独秀向王星拱家的厨师借了那件油光发亮的背心，又借了顶毡帽，躲进那骡车。

骡车虽慢，走的是小道，躲过了警察的眼睛。

的笃，的笃，蹄声清脆。小小骡车，载着"两大星辰"——"北李南陈"，载着《新青年》的两员主帅。

在僻静的野外，"账房先生"转进车内，跟戴毡帽的那一位压低了声音，细细地商讨着。

骡车向南到达廊坊，再朝东折向天津，一路上慢吞吞地走了好几天。"北李"和"南陈"从未有过这么多的时间，可以如此专心致志地交谈。

"是该建立中国共产党了！建立中国的布尔什维克！"就在这辆不断摇晃着的骡车上，"北李""南陈"商议着这件严肃而重大的事情——"计划组织中国共产党"[1]。

"我着手在北京做建党的准备，你在上海做建党的准备。"李大钊对陈独秀说的这句话，后来被历史学家们称为"北李南陈，相约建党"。

轻声细语，他俩探讨着中国共产党的性质、任务，研究着党纲应该怎么写，包括些什么内容。

如此一路共商，时光飞快流逝，天津城近在眼前了。

"账房先生"重新坐回了车辕，车里的那位又把毡帽压得低低的。

进入天津城，他俩没有朝火车站走去——因为那些警察很可能会在火车站"恭候"。

"仲甫，脱掉你的油腻的背心，摆出你教授的派头来。我送你上外国轮船！"李大钊想出好主意。

陈独秀脱下背心，托李大钊"物归原主"。在码头，陈独秀紧紧地握着李大钊的手，说道："后会有期！"

陈独秀踏上了挂着洋旗的船，一口英语，俨然一位"高等华人"。

当陈独秀来到上海，已是阴历除夕——2月19日。

[1] 高一涵，《报告李守常同志事略》，汉口《民国日报》，1927年5月24日、25日。

20世纪20年代的上海

上海街头响着噼噼啪啪的鞭炮声，酒吧、饭馆里传出划拳声，舞厅、戏院内飘出乐曲声，石库门房子里传出哗哗麻将声，陈独秀不由得松了一口气……

在码头送别陈独秀之后，李大钊的心中也放下一块大石头。

李大钊没有马上回北京。他不时回头望望，看看有无"尾巴"。

他朝"特别一区"走去。"特别一区"是天津的俄国旧租界。苏俄十月革命之后，废除了原来沙皇俄国在中国的租界。不过"特别一区"仍是俄国人在天津聚居的所在。

李大钊和天津的少年中国学会会员章志等人秘密来到"特别一区"一幢小洋楼里。在那儿，李大钊与俄共（布）友人进行了会谈。

那位俄共（布）友人是谁呢？后来章志所写的回忆文章《关于马列主义在天津传播情况》中没有提及姓名，也就不得而知了。

不过，极有可能是后来成为俄共（布）中央西伯利亚远东人民处处长的伯特曼。1957年在伊尔库茨克出版的米勒著《在革命的烈火中》一书中，提及伯特曼曾在1919年夏天在天津会见过李大钊，并称李大钊是"了不起的马克思主义者"。

当然，伯特曼所说的会见李大钊是"1919年夏天"。

倘若不是伯特曼，那么究竟是谁？后文将述及。

不知怎么会走漏了风声——大约是"特别一区"那里早已在密探监视范围之中，李大钊的来访引起了他们的注意。第二天，天津《益世报》就捅出了消息：《党人开会，图谋不轨》！

李大钊见报，马上通知那天同去会晤的天津友人预防不测。他于当天匆匆赶回了北京。

陈、李天津之行，把组织成立中国共产党提到了议事日程上……

向来谨慎的李大钊在回到北京之后，绝口不提亲自驾骡车送陈独秀离开北京前往天津一事。高一涵曾回忆说："李大钊回京后，等到陈独秀从上海来信，才向我们报告此行的经过。"

高一涵能够从李大钊那里得知"此行的经过"，因为他跟陈独秀、李大钊都是好友。

高一涵是在1912年进入日本明治大学攻读政法。他在日本求学期间，结识了陈独秀和李大钊。高一涵与陈独秀同乡，都是安徽人。回国之后，他与李大钊都是北京大学政治系教授，交往频密。他是李大钊创办的马克思主义学说研究会的成员。

第一个披露陈独秀、李大钊在从北京到天津途中"相约建党"的人，便是高一涵[1]。那是1927年4月28日李大钊等二十位革命者壮烈牺牲之后的第二十四天，即1927年5月22日下午，在武昌中山大学讲演厅召开"追悼南北死难烈士大会"，李汉俊主持了大会，各界人士三千余人

[1] 近年来有人质疑"南陈北李，相约建党"的真实性。笔者读高一涵1927年以及1963年的文章，以为确实无疑，故在此引述高一涵原文。

出席大会。高一涵在会上演讲,题为《报告李守常同志事略》。参加大会的"血友社"记者记录了他的演讲,分两次连载于1927年5月24日、25日的汉口《民国日报》。高一涵在演讲中,回忆李大钊,说了一段至关重要的话:

……嗣入北大,任图书馆主任,兼授唯物史观,及社会进化史;此为先生思想激变之时。时陈独秀先生因反对段祺瑞入狱三月,出狱后,与先生同至武汉讲演,北京各报均登载其演辞,先生亦因此大触政府之忌。返京后则化装同行避入先生本籍家中。在途中则计划组织中国共产党事。

这便是后来被称为"南陈北李,相约建党"的最早出处。

1927年5月23日《中央副刊》第六十号,发表了高一涵的《李大钊同志略传》一文,记述了李大钊掩护陈独秀出逃的经过:

时陈独秀先生为北大文科学长,是年因散布《北京市民宣言》反对安福系事被捕系狱三月。出狱后潜离京赴上海,由上海至武昌讲演,折回北京。甫至京二小时,即被警察追踪而至,陈逃至北大教授王星拱宅,与守常偕乘驴车由通州至乐平,守常割去胡须,戴上瓜皮小帽,手携旱烟袋,盘膝坐车上,独秀着王宅厨役油背心,望之俨然两商人也。沿途因守常操北音,故无人盘问而安然脱险矣。

在三十六年之后——1963年10月,高一涵又对陈、李天津之行做了如下回忆[1]:

时当阴历年底,正是北京一带生意人前往各地收账的时候。李大钊同志雇了一辆骡车,从朝阳门出走南下,陈独秀头戴毡帽,身换王星拱家厨师的一件背心,油迹满

---

[1] 高一涵,《李大钊同志护送陈独秀出险》(此文写于1963年),《文史资料选辑》第61辑,中华书局1979年版。

衣，光着亮发，坐在车子里面，李大钊同志跨在车辕上，携带几本账簿，印成店家红纸片子。沿途上住店一切交涉都由李大钊同志出面办理，不要陈独秀开口，恐怕漏出南方人口音。因此一路顺利到了天津，即购外国船票，让陈独秀坐船前往上海。

红色的起点

第二章·酝酿

第二章·酝酿

鲜为人知的"俄国共产党华员局"

新生的苏俄关注着东方，列宁关注着东方。在派出马林作为共产国际的正式代表前往中国之前，俄共（布）早已秘密地试图与中国的革命者建立联系。

种种绝密的内幕，随着岁月的流逝而被世人知晓。……

十月革命爆发之后，俄罗斯苏维埃政权处于国内混乱、国际围剿的局势中，中国北洋军阀政府封锁了中俄边界，使中苏交通阻断。

列宁在万般困难之中，仍想方设法寻觅着东方的战友。在他看来，中国革命一旦兴起，那就是对新生的苏俄的最有力的支援。

列宁最初多次接见过的中国革命者，据苏俄档案记载，是俄文的名字叫"лау Сиуджау"的人。早年的中译名为"鲁苏杜"。

"鲁苏杜"何许人也？查遍所有中国共产党党员登记表，也找不到这样的名字。

后来，根据"鲁苏杜"当年所担任的职务——"中华旅俄联合会"会长这一线索寻找，这才查清他的中文原名叫"刘绍周"，又名刘泽荣。

刘绍周，虽是《中国共产党党史人物词典》上也查不到的人物，在当年，却是受列宁三次接见的中国工人代表——历史，差一点湮没了他的名字！

刘绍周，他的俄语比汉语讲得更流利。他是地道的中国人，1892年出生在中国广东西江之畔的高要县，那里蔗林成片，以盛产"端砚"著称；不过，他五岁时便离开了这片炎热的土地，随着父亲刘兆彭来到俄国。

毛泽东的俄语翻译师哲与刘绍周熟悉,曾经这样介绍刘绍周的家庭背景[1]:

刘泽荣又叫刘绍周。他是广东高要人,幼年随父迁居苏联高加索巴统恰克瓦镇。他的父亲刘峻周是著名的茶商,自己经营茶园,将种茶技术传入苏联,并在莫斯科特沃斯卡娅大街(即今高尔基大街)、列宁格勒、海参崴开有茶叶商店,是有名的大资本家。刘泽荣青年时在列宁格勒(当时称圣彼得堡)大学读书。

刘绍周在俄国成长,那里成了他的第二故乡。他在那里上完小学、中学,以至就读于圣彼得堡大学物理系、圣彼得堡工业大学建筑系。如此这般,他成了俄国的华侨。

俄国的华侨并不多。不过,在第一次世界大战期间,大约十万中国劳工根据俄国企业和中国包工所订的合同,来到这寒冷的北方邻国,成为那里的苦力。于是,华工猛然增多。一贫如洗,使他们本能地站在俄国无产阶级的一边。

1917年3月3日(俄历2月),俄国爆发了"二月革命",推翻了统治三百多年的罗曼诺夫王朝。这次革命,只是资产阶级民主革命。

华工、华侨和留俄的中国学生们联合起来,在1917年4月18日成立了"中华旅俄联合会"。

二十五岁的大学毕业生刘绍周富有组织才干,当选为会长。

十月革命之后,在"中华旅俄联合会"的基础上,1918年12月中旬在彼得格勒成立了"旅俄华工联合会",刘绍周又当选为会长。刘绍周成了华工们的领袖。12月30日,刘绍周在莫斯科召开了旅俄华工联合会第一次群众大会,号召华工坚决和苏联工人站在一起,并肩战斗。华西里·亚历山大罗维奇当选为莫斯科分会主席。

[1] 师哲,《在历史巨人身边:师哲回忆录》,108页,中央文献出版社1991年版。

列宁注意到这支华工队伍。刘绍周被任命为彼得格勒市苏维埃委员。列宁还亲笔作如下批示:"务请所有苏维埃机关工作人员对刘绍周(泽荣)予以一切协助。"

受苏联外交部的委托,旅俄华工联合会创办了《旅俄华工大同报》,在华工中进行革命宣传。

1919年3月2日至6日,当列宁在莫斯科召开共产国际第一次代表大会时,两名中国代表出席了会议——虽然当时中国还没有共产党。

两名中国代表之一,便是刘绍周。

刘绍周见到了列宁。后来,刘绍周回忆道[1]:

我第一次拜访列宁同志是在1919年3月,当时我正列席共产国际第一届大会,记得第一次去见这位伟大领袖时,是在下午大会休会时间……他还问我是否要在大会上发言……我回答了他的问话,告诉他准备在大会上发言,他说很好。

3月5日,共产国际一大召开第四次会议,由列宁主持。在季诺维也夫发言之后,列宁说:"现在请中国代表发言。"

刘绍周先用汉语念了一遍祝词,又用俄语念了一遍。他的祝词,刊登在翌日的《真理报》上。祝词中说:

"本国际是俄国共产党创立的。这个党领导的政府,为世界劳动人民的利益,为各国人民的自由而对世界帝国主义宣战。因此,这个党获得了中国人民的最真诚的友情。

"我作为中国组织的代表来参加共产国际代表大会,深感荣幸。我不仅代表我所在的小组,也不仅代表成千上万散居俄国各地的中国无产者,而且代表几万万灾难深重的中国人民,向旗帜鲜明地誓同残暴的世界帝国主义进行斗争的第三国际致以热烈的祝贺。"

列席共产国际一大的另一名中国代表是华西里·亚历山大罗维奇。其实他是一个中国人,年幼时母亲病故,无依无

[1] 刘泽荣,《回忆同伟大列宁的会晤》,《工人日报》1960年4月21日。

靠，流浪在哈尔滨。哈尔滨离俄国不远，这座城市里居住着许多俄国侨民。一位俄国医生喜欢这个孩子，收养了他，给他取了俄文名字"华西里·亚历山大罗维奇"——他原本叫"张永奎"。俄国医生把他带回了俄国，从此他在俄国长大。他参加了旅俄华工联合会，当选为该会莫斯科分会会长，成为仅次于刘绍周的中国旅俄华工领袖。1920年9月当刘绍周辞去旅俄华工联合会会长职务之后，张永奎继任旅俄华工联合会会长。这个旅俄华工联合会在苏俄各地建立地方组织，发展会员达六万多人。

刘绍周和张永奎不是共产党员，所以在共产国际第一次代表大会上只是列席代表，有发言权，无表决权。

在共产国际一大之后，1919年11月19日，列宁在克里姆林宫又一次接见了刘绍周。不过，当共产国际召开第二次代表大会时，刘绍周已是共产党员了，虽说那时中国共产党尚未正式成立。刘绍周不再作为旅俄华工联合会代表出席会议，而是代表着"俄国共产党华员局"。

"俄国共产党华员局"，是俄国共产党中旅俄华侨党员的中央机构。

那是1920年6月18日至20日，旅俄华工联合会第三次代表大会在莫斯科召开，出席代表约二百人。列宁很重视这次会议，苏俄最高执行委员会主席加里宁等出席了大会并发表讲话。刘绍周作了长篇报告。大会选举孙中山和列宁为名誉主席。刘绍周连任会长，孙言川为秘书兼《旅俄华工大同报》编辑。

旅俄华工联合会第三次代表大会结束之后，为了统一、集中旅俄华侨中的俄共（布）党员，于6月25日建立了"俄国共产党华员局"（又称"俄共中国党员中央组织局""华人共产党员中央组织委员会"）。1920年7月1日（很巧在7月1日），俄共（布）中央委员会组织部批准成立"俄国共产党华员局"以及该局所拟定的党章。刘绍周、张永奎是俄国共产党华员局委员。此外还有单贝富、孙富元等担任委员。单贝富又名单清河，1918年8月担任彼得格勒中国国际支队政治委员，而孙富元为苏俄红军中国营营长。

"俄国共产党华员局"的主席是安恩学。

关于安恩学的生平，现在所知甚少了。这里只能勾画出他粗线条的轮廓：他原本在中国东北铁路上工作。1904年8月，在哈尔滨被当时的帝俄当局所逮捕，所控罪名据云是所谓"为日本进行间谍活动"。之后，他被发配到俄国的彼尔姆，沦为那里的苦工。他理所当然地积极参加了1905年的俄国革命，然后又在十月革命中冲锋陷阵。他在秋明组织了一支中国工人支队，与苏俄阶级兄弟并肩战斗。1918年，他所领导的中国工人支队加入了苏俄红军。为捍卫新生的苏维埃政权而战斗。他加入了俄国共产党。这样，当俄国共产党决定成立华员局的时候，安恩学被选入华员局，不久担任了主席。

"俄国共产党华员局"虽然并不等于中国共产党，它是参加了俄国共产党的华人的中央领导机构，不过，它毕竟是华人之中正式的共产党组织——尽管如今它鲜为人知。

1920年7月19日至8月7日，当列宁主持召开共产国际第二次代表大会时，出席大会的中国代表除了刘绍周之外，安恩学取代了张永奎。刘绍周和安恩学都是以"俄国共产党华员局"代表的身份参加会议。刘绍周第三次见到了列宁。

刘绍周在7月28日的第五次会议上，做了发言。列宁很注意地倾听了刘绍周的发言。

刘绍周很清楚地用俄语说明了当时中国的形势：

1918年底中国进行着激烈的国内战争。南方成立了临时革命政府，其目的是与北京政府作无情的斗争。领导南方政府的是中国第一次革命的著名领袖孙逸仙，但是，不久以后，孙逸仙由于与留在南方政府里的旧官僚代表人发生冲突，退出了广东政府。从那时起，他就不再正式参与政府事务。……

南方政府直到现在还继续与北京政府作斗争，而且这种斗争是在孙逸仙集团宣布的口号下进行的。其主要内容为：恢复旧国会和旧总统的权力，撤销北京政府。战争胜负未定，但是，无疑，南方政府胜利的可能性更大，尽管北方似乎在财政方面所处条件更加有利。近来，传说，南方政府的军队占领了湖南，即中部省份之一，并开赴北京。……

刘绍周介绍了在中国发生的"五四运动"：

当凡尔赛会议不仅什么也没给中国，而且还把日本在战时损害中国的利益所提出的权益和领土要求确认归诸日本时，中国人民是多么失望啊。于是，在中国代表从凡尔赛会议回国以后，国内便掀起了反对政府和日本的强有力的运动。学生组织了联合会，站在运动的最前面。……

运动被暴力镇压下去了，而且，在许多场合下，游行示威者被开枪扫射。尽管如此，运动还是起了相当大的作用，因为它焕发了群众的革命精神。……

后来，学生们明白了，光是他们什么也干不了，开始奔赴工人群众的事业。中国工人也开始懂得他们是力量，虽然这是刚刚产生的工业无产阶级的代表。……

刘绍周在发言即将结束时，说了一段颇为重要的话[1]：

必须强调指出，目下中国乃是革命宣传的广阔场所。第三国际代表大会应该对这一事实给予极其高度的重视。援助中国革命不仅对中国本身具有意义，而且对全世界革命运动也具有意义，因为现在中国劳动群众的强大的革命运动是可以对抗贪得无厌的日本帝国主义的唯一因素……

刘绍周在共产国际的会议上的这番发言，对于帮助共产国际了解中国情况，重视中国革命，起了很好的作用。

不过，大抵是受出席共产国际二大的另一位中国代表——三十七岁的江亢虎的影响，刘绍周在发言中，对"中国社会党"做了不恰当的介绍和评价：

[1]《共产国际与中国革命资料选辑》，31—34页，人民出版社1985年版。

去年在上海我们举行了一系列罢工,诚然,是纯经济性的罢工。但是,即使社会党(其中心在上海),也在工人中间获得了越来越高的声望。这个党是马克思主义的。根据它的杂志登载着质朴的名称——《周报》,我们可以断定,这个运动确实具有重要性。譬如,5月1日那期里登着以下的口号:"不劳动者,不得食","全世界应当属于无产阶级"等等。这本杂志孜孜不倦地宣传社会主义思想,对抗民族主义,坚持与苏维埃俄国结成亲密的兄弟般的联盟。……

江亢虎是以中国社会党代表的身份,出席共产国际二大的。

江亢虎原名绍铨,别名康瓠,江西弋阳人。1900年他在北京东文学社学习日文,后来前往日本留学。回国后出任北洋编译局总办、《北洋官报》总纂。后来,又去西欧游历,主张"三无主义",即"无宗教、无国家、无家庭"。回到中国,创办"社会主义研究会"。1911年11月5日,江亢虎在上海把社会主义研究会改组,成立了中国社会党。他担任"上海本部部长"。

中国社会党的党纲有八条:赞同共和;融和种界;改良法律,尊重个人;废除世袭遗产制度;组织公共机关,普及平民教育;振兴直接生利之事业,奖励劳动者;专征地税,罢免一切税收;限制军备。

应当说,在当时,这八条党纲是有着进步作用的。中国社会党顺应时代潮流,曾得到了迅速发展,党员人数猛增至五十二万三千多人,在沪、苏、浙、京、津及南方各省建立了四百九十个党支部。

民国元年(1912年)1月14日,中国社会党苏州支部成立。当时,就连少年叶圣陶也加入了中国社会党。叶圣陶和朋友顾颉刚、王伯祥等人赴会参观。叶氏日记中记载:"江君亢虎素抱社会主义,曾周游各国,专为考察此主义,归国后竭力鼓吹……其语详括简要,条理明晰,不愧为此主义之先觉者,而其演说才亦至可钦佩。"从叶圣陶的日记可以看出,当年江亢虎及其中国社会党的影响之大。

那时候,毛泽东也读了江亢虎关于社会主义的著作。1936年毛泽东在保安同美国记者埃德加·斯诺谈话时,曾经回忆起1912年的情形:"我读了一些江亢虎写的关于社会主义及其原理的小册子。我热情地写信给几个同班同学,讨论这个问题,可是只有一位同学回信表示赞同。"

1913年,袁世凯得势,视中国社会党为敌,杀害了中国社会党北京支部部长陈翼德。江亢虎屈服于袁世凯的淫威,于1913年8月宣布中国社会党解散。

即便如此,江亢虎也无法在国内立足,只得出走美国,在那里担任加利福尼亚大学汉文助教、美国国会图书馆顾问。

获知列宁创建共产国际,江亢虎设法与共产国际取得了联系,自称中国社会党"奉行马克思主义"。于是,他得以出席共产国际二大。

实际上,中国社会党只是中国的资产阶级政党。江亢虎在出席共产国际二大之后,于1922年8月回国,创办南方大学,自任校长。他在1924年6月重组中国社会党。1925年1月更名为中国新社会民主党。1926年该党再度解散,江亢虎又去美国。

1939年9月,江亢虎跌入了汪精卫的怀抱,出任汪伪国民政府的政府委员、铨叙部部长、考试院院长,沦为汉奸。

1946年11月,江亢虎被国民政府以汉奸罪判处无期徒刑。

1954年12月7日,七十一岁的江亢虎病死于上海提篮桥监狱,画上了他的生命的句号。

把中国社会党说成"这个党是马克思主义的",让江亢虎出席共产国际会议,这表明当时的共产国际对中国情况的不了解。

刘绍周倒是旅俄华工的出色代表。他既出席了共产国际的一大、二大,是俄国共产党华员局负责人之一,原本有可能参与创建中国共产党。一次意外的火车事故,使他受伤。

1920年11月18日,他在妻子陪同下,随北洋政府派往苏俄考察军事、外交的张斯代表团回国,在中东铁路理事会担任理事。自此他脱离了俄共华员局的工作。1933年后,他担任北平大学法商学院和西南联合大学俄语教授,著《俄文文法》一书。1940年,当邵力子出任国民政府驻苏大使时,请他出任驻苏使馆参赞。这样,他又来到了苏联,不过此时他的公开身份已变成国民政府官员。当然,那位驻苏大使邵力子也是中国共产党早期党员,由于深知刘绍周跟苏联的关系,特地请他作为参赞。

此后,刘绍周又调任国民政府外交部驻新疆特派员。他毕竟曾是共产党阵营中的一员。1949年9月,他协助中国共产党,支持原国民政府新疆警备总司令陶峙岳反戈,使新疆避免了一场战火之灾。之后,刘绍周被任命为新疆临时外交办事处处长。

后来,刘绍周调往北京,出任外交部条约委员会委员、外交部顾问、商务印书馆副总编,第二、三、四届全国政协委员。

这位受到列宁三次接见的元老人物(在中国很少有人得到如此殊荣),历经沧桑,终于在1956年加入中国共产党。

1970年7月18日,七十八岁高龄的刘绍周离开了人世。他除了留下《俄文文法》之外,还给后人留下了《领海概论》《俄汉新辞典》等著作。人们对他的称谓是"教授、新闻出版家"。

在那"文革"岁月,他的早年勋绩,几乎被淡忘。

时至今日,在追溯中国共产党"胚胎期"的历史时,是该把这位贡献甚巨的刘绍周如实地介绍给诸多读者了……

1989年版的《辞海》1741页,收有刘泽荣(即刘绍周)词条,对他的生平做了准确而概括的介绍:

刘泽荣(1892—1970),中国语言学家、社会活动家。又名绍周,广东高要人。五岁随父赴俄,毕业于圣彼得堡大学。1917年和其他旅俄华侨发起"中华旅俄联合会"(后改为"旅俄华工联合会"),任会长。十月革命后受任彼得格勒市苏维埃委员,创办《旅俄华工大同报》。曾参加共产国际第一、第二次代表大会,并受列宁接见。1920年底回国任中东铁路理事会理事。曾任北平大学和西南联大教授。1940年后任驻苏大使馆参赞,1944年改任外交部驻新疆特派员。1949年9月襄助陶峙岳起义,实现新疆和平解放。建国后,历任新疆临时外交办事处处长、外交部条约委员会委员、外交部顾问、商务印书馆副总编辑,为全国政协第二、三、四届委员。1956年加入中国共产党。对俄语颇有研究,曾主编《俄汉大辞典》,并著有《俄文文法》等。

至于另一位出席共产国际一大的代表张永奎,在20世纪20年代初回国。1977年去世时为甘肃师范大学教授。

来自海参崴的秘密代表团

除了刘绍周、张永奎、安恩学之外,还有一位被岁月淡化而曾为中国共产党的诞生出过大力的人物。

1982年11月,山东平度县的县报《平度大众》上的一则"寻人启事",使该县西乡马戈庄的杨德信陷入了无限的兴奋之中。

原来,那启事是中国共产党平度县委党史征集办公室出面登的,为的是寻觅谢世已久的名叫"杨明斋"的中国共产党早期党员的史料。最初,大家连杨明斋是哪里人都不知道,从中国共产党早期山东党员王翔千之女黄秀珍[1](本姓王,化名时改姓黄)那儿听说杨明斋是平度县人,于是党史征集办公室在《平度大众》登启事。杨德信的大爷正是杨明斋。这么一来,才使杨明斋的早年身世有了眉目。

尽管如此,迄今为止,尚未能找到一张杨明斋的照片,使后人一识这位革命先辈的面容。没有留下照片毕竟令人遗憾。听说杨明斋的长相与他的弟弟很像,杨明斋原名杨好德,弟弟叫杨好河。于是中共平度县委党史征集办公室

杨明斋

[1] 本名王辩,曾用名黄秀珍,1924年加入中国共产党。王辩在莫斯科学习时,是邓小平的同班同学。

想方设法找到了杨好河的照片，请平度文化馆美术师时述富仿照照片画像。这幅画像分别呈送邓小平、伍修权、乌兰夫等人审看。1987年9月28日，时任中国人民解放军副总参谋长的伍修权批示，"脸形胖些为宜，余无意见。"美术师根据伍修权的意见对画像做了修改之后，这幅画像就成了杨明斋的标准像。从此各种中共党史著作上的杨明斋像，用的就是这幅画像，就连杨明斋传记封面上印的也是这幅画像……

杨明斋是一位谜一样的人物。兼通中俄两国语言的他，曾在沙皇俄国的外交机关里工作。其实，那时的他，已是布尔什维克。他在那里做秘密工作——为布尔什维克工作。

他，1882年出生在山东平度县明村镇马戈庄一位名叫杨仁鉴的农民家中。父亲最初为他取名杨好德。父亲粗知诗书，总想把儿子培养成一个有文化的人，省吃俭用，把他送入私塾。十六岁那年，家中已无力供养杨明斋上学，他只好回家务农。不久，他成了亲，挑起了家庭的重担。

不幸的是，新婚不久，妻子便去世了。村里有人去"闯俄罗斯"，正陷于苦闷之中的他，也随着去了。这样，1901年春，十九岁的杨明斋来到了俄国东方的门户——海参崴，在那里做工。

一边做工，一边也就学会了俄语。

此后，他进入广漠荒僻的西伯利亚做工，成为劳苦的华工中的一员。一无所有的他，加入了俄国工人运动。他和布尔什维克日渐接近，以至成了布尔什维克中的一员。

杨明斋在十月革命之后，成为旅俄华工中一位活跃的人物，他组织华工们参加红军，为保卫苏维埃而战。

不久，杨明斋被派往海参崴。当时，海参崴还在日本占领之下，而杨明斋曾在那儿做过工，熟悉那里的情况。

海参崴地处绥芬河口海湾东岸，原本是大清帝国的领土。1860年，沙俄强迫清政府订立了不平等的《北京条约》，从此那儿成了俄国的领地。沙俄在那里筑寨建港，改名为"符拉迪沃斯托克"，意即"控制东方"。不过，那里毕竟曾是中国的领土，那儿的居民之中，有三分之一是华人。杨明斋来到那里，把华侨组织起来。他的公开身份是华侨联合会负责人。在这样的公开身份掩护下，他为布尔什维克做地下工作。

那时，苏俄的远东地区——西伯利亚，处于日、英、美等帝国主义的干涉军和白俄的高尔察克、谢苗诺夫部队统治之下。到了1919年下半年，苏俄红军越过乌拉尔山东进，抓住并枪决了高尔察克，西伯利亚落入了红军手中。海参崴也插上了红旗。

就在红军长驱直进西伯利亚前夕，1919年3月，在西伯利亚西缘鄂姆河畔的鄂木斯克城，一次秘密会议正在举行。那是俄共（布）第二次西伯利亚代表会议。会议除了研究东进问题之外，还决定成立一个秘密机构——"俄共（布）西伯利亚区委情报宣传局"。这个情报宣传局的任务是"建立和加强同东方及美国共产主义组织的联系"。这是俄共（布）第一个成立的专门研究、联系东方及美国共产主义组织的机构。

在中国发生声势浩大的"五四运动"之后，1919年6月，俄共（布）西伯利亚区委的负责人之一加蓬向俄共（布）中央建议，在西伯利亚区委成立"东方局"（又称"东方民族部"），专门负责和东方各国的革命力量进行联系，并帮助这些国家建立共产党。

当红军进入海参崴之后，杨明斋受到了重视。不言而喻，他身为布尔什维克，又是中国人，通晓中、俄两国语言，是难得的、可以从事与中国共产主义者建立联系的恰当人才。杨明斋参加了设在海参崴的俄共（布）远东地区委员会的工作。

1920年1月，一份来自海参崴的重要报告，送到了俄共（布）中央委员会。这份报告是由库什纳列夫和萨赫扬诺娃共同署名的。他俩都是俄共（布）远东地区委员会的负责人。这份报告向俄共（布）中央反映了他俩的意见：俄共（布）远东地区委员会着手和中国的革命者建立经常的联系。

也就在这份报告送出不久，李大钊送走了陈独秀，来到了天津"特别一区"那幢小楼。来自天津的重要信息，迅速传到了海参崴。

李大钊不是江亢虎。中国的真正的马克思主义者，开始与俄共（布）挂上了钩。从海参崴派出的俄共（布）老布尔什维克伯特曼住在天津，不断发来准确、可靠的情报——他找到了中国的共产主义战友！

俄共（布）中央仔细研究了远东地区委员会负责人的报告，获知了来自中国的最新信息，于1920年3月批准建立了"俄共（布）远东局"，作为俄共（布）专门负责同远东各国革命者联系的机构。在海参崴，成立了"俄共（布）远东局海参崴分局"，维廉斯基·西比利亚可夫被任命为分局的负责人。俄共（布）远东局选择海参崴建立分局，是由于海参崴这"东方的门户"跟中国联系方便——那时，从莫斯科到海参崴的西伯利亚大铁道遭到战争的破坏，一趟列车起码要二三十天才能到达。

1920年3月，就在建立远东局不久，俄共（布）中央给俄共（布）远东局海参崴分局发去电报：派遣一个代表团前往中国。

据苏共中央马列主义研究院中央党务档案馆保存的档案（全宗514，目录号1，归案卷号4，第7页）表明，这个代表团的使命是："同中国的革命组织建立联系。"

又据日本波多野乾一所著《中国共产党历史》第五卷透露，列宁对这个代表团下达三项任务：

一，同中国社会主义团体联系，组织正式的中国共产党及青年团；

二，指导中国工人运动，成立各种工会；

三，物色一些中国的进步青年到莫斯科东方大学学习，并选择一些进步分子到俄国游历。

不过，作者并未注明列宁的三点指示的出处。史华慈著的《中国共产主义和毛泽东的崛起》（B. I. Schwartz, *Chinese Communism and the Rise of Mao*）也有类似的记载，但同样没有注明原始材料出处。

不论怎么说，代表团负有"同中国的革命组织建立联系"这一使命，是确切无疑的。杨明斋被选入代表团，他的职务是翻译。

代表团的负责人是俄国人格列高里·纳乌莫维奇·维经斯基[1]，他又名查尔金。后在中国曾取了一个汉名，叫

---

1 又译为魏经斯基、维京斯基、威金斯基、威经斯基、吴廷斯基、魏丁斯基、维丁斯基、乌金斯克、沃伊琴斯基、伟基斯克、符定斯克、费丁斯克、胡定斯基。

吴廷康；他还取了两个中国式的笔名——魏琴、卫金。

这里需要特别说明的是，维经斯基所率的代表团，最初是俄共（布）中央指示俄共（布）远东局派出的代表团，而不是共产国际派出的代表团。正因为这样，苏联学者卡尔图诺娃在《对中国工人阶级的国际援助（1920—1922年）》一文中，没有称维经斯基赴华是经共产国际同意批准，而是说："1920年4月，俄共（布）远东局海参崴分局向中国派出一个由维经斯基（查尔金）率领的俄国共产党人小组。"

张国焘在《我的回忆》一书中说："在五月间（引者注：应为4月），共产国际伊尔库茨克远东局派了一位代表威金斯基（引者注：即维经斯基）来华，他以记者身份偕同旅俄华侨（具有俄共党籍）杨明斋作助手，路经北京，由柏烈伟介绍与李大钊先生接触。"张国焘所说"共产国际伊尔库茨克远东局"是不确的，应为俄共（布）远东局。

共产国际代表维经斯基

不过，维经斯基到达上海之后，1920年5月在上海建立了"共产国际东亚书记处"。共产国际东亚书记处下设中国科、朝鲜科和日本科，维经斯基担任中国科科长。这么一来，维经斯基成为共产国际的一员。1921年春，他从中国回到苏俄伊尔库茨克，任共产国际远东书记处责任书记。

维经斯基中等身材，温文尔雅，学问渊博，给人以良好的印象。1893年4月，他出生在俄国维切布斯克州涅韦尔市，父亲是森林工厂的管理员。

1907年，十四岁的维经斯基中学毕业以后，没有足够的钱继续上学。他便在维切布斯克印刷厂里当排字工人。

三年后，他到白斯托鲁克当会计。

二十岁那年，贫困潦倒的他，前往美国谋生，边学习边做工。这是他人生道路上的重要经历。来到美国之后，他的眼界一下子开阔了，阅世不深的他，明白了许多道理。他的英语也讲得流畅，这为他后来成为国际社会活动家准备了便利的条件。

1915年，二十二岁的他在美国加入了社会党。他开始介入政治。

听说十月革命胜利的消息，他欢欣鼓舞从美国回到俄国，在海参崴加入了俄共（布）。不久，他到克拉斯诺亚尔斯克参加苏维埃工作。

1918年11月，原沙俄海军上将、黑海舰队司令高尔察克叛乱。在帝国主义武装干涉者的支持下，高尔察克在鄂木斯克建立了军事独裁政权——"俄国最高执政者和陆海军总司令"，与列宁分庭抗礼。高尔察克曾占领西伯利亚、乌拉尔和伏尔加河一带。维经斯基奉命参加地下工作，反对高尔察克。

1919年5月，维经斯基在海参崴被苏联白军逮捕，关入监狱。他被判处无期徒刑，流放到黑龙江口外的库页岛做苦役。他面临着严峻的考验。

维经斯基显示了他的组织才能。他暗中联合了岛上被流放的政治犯，成功地进行了暴动，战胜了白匪，获得了自由。

1920年1月，维经斯基回到了海参崴，参加了俄共（布）东方民族部的工作。

不久，当俄共（布）远东局海参崴分局考虑派一个代表团去中国，物色人选时，选中了维经斯基。二十七岁的维经斯基被选中，是因为他具备了这样一些条件：经历过严峻的生死考验，表明他对革命赤胆忠心；他具有地下工作的经验；流利的英语，使他便于在国外开展工作。

代表团的成员还有库兹涅佐娃——维经斯基的妻子。马马耶夫充当他的秘书。马马耶夫的妻子马马耶娃也参加了代表团。二十五岁的马马耶夫本是苏维埃红军军官，马马耶娃则是莫斯科歌舞演员。她在代表团里担任打字员。这样，两对夫妇同行，看上去像去中国旅游似的，便于遮人耳目。

俄共（布）远东局海参崴分局负责人维廉斯基·西比利亚可夫向共

产国际报告:已经组成赴中国的代表团。

代表团得到指示,增加一项使命:"考察在上海建立共产国际东亚书记处的可能。"

2011年中共党史专家在俄罗斯国家社会政治历史档案馆,发现1920年9月30日俄共(布)中央委员会西伯利亚局东方民族部从伊尔库茨克致维经斯基的电报,更加明确了授予维经斯基的权力:

兹委托您行使代表权,直到作为东方民族部代表的我们的中国组织正式建立。您凭此全权应当依据我们的指示领导中国工作,给我们派往那里的党的工作人员发出指示,让他们服从您。请将所述内容通知那里的工作人员。责成您逐日报告活动情况。迄今为止还没有收到您的任何报告、预算和任何关于活动结果的材料。这里特别提醒您就所有出现的问题同我们联系。

当时,从苏俄的伊尔库茨克出发,可沿四条交通线到达中国:一是取道蒙古,经恰克图、乌尔嘎,经过满洲里、哈尔滨到达北京;二是经过哈尔滨、海参崴到达上海;三是经过赤塔、布拉戈维申斯克、哈尔滨或者海参崴,到达北京;四是经布拉戈维申斯克、哈巴罗夫斯克、哈尔滨、天津、北京。维经斯基选择了第四条路线。

乔装的"新闻记者"访问李大钊

1920年4月初,北京最繁华的王府井大街不远处一幢外国公寓里,来了五位新客人。客人们一律持"苏维埃俄罗斯共和国"护照。三男两女,其中一位男子一望而知是中国人,却能操一口流畅的俄语。

据云,五位客人是俄文报纸《生活报》的记者。他们都带有《生活报》记者证。

俄文报纸《生活报》(Шанхайская Жизнь)又称《上海俄文生活报》，前身是《上海新闻报》，1919年9月21日在上海创刊，初创时期规模很小，最初为周刊，后来改为日刊，由倾向社会主义的俄侨谢麦施科等在上海创办。1920年2月，俄共（布）以五千美元买断该报，改名《生活报》，目的是在俄侨中宣传和介绍苏俄情况和革命理论。所以这五位持"苏维埃俄罗斯共和国"护照的特殊客人，便以俄文报纸《生活报》记者的身份在中国活动。

《生活报》得到苏俄政府和共产国际资助，成为俄共（布）和共产国际在上海的重要联络据点。俄共（布）和共产国际的干部经常在这里见面、开会。1920年4月28日的北洋政府内务部咨稿中便关注起《生活报》："近沪上俄文报已变为过激党机关报，鼓吹过激主义。"[1]

此次从俄罗斯派出的记者团来到中国，据称为的是筹办建立一家通讯社，名曰"华俄通讯社"。这家通讯社将把中国的消息译成俄文，发往俄国；同时把俄国的新闻译成中文，供给中国各报刊，以促进中俄两国的信息交流。在当时中俄两国消息相互闭塞的情况下，《生活报》的记者们筹建这样的一个通讯社，倒是确实需要的。当别的外国客人问起这五位俄国记者时，他们总是如此叙述自己来华的使命。

负有神秘使命的这个代表团，为了应付不同的盘问，他们还有另一种截然不同的身份——珠宝商！

据俄罗斯科学院远东研究所研究员索特尼科娃的《共产国际与中国共产主义的开端》一文，引用俄罗斯国家社会政治历史档案馆（全宗495，目录154，案卷49，第80页）的档案记载，维经斯基一行赴中国时，使用的掩护身份是"他们名义上是全俄中央合作总社理事会的工作人员"。

所谓"全俄中央合作总社"，是俄罗斯外贸机构。它的工作人员，也就是外贸商人。

中国社科院研究员李玉贞在俄罗斯查阅的档案表明，维经斯基一行"对外宣称是俄国珠宝商人"。

---

1 李丹阳、刘建一，《上海俄文生活报与布尔什维克早期在华活动》，《近代史研究》2003年第2期。

全俄中央合作总社在上海设有全俄消费合作社中央联社办事处，所以这一行人来上海做"珠宝生意"，合情合理。

就在这个代表团抵达北京不久，又有两位从不同途径赶来的俄国人悄然到达北京，并与他们取得了联系。

其中的一位是俄国妇女，也来自海参崴。不过，她的外貌跟正宗的俄罗斯女人不同。她是贝加尔湖沿岸的布里亚特蒙古人。她会讲俄语，也会讲蒙古语。她叫萨赫扬诺娃，俄共（布）远东地区委员会的负责人之一。在三个月前，向俄共（布）中央委员会致函，表示准备与中国革命者建立联系的便是她。

另一位是身材高大的男子，蓄着大胡子，这位俄国人会讲一口纯正的法语——他本是俄国工人，后来侨居法国。他倒是一位名副其实的记者，从哈尔滨奉命赶来。他叫斯托扬诺维奇，又名米诺尔，俄共（布）党员。

萨赫扬诺娃和斯托扬诺维奇前来北京，都是为了配合那个《生活报》记者代表团执行特殊的使命。

最先开始"采访"的，是那位中国人——杨明斋。比起他的俄国同志来，他在北京活动要方便得多。虽然他的衣袋里放着苏俄护照，但是他一走出外国公寓，便消融在街头那黄皮肤、黑眼珠的人群之中。

对于杨明斋来说，这儿虽然是他的祖国，不过初来乍到，仍有人地生疏之感。他毕竟十九岁便离乡背井"闯俄罗斯"去了，在俄国度过了十九个春秋。他这次是头一回来到北京，一时摸不清头绪，不知从哪里寻找中国的马克思主义者。诚如张国焘后来回忆，杨明斋曾对他说："他们的使命是要联络中国共产主义运动的领袖人物，但不知找谁是好。"

杨明斋首先来到北京的苏俄驻华大使馆，从那里得知，在北京有个俄罗斯的"中国通"，名叫波列伏依（С. А. Полевой），非常熟悉中国知识界的情况。于是，杨明斋来到了离王府井大街不远的北京大学[1]，跟这位在那里任教的俄语教师用俄语交谈着——虽说他们也可以用汉语交谈，但是那时北京城里懂

[1] 当时北京大学在北京东城区五四大街29号。

俄语的毕竟不多,保密性更好一些。

波列伏依的中文名字叫"鲍立维",又叫"柏烈伟",乌克兰人。在海参崴长大的他,常跟那儿的中国人打交道,会讲汉语,懂中文。他居然研究起中国的《诗经》来,成了一位汉学家。1918年下半年,他从海参崴来到天津,住在俄租界"特别一区"。

鲍立维是一个充满神秘色彩的人物。就因为他神秘,所以关于他的身份有着截然不同的猜测。

鲍立维的公开身份是学者、教授、汉学家。他在天津大学担任俄语教授,又兼任北京大学俄语讲师[1],还在北京俄文专修馆任教,每周五、六从天津来北京上课,住在北京灯市口12号。

他既会讲俄语,又会讲汉语,交际广泛。就连中国的文化名人鲁迅、周作人、胡适都跟他有交往。

鲁迅在致李霁野的信中,便这样请李霁野转告鲍立维:

柏烈伟(引者注:即鲍立维)先生要译我的小说,请他随便译就是,我并没有一点不愿意之处,至于那几篇好,请他选定就是了,他是研究文学的,恐怕会看得比我自己还清楚。

鲍立维在译鲁迅的《故乡》时,看见"猹"这个字,查了许多字典,仍弄不懂。便请翻译家章衣萍向鲁迅请教。鲁迅请章衣萍代为转达:

这"猹"字是自己造的,大概是獾一类的东西。

鲍立维译出《蒙古故事集》中文版,请周作人作序。周作人在序言中写道:

柏烈伟先生研究东方语言,在北京大学俄文学系教书多年……这个根据蒙古文、俄文各本,译成汉文,为故事

---

[1] 有人称鲍立维为北京大学教授,其实他在北京大学是讲师,在天津大学是教授。

集二卷，供献于中国学术界，实在是很有意义的事。

鲍立维还打算把胡适的《中国哲学史大纲》译成俄文，于是跟胡适也有往来。

鲍立维与北京大学俄文专修科教员张西曼一起，合编出版了《俄文文法》一书。

这样，在中国文化圈里，鲍立维树立起学者形象。

鲍立维还自称是白俄，遭俄罗斯布尔什维克迫害，不得不从海参崴流亡中国。这样，他力求避免因为与中国进步文化人的广泛联系而引起警方注意。

另外，鲍立维的太太开了一家西服公司，专门定制西服，而那年月在中国需要定制西装的人，除了外国人之外，便是中国的高层人士、文化精英。这么一来，诸多外国人以及中国高端人士进进出出鲍寓，也就显得很"正常"。

对于鲍立维的真实政治身份，有着各种各样的说法。

据中共党史专家后来从共产国际档案中查证，1920年12月21日俄共（布）西伯利亚局东方民族处在给共产国际执委会的报告中称：

迄今，在中国的工作是由个别俄国侨民做的，如天津大学教授柏烈伟（共产党员），北京大学教授、北京出版的法文社会主义报纸《北京报》的实际编辑伊万诺夫同志。

这一档案清楚表明，鲍立维是俄共（布）党员。

鲍立维北京大学的学生曹靖华回忆说，"据说柏烈伟是经苏联派来北平的，苏联还给他经费。"这是曹靖华后来的回忆，其中"苏联"应为"苏俄"。

从北洋政府密探关谦的侦查档案中，可以看到，当时鲍立维作为"过激党人"已经受到密探的监视。这也表明，鲍立维的真实身份非同一般。

鲍立维的秘密身份，还显示在他与北京大学图书馆馆长、马克思主义者李大钊非同一般的交往。他们在北京大学见过面，1919年8月，李大钊来到天津，到俄租界鲍立维的住宅拜访，开始与鲍立维建立了十分密切的关系。1920年1月至2月间，李大钊从北京到天津送走陈独秀之后，又一次在天津会晤鲍立维。据少年中国学会会员章志回忆："晚间，李、姜、山西同志，南开胡维宪同学连我，到特别一区某苏联同志家中集会，商谈京津地下工作情况约一小时。第二天，天津《益世报》登载'党人开会，图谋不轨'的消息。李大钊急忙到姜先生家中，通知我们防患未然，他立刻搭车回京。"这"苏联同志"，指的就是鲍立维。天津《益世报》称鲍立维为"党人"。

关于鲍立维的秘密身份，记述最为详细的是张西曼。张西曼早在1908年就加入孙中山的同盟会。他与鲍立维同在北京大学教俄语，一起编《俄文文法》一书，跟鲍立维的交往甚多。更何况张西曼先是在1911年赴海参崴，后来在1918年再赴海参崴，翻译了列宁起草的《俄国共产党党纲》。张西曼显然对这位来自海参崴的鲍立维相当了解。1949年张西曼在《历史回忆》一书中，这么写及鲍立维[1]：

> 他自命为研究中国《诗经》的专家，来到中国锻炼普通语文的。十月革命后他当上第三国际驻天津的文化联络员，对于民国十年（即1921年）前后秘密从华北入苏的中国青年（瞿秋白、俞颂华、李仲武、凌钺和其他多人），都给以绸制长方小块的秘密入境证件……

也就是说，张西曼指出，鲍立维的真实身份是"第三国际驻天津文化联络员"。

台湾王健民先生著《中国共产党史稿》一书，也称鲍立维是"第三国际驻天津文化联络员"，其依据就是张西曼的回忆。

第三国际，亦即共产国际。鲍立维来到天津之后，跟北京、上海、天津许多进步文化人进行联络。他成了沟通

---

[1] 张西曼，《历史回忆》，5页，东方书社1949年版。

共产国际、俄共（布）与中国进步文化人之间的桥梁。

还应提到的是，1918年张太雷在天津北洋大学法科教授福克斯（美国人）创办的《华北明星报》做兼职工作，以获得部分生活来源。当时鲍立维也兼任编辑，与张太雷有许多交往。

如今，经过中共党史专家们的仔细考证，查明鲍立维确系俄共（布）党员，他受俄共（布）中央远东局海参崴分局派遣前往中国，后来又受共产国际东亚书记处的领导。

鲍立维是最早介绍李大钊与俄共（布）党员建立联系的人：1919年9月，他介绍李大钊会见了俄共（布）党员布尔特曼；1920年初，他介绍李大钊会见了俄共（布）党员荷荷诺夫金。

布尔特曼，1900年出生于俄国敖德萨一个职员家庭，1915年随父母迁居哈尔滨，1917年加入俄共（布），1919年3月受俄共（布）派遣来到天津。他经鲍立维的介绍，与李大钊长谈，明确地向李大钊提出，应该建立中国共产党。

1920年1月，布尔特曼回到俄国，6月初到伊尔库茨克俄共（布）远东局工作，后担任东方部主任。1921年底，不幸死于手枪走火。

荷荷诺夫金出生于哈尔滨，能讲流利的中国话。他作为共产国际远东局派来的使者，与李大钊商谈在中国建立共产党组织。

鲍立维对《新青年》杂志非常关注，每期必读。理所当然，他注意起李大钊和陈独秀的大名。去北京的时候，他在北京大学图书馆里跟李大钊谈得非常投机。他送给李大钊一些来自莫斯科的关于马列主义的小册子，李大钊十分高兴。布哈林著的《共产主义ABC》英文本，便是其中的一本。于是，李大钊介绍鲍立维到北京大学担任俄语教员，并编纂《俄华辞典》。

杨明斋新来乍到，期望在中国"扎根串联"，找到中国的马克思主义领袖。他在北京通过苏俄驻华大使馆介绍，找到了鲍立维，可以说在一开始就"扎"对了"根"。

杨明斋拜访了鲍立维，说是苏俄《生活报》记者维经斯基希望报道中国共产主义运动的领袖人物,鲍立维伸出了左手的大拇指说:"李大钊!"又马上伸出右手的大拇指说:"陈独秀!"

鲍立维向杨明斋说起了北京大学,说起了《新青年》,说起了去年发生的"五四"运动,说起了"北李南陈"……这位货真价实的"中国通",十分准确地勾画出中国共产主义运动的简貌,使杨明斋心中有了底。因为他和维经斯基"初来中国的时候,对于中国情形十分陌生。他们的使命是要联络中国共产主义运动的领袖人物,但不知找谁是好"[1]

杨明斋又去拜访北京大学另一位俄籍教员阿列克塞·伊凡诺维奇·伊凡诺夫。此人也是一位"中国通"。伊凡诺夫早年在法国巴黎东方现代语言学校学习日文、中文。他的中文名字叫"伊凤阁",又叫"伊文"。他也是汉学家,精通中文,而且比鲍立维来华更早。1917年9月伊凡诺夫被克伦斯基政府派往北京的俄国驻华公使馆。十月革命之后,伊凡诺夫担任法文《北京新闻》(*Journalde Pékin*)的编辑,以笔名伊文发表了许多介绍苏维埃俄罗斯情况的文章,倾向布尔什维克。诚如俄国学者尼基弗洛夫所指出,通过《北京新闻》,"伊万诺夫告诉中国人民和全世界人民关于苏俄的真实情况";"该报在他手上,由反苏维埃的变成了亲苏维埃的。从1918年秋到1921年,它高举支持苏维埃远东政策的旗帜"。

1919年9月,伊凡诺夫到北京大学担任讲师,先教法文,兼授西欧文学。他住在北京东四演乐胡同,离沙滩北京大学很近。在北京大学,伊凡诺夫与鲍立维、李大钊有了许多交往。

伊凡诺夫向杨明斋介绍的中国共产主义运动情况,大致跟鲍立维差不多,他同样提到了"北李南陈"。

维经斯基决定访问"北李南陈"。陈独秀已经出走上海,他就请鲍立维、伊凤阁介绍,前往北京大学图书馆主任室访问李大钊。

这是俄共(布)使者与中国共产主义运动领袖人物李大钊的第一次正式接触。三十一岁的李大钊比维经斯基大四岁。

---

[1] 张国焘,《我的回忆》,《"一大"前后》(二),人民出版社1980年版。

维经斯基带来许多马克思、恩格斯、列宁著作，送给李大钊。他知道当时懂俄文的中国学者不多，特地带来马克思、恩格斯、列宁著作的英文版、德文版。维经斯基还赠送了《震撼世界十日记》《红旗》《国际通讯》等图书、杂志。

当时在场的李大钊的二十四岁的学生罗章龙，后来曾这样回忆往事：

李大钊是北大教授兼图书馆馆长，他在当时写下了不少水平很高、语言精彩的文章。《新青年》上宣传马克思主义的文章数他的最多，他公开赞扬十月革命，是我国最早宣扬共产主义的代表人物。因此，他在那时，就享有很高的名望。维经斯基到北大会见李大钊是很自然的事。

维经斯基访问李大钊也不是盲目而来，而是事先做了些准备工作。首先维经斯基了解到李大钊先生是赞成十月革命的。他同李大钊见面谈了一席话之后，便要求见见参加过"五四"运动、新文化运动的一些同学。这样大钊先生就找了几个同学和维经斯基见面。人数不多，其中有我和张国焘、李梅羹、刘仁静等。这些人后来都成为北京共产主义小组的成员。

我们同维经斯基见面的谈话会，是在图书馆举行的。会上，他首先介绍了十月革命。他还带来一些书刊，如《国际》《震撼世界十日记》（引者注：即美国记者约翰·里德的长篇报告文学）等。后者是美国记者介绍十月革命的英文书。他为了便利不懂俄文的人也能看，所带的书，除俄文版外，还有英文、德文版本。维经斯基在会上还详细介绍了苏俄的各项政策、法令，如土地法令，工业、矿山、银行等收归国有的政策，工厂实行工人监督与管理，苏俄国民经济最高委员会管理全国经济工作的制度，列宁提出的电气化的宏伟规划等。他还讲到苏俄在十月革命胜利后，面临种种困难，为了解决困难，不得不临时实行军事共产主义、余粮征集制等等。这次谈话内容相当广泛。当时我们很想了解十月革命，了解革命后的俄国，他谈的这些情况，使我们耳目一新，大家非常感兴趣。这就使我们对苏维埃制度从政治、经济、军事到文化都有了一个比较清楚的认识,看到了一个新型的社会主义社会的轮廓。

维经斯基这个人工作很细致。他来了之后,除了开座谈会,介绍苏俄情况,了解中国情况之外,还找人个别谈话。通过个别谈话,可以了解座谈会上不易得到的情况。他是一个有知识,有工作经验的人,对大家提出的问题,回答得恰如其分。他的英文、德文很好,能用英语直接与同学谈话。他对中国的历史,中国的问题颇有研究。关于五四运动,他问得很详细;对帝国主义和中国军阀相互勾结的情况看得也清楚;对五四运动、辛亥革命以前我国的历史也很熟。他同李大钊先生谈得很融洽,对李大钊先生评价很高。他在座谈会上曾暗示说,你们在座的同学参加了五四运动,又在研究马克思学说,你们都是当前中国革命需要的人才。他勉励在座的人,要好好学习,要了解苏俄十月革命,正因为如此,中国应有一个像俄国共产党那样的组织。我们认为他谈的这些话,很符合我们的心愿。我个人体会,通过他的谈话,使我们对十月革命,对苏维埃制度,对世界革命都有信心了。……

罗章龙对维经斯基的印象是"文质彬彬,学者风范","谈话辩才横溢,感情奔放,他的说理内容切实新颖动人,一席话使我们在政治方面的视野与过去显然不同了,大家憧憬共产主义远景,更是信心十足,一往无前"。

张国焘则回忆说:"他给我的最初印象不是一个学者型人物,而是一个具有煽动能力的党人。"

维经斯基对李大钊所讲的最后一句话"中国应有一个像俄国共产党那样的组织",是最为重要的话,使李大钊不禁记起一个多月前坐在那辆奔往天津的骡车上,他和陈独秀关于建立中国共产党的那次悄声长谈。维经斯基的见解,与"北李南陈"的心愿不谋而合!

"维经斯基先生,你要了解中国的共产主义运动,不可不去上海访问陈独秀先生。他是《新青年》杂志创始人、主编。"李大钊说道。

"李先生，我也早已听说陈独秀先生的大名，不知您能否代为介绍？"维经斯基赶紧说道。

"行，行。我写一封亲笔信给他，你带在身边。他看了信，就会愿意接受你的采访。"由于维经斯基一直是以记者的身份跟李大钊接触，所以李大钊这么说道。

李大钊拿起毛笔，当即挥就一封信，交给了维经斯基。

李大钊的这封信如今已无从寻觅。据当时的李大钊的学生张国焘后来回忆："李大钊先生介绍维经斯基、杨明斋去会晤陈独秀先生，似乎并不知道他们的秘密使命。因为李大钊先生和维经斯基后来都没有说过他们之间有过什么初步的商谈。大概李真的以为维经斯基是一位新闻记者。维氏与陈独秀先生在初步接触时，尚隐藏着他的真实身份。似乎也可以推知李当时的介绍信只是泛泛的。"张国焘也未亲眼见过那封介绍信，只是"推知"而已。他的回忆，仅供参考罢了。

带着"考察在上海建立共产国际东亚书记处的可能性"这一重要而秘密的使命，维经斯基决定前往上海。他的妻子库兹涅佐娃、翻译杨明斋以及那位从海参崴赶来的萨赫扬诺娃，与他同行，共赴上海。

马马耶夫夫妇仍留住在北京王府井附近，继续跟李大钊保持联系。

那位来自哈尔滨的斯托扬诺维奇也去上海。1920年秋经北京的黄凌霜介绍，前往广州，住在东山，以"远东共和国电讯社记者"的身份发表了许多关于中国革命的报道。

就在维经斯基一行离开北京不久，俄共（布）远东局海参崴分局的另一领导人维廉斯基·西比利亚可夫抵达北京。他和斯托扬诺维奇一样，也以"远东共和国"的名义在中国活动。"远东共和国"是在1920年4月6日宣告成立的，所辖区域包括苏俄整个远东地区，首都设在赤塔。它在形式上是资产阶级共和国，实际上是由俄共（布）领导。列宁建立远东共和国，为的是在远东建立一个缓冲国，便于同协约国打交道。1922年冬，当红军把日军全部赶出远东之后，远东共和国并入了苏俄。维廉斯基是以"远东共和国优林外交使团秘书"的身份在北京进行活动。

维经斯基曾召集北京的俄共（布）党员，开了一次秘密会议。维经斯基在会上很明确地指出[1]：

"在中国建立共产党已经具备客观条件。"

此后，维经斯基在中国工作多年，出任苏俄驻北京的帕依克斯使团顾问。

俄共（布）及共产国际从不同途径派出各种身份的人物来华活动，表明了他们对于建立中国共产党的无比关切。

三益里的四支笔投奔陈独秀

且说陈独秀在1920年阴历除夕——2月19日下了那艘挂着洋旗的船，躲掉警察的追捕，终于来到熙熙攘攘的上海，不由得松了一口气。

这一回悄然潜逃，上海没有一个人知道。他叫了一辆黄包车，下榻于一家并不醒目的惠中旅舍。

连日奔波，受了风寒，他有点不适。稍事休息，他便朝五马路（今广东路）踱去。

在五马路棋盘街西首，坐北朝南，原本有一座两开间的中德药店。一年前，这里改换门庭，挂上了"亚东图书馆"五个正楷大字，装上了四扇玻璃门。门口一块小招牌上写着："经理北京大学出版书籍，发售图书杂志仪器文具。"西边的玻璃大橱窗里，陈列着《新青年》样本，还有钱玄同的《文字学音篇》、杨昌济著《西洋伦理学史》《伦理学之根本》、梁漱溟著《新编印度哲学概论》等书。

陈独秀见到这些书，不由得感到分外亲切。推门进去，店堂里正坐着那回跟他同往北京、同住中西旅馆的汪

[1]《党史研究资料》1981年第6、7期。又见杨云若、杨奎松著《共产国际和中国革命》，上海人民出版社1988年版。

孟邹。一见陈独秀突然出现在面前，汪孟邹惊叫一声："仲甫兄！"

陈独秀朝他摇了摇手，汪孟邹会意，马上带他上楼，细细叙谈。

汪孟邹和陈独秀是密友，都是安徽人。早在1897年，汪孟邹入南京江南陆师学堂求学以前，两人便已密切交往，后来汪孟邹成为有名的出版商，并与陈独秀结为莫逆之交。

1913年，汪孟邹听从陈独秀的建议，到上海开办书店——也就是亚东图书馆。

起初，亚东图书馆坐落在四马路的小弄堂惠福里。陈独秀以为缩在弄堂里，干不成大事。于是，汪孟邹鼓起勇气，盘下中德药店的房子，总算上了大马路。

亚东图书馆成了陈独秀在上海的一个据点。这家书店"经理北京大学出版书籍"，便全然由于北京大学文科学长陈独秀的关系。

这一回，已经被免除北京大学文科学长的陈独秀，在亚东图书馆楼上，跟汪孟邹说出了自己出逃北京以后的计划：到广州去！

在陈独秀看来，"广东人民性质活泼勇健，其受腐败空气熏陶，或不如北京之盛。以吾人现在之思想，改造广州社会，或轻易于北京，故吾人此行，殊抱无穷希望也。"[1]

邀请陈独秀去广州的是章士钊和汪精卫，目的是到那里筹建西南大学。因此，这次陈独秀只是途经上海，小住数日罢了。

在惠中旅舍住了几天，北京警方似乎并没有派人追捕，陈独秀就搬到亚东图书馆来住。楼上有四间房，陈独秀和汪孟邹相邻而居，有时聊天，有时看书，不像旅馆里那么寂寞。

就在陈独秀托汪孟邹购买赴穗船票之际，忽于3月5日接章士钊从广州打来电报，说是因广州政潮突起，不宜办校，校址还是设在上海为宜，他和汪精卫不日来沪面商。

阴差阳错，原本只是路过上海的陈独秀，也就在沪滞留了。

亚东图书馆人来人往，非长住之地。何况陈独秀仓皇

[1]《民国日报》1920年2月23日。

离京，家眷尚在箭杆胡同居住，不知那在屋前站岗的警察如何对待他的家眷。陈独秀希望在上海找一安静的住所，接来家眷同住，而且把《新青年》杂志编辑部从北京迁回上海。

汪孟邹给陈独秀出了个好主意：柏文蔚在上海的公馆正空着——他被委任为"鄂西靖国军总司令""长江上游招讨使"，携眷上任，何不住到柏公馆去？

柏文蔚，当年的安徽都督，陈独秀从前是他的秘书长——"武有柏，文有陈"。陈独秀如今要住进柏文蔚的公馆，柏家当然一口应承。

柏公馆在何处？那便是本书序章中写及的周佛海之妻找到的第一个目标——环龙路老渔阳里2号（今南昌路100弄2号）。那里是法租界。

这是一幢二楼二底的石库门房子。楼上成了陈独秀的卧室。那儿，原本有柏文蔚用的一张考究的大铜床，一只红木柜，一张大书桌，现在都由陈独秀使用。楼下的客堂间，也就成了陈独秀的会客室。

陈独秀是一位富有"磁力"的人物。在北京，他的箭杆胡同的家，高朋满座，李大钊、胡适、钱玄同、刘半农、沈尹默以及周氏兄弟——鲁迅和周作人，是那里的常客。

眼下，本来颇为冷落的柏公馆，由于陈独秀的到来，变得热闹起来。

常常坐着自己专用的黄包车来的，是《民国日报》经理兼总编、《觉悟》副刊主编邵力子。

《觉悟》副刊在当时颇有影响，与北京《晨报》副刊、上海《时事新报》副刊《学灯》，号称全国"三大副刊"。《觉悟》副刊登过陈独秀的文章，邵力子跟他算是"文友"。

邵力子的家，离环龙路渔阳里陈独秀住处不太远——法租界白尔路三益里5号（今自忠路163弄5号）。1920年，陈独秀初到上海，曾住在邵力子家，后来搬到环龙路渔阳里2号。

"三益里"是一条石库门房子弄堂，建于1919年。因王姓三人出资建造的，"三人得益"，故名三益里。三益里又名泰和坊、泰和里，因为是英国人白兰泰的泰利洋行的房产，故名。

三益里地处白尔路（今自忠路，纪念著名抗日将领张自忠。"文革"中改名西门路）与平济利路（今济南路）交叉口，所以三益里也被称为平济利路138弄。

在20世纪20年代，三益里因住进四位笔杆子而声名鹊起。这四位笔杆子是邵力子、李汉俊、戴季陶和沈玄庐。

邵力子是个大忙人，所以包了一辆黄包车，总是来去匆匆。他在陈独秀那里坐了片刻，便要离去。他的杂务实在太多，不光是那张《民国日报》要耗去他大部分精力，而且他常常要到各学校发表演说。他甚至还担任"上海河南路商界联合会会长"之职，要参加"上海市马路商界联合会总会"的工作。他是上海著名的国民党党员。然而，他却倾向激进，接受马克思主义。他曾在《民国日报》的《觉悟》副刊上发表《主义与时代》一文，声称：社会主义已在人们心目中有很大影响，"这决非单为好奇新的心理所促成，实在是时代潮流中已有需要这个主义的征兆"。

也正因为他热烈赞颂社会主义，他跟陈独秀有着共同的语言，也就不时光临渔阳里2号。

来自三益里的"高朋"，不光是邵力子，还有他家斜对门的三位"大秀才"。

邵寓斜对门的三益里17号，住着李氏兄弟。这"二李"的大名，在本书序章中已经提及——李书城、李汉俊。后来，中国共产党一大便是在李氏兄弟寓中召开。不过，此时李氏兄弟尚未迁往贝勒路，而是住在此处——三楼三底的宽敞的石库门房子。

在笔者访问李书城家属时，其遗孀薛文淑如此回忆三益里的李公馆：

"那石库门房子除了三楼三底之外,还有东西厢房。东厢房做客厅,西厢房李汉俊住。楼下前堂做过道,后面做餐厅。楼上东面房间是婆婆带汉俊的孩子以及女仆住,中间给我住,西面房间是李书城住。三楼亭子间,其他家人住。"

薛文淑还回忆说:

"在三益里居住时,书城与外界往来甚少,不大出门,来访的人也不多,整天在家看书。汉俊则与他相反,每天都很忙。他住在旁边楼下,我住在中间楼上,常常能见到朋友们找他。

"经常来的多是与他年龄相仿、穿长袍的先生,也有一两位比他年长,还有两位剪短发、穿裙子的青年女性给我印象较深,但除了邵力子之外,其他来客我都不知道姓名。

"我是刚从家乡[1]到上海的,对外界一无所知,更不知道革命之类的事。但是我觉得汉俊的这些朋友很异常,他们在一起经常发生争论,有时像是在吵架,我以为一定是闹翻了,可是第二天这些人还是照常来,从表情上看不出有什么不愉快。

"他们常深更半夜才出门,总是弄得声响很大。我对这些人的情况感到奇怪,曾对书城提出,但书城说,'汉俊他们的事,你就不要去管',可见他对汉俊的事是了解的。

"书城早年投身推翻满清的革命活动,但他对以后袁世凯篡位、国民党的退让及军阀混战的状况深感失望,而将希望寄托在他弟弟身上。早年因家境穷困,汉俊从小就受到书城照料,并随他去日本读书。汉俊以优异成绩在东京帝国大学工科毕业后,因国内根本没有搞建设的条件,便从事革命活动,这些都是书城予以支持和鼓励的。他们两人的性格都很刚直,脾气都不好,但他们之间却很友爱和睦。书城母亲的规矩很多,她特别喜欢清静,对别人走路的要求是'轻手轻脚',说话的要求是'轻言细语'。我们全家一日三餐都是在一张大桌子上吃饭,大家都遵照母

---

[1] 薛文淑原名吴阿藕,清光绪三十二年二月二十五日(即1906年3月19日)出生于松江府娄县修竹乡(今上海市松江区五厍农业园区曹家浜一带)一个雇农家庭。七岁时,因为家庭贫困,被金山朱泾镇一薛姓人家领养,从此改名为薛文淑。

亲'食不言，睡不语'的规定，能够例外轻声说话的只有书城兄弟，他们总像在讨论什么似的，一般都是汉俊先说什么，然后书城点头表示同意，汉俊对他哥哥也十分尊敬。……"

薛文淑这样回忆李汉俊的性格：

"他口才很好，见识也广。喜欢争论，一定要争个明白。

"不讲究吃穿。

"在家里，用人总是喊他'二先生'。"

李书城家属赠给笔者一幅珍贵的照片——当年李家在三益里的合影。这张照片虽然残缺，但李氏兄弟都在画面之中。兄弟俩长得很像，个子相仿，都戴一副金丝边眼镜，但李书城留着八字胡，看上去比李汉俊老成得多——虽然他只比弟弟大九岁。

这幅照片的清晰度很高。内中李汉俊的头像放大之后，成为李汉俊传世的标准照。如今中共一大会址纪念馆悬挂的李汉俊照片，便出自这帧合影。

不过，如此重要的一帧照片，右边却被剪去，以致站在李书城右边的薛文淑只露出三分之一的脸。

这帧合影的右边怎么会被剪掉的呢？

李书城女儿李声韵的外孙女李丹阳的回忆，讲清了内中的原委：

这张照片原来保存在我的外公冯乃超、外婆李声韵家的相册

李家在上海三益里的合影，后排左二为李汉俊，左三为李书城

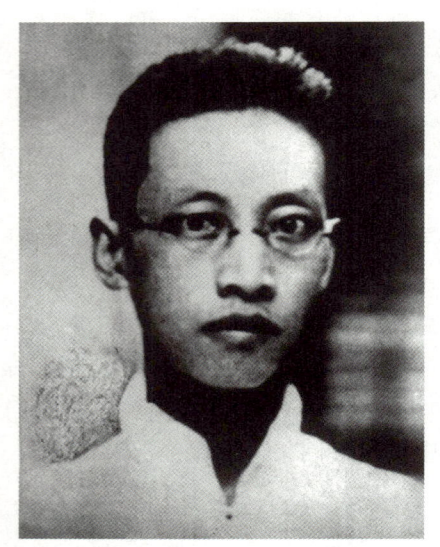

中共一大会址纪念馆悬挂的李汉俊照片

里。1979年，沈雁冰（引者注：即作家茅盾）发表了回忆录，其中以较多篇幅谈到了他的入党介绍人李汉俊。从此以后，国内党史界对李汉俊的研究重视了起来。

同年，中央音乐学院党史教研室的教师王德山写了关于李汉俊的文章，并打算编辑一本关于中共创立的党史教学资料，在书上拟用所有中共一大代表的照片。当时，李汉俊的照片从未公开发表过。据说是中央音乐学院的院长赵沨（曾与我的外公冯乃超在重庆、香港等地共事）告诉了王德山，冯乃超的夫人李声韵是李汉俊的侄女，他们家里可能存有李汉俊的照片。于是，王德山来到北京三里河南沙沟我外公、外婆家，我外婆找出并拿给他这张他们珍藏多年的照片。据我外婆说，照相时她正在哭，所以她后来就把照片中有自己的那部分剪掉了，这就是为什么照片缺角的缘故。

后来，外公、外婆要我到中央音乐学院从王德山那里取回这张照片。我取回后将此照片拿到当时的中国革命博物馆，请他们翻拍作为资料留存。随后，我将翻拍后的照片送给老外婆（李书城夫人）薛文淑及家人。据老外婆告诉我，照片大约是1920年在上海三益里（搬到望志路之前，李家在此住）拍摄的。照片上除了她自己（后排右一）及书城（后排右二）和汉俊（后排右三）外，还有他们兄弟的老母亲王氏（前排中），以及书城的长子李声华（又名李铁生，创造社成员，曾翻译过《哲学的贫困》，后排左一）、二儿子李声宏（新中国成立后为中央教育部干部，前排右一），以及汉俊的长子李声簧（新中国成立后曾任中国科学院和中国科技大学的干部，前排左一）。现在中共一大纪念馆挂的李汉俊像就出自这张照片。

李氏兄弟乃湖北潜江人。父亲李金山是潜江县私塾教师，生三男四女，长子李书麟早逝，次子李书城便俨如长子，照料弟妹。1902年，十二岁的李汉俊在李书城的挚友吴禄贞帮助下，东渡日本。李汉俊极为聪颖，一口日语讲得如同"正宗"日本人一般。他还精通英语、德语、法语。尤其是德语，非常流利。

李汉俊最初喜欢数学，后来拜日本著名的马克思主义经济学家、帝国大学经济部教授河上肇为师，转向研究马克思主义。当时，日文版马克思主义著作甚多，而他懂德文又使他可以直接阅读马克思原版著作。这样，李汉俊成为当时中国最为精通马克思主义理论的革命者之一。

李汉俊衣着很随便，看上去像个乡下人。在上海，他曾去一家豪华宾馆看望一位德国教授，看门的印度人以为他是"瘪三"不许入内。不料，他以英语向看门者说明来意，使那位印度人吃了一惊，只得让他入内。过了一会儿，德国教授送他出门，一路上以德语谈笑风生。那位印度人方知自己"以衣取人"，看"扁"了来者，赶紧向他道歉。

李氏两兄弟之中，李书城不去环龙路渔阳里，而李汉俊则成了陈独秀客堂间里的常客。

李汉俊带来另两位"大秀才"拜访陈独秀。他们便是戴季陶和沈玄庐。

戴、沈、李乃《星期评论》编辑部的"三驾马车"。那时候，时兴"评论"。在北京影响甚广的，是陈独秀、李大钊创办的《每周评论》，创刊于1918年12月22日。上海这"三驾马车"效仿《每周评论》，在1919年6月8日创办了《星期评论》。此后一个多月，毛泽东在长沙创办了《湘江评论》——7月14日问世。在这些"评论"之中，《星期评论》的发行量最大，达十几万份。

《星期评论》的编辑部最初设在上海爱多亚路新民里5号（今延安东路）。1920年元旦这天，上海《星期评论》周刊发表题为《红色的新年》的新年宣言：

1919年末日的晚间，有一位拿锤儿的，一位拿锄儿的，黑漆漆地在一间破屋子里谈天。……他们想睡，也睡不成。朦朦胧胧的张眼一瞧，黑暗里突然透出一线儿红。这是什么？原来是北极下来的新潮，从近东卷到远东。那潮头上拥着无数的锤儿锄儿，直要锤匀了锄光了世间的不平不公。……这红色的年儿新换，世界新开！

这"北极下来的新潮"，便是指苏俄的"十月革命"，而"锤儿锄儿"便是苏俄布尔什维克的铁锤镰刀旗帜。从《星期评论》这篇新年宣言可以看出，这显然是一家红色刊物。

1920年2月，《星期评论》迁往三益里李汉俊家，难怪有许多"穿长袍的先生"和"穿裙子的青年女性"常常进出李寓。与李汉俊同编《星期评论》的戴季陶，亦非等闲之辈。戴季陶本名良弼，又名传贤，原籍浙江吴兴，生于四川广汉。他比李汉俊小一岁，而经历比李汉俊"显赫"得多。

李汉俊十二岁赴日，戴季陶十五岁赴日。戴季陶也是得兄长之助，才得以东渡。戴的长兄卖掉了土地，资助他从遥远的四川前往日本。事出意外，年幼的戴季陶途经上海时，被流氓盯住，钱财被劫。戴季陶痛哭流涕，幸亏一位四川同乡也去日本，看他实在可怜，带他踏上了东渡轮船。

囊中空空如也的戴季陶进入日本大学法律系，发奋攻读，学

上海《星期评论》编辑部所在地

业优秀，日语流畅。富有社会活动能力的他，发起组织留日同学会，并被推选为会长。在艰难困苦之中，他度过了留学生涯。

回国之后，擅长文笔的他，考入《天铎报》社当记者。由于文章出色，迅即升为主笔。他从"不共戴天"这一与"戴"相关联的成语中，取"天仇"为笔名，发表众多抨击清朝政府的文章。

戴季陶命运的转折点是1911年12月25日。这天，二十岁的他在上海码头，欢迎、采访自海外归来的孙中山，心中无限敬佩。孙中山也看中了这位才华横溢的年轻人，邀他去南京参加中华民国成立大典和大总统就职仪式。

不久，孙中山赴日访问，戴季陶被任命为翻译兼机要秘书。从此，他成为孙中山的忠实门徒。

在日本，孙中山与许多日本重要人物密谈时，唯戴季陶在他身边。

此后，孙中山受袁世凯排挤，流亡日本，戴季陶亦侍奉在侧。1914年，孙中山在日本成立中华革命党，戴季陶被任命为浙江支部长。

1917年7月，孙中山在广州出任大元帅，戴季陶被任命为大元帅府秘书长。

1918年5月4日，因桂系军阀操纵国会，决议改组军政府，孙中山愤然宣布辞去大元帅之职。

5月21日，孙中山离广州前往上海，戴季陶同行。孙中山在上海先是住在环龙路63号。

两个多月后，迁入华侨们集资购赠的莫利哀路29号（今香山路7号）住宅[1]。

于是，戴季陶也就在上海住了下来。他原本读过许多马克思主义著作，等李汉俊在1918年底从日本回到上海，便与李过从甚密，一起探讨马克思主义。陈独秀、李大钊主编的《每周评论》他们每期必读，并商议在上海创办《星期评论》。戴季陶的社会声望比李汉俊高得多，创办时由戴季陶任主编。

沈玄庐此人，年长于李汉俊和戴季陶七八岁。他本名

---

[1] 尚明轩著，《孙中山传》，北京出版社1979年版。

沈定一，字剑侯，浙江萧山人。他当过清朝的官——云南广通县知县、武定知州、省会巡警总办。后来，他因帮助中国同盟会发动河口起义，被人告发，无法在国内立足，只得流亡日本。

在日本，沈玄庐研读各种社会政治学说之后，以为社会主义学说最为正确。这样，他开始钻研日文版的社会主义理论书籍。

1916年，沈玄庐回国，出任浙江省议会议长。

《新青年》创办之后，这位当年的清朝"县官"，积极为之撰稿。

在戴季陶、李汉俊筹备创办《星期评论》之际，沈玄庐热心加入，成为"三驾马车"之一。

沈玄庐虽说年近四十，倒有许多天真可爱之处。比如，他主张平等，在家中要儿子、儿媳直呼其名，使他的许多朋友惊讶不已！

自从陈独秀住进了环龙路渔阳里，相距不远的三益里四支笔杆——邵力子、李汉俊、戴季陶、沈玄庐，便不断被渔阳里的"磁力"吸引过去了。

此外，还有一位常来拜访陈独秀的"笔杆子"，叫张东荪。他原名万田，字圣心，浙江杭县人。他早年毕业于日本东京大学，追随孙中山。1911年，与梁启超一起，在上海创办《时事新报》。1912年，出任南京临时政府大总统府秘书。此后，他担任北京大学、中国公部大学、燕京大学教授。1919年在北京创办《解放与改造》杂志，南下上海之后，与陈独秀有旧，故常来叙谈。此人也写得一手好文章，而且也读过一些日文版社会主义学说著作。张东荪回上海，依然主编《时事新报》。

不论是邵力子、李汉俊、戴季陶，也不论是沈玄庐、张东荪以至陈独秀，都曾在日本留学，都懂日文。这些"秀才"，最初都是从日文版的图书中，懂得马克思主义的。

渔阳里石库门房子中的密谈

清明时节雨纷纷。4月的上海，毛毛细雨不住地飘飘洒洒。

4月下旬,浑身水湿的一列客车驶入上海站。不论是维经斯基夫妇,还是萨赫扬诺娃和杨明斋,都不习惯于上海潮泞的雨天。他们登上黄包车,把车前的油布挡得严严实实的。与他们同来的朝鲜人安氏,也雇了一辆黄包车。

打头的一辆黄包车里,坐着杨明斋。对于他来说,上海比北京更为陌生。他平生头一回来到这中国第一大城市,那"阿拉、阿拉"的上海话,简直叫他难以明白。不过,比较起同行的三位俄国人和一位朝鲜人来说,他毕竟该负起"向导"之责。

他在北京时,便听说上海大东旅社的大名,所以下了火车,用他那一口山东话吩咐黄包车夫拉往大东旅社。黄包车夫一听大东旅社,就知道该往什么方向拉。后头的几辆黄包车,也就跟着在雨中鱼贯而行。坐在这种人拉人的车上,杨明斋心中真不是个滋味儿,然而他却必须装出一副"高等华人"的派头。

今南京东路635号永安百货,马林抵沪初在此下榻

黄包车驶入繁华的南京路，在高悬"统销环球百货"六个大字的永安公司附近拐弯，便歇了下来。杨明斋撩起车前的油布一看，迎面就是"大东旅社"的招牌。

永安公司是上海南京路上的四大公司[1]之一，大东旅社是永安公司附设的旅馆，就在永安百货商场的楼上。永安公司是在1918年9月5日开业，翌日则是大东旅社剪彩大典。在当年的上海滩上，大东旅社名列一流旅馆之中。所谓"三东一品"，即大东、东亚、远东和一品香旅社，是上海1928年前最豪华的宾馆。

据称，大东旅社当年是上海"上流社会的休闲旅馆"，客人中除少数旅行者外，大多是政客、高官、商家、绅士及富裕家庭的子弟们，"住宿的目的是寻求快悦的游戏"。内中大东酒楼是上海著名的酒店，既有中菜，也有西菜。每天有菜单送至旅客房间，旅客可以随意点菜，侍者把酒菜送至房间。大东酒楼之内还开设大东茶室，穿白衣黑裙的小姐不断把茶点、水果送到茶客桌上。大东旅社客房卫生间内有热水龙头，有的上海客人携家带眷来此洗热水澡，因为当时上海寓所内少有热水龙头。永安公司开设了上海第一家对外营业的舞厅——大东跳舞场；还开张了上海最早的旱冰场——永安跑冰场。

杨明斋一行下车之后，便见到大门两侧挂着金字对联："天下之大，居亚之东"。那"大东"之名，便是从这副对联中各取末一个字组成的[2]。

进门之后，穿着白上衣、黑长裤的茶房便领着他们上了电梯。在当年的上海，安装电梯的房子凤毛麟角。

五楼，一条长长的走廊，走廊两侧是一间间客房。大东旅社总共有142间客房，这"142"颇有来历：先施公司早于永安公司，先施附设的东亚饭店有141间客房，而永安公司落脚在先施公司对面，便把大东旅社设定为142间客房——硬是比东亚饭店多一间客房！

大东旅社的客房相当考究，打蜡地板，皮沙发，大铜床，既挂着蚊帐，又装着水汀。刚刚在沙发上坐定，茶房

1 四大公司即先施、永安、大新、新新公司。
2 1989年8月31日，叶永烈在上海采访原大东旅社老职工孙少雄、曾汉英，有关大东旅社当年的情况，很多是取自他们的回忆。

便送来滚烫的冒着蒸汽的毛巾，给客人们擦脸。

杨明斋安顿好俄国人、朝鲜人住下，便下了楼。在南京路如潮般的人群中，杨明斋打听着四马路的位置。哦，原来跟南京路平行的、相隔不过数百米的马路，便是四马路。

顺利地找到了亚东图书馆，从汪孟邹那里知道了陈独秀的地址，杨明斋便赶往环龙路渔阳里。

陈独秀平生头一回见到这位陌生的山东人，起初有点不悦，因为他那儿来来去去的都是熟人，怎么会让一个素昧平生的人知道他的住处？

杨明斋从怀中掏出一封信，一看信封上李大钊那熟悉的笔迹，陈独秀马上变得热情起来，连声说："请，请进！"

陈独秀关切地问起李大钊的近况，问起北京大学的近况。看罢信，知道李大钊介绍苏俄《生活报》记者吴廷康先生前来访问，陈独秀马上答应了。

"我去看望吴先生。"陈独秀说。

"不，不，在旅馆里谈话不方便。我陪他到你这儿来。"杨明斋说道。

依然春雨潇潇。两辆黄包车从喧闹的霞飞路（今淮海中路）拐进了安静的环龙路，停在渔阳里弄口。杨明斋撑开雨伞，维经斯基穿着雨衣，压低了雨帽，消失在弄堂里。

两位客人出现在渔阳里2号的客堂间，陈独秀关紧了大门。

"久仰！久仰！"虽然维经斯基来华之后才听说陈独秀的名字，不过，他在北京的那些日子里，陈独秀的大名差不多每天都闯进他的耳朵。他已经非常清楚陈独秀在中国共产主义运动中的地位。正因为这样，他从北京专程赶往上海，"采访"这位"南陈"。说不上"久"，但"仰"却是确确实实的。

初次的会晤，只在三人中进行。维经斯基讲俄语，陈独秀讲汉语，杨明斋当翻译。双方的谈话，大都是彼此介绍各自国家的情况，维经斯基向陈独秀介绍十月革命后的苏俄，陈独秀则介绍"五四运动"后的中国。

第一次谈话在客客气气中开始，客客气气中结束。维经斯基和陈独秀的第一次会面，似乎双方都在观察着对方。也许，维经斯基对陈独秀的揣摩更多一些。

雨渐渐住了。天气日益转暖。在杨明斋的陪同下，维经斯基一回又一回光临渔阳里。他和陈独秀的谈话，从客堂间转到楼上，声音慢慢压低。

当陈独秀知道了这位"记者"的真实身份，他们之间的关系变得异常密切。他们开始讨论在中国建立共产党这一问题……

维经斯基搬出了上海南京路的大东旅社，因为那个地方离环龙路远了一些，况且长期住在那里也不方便。

维经斯基和他的代表团秘密迁往法租界霞飞路（今淮海中路）716号住了下来。这一地址几乎无人知晓或注意，但1933年3月出版的《陈独秀评论》一书中仿鲁的《清算陈独秀》一文，却偶然透露了这一鲜为人知的住处：

而苏俄适派俄人维丁司克（引者注：即维经斯基），偕同杨明斋及韩人安某，携款到沪，为苏俄作宣传，并负责组织共产党之责，抵沪后住霞飞路716号，即现在道路协会原址，遂与陈独秀密商，时陈独秀住渔阳里二号，寓柏文蔚处。

仿鲁，可能是深知内情之人的笔名。有人猜测抑或是孙连仲（1893—1990），字仿鲁，国民革命军陆军上将，著有《孙仿鲁先生述集》，但孙连仲是军人，与中共并无深交。

仿鲁的《清算陈独秀》一文最初发表在《社会新闻》1932年第1卷第7期，先是收入1933年北平东亚书局出版的陈东晓编《陈独秀评论》一书，后又收入上海海天出版社在中华民国二十四年（即1935年）初版的《现代史料》第四集。

仿鲁提及的"韩人安某"，据查证可能是韩国人安恭根或者安秉赞，当时在上海组建流亡的韩国临时政府。

仿鲁提及的"道路协会"，即中华全国道路建设协会。

幸亏仿鲁把维经斯基在上海的住所地址写出来，如今那里已经作为"维经斯基故居"列入历史保护建筑名单。其实，那里不仅是维经斯基故居，而且还曾是共产国际东亚书记处所在地。有资料显示，在中共一大召开期间，董必武曾经在霞飞路714号住过。714号与716号相邻。

维经斯基在上海的寓所霞飞路716号是对外保密的。为了便于对外联系，他们在英租界爱华德路公开挂出了俄国《生活报》记者站的牌子。维经斯基在上海"安营扎寨"，开始认真执行他在海参崴接受的使命。

尽管维经斯基在上海行动非常谨慎，打着俄国《生活报》记者以及珠宝商的牌子，还是引起密探的注意。据日本学者石川祯浩的《中国共产党成立史》一书记载，1920年4月19日在上海的日本谍报机关《上海电第38号间谍（俄国军官）通报》称："波塔波夫从其头领'塔拉索夫'（引者注：维经斯基的化名）处得到资金，作为当地的过激共产党人，正在开展活动。"

经陈独秀介绍，维经斯基与李达见面。后来，李达回忆说："由于李大钊同志的介绍，威琴斯基（引者注：即维经斯基）到了上海，访问了《新青年》《星期评论》《共学社》等杂志、社团的许多负责人，如陈独秀、李汉俊、沈玄庐及其他方面在当时还算进步的人们，也举行过几次座谈，其经过也和在北京的一样，最初参加座谈的人很多，以后就只有在当时还相信马列主义的人和威琴斯基交谈了。由于多次的交谈，一些当时的马列主义者，更加明白了苏俄和苏共的情况，得到了一致的结论：'走俄国人的路'。"

李达还回忆杨明斋有趣的个性："有一个情况我记得很清，当时我们有一个同志叫杨明斋，山东人，那时就有四十多岁（引者注：实为三十八岁）……维经斯基来中国后就由他翻译。他翻译时很有意思，维经斯基的话也好，我们的话也好，他认为不对的全不翻。"

在杨明斋的帮助下，维经斯基以《生活报》记者身份公开在上海活动。他"采访"了很多人。据档案记载，他会见过上海学生联合会的正、副评议长狄侃和程天放，会见过东吴大学学生代表何世桢……

大约是白居易的诗句"渔阳鼙鼓动地来"太动听的缘故,上海除了环龙路有个渔阳里,在霞飞路还有个新渔阳里(今淮海中路567弄)。新渔阳里与老渔阳里只有一箭之距。

新渔阳里又名铭德里,这里的石库门房子大门上的花岗石横匾,都刻有一个"德"字,诸如惟听用德、天命看德、克明俊德、德彰万邦、兹惟德称、惟德是辅、祗勤于德……

维经斯基常常往新渔阳里6号跑,那幢石库门房子上刻着"惟德是辅"四个字……

张东荪和戴季陶拂袖而去

新渔阳里6号,最初原是李汉俊住的。1918年底,李汉俊从日本回来,租下此屋居住。

后来,李汉俊迁往三益里,与哥哥李书城同住。他把新渔阳里6号转给戴季陶住。

维经斯基访问了戴季陶之后,觉得这位国民党员的家中更适合于召开一些座谈会。于是,除了密谈在陈独秀家进行之外,各种聚会便在戴季陶那里举行。

最初参加那里聚会的是陈独秀、戴季陶、沈玄庐、李汉俊、张东荪。邵力子有时来坐一会儿,又匆匆坐着他的黄包车走了。

维经斯基产生了这样的设想[1]:"把《新青年》《星期评论》《时事新报》结合起来,乘五四运动的高潮建立一个革命同盟,并由这几个刊物的主持人物联合起来,发起成立中国共产党或是中国社会党。"

戴季陶

张东荪

[1] 包惠僧,《党的一大前后》,见《"一大"回忆录》,知识出版社1980年版。

《新青年》的主持人是陈独秀、李大钊,《星期评论》的主持人是戴季陶、沈玄庐、李汉俊,《时事新报》的主持人是张东荪——维经斯基最早的建党蓝图里,包括了这些"笔杆子"。

开了几回座谈会,经过一段时间的酝酿,维经斯基终于把建党的设想,明确地向这几位"笔杆子"提了出来。

这样一来,首先就吓倒了张东荪,他立即退出了这个运动。[1]

张东荪为什么一听要成立中国共产党或中国社会党,就要打"退堂鼓"呢?

据说张东荪所持的理由是:他原以为这个组织是学术研究性质,现在说这就是共产党,那他不能参加。因为他是研究系,他还不打算脱离研究系。[2]

所谓"研究系",原是梁启超、汤化龙等成立的"宪法研究会"。后来演变为"不再过问政治,专心从事学术研究"的"研究系",以北京《晨报》和上海《时事新报》为机关报。张东荪作为《时事新报》主编,是"研究系"首领之一。在他看来,社会主义学说可以作为"学术"进行"研究",而他不愿介入政治——参加共产党。这位叶公好龙式的"社会主义者",告退了。从此,他不再参与新渔阳里的座谈。维经斯基所设想的"三刊同盟"一下子少了一家。

张东荪虽然退出,而出席座谈会的人仍不断增加。

当年曾出席座谈会的北京大学文科毕业生袁振英,在1964年曾做如下回忆[3]:

1920年5月,陈独秀约我同戴季陶、施存统、沈玄庐、陈望道、李汉俊、金家凤、俞秀松、叶天低、李季、周佛

[1] 包惠僧,《党的一大前后》,见《"一大"回忆录》,知识出版社1980年版。

[2] 茅盾,《我走过的道路》(上),人民文学出版社1984年版。

[3] 《共产主义小组》(上),中共党史资料出版社1987年版。

海、杨明斋和李达、刘少奇等社会主义者（引者注：袁振英此处所回忆的名单有误，有些人是在5月后才参加座谈会的，如李达、刘少奇等），同俄国代表到戴季陶宅新渔阳里6号，密商组织共产党的办法，由张继和柏文蔚出头，由戴季陶起草共产党纲领（原注：这一点是听说的，纲领是交给陈独秀，由陈拿给大家讨论）……

一讨论起提纲来，意想不到，一位重要的角色又打起了"退堂鼓"。

此人便是中国共产党纲领最初的起草者、会场寓主、《星期评论》主编戴季陶！

戴季陶为什么要退出呢？

有各式各样的说法——

当时从日本回国省亲，路过上海而出席会议的周佛海如此说："当时有第三国际远东代表俄国人维经斯基在座。维大意说：'中国现在关于新思想的潮流，虽然澎湃，但是第一太复杂，有无政府主义、工团主义、社会民主主义、基尔特社会主义，五花八门，没有一个主流，使思想界成为混乱局面。第二，没有组织。做文章，说空话的人多，实际行动，一点都没有。这样决不能推动中国革命。'他的结论，就是希望我们组织'中国共产党'。当天讨论没有结果。东荪是不赞成的，所以以后的会议，他都没有参加。我和雁冰（引者注：即沈雁冰，笔名茅盾）是赞成的。经过几次会商之后，便决定组织起来。南方由仲甫负责，北方由李守常（大钊）负责。当时所谓南陈北李。上海当时加入的有邵力子、沈玄庐等。戴季陶也是一个。不过他说，孙先生在世一日，他不能加入别党，所以《中国共产党党纲》的最初草案，虽然是他起草的，他却没有加入。"[1]

邵力子说得很婉转："戴季陶退出时，说因有不方便处。"[2]

茅盾则说："戴季陶不干的理由是怕违背了孙中山的三民主义。"[3]

---

1 周佛海，《往矣集》，上海平报社1942年初版。

2 邵力子，《党成立前后的一些情况》，见《共产主义小组》（上），中共党史资料出版社1987年版。

3 茅盾，《我走过的道路》（上），人民文学出版社1984年版。

李达道出了背后的情形:"在这个时候,'中国共产党'发起的事被列入了日程。维经斯基来中国的主要任务是联系,他不懂得什么理论,在中国看了看以后,说中国可以组织中国共产党,于是陈独秀、李汉俊、陈望道、沈玄庐、戴季陶等人就准备组织中国共产党。孙中山知道了这件事,就骂了戴季陶一顿,戴季陶就没有参加组织了。"[1]

中国共产党还处于"胚胎期",尚未正式成立起来,便有这么两员"大将"拂袖而去。戴季陶甚至从新渔阳里6号搬走了,离去时声言:"我无论如何一定从旁赞助,现在暂时退出。"

戴季陶搬走了,杨明斋租下了新渔阳里6号,搬了进来。于是,这里更成了维经斯基召集各种座谈会的场所。人们并没有被张东荪、戴季陶的离去而动摇,反而更加坚定地得出一致的结论:走俄国人的路!

戴季陶走了,李汉俊着手起草党章。李达记得,党章草案"由李汉俊用两张八行信纸写成,约有七八条,其中最主要的一条是'中国共产党用下列的手段,达到社会革命的目的:一、劳工专政,二、生产合作。'我对于'生产合作'一项表示异议,陈独秀说:'等起草党纲时再改'"。

这个党,叫什么名字? 叫"中国社会党",还是叫"中国共产党"?

又引起一番争论。

连陈独秀也定不下来,于是,写信跟李大钊、张申府商量。

张申府又名张崧年,北京大学讲师,与李大钊关系甚为密切。据张申府回忆:

信写得很长,主要讲创党的事,信中说:"这件事情在北大只有你和守常可以谈。"(大意如此)为什么呢? 一是因为陈独秀在北大当过文科学长,认识的人很多,但有些人不搞政治,不适于谈,而建党的事是秘密进行的。二是陈独秀在北京时,他和守常以及我经常在一起,他常到北大图书馆李主任办公室来(在红楼一层靠东南角的两间房子里),观点一致。他办《新青年》,我们经常写稿。民国七年(引者注:

[1] 李达,《中国共产党的发起和第一次、第二次代表大会经过的回忆》,见《共产主义小组》(上),中共党史资料出版社1987年版。

即1918年）11月底办《每周评论》又在一起。每期刊印是在宣武门外一个报馆里，我曾与李大钊同志去校对，彼此很了解，所以陈独秀说："这件事情在北大只有你和守常可以谈"，不是偶然的。当时建党究竟叫什么名字，这没有确定，征求我们的意见。我和守常研究，就叫共产党。这才是第三国际的意思，我们回了信。

这样，党的名称定了下来。

作为建党的第一步，1920年5月在上海组织了"马克思主义研究会"，负责人是陈独秀。小组的成员有李汉俊、沈玄庐、陈望道、俞秀松、沈雁冰、杨明斋等。

邵力子也加入了马克思主义研究会。他是以国民党员特别身份跨党参加的。

稍后加入的是施存统。

陈望道"做了一件大好事"

就在酝酿、筹备建立中国共产党的那些日子里，一本薄薄的小书的出版，如同下了一场及时雨。

这本书长约十八厘米，宽约十二厘米，比如今的小32开本还要小。封面上印着一位络腮胡子的人物的半身水红色坐像（再版本改用蓝色），一望而知是马克思。在马克思坐像上端，赫然印着五个大字：

共党产宣言

这初版本在1920年8月出版时，印颠倒了书名。连书名印颠倒了，都没有发觉，这表明当时人们对于共产党极度陌生，从未听说。

这一印错书名的书，迄今只存三本，被确定为《共产党宣言》中译

1920年8月出版的陈望道译《共产党宣言》初版本，封面有字排错

1920年9月出版的陈望道译《共产党宣言》再版本

本的最早版本。

其中之一珍藏于上海市档案馆。

另一本现存于浙江温州图书馆。这一珍本上盖着"荫良藏印"。荫良，即戴树棠的字。戴树棠在1924年加入中国共产党[1]。戴树棠是温州地区最早的七名党员之一，当时担任中共温州独立支部宣传委员。

第三本《共产党宣言》中译本的初版本，1975年在山东广饶县刘集村发现，书名同样错印为《共党产宣言》。这个村子在1925年便建立了中国共产党支部。书上盖着"葆苣"印章，表明是山东早期中共党员张筱田（又名张葆苣）的。这一珍本现藏于山东广饶县博物馆[2]。

[1] 《温州发现国内最早版本的〈共产党宣言〉》，《温州日报》1998年2月28日。

[2] 《穿越黑暗岁月的一道霞光——〈共产党宣言〉中译首版本被发现的故事》，《济南日报》1996年6月25日。

在《共产党宣言》中译本的初版本封面上还印着:"社会主义研究小丛书第一种","马格斯、安格尔斯合著,陈望道译"。这"安格尔斯",亦即恩格斯。中译本全文共五十六页。

《共产党宣言》中译本在1920年9月再版时,错印的书名得以纠正,印为《共产党宣言》。内文中的一些错别字也得到改正。

北京中国革命博物馆、中共中央编译局、北京图书馆(现中国国家图书馆)、上海图书馆保存着完整的《共产党宣言》1920年9月再版本。还有一本珍藏于中共中央文献研究室。

上海中共一大会址纪念馆也有《共产党宣言》中译本的1920年9月再版本。保存这本《共产党宣言》的共产党人叫张人亚,原名张静泉。他在1921年加入中国共产主义青年团(当时称"上海社会主义青年团"),当年即加入了中国共产党。1927年,担任中共中央秘书处内部交通科科长的他把一批中共当时重要文件从上海秘密带到宁波镇海乡下去,托自己的父亲代为保管。他在1932年殉职。1952年、1959年,张人亚的亲属决定把张人亚托管的中共早期重要文件,分两批捐献给国家,其中就有1920年9月所印的《共产党宣言》中译本。据上海革命历史纪念馆(即上海中共一大会址纪念馆)档案记载,收到此书时,除因年久其纸张泛黄、发脆外,整本书基本完整,无明显残损。1995年11月,经国家文物局全国一级革命文物鉴定确认专家组鉴定,确认为一级文物。

这样,陈望道翻译的《共产党宣言》的1920年8月初版本,存世的共有三本。1920年9月再版本,存世的则有好几本。

《共产党宣言》为马克思、恩格斯的名著,是他们在1847年12月至1848年1月为共产主义者同盟起草的纲领。纵观马克思、恩格斯众多的著作,这篇短小精悍的《共产党宣言》概括了其中的精华。可以说,欲知马克思主义为何物,共产党是什么样的政党,第一本入门书,第一把开锁之钥匙,便是《共产党宣言》。尤其是此文写得气势磅礴,文字精练,富有文采,又具有鼓动性,可谓共产主义第一书。世上能够读懂读通皇皇巨著《资本论》者,必定要具备相当的文化水平和理解能力,而《共产党宣言》却是每一个工人都能读懂、能够理解的。

《共产党宣言》最初是用德文出版的。1850年出版了英译本。接着，出版了俄文版（1863年）、丹麦文版（1885年）、法文版（1886年）、西班牙文版（1886年）、波兰文版（1892年）、意大利文版（1893年）……《共产党宣言》风行欧洲，倒是应了它的开头的第一句话："一个幽灵，共产主义的幽灵，在欧洲徘徊。"

"幽灵"东行，开始在中国"徘徊"。

1905年，朱执信在《民报》第2号上，介绍了《共产党宣言》的要点。

1908年，在东京出版的《天义报》，译载了《共产党宣言》第一章以及恩格斯1888年为英文版《共产党宣言》所写的序言。

此后，《共产党宣言》曾一次次被节译，刊载于中国报刊。梁启超、李大钊、成舍我等都曾在他们的文章中摘译、引用过《共产党宣言》片段；李汉俊等也在报刊上介绍过《共产党宣言》相关章节。

1919年5月，《新青年》推出"马克思主义研究"专号（上海群益书社出版发行），李大钊发表了文章《我的马克思主义观》。这篇文章在介绍马克思的唯物史观时，摘译和引用了《共产党宣言》第一章大部分内容。

1919年，年仅十九岁的张闻天在8月出版的《南京学生联合会日刊》上，发表《社会问题》一文，文末节录了《共产党宣言》第二章的十条纲领。

然而，《共产党宣言》在中国一直没有全译本。要成立共产党，要了解共产主义，怎可不读《共产党宣言》呢？

第一个筹划把《共产党宣言》译成中文的是戴季陶。他在日本时，便买过一本日文版《共产党宣言》，深知这本书的分量。他曾想翻译此书，无奈细细看了一下，便放下了。因为此书的翻译难度相当高，译者不仅要谙熟马克思主义理论，而且要有相当高的中文文学修养。

陈望道先生

开头第一句话，要想妥切地译成中文，就不那么容易。

戴季陶主编《星期评论》，打算在《星期评论》上连载《共产党宣言》。他着手物色合适的译者。

邵力子得知此事，向戴季陶举荐一人：杭州的陈望道！

陈望道乃邵力子密友，常为《民国日报》的《觉悟》副刊撰稿。邵力子深知此人功底不凡，当能胜任翻译《共产党宣言》。邵力子称："能承担此任者，非杭州的陈望道莫属。"

陈望道此人，瘦削，那颧骨显得更为突出，脸色黝黑，如同农夫。不过，他在书生群中颇为不凡，从小跟人学过武当拳，轻轻一跃，便可跳过一两张八仙桌。

他原名陈参一，浙江义乌人。中学毕业后，曾到上海进修过英语，准备去欧美留学。后来未能去欧美，却去了日本。兴趣广泛的他，在日本主攻法律，兼学经济、物理、数学、哲学、文学。1919年5月，他结束在日本的四年半的留学生活，来到杭州。应校长经亨颐之聘，在浙江第一师范学校当语文教师。

浙江第一师范学校是浙江颇有声望的学校。校长经亨颐曾留学日本，浙江名流，后来曾任国民党中央执行委员，其女经普椿为廖承志夫人。经亨颐广纳新文化人物入校为师，先后前来任教的有沈钧儒、沈尹默、夏丏尊、俞平伯、叶圣陶、朱自清、马叙伦、李叔同、刘大白、张宗祥等。

陈望道进入浙江第一师范学校之后，与夏丏尊、刘大白、李次九三位语文教师锐意革新，倡导新文学、白话文，人称"四大金刚"。1919年底，发生"一师风潮"，浙江当局要撤换经亨颐，查办"四大金刚"。邵力子在《民国日报》上发表评论，声援一师师生。各地学生也纷纷通电声援。浙江当局不得不收回撤换、查办之命令。

不过，经此风潮，陈望道还是离开了浙江第一师范学校。就在这时，戴季陶约陈望道翻译《共产党宣言》，给了他日文版《共产党宣言》。陈望道发表在1980年《复旦学报（社会科学）》第3期《关于上海马克思主义研究会活动的回忆》中写及，他离开浙江第一师范学校后，"回家乡义乌译《共产党宣言》。我是从日文本转译的，书是戴季陶供给我的。"

据陈望道的学生陈光磊在1990年3月8日告诉笔者，陈望道生前与他谈及，周恩来在50年代问及《共产党宣言》最初依据什么版本译的，陈望道说主要据英译本译。又据云，英文版《共产党宣言》是陈独秀通过李大钊从北京大学图书馆里借出来的。

陈望道之子陈振先也回忆说：1920年他父亲收到《民国日报》邵力子的来信，告诉他上海《星期评论》社的戴季陶请他翻译《共产党宣言》，对方还提供了该宣言的一个日文版和李大钊从北京大学图书馆借来的英文版。

综上所述，陈望道是依据《共产党宣言》日文版、对照《共产党宣言》英文版进行翻译的。

陈望道所依据的《共产党宣言》日文版，据日本学者石川祯浩的考证，是日本1906年3月《社会主义研究》创刊号刊登的，由幸德秋水、堺利彦合译的《共产党宣言》。《社会主义研究》创刊号是一本六百余页32开的本子，红色的扉页上，印着出版日期，即"明治卅九年三月十五日"。《社会主义研究》的编辑是日本著名的社会主义活动家堺利彦。

1920年2月下旬，陈望道回到老家——浙江义乌县城西分水塘村过春节，便着手翻译《共产党宣言》[1]。这个小村跟冯雪峰的故里神坛、吴晗的故里苦竹塘，构成一个三角形。

陈望道避开来来往往的亲友，躲进老家的柴屋里。这间屋子半间堆着柴火，墙壁积灰一寸多厚，墙角布满蜘蛛网。他端来两条长板凳，横放上一块铺板，就算书桌。在泥地上铺几捆稻草，算是凳子。入夜，点上一盏昏黄的油灯。

他不时翻阅着《日汉辞典》《英汉辞典》，字斟句酌着。这是一本很重要的书，又是一本很难译的书。头一句话，便使他绞尽脑汁，这才终于译定为："一个幽灵，共产主义的幽灵，在欧洲徘徊"。

[1]《五四运动和文化运动》，《陈望道文集》第三卷，上海人民出版社1981年版。

其后，罗章龙曾试图从德文版原著《共产党宣言》译成中文，也深感"理论深邃，语言精练"。为了译第一句话，罗章龙亦"徘徊"良久。如他所言："对于这句话研究时间很长，觉得怎样译都不甚恰当，'幽灵'在中文是贬义词，'徘徊'亦然。"[1] 罗章龙反复琢磨，结果仍不得不沿用陈望道的中译文，然后加了一段注解，说明原文直译是："有一股思潮在欧洲大陆泛滥，反动派视这股思潮为洪水猛兽，这就是共产主义。"罗章龙思索再三，还是采用陈望道的译文，足见陈望道译文的功力和严谨。

江南的春寒，不断袭入那窗无玻璃的柴屋。陈望道手脚麻木，就请母亲给他灌了个"汤婆子"。

烟、茶比往日费了好几倍。香烟一支接着一支。宜兴紫砂茶壶里，一天要添加几回茶叶。每抽完一支烟，他总要用小茶壶倒一点茶洗一下手指头——这是他与众不同的习惯[2]。

据传说，陈望道翻译《共产党宣言》当时废寝忘食达到这样的地步：

有一天，母亲给儿子做了糯米粽子，外加一碟红糖，送到书桌前，催促儿子趁热快吃。陈望道心不在焉地吃着粽子，一边琢磨翻译句子。过了一会儿，母亲在屋外喊道："红糖不够，我再给你添一些。"儿子赶快回答："够甜，够甜的了！"当母亲前来收拾碗筷时，竟见到儿子满嘴是墨汁，红糖却一点儿没动，原来陈望道是蘸着墨汁吃了粽子，儿子的行径令母亲哭笑不得。

1920年4月下旬，当陈望道译毕《共产党宣言》，正要寄往上海，忽听得邮差在家门口大喊"陈先生电报"。拆开一看，原来是《星期评论》编辑部发来的，邀请他到上海担任编辑。

二十九岁的陈望道兴冲冲提起小皮箱，离开了老家，前往上海，住进了三益里李汉俊家。斜对过是邵力子家。

李汉俊不仅熟悉马克思主义理论，而且精通日、英、

---

[1] 罗章龙，《椿园载记》，生活·读书·新知三联书店1984年版。

[2] 倪海曙，《春风夏雨四十年——回忆陈望道先生》，知识出版社1982年版。

德语。陈望道当即把《共产党宣言》译文连同日文、英文版交给李汉俊，请他校阅。

陈望道住进三益里，使三益里又多了一支笔。他到渔阳里见了陈独秀。正在筹备建立中国共产党的陈独秀，便邀陈望道参加在新渔阳里举行的座谈会。

当李汉俊校阅了《共产党宣言》，再经陈望道改定，准备由《星期评论》发表的时候，突然发生了意外[1]：编辑部在三楼阳台上开会，"决定《星期评论》停办"！

风行全国达十几万份的《星期评论》，为什么突然停办？

1920年6月6日《星期评论》被迫停刊。终刊号所载《〈星期评论〉刊行中止的宣言》道出了内中的缘由：

我们所办的《星期评论》，自去年六月八日出版以来，到现在已经满一年了。……近两个月以来，由官僚武人政客资本家等掠夺阶级组织而成的政府，对于我们《星期评论》，因为没有公然用强力来禁止的能力，于是用秘密干涉的手段，一方面截留由各处寄给本社的书报信件，一方面没收由本社寄往各处的本志，自47期以后，已寄出的被没收，未寄出的不能寄出。我们辛辛苦苦作战，印刷排字工人辛辛苦苦印成的《星期评论》，像山一样的堆在社里……

显而易见，《星期评论》的进步倾向受到了注意，还来不及连载《共产党宣言》，就被扼杀了。

此处摘录1920年元旦出版的《星期评论》第31期上《红色的新年》，便可略见当年《星期评论》的风貌：

（一）

1919年末日的晚间，

有一位拿锤儿的，

[1]《关于上海马克思主义研究会活动的回忆——陈望道同志生前谈话记录》，《复旦学报》1980年第3期。

一位拿锄儿的，
黑漆漆地在一间破屋子里谈天。

（二）

拿锤儿的说：
"世间的表面，是谁造成的！
你瞧！世间人住的、着的、用的，
哪一件不是锤儿下面的工程！"

（三）

拿锄儿的说：
"世界的生命，是谁养活的！
你瞧！世界上吃的、喝的、抽的，
哪一件不是锄儿下面的结果！"

（四）

他们俩又一齐说：
"唉！现在我们住的、着的、用的、
吃的、喝的、抽的，
都没好好儿的！
我们那些锤儿下面的工程，
　锄儿下面产的结果，
那儿去了！"

（五）

冬！冬！冬！
远远的鼓声动了！
一更……二更……好像在那儿说：

"工！农！

　　劳动！劳动！

　　不平！不平！

　　不公！不公！"

快三更啦！

他们想睡，

也睡不成。

　　　　（六）

朦朦胧胧的张眼一瞧，

黑暗里突然透出一线儿红。

这是什么？——

原来是北极下来的新潮，

从近东卷到远东。

那潮头上拥着无数的锤儿锄儿，

直要锤匀了锄光了世间的不平不公！

呀！映着初升的旭日光儿，

一霎时遍地都红！

惊破了他们俩的迷梦！

　　　　（七）

喂！起来！起来！

现在是什么时代？

1919年末日二十四时完结了，

你瞧！这红色的年儿新换，世界新开！

如此鲜明的进步色彩，宣传"北极下来的新潮"（指十月革命），《星期评论》遭禁。

前来就任《星期评论》编辑的陈望道，尚未走马上任，就告吹了。

幸亏因陈独秀来沪，《新青年》编辑部（其实也就是他一个人）随之迁沪，正需要编辑。于是，陈望道成了《新青年》编辑，从三益里搬到渔阳里2号陈独秀那里住了。

《新青年》已是在全国最有影响的刊物，居各刊物之首，在国内四十三个省市设有九十四个代派处。1920年5月1日，《新青年》推出面目一新的"劳动节纪念号"，版面比往常多了两倍，达四百来页。

这一期刊出李大钊的《五一运动史》，刊出苏俄第一次对华宣言全文，并刊十五个团体、八家报刊热烈赞颂这一宣言的文章——这一宣言是历史性的文件，全称为《俄罗斯苏维埃联邦社会主义共和国对中国人民和中国南北政府的宣言》，以苏俄副外交人民委员加拉罕署名，早在1919年7月25日便已发出，郑重宣布苏维埃政府废弃沙皇政府在中国的一切特权和不平等条约。因中国军阀政府的阻挠，这一宣言迟迟未能在中国报刊发表。《新青年》以不寻常的姿态，对这一宣言报以暴风雨般的掌声。这一不寻常的姿态，表明陈独秀明显地倒向苏俄。诚如蔡和森所言，《新青年》最初曾是"美国思想宣传机关"，后来则既"宣传社会主义"，也宣传美国"杜威派的实验主义"，而从"劳动节纪念号"开始，"完全把美国思想赶跑了"，"由美国思想变为俄国思想"。

《共产党宣言》无法在《星期评论》上连载，陈望道把译稿交给陈独秀。1920年6月27日夜，陈望道把译稿交给他的学生俞秀松，请俞秀松送交陈独秀。俞秀松在当天的日记中记述："夜，望道叫我明天送他所译的《共产党宣言》到独秀家里去，这篇宣言底[1]原文是德语，现在一时找不到，所以只用英、俄、日三国底译文来校了。"俞秀松在6月28日的日记中记述："九点到独秀家，将望道译的《共产党宣言》交给他，我们谈些译书的事，总该忠实精细，但现在译书的人，每天以译书度生活，总许有八千字，才能生活。"

《共产党宣言》先由李汉俊校阅，再由陈独秀校阅，最后由陈望道改定。

---

[1] 当时习惯用"底"，亦即"的"。

陈独秀除了编《新青年》外，想方设法把《共产党宣言》付印。随着《星期评论》的停刊，局面已显得紧张，公开出版《共产党宣言》会遭到麻烦。

陈独秀跟共产国际代表维经斯基商量此事，决定以"社会主义研究社"名义秘密出版中文版《共产党宣言》，维经斯基拿出了一笔钱作为经费。于是，在拉斐德路成裕里12号（今复兴中路221弄12号）租了一幢两层石库门房子，建立了一个小型的印刷所——"又新印刷所"。取名"又新"，意即"日日新又日新"。负责人为郑佩刚。

又新印刷所承印的第一本书，便是《共产党宣言》。1920年8月初版印一千册，不胫而走。紧接着，在9月里再版，又印一千册。

为了让读者买到《共产党宣言》，沈玄庐通过邵力子，在9月30日《民国日报》的《觉悟》副刊上，非常巧妙地发了一则新书广告式的短文《答人问〈共产党宣言〉底发行》，署名玄庐。

此文妙不可言，故全文照录于下：

慧心，明泉，秋心，丹初，P.A：

你们来信问《陈译马格斯共产党宣言》的买处，因为问的人多，没工夫一一回信，所以借本栏答复你们问的话：

一、《社会主义研究社》（引者注：《共产党宣言》是以"社会主义研究社"名义出版的），我不知道在哪里。我看的一本，是陈独秀先生给我的，独秀先生是到《新青年社》拿来的，新青年社在"法大马路大自鸣钟对面"。

又新印刷所旧址。又新印刷所承印的第一本书，便是《共产党宣言》

二、这本书底内容,《新青年》《国民》——北京大学出版社——《晨报》都零零碎碎译出过几章或几节的。凡研究《资本论》这个学说系统的人,不能不看《共产党宣言》,所以望道先生费了平常译书的五倍工夫,把彼全文译了出来,经陈独秀、李汉俊两先生校对。

可惜还有些错误的地方,好在初版已经快完了,再版的时候,我很希望陈望道先生亲自校勘一道!

此文以答读者问形式刊出,而读者的名字实际上是沈玄庐自拟的。他提醒读者,此书"不能不看",又强调译者如何精心翻译,而且书要再版。到何处去买呢? 文中点明了地址。可是,又故意来个"障眼法",说此书是供那些"研究《资本论》这个学说系统的人"看的。借用曲笔,为《共产党宣言》一书来了个"免费广告"!

《共产党宣言》的发行,使那些"研究《资本论》这个学说系统的人"——马克思主义的信仰者们,得到了莫大的鼓励。诚如成仿吾在1978年为依照德文原版译出的《共产党宣言》新译本的《译后记》中所写的那样:

当时的日译本很可能是非常粗糙的,陈译本也就难免很不准确。但是它对于革命风暴前的中国革命干部和群众起了非常重要的教育作用,仅仅"有产者""无产者""阶级斗争"以及"全世界无产者,联合起来!"这样的词句,就给了在黑暗中寻找光明的革命群众难以估计的力量。

是的,《共产党宣言》具有力透纸背、震撼人心的鼓动作用,使许多人豁然开朗,明白了许多道理:

共产主义已经被欧洲的一切势力公认为一种势力;
到目前为止的一切社会的历史都是阶级斗争的历史;
在当前同资产阶级对立的一切阶级中,只有无产阶级是真正革命的阶级；

无产阶级，现今社会的最下层，如果不炸毁构成官方社会的整个上层，就不能抬起头来，挺起胸来；

每一个国家的无产阶级当然首先应该打倒本国的资产阶级；

无产阶级用暴力推翻资产阶级而建立自己的统治；

资产阶级的灭亡和无产阶级的胜利是同样不可避免的；

共产党人是各国工人政党中最坚决的、始终推动运动前进的部分；

共产党人可以用一句话把自己的理论概括起来：消灭私有制；

共产党人不屑于隐瞒自己的观点和意图。他们公开宣布：他们的目的只有用暴力推翻全部现存的社会制度才能达到。让统治阶级在共产主义革命面前发抖吧。无产者在这个革命中失去的只是锁链。他们获得的将是整个世界。

马克思和恩格斯在七十多年前发出振聋发聩的声音，通过一个个方块字，终于在中国响起。

1920年8月17日，维经斯基在给共产国际的信中说："中国不仅成立了共产党发起小组，而且正式出版了中文版的《共产党宣言》。中国革命的春天已经到来了。"

这本小书，最清楚不过地说明了为什么要建立共产党，共产党究竟是什么样的政党。确实，这本书的出版，为正在筹备建立中的中国共产党送来了及时雨！

陈望道立了一大功。陈望道寄赠两本《共产党宣言》中译本给周作人，其中一本请周作人转给鲁迅[1]。鲁迅当天就读了，并对周作人说了如下赞语：

现在大家都议论什么"过激主义"来了，但就没有人切切实实地把这个"主义"真正介绍到国内来。其实这倒是当前最紧要的工作。望道在杭州大闹一

[1] 这是陈光磊对笔者所谈的。他记得，陈望道说过，当时与周作人通信甚多，寄《共产党宣言》是由周作人转去的，不是直接寄给鲁迅。后来许多文章写成陈望道直寄鲁迅。

第二章·酝酿　　157

阵之后，这次埋头苦干，把这本书译出来，对中国做了一件大好事。**

令人费解的是，据王观泉著《鲁迅年谱》载："1920年6月26日，（鲁迅）得译者陈望道寄赠的《共产党宣言》（上海社会主义研究社本年4月初版）。得书后当日即翻阅一遍，并与人说：'这个工作做得好！''把这本书译出来，对中国做了一件好事。'"[1]

《鲁迅全集（15卷）·日记》1920年6月26日原文是："……又至大学……"

《鲁迅全集》所加的注（1）："是日两人（引者注：即鲁迅与周作人）在北京大学得到陈望道致二人信及所译《共产党宣言》第一个中文全译本。"

《鲁迅全集（17卷）·日记人物书刊注释》的"陈望道"条注释为："……所译《共产党宣言》于1920年春出版后曾寄赠鲁迅……"

《周作人日记（中）》1920年6月26日日记，写及："下午至医院同大哥（引者注：指鲁迅）至大学出版部得陈望道君廿二日函……"

虽然鲁迅日记、周作人日记原文由于"避嫌"，未写明收到陈望道译《共产党宣言》，但是鲁迅研究者、《鲁迅全集》编者均认为鲁迅和周作人在1920年6月26日收到陈望道寄赠的《共产党宣言》。

然而《共产党宣言》中译本初版的印行时间，版权页上标明"1920年8月"。

前已述及，1920年6月27日夜，陈望道把译稿《共产党宣言》交给他的学生俞秀松，请俞秀松送交陈独秀，他怎么可能在1920年6月26日寄两本《共产党宣言》给在北平的鲁迅和周作人呢？

于是有人推测，在1920年6月，或由《星期评论》出版过陈望道译的《共产党宣言》。但是，如果1920年6月《星期评论》已经出版了陈望道译的《共产党宣言》，陈望道怎么会在1920年6月27日叫俞秀松把《共产党宣言》译

---

[1] 王观泉，《鲁迅年谱》，45页，黑龙江人民出版社1979年版。

稿送交陈独秀，准备出版呢？

或许是鲁迅研究者、《鲁迅全集》编者错了。

这是一个历史之谜。

还有人提出，毛泽东接受斯诺采访时曾说，"我第二次到北京期间"，读了"《共产党宣言》，陈望道译"。毛泽东第二次到北京是1919年12月至1920年4月下旬，因此可以推定陈望道译《共产党宣言》是在1920年4月出版。但是，还有人经过考证，毛泽东在第二次到北京期间，读的是罗章龙译《共产党宣言》油印本，而毛泽东误忆为陈望道译《共产党宣言》。关于这一问题，将在后文《"毛奇"和新民学会》一节详细述及。

北京图书馆珍藏着《共产党宣言》中译本1920年9月的再版本。据1990年11月8日笔者在上海采访陈望道之子陈振新，他说，1975年1月他随父亲去北京时，北京图书馆特地邀请陈望道前去参观，并要求在原版本上签名存念。陈望道问："这是图书馆的书，我签名合适吗？"馆长道："您是译者，签名之后成了'签名本'，更加珍贵。"陈望道推托不了，端端正正签上了自己的名字，此书如今成了北京图书馆的珍本之一。

陈望道翻译的《共产党宣言》从1920年8月出版之后，多次重印，产生极其广泛的影响。1922年11月，朱德在欧洲留学时加入中国共产党，周恩来便赠陈望道翻译的《共产党宣言》一书给他，可见当时这本书已经流传到海外。

毛泽东曾说[1]：

《共产党宣言》，我看了不下一百遍，遇到问题，我就翻阅马克思的《共产党宣言》，有时只阅读一两段，有时全篇都读，每阅读一次，我都有新的启发。

[1] 陈晋主编，《毛泽东读书笔记精讲战略卷》，114—115页，广西人民出版社2017年版。

添了一员虎将 —— 李达

走了张东荪，走了戴季陶。

来了陈望道，又来了李达。

1920年8月，一位身材壮实三十岁的男子，刚从日本归来，前往渔阳里2号拜访陈独秀。

这位湖南口音的来访者，原本只是看望陈独秀，却被陈独秀留住了，从此竟住在渔阳里2号，成为《新青年》杂志的新编辑。

此人便是李达，号鹤鸣——毛泽东总是喊他"鹤鸣兄"。

李达的到来，使正在筹备之中的中国共产党，添了一员虎将。

李达曾如此回忆道："我回到上海以后，首先访问陈独秀，谈起组织社会革命党派的事，他说他和李汉俊正在准备发起组织中国共产党，就邀请我参加，做了发起人，这时的发起人一共是八人，即陈独秀、李汉俊、沈玄庐、陈望道、俞秀松、施存统（时在日本）、杨明斋、李达。每次开会时，

毛泽东读英文版《共产党宣言》批注

吴廷康（即维经斯基）都来参加。……"[1]

当时的李达，正处于热恋之中。

时值暑假，李达作为留日学生总会理事从日本回到上海，参加中国学生联合总会的工作。

学联有时跟女联在工作上有些来往。女联，亦即上海中华女界联合会，会长徐宗汉乃黄兴夫人。黄兴，同盟会的元老，辛亥革命时的革命军总司令。偶然，李达在徐宗汉那里，结识了她手下做文秘工作的一位小姐，名叫王会悟[2]。王会悟眉清目秀，知书达理，与李达相识后彼此很快就产生了爱慕之情。

李达，1890年出生于湖南零陵县一户佃农的家庭。在兄弟五人之中，唯有他得到了读书的机会。

在李达上中学的时候，有两件事给了他莫大的影响。

一件事是学校里收到一封从长沙寄来的信，拆开来一看，那信竟是用鲜血写成的！

写信者名叫徐特立（后来他成为毛泽东的老师）。他断指写血书，号召青年学生们投入反日救国运动。

这封血书震撼了李达的心灵。他敬佩那位不惜用鲜血写信的徐特立……

另一件事是同学们为了抵制日货，把日本生产的文具堆在操场上，用火烧毁。点火时，发觉火柴也是日本货！可是，点火的同学在点火之后，不得不把这盒日本火柴留下来。因为倘若把这盒火柴也烧掉的话，下一回烧日货就没有火柴了！

他意识到中国实在太落后了。抱着"实业救国"的愿望，在1913年考取湖南留日官费生，去日本学理工科。

李达

1《李达自传》，《党史研究资料》1980年4月第8期。
2 1990年6月18日叶永烈在北京采访王会悟。

第二章·酝酿　　161

在日本，他的心境是矛盾的、痛苦的[1]：

我们一群留日的青年们，一方面感到耻辱，一方面滋长着反日情绪。老实说，我们是要忍耐着，在那里学习一点东西，以便将来回国搞好我们自己的国家。可是，当时国内的情势怎样呢？由于资产阶级的软弱性，使得辛亥革命终于流产，出现了封建军阀头子袁世凯独裁的政治局面。袁世凯被人民推翻以后，又出现了直系、奉系、皖系各派军阀互相混战的局面；同时，南方也出现了川、滇、粤、桂各派新军阀互相争斗的局面。各派新旧军阀都勾结一个帝国主义作后台，发动内战。全国人民在蔓延的战火中，受着军阀们的剥削和压迫，都感到活不下去。另一方面，1914年第一次世界大战发生以后，英、美、法、德、俄等帝国主义国家因忙于欧洲战争，暂时放松了对于中国的侵略，日本帝国主义趁机大举对中国进行经济的、政治的侵略。它攻占了德国所盘踞的胶州湾，占领了山东，又以最后通牒的形式向北洋军阀政府提出二十一条亡国条约，形成了日本独占中国的局面。这件事激起了留日学生们极大的义愤，我们和全国人民一道，开展了"反日救亡"运动。我们发通电，开大会，表示抗议。可是在当时的日本，连开会的会场也很难找到。费了九牛二虎之力租到一所会场，刚刚开会，警察又把我们驱散。这时我们沉痛地感到，日子是过不下去了。如果不寻找新的出路，中国是一定要灭亡了。可是新的出路在哪里呢？这对我们仍是茫然的。当时我们就像漫漫长夜里摸索道路的行人一样，眼前是黑暗的，内心是极端苦闷的。

积愤终于在极度的苦闷中爆发，燃起了反抗的火焰。1918年5月，当段祺瑞政府与日本签订了反苏卖国的《中日陆军共同防敌军事协定》《中日海军共同防敌军事协定》，声言为了"共同防敌"，日本军队可以进入中国东北全境。消息传出，三千中国留日学生义愤填膺，责骂北洋军阀政府的卖

[1] 李达，《沿着革命的道路前进》，《中国青年》1961年第13、14期合刊。

国行径。

中国留日学生组成了"留日学生救国团"决定"罢学归国""上京请愿"。这个救国团的领袖人物之一，便是李达。

5月中旬，李达率"留日学生救国团"一百多人抵达北京。

北京大学学生们在北京大学西斋饭厅召开了欢迎大会。主持大会的便是后来成为五四运动学生领袖之一的许德珩。李达和许德珩都在会上发表了演说。

5月21日，留日学生救国团和北京大学等校学生一起，向段祺瑞政府示威请愿。

虽然这次请愿没有取得多大效果，却使李达由"实业救国"转向了"革命救国"。

回到日本之后，李达找来许多日文版马克思主义著作，埋头钻研起来。他读了马克思的《资本论》第一卷，读了列宁的《国家与革命》等等。

一年之后——1919年6月18日和19日，由邵力子主编的上海《民国日报》副刊《觉悟》，接连刊出《什么叫社会主义》《社会主义的目的》两文，署名"鹤"（取自李达的号鹤鸣）。这位"鹤鸣"先生终于"鸣"起来了，"鸣"出了社会主义之声，清楚表明了他向"左"转。

原本埋头数理化的他，如今埋头于翻译马克思学说著作。那在《民国日报》发表的文章，只是他在翻译之余写下的心得而已。他译出数十万言的马克思主义理论著作：《唯物史观解说》《马克思经济学说》《社会问题总览》。

这样，李达成了中国早期为数不多的对马克思主义理论有较深了解的人物。

也正因为这样，李达跟陈独秀只见了一次面，陈独秀马上抓住了他："你搬过来，到我这儿住，帮我编《新青年》！"

陈望道搬过来了，李达搬过来了，渔阳里2号里住着三位"笔杆子"，同编《新青年》，同商建立中国共产党大计。

年轻时的王会悟

当然，随着李达迁入渔阳里2号，那位王会悟小姐也就常常光临那里。

据王会悟用浓重的浙江口音告诉笔者[1]，她生于1898年阴历五月二十日，亦即1898年7月8日。浙江桐乡县乌镇人。她的父亲王彦臣是晚清秀才，办私塾，所以她从小就受到父亲的启蒙教育。

王会悟说，按照家谱，她属"会"字辈，取名"悟"，表明悟性好，很聪明，"什么事都能理解"的意思。

王会悟不仅聪颖，而且个性独立。她的家境不宽裕，由于嘉兴女子师范不收"铜钿"（学费），她到那里上学。她喜欢读书，读了梁启超的《饮冰室文集》，也读章太炎的书。毕业之后教小学，教过国文、刺绣、数学。但是做"女先生"待遇很低。

1918年，她半工半读到湖州美国人办的教会学校湖郡女塾学习英语。在那里，她读到《新青年》杂志，受到莫大的启示。她甚至给《新青年》杂志主编陈独秀写信，居然收到陈独秀的亲笔回信："没想到我们的新思想都影响到教会学堂了。"陈独秀夸奖王会悟"有胆识"，勉励她"多读书"。

她向往上海。1919年，经上海学联介绍，王会悟被黄兴夫人徐宗汉安排到上海女界联合会做文秘工作。

在徐宗汉那里，她与李达邂逅，竟然擦出爱情的火花。

王会悟常常去李达所住的渔阳里2号。这时，陈独秀的夫人高君曼也终于带着女儿子美、儿子和年，从北京南下，住进了渔阳里2号。

陈独秀的发妻高晓岚所生长子、次子陈延年、陈乔年，原在上海震旦大学学习。就在陈独秀抵沪前夕，陈延年、陈乔年获准赴法勤工俭学，于1920年1月离沪，坐船经香

[1] 1990年6月18日叶永烈在北京采访王会悟。

港、海防、西贡、新加坡、吉布提、苏伊士运河、塞得港,到达马赛,在2月3日乘火车到达巴黎。

李达与王会悟小姐由爱而婚,在渔阳里2号客厅里举行了新式的简单的婚礼。操办婚宴的,是陈独秀夫人高君曼。王会悟记得,当时办了两桌酒席,自己烧的菜。李达称王会悟是"吾妹吾妻"。

婚后,李达埋头于著译,家里的杂务都是由王会悟打理。另外,王会悟擅长社交,她结识了邵力子等诸多名流。她会讲英语,也跟当时来沪的俄国人打交道。

王会悟说,那时候很多人不是叫她王小姐,而是称她"王先生"。

王会悟于1922年生下女儿李心怡,1924年生下儿子李心天。

李心天后来成为中国医学心理学和神经心理学的奠基人之一。

1989年9月11日,笔者在北京采访李心天夫人余国膺。她是李心天的同学,李达、王会悟的儿媳。笔者问及李达的性格,余国膺这么回忆说:

"公公李达是一位学者,一派学者风度。

"他是很深沉的人,话语不多。性格不急,内向。内心世界丰富。

"学者本色,不愿做官,热心教育,热心著述。

"他抽烟,但是并不嗜烟如命。"

作家茅盾加入了"小组"

那时节,常常出入于渔阳里2号的,还有一位文弱书生,名唤沈德鸿,字雁冰。后来他写小说,署笔名"茅盾",逐渐以茅盾知名,而本名沈德鸿却鲜为人晓。(尽管他在1920年使用的是原名,但为了照顾读者习惯,此处仍用茅盾。)

这位以写《林家铺子》《子夜》《春蚕》著名的作家,在新中国成立后当过十五年的文化部部长,人所共知的非党人士。1981年3月7日以八十五岁高龄去世。

在茅盾病殁之后，中国共产党中央根据他生前的请求和一生的表现，决定恢复他的中国共产党党籍。这"恢复"两字，表明他原本是中国共产党党员。恢复他的党籍之后，党龄从何时算起呢？中国共产党中央的决定中写明："从1921年算起"！

茅盾，跟那位进出渔阳里2号的王小姐，说起来还有点沾亲带故。如同他在《我的学生时代》一文中所回忆的[1]：

茅盾

父亲把我送到一个亲戚办的私塾中去继续念书。这亲戚就是我曾祖母的侄儿王彦臣。王彦臣教书的特点是坐得住，能一天到晚盯住学生，不像其他私塾先生那样上午应个景儿，下午自去访友、饮茶、打牌去了，所以他的"名声"不错，学生最多时达到四五十个。王彦臣教的当然是老一套，虽然我父亲叮嘱他教我新学，但他不会教。我的同学一般都比我大，有大六七岁的，只有王彦臣的一个女儿（即我的表姑母）和我年龄差不多。这个表姑母叫王会悟，后来就是李达的夫人。

茅盾，王会悟的同乡——浙江省桐乡县人。他从小便与王会悟认识，同在乌镇长大。乌镇，十万人口的城镇，一条市河沿镇穿过，一艘艘乌篷船往来河上，一派江南水乡风光，令人记起茅盾笔下的《春蚕》《林家铺子》。

1913年，十七岁的茅盾考取北京大学预科第一类。教他国文的，便是那位沈尹默，教文字学的则是沈尹默之弟沈坚士。"沈尹默教国文，没有讲义。他说，他只指示研究学术的门径，如何博览，在我们自己。"

在北京大学预科念了三年，他经亲戚介绍，进入上海

[1] 茅盾，《我的学生时代》，《东方》1981年第1期。

商务印书馆编译所工作。他的英文不错，所以在该所英文部工作。后来调到国文部。这时候的他，在中国文坛上还默默无闻。

他开始给张东荪主编的《时事新报》投稿。最初，他信仰无政府主义，觉得这个主义"很痛快"，"主张取消一切"。慢慢地，他读了一些英文版的马克思主义的书，转向了马克思主义。

陈独秀来到了上海，住进了渔阳里。陈独秀原本不认识茅盾，听张东荪说起茅盾能译英文稿，便约他见面。

"哦，原来你也是北大的！"陈独秀听茅盾说起了北京大学，说起了沈尹默老师，一见如故。只是陈独秀那很重的安徽土话，使茅盾听起来很吃力。

陈独秀拿出一摞英文的《国际通讯》（《国际通讯》是共产国际的刊物，每周三期，用英、法、德、俄四种文字出版）交给茅盾，说道："你把里面关于苏俄的介绍翻译出来，供《新青年》刊登。"

于是，茅盾常常进出渔阳里2号。

于是，当陈独秀、维经斯基召开座谈会，茅盾也参加了。

于是，他参加了一个"小组"。

关于这个"小组"，茅盾在1957年4月所写《回忆上海共产主义小组》一文中如此叙述：

我记得小组的成员有：陈独秀、张东荪、沈玄庐、李达、邵力子、李汉俊、周佛海，还有一些别人（引者注：此处张东荪有误，他未加入"小组"）。小组开会在陈独秀家里。会议不是经常开，主持人多是陈独秀。开会时，有一个苏联人，中国名字叫吴廷康，很年轻，好像是顾问，他是共产国际派来做联络工作的。……

小组在当时有个名称，我忘记了，但不叫共产党，也不叫马克思主义研究会。小组没有党章，我记得在嘉兴南湖开会前一两个月，陈独秀叫我翻译《国际通讯》中很简单的《俄国共产党党章》，作为第一次党代表大会的参考。那时候，我觉得有些字不好译，例如"核心"这个名词，现在对它我们很熟悉了,在当时就不知道用什么字译得易懂明了。我们参加小组,没有学习党章,也没有文字上的手续,只有介绍人。

小组是秘密的。党成立后,有"社会科学研究会"作为公开活动的场所。……

茅盾还翻译过列宁的《国家与革命》第一章。

茅盾是中国共产党最早的党员之一。正因为这样,中国共产党中央在1981年决定恢复茅盾的党籍时,党龄从1921年算起。

至于茅盾的党籍,为什么直到他去世后的第四天才得以追认,那是由于其中有着错综复杂的历史原因……

最初,茅盾一直作为一名中国共产党党员在活动着。

在中国共产党成立之后,差不多每天都有好几封写着"沈雁冰先生转钟英小姐台展"的信,寄到上海商务印书馆。

"钟英小姐"是谁?原来,"钟英"是中国共产党"中央"的谐音。那些来自各地的信,是各地中国共产党组织寄给中国共产党中央的信,由茅盾那里代转。因为茅盾当时有着公开的职业,比较方便。外地中国共产党组织来人,也常找茅盾接头,再由他介绍到中国共产党中央机关。

在国共第一次合作时,根据中国共产党组织上的指派,茅盾加入了国民党。当毛泽东担任国民党中央宣传部代理部长时,茅盾是宣传部的秘书。当时,毛泽东和杨开慧住在广州东山庙前西街三十八号,茅盾以及萧楚女也住在那里。茅盾跟毛泽东有了许多交往。

1927年"四一二"政变之后,茅盾受到了通缉。他不得不转入地下,以写作谋生,写了《幻灭》《动摇》《追求》三部曲,交《小说月报》发表。他不再署过去常用的"沈雁冰",而是临时取了个笔名"矛盾"。《小说月报》编辑叶圣陶觉得此名太假,令人一看便知是笔名,就在"矛"上加了个草头,成了"茅"。从此,"茅盾"之名不时出现在中国文坛上。

1928年7月,茅盾化名方保宗,剃去了蓄了多年的八字胡,亡命日本。从此，他与中国共产党党组织失去了联系。

此后，他在1930年4月5日，从日本回到了上海。他加入了左翼作家联盟。他曾向中国共产党地下组织提出，希望恢复组织生活，未果。但是，他和鲁迅站在一起，为左翼作家联盟做了许多工作。他写出了长篇力作《子夜》。

1940年，茅盾受新疆军阀盛世才迫害，带着一家从乌鲁木齐逃往西安。在西安遇朱德将军，遂与朱德一起来到延安。毛泽东热情地握着这位老朋友的手。茅盾郑重地提出，希望恢复党组织生活。毛泽东当然了解茅盾的情况。不过，根据工作的需要，中国共产党中央认为，茅盾作为一位著名作家，留在党外对革命事业更加有利。

这样，茅盾一直以一位非中国共产党人士的面目，在中国文坛上活动着。

也正因为这样，茅盾在去世之后，才被追认为中国共产党党员。在他去世后第四天，中国共产党中央做出的决定的全文如下[1]：

> 我国伟大的革命作家沈雁冰（茅盾）同志，青年时代就接受马克思主义，1921年就在上海先后参加共产主义小组和中国共产党，是党的最早的一批党员之一。1928年以后，他同党虽失去了组织上的关系，仍然一直在党的领导下从事革命的文化工作，为中国人民的解放和社会主义建设事业奋斗一生，在中国现代文学运动中作出了卓越贡献。他临终以前恳切地向党提出，要求在他逝世后追认他为光荣的中国共产党党员。中央根据沈雁冰同志的请求和他一生的表现，决定恢复他的中国共产党党籍，党龄从1921年算起。

1981年4月10日，在举行茅盾遗体告别仪式时，他的遗体上醒目地覆盖着一面鲜红色的旗帜，上面印着黄色的镰刀铁锤图案……

---

[1] 转引自钟桂松著，《茅盾传》第35章《最后的奉献》，东方出版社1996年版。

陈独秀出任"小组"的书记

茅盾当年在上海所参加的"小组",用他的话来说:"小组在当时有个名称,我忘记了,但不叫共产党,也不叫马克思主义研究会。"

这个"小组"是在1920年8月成立的。如果说,1920年5月在上海成立的"马克思主义研究会"是迈出了建立中国共产党的第一步,那么这个"小组"的成立则是迈出了第二步。

这个"小组"是在"马克思主义研究会"的基础上成立的。不过,由于有人退出,有人加入,"小组"的成员跟"马克思主义研究会"的成员不尽相同。

这个"小组"的成员,据中国共产党党史专家们的反复考证,有以下十七人:陈独秀、李汉俊、李达、杨明斋、陈望道、茅盾、俞秀松、沈玄庐、邵力子、施存统、周佛海、沈泽民(茅盾之弟)、李启汉、林伯渠、袁振英、李中(原名李声澥)、李季。这十七人中,年龄最大的是陈独秀,四十一岁,最小的沈泽民,二十岁。

这个"小组"究竟叫什么名字?

施存统在1956年回忆说:"一开始就叫'共产党'。"[1]

李达在1954年回忆说:"1920年夏季,中国共产党(不是共产主义小组)在上海发起。"[2]

邵力子在1961年这么说:"研究会成立半年多,逐渐转变成共产主义小组的性质。"[3]

林伯渠在1956年则说:"我在上海一共参加共产主义小组座谈会四五次。"[4]

袁振英在1964年回忆:"共产党小组或共产主义小组都是一样的,是内部的名称。"[5]

周佛海在1942年称之为"筹备性质的组织"。[6]

陈望道在1956年则说,还是叫"马克思主义研究会"。[7]

1 施存统,《中国共产党成立时期的几个问题》,《共产主义小组》(下),中共党史资料出版社1987年版。

2 李达,《给上海革命历史纪念馆负责同志的信》,《共产主义小组》(上),中共党史资料出版社1987年版。

3 邵力子,《党成立前后的一些情况》,《"一大"前后》(二),人民出版社1980年版。

4 林伯渠,《党成立时期的一些情况》,同上。

5 袁振英,《袁振英的回忆》,同上。

6 周佛海,《往矣集》,上海平报社1942年版。

7 陈望道,《回忆党成立时期的一些情况》,《"一大"前后》(二),人民出版社1980年版。

现今可查到的这个"小组"的七位成员，七种说法。

查阅当年的报刊，则又有第八种说法，即这个"小组"名叫"社会党"。1920年10月16日《申报》上，曾披露这么一条消息：

社会党陈独秀来沪勾结俄党和刘鹤林在租界组织机器工会，并刊发杂志，鼓吹社会主义，已饬军警严禁。

《申报》称陈独秀为"社会党"，倒是有根有据的，因为陈独秀在这个"小组"成立不久，便在《新青年》杂志上公开宣称"吾党"即"社会党"。

那是1920年9月1日出版的八卷第一号《新青年》，刊出陈独秀的《对于时局的我见》一文。

此文是由于"昨天有两个相信社会主义的青年，问我对于时局的意见"，于是"我以社会主义者的见地，略述如左"。

陈独秀的"略述"，令人诧异地提及了"吾党"：

吾党对于法律底态度，既不像法律家那样迷信他，也不像无政府党根本排斥他，我们希望法律随着阶级党派的新陈代谢，渐次进步，终久有社会党的立法，劳动者的国家出现的一日。

此处清楚表明，"吾党"即"社会党"。

下文，又一处如此行文：

在社会党的立法和劳动者的国家未成立以前，资产阶级内民主派的立法和政治，在社会进化上决不是毫无意义；所以吾党遇着资产阶级内民主派和君主派战争的时候，应该帮助前者攻击后者……

这位"五四运动"的领袖人物的文章，本来就引人注意。他口口声声说起了"吾党"，警方马上意识到他组织了"社会党"。正因为如此，《申报》的消息用警方的口吻,称之"社会党陈独秀"。

也有人称这个"小组"为"中国共产党发起组"。不过,这是后人取的名称,并非当时的名称,没有被采用。

现在对于这个"小组"的正式的、统一的称呼,叫"上海共产主义小组"。

对于这个"小组",中国共产党党史专家们如此论述[1]:

"实质上,共产主义小组就是党的组织。

"共产主义小组是以列宁建立的俄国布尔什维克党为榜样建立起来的。

"共产主义小组的性质是中国无产阶级的先锋队组织,它的工作方向即奋斗目标是在中国实现共产主义的社会制度。

"参加共产主义小组的人,绝大部分是接受了马克思列宁主义的革命知识分子,他们承认无产阶级的历史使命,并且努力和工人群众相结合,在实际斗争中逐渐锻炼成为无产阶级的先进分子。"

这个"小组"推选负责人,众望所归,当然公推陈独秀。在维经斯基看来,"中国的共产主义运动必须找有学问的人才能号召",而陈独秀正符合这个条件。这样,不论是"小组"的成员们,不论是苏俄的代表,都一致以为非陈莫属。

"小组"的负责人叫什么好呢?叫"小组长"?叫"主任"?

维经斯基沿用俄共(布)的习惯,说应当叫"书记"。

"书记"一词,在中国倒是古已有之。如《新唐书·高适传》:"河西节度使哥舒翰表为左骁卫兵曹参军,掌书记。"不过,古时的"书记",是指主管文书的人。后来,中国的"书记"是指抄写员。

当杨明斋把维经斯基的意见译成中文,"小组"的组员们都感到新鲜。

就这样,陈独秀担任了"上海共产主义小组"的首任"书记"。

从此以后,"书记"一词在中国共产党广泛应用,党的各级组织负责人称之为"总书记""党委书记""总支书记""支部书记",以至到了后来设立了"书记处",设立了"书记处书记"。

[1]《共产主义小组概述》,《共产主义小组》,中共党史资料出版社1987年版。

有了"小组",有了这个"小组"的书记,中国共产党的第一个正式组织,在上海诞生了。

陈独秀在上海组建"上海共产主义小组",引起了警方的注意[1]。上海市档案馆保存着公共租界工部局警务处编制的《警务日报》(S. M. C. Police Daily Report),从1907年1月1日到1938年6月30日,每日由警务处呈送总办处。1920年8月23日,上海公共租界工部局的《警务日报》在"中国情报"一栏中,出现了长达三十六行的关于陈独秀行踪的情报:

1920年8月23日,《警务日报》关于陈独秀在沪组织社团的密报

陈独秀,前北京大学教授,现居环龙路。据报道称,陈正于该处安徽籍人士中组织一社团,旨在改进一系列安徽事务并废除现任督军。……到达上海后,陈独秀去了全国学联和江苏教育联合会,但并没有参加任何学生会议,至此也可以确定他并没有公开卷入到学生动乱中。一般认为,陈独秀是一位相当激进的改革者,在北京时曾撰写过一些书,这些书在发行流通之前就被政府控制了。但是在没收前,学生就从政府圈得到了这些书的一些印本。

以上文字,是由工部局警务处处长麦高云(K. J. McEuen)呈送总办利德尔(N. O. Liddell)的报告,用英文书写,把陈独秀的名字拼写为Chen Tuh Hsu。陈独秀的环龙路住所,即现在南昌路100弄2号的老渔阳里。

[1] 李忆庐,《档案复原"一大"细节》,《新民晚报》2017年7月23日。

第二章·酝酿

《警务日报》所称陈独秀在"安徽籍人士中组织一社团",这一情报并不准确,这"社团"其实就是"上海共产主义小组"。

就在上海小组诞生的那些日子里,列宁在苏俄首都莫斯科主持召开了共产国际第二次代表大会。列宁关切着世界的东方,关切着中国的革命。正因为这样,列宁在大会上所作的发言,便是《民族和殖民地问题》。

派出维经斯基前往中国,虽然是得到了共产国际的同意,但毕竟不是共产国际直接委派的。

列宁跟出席共产国际第二次代表大会的中国代表——"俄国共产党华员局"的刘绍周和安恩学晤面,在考虑着再直接派出共产国际的代表前往中国,帮助建立中国共产党……

红色的起点

第三章 · 初创

第三章·初创

"S.Y."和它的书记俞秀松

上海共产主义小组的建立，意味着向正式建立中国共产党迈进了一大步。

维经斯基来华的主要使命是"组织正式的中国共产党及青年团"。建党已在上海开始了，紧接着的任务便是建团。

帮助各国建团，原本是青年共产国际的任务。那是在1919年3月成立共产国际之后，在这年11月，欧洲十四国共产主义青年组织的代表会聚柏林，成立了青年共产国际。苏俄共青团的十七岁的代表拉扎里·沙茨金在前往林柏之前，列宁与他做了一次长谈。沙茨金不负列宁的重托，艰难地穿越正处于战争之中的几个国家的边境，这才秘密到达柏林。开完代表会议，他又成功地返回了苏俄。

设在柏林的青年共产国际，那时还顾不上东方，没有派出代表前往中国帮助建团。这样，建团使命也就由维经斯基兼顾。

在中国，第一个共产主义小组是在上海诞生。第一个青年团组织，也是在上海诞生。那是一个炎热的星期日——1920年8月22日，八位年轻人在上海霞飞路新渔阳里6号聚会。

陈独秀、维经斯基、杨明斋也来到了那里。

陈独秀的身份是上海共产主义小组的书记，维经斯基作为俄共（布）远东局的代表，杨明斋作为翻译。

那八位年轻人是"俞秀松、李汉俊、陈望道、沈玄庐、施存统（据施存统自己说，"我于1920年6月20日去东京"，因此不可能出席这次会议。但他作为上海社会主义青年团的八个创始人之一，则当之无愧）、袁振英、金家凤、叶天底。

在这八个人之中，俞秀松、李汉俊、陈望道、沈玄庐、施存统、袁振英六人是上海共产主义小组成员。

会议决定成立青年团——名称定为"上海社会主义青年团"，亦即"S.Y."（"社会主义"和"青年团"的英文的开头字母分别为"S""Y"）。

青年团的名称，在中国有过几度变迁：

1922年5月正式成立时，称"中国社会主义青年团"。

1925年，改称"中国共产主义青年团"。

1935年11月，为了适应抗战形势，便于动员广大青年参加抗战，共青团改组，成立了"中华民族解放先锋队""青年救国会""青年抗日先锋队"等。

1946年，试建"中国新民主主义青年团"。

1949年4月，正式成立"中国新民主主义青年团"。

1957年5月，改名为"中国共产主义青年团"。

上海社会主义青年团成立之初，没有年龄限制，连四十一岁的陈独秀也是团员——凡是上海共产主义小组的成员，全部都是团员。直至中国共产党正式成立时也是如此，即党员同时是团员。

到了1922年底，这才明确团员有年龄限制，即二十三岁以下。这样，一批超过这一年龄的党员，退出了"S.Y."。个别的超龄而仍需留在团内工作的，称"特别团员"。

在上海社会主义青年团的八个发起人之中，年纪最轻的是俞秀松，二十一岁。陈独秀指派这位上海共产主义小组的年轻成员，担任上海社会主义青年团的负责人。负责人的职务，根据维经斯基的意见，也叫"书记"。

这样，俞秀松成为上海社会主义青年团的第一任书记。

俞秀松这个后来跟斯大林有着友谊的人物，能干而思想敏锐。他原名寿松，字柏青，曾用过化名王寿成。他后来在苏联工作时，叫"纳利马诺夫"。

他的浙江口音很重——他出生在杭州南面不远的诸暨县，那里是西施的故乡。对于俞秀松来说，人生的重要一步，是在1916年跨出。那年他十七岁。考入杭州的浙江省立第一师范学校。在那里，他成为"四大金刚"的门生。这"四大金刚"便是前面已经提及的浙江省立第一师范学校的四位具有新思想的国文教员——陈望道、夏丏尊、刘大白、李次九。

这位来自小县城的青年，受到新文化的洗礼。他很快就博得一个雅号，曰"三 W 主义"——英语中的谁、为什么、怎么样都以"W"为开头字母，他遇事总爱问"谁、为什么、怎么样"，犹如"十万个为什么"。

"五四运动"风暴骤起，消息从北京传入杭州城，浙江第一师范学校成了浙江的"北大"。满腔愤懑，总想一吐为快，于是俞秀松和一班同学筹备办一个刊物。参加者有二十七人，有第一师范的俞秀松、宣中华、周伯棣、施存统、傅彬然，第一中学的查猛济、阮毅成，浙江公立甲种工业学校的汪馥泉、孙敬文、蔡经铭、倪维熊、杨志祥和沈端先。沈端先比俞秀松小一岁，他也就是后来以笔名夏衍著名的作家。学生们没有钱，怎么办刊物？每人捐了一块"袁大头"（当年的银圆上刻着袁世凯头像，人称"袁大头"），又向校长经亨颐、向"四大金刚"、向沈玄庐募捐，拿到一点钱。

刊物在1919年8月下旬开始筹办，定于10月10日出版创刊号，取名《双十》——因为辛亥革命在1911年10月10日爆发，从此10月10日成为"中华民国"国庆日，称为"双十节"。

据夏衍回忆[1]：

第一、二次集会的时候，我记得宣中华没有参加，但是《双十》出版之后，俞秀松和宣中华就明显地成了这个

俞秀松

[1] 夏衍，《懒寻旧梦录》，生活·读书·新知三联书店1985年版。

小刊物的领导人。俞秀松，诸暨人，比我大一岁，但比我们这些人老练得多，最少可以说，他和宣中华两个，已经不单是反帝的爱国主义者，而是明显地受过十月革命洗礼的斗士了。

《双十》出了两期，编者们便不满足于"中华民国"了。他们转向激进，俞秀松提议把刊名改为《浙江新潮》。俞秀松亲自写了《发刊词》，表明了这群二十岁的热血青年的热望：

"第一种旨趣，就是谋人类——指全体人类——生活的幸福和进化。

"第二种旨趣，就是改造社会。

"第三种旨趣，就是促进劳动者的自觉和联合。

"第四种旨趣，是对于现在的学生界，劳动界加以调查、批评和指导。"

这班"小青年"的活动能量倒颇大，从报纸中缝所载"本刊代派处"便可见一斑：广及上海、黑龙江、湖南、湖北甚至日本，内中既有"上海亚东图书馆"，也有"长沙马王街修业学校毛泽东君"，均为这张小小的报纸"代派"，亦即发行。

《浙江新潮》第二期上，爆炸了一颗"原子弹"，使杭州城地动山摇。

《浙江新潮》第二期登了施存统写的《非孝》。

施存统又名施复亮，与俞秀松同龄，是浙江"一师"贩卖部的负责人。他事母甚孝，但对父亲的残暴甚为反感，于是有感而发，写了《非孝》。

孝，向来是"忠孝节义"的封建道德的四大支柱之一。这篇《非孝》一出，当即一片哗然。

浙江省省长齐耀珊、教育厅厅长夏敬观这批"大人物"都披挂上阵，指责这小小的刊物《浙江新潮》倡导"非孝、非孔、公妻、共产"。由于刊物上注明"本社通讯处由浙江杭县贡院前第一师范转"，"大人物"们本来就视"一师"为眼中钉，借此发难，要撤办校长经亨颐，驱逐"四大金刚"。

在学潮中，宣中华这位俞秀松的同乡，被选为杭州学生联合会理事长，领导学生们罢课，反抗浙江反动当局。

《浙江新潮》才出了两期，便被警察封存。

当时在北京的陈独秀，敏锐地注意到二十岁的俞秀松所主编的小报《浙江新潮》，在1920年元旦出版的《新青年》七卷第二号上，发表一则随感，深为赞赏，全文如下：

随感录七四
《浙江新潮》——《少年》

《浙江新潮》是《双十》改组的，《少年》是北京高等师范附属中学"少年学会"出版的。《少年》的内容，多半是讨论少年学生社会底问题。很实在，有精神。《浙江新潮》的议论更彻底，《非孝》和攻击杭州四个报——《之江日报》《全浙公报》《浙江民报》《杭州学生联合会周报》（引者注：这篇"攻击"文章署名"沈宰白"，即沈端先，亦即夏衍）——那两篇文章，天真烂漫，十分可爱，断断不是乡愿派的绅士说得出来的。

我读了这两个周刊，我有三个感想：（一）我祷告我这班可敬的小兄弟，就是报社封了，也要从别的方面发挥《少年》《浙江新潮》的精神，永续和"穷困及黑暗"奋斗，万万不可中途挫折。（二）中学生尚有这样奋发的精神，那班大学生、那班在欧美、日本大学毕业学生，对了这种少年能不羞愧吗？（三）各省都有几个女学校，何以这班姐妹们却是死气沉沉！难道女子当真不及男子，永远应该站在被征服的地位吗？

独秀

陈独秀确实有眼力，看出了《浙江新潮》"这班可敬的小兄弟"的勇气和锐气。果真，《浙江新潮》的主编俞秀松后来成为中国共产党一员勇将；另一主编宣中华后来受到列宁接见，成为中国共产党骨干，于1927年"四一二"政变的第五日死于龙华；《非孝》作者施存统亦成为中国共产党早期重要代表；至于"那两篇文章"的另一作者夏衍，后来成为中国共产党在上海电影界地下工作的组织者、领导者。

《浙江新潮》在浙江被禁，俞秀松想在上海印第三期，到了上海未能办成。正巧,看到报载少年中国学会王光祈在北京发起"工读互助团"的启事,便在1919年底来到北京。

俞秀松在北京大学见到了陈独秀,并经陈独秀介绍,来到北京东城骑河楼斗鸡坑7号,参加了北京工读互助团第一组,同时也在北京大学哲学系旁听。

在工读互助团三个月,难以维持生活。他下定了决心,在1920年3月写给骆致襄的信中宣称:"我此后不想做个学问家(这是我本来的志愿),情愿做个'举世唾骂'的革命家!"

他在1920年3月27日离京返沪,找到了老师沈玄庐,介绍到《星期评论》社工作。这时,他的老师陈望道也从浙江来到上海,也在《星期评论》社。

俞秀松、施存统、沈玄庐、陈望道这四位来自浙江第一师范学校的"浙江新潮"人物,进出于渔阳里2号,团结于陈独秀周围,都加入了上海共产主义小组。

陈独秀颇为赏识俞秀松的才干。正因为这样,在筹建上海社会主义青年团之际,他指派了这位具有"奋发的精神"的俞秀松担任书记。

新渔阳里6号挂起魏碑体招牌

上海霞飞路新渔阳里6号那幢石库门房子,人进人出,变得颇为热闹。

戴季陶早就搬走了,只是那里的玻璃窗上,还留着他当年兴高采烈时,龙飞凤舞般题的诗。

杨明斋是这幢房子的新的承租人。不过,他只住在楼上小小的亭子间里。那里放着一张写字桌,一张单人铺,便是他的一切。

楼下,客堂间,居然放着一张可供十几个人同时围着进餐的紫红色的大圆桌。

灶间,安上了大锅,居然还有专门烧饭的人。

楼下的厢房里，放了一排排长凳、课桌，挂起了黑板。

楼上的厢房、客堂间，架起了棕棚，架起了铺板，有好多人住在那里。

新渔阳里6号完全成了一个对外公开的机关。它居然还登在1920年9月28日的《民国日报》广告上。那广告全文如下：

外国语学社招生广告

本学社拟分设英、法、德、俄、日本语各班，现已成立英俄日本语三班，除星期日外每班每日授课一小时，文法读本由华人教授，读音会话由外国人教授，除英文外各班皆从初步教起。每人选习一班者月纳学费二元。日内即行开课，名额无多，有志学习外国语者请速向法界霞飞路新渔阳里6号本社报名。此白。

这里本是上海共产主义小组的诞生地，上海社会主义青年团的诞生地，怎么忽地变成了"外国语学社"？

大门口，真的挂起了白底黑字、魏碑体的招牌："外国语学社"！

原来，这是一个特殊的"外国语学社"：

社长（亦即校长）乃杨明斋。

社秘书（亦即校长秘书）为俞秀松。

俄文的教师最多，即杨明斋、库兹涅佐娃（即维经斯基夫人）以及王小姐。王小姐是张作霖驻莫斯科公使李家鳌的外

外国语学社的教室

甥女，叫王元龄，思想也十分进步。

日文教师李达。

法文教师李汉俊。

英文教师袁振英。

此外，还请斯托比尼教世界语。

至于学生，少时二三十人，多时达五六十人。学生除了上海市的，还有从外地来的。外地学生有的就住在那里。

屋里不时传出俄语声、日语声、法语声、英语声，真的像个"外国语学社"的样子。

虽说在报上公开登了招生广告，其实，那只是使这个"外国语学社"合法化罢了。

这儿的学生，其实是通过各种途径介绍入学的。介绍者，往往是上海共产主义小组的成员。

从外地来的，一般也都是由进步团体介绍而来的。来到这里学习的青年，大都加入了上海社会主义青年团。因此，"外国语学社"成了上海社会主义青年团的活动场所，培养人才的场所。在这里以学习俄语的青年最多，为的是分批把他们送往苏俄训练，为中国共产党培养未来的干部。所以"外国语学社"成了中共最早的干部学校。

杨明斋还与董必武一起成立了一个教育委员会，把上海社会主义青年团成员输送到苏联学习。从1920年冬至1921年春，教育委员会派去苏联学习的有刘少奇、任弼时、萧劲光、彭述之、罗亦农、任作民、曹靖华等。

在这批"外国语学社"学生之中：

有后来成为中国共产党中央副主席、中华人民共和国主席的刘少

上海的外国语学社

1958年11月1日刘少奇（左）和柯庆施（右）参观上海新渔阳里6号团中央临时机关旧址

奇（他住在楼上厢房）。

有成为中国共产党中央书记处书记、中国共产党中央秘书长、在1949年4月被选为中国新民主主义青年团名誉主席的任弼时。

有任弼时的叔伯兄弟任作民，后来任中国共产党湖南省委书记、中国共产党中央西北局秘书长。

有成为中国共产党中央政治局委员、国务院副总理、中国共产党上海第一书记、上海市市长的柯庆施，当时叫柯怪君，也住在楼上厢房。

有在1927年担任中国共产党中央政治局常委、组织局主任的罗亦农（又名罗觉）。

有成为中国人民解放军海军司令员、大将、国防部副部长的萧劲光。

有成为中国左翼作家联盟候补常委的作家蒋光慈（曾名蒋光赤）。

有成为鲁迅密友、著名翻译家、散文家、北京大学教授的曹靖华。

有在1925年担任中华全国总工会执行委员兼组织部部长的李启汉。

……

杨明斋除了在新渔阳里6号主办"外国语学社"之外，还在那里的亭子间办起了"中俄通信社"（后来改称为"华俄通信社"）。这个通信社把来自苏俄的大量报道译成中文，供给中国报刊刊登；又把中国的重要消息用电报发往莫斯科，沟通了中苏之间的信息。当时中国报刊上的《布尔什维克沿革史》《列宁小史》《列宁答英记者底质问》等等，便是"中俄通信社"提供的。

杨明斋喜爱文学。在那么忙碌的时刻，居然还翻译了俄罗斯托尔斯泰小说《假利券》，于1922年9月由商务印书馆出版。

1925年10月下旬，杨明斋与周达文一起率"外国语学社"一大批学员从上海乘船去苏联。这批学员共百余人，他们之中有张闻天、王稼祥、乌兰夫、伍修权、吴亮平等。一路上，杨明斋尽心尽力照料这些初离祖国的年轻人。

刷新《新青年》，与胡适分道扬镳

就在上海共产主义小组成立不久，1920年9月1日出版的八卷第一号《新青年》杂志，面目一新。

这一期的封面上画着地球和一东一西伸进画面两只紧握着的手，暗喻中国人民和苏俄人民手携手。

这一期杂志新辟"俄罗斯研究"，由杨明斋等撰写介绍苏俄新貌的文章。

这一期杂志推出了"重头文章"，即陈独秀的《谈政治》，把他和胡适、张东荪的分歧公开化了。陈独秀写道：

1921年4月3日上海外国语学社学生罗亦农、柯庆施、周伯棣在上海合影

> 我们中国不谈政治的人很多，主张不谈政治的只有三派人：一是学界，张东荪先生和胡适之先生可算是代表；一是商界，上海底总商会和最近的各马路商界联合会可算是代表；一是无政府党人。……

胡适，新文化运动的风云人物，《新青年》杂志的台柱。如今，《新青年》的主编在《新青年》上点名批判胡适，意味着《新青年》编辑部内部产生了巨大的分歧。

陈独秀鲜明地指出：

> 你谈政治也罢，不谈政治也罢，除非逃在深山人迹绝对不到的地方，政治总会寻着你的；但我们要认真了（解）政治底价值是什么，决不是争权夺利的勾当可以冒牌的。

陈独秀谈及了《新青年》：

外边对于本志的批评，有许多人说《新青年》不讨论政治问题，是一个很大的缺点。

陈独秀说及了胡适：

最近胡适之先生著《争自由的宣言》中已经道破了。这篇文章开口便说："我们本不愿意谈实际的政治，但是实际的政治却没有一时一刻不来妨害我们。"要除去这些妨害，自然免不了要谈政治了。

胡适原先曾是陈独秀的"亲密战友"。正因为这样，当蔡元培恭请陈独秀出任北京大学文科学长时，陈独秀却说他只是暂代，待胡适从美国归来请他担此重任。

胡适，曾与陈独秀有过亲密的合作，曾是《新青年》的一支笔，擂响了新文化运动的鼙鼓，被陈独秀称赞为"今日中国文界之雷音"。

1917年1月，胡适在《新青年》上发表《文学改良刍议》，提出振聋发聩的"文学革命八条件"，即不用典、不用陈腐套语、不讲对仗、不避俗字俚语、须讲求文法、不作无病呻吟、不模仿古人、须言之有物（即胡适致函陈独秀自我介绍的"八不主义"）。此文的发表，在中国平静的文坛上卷起一阵狂澜。

胡适在《新青年》上积极提倡白话文，反对文言文，主张"必须用白话来做文学的工具"。

他用白话作自由诗，写白话文学剧本，写白话文，领一代之先。

胡适在《新青年》上抨击孔教，抨击旧礼教，主张女子解放，提倡教育改革……

倘若用"丰功"两字形容当年胡适对新文化运动的贡献，也并不过分。

然而，一起冲锋陷阵，一起呐喊前进，陈独秀、李大钊向"左"转，胡适向"右"转，渐渐分道而驰。《新青年》在分化。

最初的论战在李大钊和胡适之间展开。

那是1919年6月11日陈独秀被捕，《新青年》虽然暂停，但编《每周评论》的，是胡适。犹如一辆汽车换了个司机，胡适运作着《每周评论》仍继续出版。但胡适编辑的《每周评论》离开了陈独秀、李大钊的"轨道"。

胡适把《每周评论》第二十六、二十七号编成了《杜威讲演录》专号。杜威是胡适的老师，实验主义的祖宗。

1919年7月20日胡适在第三十一号《每周评论》上发表了《多研究些问题，少谈些主义！》，表明了他对他的信奉马克思主义的朋友陈独秀、李大钊的不满：

第一，空谈好听的"主义"，是极容易的事，是阿猫阿狗都能做的事，是鹦鹉和留声机器都能做的事。

第二，空谈外来进口的"主义"，是没有什么用处的。一切主义都是某时某地的有心人，对于那时那地的社会需要的救济方法。我们不去实地研究我们现在的社会需要，单会高谈某某主义，好比医生单记得许多汤头歌诀，不去研究病人的症候，如何能有用呢？

第三，偏向纸上的"主义"，是很危险的。这种口头禅很容易被无耻政客利用来做种种害人的事。欧洲政客和资本家利用国家主义的流毒，都是人所共知的。现在中国的政客，又要利用某种某种主义来欺人了。罗兰夫人说，"自由自由，天下多少罪恶，都是借你的名做出的！"一切好听的主义，都有这种危险。

这三条合起来看，可以看出"主义"的性质。凡"主义"都是应时势而起的。

正在河北乐亭县大黑坨村老家度暑假的李大钊（他在离京前看到第三十一号《每周评论》），写下了致胡适的公开信——《再论问题和主义》，寄往北京给胡适。胡适把此文在第三十五号《每周评论》上登出。

李大钊驳斥胡适道：

我们的社会运动，一方面固然要研究实际问题，一方面也要宣传理想的主义，这是交相为用的，这是并行不悖的。……

《新青年》《每周评论》的同人，谈俄国的布尔扎维主义（引者注：即布尔什维主义）的议论很少。……我可以自由，我是喜欢谈谈布尔扎维主义。

因为有了假冒牌号的人，我们愈发应该一面宣传我们的主义，一面就种种问题研究用的方法，好去本着主义作实际的运动，免得阿猫、阿狗、阿鹉、留声机来混我们骗大家。……

我们唯有一面认定我们的主义，用他作材料、作工具，以为实际的运动；一面宣传我们的主义，使社会上多数人都能用他作材料、作工具，以解决具体的社会问题。那些猫狗、鹦鹉、留声机，尽管任他们在旁边乱响，过激主义哪，洪水猛兽哪，邪说异端哪，尽管任他们乱给我们作头衔，那有闲工夫去理他！

然而，胡适一边刊登李大钊写给他的公开信，一边又写了《三论问题与主义》《四论问题与主义》，与李大钊论战。思想的裂痕已发展成难以弥合的鸿沟。

在上海共产主义小组建立之后，作为书记的陈独秀决定把《新青年》作为这个小组的宣传阵地。于是，刷新《新青年》，不但以陈望道、李汉俊、沈雁冰、李达这四位上海共产主义小组成员作为《新青年》编辑，而且在1920年9月1日的八卷新一号起，全面宣传马克思主义。

陈独秀写的《论政治》，公开与胡适决裂。

后来，当胡适垂垂年迈，回首往事，他这么追述道[1]：

1 唐德刚译著，《胡适口述自传》，台湾传记文学出版社1986年版。

事实上，陈独秀在1919年还没有相信马克思主义。在他的早期的著作里，他曾坦白地反对社会主义。在他写给《新青年》杂志的编者的几封信里面，我想他甚至说过他对社会主义和马克思主义并没想得太多。李大钊在1918年和1919年间，已经开始写文章称颂俄国的布尔扎维克（引者注：即布尔什维克）的革命了，所以陈独秀比起李大钊来，在信仰社会主义方面却是一位后进。……

陈独秀在和北京警察搞了一段不幸的关系之后（引者注：指北京警察逮捕陈独秀），便离开北京，一去不返了。其后只有一两次他乔装路过北京（但未停留），数年之后他在有一次秘密路过北京时，曾来看我。但是无论怎样，自1920年1月以后，陈独秀是离开我们北京大学这个社团了。他离开了我们《新青年》团体里的一些老朋友；在上海他又交上了那批有志于搞政治而倾向于马、列主义的新朋友。时日推移，陈独秀和我们北大里的老伙伴，愈离愈远。我们也就逐渐地失去我们学报。因为《新青年》杂志，这个（传播）"中国文艺复兴"的期刊，（在陈氏一人主编之下）在上海也就逐渐变成一个（鼓吹）工人运动的刊物，后来就专门变成宣传共产主义的杂志了。

胡适讽刺刷新后的《新青年》杂志，"差不多变成了 Soviet Russia（引者注：即当时一本进步的英文刊物《苏维埃俄罗斯》）的汉译本"！

两位"老伙伴"不光摆开"铅字阵势"，在报刊上鏖战不休，而且见了面，一个讲苏俄好，一个讲美国好，也争个没完没了。陈独秀挚友汪孟邹之侄汪原放的一段回忆，惟妙惟肖地勾画出这对"老伙伴"之间无可挽回的分裂。

那是1925年冬，胡适来到上海治痔疮，借住于亚东图书馆。汪原放回忆道：

这位总书记（引者注：指陈独秀）有时会在夜间悄悄地来望这位"五四"时期的盟友。可是每次见面，总是以两人激烈的争吵而告终。一个讲社会主义好，另一个讲资本主义好；一个讲马克思主义，另一个讲实用主义（引者注：应为实验主义）；一个讲苏联如何如何，另一个讲美国如何如何，各不相让。有一天他们争得面红耳赤，大概胡适被陈独秀的批驳刺痛了,他一下子站起来,……气急败坏地用手杖在地板上笃笃敲了几下,但他毕竟忍住了气,用绅士风度说了句:"仲甫,我有事,你坐罢!"下楼去了。陈独秀气呼呼坐了好一会,……也去了。……过不了几天,陈独秀会再来,重新挑起一场争论。

在《新青年》的"老伙伴"之中,倒是鲁迅仍与陈独秀同行。陈独秀一回回写信给周作人,请周作人敦促鲁迅为《新青年》写小说:

我们很盼望豫才先生为《新青年》创作小说,请先生告诉他。(1920年3月11日函)

鲁迅兄做的小说,我实在五体投地的佩服。(1920年8月22日函)

豫才兄做的小说,实在有集拢来重印的价值,请你问他,倘若以为然,可就《新潮》《新青年》剪下,自加证正,寄来付印。(1920年9月28日函)

正因为这样,鲁迅后来在1933年6月上海天马书店出版的《创作的经验》一书的《我怎么做起小说来》一文中,这么提及陈独秀[1]:

但是《新青年》的编辑者,却一回一回的来催,催几回,我就做一篇,这里我必得记念陈独秀先生,他是催促我做小说最着力的一个。

《新青年》是当年享有崇高威信、发行甚众的杂志,它的急剧的向"左"转,使马克思主义的影响迅速推及全国。

跟张东荪展开大论战

[1]《鲁迅选集》第三卷,人民文学出版社1983年版。

在大动荡之中,分化是必然的。不光是"老伙伴"胡适转向,"新伙伴"张东荪也转到了对立面。陈独秀的《论政治》之中，点了胡适的名，也点了几个月前还在新渔阳里6号高谈社会主义的张东荪的名。

就在《论政治》刚刚发表，英国的一位名人受梁启超之邀，来到中国讲学。他叫伯特兰·罗素（Bertrand Russell，1872—1970）。他成为名人，由于他同兼三种身份：他是道地的数学家，曾与怀特海合著《数学原理》三卷，他的"罗素悖论"对20世纪的数学产生过颇大的影响；他又是一位唯心主义哲学家，创立"中立一元论"，被当时誉为世界三大哲学家之一；他又反对侵略战争，倡导世界和平，在第一次世界大战中曾被判刑下狱，获得人们的同情和赞颂。这么一位大名人光临中国，自然引起一番关注。

罗素在中国各地演讲，鼓吹"基尔特社会主义"。基尔特（Guild），亦即行会。"基尔特社会主义"，亦即劳资合作的改良主义。

张东荪是梁启超的"老伙伴"，一起创办《解放与改造》杂志，同创"研究系"。当这位由梁启超请来的贵客前往湖南讲演时，张东荪便专程奉陪。

返沪之后，1920年11月5日，张东荪在他主编的《时事新报》上发表《由内地旅行而得之教训》。11月6日，又发《由内地旅行而得之又一教训》。这两文蓦地引起一番论战，空前地激烈。

与张东荪的论战，除了此前《新青年》杂志上陈独秀的《论政治》之外，早在1920年5月16日，《星期评论》第五十号便已刊登署名汉俊（即李汉俊）的《浑朴的社会主义者底特别的劳动运动意见》，批驳了张东荪在5月7日《时事新报》上发表的《为促进工界自觉者进一言》一文，尖锐地指出张东荪"是走头（投）无路的社会主义，走头（投）无路的社会主义者"。

算起来，这一回是第三次向张东荪开火，那火力格外地猛烈。

张东荪的文章刚一登出，马上引起上海共产主义小组的注意，小组决定立即组织反击。因为他的文章鼓吹："我们也可以说有一个主义，就是使中国人从来未过过人的生活的都得人的生活。而不是欧美现行的甚么社会主义甚么国家社会主义甚么无政府主义甚么多数派主义等等。所以我们的努力,当在另一个地方。"

就在张东荪文章发表的翌日——11月7日,邵力子主编的《民国日报》副刊《觉悟》连发两文,批驳张东荪。两文的作者分别为望道(陈望道)和江春(李达),言辞空前尖锐激烈。

陈望道的《评东荪君底"又一教训"》,那话火辣辣的,指出张东荪"转向"了:

东荪君！你现在排斥一切社会主义……却想"开发实业",你所谓"开发实业"难道想用"资本主义"吗？你以为"救中国只有一条路",难道你居然认定"资本主义"作唯一的路吗？……

东荪！你旅行了一番,看见社会沈静[1],有些灰心,想要走旧路吗？我怕东荪君转向,社会更要沈静,又怕东荪君这时评就是转向的宣言！

李达的文章比陈望道更为尖锐,笔下毫不留情。文章的标题便叫《张东荪现原形》:

张东荪本来是一个无主义无定见的人,这几年来,他所以能够在文坛上沽名钓誉的,就是因为他有一种特长,会学时髦,会说几句言不由衷的滑头话。……

他作文章,有一种人所不能的特长,就是前言不顾后语,自己反对自己。这是因为他善变,所以前一瞬间的东荪与后一瞬间的东荪是完全相反的。总之,张东荪是文坛中一个"迎新送旧者"。

李达翻出张东荪过去在《解放与改造》杂志上写的《我们为什么要讲社会主义？》,与张东荪的"新作"相对比,来了个以子之矛攻子之盾,"前言不顾后语"。

紧接着,11月8日,《觉悟》的主编邵力子也亲自披挂上阵,发表《再评东荪君底"又一教训"》。邵力子毕竟是报人,跟张东荪是同

[1] 即沉静,下同。

行,话说得温和一些,但摆出一层层道理向"东荪君""请教","请东荪君仔细想想"。

二十多天后——12月1日出版的《新青年》八卷四号,干脆把张东荪通盘端了出来,刊登了张东荪的文章和驳张东荪的文章,还刊登了陈独秀与张东荪的往来信件,共十三篇。陈独秀在这组文章之前,加上了"关于社会主义的讨论"的醒目标题。这一批判不仅仅只是批判张东荪,陈独秀还发表了致罗素的公开信,对这位"世界名人"进行批判,劝他不要"贻误中国人"——因为张东荪的文章中贩卖的是罗素的货色。

此后,李达还在《新青年》上发表《讨论社会主义并质梁任公》。梁任公即梁启超。批判的锋芒,刺向了当年中国的名人、张东荪的盟友梁启超了。

经过这番大论战,张东荪这个曾在新渔阳里6号讨论过马克思主义、社会主义的人物,向右转向。1932年,他与张君劢在北平组织"国家社会党"(后来改为"民主社会党"),任中央总务委员。不过,这个"国家社会党"没有干出什么名堂来,他便去上海光华大学、北平燕京大学当教授。他担任过国民政府参议员。后来,他参加中国民主同盟,担任中央常委。

1949年之后,他担任中央人民政府委员、政务院文化教育委员会委员。1973年病逝于北京。

《共产党》月刊和《中国共产党宣言》

就在《民国日报》副刊《觉悟》登出陈望道、李达驳斥张东荪文章的那天——1920年11月7日,一份既秘密又公开的新杂志,在上海创刊。

说它秘密,因为这份新的杂志的编辑部地址保密,杂志上所有文章一律署化名,杂志的印刷、发行也保密。

说它公开,因为这份新的杂志的要目广告,却公开刊登在《新青年》杂志上。《新青年》广为发行,也就使这家新杂志广为人知。

这家新杂志的刊名,是中国有史以来未曾有过的,就叫《共产党》!

这家新杂志是由上海共产主义小组主办,主编为李达。用《共产党》作为刊名,表明这个"小组"要迈向下一步——正式建立中国共产党。

以"共产党月刊社"名义在《新青年》杂志上刊登广告,是小组在中国头一回公开亮出了"共产党"的旗帜。广告上说"代售所广州双门底共和书局",其实这是"障眼法",编辑部就设在上海法租界辅德里625号,李达任主编,《新青年》编辑部供稿。作者多为上海发起组成员。

这家新杂志选定11月7日作为创刊之日,是经过仔细考虑的。

11月7日是个什么样的日子?

只要听一听维经斯基这天在上海发表的题为《中国劳动者与劳农议会的俄国》的演说,便清楚了[1]:

> 今天是公历11月7日,正是三年前俄国劳工农民推倒资本家和军阀,组织劳农议会共和国的成功日! 也可以说今天是全地球各国劳动者的庆贺纪念日!……

《共产党》月刊正是选择了十月革命三周年的纪念日,作为它的创刊之日。

《共产党》创刊号(即第一期)首页标明中英文刊名,"THE COMMUNIST"即"共产主义",并标明"1920年11月7日,每月一次,七日出版,实价一角"。

陈独秀为《共产党》创刊号写的《短言》,相当于发刊词,非常明确地提出"跟着俄国共产党":

> 经济的改造自然占人类改造之主要地位。吾人生产方法除资本主义及社会主义外,别无他途。资本主义在欧美已经由发达而倾于崩坏了,在中国才开始发达,而他的性质上必然的罪恶也照例扮演出来。代他而起的自然是社会主义的生产方法,俄罗斯正是这种方

[1]《劳动界》1920年第13册。

法最大的最新的试验场。……

要想把我们的同胞从奴隶境遇中完全救出，非由生产劳动者全体结合起来，用革命的手段打倒本国外国一切资本阶级，跟着俄国的共产党一同试验新的生产方法不可。……

《共产党》创刊号，刊登了《俄国共产政府成立三周年纪念》《俄国共产党的历史》《俄罗斯的新问题》（即列宁在俄共（布）"九大"的演说）以及专门介绍列宁的文章。

文章的作者们用种种化名：

TS，那是陈独秀。

"江春""胡炎"，李达也。

1920年11月7日，《共产党》月刊创刊号

"P生"即沈雁冰，由他的笔名"丙生"衍生，因为"丙"的英文开头字母为"P"。

"汉"，那是李汉俊。

"CT"，则是施存统。

震瀛，是袁振英，取振英谐音。

《共产党》月刊的内容主要有三个方面：

（1）宣传有关共产党建设的知识，介绍第三国际和国际共产主义运动的实际情况、文献资料，特别是俄国共产党的经验和列宁的著作。

（2）论述中国革命的道路和党的纲领策略，论证只有社会主义、共产主义能够救中国，主张无产阶级联合起来，建立俄国布尔什维克式的中国共产党，用革命手段夺取政权为改造社会的根本手段，批驳资产阶级改良主义和无政府主义等反马克思主义思潮。

（3）向工农兵群众宣传马克思主义、报道国内工人运动的发展。它刊登了《俄国共产党的历史》《列宁的历史》《社会革命商榷》等资料和文章，发表了《告中国的农民》《告劳兵农》等富有鼓动性的呼吁书。

《共产党》月刊发行量达五千份，通过各种渠道像飞机播种似的撒向全国，为筹建中国共产党起了很大的作用。

《共产党》月刊从1920年11月创刊，至1921年7月止，共出六期。毛泽东称赞《共产党》月刊"颇不愧'旗帜鲜明'四字"。

李达与王会悟小姐结为伉俪，他们的新房也就成了《共产党》月刊的编辑部所在地。

就在创办《共产党》月刊的那些日子里，由陈独秀执笔，"小组"的笔杆子们参加讨论，起草了一个纲领性的文件——《中国共产党宣言》。

这是中国共产党最早的宣言，不是陈公博论文附录中所附的两篇宣言。那两篇，一篇是1922年7月中国共产党二大所通过的《中国共产党宣言》，另一篇是1923年的《中国共产党第三次代表大会宣言》。

这篇最早的《中国共产党宣言》，没有公开发表过。它的中文稿原件，迄今不知下落。

1956年，当苏共中央向中国共产党中央移交中国共产党驻共产国际代表团的档案，内中存有这篇宣言的中文稿。这篇中文稿最早刊登在中共中央办公厅1958年6月编印的《党史资料汇报》（第一号）上，全文约两千二百字。但这一中文稿不是原件，是根据英译稿还原译的，亦即回译稿。英译者为"Chang"，亦即"张"（也可译成"章""常""昌""长"等）。

这位姓"张"的译者，曾在《中国共产党宣言》前面加了一段说明，全文如下：

译者的说明：

亲爱的同志们！这个宣言是中国共产党在去年11月间决定的。这宣言的内容不过是关于共产主义原则的一部分，因此没有向外发表，不过以此为收纳党员之标准，这宣言之中文原文原稿不能在此地找到，所以兄弟把它从英文稿翻译出来。决定这宣言之时期既然有一年多了，当然到现在须要有修改和添补的地方。我很希望诸位同志把这个宣言仔细研究一番，因为每一个共产主义者都要注意这种重要的文件——共产党宣言。并且会提出远东人民会议中国代表团中之共产主义者组讨论。讨论的结果，将要供中国共产党的参考和采纳。

Chang
1921年12月10日

这个"Chang"，要么是张太雷，要么是张国焘，因为在出席远东人民会议的中国代表团成员之中，只有两"张"。这两人的英语都不错。不过，据中国共产党党史专家们分析，由于张太雷"不仅负责大会的组织工作，而且负责英文翻译"，因此由张太雷译出的可能性更大些。

不过，1989年出版的经中共中央批准，由中央档案馆编、中共中央文献研究室审定的《中共中央文件选集》第1卷在附录中，收入了《中国共产党宣言》。编者在该"宣言"的"注释1"中写道[1]：

这个译本，根据附在本文前面的译者《致同志信》的时间和内容初步判定，是参加远东劳动人民代表大会中国共产党代表团的主要成员张国焘翻译的。

该书对"Chang"所作的"注释3"中写道：

张国焘之姓的英文签字。

也就是说，依据《中共中央文件选集》的注释，认为译者为张国焘。

至于原先的中文稿，是由谁译成英文，已很难查考。很可能是陈独秀写出《中国共产党宣言》之后，由李汉俊译

[1] 中央档案馆编，《中共中央文件选集》第1卷，551页，中共中央党校出版社1989年版。

成英文，交给维经斯基，而维经斯基把英文稿带到了苏俄。当然，这只是"可能"罢了。

也有人认为，《中国共产党宣言》不是上海"小组"起草的，而是北京"小组"起草的。其理由是前些年在俄罗斯的档案馆里发现的张国焘1929年在莫斯科中山大学讲课时关于中共成立情况的两次讲课稿，提到了一个北京"小组"制定的《党纲》，其内容与《中国共产党宣言》高度一致。此外，研究者还通过把李大钊和陈独秀此前一个时期发表的主要文章的观点和用语习惯相对照后发现，李大钊的文章与"宣言"相似甚至相同的地方极多，而陈独秀则与之不同甚至相反。

还有人以为，《中国共产党宣言》是维经斯基写的。杨奎松著《中共与莫斯科的关系（1920—1960）》中便写道："11月维经斯基代为起草《中国共产党宣言》，宣告'俄罗斯历史发展的特征，也是全世界历史发展的特征'之日起……"包惠僧也曾回忆说，"据陈独秀在广州时对我讲，这份党纲草案是陈和吴廷康（引者注：即维经斯基）在上海起草的，不是从俄国带来的"。

由于《中国共产党宣言》中文手稿至今尚未发现，所以这三种不同的见解究竟谁是谁非，无法得到最后的确认。

《中国共产党宣言》可以说是筹建中国共产党的纲领，是中国共产党第一篇重要历史文献。现据"张"的中译稿，摘录于下：

第一部分是"共产主义者的理想"，指出——

共产主义者主张将生产工具——机器工厂，原料，土地，交通机关等——收归社会共有，社会共用。

共产主义者要使社会上只有一个阶级（就是没有阶级）——就是劳动群众的阶级……

第二部分是"共产主义的目的"，指出——

共产主义者的目的是要按照共产主义者的理想，创造一个新的社会。但是要使我们的理想社会有实现之可能，第一步就得铲除现在的资本制度。要铲除资本制度，只有用强力打倒资本家的国家……

资本家政府的被推翻，和政权之转移于革命的无产阶级之手；这不过是共产党的目的之一部分，已告成功；但是共产党的任务还是没有完成，因为阶级斗争还是继续的，不过改换了一个方式罢了——这方式就是无产阶级专政。

第三部分是"阶级斗争的最近状态"，指出——

1920年11月上海共产主义小组制定的《中国共产党宣言》

无产阶级专政的任务是一面继续用强力与资本主义的剩余势力作战，一面要用革命的办法造出许多共产主义的建设法，这种建设法是由无产阶级选出来的代表——最有阶级觉悟和革命精神的无产阶级中之一部分——所制定的。

一直等到全世界的资本家的势力都消灭了，生产事业也根据共产主义的原则开始活动了，那时候的无产阶级专政还要造出一条到共产主义的道路。

这篇《中国共产党宣言》虽然没有马克思、恩格斯写的《共产党宣言》那么气势宏伟、文采飞扬，但称得上简明扼要，通俗明白。这篇在中国共产党正式诞生之前写下的宣言，其中的原则迄今仍为中国共产党所遵奉。

有了如此明确的《中国共产党宣言》，中国共产党的正式成立已为时不远了。

《共产党》月刊的创办和《中国共产党宣言》的拟就，把党的名称——中国共产党确定下来。建党的工作紧锣密鼓地进行着。

上海共产主义小组成了中国共产党的发起组。以上海为中心，跟全国各地以至海外中国留学生中的共产主义者们联络着，商量着……

穿梭于京沪之间的"特殊学生"张国焘

"南陈北李，相约建党。"陈独秀在维经斯基帮助下，在上海建立了中国共产党的发起组，第一个热烈地做出响应的是北京的李大钊……

1920年7月中旬，一位来自北京的二十三岁的小伙子，敲响了上海渔阳里2号黑漆大门。他一见到陈独秀便连声喊"陈教授"。他在陈独秀这里住了下来。

此人是北京大学极其活跃的学生。虽然他是理科学生，如今却已是以政治为职业了。他穿梭于京沪之间：

1919年6月,当全国学联在上海成立时,他作为北京学联的代表到上海出席大会,住了一个来月;

1919年底,为了躲避警察搜捕,他从北京逃到上海,与张东荪、戴季陶、汪精卫、胡汉民过从甚密,直至1920年5月才返回北京。

隔了两个来月,这一回他又来上海——正值暑假,而北京的局势又日渐吃紧。

这位活跃分子,便是张国焘,字恺荫,又名张特立。1897年11月26日,他出生在江西萍乡。

他的家,如他自己所说,是"地主乡绅之家"。张国焘的父亲当过浙江省象山县知事,算是一县之"父母官"。

在中学时,张国焘便喜欢英语和自然科学。1916年10月,这位"江西老表"来到北京,一举考入北京大学理学院预科。

起初,他埋头于数理化,不闻窗外事。自从陈独秀担任北京大学文科学长,那一期又一期在北京大学出版的《新青年》,叩响了他的心扉。他开始思索和关注国家的命运。北大,中国新文化运动的中心。他身处在这中心之中,受到新思潮的启蒙。

李大钊深刻地影响了他。如他自己所述,"由于他(李大钊)的影响,使我增加了对与(于)社会主义的兴趣。"与此同时,他"与无政府主义的黄凌霜、区声白等同学也来往频繁。中文版的无政府主义书刊如克鲁泡特金、巴枯宁等人的著作我都涉猎过"。

"五四运动"风起云涌,张国焘崭露头角。"五四"前夕——5月3日晚,在北京大学法科礼堂的全体学生大会上,张国焘和许德珩等上台慷慨发言。5月4日,张国焘是游行队伍中的活跃人物。

张国焘

他擅长社交，联络各界人士。这样，他也就被推选为北京大学学生会干事——这成为他一生政治生涯的起点。

依然是李大钊，给了他莫大的影响。他晚年所著《我的回忆》，自1966年起在香港《明报月刊》连载，内中这么写及李大钊：

李大钊先生是北京信仰马克思主义的中心人物，他所主持的北大图书馆成为左倾思潮的发祥地。……

我景仰李大钊先生，彼此交往，最初与马克思主义无关。虽然他是我的指导者，我们的相处却似朋友。……

消息灵通的李大钊先生常以俄国革命作为谈助，我们也时常据以研究俄国事态的发展。李大钊先生不是说教式的人物，他过去一直没有向我宣扬过马克思主义。他很注意实际的资料和比较研究。以往我们的接触多半的为了商谈具体问题，到这次我由上海北返，才开始集中注意社会主义，特别是马克思主义。我们商谈的出发点还是救国的途径，认为舍效法苏俄外别无他途可循。我们确认俄国所以能推翻沙皇和雄厚的旧势力，抗拒来自四面八方的外力压迫，都是得力于俄共的领导，换句话说便是马克思主义的大放光芒。由于李大钊先生的启发，认定一切问题须从了解马克思主义着手，我才开始对马克思主义作较有系统的研究。……

在北京，唯有李大钊先生一人，有可能联系各派社会主义人物，形成一个统一的社会主义运动。他的个性温和，善于与人交往，极具耐心而又没有门户之见。

在李大钊的影响之下，张国焘投身到革命活动之中。如他自己所言，他成了一个"特殊学生"：

我似乎是一个特殊学生。我的学业已耽误了一个学期，到了无法追上的地步。教师们知道我所以耽误的原因，总是善意地给我一个勉强及格的分数。我也就索性将我的大部分时间花在图书馆，贪婪地阅读社会主义的书籍。《马克思资本论入门》《政治经济学批判》《哲学的贫困》、恩格斯的《家族私有财产及国家之起源》等中英文译本，都是在这个时期读完的。

这位"特殊学生"，来来往往于京沪之间。当陈独秀仓促从北京逃往上海，借住于亚东图书馆里，正在上海的他便"与陈独秀先生会晤多次"。

时隔五个来月，这一回，当他与陈独秀同住渔阳里2号，他发觉陈独秀的思想跃入一个崭新的阶段：

他（引者注：指陈独秀）开门见山的说："研究马克思主义现在已经不是最主要的工作，现在需要立即组织一个中国共产党。"陈先生这种坚决的主张，我还是第一次听见。他滔滔不绝地说明这种主张的各项理由。我聚精会神的倾听着他的高论，有时互相附和，有时互相质难。这个主张从此就成为我们多次谈话的题目。……

陈先生曾是新文化运动的领袖，此时充当中国共产党的发起人，确实是有多方面的特长。

他是中国当代的一位大思想家，好学深思，精力过人，通常每天上午和晚间是他阅读和写作的时候，下午则常与朋友们畅谈高论。他非常健谈，我住在他家里的这一段时间内，每当午饭后，如果没有别的客人打扰，他的话匣子便向我打开，往往要谈好几个钟头。他的谈吐不是学院式的，十分引人入胜。他往往先提出一个假定，然后层出不穷的发问，不厌其烦地去求得他认为最恰当的答案。谈得起劲时，双目炯炯发光，放声大笑。他坚持自己的主张，不肯轻易让步，即使不大显著的差异也不愿稍涉含混，必须说得清清楚楚才肯罢休。但遇到他没有考虑周到的地方，经人指出，他会立即坦率认错。他词锋犀利，态度严峻，像一股烈火似的，这和李大钊先生温和的性格比较起来，是一个极强烈的对照。……

陈独秀先生是人所共知的中国共产党的创始人，这不但由于他的声望在当时起了号召的作用,而且实际上他确是组织中国共产党的最先发动者和设计者。他具有决心和信心,拟定发展中国共产党组织的初步蓝图,并从事实际活动。由于他多方推动和组织,各地的马克思主义者的零星活动终于演进到中国共产党的正式组成。

陈独秀向张国焘透露,"组织中国共产党的意向,已和上海的李汉俊、李达、陈望道、沈定一、戴季陶、邵力子、施存统等人谈过,他们都一致表示赞成。他特别提到戴季陶对马思主义信仰甚笃,而且有过相当的研究,但戴与孙中山先生关系极好,是否会参加中国共产党,就不得而知。"

在陈独秀那里住了一个来月,张国焘忽地发觉,"约在8月20日左右的一个晚上,我从外面回到陈家,听见陈先生在楼上书房里和一位外国客人及一位带山东口音的中国人谈话。他们大概在我入睡后才离去,后来才知道就是维经斯基和杨明斋,这是我在陈先生家里发现他们唯一的一次聚谈。第二天,陈先生很高兴地告诉我,共产国际有一位代表来了,已经和他接了头,未来的中国共产党将会得到共产国际的支持。陈先生并未告诉我他们谈话的详情,也没有说明他们之间曾接过几次头,这大概是由于他们相约保守秘密的缘故。"

张国焘从1920年7月中旬来到上海渔阳里2号,至8月底离去,这一段时间正是上海共产主义小组酝酿、成立的时候。

暑假结束,张国焘在8月底回到北京,"即以兴奋的心情将和陈独秀先生谈话的经过告诉李大钊先生。李先生略经考虑,即无保留地表示赞成。他指出目前的问题主要在于组织中国共产党的时机是否已经成熟,但陈独秀先生对南方的情况比我们知道得更清楚,判断自也较为正确,现在他既已实际展开活动,那么我们就应该一致进行。李先生相信我们现在起来组织中国共产党,无论在理论上和实际上的条件都较为具备,决不会再蹈辛亥革命时江亢虎等组织中国社会党那样虎头蛇尾的覆辙。"

"亢慕义斋"里成立了北京小组

张国焘走了才十多天，又一个来自北京大学的小伙子来敲上海渔阳里2号的门。

此人也姓张，也是从李大钊身边来。他比李大钊小六岁，比张国焘大两岁，本名张崧年，号申甫。后来，便以张申府为名。他是河北献县人。当陈独秀不能确定党的名称是"共产党"还是"社会党"时，写信到北京，就是写给这位张申府的。

张申府原是北京大学学生，此时已是北京大学讲师。暑假已经结束，正是开学之初，张申府为什么从京来沪呢？

原来，罗素来华，竟是他"鼓吹"请来的，此行为了来沪迎接罗素。

张申府是学数学的，却又对哲学有浓厚的兴趣，而罗素正是这样。张申府向梁启超"鼓吹"罗素，那时梁启超当财政部部长，筹了一笔钱，把"世界名人"罗素请来了。罗素要从英国前来上海，自然，张申府要从北京来沪迎接他。

张申府在陈独秀那里住了十几天。

他是这样回忆的[1]：

在上海，我同陈独秀谈过建党的事，我们认为既然组织起来了，就要发展，能入党的人最好都吸取到党内来。

从上海回京后，我把和陈独秀谈的情况告诉了李守常（引者注：即李大钊）。当时北京只有我和李守常两个党员。我们一致认为要发展党员。发展谁呢？首先想发展刘清扬，这时刘清扬回到了北京。刘清扬是天津人，五四运动中表现很积极，是一个女界的学生领袖，曾被警察关过。1919年成立全国学生联合会，她到上海出席会议。1920年7月，学联决定到南洋去募捐，就派了刘清扬、张国焘两人参加。刘清扬很能干。她9月底回到北京。我和守常在图书馆主任室找她谈话，准备吸收她

[1] 张申府，《建党初期的一些情况》，见《共产主义小组》，中共党史资料出版社1987年版。

入党。她不干,没有发展。……

刘清扬是回族人。后来,在1920年12月跟张申府一起坐法国高尔基尔号船,去法国勤工俭学。在法国,张申府与刘清扬结为夫妇,介绍刘清扬入党。此后,张申府、刘清扬又作为介绍人,介绍周恩来入党。这是后话。

当时,由于刘清扬不愿入党,李大钊和张申府一起发展了北京的第三个党员张国焘。

1920年10月,李大钊、张申府和张国焘在北京大学图书馆的"亢慕义斋"聚首。这,便成为北京共产主义小组的诞生之日——尽管当时没有"北京共产主义小组"这样的名称。翌年7月,他们在一份报告中是这么写的:"同志们,北京共产主义组织仅仅是在10个月以前产生的。"[1] 这表明,当时他们是自称"北京共产主义组织"。不过,如今人们都统一称之为"北京共产主义小组"。

"亢慕义斋",又叫"康慕尼斋",不知内情者不解其意。其实,那是"Communism"——共产主义的音译。"亢慕义斋",亦即"共产主义室"。

在"亢慕义斋"里,悬挂着一副对联:

出实验室入监狱,
南方兼有北方强。

这副对联表达了他们不畏艰险、投身革命的决心和"南陈北李,相约建党"的期待。南呼北应,北京共产主义小组成为继上海共产主义小组之后的第二个共产党组织。

就在这个小组建立不久,张申府随北京大学前校长蔡元培到法国去了。三人小组变成了二人小组。李大钊着手发展新的成员。

如同上海小组最初有戴季陶、张东荪参与一样,这时

---

[1] 中央档案馆编,《中国共产党第一次代表大会档案资料》,人民出版社1982年版。

六名无政府主义者加入了北京小组,他们是黄凌霜、陈德荣、袁明熊、张伯根、华林和王竟林。

在中国,无政府主义曾时髦过一阵。早在1914年5月,刘师复便在上海创建了"无政府共产主义同志会"。7月,该会发表宣言,声称:

主张灭除资本制度,……不用政府统治。

本自由平等博爱之真精神,以达于吾人理想之无地主、无资本家、无首领、无官吏、无代表、无家长、无军长、无监狱、无警察、无裁判所、无法律、无宗教、无婚姻制度之社会。

"无政府共产主义同志会"在全国发展组织,广州成立了"无政府共产主义同志社",南京成立了"无政府主义讨论会",常熟成立了"无政府主义传播社"。

无政府主义的"无政府"主张,近乎荒唐;不过,也正因为他们主张"无政府",因此也就反对军阀政府,"主张灭除资本制度"。在"五四运动"中,无政府主义者也是其中的积极参加者。诚如罗章龙所言,当时"无政府主义者"和我们一起搞斗争,是没有界限的,是亲密无间的。

正因为如此,无政府主义者们加入了北京共产主义小组。这样,二人小组发展成为八人小组。

紧接着,罗章龙[1]和刘仁静加入了小组,扩大为十人小组。

十人聚首"亢慕义斋"。罗章龙曾写《亢慕义斋吟》,内中有这么几句[2]:

亢慕义斋倡崇议,科学民主启鸿蒙。
主张无产者联合,实行天下真为公。
工团广布遍环宇,大地万邦平提封。
雄才大略挽世运,风起云蒸四海从。
民主政制新建后,一扫旧史古人空。
大公至正无私业,传诸万世以无穷。

[1] 1989年9月15日、1993年11月1日叶永烈在北京采访罗章龙。

[2] 罗章龙,《椿园诗草》,17—18页,岳麓书社1987年版。

罗章龙和刘仁静加入北京小组

罗章龙乃"二十八画生"之友。

"二十八画生"这笔名,毛泽东在1917年4月《新青年》杂志发表《体育之研究》时用过。其实,早在1915年,毛泽东便用过"二十八画生"这笔名。

那是罗章龙十九岁那年,在长沙第一联合中学读书。秋天,他忽地在学校会客室外,见到墙上贴着一张《征友启事》。"启事用八裁湘纸油印的,有几百字,古典文体,书写用兰亭帖体"。"启事大意是要征求志同道合的朋友,启事原文有句云:'愿嘤鸣以求友,敢步将伯之呼。'"

这一启事的落款是"二十八画生",通讯处是"第一师范附属学校陈章甫转交"。陈章甫即陈昌,当时在一师附属学校任教员。

罗章龙看了之后,给"二十八画生"用文言文写了一封回信,照启事上的地址寄去,表示愿见一面。信末,也署了个化名,叫"纵宇一郎"。

信扔进邮局,约莫过了三四天,罗章龙收到了"二十八画生"的回信。信中引用了《庄子》上的两句话:"空谷足音,跫然色喜"。"二十八画生"约这位"纵宇一郎"星期日上午在定王台湖南省立图书馆见面,以手持报纸为互识标志。

那时的罗章龙叫罗璈阶。他拉了一个同班同学陈圣皋一起去。

据罗章龙在《椿园载记》中回忆:

上午九时左右,我们到达定王台省立图书馆。但见阅读者熙攘杂逯,人数众多。在走廊处有一少年仪表端庄,器宇轩昂,心知即所欲晤见之人。我们乃趋前为礼,彼此互通姓名,方知少年姓毛名泽东,字润之。二十八划乃其名字的笔划数。略谈数语后,圣皋则去阅览室看书,润之建议到院内觅一僻静处倾谈。进得院内,寂静无哗,我们就坐在一长条石上,直谈到图书馆中午休息时止,足约二三小时始别。

谈话内容涉及很广，包括国内外政治、经济以至宇宙人生等等。而对于治学方针与方法，新旧文学与史学的评价等，谈论尤多。谈到音韵改革问题，主张以曲韵代诗韵，以新的文学艺术代替"高文典册"与宫廷文学。在旧文学著作中，我们对于离骚颇感兴趣，曾主张对离骚赋予新评价。

关于治学问题，润之认为，对于宇宙，对于人生，对于国家，对于教育，均属茫然！因此主张在学问方面用全付力量向宇宙、国家社会作穷源竟委的探讨，研究有得，便可解释一切。关于生活方面所涉及较少。临别，润之表示"愿结管鲍之谊"，并嘱以后常见面。

罗章龙生于1896年11月，当时是北京大学学生，北京共产主义小组成员

就这样，罗章龙成了"二十八画生"之友。他把自己的日记给毛泽东看，毛泽东把自己的学习笔记给他看。他们一次次地交谈，谈治学、谈人生、谈社会、谈国家。他们一起寻访长沙古迹，一起步行前往韶山。

1918年，罗章龙要去日本留学，毛泽东以"二十八画生"的笔名，写下《送纵宇一郎东行》一诗[1]：

云开衡岳积阴止，天马凤凰春树里。
年少峥嵘屈贾才，山川奇气曾钟此。
君行吾为发浩歌，鲲鹏击浪从兹始。
洞庭湘水涨连天，艟艨巨舰直东指。
无端散出一天愁，幸被东风吹万里。
丈夫何事足萦怀，要将宇宙看稊米。

[1]《毛泽东诗词选》，137页，人民文学出版社1986年版。

第三章·初创　209

沧海横流安足虑，世事纷纭何足理。
管却自家身与心，胸中日月常新美。
名世于今五百年，诸公碌碌皆余子。
平浪宫前友谊多，崇明对马衣带水。
东瀛濯剑有书还，我返自崖君去矣。

罗章龙来到上海，预订了去日本的船票，一桩意外的事情发生了：1918年5月7日，日本政府军警在东京殴打中国留日学生，并要他们回国。

罗章龙打消了赴日的念头，在上海寻找《新青年》编辑部。到了出版《新青年》的群益图书公司，才知编辑部已迁往北京大学。

罗章龙带着好多册《新青年》杂志，回到长沙，见到了毛泽东。他们在《新青年》上见到华法教育会登的文告，鼓励青年们到法国勤工俭学。于是，毛泽东率二十来位湖南青年，前往北京，准备赴法勤工俭学，内中便有罗章龙。这批青年，大部分进入北京的留法预备班，而毛泽东则在北京大学图书馆工作，罗章龙进入北京大学学习。这么一来，罗章龙成了北京大学预科德文班学生。

罗章龙结识了李大钊，结识了陈独秀，深受他们的影响。他成了"五四运动"的积极分子，成了北京大学马克思学说研究会的会员。之后，他成为北京共产主义小组的成员，也就顺理成章了。

在罗章龙之后加入北京共产主义小组的是刘仁静。

刘仁静是湖北应城县人，字养初，又名亦宇，比罗章龙小六岁——1902年3月4日出生。关于刘仁静的经历，鲜见于文献。本书所述，大都依据笔者1989年9月13日、14日对刘仁静之子刘威力的采访。刘仁静的父亲刘晓山是清朝秀才，教私塾，后来开了爿小店。

刘仁静为长子，弟弟叫刘仁寿。父亲寄希望于儿子，送他们上学。辛亥革命之后，科举吃不开了，父亲请亲戚资助，把刘仁静送到武昌的教会学校——博文学院学习。那里相当于初中，主要学英文。这样，刘仁静从小打下很好的英语基础。

念高中时，刘仁静转到武昌中华大学附中。在那里，刘仁静结识了一位比他年长七岁的大哥哥。此人当时已是中华大学的学生，他给刘仁静以深远的影响。他是江苏武进人，名唤恽代英。诚如毛泽东影响了罗章龙，恽代英给了刘仁静以革命的启迪。1917年，当恽代英成立进步社团互助社时，刘仁静也成了互助社的成员之一。这个互助社以"群策群力，自助助人"为宗旨，以"不谈人过失、不失信、不恶待人、不作无益事、不浪费、不轻狂、不染恶嗜好、不骄矜"为"八不戒约"。

恽代英是中华大学文科中国哲学门学生。他喜读《新青年》，钦慕陈独秀，跟陈独秀保持通信联系，并为《新青年》撰稿。从恽代英那里，刘仁静读到了《新青年》，知道了陈独秀的大名。

1918年，十六岁的刘仁静考入北京大学预科。不久，他进入物理系。不过，他对社会科学的兴趣比自然科学更浓厚，于是，转入了哲学系。在哲学系待了没多久，又转往英语系。

刘仁静拜识了文科学长陈独秀，参加了新文化运动。

在"五四运动"中，刘仁静是活跃分子。当学生游行队伍来到赵家楼胡同时，曹汝霖家的大门紧闭。刘仁静个子瘦小，打碎了曹家窗玻璃，爬在匡互生的背上，钻进了曹宅，打开大门，于是游行者一拥而入……

此后，他深受李大钊的影响，加入了北京大学马克思学说研究会。

迄今，仍可在中国革命博物馆里看到李大钊亲笔写的字条："刘仁静同学学费先由我垫。李大钊"。

刘仁静学的是英语专业，李大钊要他研究英文版马克思主义著作。这样，刘仁静小小年纪，读了许多马克思著作，开口闭口马克思如

刘仁静

何说，人们送他一个雅号，曰"小马克思"。

在北京大学图书馆里，刘仁静认识了助理管理员毛泽东。他们俩一个一口湖北话，一个一口湖南话，一谈起来就是一两个钟头。

在罗章龙、刘仁静加入北京共产主义小组之后，那批无政府主义分子退了出去。这是因为他们主张无政府，因此连无产阶级专政也不要。他们主张无组织，因此小组的书记也不要。

于是，十人小组变为四人小组——李大钊、张国焘、罗章龙、刘仁静。

中国社会主义青年团中央机关旧址

然后，这个小组又日渐扩大，发展了一个又一个新的成员——邓中夏、高君宇、何孟雄、缪伯英、范鸿劼、朱务善、李骏、张太雷、李梅羹、宋介。这些新成员之中，大部分是北京大学学生。例外的只是三位，即缪伯英是北京女子高等师范学校学生，张太雷是天津北洋大学学生（常在北京活动），宋介是北京中国大学学生。

1921年1月，北京共产主义小组举行会议，正式定名为"中国共产党北京支部"，一致推选李大钊为书记，张国焘负责组织，罗章龙负责宣传。不过，那时是"负责组织"，不是今日的组织部的工作范畴，而是指导、组织工人运动。

红色的起点

第四章·响应

第四章·响应

"毛奇"和新民学会

其实，早在张国焘、张申府这"二张"来敲上海渔阳里2号的黑漆大门之前，一位瘦长的湖南青年便已到那里拜访陈独秀了。

这位二十七岁、来自湖南韶山的精明能干的年轻人，便是毛泽东。他在北京大学图书馆工作时，已经结识陈独秀。

毛泽东在结束北京大学图书馆的工作之后，返回湖南途中，曾于1919年初来过上海。

这一回，是他第二次来上海。那是他又一次去北京之后，再回长沙，在1920年5月5日路过上海。

与陈独秀的谈话，给了毛泽东深深的启迪。毛泽东曾与斯诺这么谈及[1]：

> 我第二次到上海的时候，曾经和陈独秀讨论我读过的马克思主义书籍。陈独秀谈他自己的信仰的那些话，在我一生中可能是关键性的这个时期，对我产生了深刻的印象。

那时候的毛泽东，确实处于一生的"关键性"时期，他的思想正在处于根本性的转折之中。

就在这次去北京之前，他尚处于困惑之中，如他自己所言，是"睡在鼓里"[2]：

> 现在我于种种主义，种种学说，还没有得到一个比较

[1] 埃德加·斯诺，《西行漫记》，132—133页，生活·读书·新知三联书店1979年版。

[2] 《毛泽东致章士钊》1920年3月14日。《毛泽东致陶毅》1920年2月。

明了的概念。

  我觉得好多人讲改造，却只是空泛的一个目标。究竟要改造到哪一步田地（即终极的目的）？用什么方法达到，自己或同志从哪一个地方下手？这些问题，有详细研究的却很少。……

  外边各处的人，好多也和我一样未曾研究，一样的睡在鼓里，很是可叹。

  早年的毛泽东，同学们给他取了个雅号，曰"毛奇"。毛奇——Moltke Helmuth Von（1800—1891），普鲁士帝国和德意志帝国的总参谋长。当年，毛奇和首相俾斯麦、国防大臣罗恩成为普鲁士帝国的三巨头。这位毛元帅，在1870年普法战争的色当一役中，使法兰西第二帝国覆灭而名震欧洲。同学们称毛泽东为"毛奇"，不光因为毛泽东有毛奇那样勃勃雄心，才智过人，而且为人也如毛奇那样沉默寡言、严肃庄重。

  毛泽东的早年密友、诗人萧三的哥哥萧瑜（又名萧旭东、萧子升）曾回忆说，他在一个小格子里能写两个字，而毛泽东写两个字则起码占三个格子。毛泽东那奔放不羁的字，那充满豪情、"指点江山"、"粪土当年万户侯"的激扬诗句，都表明他是一位壮志凌云、志向非凡的热血青年。

  不过，他也有不如那位毛奇元帅之处。毛奇精通七国语言，而囿于湖南乡下闭塞环境中的他，谙熟中国古文，却不懂外语。这样，他无法像李汉俊、李达、张国焘、刘仁静那样从大量外文书刊中钻研马克思主义学说，他只能读在当时如凤毛麟角般稀少的马克思主义著作中译本。然而，他一旦读到了，很快就理解了，很快就成为自己思想的指南。

  "睡在鼓里"的他，在第二次去北京时，读到了三本使他顿开茅塞的书。他是这样描述的[1]：

> 我第二次到北京期间，读了许多关于俄国情况的书。

[1] 埃德加·斯诺，《西行漫记》，131页，生活·读书·新知三联书店1979年版。

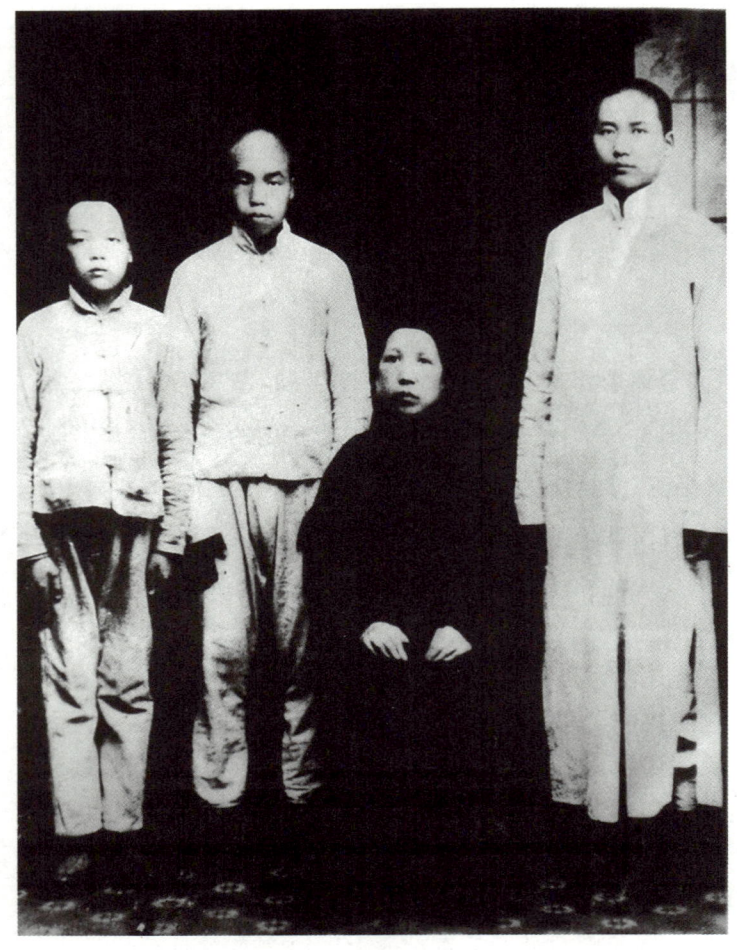

毛泽东故居，悬挂着毛泽东在1919年和母亲以及大弟毛泽民、小弟毛泽覃的合影

我热心地搜寻那时候能找到的为数不多的用中文写的共产主义书籍。有三本书特别深地铭刻在我的心中，建立起我对马克思主义的信仰。我一旦接受了马克思主义是对历史的正确解释以后，我对马克思主义的信仰就没有动摇过。这三本书是：《共产党宣言》，陈望道译，这是用中文出版的第一本马克思主义的书；《阶级斗争》，考茨基著；《社会主义史》，柯卡普著。

1941年9月13日，毛泽东在延安对妇女生活调查团讲话时，也说：

记得我在1920年，第一次看了考茨基著的《阶级斗争》、陈望道翻译的《共产党宣言》和一个英国人作的《社会主义史》，我才知道人类自有史以来就有阶级斗争，阶级斗争是社会发展的原动力，初步地得到认识问题的方法论。可是这些书上，并没有中国的湖南、湖北，也没有中国的蒋介石和陈独秀。我只取了它四个字："阶级斗争"，老老实实地来开始研究实际的阶级斗争。

这三本书，引起毛泽东思想上的根本转变。

据中共中央文献研究室编的《毛泽东年谱》载：毛泽东第二次到北京是1919年12月，至1920年4月下旬离开北京赴上海，1920年5月5日抵达上海，7月7日离开上海回到长沙，而陈望道译的《共产党宣言》是在1920年8月出版。毛泽东怎么可能在第二次到北京期间就读到陈望道译的《共产党宣言》呢？

对此有两种解释：

一是毛泽东第二次到北京时，读的是罗章龙译的《共产党宣言》中译本，而毛泽东误记为陈望道译的《共产党宣言》。陈家新在《〈共产党宣言〉在中国的翻译和版本研究》[1]中指出——

（北京大学）校长蔡元培对德文比较重视，在蔡倡议下设立了德语系，并成立了德文翻译组，罗章龙任组长。罗章龙《椿园载记》涉及了《共产党宣言》翻译工作，他说："我们德文翻译组先后翻译了《马克思传》《共产党宣言》《资本论》第一卷初稿，我参加了这些工作，并为执笔人以后，我们译的《共产党宣言》中文本油印出来了。由于当时不便公开，同时恐译文不尽准确，只在内部传阅学习。在以后公开发行的《共产党宣言》之前，在北京见到的油印本，可能就是这个版本。"后来，有人采访罗章龙，罗再次提到翻译《共产党宣言》一事，并且明确地说："毛泽东第二次来北京的时候，我们有一个庞大的翻译组，大量翻译外文书籍，《共产党宣言》就是其中一本。《共产党宣言》不长，全文翻译了，按照德文版翻译的，我们还自己誊写，油印，没有铅印稿，只是油印稿。我们酝酿翻译时间很长，毛泽东第二次来北京后看到了。"

二是毛泽东的回忆中稍稍有一点误差，那本陈望道译的《共产党宣言》，他不是在北京读到的，是回到长沙之后

[1] 陈家新，《〈共产党宣言〉在中国的翻译和版本研究》，《中国国家博物馆馆刊》2012年第8期。

读到的。毛泽东在上海拜访过陈独秀，结识了陈望道，因此他在上海很可能得知《共产党宣言》中译本即将出版的消息，回到长沙就得到刚刚出版的《共产党宣言》中译本，就迫不及待地反复钻研。

那三本书，以及跟陈独秀的谈话，促使毛泽东转向马克思主义，他从鼓里睡醒了。他的理解力，远远超过他同时代的那些精通外文的青年们——尽管他只能读到极有限的中译本。

如毛泽东所言[1]：

到了一九二〇年夏天，在理论上，而且在某种程度的行动上，我已成为一个马克思主义者了，而且从此我也认为自己是一个马克思主义者了。

毛泽东跟陈独秀会面，除了"讨论我读过的马克思主义的书籍"之外，还"讨论了我们组织'改造湖南联盟'的计划"[2]。

毛泽东是一位组织家。早在他二十二岁时油印、张贴"二十八画生"的《征友启事》时，就想团结、组织一班志同道合者。

1918年4月，毛泽东在湖南长沙岳麓山刘家台子蔡和森家中，邀集一群好友开会，创建了"新民学会"。

那天出席集会的有蔡和森、何叔衡、李维汉、萧子升（后改名萧瑜）、萧三（即萧子暲）、张昆弟、罗章龙、陈启民等十二人，一说十四人。

新民学会以"革新学术、砥砺品行、改良人心风俗"为宗旨。

萧瑜被推举为总干事，毛泽东、陈启民为干事。

萧瑜如此回忆道[3]：

我清晰记得我完成拟定学会规章的那个春日。拟定出的规章有七条，都非常简明。毛泽东读完后，未作任何评论。然后我们又把我们决定是第一批会员的每个人的优点重新核实了一番。我们一致以为他们都是合格的。他们共有九[4]人，

---

1 埃德加·斯诺，《西行漫记》，131页，生活·读书·新知三联书店1979年版。

2 同上，130页。

3 萧瑜，《我和毛泽东的一段曲折经历》，43—44页，昆仑出版社1986年版。

4 此处应为"十"。

再加上我们两人,学会共有十二名首批成员。凭着我们年轻人的那股热情,我们自称是十二个"圣人",肩负时代的使命!我们也以为彼此之间是兄弟,有着共同的抱负与理想,有着相互的尊重与友爱。

一个星期天的早上,在第一师范的一个教室里(实际上是在蔡和森的家里),我们十二个人聚在一起,十分庄严地举行了第一次正式会议。我把印好的新民学会规章分给每个人并征求他们的意见、疑问和评论。但没有什么新的意见提出。于是每个人又交了一点会费,我被选为第一任秘书。我们决定不设会长一职,会议就结束了。新民学会就这样宣告诞生了。尽管没有什么演说,但我们十二人之间已建立了更为密切的关系,我们献身运动的雄心和热情有了新的动力。我们都意识到,从现在起,我们的肩上担负了新的责任。

毛泽东在会上一句话也没说。我们都清楚我们的目的和会员应该做的事情,主张每个成员都应以切合实际的作风行事,而不应空谈高论。学会中只有一个喜欢为讲话而讲话者,那便是陈昌,此人以发表冗长演说闻名。我们这位同学来自浏阳,与我偶然相识,于是成为好友,可即使是他,也没有在新民学会成立大会上发表演说。陈昌后来成为中国共产党早期的组织者之一,1930年2月在长沙就义。

新民学会成立以后,大约每月举行一次会议。尽管不是什么秘密聚会,我们仍尽量少为人注意。……

这个新民学会,1920年发展到拥有七八十名会员。

尽管新民学会还不是共产主义性质的组织,但后来其中很多人成为中国共产党骨干。

毛泽东从上海回到长沙之后,他跟陈独秀谈及的组织"改造湖南联盟"未付诸实现,倒是在1920年8月1日组织了湖南"文化书社"。《文化书社缘起》中,一语道明书社的宗旨[1]:

[1] 1920年8月24日长沙《大公报》。

没有新文化,由于没有新思想;没有新思想,由于没有新研究;没有新研究,由于没有新材料。湖南人现在脑子饥荒实在过于肚子饥荒,青年人尤其嗷嗷待哺。文化书社愿用最迅速、最简便的方法,介绍中外各种新书报杂志,以充青年及全体湖南人民新研究的材料。

文化书社经理为易礼容,"特别交通员"为毛泽东。此外,聘请了李大钊、陈独秀、恽代英等为"信用介绍"。

文化书社在湖南销售《新青年》每期两千册,《劳动界》每期五千册,还销售《共产党宣言》《马格斯资本论入门》《阶级斗争》《社会主义史》《唯物史观解说》等马克思主义著作。

刚刚创办了文化书社,毛泽东又组织了湖南"俄罗斯研究会",这个研究会"以研究关于俄罗斯之一切事情为主旨"。

1920年9月23日上海《民国日报》刊登消息,做如下报道:

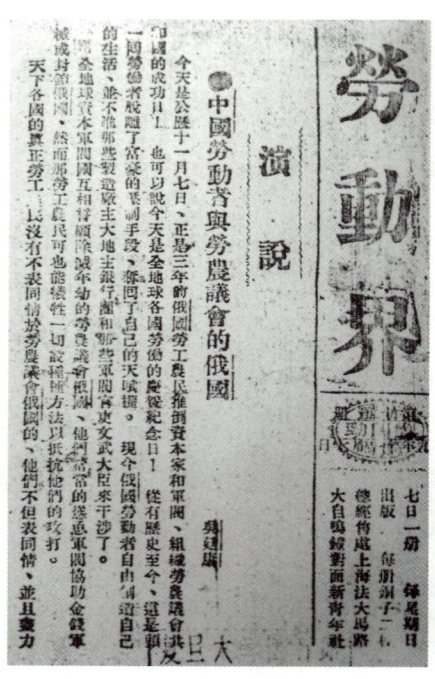

《劳动界》

毛泽东与湖南同人1920年游北京陶然亭。左四为毛泽东。

湖（湘）人组织俄罗斯研究会于本月16日开会，推举正式干事，姜咏洪总干事，毛泽东书记干事，彭璜会计干事，并推彭君驻会接洽一切。……

蔡和森从法国给毛泽东写来长信

就在湖南"俄罗斯研究会"成立的那天——1920年9月16日，在法国蒙达尼男子中学，一位黄皮肤、黑眼珠的二十五岁的小伙子，正伏案用中文写一封长信。

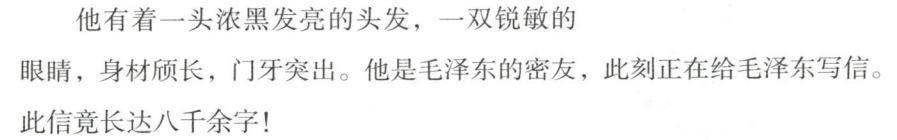

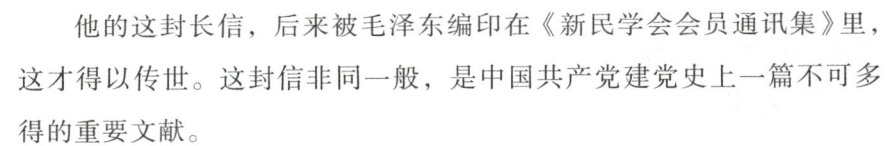

他有着一头浓黑发亮的头发，一双锐敏的眼睛，身材颀长，门牙突出。他是毛泽东的密友，此刻正在给毛泽东写信。此信竟长达八千余字！

他的这封长信，后来被毛泽东编印在《新民学会会员通讯集》里，这才得以传世。这封信非同一般，是中国共产党建党史上一篇不可多得的重要文献。

他，蔡和森，一个不苟言笑而又意志坚强的人。他是湖南湘乡县人，出生于上海。

蔡和森又名蔡林彬，常使人误以为姓蔡名林彬，其实他复姓"蔡林"而名彬。倘若追根溯源，他原本姓林——他的九世祖姓林，因过继给姓蔡的舅父为子，改为复姓"蔡林"。后来他以蔡和森闻名于世，人们也就以为他姓蔡了。

蔡家世代经营"永丰辣酱"[1]，颇有名气。只是到了蔡和森的父亲蔡蓉峰手里，家道日衰，"永丰辣酱"易主。

蔡和森有二兄、二姐、一妹。那妹妹比他矮了一截，可是性格跟他一样倔强。他的妹妹亦是中国共产党名人，叫

蔡和森

[1]《中共党史人物传》，第六卷，陕西人民出版社1982年版。

蔡畅,中国女杰也。后来她成为李富春夫人,中国妇女联合会主任。

多子女,家中入不敷出,蔡和森的童年是清苦的。他过着学徒生活。直到十六岁,才得以进入小学。

他发奋求学,连连跳级。十八岁那年,他"跳"入了湖南省立第一师范学校,成为毛泽东的挚友。杨昌济视毛、蔡二君为他最为得意的门生。

毛泽东组织新民学会时,蔡和森是最积极的支持者。正因为这样,新民学会的成立会是在蔡和森家里举行。

1918年6月,蔡和森赴京,住在杨昌济家,商议赴法勤工俭学事宜。他从北京给毛泽东去信,于是,毛泽东率罗章龙、李维汉等人从长沙赴京。

1919年12月,蔡和森终于从上海坐船奔赴法国。同行的有他的母亲葛兰英、妹妹蔡畅以及蔡畅的同事向警予——蔡畅在长沙周南女校任教时,向警予也在那里执教。在船上,蔡和森与向警予朝夕相处,产生了爱慕之情。

到了法国,他在给毛泽东的信中也透露,"我与警予有一种恋爱上的结合,另印有小册子,过日奉寄"[1]。"开首一年不活动,专把法文弄清,把各国社会党各国工团以及国际共产党,尽先弄个明白"[2]。

蔡和森"猛看猛译"法文马克思主义著作,豁然开朗。在1920年8月13日,他给毛泽东写了一信,极为明确地提出要在中国组织共产党。

向警予

现将此信摘录如下[3]:

我以为先要组织党——共产党。因为他是革命运动的发动者,宣传者,先锋队,作战部,以中国现在的情形看来,须先组织他,然后工团,合作社,才能发生有力的组织。……

1、2《蔡和森致毛泽东》,1920年5月28日。
3《"一大"前后》(一),128页,人民出版社1980年版。

我愿你准备做俄国的十月革命。这种预言,我自信有九分对。因此你在国内不可不早有所准备。……

木斯哥万国共产党(引者注:即莫斯科共产国际)是去年三月成立的,今年七月十五开第二次大会,到会代表三十多国。中国、高丽(引者注:即朝鲜)亦各到代表二人,土耳其印度各有代表五人。据昨日报土耳其共产党业已成立。英国于本月初一亦成立一大共产党。法社会党拟改名共产党。现在第二国际党已解体,脱离出来者都加入新国际党,就是木斯哥万国共产党。我意中国于二年内须成立一主义明确、方法得当和俄一致的党,这事关系不小,望你注意。……

现在内地组织此事须秘密。乌合之众不行,离开工业界不行。中产阶级文化运动者不行(除非他变)。……

如此旗帜鲜明地提出组织中国共产党,蔡和森的见解比他许多同时代的进步青年大大超前。就在他写此信之际,上海共产主义小组刚刚诞生。

他在9月16日写的给毛泽东的长信,又一次明确提出组织中国共产党[1]:

我认为党的组织很重要的。组织的步骤:(1)结合极有此种了解及主张的人组织一个研究宣传的团体及出版物。(2)普遍联络各处做一个要求集会、结社、出版、自由的运动,取消治安警察法及报纸条例。(3)严格的物色确实党员,分布各职业机关,工厂,农场,议会等处。(4)显然公布一种有力的出版物,然后明目张胆正式成立一个中国共产党。……

我以(为)世界革命运动自俄革命成功以来已经转了一个大方向,这方向就是"无产阶级获得政权来改造社会"。……

蔡和森的这封长信,由萧瑜带回中国,毛泽东直至1920年底才收到。1921年1月21日,毛泽东复函蔡和森道[2]:

[1]《"一大"前后》(一),134页,人民出版社1980年版。

[2] 同上,164页。

第四章·响应　223

你这一封信见地极当,我没有一个字不赞成。党一层陈仲甫先生等已在进行组织。出版物一层上海出的《共产党》,你处谅可得到,颇不愧为"旗帜鲜明"四字(宣言即陈仲甫所为)。

"何胡子是一条牛"

蔡和森写给毛泽东的信末,总有一句"叔衡、惇元、殷柏、启民、章甫,均此"。列在第一名的"叔衡",亦即何叔衡。他留着八字胡,人称"何胡子"。

"何胡子"年长毛泽东十七岁,在新民学会之中岁数最大。他,1876年5月27日(清光绪二年五月初五)生于湖南宁乡。家境虽然贫寒,据说因为他的生辰中有两个"五",在堂兄弟之中又排行第五,湖南流传"男子要五不得五(午)",仿佛命中注定这个孩子前途无量,于是家中挤出一点钱,无论如何要供他上学。

何叔衡在二十六岁那年,考中秀才。不过,他不愿在衙门中做事,便在家乡当私塾教师。

何叔衡是一位思想解放的秀才。1911年辛亥革命爆发不久,"11月4日,他还专程回到家里。动员父亲、兄弟和邻居剪掉辫子。1913年他到长沙后,又曾连续三次写信回家,要全家女人放脚。这一年暑假,他回到家里,看到都未放脚,便风趣地说:看来只动嘴动笔不行,还得动手动刀才能解决问题。接着,他搜拢一石灰篓子的裹脚布和尖脚鞋,拿了菜刀,搬出木凳,在地坪里当场砍烂,终于迫使全家裹脚的女人都放了脚。"[1]

何叔衡又是一位上进心极强的秀才。自知四书五经跟不上时代的步伐,已经三十七岁的人,居然考入湖南公立第四师范,跟那些十几岁二十来岁的青年坐在一条板凳上,当学生,听新学。不久,他转入湖南第一师范,在那里与

[1]《中共党史人物传》,第四卷,陕西人民出版社1982年版。

毛泽东相识。友谊超越了年龄。共同的思想，使"何胡子"跟毛泽东相知日深。

本来，照年龄，何叔衡比毛泽东大了一辈（他甚至比陈独秀还大三岁），而做起事情来，何叔衡往往是毛泽东的助手。何叔衡称道毛泽东"后生可畏"。

何叔衡在湖南第一师范毕业之后，在长沙楚怡学校任教。

1917年暑假，"何胡子"回到宁乡县枥子冲家中度假。毛泽东和萧瑜扮作"乞丐"，从长沙出发，徒步旅行，曾到"何胡子"家作不速之客。萧瑜在《我和毛泽东的一段曲折经历》一书中，详细描述此事：

那天，毛泽东和他从宁乡县城步行了一百四十里，走到"何胡子"家已是半夜了。他们兴奋地敲打大门，高喊："何胡子！何胡子！赶快起来，让我们进去！"这一喊，惊动了"何胡子"全家。他的父亲、夫人、弟弟、弟媳、侄子，全都起床了。

知道毛泽东和萧瑜化装"乞丐"漫游湖南，何叔衡道："你们真是两个奇怪的家伙。你们做的事真乃怪哉也！"

虽然毛、萧已吃过晚饭，何叔衡仍以酒招待。经过这半夜惊扰，翌日何家仍破晓早起，如同往常一般。

毛、萧参观了何家的猪厩，见到三百多斤重的浑身雪白的肥猪，大为惊讶[1]：

1920年冬长沙共产主义小组在船山学社进行活动

开阔的大菜园里长满了鲜美的蔬菜；园中整齐清洁，一根杂草也没有，这尤其使我们惊叹。当我向何老先生提到这点时，他很是高兴，并用书呆子口吻摇头晃脑地说：

[1] 萧瑜，《我和毛泽东的一段曲折经历》，87页，昆仑出版社1989年版。

"杂草有如人品低劣，心术不正之徒，一定要铲除之，其对秀美之菜蔬危害也，大矣乎，君子乎，圣人乎！"

何胡子由衷地笑起来了："你们看我父亲的古文怎么样？不错吧？有其父必有其子！"

何叔衡之家，是"耕读之家"。他的父亲、兄弟、妻子务农，他在省城当教书匠。

毛泽东、蔡和森、何叔衡彼此相互影响着。当毛泽东、蔡和森转向马克思主义，何叔衡亦转向马克思主义。

1920年底，毛泽东收到萧瑜转来的蔡和森在法国所写的长信。1921年初，1月2日新民学会会员在长沙聚会。尽管大雪弥漫，会员中仍有十多人到席。主席为何叔衡，由毛泽东宣读蔡和森的长信。

当时的《新民学会会务报告（第二号）》，十分逼真地勾画出毛 — 蔡 — 何 — 新民学会的关系[1]：

讨论方法问题：

"达到目的须采用什么方法？"

首由毛润之（引者注：毛泽东字润之）报告巴黎方面蔡和森君的提议。并云：世界解决社会问题的方法大概有下列几种：

1 社会政策；

2 社会民主主义；

3 激烈方法的共产主义（列宁的主义）；

4 温和方法的共产主义（罗素的主义）；

5 无政府主义。

我们可以拿来参考，以决定自己的方法。

于是依次发言（此时陈启民到会）：

何叔衡：主张过激主义。一次的扰乱，抵得二十年的教育，我深信这些话。

[1]《"一大"前后》（一），394页，人民出版社1980年版。

> 毛润之：我的意见与何君大体相同。社会政策，是补苴罅漏的政策，不成办法。社会民主主义，借议会为改造工具，但事实上议会的立法总是保护有产阶级的。无政府主义否认权力，这种主义，恐怕永世都做不到。温和方法的共产主义，如罗素所主张极端的自由，放任资本家，亦是永世做不到的。急（激）烈方法的共产主义，即所谓劳农主义，用阶级专政的方法，是可以预计效果的。故最宜采用。

由以上记录可见毛、蔡、何见解的统一。在他们三人影响下，新民学会十二人"赞成波尔失委克主义"（即布尔什维克主义）。"未决定者"及赞成其他主义的六人。

上海成立共产主义小组之后，陈独秀曾致函毛泽东，建议在湖南也成立共产主义小组。

毛泽东把新民学会中主张布尔什维克主义的会员，组织成长沙共产主义小组。小组成员最初六人，后来发展到十人。内中骨干为毛泽东、何叔衡、彭璜。此外，据回忆，还有贺民荡、萧铮、陈子博、夏曦、彭平之等。

1945年4月21日，毛泽东在《七大工作方针》中如此回忆道：

> 苏联共产党是由小组到联邦的，就是说由马克思主义的小组发展到领导苏维埃联邦的党。我们也是由小组经根据地到全国。……我们开始的时候，也是很小的小组。这次大会发给我一张表，其中一项要填何人介绍入党。我说，我没有介绍人。我们那时候就是自己搞的，知道的事也不多。

1956年9月，在中国共产党八大召开时，毛泽东在代表证的入党时间一栏内，写上"1920年"。这清楚表明，毛泽东把加入长沙共产主义小组，认定是加入中国共产党之时。

何叔衡确实成了毛泽东最得力的助手。毛泽东不在长沙时，小组领导事务委托何叔衡主持。

毛泽东对何叔衡作过如下评语[1]：

何胡子是一条牛，是一堆感情。

据何叔衡自己说，则有一句如此之言[2]：

润之说我不能谋而能断，这话是道着了。

另外，毛泽东还说过[3]：

叔翁办事，可当大局。非学问之人，乃做事之人。

毛泽东以上三句评语，大体上描画出何叔衡的特色。

湖北出了个董必武

洞庭湖之南的湖南在筹建共产主义小组的时候，洞庭湖之北的湖北也在筹建之中——他们称作"共产主义研究小组"。

湖北的共产党领袖人物是董必武。他是中国共产党"五老"之一。这"五老"是董必武、林伯渠、徐特立、谢觉哉、吴玉章。

董必武原名贤琮，又名用威，字洁，号璧伍。必武是他后来从事秘密革命活动时的化名，他竟以此名传世。

董必武出生在中国一个不平凡的县——湖北黄安县。那儿本是大别山东段的穷地方。然而，"穷则思变"，那里成了中国共产党人的"大本营"：不仅出了两位中华人民共和国主席——董必武和李先念，而且出了二百三十三位中

[1] 李锐，《毛泽东的早期革命活动》，湖南人民出版社1958年版。

[2] 谢觉哉，《忆叔衡同志》，延安《解放日报》1945年5月8日。

[3]《不屈的共产党人》（一），8页，人民出版社1980年版。

国人民解放军将军！这样，黄安县后来也就改名为"红安县"。

董必武十七岁那年，中了秀才。二十八岁时，东渡日本，在东京私立日本大学攻读法律。在那里，他见到了孙中山，并加入了中华革命党（1919年改组为中国国民党）。他曾回忆见到孙中山的情景[1]：

> 先生……指示中国的出路，惟有实行三民主义的革命；特别鼓励我们在失败后，不要灰心气短，要再接再厉地努力去干，革命不是侥幸可以成功的，只是我们在失败中得到教训，改正错误，提出好的办法来，继续革命，胜利的前途是有把握的。

董必武从孙中山麾下转到马克思麾下，最初是受了李汉俊的影响。

董、李本不相识。

那是1918年3月，董必武担任鄂西靖国军总司令蔡济民秘书，参与反对北洋军阀的护法战争。1919年1月27日夜，蔡济民突遭靖国军唐克明部队枪杀。董必武赶往上海，向正在上海的孙中山报告事件经过。

董必武在上海住了下来。正巧，湖北省善后公会在上海成立，租了上海法租界霞飞路渔阳里（今淮海中路567弄）路南的一处房子作为会址，并请董必武和张国恩主持会务。这样，董必武便在霞飞路渔阳里住了下来。

张国恩也是湖北黄安人，跟董必武一起赴日留学，一起加入中华革命党，是董必武的好友。

他们一起住在善后公会。斜对面路北住的也是一位湖北人，名叫詹大悲。詹大悲与董必武早就相熟。他曾在1912年任国民党汉口交通部部长。后来亡命日本，加入了中华革命党。

经詹大悲介绍，董必武结识了詹家的邻居。那位邻居也是湖北人，刚从日本帝国大学毕业归来，跟董必武一见如故。此人便是李汉俊。

李汉俊跟董必武谈苏俄，谈列宁，谈马克思主义，借

---

[1] 董必武，《回忆第一次谒见孙中山先生》，《新华日报》（武汉版）1938年3月20日。

给他日文版的《资本论入门》以及考茨基的著作。李汉俊使董必武从三民主义者转向马克思主义者。诚如董必武自己所说[1]：

> 当时社会上有无政府主义、社会主义、日本的合作运动等等，各种主义在头脑里打仗。李汉俊来了，把头绪理出来了，说要搞俄国的马克思主义……

董必武走上了马克思主义之路。回到武汉，他和张国恩等人商议办学，培养人才。

他们设法筹集资金。董必武还把身上的皮袍脱下典当，以作办学经费。

经过四方奔走，终于在湖北省教育会西北角、涵三宫街南面小巷里，办起了私立武汉中学校。这所中学后来成为湖北的红色据点。该校英语教员，名唤陈潭秋，成了董必武的密友。

陈潭秋、包惠僧加入武汉小组

董必武如此回忆他跟陈潭秋的交往[2]：

> 我第一次见到陈潭秋是1919年夏天。……刚从国立武昌高等师范英语部毕业的潭秋来上海参观，经他同班同学倪则天的介绍，我们见了面，由于志同道合，我们一见如故，在上海期间，相互交流学习马克思主义的心得，畅谈改造中国和世界的抱负，同时商定用办报纸、办学校的方式传播马克思主义，开展革命活动。

陈潭秋的原名叫陈澄，据云是"要澄清这混浊世界"之意。潭秋是他的字。不过，如今人们都习惯于称他陈潭秋。

---

[1]《董必武谈中国共产党第一次全国代表大会和湖北共产主义小组》，《"一大"前后》（二），人民出版社1980年版。

[2]《董老忆潭秋》，《楚晖》第一期，湖北人民出版社1980年版。

武昌抚院街（今民主路）。1920年8月，武汉共产党早期组织在此成立

陈潭秋比董必武整整小十岁，湖北黄冈县陈宅楼人。他的祖父曾是清朝举人，但他的父亲是个农民。他兄弟姐妹十个，他排行第七。

陈潭秋起初在黄冈上小学。十六岁时考入湖北省立第一师范学校，来到武昌。二十岁时考入国立武昌高等师范学校英语部。介绍他和董必武认识的倪则天，便是他在武昌高等师范学校的同班同学，而倪则天是湖北黄安人，跟董必武同乡。

陈潭秋在1919年夏天去上海，那是因为在"五四运动"中，他是武汉的活跃分子。当武汉派出学生参观团前往上海时，他是参观团的成员之一。

回到武汉后，董必武筹办武汉中学，陈潭秋跟他志同道合，而且刚从武昌高等师范学校毕业，也就参加了筹办工作，并担任英语教师，兼任第一届乙班班主任。

1920年夏，董必武收到了一封来自上海的信。一看那熟悉的笔迹，就知道是李汉俊写来的。

李汉俊告诉他,上海已经成立了"小组",希望武汉也建立起"小组"来。

董必武看罢信,便找陈潭秋商议。陈潭秋当即赞成,愿与董必武一起着手建立武汉共产主义小组。

两个人建立一个小组,当然太小。董必武建议把张国恩吸收进来,陈潭秋则提及了包惠僧。

张国恩跟董必武同乡、同学、同去日本、同入中华革命党,在上海又同与李汉俊谈,理所当然,他是很合适的可供考虑的对象。

当时,张国恩担任湖北省立第一师范学校学监、律师,与董必武过从甚密。经董必武一说,马上答应参加"小组"。

陈潭秋提及的包惠僧,是他的同乡——湖北黄冈包家畈人。包惠僧原名包道亨,又名包悔生、包一德、包一宇,曾化名鲍怀琛,用过笔名栖梧老人、亦愚。

包惠僧又是陈潭秋的校友——湖北省立第一师范学校学生,只是比陈潭秋高几级。他在1917年毕业之后,在武昌教了半年书,便失业了。爱好活动的他,索性摆脱了课堂的束缚,去当自由自在的新闻记者。他担任了《汉口新闻报》《大汉报》《公论日报》《中西日报》的外勤记者,四处活动。他到了上海,到了广州,到了北京,他开了眼界,了解中国的社会现状。

1920年2月上旬,陈独秀到访武汉之际,这位初出茅庐的新闻记者跑去采访。这次采访,深刻地影响了包惠僧。

包惠僧是这么回忆的[1]:

> 我以记者的身份专程到文华书院访问了陈独秀,我是抱着崇敬的心情去见他的。见面后我告诉他我是哪个学校毕业的,毕业后因找不到工作当了记者。他说当记者也好,能为社会服务。后来我们谈了五四运

[1] 包惠僧,《我所知道的陈独秀》,《包惠僧回忆录》,人民出版社1983年版。

动,火烧赵家楼,反封建,婚姻自由(当时有许多女学生同我谈论婚姻自由问题)等问题。陈独秀是汉学专家,他的汉学不在章太炎之下。我还向陈独秀请教学汉学的门路。他指导我读书,讲了做人作事的道理。这次我们谈了个把钟头,分手时我表示惜别,不知以后什么时候再见面。他说以后还有再见面的机会。他来去匆匆,在武汉时间不长就到上海去了(引者注:陈独秀回北京后经天津再去上海)。走之前我又去见了他一次。我是为了采访新闻去找他的,没想到后来我和他交往这么多。他关照我不要写文章向外发表我们的谈话。……

跟陈独秀两次匆忙的谈话,使包惠僧对马克思主义产生了兴趣。这样,他在跟陈潭秋见面时,也常常谈论这些问题。当陈潭秋邀他加入"小组",他一口答应下来。

就在李汉俊来信不久,有客自上海来。

来者名唤刘伯垂,又名刘芬。他是湖北鄂城县人氏。他在清朝末年时留学日本。毕业于早稻田大学法科。他在日本时便与陈独秀结识,友情颇笃。

刘伯垂是同盟会的老会员,曾在孙中山的广东军政府担任高等审判厅厅长。1920年秋,他从广州途经上海回湖北。在上海,刘伯垂拜访了老朋友陈独秀。陈独秀吸收刘伯垂参加了共产党。

陈独秀交给刘伯垂任务:回湖北时,找董必武联系,在那里建立共产党组织。

"对了,你还可以吸收郑凯卿加入共产党。"陈独秀特别关照刘伯垂道。

郑凯卿,一个完全陌生的名字。此人既没有留过洋,也没有读过多少书。他原是失业工人。后来,在武汉县华林文华书院当校工。1920年2月上旬,陈独秀到武汉时,住在文华书院,便由郑凯卿照料他的生活。短短四天相处,陈独秀跟郑凯卿相处甚为融洽。陈独秀把革命的道理讲给郑凯卿听,郑凯卿很快就明白了。

刘伯垂坐船从上海来到了武汉，约董必武在武汉关附近的一家小茶馆见面，转达了陈独秀的意见。

几天之后，吃过晚饭，陈潭秋、包惠僧、郑凯卿应约来到了武昌抚院街张国恩律师事务所，那里也是董必武借寓之处。

刘伯垂来了。他带来上海共产主义小组的文件，传达了陈独秀的关于在武汉建立"小组"的意见。

这是一次秘密会议，由刘伯垂主持。武汉共产主义小组（当时叫武汉共产主义研究小组，后来叫中国共产党武汉支部）就在这天建立。大家推举包惠僧为书记，陈潭秋负责组织工作。

刘伯垂在"老虎"——湖北省警察厅背后的武汉多公祠5号，挂起了"刘伯垂律师事务所"的牌子。那里，成了武汉共产主义小组成员们经常聚会之处，而"老虎"居然没有发觉这眼皮底下的红色目标。

一个多月，这个"小组"增加了两名成员：

一位叫赵子健，又名云诩，董必武的同乡，湖北省立第一师范学校的学生。据云是董必武介绍的。

另一位叫赵子骏，是武汉的青年工人。由郑凯卿介绍加入小组。

张国恩由于律师事务忙碌，而且对马克思主义没有多大兴趣，在小组成立三个月后申明退出。

在1921年春，又有刘子通、黄负生加入武汉共产主义小组，都是湖北黄冈人——陈潭秋的同乡。他俩曾创办《武汉星期评论》。

李汉俊在1920年冬，曾由上海回鄂探亲。途经武昌时，曾与武汉共产主义小组的成员们见面，向他们讲解过唯物史观，讲解过社会主义学说。

另外，维经斯基的秘书马马耶夫和他的妻子马马耶娃，还有北京大学的那位"中国通"鲍立维，曾访问了武汉。他们住在张国恩律师事务所里。马马耶夫本来想以教英文作掩护，帮助武汉共产主义小组开展工作。无奈三位高鼻碧眼的外国人，在外国人不多的武汉毕竟太惹人注意了。他们只是在武汉共产主义小组创办的利群书社参观了一番，不得不离开那里。

山东的"王大耳"

共产主义之火，也在山东点燃。

山东虽是中国旧文化发源地，但讲到现在的新文化，却是幼稚得很。别的不用说，单就专门学校而论，还是被一班贩卖日本古董客在那里专利，很带点帝国主义和资本主义的色彩。

从去年10月间省议会议员王乐平，组织了一个齐鲁通信社，附设卖书部，专以贩卖各项杂志及新出版物为营业。通信社虽以人的问题未能十分发达，卖书部却是一月比一月有进步，头一个月仅卖五六十元的书，到最近每天平均总可卖十块钱。卖书部创设的本意，固然非以营利为目的，但营业扩充，即是证明山东学界想着研究新文化的也很有进步。……

这则题为《山东新文化与齐鲁书社》的报道，发表于1920年10月7日的北京《晨报》。这表明孔子的故乡，也飘起了新文化的旗帜。

这位在山东举起新文化大旗的王乐平先生，是中华革命党党员。在"五四运动"中，他是山东的活跃人物，曾作为山东省议会的代表前往上海，吁请上海各界支援山东人民的斗争——因为"五四运动"的斗争焦点之一，便是要求从日本手中收回山东主权，收回青岛。

王乐平在他住宅的外院创办了齐鲁书社，推销《新青年》《每周评论》《资本论入门》《唯物辩证法》《俄国革命史》等，在山东播撒马克思主义种子。

王乐平在京时，跟陈独秀相识，彼此间开始通信联系。当陈独秀在上海组织了共产主义小组,曾致函王乐平,约他在山东组织共产党。

王乐平虽说是进步的开明人士,却不愿加入共产党,更不愿出面组织山东共产党。他把此事转交给了他的远亲、同乡王尽美。

王尽美是山东莒县大北杏村人氏(今属诸城县枳沟乡),年纪比王乐平小得多,出生于1898年6月14日。他原名王瑞俊,字灼斋,天生一对大耳朵,得了个雅号"王大耳"。

毛泽东在1949年曾这样谈及王尽美[1]:

> 王尽美耳朵大,长方脸,细高条,说话沉着大方,很有口才,大伙都亲热地叫他"王大耳"。……

其实,"王大耳"在二十岁之前,耳朵里听见的,只是一个小小村子里的声音。这位佃农的儿子,从小在诸城县、莒县、日照三县交界处依山傍水的大北杏村长大。十二岁进私塾,一边种田,一边学点文化。十七岁便与李姓女子成婚。倘若他安于那小小的世界的话,可以在那祖祖辈辈生活的小村子里过一辈子男耕女织的生活。

然而,望着潍河滔滔水,望着乔有山(即南岭)葱葱树,他的心潮起伏,赋诗言志:

> 沉浮谁主问苍茫,
> 古往今来一战场。

王乐平

王尽美

[1] 王乃征、王乃恩,《怀念我们的父亲》,载《王尽美传》,山东人民出版社1981年版。

> 潍水泥沙挟入海，
> 铮铮乔有看沧桑。

他终于在二十岁那年，告别故乡热土，告别老母贤妻，前往省城济南，考入山东省立第一师范学校——师范学校不仅不收学费，还免费供应食宿。

他来到了一个大世界。他的"大耳朵"听到了时代的呼声，听到新文化运动的呐喊。进校才一年，正遇"五四运动"，他成了学生中的积极分子，成了山东省学生联合会的代表。他跟王乐平有了密切的来往。

他来到更大的世界——北京。在那里，他知道了什么叫马克思主义，他迅速地站到了马克思主义的大旗之下，成为北京马克思学说研究会的通讯会员。

罗章龙曾这样追溯往事[1]：

> 早在一九一九年下半年以后，"五四"爱国运动的中、后期，我们北京国立八校院的学生会和外省的学生会建立了联系。起初我负责做北京大学学生会的工作，山东的学生会经常有人来北京联系。我们北京大学学生会也经常派人去上海和南方，因为济南是沪京往来的必经之地，因此常中途在济停留。我就是在这样一种情况下，同山东学生会的代表王尽美同志认识的。那时候，我们北京学生会的办公处设在校本部，王尽美同志为联系学生会的工作曾多次到西斋来找我。一九二〇年三月，以北京大学为主，由国立八个校院联合组织的马克思学说研究会成立以后，王尽美同志又来到了北京。我领他到北京大学图书馆、教室、学生宿舍等处转转看看，还去看了一些外面来旁听的学生，同时，向他介绍了北京马克思学说研究会的情况。
>
> 在北京念书的学生加入马克思学说研究会的是北京的会员，在北京以外各省市念书的学生或工人被吸收入会的

[1] 罗章龙，《我对山东建党初期情况的回忆》，载《共产主义小组》（下），中共党史资料出版社1987年版。

叫做通讯会员，……王尽美同志对这些都很感兴趣，他登记作为通讯会员加入了北京的马克思学说研究会。那时我任马克思学说研究会的书记，他回去之后经常和我通信联系，交换刊物。……

在北京大学红楼，王尽美还拜访了图书馆馆长李大钊。与李大钊的长谈，使王尽美受益匪浅。

成为北京马克思学说研究会通讯会员，使王尽美的思想发生了跃变。他成了一位马克思主义者。

于是，在济南内贡院墙根街济南教育会那里，居然挂出了一块非同凡响的大木牌，上书："山东马克思学说研究会"。

那是1920年9月光景挂出这牌子的。创建这个研究会的主角，是王尽美。参加者最初十来人，后来发展到五十余人。内中的积极分子是山东省立第一中学的学生邓恩铭、育英中学的国文教师王翔千。

王翔千比王尽美年长十岁，原名王鸣球，山东诸城人。王翔千跟王尽美，也有那么点亲戚关系——王翔千妻子的姑母是王尽美的婶母，所以他们早就相识。

王翔千肄业于北京译学馆，但古文底子颇好，擅长诗词歌赋。受他的影响，王翔千的弟弟王象午也加入山东马克思学说研究会。

王翔千的女儿王辩（后来改名黄秀珍），也很早加入中国共产党。

就在陈独秀给王乐平去函，希望他在山东组织共产党的时候，李大钊从北京派来陈为人，找王尽美、邓恩铭、王翔千等商议如何在山东建立共产党。"南陈北李"，都关注着山东。山东马克思学说研究会召开了欢迎陈为人的茶话会。陈为人在会上，介绍了北京共产主义小组的情况。陈为人当时是北京《劳动者》编辑。

在"南陈北李"的帮助下，1921年初，济南共产主义小组秘密成立。最初的成员除王尽美、邓恩铭、王翔千外，据查考，可能还包括王复元、王象午、王用章、贾乃甫等人。

水族青年邓恩铭

> 下大雨，
> 涨大河，
> 大水淹到白岩脚，
> 掩住龙脑壳，
> 鲤鱼虾子跑不脱。

这首儿歌的作者，便是邓恩铭——王尽美的亲密战友。

邓恩铭比王尽美还小三岁，生于1901年1月5日（《辞海》1979年版"邓恩铭"条目，误为1900年生。邓恩铭生于清光绪二十六年冬月十五日，换算为公历，1901年1月5日），是中国共产党创建时期最年轻的人物之一。

邓恩铭不仅年轻，而且是水族人。他出生在贵州省荔波县水族集居村寨水浦村的板本寨。那里离荔波县城大约二十公里。

水族是中国人数甚少的少数民族。据1957年统计，中国的水族人只有十六万余人，聚居于贵州三都、荔波、榕江、从江、都匀、独山一带。水族语属汉藏语系壮侗语族侗水语支。

"水家的山歌唱不完，夜连夜来天连天。"邓恩铭从小说水族话，唱水族山歌。他的奶奶是水族歌手，教他学会一支又一支水族山歌：

> 砍柴一刀刀，
> 担柴一挑挑。
> 谁知一餐饭，
> 多少眼泪抛。

如此朗朗上口的水族山歌，绝不亚于唐朝诗人李绅那首"谁知盘中餐，粒粒皆辛苦"。邓恩铭从小在这些水族山歌的熏陶下，懂得人世间最质朴的爱与憎。

他出生在医生之家。祖父邓锦庭、父亲邓国琮都行医。他原名邓恩明，字仲尧。他六岁时进私塾，十六岁时入荔泉书院。

识字知书，他写起山歌来：

种田之人吃不饱，

纺纱之人穿不好，

坐轿之人唱高调，

抬轿之人满地跑。

据《邓恩铭烈士专集》[1]查证，这是邓恩铭十五岁时的作品。这位水族少年的爱憎已很鲜明。

十六岁那年，邓恩铭的命运发生了变化，他走出了世世代代生活的村寨，作千里远行。那是他的二叔黄泽沛热情来信，邀他到山东济南上学，他便与叔母、堂弟一起，经香港、上海，抵达济南。

黄泽沛清朝进士，后来到山东当县官。他其实姓邓。他的父亲邓锦臣与邓恩铭的祖父邓锦庭是亲兄弟。由于他过继给姑母家，于是改姓黄。邓恩铭到了他家，也取了个黄姓名字，叫"黄伯云"。

离开水族村寨时，邓恩铭赋诗言志：

男儿立志出乡关，

学业不成誓不还。

埋骨何须桑梓地，

人间到处是青山。

[1]《邓恩铭烈士专集》由黔南布依族苗族自治州概况编写组编，1983年3月在都匀印出内部参考本。

邓恩铭在1917年10月抵达济南，便进入山东省立第一中学读书。这是山东的名牌中学，使邓恩铭知识猛进，大开眼界。

进入省立一中一年多之后，"五四运动"山呼海啸般爆发了。山东成了全国注视的焦点。十八岁的邓恩铭投身于汹涌澎湃的学生运动，被同学们推举为省立一中学生自治会负责人兼出版部部长。

就在这时，他与省立第一师范学校的学生领袖王尽美结识。从此，他俩肩并肩，在济南从事革命活动。

王尽美和邓恩铭等在1920年秋，组织了"励新学会"。王尽美被推举为《励新》杂志编辑部负责人，邓恩铭担任学会庶务。

《励新》半月刊在1920年12月15日创刊。《发刊词》中说励新学会的宗旨是"对于种种的问题，都想着一个一个的，给他讨论一个解决的方法，好去和黑暗环境奋斗"。

为着更进一步"和黑暗环境奋斗"，王尽美和邓恩铭组织了山东共产主义小组。这时的邓恩铭不过二十岁，而王尽美也只有二十三岁。

斯托诺维奇在广州找错了对象

当共产主义之火在中国的上海、北京、长沙、武汉、济南逐一点燃之际，中国南方第一大城市广州，也出现了共产主义"幽灵"。

广州是当时中国的一片热土。共产党的种子，最容易在那里萌芽。因为那里是孙中山的大本营，是中国资产阶级民主革命的策源地。

当维经斯基率领那个"记者团"抵达北京之后，便兵分几路：他自己率"主力"前往上海；马马耶夫夫妇和鲍立维去了武汉；那位从哈尔滨奉命赶往北京的大胡子、俄共（布）党员斯托诺维奇，则在上海住了几个月之后，被维经斯基派往广州。

热浪在广州澎湃，只有傍晚时一场豪雨骤降，才使人舒了一口气。1920年9月，在寒带长大的斯托诺维奇新来乍到广州，真不习惯。对于满街戴着尖顶斗笠的广州人，对于人行道上便于遮雨的过街楼，他感到非常新奇。

斯托诺维奇在广州改了名字，叫 Минор，即米诺尔。他与另一位俄共（布）党员 Песлин，即佩尔林，一起被维经斯基派往广州。此外，还有那位既会讲法语又懂中文的越南人。斯托诺维奇用法语与那位越南人交谈。

斯托诺维奇此行的目的，是在广州建立共产党组织。不过，他的公开身份是"远东共和国"记者。这个苏俄在远东临时建立的缓冲国，给人以"中立"的印象，也就使人们难以想到他会是俄共（布）党员。

他和佩尔林在广州市中心永汉北租下了"光光"眼镜店二楼（今广州北京路太平餐馆对面）。

他真的干起了记者行当。在那里办起了"俄华通讯社"。

斯托诺维奇在广州四处活动，寻找广州的马克思主义者，以便着手在那里组织共产党。不过，他不像维经斯基那么顺利，因为维经斯基在北京找到了李大钊，在上海找到了陈独秀，"扎根串联"那"根"都"扎"得很准。

也许是缺乏工作经验，斯托诺维奇和佩尔林在广州所"串联"的，没有一个是马克思主义者：广州女子师范学校的英语教师黄尊生、谭祖荫，国文教师刘石心，当过漳州教育局局长的梁冰弦（他的原先的秘书便是刘石心），在报馆当校对的梁一余，他的弟弟、雅号"生意佬"的梁雨川，还有一位北京大学毕业生区声白。这七位，全是无政府主义者。

斯托诺维奇和佩尔林找错了对象，细细探究起来，是因为来广州时找错了"向导"。陪同他们来广州的，是广东台山籍的北京大学学生黄凌霜。黄凌霜是一位著名的无政府主义者。他曾加入过李大钊领导的北京共产主义小组，后来又退出。

物以类聚，人以群分。很自然地，黄凌霜引见的是广州的一批无政府主义者。

在那个时代，无政府主义者和马克思主义者同行，都举起了反军阀之旗，都要求民主。但是，无政府主义者反对无产阶级专政，反对组织共产党，使斯托诺维奇和佩尔林的计划落空。

当事者谭祖荫在1981年的回忆,十分真实地道出了当时的情形[1]:

> 两个俄国人(引者注:指斯托诺维奇和佩尔林)同我们每周开一次会,多数在"光光"二楼开,有一次在黄尊生家开。我们开会是汇报本星期宣传的经过,下一步应如何做。会上使用英语,一般由区声白当记录,区当时在岭南大学教书,有时他来不了,就由我当记录。黄尊生的英语好,由他当翻译,梁冰弦和我也会听、讲英语。当时两个俄国人知道我们是无政府主义者,和我们讲的是关于开展工人运动的事情,并由波金(引注者:即佩尔林)用英文起草向工人宣传的提纲,内容主要是揭露工人如何受资本家的剥削和压迫,不合理、不平等,要起来斗争,也讲到关于社会主义的道理,然后由区声白、黄尊生翻译成中文,由黄尊生、刘石心去协同和机器厂工人俱乐部作宣传。这个俱乐部不大,可坐三四十人,我去过一二次,只是旁听,没讲什么。梁冰弦不常去,区声白没去过。记得有一次是讲工人受资本家压迫、剥削,听众有三四十个工人。工人没有发言,因为听完时间已经很晚,就散会了,也没有组织工会。此宣传活动是半公开的,没有准备组织工人罢工。后来才有机器工会,但我没有参与。我后来只当教师,不问政治。当时两个俄国人没有和我们谈到成立共产党的问题。我们与共产党不同,各走各路,自己喜欢怎么搞就怎么搞。如果提出组织就会马上反对,我们不要头头,谁要做头头,马上有人反对。一九八〇年一二月一九日《人民日报》有篇文章说,两个俄国人和我们七个无政府主义者已经组织了广东共产党,是广东最早的共产党员,这是误会了。当时确实是没有谈到成立共产党的问题,因为我们是无政府主义者,是不主张受什么组织、纪律约束的。

由于斯托诺维奇和佩尔林找错了对象,这样,广州的共产党组织,最初没有建立起来。

说实在的,两个不懂汉语的俄国人,对广州又是人地

[1]《谭祖荫的回忆》,《共产主义小组》(下),中共党史资料出版社1987年版。

生疏，在那里找错了对象也是在所难免的。何况，陪他们来到广州的那位黄凌霜，是来自李大钊身边——就连李大钊在北京建立共产主义小组时，也曾吸收了黄凌霜！

北大三员"大将"南下羊城

其实，广州也有"正宗"的马克思主义者。

只消读一读1919年11月连载于《广东中华新报》的《马克思主义》这一篇长文，便可知作者对于马克思主义有着深刻的了解。

兹照原文，摘录若干片断：

自马克思氏出，从来之社会主义，于理论及实际上，皆顿失其光辉，所著《资本论》一书，劳动者奉为经典……

由发表《共产党宣言》书之一八四八年，至刊行《资本论》第一卷之一八六七年，此二十年间，马克思主义之潮流，达于最高……

自马克思倡其唯物的历史观以后，举凡社会的科学，皆顿改其面目。……

此文署"鲍庵"，乃杨鲍安的笔名。

写此文之际，杨鲍安二十三岁而已。他是广州香山县（今中山市）人。他本来在家乡教小学。

耿直的他，看不惯校长贪污学款，予以揭发。然而，他却因此遭到校长忌恨，反而被诬入狱。出狱后，他极度愤懑，欲寻求真理。于是，他东渡日本，在横滨勤工俭学，日渐接受新文化、新思想。回国后，他在澳门教书。不久，在广州时敏中学任教，同时兼任《广东中华新报》记者。他是广州最早接受马克思主义的人。正因为这样，他写了《马克思主义》一文，公开宣传马克思主义学说和"布尔什维克"主义。

可惜，斯托诺维奇没有发现杨匏安。杨匏安是1921年在广州建立了共产党组织之后才加入的。后来，在第一次国共合作间，他以个人身份加入国民党，担任国民党中央执行委员会委员、中央组织部代理部长。1925年，他是著名的省港大罢工的领导者之一。1931年被捕，死于刑场，终年三十五岁。

广州着手成立共产党，是从北京大学的三员"大将"抵达这南国名城之后开始的。

这三员"大将"原本都是广东人，都考上北京大学，都在1920年暑假前毕业，从北京经上海到了广州。

三员"大将"之一，便是本书序章中提及的那位陈公博，《共产主义运动在中国》一书的作者。

陈公博的父亲陈致美，是一位武官，在广西当过提督。受父亲的影响，陈公博从小受到文、武两个方面的训练。他读了许多中国古书，练就一支笔，所以他后来擅长写作；他也学会武术，会骑马，身强力壮。此外，他从十五岁起学习英语，为他后来留学美国打下了基础。

他的父亲因参与反清，在1907年被捕入狱，陈家陷入困顿之中。陈公博靠着当家庭英语教师糊口。

辛亥革命之后，陈致美跃为"省议会议员""都督府军事顾问"，年仅二十岁的陈公博居然也当上了"县议会议长"。如他所言："那时真是自命不凡，不可一世。"

不过，他的父亲仍要他去求学。他在《寒风集》中曾这样回忆[1]：

> 我的家庭内，母亲很是严肃，而父亲倒很慈和，我自有记忆以来，我的父亲从来没有打过我，并且也不曾骂过我。可是在辛亥反正之后，看我那样趾高气扬，便忍不住了。父亲对我虽然素来慈和，可是严厉起来，却秋霜满面，凛然令人生畏，一天他正色对我说，你拿什么学识和资格去做参谋，去当县议会议长？你这样不知自爱，终有一天翻筋斗跌下来，就是地位不跌下来，人

[1] 陈公博，《寒风集》，上海地方行政社1944年版。

格也会堕落。古之学者为己，今之学者为人，就算为人罢，自己没有学识，为人也为不了。自然父亲那时叫我什么都不要干，而去读书……

陈致美虽然在1912年9月去世，陈公博毕竟还是听从了他的话，当了两年教员之后，于1914年考入广州法政专门学校。1917年毕业之后，他又考入北京大学哲学系。北大，新文化运动的中心，他在那里拜识了校长蔡元培，文科学长陈独秀。尤其是"五四运动"，给了他难忘的印象。

后来，他在《共产主义运动在中国》一书中，曾作如此描述：

对我来说，回忆这一时期的活动是非常有趣和令人兴奋的。我处在巨大的浪潮中，自始至终目睹了这次激进的运动，目睹了群众不满情绪的加深和反抗的顽强性。此情此景在壮丽和忧伤方面与1898年——1899年冬俄国大学生的总罢课多么相似！

不过，又如他在《寒风集》中《我与共产党》一文中所说，在北京时他"静如处子"，还没有完全投入革命活动。他埋头于读书。后来，他才"动如脱兔"。

陈公博的同乡观念颇重。他的活动圈，大都限于同乡之中。跟他住在同一宿舍的，是他的广东老乡谭平山。

谭平山年长陈公博四岁，号诚斋，别号聘三，广东高明县（今高鹤县）人。他和陈公博在同一年进入北京大学。他是三员"大将"中的另一位。

陈公博在《我与共产党》中，这么写及谭平山：

平山的原名本叫谭鸣谦，别号聘三，自然是三聘草庐的意思，后来他改名平三，也是由聘三谐音来的。那时我因为他留了一撇小胡子，免不了开玩笑的叫一声聘老。迨时北京有位王士珍先生，别号聘卿，就是世间所传的王龙、段虎、冯狗，三杰之一，声势煊赫，报纸常书聘老而不名。我也唤平山做聘老而不名，并且时常对他说笑，谓南北两聘老遥遥相对。而平山为了报复罢，唤我做猛野，广东人叫厉害是猛，而野呢广东是家伙的意思，所谓猛野，就是利（厉）害的家伙。这样彼此称呼，差不多好几年，至民国二十七年我在汉口重遇平山，还是叫他做聘老。平山的为人，年纪比我大几岁，世故也比我老练多，只是他具有一种名士风，充满浪漫气息，不大修边幅，在北京某一时期，也曾发狠大做其新衣服，可是时机和兴趣一过，又依然浪漫不羁。后来在广州替共党工作，倒是一个努力不懈的人物。……

谭平山

三员"大将"中，还有一位便是谭植棠，也是1917年进入北京大学。

谭植棠跟谭平山沾亲带故，算是谭平山的族侄——比谭平山小七岁，也是广东高明县人。他曾积极参加过"五四运动"。

陈公博在《我与共产党》一文中，提及谭植棠：

至于植棠倒是朴实无华，忠于待人，信于所守，他是学史地的，因平山的关系，我才认识他。我对于植棠的印象和交谊都比别人为深，至今怀念斯人，犹恋恋不释。

陈独秀在广州建立小组

关于广东共产党如何诞生，陈公博在《我与共产党》中，作过一段说明：

谈及广东共产党的起源，很多人传说，广东的共产党发源于北京大学，以为广东的共产党远在我北京时代就有了组织，其实这是误传的。大概因为广东共产党开始只有三个人，就是我，谭平山，谭植棠，而三个人都是北大的同期毕业生，因此附会流传，遂有这种推想。实在我们在北大时，一些组织也没有，除了谭平山参加过"新潮"社外，我和植棠，都没有参加过任何组织。……

广东共产党的诞生，跟《广东群报》有着密切关系。这家报纸是陈公博、谭平山、谭植棠这"三驾马车"办起来的，创刊于1920年10月20日。在创刊号上，刊登了陈独秀的《敬告广州青年》，这也表明陈公博、谭平山、谭植棠跟陈独秀有着颇为密切的关系。

陈公博在《我与共产党》一文中，如此回忆道：

谈起广东共产党的历史，大概没有人不知道它的机关报《广东群报》，可是群报在创立当时，远在共产党成立之前。当我们在北大毕业的时候，我和平山几个人便商议回广东办一个报馆，当日办报纸的动机，并不在于营利，我于报业是有经验的，尤其在广州办报只有亏本。我们的动机也不在自我宣传，那时我们刚在学校毕业，只想本其所学，在学校教书，根本并没有政治欲。我们的动机的确在于介绍新文化……

我这个人除非不干，一干便不会回头，无论成败，出了版再说，因此在千辛万苦之中，终于出版。主持群报的就是平山、植棠和我三个人，以经验的关系，推我作总编辑，平山编新闻，植棠编副刊，这样便宣告出版。

《广东群报》出版了，在广东产生了影响。

至于广东共产党如何成立，陈公博在《我与共产党》一文中这么谈及：

仲甫先生终于在沪上和俄国共产党发生关系了，对于广东，认为是革命策源地，非常注意，于是俄国便有两个人以经营商业为名到了广东，说也奇怪，那两个俄国人当时首先在广东往来的是无政府主义者，由于区声白是研究无政府主义的，遂连带和我们往来，那时广东虽然粤军回粤，内部的暗潮动荡不宁，在政治有胡汉民先生和陈炯明的摩擦。在军事有许崇智先生和陈炯明的摩擦，而在改组前的国民党，既无组织，又无训练，也无宣传。我们觉得在北如此，在南如此，中国前途殊于忧虑，兼之那时也震于列宁在苏俄革命的成功，其中更有仲甫先生北大的关系，平山植棠和我，遂赞成仲甫先生的主张，由我们三个人成立广州共产党，并开始作社会主义青年团的组织，公开在广州宣告成立。

就在这个时候，一位重要人物南下广州，使广州共产党，亦即广州共产主义小组士气大振。

这位重要人物，乃是"南陈北李"的"南陈"！

那是1920年12月25日，陈独秀出现在广州大东酒店。当天夜里，陈公博、谭平山、谭植棠便赶到那里，跟这位当年的北京大学文科学长共叙师生之情……

陈独秀此行，并非路过广州，而是前往广州赴任。

那是广东省省长兼粤军总司令陈炯明再三敦请陈独秀，他终于离沪南下，到这里出任广东省教育委员会委员长兼大学预科校长。

在1920年2月，陈独秀从北京经天津来到上海，原本便是准备去广州的。那是为了去广州筹办西南大学。后来，章士钊、汪精卫从广州来沪，说校址设沪，不必去粤。西南大学没有办成，陈独秀在上海滞留了十个月。正是在这十个月中，陈独秀在维经斯基的帮助下，在上海建立了共产主义小组。

陈炯明久慕陈独秀大名。此时的陈炯明，尚是一派左翼色彩。再三电邀陈独秀南下，自然也是为了装潢他的革命门面。陈独秀呢，也看中广州一片革命气氛。特别是在这年10月29日，陈炯明率粤军打败桂军，占领广州，孙中山也离沪赴粤，在那里重组军政府。这样，陈独秀决心离沪赴粤。

离沪前，陈独秀把上海共产主义小组的工作交给了李汉俊，把《新青年》编辑部交给了陈望道。

离沪那天——1920年12月16日，陈独秀写信给北京的胡适、高一涵打招呼："弟今晚即上船赴粤，此间事情已布置了当。《新青年》编辑部事，有陈望道君可负责……"

不料，胡适见信，大为不悦。胡适本来就已不满于《新青年》向"左"转。陈望道加入《新青年》之后，又"把马克思主义的东西放进去，先打出马克思主义的旗帜"[1]。

胡适终于"看不过，忍不住了"。他提出把《新青年》"移回北京编辑"。他致函李大钊、鲁迅说道："《新青年》在北京编辑，或可以多逼北京同人做点文章"，不要把《新青年》放在"素不相识的人手里"。胡适所说的"素不相识的人"，不言而喻，指的是陈望道。

《新青年》编辑部分化了。陈望道仍把《新青年》作为中国共产党上海发起组的机关刊物来编辑。

胡适与《新青年》分道扬镳了。

陈独秀来到广州之后，迁入泰康路附近的回龙里九曲巷十一号二楼。他与斯托诺维奇、佩尔林见了面，决定坚决摒弃无政府主义者。那两位俄国人，这才终于找到了建党对象。

在陈独秀的主持下，广州成立了共产党组织。书记先是由陈独秀担任，后来改由谭平山担任。陈公博负责组织工作，谭植棠负责宣传工作。斯托诺维奇、佩尔林也加入了这一组织。最初有党员九人。后来，逐渐扩大。

另外，当陈独秀由上海经香港去广州时，有三位香港青年上船求见。他们是香港政府"视学员"林昌炽、皇仁中学毕业生张仁道、小学教师李义宝。"视学员"系官名。北

---

[1] 《中共党史人物传》，第二十五卷，陕西人民出版社1985年版。

今素波巷30号广州市第十中学内"小红楼"。1921年春，广州共产党早期组织在此正式成立

洋政府设置，属县劝学所，员额一至三人，承县知事之命视察全县教育事务。后来，这三位青年在香港跑马地黄泥涌蒙养小学校李义宝家中成立了马克思主义研究小组。

周佛海其人

中国共产党的建党工作，很快由国内发展到海外。

在日本的中国留学生之中，出现了旅日共产主义小组。这个小组是所有共产主义小组中最小的一个——只有两名成员，施存统和周佛海。

施存统在杭州因那篇《非孝》，闹得沸沸扬扬，无法立足，来到了上海。在上海，他参加了上海共产主义小组。他在1920年6月20日前往日本东京，与周佛海取得联系，成立了日本小组。如他所回忆："陈独秀来信，指定我为负责人。"[1]

至于那位周佛海，是谜一般的人物：最初他站在中国共产党的阵营之中，忽地变成中国国民党的要员，最后又成为汪精卫汉奸政权的显宦。

在本书序章中，曾写及周佛海的妻子周杨淑慧帮助寻找中国共产党一大会址。

这个谜一般的人物，究竟当初是怎样走入中国共产党的阵营之中的呢？

1897年，周佛海降生于湖南沅水之侧的沅陵县。他家在沅水南岸，离县城二十多里。上中学的时候，他便是一个"不安分的青年"，曾在沅水中洲的龙吟寺墙壁上，题了这么一首诗：

登门把酒饮神龙，拔剑狂歌气似虹。
甘处中流拦巨浪，耻居穷壑伴群峰。
怒涛滚滚山河杳，落木萧萧宇宙空。
不尽沅江东逝水，古今淘尽几英雄。

那时，他已颇为"留心政治"，所以诗中透露出那雄心勃勃的气概。

他的《往矣集》中的《苦学记》一文，也写及小小年纪的政治抱负：

袁氏（引者注：指袁世凯）死后，内阁常常更动，一下子某甲入阁，一下子某乙入阁，在看报之余，居然也想将来要入阁了。我们学校扩充，把附近的文昌阁，并入学校做宿舍。我因为常常想将来一定要入阁，替国家做事，所以和同学说到文昌阁去，便说"入阁"……主观上虽然有

施存统，1920年与周佛海在日本建立旅日共产主义小组

年轻时的周佛海

[1] 施存统，《中国共产党成立时期的几个问题》，《共产主义小组》（下），中共党史资料出版社1987年版。

这种气概，客观上上进发展的机会，可以说是绝对没有。真是前途黑暗，四顾茫茫！

一个极为偶然的机会，使他可以跳出那小小的县城，远走高飞，去闯大世面。那一天，成了他命运的腾飞点。他在《苦学记》中这么叙述：

民国六年（引者注：即1917年）五月某日，照例返家，遇着山洪暴发，沅江水涨，不能渡河进城。于是在家住了四天，等着水退。那晓得我一生的命运，就在这四天决定了，而我还在乡下，一点不知。等到到了学校，一个朋友对我说："老周！你可以到日本留学去了，最近就动身。"我以为他是开玩笑。他说："你不相信，我和你去见校长。"见了校长，果然是真！原来我有个同班的朋友，他的哥哥在东京，前一年把他叫到东京去了。他来信说东京生活程度并不贵，每年只要百五六十元，如果肯用功，一年之后，就可以考取官费。我的好友邬诗斋便发起凑钱送我去……

父亲早亡，周佛海告别老母远行，口占一首诗：

溟濛江雾暗，寥落曙星稀。
世乱民多散，年荒鬼亦乱。
心伤慈母线，泪染旧征衣。
回首风尘里，中原血正飞。

他头一回出远门，和两个同学同行。三个人不会讲一句日语，居然也从上海来到了日本。经过短期补习日语，他考入了日本第一高等学校，获得"官费"。在那里，他开始从杂志上读到许多关于俄国革命的文章。

一年之后，预科毕业，他被分发到鹿儿岛的第七高等学校。

在风景如画的鹿儿岛，他在功课之余，"专门只看社会主义的书籍"。他开始译书,写文章。"当时梁任公一派的人,在上海办有《解放与改造》半月刊,我常常投稿,都登载出来,稿费非常丰富。这种稿费,大都寄回家养母,一部拿来买书"。

就这样,他开始钻研社会主义学说,开始跟梁启超(即梁任公)、张东荪有了联系。

周佛海在他的《往矣集》的《扶桑笈影溯当年》一文中,十分详细地写及他进入中国共产党阵营的经过:

民国九年(引者注:1920年)夏天,决心回沅陵省母。……那晓得一到上海,便不能再往前进了。因为那时张敬尧督湘,我们的湘军,群起驱张,战事紧张,道路梗塞。……

既然不能回家,打算到杭州去玩玩。动身之前,去时事新报馆访张东荪。他是《解放与改造》的主持人,我因为投稿的关系,和他常常通信。我到了报馆,他还没有到。……后来东荪来了,却谈得非常投机。他们当时组织"共学社",翻译名著,请我也译一本,我便担任翻译克鲁泡特金的《互助论》。

到西湖住在智果寺,每日除译书、看书外,便和几个朋友划船、登山……住了三个多星期,因为热不可耐,仍旧回到了上海。

到了上海,张东荪告诉我,陈仲甫(独秀)要见我。仲甫本是北大教授,主办《新青年》鼓吹新思想,为当时的当局所忌,所以弃职来沪,《新青年》也移沪出版。有一天我和张东荪、沈雁冰,去环龙路渔阳里二号,去访仲甫。当时有第三国际代表俄人吴庭斯基(引者注:即维经斯基)在坐。……

后来的情况,便如同本书第二章所描述的:维经斯基明确提出,希望组织中国共产党。张东荪不愿加入。周佛海、沈雁冰同意加入。

这样,周佛海便成了上海共产主义小组的成员。

周佛海曾在《扶桑笈影溯当年》中,谈及他加入中国共产党的思想动机:

我为甚么赞成组织共产党，而且率先参加？第一，两年来看到共产主义和俄国革命的书籍很多，对于共产主义的理想，不觉信仰起来；同时，对于中国当时军阀官僚的政治，非常不满，而又为俄国革命所刺激，以为非消灭这些支配阶级，建设革命政府，不足以救中国。这是公的。第二，就是个人的动机，明人不做暗事，诚人不说假话，我决不隐瞒当时有个人的动机；……当时所谓个人的动机，就是政治的野心，就是 Political Ambition。在一高的时候，正是巴黎和会的前后，各国外交家都大出锋（风）头。所以当时对于凡尔赛，非常神往，抱负着一种野心，将来想做一个折冲樽俎，驰骋于国际舞台，为国家争光荣的大外交家。后来研究俄国革命史，又抱着一种野心，想做领导广大民众，推翻支配阶级，树立革命政权的革命领导者。列宁、特路茨基（引者注：即托洛茨基）等人物的印象，时萦脑际，辗转反侧，夙兴夜寐，都想成这样的人物。……

周佛海和施存统，实际上都是在上海加入了共产主义小组，然后去日本的。他俩在日本组成了一个小组。

周佛海还曾回忆：

回到鹿儿岛之后，除掉上课以外，仍旧是研究马克斯（引者注：即马克思）、列宁等著述，和发表论文。同时，我想要领导群众，除却论文，最要紧的是演说。所以纠合十几个中国同学，组织了一个讲演会，每礼拜讲演一次。练习演说。当时同学都说我有演说天才，说话很能动人。我听了这些奖励，越加自命不凡，居然以中国的列宁自命。现在想起来，虽觉可笑，但是在青年时代，是应该有这样自命不凡的气概的。……

1920年周佛海加入中国共产党之际，不过二十三岁，是一大群热血青年中的一个。然而，他的政治野心，他的领袖欲，却为他后来改弦更张、叛离中国共产党预伏下思想之根……

周恩来赴法寻求真理

中国共产党的组织发展工作，向东伸入留日学生，向西则伸入留法学生。

当时，留法勤工俭学的热潮不亚于留日。从1919年春到1920年底，中国便有一千五百多名青年拥入法国勤工俭学。

内中，撒向法国的中国共产党"种子"是张申府。他是北京共产主义小组最早的成员之一。他不是去法国勤工俭学。那时，他已是北京大学讲师。他跟北京大学前校长蔡元培同船去法国，被吴稚晖聘为里昂大学中国学院教授，讲授逻辑学。

张申府在法国发展了刘清扬加入中国共产党，并结为夫妇。张申府又和刘清扬发展了周恩来加入中国共产党。因此，周恩来加入中国共产党的时间，是从1921年2月算起的[1]。

张申府在回首往事时，曾这样十分概括地谈及旅法共产主义小组的人员情形：

> 接着，由上海又去了两个党员：赵世炎、陈公培。他们两人是上海入党的，都是陈独秀介绍去的。这样，我们五个人成立一个小组（张申府、周恩来、刘清扬、赵世炎、陈公培），小组一直是这五个人。后来小组的事，就由周恩来他们管了，我不怎么管。李维汉当时是少年共产团（CY），他是一九二一年底回北京入党的。蔡和森也是少年共产团（CY），后来在北京入党的。陈延年、陈乔年没有加入我们小组。延年本来是无政府主义者，他们反对他们的父亲，所以到了法国，也没有（受陈独秀委托）去看看我。他们慢慢进步，走到了社会主义、共产主义的路上，后来加入了少年共产团和共产党。……

周恩来是在1920年11月7日，在上海登上法国邮船波

---

[1]《中国共产党中央组织部关于重新确定周恩来同志入党时间的报告》1985年5月23日，《文献和研究》1985年第四期。

尔多号，驶往法国的。

这位二十三岁的小伙子，是华法教育会组织的第十五批赴法学生中的一个。比起同龄的年轻人来说，他显得成熟，因为他已在社会的大熔炉里受到炙烤——曾经东渡扶桑，也曾身陷囹圄，还曾与李大钊有过交往……

周恩来祖籍浙江绍兴。连他自己也曾这么说过："在血统上我也或许是鲁迅先生的本家，因为都是出身浙江绍兴城的周家。"[1]

1921年春旅法共产主义小组成立。这是小组成员张申府（左一）、刘清扬（左二）、周恩来（左三）以及赵光宸（左四）

不过，他出生在苏北淮安。取名恩来，原意是"恩惠到来"。字翔宇，后来他常用的笔名"飞飞"也就取义于"翔宇"。至于他另一个常用笔名"伍豪"，则是他参加觉悟社时抽签抽到五号，取了谐音为"伍豪"，而邓颖超抽到一号，取了"逸豪"为笔名。

十二岁那年，周恩来离开淮安老家，随伯父周贻赓到东北沈阳去。十五岁的时候，又由于伯父调到天津工作，他也到天津求学。环境的不断变换，使他眼界大开，而且养成独立生活、独立思考的能力。

十九岁那年，他从南开学校毕业，头一回出国——到

[1] 中国共产党中央文献研究室编（金冲及主编），《周恩来传》，1页，人民出版社、中央文献出版社1989年版。

第四章·响应　257

赴法勤工俭学学生乘坐的"波尔多"号

日本留学。上船时,朋友送了一本《新青年》第三卷第四号。他在途中细看了这本杂志,思想产生共鸣。从此,他成为《新青年》的热心读者。他曾在日记中写道[1]:

> 晨起读《新青年》,晚归复读之。于其中所持排孔、独身、文学革命诸主义极端的赞成。

日本使周恩来失望,因为当时的日本正在跟中国北洋军阀政府签订不平等条约。周恩来卷入了留日学生的爱国运动。

留日两年,二十一岁的周恩来终于下决心归国。他在1919年4月回来,恰逢震撼中国的"五四运动"。周恩来在天津组织了觉悟社,成为天津学生领袖。他请来李大钊到天津觉悟社讲话,跟这位中国最早的马克思主义者有了交往。

他终于被天津警察厅逮捕。从1920年1月29日至7月

[1] 中国共产党中央文献研究室编(金冲及主编),《周恩来传》,25页,人民出版社、中央文献出版社1989年版。

17日,将近半年的铁窗生涯,使周恩来的思想迅速走向成熟,看透了旧中国的黑暗,决心点起一把革命的火,照亮这黑沉沉的国度。

出狱之后,他又去北京见李大钊。

为了寻求真理,寻求拯救中国之路,他踏上了西去的轮船,到欧洲去……

他原本是打算去英国的。从法国到了英国,住了五星期,还是回到了法国——法国的生活费用要省得多。

在法国,周恩来终于认准了马克思主义,走上了马克思主义之路。

周恩来在1922年3月致天津觉悟社谌小岑、李毅韬的信中,十分坦率地谈及自己思想转变的过程[1]:

劈头要说的便是:你们现在所主张的主义,我是十二分表同情,差不多可以说没有什么修正。觉悟社的信条自然是不够用欠明了,但老实说来,用一个Communism(以下简作Cism)也就够了。……

总之,主义问题,我们差不多已归一致。现在郑重声明一句,便是"我们当信共产主义的原理和阶级革命与无产阶级专政两大原则,而实行的手段则当因时制宜!"……

我以前所谓"谈主义,我便心跳",那是我方到欧洲后对于一切主义开始推求比较时的心理,而现在我已得有坚决的信心了。我认清Cism确实比你们晚。一来因为天性富于调和性,二来我求真的心又极盛,所以直迟到去年秋后才安妥了我的目标。……

周恩来信中所说的"Communism",亦即共产主义。

赵世炎加入旅法小组

1920年5月9日,又一艘名叫"阿芒贝利"号的轮船驶

[1] 天津《新民意报》副刊《觉邮》第二期,1923年4月15日。

出上海港,前往法国。

在码头送行的人群之中,站着又瘦又高的毛泽东。

船上赴法青年之中,有许多湖南青年,内中有毛泽东的好友萧三。同船的也有四川青年,内中有一位十九岁的不大爱笑、言语不多的小伙子,名叫赵世炎。

赵世炎是四川酉阳县人,又名施英,号国富,笔名乐生。后来,他还取了个俄文名字,叫"阿拉金"。那是因为1905年俄国革命失败后,十二位革命者在法庭受审。当赵世炎1923年由法国去莫斯科学习时,同行者正巧十二人。于是,这十二人各取1905年十二位俄国革命者的名字为自己的俄文名字。赵世炎取了其中一位阿拉金的名字,作为自己在俄国使用的名字。

赵家是多子女家庭。赵世炎兄弟姐妹九人,他是"老八"。他的妹妹,亦即"老九",比他小一岁,名叫赵君陶。赵君陶便是李鹏之母。

十三岁之前,赵世炎在四川酉阳度过童年,在龙潭镇高级小学毕业。

他的父亲赵登之,是酉阳地主兼工商业主。1914年,赵登之得罪了当地的恶霸,不得不带着五个未成年的孩子迁往北京。到了北京之后,赵世炎和四哥赵世琨一起进入国立北京高等师范学校附属中学学习,而姐姐赵世兰、妹妹赵君陶则进入北京高等师范学校附属女中。

赵世炎上中学时,很喜欢英语课。学会了一口流畅的英语,使他后来出国受益匪浅。1918年6月30日,王光祈、曾琦、周太玄等六人,在北京宣武门外岳云别墅开会,讨论成立"少年中国会",推选王光祈为主任,并决定邀李大钊列名发起。后来,在1919年7

赵世炎

月1日，少年中国会在北京回回营陈宅正式召开成立大会，成为"五四"时期中国进步青年的重要团体。

赵世炎在1917年结识李大钊。在筹备成立少年中国会期间，李大钊让赵世炎也参加一些活动。这样，赵世炎开始走出学校，投身于社会活动。

"五四运动"爆发的第三天——5月7日，北京高等师范学校附中成立学生会，赵世炎便当选为干事长。这年7月，赵世炎在附中毕业，正式参加了少年中国会。

不久，赵世炎进入吴玉章在北京主办的法文专修馆，学习法语，为去法国勤工俭学做准备。

他有很好的英语基础，所以学法语进步甚快。出国之后，他还学会了德语、俄语和意大利语，确是一位勤奋而又富有才华的青年。

赵世炎在1920年4月结束法文专修馆的学习，便与萧三等结伴前往法国。

他在路过上海时，看望了陈独秀，跟陈独秀建立了联系。正在筹备建立上海共产主义小组的陈独秀，把情况告诉了他，他表示赞同。

到了法国之后，他一边在工厂做工，一边研读法文版的《资本论》和法共中央的机关报《人道报》。

1921年2月，赵世炎通过陈独秀的关系，跟张申府建立了联系。

两个月后，陈公培收到陈独秀的信，去见张申府。

这样，如同张申府所说[1]：

于是我和周恩来、刘清扬、赵世炎、陈公培成立了小组。没有正式名称。成立后报告了陈独秀。

这个小组，如今被称为"旅法共产主义小组"。

后来，在1922年，他和周恩来等组织成立了"旅欧少年共产党"。

笔者在1984年11月13日访问了郑超麟先生，他亲历

1《张申府谈建党初期的一些情况》，《共产主义小组》（下），中共党史资料出版社1987年版。

第四章·响应　261

旅欧少年共产党成立大会。据他回忆：

1922年6月18日上午，十八个中国青年陆续来到巴黎西北郊外的布洛宜森林，举行秘密会议——旅欧少年共产党成立大会。

二十一岁的郑超麟，当时在法国蒙达尔勤工俭学。蒙达尔离巴黎不算太远，坐火车三小时便可到达。蒙达尔有许多中国学生。郑超麟和李维汉、尹宽作为蒙达尔的代表，来到了布洛宜森林。在那里，郑超麟结识了一个穿黄色春大衣的年轻人——周恩来。

主持会议的便是赵世炎，他有很好的口才。出席会议的有王若飞、陈延年、陈乔年、刘伯坚、余立亚、袁庆云、傅钟、王灵汉、李维汉、萧朴生、萧三、汪泽楷、任卓宣。

每人拿了一把铁折椅，在林中空地上围坐成一个圆圈。会议十分热烈。郑超麟记得，周恩来主张用"少年共产团"为名，不同意"少年共产党"，因为"一国不能有两个共产党"。但是许多人认为"少年共产党"有"少年"两字，即表明是中国共产党领导之下的。周恩来提出入党要举行宣誓仪式，许多人不知宣誓是什么意思，也引起热烈的讨论。后来，在讨论党章、党纲时，郑超麟说："党章、党纲没有分别，何必分成两项来讨论呢？"这话一出，好多人笑他没有常识，连党章、党纲都分不清楚。

会议选举赵世炎为书记，周恩来为宣传委员，李维汉为组织委员。

也就在1922年，中国共产党旅欧总部成立，赵世炎任中国共产党法国组书记。

这年，赵世炎甚至加入了法国共产党。诗人萧三在1960年曾回忆了其中的详细经过[1]：

（1922年）九、十月间，世炎、若飞、延年、乔年和我五个人，由阮爱国同志（即胡志明同志）介绍加入法国共产党。胡志明同志当时是法国共产党的重要成员之一，在法国共产党的成立当中，他也起了作用。我们是怎样认识的

---

[1] 萧三，《对赵世炎事迹的回忆》，《共产主义小组》（下），中共党史资料出版社1987年版。

呢？当时法国党经常组织工人、市民在巴黎示威游行，我们也去参加。在示威游行中，碰到一个越南人，看来像一个广东人，相互间便打招呼。当时他的中国话说的是广东话，我们不懂。但他的中国字写得很好，我们便用笔、广东话、法语混杂着进行交谈。以后便请他到我们住处去交谈。相互熟识了，他便介绍我们五个人参加法国共产党。……

旅法共产主义小组的另一名成员陈公培与赵世炎同龄。虽与陈公博只一字之差，两人其实毫无瓜葛。他是湖南长沙人，原名善基，又名伯璋、寿康，曾用名吴明、无名。在《赵世炎旅欧书信选》中，好几封信写给"无名"，亦即写给陈公培的。

陈公培在1919年去北京留法勤工俭学预备学校学习。在1920年6月他经沪赴法。在上海，他与陈独秀见面，赞同陈独秀关于筹建中国共产党的主张。7月，他前往法国。

陈公培在1921年10月回国。1924年北伐时，他担任国民革命军第四军政治部主任。1927年，他参加了南昌起义。潮汕失败后，他脱离了中国共产党。1933年，他在福建人民革命政府时期，担任了十九路军与红军联络的代表，进入中央革命根据地同彭德怀取得联系，商谈反蒋抗日，与红军签订了《反日反蒋初步协定》十一条。

福建人民革命政府失败后，他退到香港。

1949年后他来到北京，作为爱国民主人士受到尊重，担任国务院参事，第二至第四届全国政协委员。1968年3月7日在北京去世。

那位与张申府结合的刘清扬，是旅法共产主义小组中唯一的女成员。

刘清扬是回族人，生于天津。她是一位非常活跃的女性，是天津女界爱国同志会的发起者，担任过天津各界联合会常务理事。她是觉悟社社员，与周恩来、邓颖超都很熟悉。1920年12月，刘清扬与张申府同船前往法国。

1921年1月，张申府介绍刘清扬加入小组。

刘清扬后来转到德国勤工俭学。回国后，从事爱国妇女团体的组织工作。在大革命失败后,她脱离了中国共产党。

此后,她仍投身于妇女界爱国运动。1944年在重庆加入中国民主同盟,担任中央执行委员兼妇女委员会主任。

1949年后,刘清扬担任第一至第二届全国人大代表、全国政协常委、全国妇联副主席、中国民主同盟中央常委。

1961年,刘清扬重新加入中国共产党。

1977年7月19日,她以八十三岁高龄在北京去世。

值得在这里顺便提一笔的,是当年"二十八画生"贴出《征友启事》时,所得到的"半个朋友",也来到了法国。

毛泽东在1936年跟斯诺谈话时,这么说的[1]:

> 我从这个广告得到的回答一共有三个半人。一个回答来自罗章龙,他后来参加了共产党,接着又转向了。两个回答来自后来变成极端反动的青年(引者注:据罗章龙回忆,一个姓萧,一个姓黄)。"半"个回答来自一个没有明白表示意见的青年,名叫李立三。李立三听了我说的话之后,没有提出任何具体建议就走了。……

其实,李立三头一回跟毛泽东见面,一则因为比毛泽东小六岁,二则刚从县城来到长沙,一时语塞,所以什么也没有说。

李立三是湖南醴陵人,原名李隆郅,笔名唯真。他在1919年11月抵达法国。

李立三和赵世炎、陈公培、刘伯庄、刘伯坚等,在1921年2月,曾在法国准备成立"共产主义同盟"。

李立三这么回忆[2]:

> 当时我和赵世炎商量成立一个劳动学会。我们本来定名为"共产主义同盟",但因为当时的八个人中有的还不完全是拥护马克思主义,所以叫劳动学会。

---

[1] 埃德加·斯诺,《西行漫记》,108页,解放军文艺出版社2002年版。

[2] 李立三,《对世炎的回忆》,《共产主义小组》(下),中共党史资料出版社1987年版。

李立三也曾和蔡和森、赵世炎商量，打算在法国筹建共产党。不过，由于他们参加了反对北京政府卖国行径的学生运动，李立三、蔡和森被法国当局押送回国，无法实现预定的计划。

1921年10月14日，李立三、蔡和森等一百零四名中国学生被押上一艘邮船，驶往中国。其中唯一的中国共产党党员是陈公培。一到上海，陈公培便带着李立三、蔡和森去见陈独秀。他俩当即经中国共产党中央同意，成为中国共产党党员。

此后，1927年，李立三在中国共产党五大上当选为中央政治局委员。1928年赴苏，受到斯大林三次接见。中国共产党六大后出任中国共产党中央政治局常委兼秘书长。1930年由于推行"左"倾的"立三路线"，给中国共产党造成莫大的损失，从此他受到批判。后

1924年中国共产党旅欧支部合影于巴黎。前排左一为聂荣臻，左四为周恩来，左六为李富春，后右三为邓小平

来,他出任中华全国总工会党组书记、劳动部部长,做了大量有益的工作。直至在"文革"中——1967年6月22日,受尽凌辱,吞服了大量安眠药而痛苦地离开人世。1980年,中国共产党中央为他昭雪平反。

红色的起路

第五章·**聚首**

第五章·聚首

维经斯基圆满完成来华使命

"一个幽灵,共产主义的幽灵,在欧洲徘徊。"1847年,马克思和恩格斯在《共产党宣言》开头,写下了这句话。

在1920年,这句话变成了:"一个幽灵,共产主义的幽灵,在中国徘徊。"

维经斯基所率领的那个"记者团"的中国之行是成功的:

在北京,与李大钊携手。李大钊首先响应,建立北京共产主义小组。

在上海,帮助陈独秀建立上海共产主义小组。

毛泽东在上海与陈独秀会谈归来,建立长沙共产主义小组。

李汉俊给董必武写信,加上陈独秀派刘伯垂去武汉,促成武汉共产主义小组的诞生。

王尽美跟李大钊的接触,又使"幽灵"在济南落脚,在那里建立了共产主义小组。

维经斯基派往广州的斯托诺维奇和佩尔林虽然一开始找错了对象,但由于来自北京大学的陈公博、谭平山、谭植棠南下广州,加上陈独秀转往广州,终于在这南国名城也建立了共产主义小组。

随着在上海入组的施存统、周佛海去日本,又在东瀛建立旅日共产主义小组。

北京小组成员张申府赴法,在旅法的中国学生中建立起共产主义小组。

短短的半年多时间里,上海、北京、长沙、武汉、济南、广州、日本、法国，八个小组相继宣告成立。虽然当时的名称五花八门，有的叫"共产党"，有的叫"共产党小组"，有的叫"共产党支部"，还有的干脆没有名称，但这些小组都已是中国共产党的组织，都是以列宁的俄共（布）为榜样建立起来的。

共产主义之火，已经在中国点燃。

据1980年第四期苏联《远东问题》杂志所载K.B.舍维廖夫所著《中国共产党成立史》一文透露，在1920年底，维经斯基曾从上海前往广州。

舍维廖夫写道：

关于广州小组。在1920年9月—10月小组成立时，除共产党员斯托诺维奇和佩尔林外，小组中还有七名无政府主义者（引者注——如前所述，这些无政府主义者否认自己曾加入过这个小组），他们也没有抛弃无政府主义信仰。1920年底—1921年初，维经斯基前来广州，他建议小组成员赞同其中提到无产阶级专政的一份提纲，但许多成员拒绝了。小组只好解散了。

不过，不论在无政府主义者谭祖荫、刘石心的回忆中，还是陈公博的《我与共产党》一文中，都没有提及维经斯基曾经去过广州。

舍维廖夫是以当事人佩尔林在1973年6月13日写给他的一封信为依据的。不过，佩尔林回忆说，维经斯基在"1921年2月至3月"去广州，而舍维廖夫认为"现有的文献不能证实这一点"。他以为，维经斯基去广州的时间，应是"1920年底—1921年初"。

笔者查阅了《中国共产党第一次代表大会档案资料》一书所载《广州共产党的报告》。文中有"谭平山、谭植棠和我"一句，可断定此报告是陈公博所写。

报告中有两处提及"B"：

> 去年年底（引者注：即 1920 年底），B 和别斯林（Песлин）来到广州，建立了俄国通讯社，……
>
> 陈独秀同志 1 月来到广州，与他同时来的还有 B 同志。……

别斯林即佩尔林。

"B 同志"是谁呢？

维经斯基的俄文原文是 Т. Н. Войтинский。因此，"B 同志"极有可能是维经斯基——因为文中别斯林、米诺尔（即斯托诺维奇）都写上全名（化名），而维经斯基未用化名，便以"B 同志"简称。

二十七岁的维经斯基，从 1920 年 4 月初率"记者团"来到北京，4 月末来到上海，年底来到广州，十分圆满地完成了俄共（布）远东局所交给他的使命："同中国的革命组织建立联系"，"组织正式的中国共产党及青年团"。

除了与中国共产党人保持联系之外，在 1920 年秋，经陈独秀的介绍，维经斯基在上海还拜访了孙中山。

后来，他在 1925 年 3 月 15 日苏联《真理报》上发表《我与孙中山的会见》，记述了见面的情景：

> 那是 1920 年的秋天，在上海。中国的 Ч（引者注：即陈独秀）同志建议我结识孙中山。当时孙在法租界住一个独院，房子是国民党内的一些华侨党员为他建造的。……
>
> 孙中山在自己的书房里接见了我们。房子很大，立有许多装满书的柜子。他看上去像是 45 岁到 47 岁（实际上他已经 54 岁了）。他身材挺秀，举止谦和，手势果断。我的注意力不知不觉间已被他俭朴而整洁的衣着所吸引，他身穿草绿色制服，裤腿没有装在靴筒里。上衣扣得紧紧的，矮矮的衣领，中国大学生和中国青年学生一般都穿这种上衣。
>
> 孙中山一反通常的中国客套，马上让我们坐在桌旁，就开始询问俄国情况和俄国的革命。然而不一会，我们的话题就转到了中国的辛

亥革命。孙中山异常兴奋起来，在后来的谈话中，即在两个多小时的时间里，孙中山对我讲述了军阀袁世凯如何背叛革命……

我们临走前，谈话快结束时，孙中山又回到苏维埃俄国的话题上来。显然，他对这样一个问题深感兴趣：怎样才能把刚刚从广州反革命桂系军阀手中解放出来的中国南方的斗争与远方俄国的斗争结合起来。孙中山抱怨说："广州的地理位置使我们没有可能与俄国建立联系"。他详细地询问是否有可能在海参崴或满洲建立大功率的无线电台，从那里我们就能够和广州取得联系。

维经斯基没有写及和他一起访问孙中山的"我们"包括哪些人，陈独秀是否与他一起拜访孙中山。不过，翻译杨明斋在场，那是很可能的。

二十七岁的维经斯基是能干的。他不辱使命。在半年的时间里，从中国的北方来到南方，播撒共产主义的火种。

他在1921年初接到了回国任职的密令……

维经斯基离开广州，途经上海，又来到北京，下榻于北京饭店。

维经斯基来到了北京大学图书馆，重晤李大钊——他从"北李"那里到了"南陈"那里，如今又从"南陈"身边来到"北李"这儿。

他用英语与李大钊交谈。有时，张国焘在侧。他还会见了北京共产主义小组的全体成员。

张国焘在1971年所写的回忆录中，这么描述对维经斯基的印象：

维经斯基所以能与中国共产主义者建立亲密的关系，原因很多。他充满了青年的热情，与五四以后的中国新人物气味相投。他的一切言行中并不分中国人与外国人或黄种人与白种人，使人觉得他是可以合作的同伴。

张国焘称维经斯基是"俄国革命和中国革命运动之间的最初桥梁"，这个评价倒是颇为恰当的。

张国焘还忆及维经斯基离华时的情景:

一般说来,维经斯基对于中国共产主义者的初期活动是表示满意的。他这次是路经北京,预备回俄国去,向共产国际报告他初步活动的结果,在临动身之前表示极希望中国的共产主义者和他们所建立起来的各地的雏型(形)组织能够从速联合起来,举行第一次全国共产党代表大会,正式成立中国共产党,并迅速加入共产国际,成为它的一个支部。

伊尔库茨克的共产国际远东书记处

维经斯基没有回到派他到中国的出发地——苏俄远东门户海参崴,却坐上火车,沿着西伯利亚大铁道西行,在贝加尔湖南端的伊尔库茨克下车。

伊尔库茨克是苏俄远东地区的经济中心,是东西伯利亚地区最大的工业城市、交通和商贸枢纽。

伊尔库茨克处于安加拉河与伊尔库特河的汇流处。不过,它与外界的联系,主要依靠1898年建成的西伯利亚大铁道。

当维经斯基还在中国的时候,共产国际执委会为了加强对远东各国革命运动的领导,决定设立远东书记处。这个远东书记处便设在伊尔库茨克——那是1921年1月做出的决定。在此之前,只是俄共(布)设立了远东局。那毕竟只是俄共(布)的机构。尽管维经斯基来华是得到了共产国际的同意,但他是由俄共(布)远东局派出的。

维经斯基来华,还负有"考察在上海建立共产国际东亚书记处的可能性"。经过他的考察,显然,在上海设立这样的机构的时机尚不成熟。

维经斯基从中国寄出的报告,以及萨赫扬诺娃从上海寄出的关于同朝鲜侨民革命者建立了联系的报告,使共产国际意识到必须设立负责远东事务的专门机构——远东书记处。

1921年共产国际远东书记处人员合影（左二为维经斯基）

共产国际远东书记处是在俄共（布）西伯利亚执行局东方民族部的基础上建立的。不过，后来的实践表明，把共产国际远东书记处设在伊尔库茨克是很不恰当的，因为这是一个交通极不便利的地方：从莫斯科出发，要坐两周左右的火车，才能到达那里，而从那里到海参崴，也得坐十来天的火车。这是一个与莫斯科、与远东各国的联系都不甚方便的所在。

西伯利亚为皑皑冰雪覆盖。维经斯基从结着冰花的玻璃上朝外望去，一片白茫茫。火车在慢吞吞地沿着西伯利亚大铁道西行。漫长而单调的旅行生活使他感到疲惫。

离开广州时，他不过穿一件薄毛衣而已。在伊尔库茨克下车时，他全身用皮革包裹着——皮大衣、皮帽子、皮靴子。

在车站迎接他的是一位比他年长七岁的西伯利亚人，名叫鲍里斯·扎哈罗维奇·舒米亚茨基。他虽然不过三十五岁，但眼角、前额已有了明显的皱纹，高高的个子，一身军装，披着一件骑兵长大衣，头戴布琼尼式军帽。他紧紧拥抱着从中国归来的维经斯基，连声说："欢迎！欢迎你！"

舒米亚茨基已被共产国际执委会任命为远东书记处的负责人。他同时也是俄共（布）驻西伯利亚的全权代表。他是一位久经考验的老布尔什维克。

他1886年出生在西伯利亚的上乌丁斯克（今乌兰乌德）。在贫瘠、严寒的土地上成长的他，十二岁就不得不前往赤塔的铁路工厂里做工，成为工人阶级的一员。

1903年，十七岁的舒米亚茨基加入俄国社会民主党。1905年，他成为西伯利亚中部克拉斯诺亚尔斯克的工人武装起义领导人。起义失败，他被沙俄当局通缉并被捕入狱。不久，他从狱中逃脱，被布尔什维克组织派到中国哈尔滨从事革命活动。当时他化名西林进入中东铁路三十六棚总工厂当上一名镟工。他成为中东铁路工人的领袖，开展了轰轰烈烈的工人运动。后来他在回忆录中写道："我们不仅努力帮助他们提高阶级觉悟，而且还培养他们成为中国人民反对清朝专制的先锋队。"

舒米亚茨基被中国清朝政府所驱逐，逃亡拉丁美洲的阿根廷。

1913年，二十七岁的舒米亚茨基重返俄国，成为俄共（布）西伯利亚党组织的负责人之一。他做过地下工作，打过游击，参加过反击高尔察克的战斗。

十月革命胜利之后，舒米亚茨基成为俄共（布）在西伯利亚的负责人。1921年10月，张国焘受中共派遣赴苏俄参加"远东革命组织第一次代表大会"时，曾见过舒米亚茨基，称他是"西伯利亚王"。张国焘在《我的回忆》一书中写道："那时施玛斯基（引者注：即舒米亚茨基）等于苏俄政府西伯利亚区的西伯利亚王，集党政军大权于一身。他是俄共西伯利亚的全权代表，又是西伯利亚军区的主席。"

正因为这样，舒米亚茨基被指定为共产国际远东书记处的负责人（后来在1926年，他出任东方劳动者共产主义大学校长）。

舒米亚茨基诚挚而总是对事业充满信心。他把自己的副手介绍给维经斯基。

他的副手叫明斯克尔，比维经斯基大两岁。明斯克尔也有着曲折的革命经历：他原是乌克兰基辅人。二十一岁时由于参加秘密革命活动而被捕，流放到西伯利亚。十月革命后，他积极参加了反对高尔察克的斗争，并加入了俄共（布）。他再次被捕，关押了一年。红军游击队救出了他。不久，他被派往中国哈尔滨，负责俄共（布）滨海区委员会的工作。这样，他熟悉了中国的情况。

由于明斯克尔受过革命的严酷考验，又有在中国工作的经验，所以他被调来充任舒米亚茨基的副手。

舒米亚茨基

维经斯基是和他的妻子库兹涅佐娃以及那位布里亚特族的萨赫扬诺娃，一起从中国回到伊尔库茨克的。

共产国际远东书记处，设在伊尔库茨克一条大街上一所并不很大的房子里。在那儿，维经斯基结识了舒米亚茨基的能干的妻子丽娅·伊萨耶美娜，她主持共产国际远东书记处的国际联络部的工作。

还有一位领导人叫布尔蒂。他也坐过牢，参加过与白卫军的斗争。他来到远东书记处之前，是俄共（布）伊尔库茨克省委副主席。

一位从事国际妇女工作的勒柏辛斯卡娅，也调往远东书记处。

据当年在那里从事青年工作的达林回忆，这位后来前往中国上海的勒柏辛斯卡娅，有着不平常的经历[1]：

她出生在一个侨居国外的老布尔什维克的家庭里，在英国长大。二月革命后回到俄国。这是一个非常美丽、衣着雅致的妇女，讲得一口流利的英语。在国内战争的严峻年代里，女共产党员和女共青团员都是军人打扮，尤其是

[1] C. A. 达林，《中国回忆录 1921—1927》，中国社会科学出版社1981年版。

在西伯利亚。冬天戴护耳皮帽、穿皮短大衣、毡靴。夏天的打扮是红头巾、军便装、士兵的皮带、长统靴。至于时髦，当时没人谈论，也没有人去想。当年谁也不会从外表上怀疑她不是布尔什维克。无论从外貌、气质和通晓英语的程度上，都难以找到一个比她更合适的女同志到上海去工作了。远东革命组织代表大会结束以后，勒柏辛斯卡娅被派往中国……

共产国际远东书记处的工作人员相当多，主要是由四部分人组成：

一、十月革命后从美国回来的俄国侨民——英语流利，便于在国外开展工作；

二、长期在中国东北（满洲）生活的俄国人——会讲汉语，或者熟悉中国情况；

三、在莫斯科或海参崴的东方研究部门学习过——懂得东方的情况；

四、从事过地下工作的老布尔什维克——对党忠诚、可靠，又有丰富的斗争经验。

由这样四部分人组成的共产国际远东书记处，像高效率的雷达，接受着来自远东各国的信息。

远东书记处下分四个部[1]：中国部、朝鲜部、日本部、蒙藏部。

每一个部，都有这个国家的共产党人参加。

人数最多的是朝鲜部。

维经斯基被分配在中国部工作。参加中国部的还有马马耶夫、阿布拉姆松、库里莫夫、多比索夫、达维德维奇。

中国部的任务是解决中国共产党和共产国际的关系问题，给中国共产党和俄共（布）提供情况，并向中国共产党传达共产国际执委会的指示。

从中国回来的萨赫扬诺娃，转到了蒙藏部工作。

那位曾在广州工作过的佩尔林，则在情报部工作。情报部有几十名工作人员，工作最为忙碌。

[1] 又称支部，如中国支部、朝鲜支部。

后来，达林被调到中国部，负责中国的共青团工作。

在中国部工作的中国共产党代表是谁呢？

张太雷出现在伊尔库茨克

1921年5月4日，朝鲜共产党代表大会开幕式在伊尔库茨克举行。

一位戴眼镜、梳分头的二十三岁中国小伙子，被选入大会主席团（在筹备大会时，他是朝鲜共产党成立大会的组织成员）。

他用流畅的英语，在大会上致祝词。他的第一句话，便非常清楚地点明了他的身份："我很荣幸以中国共产党中央的名义在大会上发言。"

显然，他是"中国共产党中央"的代表！

他的祝词说[1]：

我们大家知道，日本帝国主义是我们的共同敌人，击破日本帝国主义是我们的共同任务。要达到这一目的，就必须在共产国际的领导下，建立起同日本无产阶级的国际联合。你们是在朝鲜无产阶级数量极少的情况下，是在日本帝国主义对千百万朝鲜劳动人民实行极端残酷压迫的情况下，建立起你们的共产党的。因此，你们的工作将是极其艰难的。你们的首要工作应当是接近朝鲜劳动群众。否则，党就无法生存。我祝愿你们实现这个首要的目标……

这位中国共产党中央代表，便是张太雷。在大会上，他还作了《日本无产阶级与朝鲜贫民》专题报告。

张太雷

[1] 舒米亚茨基，《中国共青团和中国共产党历史片断——悼念中国共青团和共产党的组织者之一张太雷同志》，《革命的东方》1928年4、5期合刊，莫斯科出版。

张太雷是与维经斯基一起从北京乔装商人，通过秘密途径来到伊尔库茨克的。

那是在1921年1月，共产国际执行委员会决定组建远东书记处，取代原先的俄共（布）西伯利亚局东方民族处。共产国际远东书记处设在伊尔库茨克，负责人为原俄共（布）中央远东局委员、苏俄红军第五军军事政治委员会委员鲍里斯·舒米亚茨基。舒米亚茨基决定在共产国际远东书记处设立中国部，任务是向中共和俄共（布）两方面互通情况，向共产国际执行委员会汇报中国共产党情况，并向中国共产党传达共产国际执行委员会的指示。

共产国际远东书记处中国部设置两位书记。其中一位书记就是维经斯基，另一位书记希望由中国共产党人担任。

维经斯基在离开中国时，希望李大钊能够遴选一位中国共产党人与他同往伊尔库茨克，在共产国际远东书记处担任中国部书记。李大钊派出了张太雷。在李大钊看来，张太雷是坚定的马克思主义者，而且英语流利，担任过维经斯基的翻译，与维经斯基相处甚为融洽。

就这样，张太雷是受中国共产党发起组的委派，前往共产国际远东书记处，成为第一个在共产国际工作的中国共产党代表。尽管那时中国共产党尚处于各地成立小组的阶段，尚未开过全国代表大会，尚未选出中央机构，但是张太雷不仅成为中国共产党代表，而且"以中国共产党中央名义"致祝词。

张太雷，江苏武进人，原名张曾让，乳名泰来，取义于"否极泰来"。上小学时，校长马次立给他取了学名张复，取义于"复兴中华"。他还曾用过张春木、张椿年这样的名字。这次到伊尔库茨克，他改名太雷，取"泰来"谐音，而且表示要做"一个响彻太空的惊雷，以唤起民众的觉醒"。

张太雷八岁的时候，父亲便病逝了。靠着亲戚的接济，他艰难地在常州读完小学、中学。在中学的时候，他就特别喜欢英语，跟赵世炎很相似。

十七岁那年，他考入北京大学法科预科。这样，他从常州来到了北京。不过，北京大学的学制长，家境贫寒的他难以维持。于是，才念了几个月，他便转往天津北洋大学法科学习。一边读书，一边在《华北明星报》做英文翻译。

"五四运动"爆发时，张太雷是天津大学生中的活跃分子，担任天津学生评议会的评议长。他作为天津学生代表赴京请愿，跟北京大学的学生有了联系。他结识了李大钊，也结识了周恩来，他开始从一般的进步青年转向马克思主义者。李大钊原本在天津北洋法政专门学校学习过六年，跟张太雷有着许多共同的话题。

张太雷在北大结识了罗章龙，罗章龙介绍他认识了那位来自俄国海参崴的汉学家鲍立维教授。鲍立维刚来中国时，先是住在天津"特别一区"。这位教授跟俄共（布）有着许多联系。

北京的华俄通讯社招聘工作人员，张太雷应征，为这家通讯社做些翻译工作，跟俄共（布）有了更多的联系。

1920年4月，当维经斯基率"记者团"来到北京，经鲍立维介绍，张太雷去北京拜晤了维经斯基。维经斯基用英语跟他交谈，非常欣赏这位风度潇洒、英语流利、精力充沛而又坚定地信仰马克思主义的中国青年。

张太雷成了当时活跃的"三张"之一。不过，张国焘、张申府还只是奔忙于北京——上海之间，而张太雷则在天津——北京——上海之间频繁往返。

1920年6月，已经在北洋大学毕业的张太雷赶往上海。在那里，他参与了陈独秀、维经斯基筹建上海共产主义小组的工作。当上海社会主义青年团成立时，他也参与其事。

不久，他又来到北京，参与了北京共产主义小组的成立。他加入了北京共产主义小组。

回到天津，他筹建了天津社会主义青年团，担任书记。他起草了中国第一个团章[1]：

1）宗旨——研究和实现社会主义。

1 舒米亚茨基，《中国共青团和中国共产党历史片断——悼念中国共青团和共产党的组织者之一张太雷同志》，《革命的东方》1928年第4、5期合刊，莫斯科出版。

2）方法——①帮助工人组织起来，并对工人进行教育工作；②调查工人的状况；③散发文献书籍；④基础的宣传鼓动；⑤组织讨论；⑥出版文献读物；⑦邀请名人演讲；⑧组织研究社会主义；⑨协助组织罢工。

3）一切人，不分民族和身份，均可成为天津共青团团员：①学生，②工人和农民，③人力车夫，④铁路工人，⑤搬运工人，⑥店员，⑦士兵，⑧经大多数团员赞成的所有同情者，都可以被接受为团员。

4）加入天津共青团组织需由两名或两名以上团员介绍。

第3条中说到的"士兵"，由两人介绍可被吸收入团；而凡为"同情者"，须得大多数团员的同意才能被接纳。

5）开除团籍——如果某个团员作出了危害其他团员的行动，或是发生了不道德的行为，那么，根据两名或两名以上团员的呈报，经大多数团员同意，他就要被开除出团。

6）经费由团员自愿捐献。

7）执行机构为书记处或各小组的代表、工人状况调查委员会、社会主义研究部。各部门负责人每月选举一次。

8）会议时间——例会定为每星期一次。

9）补充条款——修改本章程，需有三名团员提议，由全体大会通过。

1920年12月16日夜，张太雷兴奋地跟一位路过天津的朋友，用常州话谈到夜深。

这位朋友斯斯文文，一副金丝边框眼镜后闪烁着精明聪慧的目光。他跟张太雷有着同乡、同窗之谊，比张太雷小一岁。此时的他，初出茅庐，后来他的大名震撼中国——瞿秋白！

瞿秋白是以北京《晨报》记者身份，在1920年10月15日获得远东共和国派驻北京的使节优林的签证，获准前往苏俄采访，成为中国第一个访问红色苏俄的记者（日后他写了《赤都心史》）。

虽然后来瞿秋白取代了陈独秀，成为中国共产党领袖，不过此时的瞿秋白还不是中国共产党党员，只是明显地倾向于共产党罢了。

瞿秋白在天津逗留了两天，然后由张太雷送他登上北去火车，经哈尔滨进入苏俄。路过哈尔滨时，瞿秋白竟在那里遇上参加过共产国际一大、二大的刘绍周。当时，刘绍周随张斯代表团回来，正在哈尔滨。只是刘绍周竟不知道中国各地已经有了中国共产党组织，以致没有加入中国共产党，也没有出席不久后召开的中国共产党一大……

送走了瞿秋白，过了1921年的春节（辛酉年正月初一为1921年2月8日），张太雷忽接李大钊的通知，马上赶往北京。

在北京饭店，张太雷见到了从广州回来的维经斯基。张太雷获知，经维经斯基和陈独秀、李大钊商议，决定派他前往伊尔库茨克工作。

于是，张太雷和维经斯基的"记者团"同行。这时，原先与维经斯基一起来华的俄共（布）党员杨明斋仍在上海。张太雷也就成了"记者团"离华时的翻译。他们在1921年3月初到达俄罗斯伊尔库茨克。

共产国际三大在克里姆林宫举行

1921年6月22日至7月12日，共产国际三大在苏俄首都莫斯科的克里姆林宫举行。

中国共产党的代表张太雷出席了共产国际三大，并提交了《致共产国际第三次代表大会的报告》。

莫斯科"斯大林东方劳动者共产主义大学"的刊物《革命的东方》，在1928年第4、5期合刊中，发表的1921年6月的共产国际远东书记处中国部的一份报告中，有这么一段：

中国共产党的代表张太雷于一九二一年的春天到达了伊尔库茨克，为了与远东书记处建立更密切的联系，书记处指示他准备一个报告，并在即将于莫斯科举行的共产国际第三次代表大会上提交出来……

在《革命的东方》杂志披露的这份报告中，提及了一个名叫"杨和德"的中国共产党代表：

中国共产党的另一个代表杨和德（音译）也来到了伊尔库茨克。这两个中国人（引者注：其中之一指张太雷）和远东书记处的代表举行了多次会议。会议的结果是决定建立共产国际远东书记处的中国部。……

张太雷和杨和德于一九二一年六月离开伊尔库茨克，出席了在莫斯科召开的共产国际第三次代表大会。

这位"杨和德"，又被译为"杨厚德""杨好德"。在人民出版社1984年出版的《回忆张太雷》一书193页中，特地加了一条注释："按俄文音译，应为杨厚德，旧译杨和德，系从英文转译。"

不论怎么译，这位"杨和德"能够作为中国共产党代表派驻共产国际远东书记处，而且又出席共产国际三大，当是中国共产党早期著名活动家。

不过，中国共产党早期著名活动家屈指可数。就连中国共产党的早期党员，也有名册可查。查来查去，没有"杨和德""杨厚德"其人。

其实，"杨和德""杨厚德"都只是音译罢了。他的准确的中文名字应为杨好德。

杨好德又是谁呢？

杨明斋的本名叫杨好德！

杨明斋本来作为俄共（布）党员派往中国，帮助中国共产党建党，在上海加入共产主义小组；如今，又作为中国共产党代表，派驻共产国际远东书记处，这完全合乎情理。确实，他在当时是中国共产党派往伊尔库茨克的最恰当的人选。

杨明斋是在张太雷抵达伊尔库茨克之后，于1921年5月来到那里，参加共产国际远东书记处的工作的。

2011年在俄罗斯国家社会政治历史档案馆发现1921年7月20日

《共产国际远东书记处主席团与中国支部及杨好德（按：即杨明斋）同志联席会议记录第一号》，内中便提及张太雷和杨明斋（即杨好德）。内中的"我"，指共产国际远东书记处书记舒米亚茨基：

听取了舒米亚茨基同志关于共产国际第三次代表大会和中国代表团工作情况的通报。

舒米亚茨基同志指出，远东书记处与中国代表团需要把中国工作做一个年度总结。中国工作是在非常困难的条件下进行的，没有严密的无产阶级群众，不可能从中产生核心，以开展进一步的工作。

至于代表大会，舒米亚茨基同志说，出席大会的代表并非总能反映组织的现状。比如英国就是这样。代表的产生常常是偶然的。这是由于一些资本主义国家的反动势力肆虐，联络也因之不畅而造成的。

为了与一切冒险组织划清界限和介绍中国共产党的工作，由我作为远东书记处的领导人，和张太雷同志起草了一份报告。这份报告是按纯粹的马克思主义的方式写的，没有任何陈辞滥调。它的基础乃是对各种力量和形势的严肃客观的评价。代表大会将据以做出结论，并制定出对待共产主义运动的工作方法和立场。在此报告中，我们解释了中国这些共产主义小组的组织发展过程何以形同激进知识分子的运动，并论述了现在的任务和我们为之奋斗的目标。

张同志的报告中指出，备受帝国主义和本国军阀掠夺的中国，若想摆脱目前处境，唯一出路就是社会革命。张同志的报告还有一系列附件。我们写了这个报告，为的是将其纳入共产国际第三次代表大会的记录之中，使其成为下一步工作的基础，并以此证明共产党的成熟。所有的前期工作都是代表团和我做的，现在只需第三次代表大会予以确认。我没有等到代表大会结束，但我完全相信，代表大会提出东方问题时，我们的论点将获得通过。

由于中国还没有集中统一的中国共产党，我们本以为，中国代表团不仅没有表决权，而且也没有发言权。但是，在我做了详尽而客观的报告之后，共产国际执行委员会小组已决定，给予中国代表团发言权。由此可见，共产国际是何等热情地对待中国共产主义者的代表团。

从这份距中共一大开幕只有三天——1921年7月20日的文件，可以看出，共产国际对于"还没有集中统一的中国共产党"相当看重，"给予中国代表团发言权"。

文件中提及的"张同志的报告"，就是张太雷的《致共产国际第三次代表大会——中国共产党代表张太雷同志的报告》。这份报告长达一万六千字。文件中提及"我作为远东书记处的领导人，和张太雷同志起草了一份报告"，表明报告是由舒米亚茨基和张太雷一起起草的，由张太雷执笔。

《致共产国际第三次代表大会——中国共产党代表张太雷同志的报告》共分九个部分：

1. 中国的政治形势
2. 中国的经济状况
3. 中国的知识分子
4. 中国的社会主义运动
5. 中国的妇女运动
6. 中国工人和农民的状况
7. 中国的工人运动
8. 中国的共产主义运动
9. 我们的前景

出席共产国际三大的中共代表除了张太雷和杨明斋之外，还有好多位列席代表。

列席代表之一是俞秀松。他的英语不错。他是受少共国际[1]的邀请和上海社会主义青年团的委托，到苏俄出席少共国际的二大。他在1921年3月29日从上海出发，单身一人经伊尔库

---

[1] 即青年共产国际。

茨克办理前往莫斯科出席少共国际的二大的手续。据俄罗斯现代史文献收藏和研究中心档案（全宗533，目录1，案卷32）所保存的1921年5月16日共产国际执行委员会远东书记处第2402号文件，由共产国际远东书记处领导舒米亚茨基签署的证明："本证明持有者秀松同志系中国社会主义青年团委派的代表，赴莫斯科参加少年共产国际代表大会。签字和盖章证明"。

共产国际三大和少共国际二大交错在莫斯科举行：

共产国际三大于1921年6月22日至7月12日在克里姆林宫的安德列大厅里举行；

少共国际二大于1921年7月9日至7月23日在莫斯科齐明歌剧院举行。

代表也是互相交错的：张太雷既是出席共产国际三大的中国共产党代表，又以中国社会主义青年团代表的身份出席少共国际二大。

俞秀松呢，既是少共国际二大的中国代表，同时也列席共产国际三大。

此外，杨明斋的一批学生，曾在上海外国语学社学习过的学员，正好在这时来到莫斯科，在东方大学学习，也轮流列席共产国际三大。内中有刘少奇、任弼时、罗亦农、萧劲光、任作民、廖平化、胡士廉、任岳、卜士奇、彭述之、谢文锦、华林、曹靖华等。

出席共产国际三大的还有瞿秋白，他是作为记者出席的。这时的瞿秋白，是中国共产党的新党员。当张太雷从伊尔库茨克来到莫斯科，异乡遇故知，瞿秋白向张太雷表示希望加入中国共产党，张太雷马上答应作为他的入党介绍人。张太雷对瞿秋白说，这么一来，我们是同乡、同学加同志。正因为这样，瞿秋白在《记忆中的日期》中说："一九二一年五月[1]张太雷抵莫介绍入共产党。"

共产国际三大是一次气势磅礴、规模宏大的会议，因为苏俄已经击败了入侵者，结束了四年内战，踏上了胜利的阶梯。诚如共产国际的名誉主席列宁所说："我们现在是第一次在这样的条件下开会：现在共产国际已经不只是一句口号，而真正变成了一个强大的组织机构，它在各个最大的

---

[1] 张太雷抵达莫斯科的时间，可能是5月底6月初，所以有的文献上称是6月到达莫斯科。

先进资本主义国家里都有了自己的基础，真实的基础。"[1] 也就是说，苏俄已经牢牢站稳了脚跟，从四年的围困之中解脱出来。

出席共产国际三大的有五十二个国家一百零三个组织的六百零五位代表，出席开幕式的多达五千多人。

关于共产国际三大，记者瞿秋白当时是这么写的[2]：

共产国际举行第三次大会开幕式。大剧院五千余座位都占得满满的，在台上四望，真是人山人海，万头攒动。欣喜的气象，革命的热度已到百分。

大会由季诺维也夫主持。在他宣布开会之后，大厅里响起了嘹亮的《国际歌》歌声。歌声使人们记起1871年5月28日的巴黎公社最后一个堡垒——拉雪兹神甫公墓被凡尔赛军队攻破时，那血流成河的壮烈的场景。

列宁出现了，大厅里掌声雷动。瞿秋白是这么描述的[3]：

安德莱厅每逢列宁演说，台前拥挤不堪，椅上、桌上都站堆着人山。电气照相开灯时，列宁伟大的头影投射在共产国际"各地无产阶级联合起来"；"俄罗斯社会主义联邦""苏维埃共和国"等标语题词上，又衬着红绫奇画，——另成一新奇的感想，特异的象征。……列宁的演说，篇末数字往往为霹雳的鼓掌声所吞没。……

瞿秋白还写道[4]：

列宁出席发言三四次，德法语非常流利，谈吐沉着果断，演说时绝没有大学教授的态度，而一种诚挚果毅的政治家态度流露于自然之中。有一次在廊上相遇略谈几句，他指给我几篇东方问题材料，公事匆忙，略略道歉就散了。

[1]《列宁全集》第三十二卷，156页，人民出版社1963年版。
[2] 王观泉，《一个人和一个时代——瞿秋白传》，222页，天津人民出版社1989年版。
[3] 同上，227页。
[4] 同上，226页。

在7月12日的共产国际三大闭幕式上,张太雷作为中国共产党代表作大会发言。由于发言者多,限定每位代表发言时间为五分钟。

张太雷说[1]:

共产国际和西欧各国的共产党今后有必要对远东的运动更多地加以注视,不惜一切给予支援。日本帝国主义的崩溃,就是世界三个资本主义支柱之一的倒塌。……目前,中国正面临着为实现共产主义而极需活动的时机。

张太雷最后说[2]:

在必然到来的世界革命中,中国丰富的资源和伟大的力量是被资本家用来同无产阶级作斗争呢,还是被无产阶级用来同资本家作斗争,那就要看中国共产党、主要是看共产国际的支持如何而定了。

他高呼:
"世界革命万岁!"
"共产国际万岁!"

这是中国共产党的正式代表,第一回在共产国际代表大会上发言——虽然在共产国际一大时,有刘绍周、张永奎参加;在共产国际二大上,有刘绍周、安恩学列席。出席一大,刘绍周、张永奎所代表的是"旅俄华工联合会";出席二大,刘绍周、安恩学代表的是"俄国共产党华员局"。

在如此庄重、宏大的会议上,却不见那位在共产国际二大上被选为执行委员的马林。

马林哪里去了呢?

如同本书第一章所描述的,他成了出现在奥地利的神秘人物。他在那里转往中国,执行列宁交给他的任务——帮助中国正式建立共产党……

1、2《"一大"前后》(三),43页,人民出版社1984年版。

密探监视着来到上海的马林

马林，这个来头不小的"赤色分子"1921年4月在奥地利维也纳被捕又获释之后，成了各国警方密切注视的目标。

马林离开维也纳南下，登轮船经过地中海，通过苏伊士运河，经红海、印度洋，朝东进发——他走的是一条与维经斯基、张太雷、杨明斋、俞秀松、瞿秋白不同的路线。维经斯基他们走的是上海—北京—哈尔滨—满洲里—赤塔，然后沿西伯利亚大铁道，经伊尔库茨克、鄂木斯克、秋明，抵达莫斯科。这条陆路，不知多少俄共（布）和中国共产党党员来来往往，人称"红色丝绸之路"。

马林与众不同。他不是俄共（布）党员。他是在1920年8月，直接受命于列宁。他是共产国际的正式代表，而维经斯基来华时是俄共（布）的代表。作为共产国际的执行委员，马林的职务远远高于维经斯基。

由于种种耽搁，马林在1921年4月动身来华。他实际上正是继续维经斯基离华时尚未完成的工作，然而，他与维经斯基却未曾遇见，彼此之间没有交接。他甚至没有去过伊尔库茨克。

马林来华是列宁向共产国际推荐的。列宁在推荐书上写道：斯内夫利特（即马林）作为共产国际代表去中国，他的任务是查明是否需要在那里建立共产国际的办事机构。同时，责成他与中国、日本、朝鲜、东印度、印度支那和菲律宾建立联系，并报告它们的社会政治情况。

列宁的推荐书的内容，原是马林来华之后，在1922年5月、6月间写给共产国际执行委员会的报告中提到的。这份报告共十三页，用德文写的，当时马林在荷兰。当他把报告寄往莫斯科时，荷兰中央情报所截获了这一邮件。如今，这一文件保存于荷兰司法部档案处！在这份报告里，马林详细写及他在中国的一系列活动……

正因为马林早已引起注意，所以他在途经科伦坡、巴东、新加坡、香港时，都受到了严格的检查。

尽管如此，马林在路过新加坡时，还是秘密会见了正在那里的印尼共产党人巴尔斯和达尔索诺。

马林尚在途中，荷兰驻印尼总督府一等秘书于5月17日、5月26日、5月28日三度致函荷兰驻沪代理总领事，密报马林行踪，并寄去了马林的照片。荷兰外交大臣也于5月18日致函荷兰驻华公使，要求公使"将荷兰危险的革命宣传鼓动者出现在远东的情况通报中国政府"。

最为详尽的，要算是荷兰驻沪代理总领事在1921年5月30日致荷兰驻华公使的信[1]：

不久前，荷属东印度政府电告，谓被从殖民属地驱逐出境的共产党人斯内夫利特巳乘"英斯布鲁克"号汽轮（原名"阿奎利亚"号）从新加坡来上海。稍后几日，其同党和支持者巴尔斯亦偕妻动身来沪。……

"英斯布鲁克"号将于6月初抵沪。……

此间，我已将他们即将来沪一事通知各捕房。

鉴于我认为目前尚无理由对此三人立即采取行动，而应首先弄清他们的行动计划是否属实，因此我已请各有关捕房采取必要的措施，对他们保持监视。

也就在这一天，荷兰驻沪代理总领事致函上海工部局，通报了斯内夫利特和巴尔斯这两名"共产党人"正在前往上海，务必"密切注意他们的行动"。他还同时"通知中国警察界和公共租界捕房"。

6月3日，意大利的"阿奎利亚"号轮船徐徐驶入黄浦江。马林刚刚踏上上海码头，密探的眼睛便盯上了他。

现存于档案之中的上海法租界工部局致荷兰驻上海总领事信，第124号，1921年6月17日，G类156（所有G类材料统属荷兰外交部文件），总号2349，清楚地记载着马林的行踪[2]：

[1] 中国社会科学院马列所、近代史研究所编，《马林与第一次国共合作》，8页，光明日报出版社1989年版。

[2] 以下"G类"档案文献均引自中国社会科学院马列所、近代史研究所编，《马林与第一次国共合作》，光明日报出版社1989年版。

斯内夫利特乘意大利船阿奎利亚号到达上海，住在南京路东方饭店，化名安得烈森。

这"东方饭店"，实际上就是永安公司楼上的大东旅社。维经斯基一行刚抵上海之际，也下榻于此。

马林下榻于大东旅社32号房间。翌日，他化名"安德烈森"，前往荷兰驻沪总领事馆办理手续，他声称自己的职业是"日本《东方经济学家》杂志记者"。不过，当他与中国人交往时，则用了一个中国化名——"倪公卿"。

马林的同事、印尼共产党人巴尔斯偕其十七岁的爪哇妻子，也住进了大东旅社。巴尔斯化名"达姆龙"。

荷兰驻华公使在1921年7月1日致荷兰外交大臣的信中，这样透露巴尔斯夫妇的行踪：

巴氏夫妇于6月10日离开上海前往哈尔滨，拟赴西伯利亚，荷属东印度政府已请我驻上海代理总领事监视其乘火车去哈尔滨的行踪，日本当局负责监视他们去西伯利亚的情况。

也就在这封信中，荷兰驻华公使清楚地点明了马林的身份：

我通知了中国政府：斯内夫利特系由莫斯科第三国际执行委员会委派前来远东进行革命煽动的……

上海公共租界巡捕房注视马林的一举一动。档案中所存信件还表明，就连在印尼三宝珑的马林的妻子也受到监视，马林与妻子的通信被逐封拆查，以求从中获得关于马林的情报……

有不少书籍是说马林先抵北京——

例一，《包惠僧回忆录》（人民出版社1983年版）第21页："1921年6

月间，第三国际派马林为代表，赤色职工国际也派李克诺斯基为代表，先到北京。北京支部负责人张国焘同马林等到上海与临时中央负责人李汉俊、李达等商谈发展党的工作问题，并决定在上海召集全国代表会议。"

例二，《李大钊传》（人民出版社1979年版）第114页："'一大'前夕，共产国际派马林和李克诺斯基为代表，来到中国。他们也是先到北京。大钊同志同他们进行了交谈，并委派邓中夏同志陪同他们去上海。"

实际上，现存的上海法租界密探对马林的监视记录是准确的，即马林是在1921年6月3日乘"阿奎拉"号（即"阿奎利亚"号）抵达上海[1]。在这方面，倒是密探"帮助"了历史学家！马林从南方坐海船来华，确实也只可能先抵达上海，而不可能先到北京。

同样，在那"G类"档案，亦即荷兰外交部的文件中，还有密探们关于马林行踪的跟踪记载：

斯内夫利特于1921年7月14日离开南京路东方饭店，住进麦根路32号公寓。

麦根路，即今上海石门二路，与北京西路交叉。张国焘也曾回忆说，他去拜访过马林，当时马林"寄居在爱文义路一个德国人的家里"。爱文义路，即今北京西路。张国焘的回忆与密探当时的记录相符。

G类档案中还记载：

9月底，他到汇山路（引者注：有人误译为"威赛德路"）俄国人里亚赞诺夫（Рязанов）家居住。在这个地方一直住到1921年12月10日。

汇山路，即今上海霍山路。霍山路在离市中心较远的杨树浦。大抵马林为了躲避密探的监视，特地住到了僻远的霍山路，却仍在密探的监视之中！

倒是应当"感谢"密探们，把马林在上海的行踪查得

---

[1] 道夫·宾，《斯内夫利特和初期的中国共产党》，《马林在中国的有关资料》，人民出版社1984年版。

如此清楚、准确，并记录在案，以至为笔者在多年后写《红色的起点》省掉了很多考证的时间！

尼科尔斯基之谜

马林刚到上海，便和先期抵沪的 M. 弗兰姆堡接上了关系。

弗兰姆堡——Fremberg，又译为福罗姆别尔、弗莱姆堡，在1920年1月奉派来华。他本来在俄共（布）西伯利亚地区委员会东方民族部情报局工作。这次来华，他不是共产国际派出的，而是由工会国际联合会驻赤塔远东书记处代表斯穆尔基斯派出的。工会国际联合会成立于1920年7月15日，由苏俄以及西班牙、意大利等许多国家的工会代表在莫斯科开会而成立的。这年年底，在赤塔建立了远东书记处。后来，在1921年7月，以工会国际联合会为基础，成立了红色工会国际（又译赤色职工国际）。它与少共国际一样，是受共产国际指导的。它主要从事红色工会的领导工作。弗兰姆堡来到上海，便与维经斯基接头。因此，马林找到了弗兰姆堡，就得到了有关中国共产主义者的种种情报。

与马林同时抵达上海的，还有一位名叫尼科尔斯基的俄国人。

尼科尔斯基后来出席了中国共产党一大。然而，多少年来，这位尼科尔斯基一直是个谜——在中国共产党一大的十五位出席者之中，唯独找不到他的照片，也查不到他的身世，甚至就连他当时是以什么身份出席中国共产党一大也众说纷纭。

多少年来，这个谜未能揭开。

各种各样的回忆录，各种各样的研究中国共产党党史的著作，凡是涉及尼科尔斯基，总是寥寥数句，语焉不详，而且各唱各的调。

包惠僧是把尼科尔斯基当作"赤色职工国际"的代表，如前文已经引述的：

> 1921年6月间，第三国际派马林为代表，赤色职工国际也派李克诺斯基为代表，先到北京……

此处的"李克诺斯基"，亦即尼科尔斯基。

在张国焘的回忆录中，提及一段李达告诉他的话：

> 他（引者注：指李达）又提到新近来了两位共产国际的代表，一位名尼科罗夫斯基，是助手的地位，不大说话，像是一个老实人；另外一位负责主要责任的名叫马林……

这就是说，尼科尔斯基（即尼科罗夫斯基）是共产国际的代表，而且是马林的"助手"。

刘仁静在《回忆党的"一大"》中，只提到一句：

> 另一个尼科尔斯基，是俄国人，搞职工运动的，他不懂英语。马林讲话，是我替他作翻译的。

这么说来，尼科尔斯基是"搞职工运动的"。

至于周佛海，对尼科尔斯基毫无印象，以至在《往矣集》中把尼科尔斯基错记为维经斯基（即吴庭斯基）：

> 在贝勒路李汉俊家，每晚开会。马林和吴庭斯基也出席。

其实，那时候维经斯基跟张太雷、杨明斋正在莫斯科出席共产国际三大，不在上海。

在有关中国共产党一大的文献中，能够找到的关于尼科尔斯基的记载，也就是以上这点东鳞西爪。

正因为这样，在解放军出版社1987年出版的《中国共产党党史简明

第五章·聚首　293

词典》中，关于尼科尔斯基（即尼柯尔斯基）的条目，只有这么几句话：

［尼柯尔斯基］（Никольский）又称李克诺斯基。俄国人。1921年6月受共产国际远东书记处派遣到上海，与马林一起参加了中国共产党第一次全国代表大会。是共产国际远东书记处的代表，同时又执行了赤色职工国际的任务。同年12月离华回国。

没有写及生卒年月，没有道明他来华之前及来华之后的经历——不是作者的疏忽，而是实在不知道。这一条目可以说是囊括了到1987年时所有关于尼科尔斯基的信息。

为什么这么多年，未能揭开尼科尔斯基之谜？不少中国共产党党史专家以为，"尼科尔斯基"极可能是一个临时使用的化名，诚如马林有着一打以上的化名一样。倘若按照"乐文松"或者"安德烈森"之类化名去查找，也很难查明马林的身世。

不过，多少年来，中国共产党人始终怀念尼科尔斯基——因为他毕竟是曾经帮助中国共产党建党的一位国际友人，希冀有朝一日知道他的身世，他后来的下落。中国共产党党史专家们一直在寻觅着尼科尔斯基——因为在出席中国共产党一大的十五个人之中，唯有他成了未知数"X"。

随着时光的推移，这个"X"，终于解开了……

1986年5月21日中午，两位中国女性飞抵荷兰。其中一位五十四岁，名叫杨云若[1]，北京中国人民大学教授，多年来致力于研究共产国际和中国革命的关系，精熟英语；另一位比她小五岁，名叫李玉贞[2]，精熟俄语，在中国社会科学院近代史研究所从事中国共产党党史研究多年。这两位中国女专家在荷兰汉学家班国瑞先生的帮助下，埋头于荷兰皇家科学院国际社会历史研究所查阅一大堆特殊的档案。

中国的学者是在1984年跟荷兰莱顿大学当代政治学研

[1] 1989年9月18日叶永烈在北京中国人民大学党史系采访杨云若教授。
[2] 1994年10月5日叶永烈在北京采访李玉贞。

究者安东尼赛奇的交谈中，得知荷兰存有一批马林档案。

这一信息很快传进杨云若、李玉贞的耳朵里。在荷兰学者的帮助下，她俩决定前往那里，查阅马林档案。

马林是荷兰人。他在1942年去世。他的夫人后来也去世。他的女儿、女婿把马林所有来往信件、文稿、遗物整理出来，加上荷兰的警方原先监视马林所留下的记录，都公之于世——时光冲淡了隐秘。原本属于绝密的保险柜中的东西，如今可以大白于光天化日。这些文件收集在一起，也就形成了"马林档案"。

中国的两位女性是为着研究马林而去的。在一大堆档案中，查到不少有价值的史料。她们甚至看到1921年12月发给马林的孙中山"大本营出入证"。

在这些文件中，英文的文件由杨云若来查看，俄文的文件由李玉贞来查看，而德文的文件则请班国瑞协助翻译。

在马林档案中，忽地发现涉及尼科尔斯基的一些内容。马林一份手稿中写道：

1921年6月［共产国际远东］书记处派尼科尔斯基到上海工作，我也同时到达那里。

这表明，尼科尔斯基是共产国际远东书记处派出的，并非红色工会国际的代表。

马林还写道：

和尼科尔斯基同在上海期间，我只局限于帮助他执行书记处交给他的任务，我从来不独自工作，以避免发生组织上的混乱。

这清楚表明，尼科尔斯基绝非马林的"助手"。他俩是由共产国际的不同部门派出的。虽然马林的职务比他高，但马林"只局限于帮助他执行书记处交给他的任务"。

还有一段话，也颇重要：

尼科尔斯基同志从伊尔库茨克接到指令中说，党（引者注：指中国共产党）的会议必须有他参加。中国同志不同意这样做，他们不愿有这种监护关系。

这表明，尼科尔斯基所执行的是来自伊尔库茨克的指令——他确是伊尔库茨克的共产国际远东书记处所派出并直接受那里领导。

在中国共产党党史专家们寻觅尼科尔斯基的同时，苏联科学院远东研究所的专家们也在研究这个谜一样的人物。

1987年，一位名叫斯维廖夫的苏联科学院远东研究所工作人员，前来北京中国人民大学，在李良志副教授指导下进修。斯维廖夫告知重要信息：苏联方面已经找到有关尼科尔斯基的档案。

1988年，当苏联科学院远东研究所卡尔图诺娃博士来华访问时，李玉贞向她问及尼科尔斯基的情况，卡尔图诺娃证实确已找到不少关于尼科尔斯基的材料——是在苏共中央马列主义研究院中央党务档案馆的档案中查到的。

果真，1989年第二期苏联《远东问题》杂志，发表了卡尔图诺娃的论文《一个被遗忘的参加中国共产党"一大"的人》，首次披露了尼科尔斯基的身世。这篇论文是颇有价值的，只是标题不甚确切，因为尼科尔斯基在中国不是"被遗忘"，而是多年寻觅未得——也许在苏联，他由于蒙冤遭错杀而被遗忘了。

1989年7、8期合刊《党史研究资料》，发表了李玉贞的《参加中国共产党"一大"的尼科尔斯基》一文，依据卡尔图诺娃的论文，在中国首次介绍了尼科尔斯基的身世：

尼科尔斯基，即尼科尔斯基·符拉季米尔·阿勃拉莫维奇，又名贝尔格·维克多·亚历山德罗维奇，生于1898年，卒于1943

年¹。1921年加入俄共（布），曾在赤塔商学院读完三年级的课程。1919—1920年在远东共和国人民革命军的部队服役，1921年在共产国际机关行政处工作。此时曾用名瓦西里和瓦西里耶夫。1921—1925年在中国东北工作。1926年从哈巴罗夫斯克到赤塔。1938年被捕并受到诬陷说他参加了托洛茨基反对派。五年后（1943年）被错杀。后得到昭雪平反。

至此，尼科尔斯基之谜，总算初步揭开。当然，这只是开始。后来在2006年、2007年，俄罗斯学者、蒙古学者与中国学者协力工作，在俄罗斯联邦安全局鄂木斯克州联合档案馆找到尼科尔斯基的人事档案，长达四五页之多，终于彻底揭开尼科尔斯基的身世之谜。这将在本书的《终于找到尼科尔斯基的照片》一节详细写及。

尼科尔斯基的人事档案表明，尼科尔斯基是化名，他的原名叫涅伊曼，全名是弗拉基米尔·阿勃拉莫维奇·涅伊曼。1889年2月10日出生于俄国外贝加尔省巴尔古津地区奇特坎村，1938年9月21日被苏联最高法院军事法庭巡回法庭错判，当天遭到枪决。

尼科尔斯基前来出席中国共产党一大时，只有二十三岁，而且刚刚加入俄共（布），是个当了两年兵的大学生，又不大会讲英语。正是因为这样，他言语不多，像是马林的"助手"一般，所以没有给人留下什么印象。所幸马林不仅会讲德语、英语，而且会讲俄语，马林与尼科尔斯基可以直接用俄语交谈，而尼科尔斯基在上海与中国同事们交谈，马林则充当翻译，把尼科尔斯基的俄语译成英语或者德语。

虽然如此，尼科尔斯基毕竟直接与伊尔库茨克保持联

尼科尔斯基

1 这是1989年依据卡尔图诺娃的论文的尼科尔斯基年份。后来依据2006年、2007年发现的新的档案，表明尼科尔斯基遭到枪决的日期为1938年9月21日，终年四十岁。

系，按照伊尔库茨克的指令行事，就这一点而言，这位二十三岁的小伙子担负着很重要的使命。

经过查找档案，得知在1921年5月下旬，尼科尔斯基被共产国际远东书记处领导人舒米亚茨基派往中国去。尼科尔斯基担负的任务是：

（1）推动和帮助中国共产党筹备和举行中共第一次代表大会；

（2）担负职工国际（更确切地说，是在赤塔设有分会的国际工会联合会）代表的职责；

（3）负责向共产国际驻华工作人员以及当时在这个国家工作的其他苏俄共产党人提供经费。

其中的第三项表明，就连共产国际驻华工作人员以及在华的其他苏俄共产党人的经费，都要由尼科尔斯基来提供，足见他是一个非常重要而且握有实权的人物。

其实，应当说尼科尔斯基实际上是维经斯基的继任者。

马林在1922年7月11日《给共产国际执委会的报告》中写道："据莫斯科给我的通知，1920年8月到1921年3月间，已在伊尔库茨克建立远东书记处。这个书记处负责在日本、朝鲜和中国进行宣传工作。维经斯基曾在上海工作过。1921年6月书记处又派出尼克尔斯基接替其工作。当我同期到达那里时，便立即取得了同该同志的联系。在那里他同我一直共同工作到1921年12月，几乎每天我们都要会面。"

维经斯基是在1921年1月从中国返回伊尔库茨克。共产国际远东书记处舒米亚茨基原本是委派维经斯基再度前往中国。1921年4月，维经斯基带着文件及今后工作的经费前往中国。然而维经斯基在一个多月之后就返回伊尔库茨克。据1921年7月20日《共产国际远东书记处主席团与中国支部及杨好德（引者注：即杨明斋）同志联席会议记录第一号》中所载："格里戈里（引者注：即维经斯基）同志带着文件及今后工作的经费，他遇到了麻烦，我们在中国的工作稍微有些停顿。"也就是说，维经斯基来华途中"遇到了麻烦"，不得不返回苏俄。至于维经斯基遇到什么麻烦，不得而知，估计可能是引起中国警方的注意。

考虑到维经斯基刚刚"遇到了麻烦",不便于马上派他到中国执行任务。于是共产国际远东书记处舒米亚茨基派出一个"新面孔"——尼科尔斯基,带着文件及工作的经费前往中国,执行维经斯基没有完成的任务。

如果维经斯基第二次赴华没有"遇到了麻烦",那么出席中共一大的共产国际远东书记处代表不是尼科尔斯基,而是维经斯基。

正因为维经斯基第二次赴华"遇到了麻烦",原计划在1921年5月召开的中共一大,不得不推迟到1921年7月。

跟维经斯基相比,尼科尔斯基逊色甚多:维经斯基能讲流利的英语,1918年加入俄共(布),工作经验丰富,学识渊博,而尼科尔斯基的英语很差,是1921年才加入俄共(布)的新党员,才二十三岁。

舒米亚茨基为什么派尼科尔斯基来华,担当重任呢?

尼科尔斯基的人事档案透露了重要秘密:原来,他当时在苏俄远东共和国革命人民军参谋部情报部服役,是苏俄的情报人员,具备情报侦察工作经验。既然维经斯基第二次赴华"遇到了麻烦",所以舒米亚茨基派出具备情报侦察工作经验的尼科尔斯基前往中国。

后来,张国焘在《我的回忆》一书中提及,1921年10月中旬他作为中共代表之一准备去苏俄参加"远东劳苦人民大会",陈独秀让他"去见尼科罗夫斯基,以便解决旅行上的技术问题"。张国焘写道:

> 尼科罗夫斯基引我到他的工作室坐下,开始用他那生硬的英语和我交谈。他将中俄边境满洲里一带的情形摘要相告,并问我是否已准备了御寒的衣服。我答称一切均已准备齐全,可以即日启程。他便从抽屉中取出一张极普通的商店名片,指点着说:"这张名片就是你的护照,上面有一个不容易看见的针孔乃是暗号。"要我持这张名片,用不露形迹的方法,去找满洲里某某理发店的老板,由他护送过境等等。

张国焘对尼科尔斯基的印象是:"这位俄国人,平常不见他多说话,只像是一个安分的助手,可是从他处理这一类的事情看起来,倒是精细而有经验的。"

这清楚表明，尼科尔斯基是一位训练有素的情报人员。

"二李"发出了召开一大的通知

上海南京路永安公司的屋顶花园，名叫"天韵楼"，是个夏日的好去处。晚风徐徐，灯光淡淡，或谈情说爱，或洽谈生意，那里自由自在。只是收费颇高。要么洋人，要么"高等华人"，才会在这高高的花园里饮茶聊天。

住在永安公司楼上大东旅社的马林，自知可能有密探在暗中监视他，因此与人约会，几乎不请入房间，而是在华灯初上，约会于楼顶的花园。

有时，需要在白天约会，他总是选择人流如涌、热闹非凡的"大世界"或"新世界"，与人见面。

马林通过弗兰姆堡，跟尼科尔斯基建立了联系。然后，又与上海共产主义小组的代理书记李达以及李汉俊这"二李"秘密见面。

"二李"都能讲英语，李汉俊还会讲德语，跟马林长谈。唯尼科尔斯基因语言不通，需要马林担任"翻译"。

马林听了"二李"的汇报，建议召开中国共产党全国代表大会，以便正式成立全国性的组织。如李达后来所回忆的[1]：

> 六月初旬，马林（荷兰人）和尼可洛夫（俄人）由第三国际派到上海来，和我们接谈了以后，他们建议我们应当及早召开全国代表大会，宣告党的成立。于是我发信给各地党小组，各派代表二人到上海开会，大会决定于七月一日开幕。……

尼科尔斯基和马林拿出了带来的经费，每一位代表发给路费一百块银圆，回去时再给五十块银圆。

[1] 李达，《中国共产党的发起和第一次、第二次代表大会经过的回忆》，《"一大"前后》（二），人民出版社1980年版。

会议决定在上海召开——因为上海当时已成为中国共产党的联络中心。

代表名额按地区分配，每个地区派两名代表，并不考虑这一地区党员人数的多寡，即上海、北京、长沙、武汉、济南、广州、日本，共七个地区。至于法国，由于路途遥远，信件往返及代表赶来，已经来不及，所以未发邀请信。

邀请信由"二李"分头去写。

在不少中国共产党党史著作中，写及马林、尼科尔斯基与"二李"商谈召开中国共产党一大时，张太雷在场（包括有关张太雷的传记中也是这样写的）。查其根据，乃出自张国焘回忆录中的一段文字：

"他（引者注：指张太雷）的英语说得相当流利，故李汉俊派他做马林的助手。马林与李汉俊、李达会面时，都由他在场任翻译。这位生长在上海附近的漂亮青年，有善于交际的海派作风。……"

笔者以为，张国焘的回忆可能有误：张太雷当马林的翻译，是在1921年8月，即张太雷出席共产国际三大之后，从苏俄回到上海。张国焘错把8月份的印象写入6月份的事。

据档案记载：张太雷于1921年5月4日在伊尔库茨克出席朝鲜共产党代表大会。5月7日还在大会发了言。接着，6月22日至7月12日在莫斯科出席了共产国际三大。

马林和尼科尔斯基是在6月3日抵沪的[1]。张太雷在伊尔库茨克出席了朝鲜共产党代表大会之后，倘若马上动身回沪，是可能与马林、尼科尔斯基会面的。但是，会面之后，又参加关于召开中国共产党一大的讨论，起码在6月10日才可离沪。按照当时的交通条件，他无论如何不可能在6月22日赶到莫斯科——因为从上海到赤塔大约要十天，从赤塔到伊尔库茨克要四天，从伊尔库茨克到莫斯科约半个月，总共约需一个月！也就是说，他即便6月3日一到上海，马上与马林、尼科尔斯基见上一面，翌日就动身去莫斯科，也来不及！何况，6月22日是大会开幕式，他总

[1] 尼科尔斯基是在1921年5月3日至5日期间到达上海。

得提早几天到达,那就更不可能在6月上旬回到上海。

张国焘的回忆录是在1971年写的,时隔半个世纪,把8月的事记成6月的事是很可能的。

共产国际远东书记处负责人舒米亚茨基的悼念张太雷的文章是在1928年发表的。他与张太雷在伊尔库茨克共事。他的文章没有提及张太雷在5、6月间曾回国一次,而是说:"1921年6月,张太雷同志与杨厚德(引者注:即杨明斋)一起出席了共产国际第三次代表大会。"

另外,查阅出席中国共产党一大的其他代表的种种回忆文章,也未见到写张太雷5、6月间在上海。

信、汇款,由"二李"分别寄出之后,各地的小组商议派出代表。

〔北京〕

罗章龙如此回忆[1]——

1921年暑期将临的时候,我们接到上海方面的通知(时独秀亦从南方来信,不在上海)要我们派人去参加会议,我们对会议的性质并不如事后所认识的那样,是全党的成立大会。时北方小组成员在西城辟才胡同一个补习学校兼课,就在那里召开了一次小组会议,会上推选赴上海的人员,守常先生那时正忙于主持北大教师索薪工作(原索薪会主席为马叙伦,马因病改由守常代理,这次索薪罢教亘十个月之久),在场的同志因有工作不能分身,我亦往返于长辛店、南口之间,忙于工人运动,张国焘已在上海,乃推选张国焘、刘仁静二人出席,会上未作更多的准备工作,刘仁静赴南京参加少年中国学会,会后才到上海的。

罗章龙之孙女罗星元曾这样向笔者转述罗章龙的回忆[2]——

---

[1]《回忆李大钊》,40页,人民出版社1980年版。这一资料是罗章龙孙女罗星元读了《红色的起点》之后,于1991年10月抄寄笔者。

[2] 引自罗星元1991年11月14日致笔者信。

1921年中共一大前夕，我爷爷接到上海中央的通知要罗去上海参加一大会。可是他那时在北方领导工人运动，工作非常忙，竟然脱不开身。他拿着中央召开一大会的通知找到刘仁静说，让刘仁静代替他去，因为刘仁静当时的主要工作是任英语翻译。这就是爷爷为什么没有出席一大会的原因。刘仁静生前曾将以上情况告诉了中国革命博物馆，但我不知道刘仁静是口述还是写成了书面的回忆。

刘仁静如此回忆[1]——

一九二一年暑假，我们几个北大学生，在西城租了一所房子，办补习学校，为报考大学的青年学生补课。张国焘教数学、物理，邓中夏教国文，我教英文。正在这时，我们接到上海的来信（可能是李达写的），说最近要在上海召开中国共产党第一次代表大会，要我们推选出两个人去参加。我们几个人——张国焘、我、罗章龙、李梅羹、邓中夏就开会研究，会议是谁主持的我已记不清楚。李大钊、陈德荣没有参加这次会议。会前是否征求李大钊先生的意见我不知道，李先生很和气，就是征求他的意见他也不会反对。在会上，有的人叫邓中夏去上海开会，邓中夏说他不能去，罗章龙也说不能去，于是就决定由我和张国焘两个人去出席"一大"。

李大钊没有出席中国共产党一大，是人们所关注的。刘仁静如此回答[2]：

李大钊先生当时没有参加一大，我不知道是什么原因。我估计一方面是他工作忙，走不脱；另一方面，当时我们北京小组开会研究谁去上海出席一大，也没有推选他。

我记得会上没有选李大钊……即由于对一大的意义认识不足，一般习惯于在组织活动中不惊动李大钊，因而没有选举他是不奇怪的。

1、2 刘仁静，《回忆党的"一大"》，《"一大"前后》（二），人民出版社1980年版。

选代表的那次会是认真的,气氛也是好的,缺点在于我们都没有预见到一大的历史意义,因而使得这莫大光荣不适当地落到了我的头上。

张国焘则说[1]:

北京支部应派两个代表出席大会。各地同志都盼望李大钊先生能亲自出席;但他因为正值北大学年终结期间,校务纷繁,不能抽身前往。结果便由我和刘仁静代表北京支部出席大会。

张国焘还谈及陈独秀没有出席大会:

陈先生的信中除说明他尚未获准不能抽身出席外,并向大会提出关于组织与政策的四点意见。

〔长沙〕

毛泽东跟斯诺谈话时,提及一句[2]:

在上海这次具有历史意义的会议上,除了我以外,只有一个湖南人(引者注:指何叔衡)。

在谢觉哉的1921年6月29日的日记中,有这么一行字:

午后六时,叔衡往上海,偕行者润之,赴全国〇〇〇〇〇之招。

据谢觉哉说,"〇〇〇〇〇"即"共产主义者"。生怕暴露秘密,画圈代意。

[1]《张国焘回忆中国共产党"一大"前后》,《"一大"前后》(二),人民出版社1980年版。
[2]《毛泽东回忆党的"一大"前后的思想和活动》,《"一大"前后》(二),人民出版社1980年版。

此外，2016年上海交通大学出版社影印线装出版了民国时期上海著名出版家赵南公1921年日记，其中8月11日记述：

晴，热。……毛泽东来，小谈即去。据云来已月余，客博文女学，病多日矣。湘情如靖，将扩充文化书社于各县。湘人真勇于运动。

赵南公的日记，记述了毛泽东到达上海之后的行踪。赵南公日记明确指出毛泽东在上海住在博文女校，而且带病冒暑奔走，称赞"湘人真勇于运动"。

何叔衡早逝，没有留下回忆文章。

〔武汉〕

董必武在1937年接受尼姆韦尔的采访时说[1]：

我参加了1921年7月在上海召开的第一次代表会议。……湖北省派陈潭秋和我。

陈潭秋在1936年说[2]：

武汉共产主义小组代表董必武同志和我。

〔济南〕
王尽美、邓恩铭早逝，没有留下回忆文章。

〔广州〕
包惠僧说[3]：

此时，陈独秀及我都在广州，接到临时中央的信，要

---

[1] 董必武，《创立中国共产党》，《"一大"前后》（二），人民出版社1980年版。

[2] 陈潭秋，《第一次代表大会的回忆》，《共产国际》中文版1936年版。

[3] 包惠僧，《共产党第一次全国代表会议前后的回忆（一九五三年八、九月）》，《"一大"前后》（二），人民出版社1980年版。

陈独秀回上海，要广州区派两个代表出席会议。陈独秀因为职务离不开即召集我们开会，决定推选我同陈公博代表广州区。

有一天，陈独秀召集我们在谭植棠家开会，说接到上海李汉俊的来信，信上说第三国际和赤色职工国际派了两个代表到上海，要召开中国共产党的发起会，要陈独秀回上海，请广州支部派两个人出席会议，还寄来二百元路费。陈独秀说第一他不能去，至少现在不能去，因为他兼大学预科校长，正在争取一笔款子修建校舍，他一走款子就不好办了。第二可以派陈公博和包惠僧两个人去出席会议，陈公博是办报的，又是宣传员养成所所长，知道的事情多，报纸编辑工作可由谭植棠代理。包惠僧是湖北党组织的人，开完全会后就可以回去。其他几个人都忙，离不开。陈独秀年长，我们又都是他的学生，他说了以后大家就没有什么好讲的了，同意了他的意见。

陈公博说[1]：

上海利用着暑假，要举行第一次代表大会，广东遂举了我出席……

〔日本〕
施存统说[2]：

日本小组还只有两个人，即我和周佛海。我们二人互相担任党代会的代表，最后由周出席（因为周已多年未回国）。

周佛海说[3]：

接着上海同志的信，知道7月间要开代表大会。凑巧是暑假中，我便回到上海。

---

1 陈公博，《寒风集》，上海地方行政社1944年版。
2 施存统，《中国共产党成立时期的几个问题》，《"一大"前后》（二），人民出版社1980年版。
3 周佛海，《往矣集》，上海平报社1942年初版。

包惠僧的回忆，似乎与施存统稍有不同[1]：

这一次代表的分配是以地区为标准，不是以党员的数量为标准，东京只有周佛海、施存统，原来邀请的也是两个代表，因为施存统没有回国，所以只有周佛海一个人出席。

〔上海〕

出席的代表是"二李"。自陈独秀去广州，上海小组的书记原是由李汉俊代理，后改由李达代理。

李达在1954年2月23日写给上海革命历史纪念馆负责同志的信中，讲述了这一过程：

（1920年）11月间，书记陈独秀应孙中山（引者注：应为陈炯明）之邀，前往广东做教育厅长。书记的职务交李汉俊代理。不久，威丁斯克（引者注：即维经斯基）也回到莫斯科去了（引者注：应为伊尔库茨克）。后来李汉俊因与陈独秀往来通信，谈到党的组织采取中央集权或地方分权问题，两人意见发生冲突（陈主张中央集权、李主张地方分权），愤而辞去代理书记的职务，交由李达代理书记。

除了"二李"之外，照理，陈望道应是上海的代表。陈望道不仅负责《新青年》编辑工作，而且上海小组的重要事情总是由"二李"、陈望道和杨明斋商量决定。此时，杨明斋去了伊尔库茨克。虽然规定每个地区选两名代表，而会议是在上海召开，上海即使出席三名代表也不妨。

据李达回忆[2]：

李汉俊写信给陈独秀，要他嘱咐新青年书社垫点经费出来，他复信没有答应，因此李汉俊和陈独秀闹起意

---

1 包惠僧，《共产党第一次全国代表会议前后的回忆（一九五三年八、九月）》，《"一大"前后》（二），人民出版社1980年版。

2 李达，《李达自传》，四川人民出版社1980年版。

见来。

陈独秀还以为这一主意是陈望道出的，迁怒于陈望道。如《中国共产党党史人物传》第二十五卷《陈望道》一文中所披露：

陈望道生前曾多次对人谈起，他曾被推选为上海地区出席党的第一次代表大会的代表，因会前他已与陈独秀发生争执，故未去参加。

十五位代表聚首上海

来了！来了！

从北方，从南方，从东边的日本，从西边的武汉，中国共产党代表们朝上海进发（有人认为这年3月间开过一次代表会议，未得到确证）。

这是中国共产党各地组织有史以来的第一次大聚会，成为中国现代史上红色的起点。

头一个来到上海的，是坐着火车前来的张国焘，他"因须参加大会的筹备工作"，所以最先到达。据他自云是"5月中旬"抵沪。实际上，这是不可能的，因为马林和尼科尔斯基是在6月3日才来沪，经过开会筹划、寄信以及北京小组讨论，他来沪的时间估计在6月下旬。

张国焘在路过济南时，曾在那里逗留了一天。王尽美、邓恩铭约了济南八个党员和他会面，一起在大明湖划船、聚谈。

张国焘已经到上海来过几趟，很熟悉，所以一到上海，便直奔环龙路渔阳里2号，拜访了李达。

在张国焘的记忆屏幕上，"李达是一个学者气味很重、秉性直率的人，有一股湖南人的傲劲，与人谈话一言不合，往往会睁大双目注视对方，似乎怒不可遏的样子。他的简短言词，有时坚硬得像钢铁一样"。

接着，张国焘来到本书序章中所着重描述过的那幢著名的房子——望志路106号。李汉俊已从三益里迁入这里。

张国焘如此形容李汉俊："他也是一位学者型的人物，可说是我们中的理论家，对于马克思经济学说的研究特别有兴趣。他不轻易附和人家，爱坦率表示自己的不同见解，但态度雍容，喜怒不形于色。他热诚地欢迎我的先期到达，认为很多事在通信中说不清楚，现在可以当面商讨。"

张国焘从"二李"那里，迅速地察觉"二李"与马林之间的关系不那么融洽。

张国焘这么回忆李达的话：

> 马林曾向他声称是共产国际的正式代表，并毫不客气地向他要工作报告。他拒绝了马林的要求，理由是组织还在萌芽时期，没有甚么可报告的。马林又问他要工作计划和预算，表示共产国际将予经济的支持。他觉得马林这些话过于唐突，因此直率地表示中国共产党还没有正式成立，是否加入共产国际也还没有决定；即使中国共产党成立之后而加入了共产国际，它将来与共产国际所派的代表间的关系究竟如何，也待研究；现在根本说不上工作报告、计划和预算等等。他向马林表示，共产国际如果支持我们，我们愿意接受；但须由我们按工作实际情形去自由支配。……

张国焘从李汉俊那里，也听到类似的意见。

"二李"性格耿直，怎么想便怎么说，怎么说便怎么做，于是与马林之间产生明显的分歧，有几次差一点吵了起来。

张国焘从"二李"那里知道了马林和他们会谈的内容。于是，他来到南京路上的大东旅社，在屋顶花园跟马林会面。

他记忆中的马林的性格是非常鲜明的，与维经斯基和颜悦色、为人随和恰成对比："马林给我的印象是不平凡的。他这个体格强健的荷兰人，一眼望去有点像个普鲁士军人。说起话来往往表现出他那议员型的雄辩家的天才，有时声色俱厉，目光逼人。他坚持自己主张的那股倔犟劲儿，有时好像要与他的反对者决斗。"

难怪如此倔强的马林会与直来直去的"二李"弄僵了关系。

张国焘虽然比"二李"小七岁，但是显得圆滑乖巧，他既与马林很谈得来，又与"二李"也很亲密。这样，他往来于马林与"二李"之间，成为双方的协调人。中国共产党一大的筹备工作，原是由"二李"负责。这么一来，张国焘插了进来，反客为主，把筹备工作的领导权抓在手里。此后，中国共产党一大由张国焘主持，内中的缘由便在这里。

北京的另一名代表刘仁静，比张国焘晚些天前来上海。他和邓中夏一起从北京来到南京。7月2日至4日，刘仁静、邓中夏在南京出席了"少年中国学会"年会——因为这个学会是在1919年7月1日正式成立的，所以选择7月1日这一天召开年会（刘仁静未赶上开幕式）。这样，刘仁静大约在7月6日左右到达上海。

据谢觉哉日记所载，毛泽东和"何胡子"是1921年6月29日午后6时离开长沙，坐船到武汉，再转长江轮船，抵达上海的，时间大致上跟刘仁静差不多。

陈潭秋和留着小胡子的董必武一起，在武汉登上长江轮船，顺着东流水，驶往上海。

王尽美和邓恩铭自从与张国焘作了一日谈之后，一起相约动身，登上南去的火车，前往上海。

不久，周佛海也登上海轮，从日本鹿儿岛前往上海。

姗姗来迟的是广州的代表。不论是马林、尼科尔斯基，还是上海的"二李"，都期望陈独秀前来上海。一封封信催，还发去几回电报，陈独秀仍然不来。

后来，包惠僧从广州坐了海船，于7月20日直达上海。

陈公博没有和包惠僧同行。他最晚一个抵沪（周佛海何时抵沪，现无法查证。考虑到日本路途较远，也可能他晚于陈公博抵沪）——他带着新婚的妻子李励庄，于7月14日启程，从广州到香港，登上邮轮，

7月21日来到上海。

来了，来了，十五位代表终于汇聚于中国第一大城市上海。

关于这十五位代表，在"文革"中往往以"毛泽东等"一语代替。后来曾改成"毛泽东、董必武等"。尔后，又改为"毛泽东、董必武、陈潭秋、何叔衡、王尽美、邓恩铭等"。如今，常见的提法是以城市为序，即："上海李达、李汉俊，北京张国焘、刘仁静，长沙毛泽东、何叔衡，武汉董必武、陈潭秋，济南王尽美、邓恩铭，广州陈公博、包惠僧，日本周佛海，共产国际马林、尼科尔斯基"。这样以城市为序的排名法，是经过中国共产党党史专家们再三斟酌而排定的。

另外，"中国共产党一大十五位代表"，往往被写成"中国共产党一大十五位出席者"。

"出席者"与"代表"之间，存在着概念的差异。原因在于包惠僧的代表资格引起争议——包惠僧是武汉小组的成员，而武汉已有董必武、陈潭秋两位代表；倘若说他是广州小组代表，而他当时是1921年5月由上海派往广州向陈独秀汇报工作的，不是广州小组成员。也有人以为，广州代表原本是陈独秀，而陈独秀来不了，指派包惠僧去，因此他是"陈独秀代表"！为了避免争议，改成"中国共产党一大十五位出席者"，则万无一失——不论怎么说，包惠僧总是出席了中国共产党一大，是一位"出席者"！

不把包惠僧算作中共一大代表，过去所依据的是毛泽东1969年在中国共产党九大开幕式上的讲话：

> 第一次代表大会，只有十二个代表。现在在座的还有两个，一个

出席中共一大的毛泽东（蜡像）

第五章·聚首　311

是董老,再一个就是我。有好几个代表牺牲了,山东的代表王尽美、邓恩铭,湖北的代表陈潭秋,湖南的代表何叔衡,上海的代表李汉俊,都牺牲了。叛变的,当汉奸的,反革命的有陈公博、周佛海、张国焘、刘仁静四个,后头这两个还活着。还有一个叫李达,在早两年去世了。

毛泽东的话,一言九鼎。由于毛泽东说出席中共一大只有十二名代表,没有把包惠僧列为代表之一,因此中共党史界便依据毛泽东的话,不把包惠僧算作中共一大代表。

细细追究起来,那"出席者"之说,最初也源于毛泽东。

毛泽东在1936年与美国记者斯诺的谈话中,这么说及中共一大:

在上海这次有历史意义的第一次会议中,除我之外,只有一个湖南人,其余的出席会议的人物中有:张国焘、包惠僧和周佛海。一共是十二个人。

在这里,毛泽东明确地把包惠僧列为中共一大的"出席者"。但是,可能当时毛泽东的回忆有误,把中共一大的出席者说成"十二个"。

长期以来,毛泽东是中国共产党领袖,他的话富有影响。中共党史研究者们依据毛泽东的话,长期以来这么说:

中共一大的"代表"是十二人,"出席者"是十三人。其中是"出席者"但不是"代表"的是包惠僧(当然,这里没有把马林和尼科尔斯基计算在内)。

其实,包惠僧的身份,算是广州小组代表也可以。因为他是由广州小组推选、由陈独秀提名的。也有人主张包惠僧可以算是"陈独秀指派的代表"。

不论怎么说,如今包惠僧的代表身份日益得到确认。"十三人代表"之说,已经日渐被中共党史界所接受。

除了这十三人代表得以普遍确认之外,不久前又发现了两位未曾正式到会的代表。这两位代表，一位来自南京，一位来自徐州。在1920年至1921年，南京和徐州都已先后建立了中共党组织，所以在中共一大召开前夕，也都收到了出席大会的通知。南京派出了一名代表，徐州也派出了一名代表。徐州的代表叫陈亚峰，南京的代表一说是郭青杰，一说是刘真如。陈亚峰从徐州来到南京，与南京代表一起来到上海。只是他们受无政府主义影响颇深，不愿受党的纪律的约束，没有出席大会。

笔者绕开种种关于"代表"和"出席者"的争议，关于代表排名的先后次序的争议，在这里排出一张以年龄（出生年月）为序的代表名单，年长者在先，年轻者在后：

姓名	出生年份	当时年龄	籍贯
何叔衡	1876	45	湖南宁乡
马林	1883	38	荷兰鹿特丹
董必武	1886	35	湖北黄安
李汉俊	1890	31	湖北潜江
陈公博	1890	31	广东南海
李达	1890	31	湖南零陵
毛泽东	1893	28	湖南湘潭
包惠僧	1894	27	湖北黄冈
陈潭秋	1896	25	湖北黄冈
周佛海	1897	24	湖南沅陵
张国焘	1897	24	江西萍乡
王尽美	1898	23	山东诸城
尼科尔斯基	1898	23	俄国
邓恩铭	1901	20	贵州荔波
刘仁静	1902	19	湖北应城

这是一次年轻的会议！

在代表之中，最为年长的"何胡子"不过四十五岁，最为年轻的刘仁静只有十九岁。三十岁以下的有九位，占五分之三！

十五位代表的平均年龄只有二十八岁，正巧等于毛泽东的年龄！

这是一群热血青年，为着一个主义——共产主义，为着一个学说——马克思学说，汇聚在一起！

令人惊讶的是，除去两位国际代表之外，在十三个中国人当中，湖北籍的占五位，湖南籍的占四位，"两湖"相加占九位！

在十三个中国共产党代表之中，北京大学学生占五位——陈公博、张国焘、刘仁静，加上曾在北大工作的毛泽东，及在北京大学短期学习过的包惠僧，则是五位。另外，"南陈北李"两位都是北大教授。

在十三个中国共产党代表之中，曾经留学日本的有四位——董必武、李汉俊、李达、周佛海。加上"南陈北李"，则是六位。

在十三个中国共产党代表之外，其实还有若干位完全应当进入代表之列而因种种原因未来的：

陈独秀——当然代表；

李大钊——当然代表；

杨明斋——在苏俄出席共产国际三大；

张太雷——在苏俄出席共产国际三大；

陈望道——与陈独秀产生分歧而没有出席；

施存统——可以来而没有回国。

另外，在法国的张申府、周恩来、赵世炎、蔡和森，因路远联系不便而不能回国出席。

出席中共一大的十三位代表，代表着当时全国各地的五十多位党员。

1921年11月由董必武、李汉俊起草的给共产国际的一份报告——《中国共产党第一次全国代表大会》中说及：

> 中国的共产主义组织是从去年年中成立的。起初，在上海该组织一共只有五个人。领导人是很受欢迎的《新青年》的主编陈同志。这个

组织逐渐扩大了自己的活动范围，现在共有六个小组，有五十三个成员。

这份报告的起草者董必武、李汉俊都是中共一大代表，而且起草这份报告距中共一大闭幕只有四个月，所以报告中所说的当时中国共产党"共有六个小组，有五十三个成员"，成为权威性的数字，一直被中共党史著作所引用。

不过，《中国共产党第一次全国代表大会》一文中所说的六个小组，并未包括旅日、旅法小组（虽说周佛海是旅日小组代表），那五十三个成员未包括旅法小组党员。因此后来中共党史著作大都写作中共一大时有五十多位党员。

这五十几个党员的名单，大体如下：

上海：陈独秀、李达、李汉俊、俞秀松、陈望道、杨明斋[1]、沈玄庐、沈雁冰、邵力子、沈泽民、李中、李启汉、林伯渠；

北京：李大钊、张国焘、罗章龙、刘仁静、张太雷、邓中夏、张申府、何孟雄、缪伯英、范鸿劼、李梅羹、朱务善、高尚德；

湖南：毛泽东、何叔衡、夏曦、彭璜；

湖北：董必武、陈潭秋、包惠僧、赵子健、刘伯垂、郑凯卿、黄负生、张国恩、刘子通；

济南：王尽美、邓恩铭、王翔千；

广东：陈公博、谭平山、谭植棠、袁振英、李季、刘尔崧、米诺尔、别斯林[2]；

旅日：周佛海、施存统；

旅法：周恩来、赵世炎、刘清扬、陈公培（张申府已经列入北京小组）。

此外，还有一部分专家学者认为杨匏安、宋介、陈德荣、江浩、金家凤等也都是中共一大时的党员。

[1] 杨明斋原是俄共（布）党员，1921年转为中共党员。

[2] 米诺尔、别斯林为俄共（布）党员。

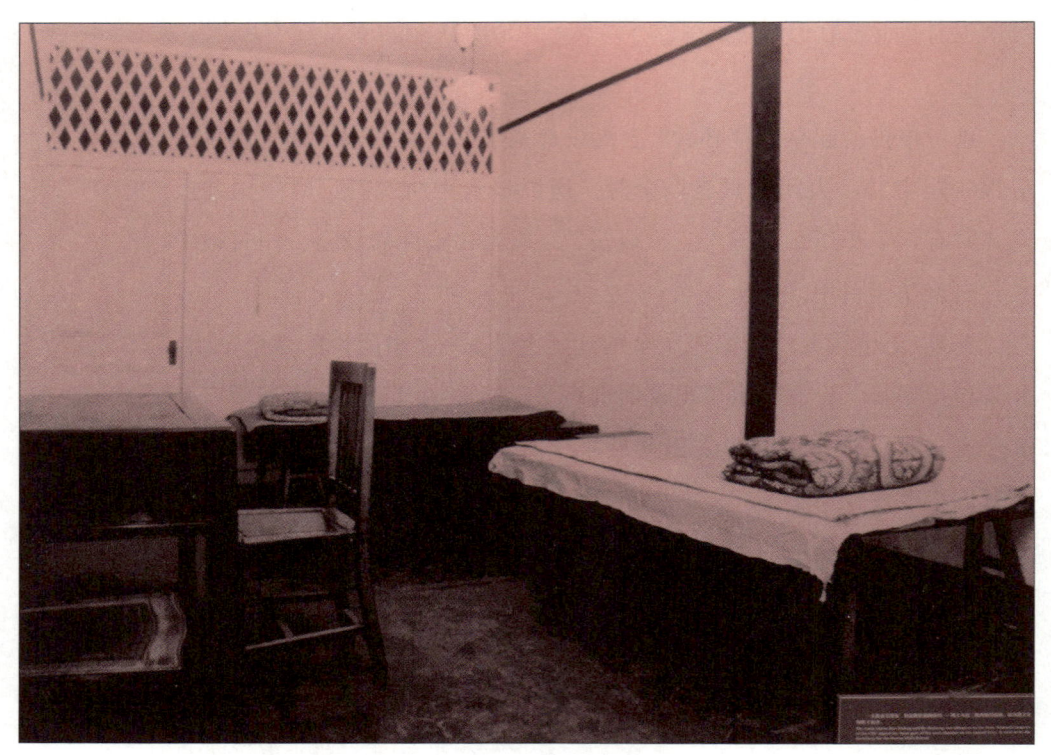

中共一大代表毛泽东、何叔衡在上海博文女校的住处

"北大暑期旅行团"住进博文女校

  1921年的夏天,上海法租界蒲柏路,私立博文女校的楼上,在7月下半月,忽然新来了九个临时寓客。楼下女学校,因为暑假休假,学生教员都回家去了,所以寂静得很,只有厨役一人,弄饭兼看门。他受熟人的委托,每天做饭给楼上的客人吃,并照管门户。不许闲人到书房里去,如果没有他那位熟人介绍的话。他也不知道楼上住的客人是什么人,言语也不十分听得懂,因为他们都不会说上海话,有的湖南口音,有的湖北口音,还有的说北方话。……

  这是1936年第七卷第4、5期合刊《共产国际》杂志上发表的文章的开头一段。篇名为《第一次代表大会的回忆》。作者陈潭秋。

此文用俄文发表。当时,作者在苏联莫斯科,为了纪念中国共产党诞生十五周年而作。

这是早期的关于中国共产党一大的纪念文章,颇有史料价值。但是,此文在新中国成立后才被中国共产党党史专家们发现,译成中文,刊载于《党史研究资料》。为了译成"7月下半月"还是"7月底",译者颇费了一番功夫——因为当时流传甚广的说法是7月1日召开中国共产党一大。

陈潭秋文章中提及的那"九个临时寓客",据称是"北京大学暑期旅行团"。

其实,这个"旅行团"如陈潭秋所写的:

"这些人原来就是各地共产主义小组的代表,为了正式组织共产党,约定到上海来开会。"

那"九个临时寓客",是毛泽东、何叔衡、董必武、陈潭秋、王尽美、邓恩铭、刘仁静、包惠僧。包惠僧刚到上海那天,是住在渔阳里2号,张国焘叫他搬到博文女校去。

张国焘常在博文女校,有时也睡在那里,但他在上海还另有住处。

"二李"住在上海自己家中。陈公博带着太太来,住在大东旅社。

博文女校虽说是学校,其实不大,相当于三上三下的石库门房子。坐落在法租界白尔路389号(后改蒲柏路,今太仓路127号)。也是一幢青红砖相间的二层房子,典雅大方,屋里红漆地板。这所学校不过百把个学生。

博文女校怎么会成为中国共产党一大代表们的"招待所"呢?

原来,"二李"都与这所学校校长颇熟。

博文女校校长黄绍兰(又名黄朴君),湖北蕲春人,早年毕业于北京女子师范学堂。辛亥革命后,黄兴出任南京留守处主任,黄绍兰曾在黄兴手下工作。1914年,黄绍兰来上海,与钟佩芸等创办博文女校,钟佩芸任校长,聘请黄兴夫人徐宗汉为董事长[1]。黄绍兰的丈夫黄侃,字季刚,是北京大学文学系教授。在钟佩芸之后,由黄绍兰任博文女校校长,李果

[1] 韩晶,《博文女校与近代上海》,《文汇报》2017年6月30日。

为副校长[1]。

　　黄绍兰是国学大师章太炎唯一的女弟子。章太炎曾为博文女学写过这样的文字："博文女学校校长黄绍兰，余弟子也。其通明国故，兼善文辞，在今世大夫中所不多见。勤心校事，久而不倦。观其学则知缜密，则知其成绩之优矣。女子求学当知所从。附识数言，以为绍介。太炎记。"

　　黄绍兰、黄侃都是湖北人，与李汉俊有着同乡之谊。

　　李汉俊的嫂嫂——李书城的续弦薛文淑，当时便是博文女校的学生。李书城、李汉俊都与黄绍兰校长相熟。博文女校离望志路李公馆不过一站路而已。

　　李达的那位个子娇小的妻子王会悟[2]，当过黄兴夫人徐宗汉的秘书，而徐宗汉是博文女校的董事长。李达也与黄绍兰认识。

　　黄绍兰的家，在博文女校里。时值暑假，学校空着。当黄绍兰听王会悟说"北京大学暑期旅行团"要借此住宿，一口答应下来——这不光因为黄绍兰与"二李"有友谊，而且她的丈夫也是北大的。

　　"旅行团"陆陆续续到达了。董必武先在湖北善后公会住了些日子。毛泽东在博文女校住了几天之后，看样子代表们一下子还到不齐，便到杭州、南京跑了一圈。直到陈公博抵沪，那"九个临时寓客"才都住进博文女校。

　　据包惠僧回忆[3]：

　　当街的两间中靠东的一间是张国焘、周佛海和我住。张国焘也不常住在这里，他在外面租了房子。邓中夏同志到重庆参加暑期讲习会，路过上海也在这间住了几天，靠西的后面一间是王尽美、邓恩铭住，毛泽东是住在靠西的一间。这房屋很暗，他好象是一个人住。……除了毛泽东是睡在一个单人的板床是两条长凳架起来的，我们都是一人一张席子睡在地板上，靠东一边的几间房屋当时是空着的。

　　付了两个月的租金，只住了二十天左右。……交房租

---

[1] 有人曾以为博文女校校长为钮永健夫人黄梅仙。其实那是1919年7月11日，黄梅仙、博文女校副校长李果等发起成立上海女界联合会，址设博文女校，黄梅仙、李果分任会长副会长。

[2] 1990年6月18日叶永烈在北京采访王会悟。

[3] 包惠僧，《包惠僧回忆录》，31—32页，人民出版社1983年版。

是我同黄兆兰（引者注：应为黄绍兰）校长接洽的。在暑假中仅有一个学生，房子很多，学校里没有什么人，很清静。我们住的是楼上靠西的三间前楼。

就在最后一位代表陈公博来到上海的翌日，即7月22日，在博文女校楼上开过一次碰头会——包惠僧说"像是预备会"，而陈潭秋则称之为"开幕式"。

包惠僧在他的回忆录中说：

在大会开会的前一天，在我住的那间房子内商量过一次（像是预备会），并不是全体代表都参加，我记得李汉俊、张国焘、李达、刘仁静、陈潭秋、周佛海和我都参加了，其余的人我记不清楚。李达也把王会悟带来了，我们在里间开会，她坐在外间的凉台上。

陈潭秋则在他1936年发表的《第一次代表大会的回忆》中写道：

七月底大会开幕了，大会组织非常简单，只推选张国焘同志为大会主席，毛泽东同志与周佛海任记录。就在博文女校楼上举行开幕式……

查清中共一大开幕之日

科学家指出，就人的记忆力而论，最弱的是数字记忆，其中包括对于电话号码、门牌号、编号以及对于日期的记忆。

也正因为人们对于日期的记忆最弱，中国共产党一大的召开日期曾成为历史之谜。

中国共产党一大是在1921年召开的，众多的当事者对年份倒是记得清楚的。至于是哪个月召开的，记忆开始模糊。而究竟是哪一天开的，则完全陷入了记忆的模糊区之中。

除了记忆之误以外，中国人当时习惯于阴历，更加重了这个历史之谜的复杂性。

毛泽东在1936年对斯诺说："1921年5月，我到上海去出席共产党成立大会。"毛泽东所说的"5月"，很可能指的是农历。

董必武在1937年则对斯诺夫人尼姆·韦尔斯说："1921年7月上海召开的第一次代表大会……"

张国焘在1953年写道："1921年5月我遇见毛，那时他被邀参加中国共产党在上海的第一次会议……"张国焘所说的"5月"，很可能指的也是农历。

至于陈潭秋在1936年那篇用俄文发表的《第一次代表大会的回忆》，不论译成"7月底"或"7月下半月""7月下旬"，总是表明在7月15日之后召开中国共产党一大。

中国共产党日益壮大，纪念中国共产党诞辰也就提到日程上来。陈潭秋的文章，便是为了纪念中国共产党诞生十五周年而作。可是，说不清一个具体的日期，毕竟给纪念活动带来困难。

"这样吧，就用7月的头一天作为纪念日。"1938年5月，当越来越多的人向当时在延安的两位中国共产党一大代表——毛泽东和董必武询问党的生日时，毛泽东跟董必武商量之后，定下7月1日作为中国共产党的诞辰纪念日。

不久，毛泽东在5月26日至6月3日召开的延安抗日战争研究会上演讲《论持久战》时，第一次明确地提出：

七月一日，是中国共产党建立十七周年纪念日，这个日子又正当抗战的一周年。

在如今的《毛泽东选集》第二卷所收《论持久战》没有这句话，开头的话是"伟大抗日战争的一周年纪念，七月七日，快要到了"，但在1938年

7月1日延安出版的《解放》杂志第43、44期合刊，仍可查到这句话。

1940年在重庆出版、由许涤新和乔冠华主编的《群众》周刊四卷十八期，发表社论《庆祝中国共产党十九周年纪念》，指出："今年7月1日，是中国共产党成立十九周年纪念日。"

1941年6月30日，中国共产党中央发出《关于中国共产党诞生20周年抗战四周年纪念指示》，第一次以中国共产党中央名义肯定了"七一"为中国共产党诞辰[1]：

今年七一是中国共产党产生的二十周年，七七是中国抗日战争的四周年，各抗日根据地应分别召集会议，采取各种办法，举行纪念，并在各种刊物出特刊或特辑。

从此，7月1日成为中国共产党的诞辰纪念日。每年"七一"，各地隆重纪念中国共产党诞辰。

1960年，当韦慕庭见到那尘封已久的陈公博在1924年写的论文《共产主义运动在中国》时，感到困惑。韦慕庭写道：

现在中国共产党把7月1日作为1921年第一次代表大会该党建立的日子来纪念。但对这次大会实际上何时举行来说，这是很不可靠的。有的说是5月，有的说是7月。陈公博写他的论文时，仅在他参加了这次大会的两年半以后，他说，"中国共产党的第一次代表大会于1921年7月20日在上海举行"。

韦慕庭为陈公博的论文写了长长的绪言，内中专门写了一节《大会的日期》，引用中国大陆以及香港、台湾，还有英国、美国、苏联各种文献，对中国共产党一大的召开日期进行一番详尽的考证。韦慕庭得出结论，认为陈公博所说的中国共产党一大在1921年7月20日开始，到7月30日结束，

[1] 邵维正，《七一的由来》，载《一大回忆录》，知识出版社1980年版。

第五章·聚首

"近乎第一次代表大会的起止日期"。

只是"近乎"而已。至于精确的日期,这位美国的教授无法确定。

韦慕庭的绪言在美国发表,当时中美尚未建交,中国大陆的中国共产党党史研究者们并不知道韦慕庭的考证。

北京。革命博物馆。李俊臣在工作之余,正在那里通读《新青年》。

1961年,当李俊臣读着《新青年》九卷三号时,对其中陈公博发表的《十日旅行中的春申浦》一文,产生了很大兴趣。

虽说此文是1921年8月的文章,发表已四十年了,不知有多少人读过它。可是,文中的"密码",一直没有被破译。当李俊臣读此文时,才辨出文中的"暗语"。

陈公博写道:

暑假期前我感了点暑,心里很想转地疗养,去年我在上海结合了一个学社,也想趁这个时期结束我未完的手续,而且我去年我正在戎马倥偬之时,没有度蜜月的机会,正想在暑假期中补度蜜月。因这三层原因,我于是在七月十四日起程赴沪。……

乍一看,这是一篇普通的旅游见闻罢了,四十年来谁都这么以为。然而,李俊臣却联想到中国共产党一大,顿时眼前一亮:

那"感了点暑,心里很想转地疗养"之类,纯属遮眼掩耳之语,而"去年我在上海结合了一个学社",那"学社"是指上海共产主义小组。那句"结束我未完的手续",分明是指他赴沪参加中国共产党一大!

此文记述了"我和两个外国教授去访一个朋友"。那"两个外国教授"被侦探"误认"为"俄国共产党"——其实指的便是马林和尼科尔斯基!至于那位被访的朋友,文中说是"李先生",是"很好研究学问的专家",家中有"英文的马克斯经济各书"——这"李先生"不就是李汉俊吗?

李俊臣不由得拍案叫绝,此文正是一篇最早的有关中国共产党一大的回忆文章,是陈公博在中国共产党一大刚刚结束时写的!只是因在《新青年》上公开发表，不便点明中国共产党一大，这才拐弯抹角，故意曲折隐晦。不过，文章毕竟记述了关于中国共产党一大的一些重要史实。由于此文写于中国共产党一大刚刚结束之际，可以排除那种时隔多年的记忆错误。

李俊臣当时在自己的读书笔记中写道："我认为，这是一篇关于中国共产党'一大'的重要参考资料，颇具史料价值"。

这篇文章表明，陈公博离开广州的日期是7月14日，抵沪是7月21日。抵沪的翌日，与两位"外国教授"见面，即7月22日。如此这般，可以推知中国共产党一大的召开日期在7月22日或稍后……

李俊臣在革命博物馆的讨论会上，谈了自己的发现和见解，引起很多同行的兴趣。

当然，也有人提出疑义，因为九卷三号的《新青年》标明"广州1921年7月1日发行"，所载文章怎么可能是记述在7月1日之后召开的中国共产党一大呢？

不过，考证了当时《新青年》的出版情况，误期是经常的，这期《新青年》实际是在8月才印行，也就排除了这一疑义。

2011年4月1日，中共党史专家李玉贞从位于莫斯科季米特罗夫卡大街的俄罗斯国家社会政治历史档案馆，从卷宗号为"514.1.7"的档案中，查到1921年7月9日共产国际代表马林从上海寄给B.M.科别茨基的一封重要的信。米哈伊尔·科别茨基（1881—1937）从1920年8月7日起担任共产国际执行委员会的书记。马林的这封信，提及要在1921年7月底召开中国共产党代表大会。

这封新发现的马林的信，是用俄文打印，全文如下：

亲爱的科别茨基同志：

我给共产国际执行委员会小局[1]寄了一份关于在此地已做工作的报告（几天前寄出，共10页，还有一件密码电报的副本）。

希望本月底我们要召开的代表会议将大大有利于我们

1 "小局"，Малое Бюро，该机构设立于共产国际执行委员会之下，其职能基本是处理组织方面的问题。此外还要保证与其他国家共产党中央委员会的联系。

的工作。同志们那些为数不多而分散的小组将会联合起来。此后就可以开始集中统一的工作了。我认为，现阶段还不需要把太多的钱花在此地的工作上。也许过上一年就能形成一个真正组织完善的政党，届时情况定会好转。我希望过几个月就离开此地。真想到日本和菲律宾去了解当地的情况。但走之前我想把我在电报中要求的事做完。

向朋友们问好！

马林

全宗514，目录1，案卷7，第2页
打印件，副本。

马林所说是"本月底我们要召开的代表会议"，就是中共一大。

从共产国际的档案中，还查到一篇极为重要的用俄文写的《中国共产党第一次代表大会》，作者没有署名。从文中提及中国共产主义组织（指共产主义小组）于"去年"成立，而文章又记述中国共产党一大召开经过，表明此文是1921年下半年写的。从文章中谈及马林和尼科尔斯基"给我们做了宝贵的指示"这样的语气来看，作者是中国共产党党员，而且极可能是出自中国共产党一大代表之手，是一份向共产国际汇报情况的报告。

这份报告开头部分，就很明确点出了中国共产党一大召开的时间：

中国的共产主义组织是从去年年中成立的。起初，在上海该组织一共只有五个人。领导人是很受欢迎的《新青年》的主编陈同志。这个组织逐渐扩大了自己的活动范围，现在共有六个小组，有五十三个党员。代表大会预定6月20日召开，但是来自北京、汉口、广州、长沙、济南和日本的各地代表，直到7月23日才全部到达上海，于是代表大会开幕了。……

这里，非常清楚地点出了"7月23日"这个日子。报告是在1921年下半年写的，对于"7月23日"不会有记忆上的错误。

不过，仔细推敲一下，又产生新的疑问：因为代表们"直到7月23日才全部到达上海"，并不一定意味着大会在当天开幕。

陈公博是7月21日抵沪。很可能，在7月23日抵沪的是周佛海——因为当时上海与日本之间通信靠船运，从日本来沪也只能坐船，颇费时日。何况，他不在东京，而在交通不甚便利的鹿儿岛。

不过，这份报告表明，中国共产党一大开幕之日绝不可能早于7月23日。

不光是中共党史专家细细探讨着中共创建史，苏联（俄罗斯）、日本、美国等许多学者也加入探索队伍。

最为引人注目的是苏联学者科瓦廖夫在1972年第6期《亚非人民》杂志上公布了一份苏联收藏的档案文件《中国代表大会札记》，其中有如下记载：

代表大会预定6月20日召开，但是来自北京、汉口、广州、长沙、济南和日本的各地代表，直到7月23日才全部到达上海，于是代表大会开幕了。

科瓦廖夫明确指出，中共一大的开幕日期是1921年7月23日。

同一期杂志上，苏联学者卡尔图诺娃公布了《红色工会国际驻赤塔全权代表斯穆尔基斯一封信的摘录》，这封信写于1921年10月13日，信中说：

从7月23日到8月5日，在上海举行了中国（共产党）的代表大会。

卡尔图诺娃依据这一文件，不仅确定中共一大的开幕时间是1921年7月23日，而且指出中共一大的闭幕时间为1921年8月5日。

1973年，苏联学者舍维廖夫发表论文《关于中国共产党第一次代表大会召开日期问题》一文，对有关这个问题的材料做出了综合分析，排出了日程，列出了表格，认为会期有两种可能：一是大会进行十四天，从1921年7月23日到8月5日；一是大会从7月23日开始，结束时间不得而知。

深入探讨这一重要课题的是北京中国人民解放军后勤学院的邵维正。他在1980年第一期《中国社会科学》杂志上发表了《中国共产党第一次全国代表大会召开日期和出席人数的考证》一文。

邵维正的论文，从三个方面加以考证，即：（一）从代表行踪来看。（二）从可以借助的间接事件来看。（三）从当时的文字记载来看。

他的论文最后推定：中国共产党一大是在1921年7月23日开幕。

《中国社会科学》杂志为邵维正的论文，加了如下编者按：

本文作者依据国内外大量史料，并亲自进行了多次访问，对中国共产党第一次全国代表大会的召开日期和出席人数，作了深入研究和考证。此文以确凿的第一手资料和有说服力的分析，论证一大是1921年7月23日至31日召开的，出席会议的有十三人，从而解决了有关"一大"的两个长期未解决的疑难问题。

董必武在1971年8月4日谈中国共产党一大时，曾说[1]：

7月1日这个日子，也是后来定的，真正开会的日子，没有那个说得到的。

邵维正的论文解决了这一历史悬案，受到了时任中国社会科学院院长、中共中央党史领导小组副组长胡乔木的赞许，并荣立二等功。

关于邵维正的最重要的论证，本书将在后面述及。

不过，现在虽然已经查清中国共产党一大是在1921年7月23日开幕，但是考虑到多年来已经习惯于在"七一"纪念中国共产党的诞生，因此有关庆祝活动仍照旧在"七一"举行。

[1]《"一大"前后》（二），366页，人民出版社1980年版。

红色的起点

第六章·**成立**

第六章・成立

法租界贝勒路上的李公馆

酷暑之中的上海,在晚上七时之后,天才慢慢地黑下来。人们在马路边、在石库门房子的小天井、在阳台,躺在藤椅、竹椅上,一边挥摇着蒲扇,一边啃着西瓜。

法租界贝勒路是一条并不热闹的马路。在朦胧的暮色之中,坐落在望志路和贝勒路交叉口的那一幢青红砖相间砌成的石库门房子后门,不时闪进一条条黑影。

这幢房子,人称"李公馆"——同盟会元老李书城在此居住。

李书城家原本住在离此不远的三益里17号,那里三楼三底,房子比这里大。当时李家人口众多,有李书城的母亲王氏,妻子甘世瑜,长女李声馥,次女李声馪,次子李声茂(后来改名李声宏)。长子李声华当时在日本留学,但是暑假里有时回国探亲。李书城的弟弟李汉俊也在日本留学,但他的妻子陈氏以及两个孩子李声簧(儿子)、李声馥(长女)[1]也住在这里。此外,还有厨师、保姆(李家称"娘姨")。三益里的房子是泰利洋房的房产。李家人多,所以租的房子也大。

李书城的妻子甘世瑜在1917年患肺病去世。李汉俊的妻子陈氏也于1918年相继去世。李书城的母亲在1920年秋天,要送三个灵柩(李书城的父亲李金以及李书城和李汉俊的妻子)回湖北潜江老家安葬,这时李声簧、李声茂、李声馥、李声馪同去,已经从日本回国的李汉俊也送他们去,李家人口顿减。三益里17号的房子大,房租每月要七八十元。李书城看中贝勒路树德里新

[1] 次女李声馪在李汉俊牺牲之后三周出生。

建的石库门房子，便租了二楼二底，即望志路106号、108号，搬了过去。

随李书城一起迁入望志路新居的，还有一位比他小二十四岁的小姐。

小姐姓薛名文淑，不是湖北人，而是上海松江人氏。

薛、李两人，本来素不相识。薛家是上海松江县雇农，生活窘迫，薛文淑便以演唱谋生。在广州偶然邂逅李书城。听说薛文淑是上海人，李书城便说："我家在上海。你以后有什么困难，可以到我家来找我。"

李书城给她留下了家中的地址。

1920年春，十四岁的薛文淑来到了上海三益里。李书城收留了她，让她寄居在他家。

据薛文淑回忆[1]：

李公馆内

> 当时黄兴的遗孀徐宗汉住在贝勒路的一处房子，请了一位湖南老先生当家庭教师，我便同她的子女一美、一球等一起从老先生补习功课，准备投考学校。
>
> 不久，我上了民生学校，与邵力子的姨妹王秀凤同学（一起）。邵家住在我们的斜对门。

迁往望志路之后，李家只有四口人，即李书城、李汉俊、李书城的九岁的女儿李声馥、薛文淑。另外，还有一

[1] 1989年9月11日叶永烈在北京采访薛文淑以及李书城、薛文淑的女儿李小文。

位二十多岁的警卫,名叫梁平,一位四十多岁的厨师廖师傅以及一位三十多岁安徽娘姨。

薛文淑这时改在博文女校上学,一般上午上课,中午回家吃饭,下午在家复习功课。

这时候,来找李汉俊的朋友更多了。只是薛文淑在三益里时见到过的两位小姐不大来了,常来的是一位姓陈的小姐,模样姣美,跟李汉俊学外语。

1921年春,三十九岁的李书城和十五岁的薛文淑在望志路结婚。新房设在108号楼上,那里隔成前后两间,前面会客,后面为卧室。楼下也是两间,前面的房间是警卫梁平和厨师廖师傅的卧室,后面为厨房。前后房中间为过道。

106号楼上,也隔成两间,前屋为李汉俊卧室兼书房,后屋是李声馘和娘姨卧室。楼下前屋为餐厅,十八平方米,放了一张乒乓球桌那么大的长方大餐桌。那是从三益里带过来的。在三益里时,李家人口众多,所以要用这么大的餐桌。楼下后屋是洗澡间,备有日本式的洗澡大木桶。

106号和108号内部打通,共用106号的一个斜度较大的楼梯。上楼之后,先走过李汉俊的房间,朝西走,则是李书城的卧室。

新婚不久,李书城带着警卫梁平到湖南去了,在那里主持讨伐湖北督军王占元的军务。

这么一来,望志路上的李公馆内,只剩下李汉俊、薛文淑、厨师、娘姨和年幼的李声馘。薛文淑不过十五岁,不懂世事。厨师和娘姨不识字,从不过问李汉俊跟那些穿长衫、西装的朋友们高谈阔论些什么。

本来,"北京大学暑期旅行团"住在博文女校,倘若就在那里开会,当然方便。不过,两个外国人进出一所女子学校,很容易引起密探的注意。一旦招惹麻烦,一网打尽,无处遁逃。

"到我家里开会吧。"李汉俊一提议,马上得到李达的支持。确实,李公馆是一个很合适的开会场所。那里离博文女校很近,而且是个闹中取静的所在。

日本作家笔下的"李人杰"

出人意料的事情常常有。就在中共一大召开前的三个多月，一位日本作家曾经访问了李公馆，而且访问了李汉俊，作了详细的描述。只是他笔下的李汉俊，写作"李人杰"，所以这篇与中共一大相关的重要文献很久没有受到关注，只被视为一般的游记而已。诚如陈公博在《新青年》杂志九卷三号上公开发表的《十日旅行中的春申浦》，是关于中共一大最早的回忆文章，鉴于当时的情况不得不采取一些隐语，以致被"埋没"整整四十年，直至1961年才被中共党史专家李俊臣所"识破"。

这位日本作家便是芥川龙之介（1892—1927）。他因小说《罗生门》被改编成同名电影而闻名于世。

1919年，芥川龙之介在日本大阪《每日新闻》社任职。1921年，芥川龙之介以大阪《每日新闻》视察员身份来中国旅行，先后游览上海、杭州、苏州、南京、芜湖、汉口、洞庭湖、长沙、郑州、洛阳、龙门、北京等地，回国之后发表《上海游记》（1921）和《江南游记》（1922）。

芥川龙之介的《上海游记》完稿于大正十年（即1921年）八月十九日，共分二十一节，在《每日新闻》连载。其中第十八节的标题为《李人杰》。这"李人杰"在中国无人知晓，所以也就被"埋没"多年。直至上海史专家研究上海的历史，以为芥川龙之介的《上海游记》详尽介绍1921年上海的风土人情、所见所闻，颇有研究价值，进行细细研读。这么一细读，弄清楚了"李人杰"为何人。

芥川龙之介在《李人杰》这一节开头，是这么写及"李人杰"其人的：

> 与村田君一起走访了李人杰，他的年纪只有二十八岁。他信仰社会主义，被国内称之为"Young China"。在上海，他是Young China的代表人物之一。

这Young China，被直译为"年轻的中国"，其实应译为"少年中国"。

少年中国学会是由李大钊等有志之士发起的青年组织，1919年7月1日正式成立。少年中国学会主办颇有影响的机关刊物《少年中国》，李大钊任编辑部主任。《少年中国》1919年7月15日创刊于北京，1921年迁往上海。

"李人杰"是"少年中国"的代表人物之一，而且又"信仰社会主义"，一查就查到了，他就是李汉俊。李汉俊原名书诗，又名人杰，号汉俊，后来以号汉俊传世，他的原名李人杰反而鲜为人知。

芥川龙之介走访了李公馆，而且又正值中共一大召开前夕，他的《上海游记》中的《李人杰》，引起了中共党史专家们的浓厚兴趣。

芥川龙之介笔下的1921年的李汉俊和李公馆是怎样的呢？

芥川龙之介写道：

"在去往的李宅的途中，透过电车车窗，我看到街道两旁的树木，枝叶茂盛，已经迎来了夏天。此日天色阴沉，日光昏暗，微风拂面而路不扬尘。"

这就是我在拜访李氏后写下的笔记。现在打开笔记本，发现当时用铅笔写得很潦草的字，已经有很多模糊不清了。文章凌乱芜杂，自不用说，但这种芜杂，却深刻反映了我当时的一种心情。

"有小童[1]把我等引到了会客室。会客室有一张长方形桌子，两三把西式椅子。一个盘子里面盛有一些陶制的水果：一个梨、一串葡萄还有一个苹果。环顾房间，除了这些不太高明仿制品以外，并无一件赏心悦目的摆设。不过房间里没有尘埃，简朴整洁，令人愉悦。"

芥川龙之介所写的"李宅"（即李公馆）的会客室，就是三个多月之后召开中共一大的会场。所以如今上海中共一大会址纪念馆在那张"长方形桌子"上，放了"一个盘子里面盛有一些陶制的水果：一个梨、一串葡萄还有一个苹果"。

芥川龙之介接着形象而又生动地写及与李汉俊的见

---

[1] 大约就是李公馆二十多岁的警卫梁平。

面、谈话：

"几分钟后，李人杰到。这位年轻人身材稍矮，头发较长，面颊细瘦，气色不佳。他双眼透出才气，态度真挚诚恳。当时他给我的印象不坏。我想起他神经敏锐得就像时钟那纤细而强韧的弹簧。李氏与我隔桌相对而坐。他身穿一件鼠色大褂儿。"

李人杰曾经在东京大学留学，能说一口流利的日语，即便是表达那些极不容易讲清的道理，对他来说也是轻而易举之事。以此看来，他的日语水平或许比我还要强一些。见面时有一点，我没有记在笔记本上：在他家会客室的一个角落里有一个通向二楼的木梯，因此当主人从梯子上下来时，客人最先看到的是他的脚。我们拜见李人杰时，我首先看到的是他那双中国布鞋。不论是拜见哪个天下名士，我从未见过从脚底向上拜见的。

"李氏云，当下之中国该何去何从？解决此问题之途，既非共和，也非复辟。此些政治革命皆无能为力于中国之改造。往昔业已证实，当下仍在证明。然唯社会革命此一途为吾民所当努力者。此即倡导文化运动之'少年中国'奔走呼号之事。李氏又说，欲行社会革命，则不能不借助于宣传。故而吾辈之首要在著述。已觉醒之国人，于新知识并不冷漠，不，确言之，是如饥似渴。然能够满足此种饥渴之书籍杂志甚为稀缺。故当务之急在于著述。可能或者真的如李氏所说的那样，如今的中国无视民意，而没有民意，就不会产生革命，更不用说取得成功了。李氏又说，现已有希望之种，只怕万里荒芜，无处播种；抑或既已播种而力不能耕。吾等之躯体，能否忍耐此疲劳，实乃堪忧之所在。李氏言罢，紧锁双眉。李氏又说，近时值得关注者乃中国银团之野心。暂不问其背后之势力如何，北京政府左右于其之倾向，实为不争之事实。此事本亦不必悲观，为其使我国民以此银团为共向之敌人，故可集中炮火攻击此目标。我说，我对中国现在的艺术真的感到很失望，我所看到的小说、绘画都不足论。但是从中国现在状况来看，我期望艺术能在这片土地上繁荣兴旺的愿望，无疑很荒谬。我问李君，除了宣传手段以外，是否还有余力考虑一下艺术。李氏说，几近于无。"

我的笔记仅此而已。李氏言谈机敏简洁。无怪乎同去的村田君也感叹道："这个人头脑灵光。"据李氏说，他在日本留学期间曾经读过我的一两篇小说，这让我对李氏多了几分好感，可见，像我这样的小说家，追求虚荣之心多么旺盛。虽自诩为谦谦君子，我还是难以免俗。

在芥川龙之介的印象中，李汉俊是一位睿智、博学的学者，他的政治主张很鲜明，即"既非共和，也非复辟"，而是主张"社会革命"。

难怪与芥川龙之介同往的村田君用上海话评价李汉俊："头脑灵光。"

沈雁冰（即作家茅盾）曾经与李汉俊有很多接触，他在晚年撰写的回忆录中这样写及李汉俊：

现在年青的一代，乃至中年的一代，大概不知道李汉俊是怎样的一个人。我在1921至1922年，同他有较多的工作关系，我很钦佩他的品德和学问。他是湖北人，中学时代就在日本，直至大学毕业，学的是工科。日文很好，自不待言，甚至日本人也很惊佩。又通英、德、法三国文字。德文说得极流利，此与他学工科有关，法文英文也能读能译。他如果不从事革命，稳稳当当可以做个工程师，然而他自日本回国，就曾在京汉铁路工人中活动，为当地军阀所注意，在武汉不能存身，就来到上海，和陈独秀共同发起共产党小组……

董必武则回忆说："当时社会上有无政府主义、社会主义、日本的合作主义等，各种主义在头脑中打仗，李汉俊来了，把头绪理出来了，说要搞俄国的马克思主义。"

董必武称李汉俊是"我的马克思主义老师"。

李汉俊的次女李声䪨则说："父亲执笔起草第一个党章草案、中共一大宣言，第一个将唯物史观作为一门课程导入中国高等教育，做了很多开创性工作。"

中国现代史上划时代的一幕

1921年7月23日（星期六）晚，穿长衫的，穿对襟纺绸白上衣的，穿西式衬衫结着领带的，留八字胡的，络腮胡子的，教授派头的，学生模样的，一个又一个走进李公馆后门……

李公馆楼下的餐厅，那张长方大餐桌四周，坐满了十五个人。

晚八时多，中国现代史上划时代的一幕，就在这间十八平方米的餐厅里揭开。

从苏俄莫斯科，从伊尔库茨克，从日本，从中国的北方、南方，操德语、英语的，说俄语的，湖北、湖南口音的，江西、山东、广东、贵州口音的，乘远洋海轮、长江轮船，或坐长途火车，十五位代表终于聚集在一起。

餐厅里点着发出黄晕光线的电灯。餐桌上放着一对荷叶边、广口大肚、玫瑰红色花瓶，插着鲜花——那花瓶原是李书城和薛文淑几个月前结婚时置的。鲜花给这次难得的聚会增添了喜庆的气氛。桌子上铺

再现中共一大的蜡像

第六章·成立

着雪白的台布（据董必武回忆说没有台布，而薛文淑则回忆说李家长年铺白台布，显然久居那里的薛文淑的回忆比较可靠）。桌上还放着紫铜烟灰缸、白瓷茶具和几份油印文件。

桌子四周放了"一打"——十二只橙黄色的圆凳，加上两对四把紫色椅子，有了十六个座位。初次的会议很随便，先来先坐，后到后坐，并不讲究座次的排列顺序。

毛泽东和周佛海担任记录，紧挨着大餐桌而坐。

昨日在预备会上被推选为主席的张国焘，已经预先做了些准备。他在宣布中国共产党第一次代表大会开始之后，向大家报告了会议的筹备经过。二十四岁的他，比三十一岁的"二李"活跃，富有交际能力，主持大会。"二李"是主人，反而没有主持会议。

张国焘在报告了筹备经过之后，提出大会的议题，即制定党的纲领、工作计划和选举中央机构。

张国焘念了陈独秀交给陈公博带来的信，谈了四点意见[1]：

一、党员的发展与教育；二、党的民主集中制的运用；三、党的纪律；四，群众路线。

刘仁静坐在马林旁边，这位北京大学英语系学生正在发挥他的一技之长——翻译。他把张国焘的话译成英语，讲给马林听。有时，坐在马林另一侧的李汉俊也翻译几句。

张国焘讲了二十来分钟，也就结束了。

接着，马林代表共产国际致辞。马林这人讲起话来，声若洪钟，滔滔不绝，一派宣传鼓动家本色。

马林一开头便说："中国共产党的正式成立，具有重大的世界意义。共产国际增添了一个东方支部，苏俄布尔什维克增添了一个东方战友。"

作为共产国际的执行委员，马林向他的东方战友们介

---

[1] 由于原件已无从寻觅，各种回忆录说法不一。笔者此处所引的是香港自联出版社1973年出版的司马璐著《中国共产党党史暨文献选粹》一书，它是综合了张国焘《我的回忆》、美国《1918—1927年共产主义者、民族主义者在华苏联顾问文件》及那本张作霖下令编印的《苏联阴谋文证汇编》三书而归纳的。

绍了共产国际的性质、组织和使命。马林非常强调地指出：

> 共产国际不仅仅是世界各国共产党的联盟，而且与各国共产党之间保持领导与被领导的高度统一的上下级关系。共产国际是以世界共产党的形式统一指挥各国无产阶级的战斗行动。各国共产党是共产国际的支部。

当刘仁静把这段话译成汉语，会场的气氛变得静穆紧张。中国共产党的代表们在琢磨、思索马林的这段话。不言而喻，马林的话表明，中国共产党应当是共产国际的一个支部，接受共产国际的领导。

当马林谈及他和列宁在莫斯科的会见，会场顿时变得热烈起来。列宁在中国共产党人心中享有崇高的地位。马林说起列宁对中国的关怀，期望着建立共产党，期望着世界的东方建立起社会主义制度，中国共产党代表们的眼睛都睁得大大的。倘不是马林事先关照过不许鼓掌以免惊动密探，代表们定然会热烈地鼓起掌来。

马林还说及自己在荷属东印度当年的工作情况，说及自己怎样组织和建立印尼共产党……

马林一口气讲了三四个小时，一直讲到子夜。

他这一席话给毛泽东留下的印象是："精力充沛，富有口才。"

给包惠僧留下的印象是："口若悬河，有纵横捭阖的辩才。"

马林讲毕之后，尼科尔斯基致辞。

尼科尔斯基如何致辞是个谜。因为刘仁静回忆说，"他不懂英语"[1]。刘仁静当时担任英语翻译，因此他的这一回忆应当是比较可靠的。然而，在场的十三位中国共产党代表无一懂俄语。那么，尼科尔斯基是怎么发言的呢？笔者就此事请教过中国共产党史专家李俊臣[2]，据告，尼科尔斯基稍懂英语；而马林稍懂俄语。但是中共党史专家2011年在俄罗斯国家社会政治历史档案馆发现，1921年7月9日马林从上海写给共产国际 B. M. 科别茨基的信是用俄文打字的，这表明马林的俄

[1] 刘仁静，《回忆党的"一大"》，《"一大"前后》（二），人民出版社1980年版。
[2] 1989年9月14日叶永烈在北京采访李俊臣。

语不错，所以尼科尔斯基很可能是用俄语发言，由马林译成英语。

大约由于语言关系，也由于毕竟年轻，尼科尔斯基致辞很简单。他在向中国共产党一大表示祝贺之后，介绍了在伊尔库茨克建立的共产国际远东书记处，并建议给共产国际远东书记处发去电报，报告代表大会的进程。此外，他还介绍了刚刚成立的红色工会国际的情况，认为中国共产党应当重视工人运动——大概这番话给中国共产党代表们留下较深的印象，以至后来误传他是红色工会国际的代表。

尼科尔斯基讲毕，张国焘便宣布散会。

当代表们分批走出李公馆的后门时，黑黢黢的夜如墨染一般，这是中国共产党一大唯一一次全体到齐的会议。

在这黝黝的暗夜之中，老百姓早已酣然入梦，然而，那些嗅觉异常灵敏的人物仍睁着眼睛。

法租界的密探们是不是从这个夜晚起就开始监视李公馆，尚不得而知。不过，李公馆后来处于密探们的严密监视之中，却是事实……

后来，在1921年11月由董必武、李汉俊起草的给共产国际的一份报告——《中国共产党第一次全国代表大会》，内中写及：

> 我们在这里非常高兴地说：希夫廖特同志（即马林）和尼柯尔斯基（引者注：即尼科尔斯基）同志出席了第一次代表大会，并给我们做了宝贵的指示……尼柯尔斯基同志把成立远东局的情况告诉了我们，并向我们述说了他对俄国的印象。在这个报告以后，根据尼柯尔斯基同志的建议，我们决定打电报给伊尔库茨克，告诉他们代表大会的进程。

一番又一番激烈争论

"党必须非法地工作。"一开始，马林便指出了这一点。

中国共产党是以推翻当时中国的社会制度从而建立社会主义制度为

行动宗旨的,当然不合当时中国的"法"。正因为这样,中国共产党一大在极端秘密的状态下举行。任何不慎,都将招来全军覆灭的危险后果。

不得不谨慎行事。最初商定,"打一枪换一个地方",每日更改开会的场所,以免被密探盯住。

不过,除了李公馆之外,已找不出别的恰当的开会场所——不论老渔阳里2号,还是新渔阳里6号,一个是《新青年》编辑部所在地,一个是外国语学社所在地,都是半公开的红色场所。

无奈,只得继续在李公馆开会。不过,马林和尼科尔斯基不再出席会议,因为两个外国人进出李公馆,毕竟太惹人注意了。

秘密举行的中国共产党一大,在7月22日的预备会、23日晚的开幕式之后,经邵维正考证,大约按以下日程继续进行,开会的地点均为李公馆:

日期	会议次数	主要内容
24日	第二次	各地代表报告工作情况
25日	休会	起草党的纲领和工作计划
26日	休会	起草党的纲领和工作计划
27日	第三次	讨论党纲和今后实际工作
28日	第四次	讨论党纲和今后实际工作
29日	第五次	讨论党纲和今后实际工作

每日会毕,由张国焘向马林、尼科尔斯基汇报会议情况,听取他们的意见。

会议的气氛,起初是平静的。在第二次会议上,各地的代表汇报着各地的情况,如同一根根平行线似的,没有交叉。毛泽东也作了一次发言,介绍长沙共产主义小组的情况。这是毛泽东在中国共产党一大唯一的一次发言。他言语不多,却很留心听着别人的发言。

第二次会议上推选了几个人负责起草中国共产党的纲领和决议。张国焘是会议的主席,当然被选入起草小组。李汉俊懂四国外语,博览马克思著作,刘仁静有着"小马克思"的雅号,也被选入起草小组。据董必武回忆,他也参加了起草工作。他还提及,好像李达也是起草者之一。

在起草纲领和决议的过程中,平行线交叉了,争论开始了。

最激烈的争论,常常是在两位饱读马克思著作的人物——李汉俊和刘仁静之间进行。争论的焦点在于,中国共产党应当有什么样的党纲。

在李汉俊看来,世界上的革命,既有俄国的十月革命,也有德国社会党的革命。他以为,中国共产党要走什么样的路,最好派人到俄国和欧洲考察,再成立一个研究机构,经过一番研究之后,才能决定。他以为目前中国共产党最实际的做法是支持孙中山先生的革命运动,待这一革命成功之后,中国共产党可以加入议会开展竞选。

刘仁静反对李汉俊的见解,他以为欧洲的议会道路在中国行不通,中国共产党也不应成为一个马克思主义的研究团体。他拿出《共产党宣言》,说中国共产党应该按照马克思、恩格斯所说的那样去做,即以武装暴动夺取政权,建立无产阶级专政,实现共产主义。

虽有陈公博部分地同意李汉俊的意见,但刘仁静的看法受到多数代表的支持。李汉俊有个长处,当他的意见被大多数人否定之后,他并不坚持。

关于中国共产党的组织原则,早在1921年2月,李汉俊便曾与陈独秀发生争执:陈独秀主张中央集权制,李汉俊主张地方分权制。

在这次会上,李汉俊又一次提出,中国共产党中央只是个联络机关。他又一次处于少数地位,被大多数代表所否决。

很自然地,由此便产生了共产国际与中国共产党之间关系的讨论。马林在开幕式上已经把共产国际的意见说得清清楚楚。尼科尔斯基也从伊尔库茨克的共产国际远东书记处得到明确的指令,中国共产党的会议"必须有他参加"[1]。

1 李玉贞,《参加中国共产党"一大"的尼科尔斯基》,《党史研究资料》1989年第7、8期合刊。

在这个问题上，代表们倒是赞同李汉俊的意见，即中国共产党可以接受共产国际的理论指导，并采取一致行动，但不必在组织上明确中国共产党是共产国际的一个支部。代表们主张在党纲中写上"联合共产国际"。这"联合"一词，实际上没有接受马林所说的"上、下级关系"。后来，直至一年之后，在中国共产党二大上，才通过了《中国共产党加入共产国际决议案》，才明确写上："中国共产党为国际共产党之中国支部。"

一个意想不到的问题，竟然引起空前激烈的大辩论，那便是在讨论党员条件时，党员能否在现政府中做"官"？陈公博主张可以，因为他正在广东担任"宣传员养成所"所长，而陈独秀正担任广东省教育委员会委员长这样不小的"官"。李汉俊也同意他的意见。不过大多数代表以为，中国共产党是无产阶级政党，党员不应在资产阶级政府里当官。两种意见争执不休。最后，"这个问题有意识地回避了，但是，我们一致认为不应作部长、省长，一般的不应当任重要行政职务，在中国，'官'这个词普遍应用在所有这些职务上。但是，我们允许我们的同志作类似厂长这样的官。"[1]

经过一番又一番争论，党纲和决议的草稿纸上，画满了蜘蛛网般的修改记号，总算接近定稿了。

屋顶花园。张国焘向马林和尼科尔斯基讲述着讨论的意见，讲述着党纲和决议的初稿。马林听着、听着，当他听到那句"联合共产国际"，顿时双眉紧锁。作为共产国际的执行委员，他以为应当不折不扣地贯彻共产国际的决议。

马林要求出席大会，他要亲自向代表们说明共产国际二大通过的决议……

---

[1] 《中国共产党第一次代表大会》，《"一大"前后》（一），人民出版社1980年版。

大会通过的《中国共产党第一个决议》

揭开突然闯入会场的密探之谜

7月30日,闷热的日子。即便坐在屋里一动不动,那汗还是不住地从毛孔中汩汩而出。

傍晚,彤云四涌,凉风骤袭,仿佛一场雷雨要从天而降。然而,俄顷风定云滞,一点雨也未落下来,显得益发热不可耐。

这些天,薛文淑上楼、下楼,常见到餐厅里坐满了人。餐厅的上半截为木条网格,上、下楼梯时总能看到餐厅里的情形。只是李书城关照过不要管汉俊的事,所以她从不过问。

夜幕降临之后,餐厅里又聚集了许多人。

马林来了。尼科尔斯基也来了。

只是周佛海没有来,据说他忽地大吐大泻,出不了门,只好独自躺在博文女校楼上的红漆地板上。

八时多,代表们刚在那张大餐桌四周坐定,马林正准备讲话。这时,从那扇虚掩的后门，忽地进来一个陌生面孔、穿灰布长衫的中年男子，闯入餐厅，朝屋里环视了一周。

李汉俊发现这不速之客，问道："你找谁？"

"我找社联的王主席。"那人随口答道。

"这儿哪有社联的？哪有什么王主席？"作为屋主，李汉俊颇为诧异。

"对不起，找错了地方。"那人一边哈了哈腰，一边匆匆朝后退出。

马林的双眼射出警惕的目光。他用英语询问李汉俊刚才是怎么回事，李汉俊当即用英语做了简要的答复。

砰的一声，马林用手掌猛击大餐桌，机警的他当机立断："一定是包打听！我建立会议立即停止，大家迅速离开！"

代表们一听，马上站了起来，李汉俊领着大家分别从前门走出李公馆。平日，是从后门进出李公馆，前门是紧闭的，这时悄然打开……

那个突然闯入的不速之客，究竟是谁？这曾是一个历史之谜：

李达说是"不速之客"；

张国焘说是"陌生人"；

陈公博说是"面目可疑的人"；

刘仁静说是"突然有一个人"；

董必武说是"有人闯进会场，称来找球，眼睛却四下扫看在座所有的人"；

包惠僧回忆那个密探是"穿灰色竹布长褂"；

陈潭秋说是"一个獐头鼠目的穿长衫的人"。

这便是留存在当时七位目击者脑海中的印象。此外，再也没有更详尽的文字记录了。

真是"踏破铁鞋无觅处，得来全不费功夫"。那是一个很偶然的机会，我得到了破解这个历史之谜的重要线索。

笔者在写作本书时，从上海电影制片厂导演中叔皇那里得知，年已耄耋的薛畊莘先生曾在上海法租界巡捕房工作多年,即于1990年8月9日前往薛寓拜访。

当时薛先生已经八十有六(他生于1904年10月22日),看上去却只有六十来岁的样子。他前庭开阔,戴一副墨镜,一件白色绸香港衫,正坐在藤椅上看书。知道我的来意,予以热情接待。薛

叶永烈于1990年8月9日前去拜访薛畊莘先生

畊莘先生在介绍上海法租界巡捕房时,谈及他的上司程子卿,回忆了这桩重要史实……

据薛畊莘先生告知,1921年7月30日晚,那不速之客就是程子卿,当时任上海法租界巡捕房的政治探长、中国科科长。

程子卿,字则周,江苏丹徒(今镇江市)人。生于光绪八年正月十四日(1882年3月3日),读过三年私塾,曾在镇江南门越城内何益顺米店当学徒。

在1900年前后,程子卿从镇江到上海谋生,投靠在四马路(今上海福州路)当妓女的姐姐那儿。他在十六铺码头做搬运工,结识了上海帮会头子黄金荣,结拜为帮,人称"黄老大"(黄金荣)、"丁老二"(丁顺华)、"程老三"(程子卿)。又因为他的皮肤黝黑,绰号叫"黑皮子卿",属青帮的"悟"字辈人物。

1905年,经黄金荣的介绍,程子卿进入法租界大自鸣钟巡捕房当警士。

程子卿连法语都不会讲,怎么会进入法租界巡捕房工作呢?原来程子卿身材高大,在米店里不断两臂夹两袋米,奔走如飞,他练就了过人的臂力,这正是巡捕捕人时所需的"基本功"。

1911年，程子卿在上海法租界巡捕房做巡捕。黄金荣任上海法租界巡捕房华人探长（后为督察长），程子卿被黄金荣看中，从巡捕升为探目以至升为刑事科的政治组探长，并曾经在上海钧培里黄金荣家长住。这个政治组专门处理法租界的政治性事件，组长为法国人萨而礼。随着法租界政治性事件不断增多，这个政治组后来扩大为政治部，程子卿担任政治部主任。

薛畊莘先生给我看了一帧照片，那是他、程子卿和朱良弼（法租界巡捕房政治部社会科探长）三人的合影，都穿着海军呢（深蓝色）制服。那是1937年"八一三"事变之后拍摄的。薛和朱胸前挂着银牌，表明他俩在巡捕房工作满十个年头，而程子卿则挂着金牌——只有服务期在二十五年以上的巡捕才有资格佩金牌。可以看得出，程子卿相当壮实。

薛畊莘先生说，程子卿日常喜欢穿蓝袍黑褂便衣。这细节正合中共一大代表包惠僧所忆那个密探"穿灰色竹布长褂"，陈潭秋所说是"一个獐头鼠目的穿长衫的人"。

程子卿由于是黄金荣的"帮弟"，跟国民党、跟蒋介石有着密切关系。1927年蒋介石在发动"四一二"政变之前，曾在龙华召见上海帮会头目黄金荣、杜月笙、张啸林等人，程子卿亦在座。在"四一二"政变中，程子卿出了力。那时，蒋介石手下的两辆军用卡车以及车上六十

薛畊莘（右）、程子卿（中）和朱良弼（左）三人的合影，三人都穿着上海法租界巡捕制服（摄于1937年"八一三"事变之后）

多名卫兵在爱多亚路（今延安东路）受到法租界巡捕房拦阻，不许进入法租界。蒋介石的卫队长和法租界巡捕争了几句，那巡捕连车带人都扣下来，送到法租界巡捕房。经过程子卿周旋，蒋介石的卫队连同两辆卡车得以释放。事后经杨虎（当时任国民革命军总司令部特务处处长）保举，国民政府颁发程子卿"青天白日"三等勋章。胡汉民、汪精卫还各赠他亲笔字轴一幅，程子卿把字轴挂在薛华立路（今建国中路）和平坊4号厢房会客室中，以为荣耀而自豪。当时，军事蒋介石、政治胡汉民、党务汪精卫，是国民党的三巨头。

薛畊莘回忆说，在20世纪30年代末的时候，程子卿跟他聊及，1921年曾往"李公馆"搜查——当时只知道一个外国的"赤色分子"在那里召集会议，不知是中共一大。首先进入李公馆侦查的便是程子卿！

薛先生有个习惯，凡重要的见闻，必定记录于笔记本。程子卿当时的谈话，亦被他记于本子上。

笔者问及那个笔记本的下落。薛畊莘说，他因曾经长期在上海法租界巡捕房工作，后来又担任国民政府上海警察局黄浦分局局长、上海行动总指挥特警组组长，有着国民党少将军衔，所以在新中国成立后，在镇压反革命运动中，于1951年4月29日被捕入狱。他的笔记本被收缴。他先是关押在上海提篮桥监狱，后来关押在内蒙，直到1975年在太原遇赦。他在监狱中度过了漫长的二十五年。由于他在上海法租界巡捕房以及国民党警察部门工作时，曾经多次帮助过中共上海地下党，所以在1981年他获得彻底平反。上海市高级人民法院对薛畊莘一案作出"原判不当，应予撤销"的裁决。他被聘为上海市文史馆馆员。1990年5月起，薛畊莘享受离休干部待遇。薛畊莘说，倘从公安或者档案部门寻觅，当可查到那个笔记本，查到当年他笔录的原文。现在他虽已不能回忆原文，但是程子卿所说首先闯入李公馆这件事，他记得很清楚。后来在他的法文版回忆录里说及，关于闯入会场的事情，程子卿对他说过很多遍，因此记忆非常清晰。

薛先生还说，因为他在法租界巡捕房工作多年，熟悉那里的法文档案，例如政治性案件归在"S"类，捕人报告归在"R"类。关于搜查中共一大会场的情况，可能会在法租界巡捕房当年的"S"或"R"类档案中查到准确的原始记录。这些法文档案应当仍在上海，需要精通法文又熟知内情的人去查找。如果需要的话，薛先生愿尽微力，以求彻底查清这一重大的历史之谜。薛先生再一次重复母亲的遗训："你应当爱你父亲的祖国。"能为祖国做点有益的事，虽已年迈，他仍在所不辞。

我问起程子卿后来的情形。薛先生说，新中国成立后，程子卿意识到可能被捕，求助于宋庆龄。那是因为程子卿在法租界巡捕房工作时，也做过一些有益的工作——一些中共党员被捕，经宋庆龄等向他"疏通"而获释。这样，宋庆龄向有关部门作了说明，程子卿也就没有被捕。程子卿在家赋闲，依靠房租收入维持生活。1956年（叶永烈注：薛畊莘先生此处记忆有误，应是1961年9月27日）因消化道、泌尿系统的疾病，于上海建国中路家中去世，终年七十九岁。

《红色的起点》完稿于1990年5月23日，最初由上海人民出版社出版。我在1990年8月9日采访薛畊莘，书稿已经排好清样。当我把关于破解中共一大密探之谜告知上海人民出版社，他们立即意识到这是一重大发现，填补了七十年来关于中共一大研究的空白。当时已经来不及补入正文之中，他们要我赶紧写一篇《补记》，附于全书之末。这样，当《红色的起点》一书在1991年1月作为中国共产党建党七十周年的献礼书隆重出版时，也就揭开了七十年前那个闯入中共一大会场的密探之谜。

那篇《补记》，理所当然引起中共党史专家们的注意。我最初听到的质疑：薛畊莘所说的闯入中共一大会场的密探是程子卿，充其量只是"口述历史"而已。薛畊莘本人并非这一重大历史事件的亲历者。仅仅凭借薛畊莘回忆其上司几十年前的一次谈话，依据不足。有人还质问：薛畊莘为何早先不说，有关人大多作古后才说？

《红色的起点》的《补记》，还引起日本学者的注意。内中最具代表性的是日本石川祯浩著《中国共产党成立史》。中国社会科学出版社

2006年2月出版了袁广泉所译的中译本：

在中国，对中共一大的研究细致入微，甚至有人查找寻致搜查会场的"侦探"的名字，还有人按照据说曾参与搜查的人物的回忆写出"传奇"，意在进一步搞清搜查时的实际情形。如果有租界当局的原始材料则另当别论，否则，连亲自参加了大会的当事人都记不清，不用说自称参加过搜查的人的回忆，更不可靠。这些都只能说明在中华人民共和国成立后的中国，中共一大被赋予了多么特殊的地位。

石川祯浩所说的"有人"，显然是指笔者。

不过，随着时间的推移，越来越多的关于程子卿其人的深入研究和探讨，使这一问题的研究日渐深入。

笔者从1921年、1922年的上海报纸上，查阅陈独秀在上海两度被捕的报道中，发现执行逮捕陈独秀这一任务者，就是程子卿！

1921年10月6日第十四版《申报》报道：

住居法新租界地方之陈独秀，迩因编辑共产主义、社会主义、工党主义、劳动主义、新青年等书籍，被特别机关探目黄金荣、包探程子卿侦悉，以其有过激性质，于前日偕同西探至该处，抄出是项书籍甚伙，当即将陈及其妻林氏并牵涉人褚辅成、牟有德、杨一生、胡树人等，一并带入捕房。

也就是说，陈独秀在上海被捕是因为"被特别机关探目黄金荣、包探程子卿侦悉"！这时，距中共一大在上海召开，不过两个多月。此处所谓"特别机关"，是指法租界巡捕房的特别机关。

1922年8月9日上午十一时，陈独秀在住所——法租界环龙路铭德里2号，又遭逮捕。

据1922年8月10日上海《时事新报》报道：

> 陈独秀氏寓居法租界环龙路铭德里二号，昨（九日）被法总巡捕房特别机关西探目长西戴纳，会同监察员黄金荣，华探目程子卿，李友生，包探曹义卿等捕获，带入芦家湾（引者注：即卢家湾）总巡捕房，候请公堂讯核。

哦，又是程子卿，两度逮捕中共中央总书记陈独秀，而这两次逮捕发生在中共一大召开之后的一年时间里。

雪泥鸿爪，1921年、1922年上海报纸关于逮捕陈独秀的报道，从一个侧面证实薛畊莘的口述。1921年10月4日、1922年8月9日程子卿两度逮捕中共中央总书记陈独秀，表明这个法租界的"包探"，一直在关注刚刚成立的中国共产党的动向。这两则报道也表明，当年闯入中共一大会场的密探，极有可能就是法租界的"包探"程子卿。

此后，上海师范大学人文学院院长苏智良教授查阅了公安部门保存的薛畊莘档案。从事上海史研究多年的许洪新先生从上海法租界档案等相关档案中查找了程子卿相关的资料。这样，借助于档案，对于程子卿的研究逐步深入。

程子卿（摄于1942年）

经许洪新先生查证[1]，薛畊莘先生在内蒙古自治区乌拉特前旗乌海农场服刑时，曾于1968年6月1日亲笔写过一份关于程子卿的交代材料，上面还盖有他的手印和农场军管小组的印章。该材料的第四点如下：

> 1921年中共在上海成立时，由他（引者注：指程子卿）

[1] 许洪新，《中共一大会议中的突发事件》，《上海滩》2011年第7期。

第六章·成立　349

向法当局报告，后由他奉法帝当局命令，禁止中共开成立大会（地址在上海萨坡赛路望志路口），不得已改在嘉兴开的。

这清楚表明，早在1968年，薛畊莘先生就对程子卿闯入中共一大会场写出交代。只是他把贝勒路误记为萨坡赛路（今上海淡水路）。尽管薛畊莘这一交代内容重要，可是在"文化大革命"岁月，在内蒙古的农场，没有谁会注意他提供的重要信息。然而这篇写于1968年的交代，倒是有力回击了"薛畊莘为何早先不说，有关人大多作古后才说"的质疑。

除了薛畊莘口述回忆程子卿身世之外，档案材料逐渐勾勒出程子卿的真实面目。

关于程子卿身世的档案，内中以程子卿在1951年2月18日写给上海市卢湾区反动党团特务人员登记处的自述最为翔实（内中程子卿自称"市民"，用小字写）：

敬呈者市民程子卿字则周镇江人现年七十岁于一九一一年入上海旧法租界巡捕房任警士之职，旋升为侦探至一九二四年调充该捕房政事部为雇用督察办理调查新进职员资历及调查新申请成立之商业工会团体之事务一九三一年升任华人督察长迄租界被日伪接收为止租界接收后被迫留任督察长职市民本应即……

敬祈

监察是否毋须登记之处尚乞指示　无任感祷

谨上

　　　　　　　　　　上海市卢湾区反动党团特务人员登记处

　　　　　　　　　　　　　　市民程子卿敬具

　　　　　　　　　　　　　一九五一年二月十八日

　　　　　　　　　　住址建国中路一三七弄四号

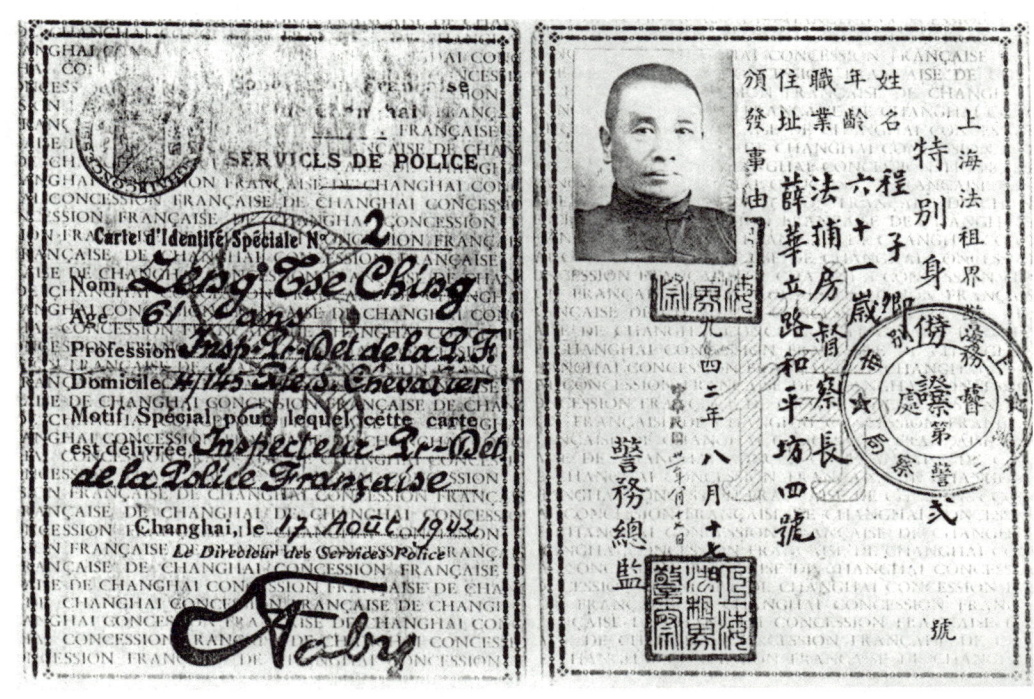

1942年8月17日上海法租界警务处发出的程子卿特别身份证（第2号）

这里程子卿所说"现年七十岁"是虚岁，而且是按农历计算。由于他出生于农历正月，按照公历应是生于1882年。

此外，还从档案中查到程子卿的诸多证件：

1942年8月17日上海法租界警务处发出的程子卿特别身份证（第2号），写明程子卿的法文名字为Zeng Cse King，职务为"法捕房督察长"。这张特别身份证上盖有"上海特别市第三警察局督察处"印章。当时汪伪政权统治上海，设上海为"特别市"（直辖市），直属南京汪伪中央政府（国民政府则自1927年7月7日起设上海为"上海特别市"）。

1943年3月1日上海法租界领事警察署所发职员证（编号为631号）程子卿证件，写着职务是"侦探督察长"（侦探警部主任），警号为501。证件上程子卿的法文名字为Zeng Cse King，同样盖有"上海特别市第三警察局督察处"印章。1943年7月30日、8月1日，汪伪政府宣布"收回"上海公共租界和法租界。程子卿的这一上海法租界领事警察

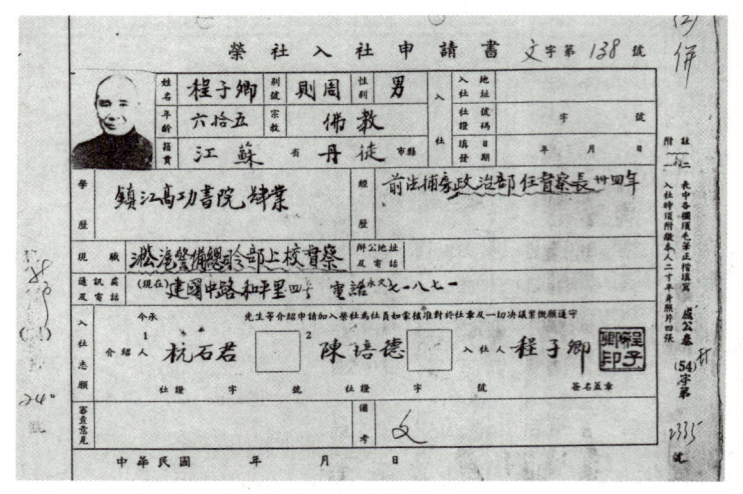

1946年程子卿填写的"荣社入社申请书"文字第138号

署职员证是在汪伪政府收回上海法租界之前五个月发的。

1946年程子卿填写的"荣社入社申请书"文字第138号。荣社是上海青帮之下的三大社之一，即黄金荣的荣社、杜月笙的恒社、张仁奎的仁社。荣社原名忠信社，取名于蒋介石为上海黄金荣私宅黄家花园的题词"文行忠信"。忠信社一度萧条，直至抗日战争胜利之后又重新活跃，改名荣社，这荣字来自黄金荣的名字。程子卿虽然是黄金荣的把兄弟，但是没有参加荣社，于是在1946年填写了"荣社入社申请书"，介绍人为杭石君、陈培德。杭石君为上海大世界游乐场经理，陈培德为上海英美烟厂工会主席，两人均为黄金荣心腹。程子卿在申请书上的"学历"一栏中写："镇江高功书院肄业"。在"经历"一栏中写："前法捕房政治部任督察长卅四年"，也就是说，他在法租界巡捕房工作达三十四年（按照他1951年2月18日写给上海市卢湾区反动党团特务人员登记处的自述则应是三十五年），曾在政治部任督察长。在"现职"一栏中写："淞沪警备总司令部上校督察。"

1930年，程子卿与杨景德结婚。程子卿原本信佛。大约是在法租界巡捕房工作，受到法国人的影响，程子卿夫妇皈依了天主教。他们育有两女一子。

1954年，程子卿被捕，受到审讯。程子卿求助于孙中山夫人宋庆龄，使他免于入狱，安然回家。到了1955年2月，上海市公安局欲再度逮捕程子卿，但有关部门以程子卿"无罪行，无活动，年老多病，无活动能力"为由，使程子卿免于法办。

程子卿跟宋庆龄熟悉，是因为孙中山、宋庆龄住在上海法租界，程子卿负责他们的安全，所以很早就认识孙中山、宋庆龄。内中，在1931年夏日，程子卿请宋庆龄转告邓演达，要"出入小心"，"最近尽可能不要外出"。邓演达是国民党左派，曾任黄埔军校教育长，国民革命军总司令部政治部主任，因反对蒋介石受到蒋介石忌恨。在接到程子卿的告诫之后，邓演达并不在意。1931年8月，邓演达在上海遭蒋介石特务逮捕，11月29日晚被秘密处决于南京麒麟门外沙子岗，年仅三十六岁。

给宋庆龄留下深刻印象的是，国民党军统特务一直企图监视宋庆龄，获知宋庆龄身边保姆李燕娥单身，便选美男特工与李燕娥恋爱，以求打入宋庆龄家中。程子卿把那美男身份悄然告诉宋庆龄，使宋庆龄及时识破这一"美男计"。

薛畊莘先生曾经对笔者说，1934年程子卿因帮助一位共产党人脱险，甚至遭到法租界巡捕房当局的怀疑，曾经一度不让他参与机密。

新中国成立之后，程子卿赋闲在家，倒是薛畊莘长期遭受牢狱之苦。程子卿在法租界巡捕房工作多年，颇有积蓄，在上海建国中路137弄建造四幢三层新式里弄住宅。除了其中一幢自住之外，另外三幢出租。在程子卿晚年，靠着收取租金，过着衣食无忧的生活，直至1961年病逝。

程子卿的妻子杨景德在1980年患肺炎离世，终年八十三岁。

经过这些查证，闯入中共一大会场的密探是程子卿这一论断，终于被诸多中共党史专家所认可。

笔者在2017年再度访问上海中共一大会址纪念馆时，发现该馆编印的《开天辟地的大事》一书148页上这么写道[1]：

不料，会议刚开始不久，一个穿长衫的陌生男子（后据有关人士回忆，此人系法租界巡捕房探长程子卿）突然

[1] 中共一大会址纪念馆编印，《开天辟地的大事》，中国大百科出版社2009年版。

闯入会场，朝室内的人东张西望……

这表明，中共一大会址纪念馆也认可了笔者的考证。

笔者因写作《红色的起点》一书，偶然从薛畊莘先生那里获知闯入中共一大会场的密探是程子卿，并在书中予以披露。对于破解中共一大密探之谜做出重要贡献的是薛畊莘先生，笔者只是报道者而已。随着诸多中共党史专家和历史学者的加盟，对于这一问题的探讨日渐深入，相信日后会挖掘出更加重要的档案资料，彻底揭开这一重大的历史之谜。

薛先生是一位传奇人物，在2006年一百零二岁时还接受香港凤凰电视台"口述历史"节目的采访。2008年9月7日薛先生病逝，享年一百零四岁。

法租界巡捕一无所获

在不速之客程子卿走后，中国共产党一大代表们紧急疏散，唯有李汉俊和陈公博留在那里没有走。李汉俊带着陈公博上了楼，坐在他的书房里。

陈公博不走，据他在《寒风集》中自云："我本来性格是硬绷绷的，平日心恶国焘不顾同志危险，专与汉俊为难，到了现在有些警报又张惶地逃避。心中又是好气，又是好笑，各人都走，我偏不走，正好陪着汉俊谈话，看到底汉俊的为人如何，为什么国焘和他有这样的恶感。……"

李汉俊是那里的主人，他自然不会走。他和陈公博在楼上书房里坐定，想看看究竟是马林神经过敏，还是真的有包打听在作祟。

此后的情景，唯有在场的李汉俊和陈公博亲历。李汉俊死得早，没有留下任何回忆。陈公博倒是写过两篇回忆文章。

陈公博写的第一篇回忆文章，便是李俊臣所发现的那篇《十日旅行中的春申浦》。此文是在发生这一事件后十来天内写的。除了因在《新青年》杂志上公开发表而不得不采取一些隐语之外，所忆事实当是准确的：

……不想马上便来了一个法国总巡，两个法国侦探，两个中国侦探，一个法兵，三个翻译，那个法兵更是全副武装，两个中国侦探，也是睁眉怒目，要马上拿人的样子。那个总巡先问我们，为什么开会？我们答他不是开会，只是寻常的叙谈。他更问我们那两个教授是那一国人？我答他说是英人。那个总巡很是狐疑，即下命令，严密搜检，于是翻箱搜箧，骚扰了足足两个钟头。他们更把我和我朋友隔开，施行他侦查的职务。那个法侦探首先问我懂英语不懂？我说略懂。他问我从那里来？我说是由广州来。他问我懂北京话不懂？我说了懂。那个侦探更问我在什么时候来中国？他的发问，我知道这位先生是神经过敏，有点误会，我于是老实告诉他：我是中国人，并且是广州人，这次携眷来游西湖，路经上海，少不免要遨游几日，并且问他为什么要来搜查，这样严重的搜查。那个侦探才告诉我，他实在误认我是日本人，误认那两个教授是俄国的共产党，所以才来搜检。是时他们也搜查完了，但最是凑巧的，刚刚我的朋友李先生是很好研究学问的专家，家里藏书很是不少，也有外国的文学科学，也有中国的经史子集；但这几位外国先生仅认得英文的马克斯经济各书，而不认得中国孔孟的经典，他搜查之后，微笑着对着我们说："看你们的藏书可以确认你们是社会主义者；但我以为社会主义或者将来对于中国很有利益，但今日教育尚未普及，鼓吹社会主义，就未免发生危险。今日本来可以封房子，捕你们，然而看你们还是有知识身份的人，所以我也只好通融办理……"其余以下的话，都是用训戒和命令的形式。……一直等他走了，然后我才和我的朋友告别。自此之后便有一两个人在我背后跟踪……

大约这一事件给陈公博留下的印象太深了，所以三年之后，他在

美国写《共产主义运动在中国》时,也提及此事:

在大会的第一周周末,许多议案尚在考虑和讨论中,这时法国警察突然出现了。在大会召开之前,外国租界就已收到了许多报告,说东方的共产党人将在上海开会,其中包括中国人、日本人、印度人、朝鲜人、俄国人等。所有的租界都秘密警戒,特别是法租界。或许是因为有密探发出警告,侦探和警察就包围了召开会议的建筑物,所幸十个代表警告其他人有危险,而且逃走了。即使搜查了四个小时,但并未获得证据,警察这才退走。……

后来,陈公博在他1944年所写的回忆文章《我与共产党》(收于《寒风集》中),非常详尽描述这一事件。不过,内容基本上跟他在《十日旅行中的春申浦》差不多。其中补充了一个重要的情节:

(密探)什么都看过,唯有摆在抽屉一张共产党组织大纲草案,却始终没有注意,或者他们注意在军械罢,或者他们注意在隐密地方而不注意公开地方罢,或者因为那张大纲写在一张薄纸上而又改得一塌糊涂,故认为一张无关重要的碎纸罢,连看也不看。……

密探们仔仔细细搜查李公馆,陈公博在一旁不停地抽烟。他,竟把整整一听长城牌四十八支烟卷全部吸光!

幸亏马林富有地下工作的经验。他的当机立断,避免了中国共产党在初创时的一场大劫。

据李书城夫人薛文淑回忆[1]:

[1] 1989年9月11日叶永烈在北京采访薛文淑及李书城、薛文淑的女儿李小文。

记得有一天,我回到家里,一进门就发现天井里有些烧剩的纸灰。厨师老廖告诉我,有法国巡捕来搜查过二先生(指李汉俊)的房间,并说没有抓人。这时汉俊已不在家。我上楼到他房间看了一下,除了书架上的书比较凌乱以外,没有别的迹象。其他房间据老廖说连进都没有进去。因为书城曾对我说过不要管汉俊的事,所以汉俊回来后我没有问,他也没有提这件事。……

子夜做出紧急决定

法国警察和密探们离去之后,陈公博因吸了一听香烟而未喝过一口茶,口干难熬。李汉俊吩咐廖师傅烧水沏茶。

陈公博才呷了几口清茶,忽地又闻楼梯响,陡地一惊,以为警察和密探杀"回马枪"。

抬头一看,只见从楼梯上来一个人,正在探头探脑。此人非别人,却是包惠僧!

原来,在马林下了紧急疏散令之后,包惠僧和代表们走出李公馆,不敢回博文女校,生怕那儿早已被密探们所监视。回头望望无人盯梢,也就穿小巷,走里弄,拐入渔阳里,走进2号——当年陈独秀的住处,如今住着陈独秀妻子高君曼以及李达夫妇。

在那里等了两个钟头,看看外面没有异样动静,牵挂着李公馆里究竟如何,包惠僧便自告奋勇,前去看看。

"法国巡捕刚走。此非善地,你我还是赶快走吧!"陈公博简单地向包惠僧介绍了刚才惊险的一幕之后,对他说道。

于是,包惠僧先走。

李汉俊叮嘱道:"你还是多绕几个圈子再回宿舍,防着还有包打听盯梢!"

包惠僧点了点头,消失在夜幕之中。

他走出李公馆不远,正巧遇上一辆黄包车,便跳了上去说:"到三马路!"

三马路,即今汉口路。那时,称南京路为大马路,九江路为二马路,福州路为四马路，广东路为五马路，北海路为六马路。

包惠僧在三马路买了点东西，回头看看没有"尾巴"，便叫车夫拉到爱多亚路，即今延安东路。然后，又东拐西弯，这才折入环龙路，付了车钱。待黄包车走远，包惠僧步入渔阳里，来到了2号。李达给他开门。已是午夜时分，李达家中还亮着灯光。一进屋，好多人聚在他家中，正在焦急地等待着包惠僧——因为渔阳里离李公馆并不远，而包惠僧竟一去多时未返，大家为他捏了一把汗！

包惠僧诉说了李公馆的遭遇，果真是法国巡警出动，大家无不佩服马林的高度警觉。只是马林和尼科尔斯基离开了李公馆之后，怕甩不掉跟踪者，未敢到渔阳里来，在上海城里兜了几个圈子，各回自己的住处。

"我们要换一个地方开会。最好是离开上海，躲开法国巡捕。"李达说道。

代表们都赞同李达的意见。可是，离开上海，上哪儿去开会呢？

周佛海提议去杭州西湖开会——因为他去年在西湖智果寺住了三个多星期，那里非常安静，是个开会的好地方。他很熟悉那里，愿做向导，明日一早带领代表们奔赴那里。

周佛海原本因肚子大痛大泻未去李公馆，迷迷糊糊躺在博文女校楼上。将近午夜，忽听有人上楼，睁眼一看是毛泽东。毛泽东是从渔阳里2号来，想弄清博文女校的情况。

毛泽东轻声问他："这里没有发生问题吗？"

周佛海如丈二和尚摸不着头脑。

经毛泽东一说，他才知李公馆遭到了麻烦。看看博文女校楼上的铺位，全都空着，便知事态严重。

"走，我们一起到李达家去商量。"周佛海这时肚泻已好了些，便与毛泽东一起朝渔阳里2号走去……

不约而同，大多数代表都聚集在这里。

"我倒有一个主意。"坐在李达旁边的王会悟[1]，听了

---

[1] 1990年6月18日叶永烈在北京采访王会悟。

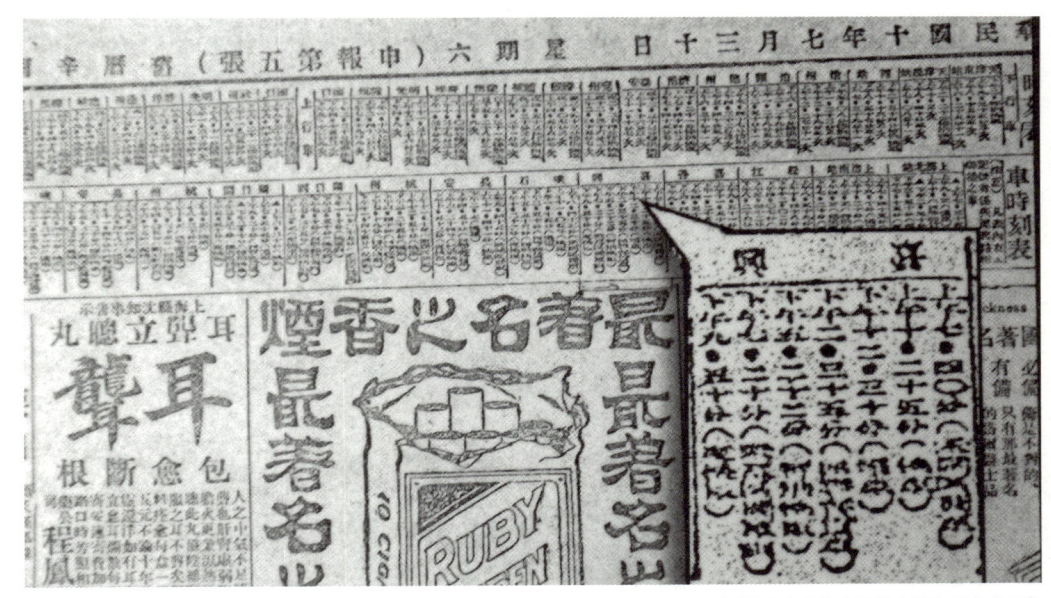

1921年7月30日上海《申报》所载沪杭铁路旅客列车时刻表

周佛海的话,开口了。她不是中国共产党一大代表,(但她)是丈夫李达的得力助手。打从开始筹备会议,她就帮助李达东奔西走,安排代表住宿。这时,看到代表们聚集在她家,一副焦急的神态,就说道:"我是浙江桐乡县人,紧挨着嘉兴。我在嘉兴师范学校读过书,对嘉兴很熟悉。嘉兴有个南湖,离火车站很近,湖上有游船可以租。从上海到嘉兴,只及上海到杭州的一半路。如果到南湖租条船,在船上开会,又安全又方便。游南湖的人,比游西湖的人少得多……"

经王会悟这么一说,代表们都觉得是个好主意。

"我也去过,那里确实很安静。"李达曾在王会悟陪同下游过南湖,对那里的印象不错。

"到嘉兴的火车多吗?"代表们问。

"很多。从上海开往南方的火车,都要路过嘉兴。"王会悟说,"我每一次回桐乡老家,都要在嘉兴下火车,很熟悉火车时刻表。最好是坐早上七点三十五分从上海开出的快车,十点二十五分就可以到达嘉兴。另外,上午九时、十时,各有一趟慢车,不过到了嘉兴,就要中午以后了。另外，下午二点五十分，还有一趟特快。坐这趟车的话，得在嘉兴过夜。"

经王会悟这"老土地"一说，代表们心中有数了。

"我看最好是坐上午七点三十五分这趟快车，当天来回。"李达说，"现在，我们的会议已经被法国巡捕注意，形势紧张，事不宜迟，以早开早散为好。"

李达的意见，得到了代表们一致赞同。

考虑到马林、尼科尔斯基是外国人，一上火车很惹人注意，代表们决定不请他们去嘉兴。

李汉俊是李公馆的主人，正受到密探们的严密监视，也就不请他去嘉兴了。

陈公博呢？他带着新婚太太李励庄住在大东旅社，本来是可以去嘉兴开会的。可是，陈公博却没有去嘉兴出席中国共产党一大的闭幕会。陈公博未去嘉兴，有三种可能性：

或许因为他单独住在大东旅社，又带着女眷，夜已深，而翌晨出发又早，无法通知他。

或许因为考虑到他和李汉俊曾受过法国巡捕的审问，已经引起警方注意，不便去。

陈公博自己则说，大东旅社突然响起枪声，使他再度受惊，决定不去嘉兴……

此外，董必武之女董良翚在2012年回忆说，父亲曾经告诉她，毛泽东没有去嘉兴出席中国共产党一大的闭幕会。她说[1]：

> 父亲除了叙述有人闯进会场，称来找球，眼睛却四下扫看在座所有的人；这个人走后，当时与会人员决定迅速转换会场外，他还说：会议一边安排组织如何继续开会，另一边安排人员撤离；有的人撤离会场，有的人撤离会议。撤离会议首先考虑到的是年轻人。父亲说："是我提议让主席走的，不

[1] 董良翚，《听父亲董必武谈党的"一大"》，《百年潮》2012年第5期。

继续参加会议了。"听到这儿,我非常震惊,不禁脱口惊呼:"啊?!"父亲淡淡地笑着说:"保存实力嘛。他年轻,不能让反动派一网打尽啊!"

不过,很多中共党史资料以及中共一大代表的回忆录都表明毛泽东确实出席了嘉兴的中共一大闭幕式。

内中,张国焘在回忆录《我的回忆》中明确指出,代表中只有陈公博未来。张国焘写回忆录的时候,已经是毛泽东的政敌,倘若毛泽东没有去南湖,他势必会写上的。

包惠僧则回忆说,在南湖,"记得开会时何叔衡和毛泽东坐在一起,在我的对面。"

王会悟回忆说,到南湖,"部分代表如毛泽东、董必武、何叔衡、陈潭秋等同志由我陪同"。

美国人罗斯·特里尔写的《毛泽东传》中,则记录了毛泽东的好友萧瑜的回忆。那天萧瑜与毛泽东一同坐火车来到嘉兴并且同住一间房。"会议在游船上继续进行,舒适华丽的16米长的游船漂荡在水面。代表们品尝着南湖的鱼,决定正式成立中国共产党加入共产国际,并且每个月向莫斯科的总部汇报。那天晚上毛泽东很迟才回到旅店,他打开蚊帐爬到双人床上与萧瑜睡在一起,他热得满身是汗但没有洗澡。……第二天早晨,毛泽东没有去参加会议(引者注:第二天会议已经结束)。他起得很迟,这是他的习惯。他起来后便与萧瑜一起去杭州览胜。他们在西湖附近的花园,小山和寺庙中度过了整整一天。"

此外,董必武本人在生前所写的关于中共一大回忆录以及董必武前往上海中共一大会址纪念馆、嘉兴南湖中共一大会址纪念馆视察,都从未提及此事。董良翚的回忆,只能算是一家之言。有人以为,董良翚在听父亲董必武家中谈话时,有可能听错或者记错。

大东旅社发生凶杀案

真是多事的夏夜。

等包惠僧走出李公馆,过了一会儿,陈公博也起身向李汉俊告辞。

李汉俊把他从前门送出,闩紧,回身又锁上后门。进屋之后,连忙找出一些文件,在小天井里烧焚。

陈公博出了李公馆,从望志路拐入贝勒路,转弯时回头扫了一眼,见有一黑影相随,便知来者不善。

他走得快,黑影跟得快;他走得慢,黑影跟得慢。可想而知,密探想探清楚他究竟住在哪里。

他不敢径直回大东旅社。这时不过晚上十点多,他步入霞飞路一片灯火通明的大商店,一边佯装观看商品,一边思索着脱身之计。

他忽地记起去年从北京大学毕业回广州时,路过上海,曾到大世界游玩。即使入夜,那里也很热闹。人多的地方,最容易甩掉跟踪者。

他叫了一辆黄包车。身后的盯梢者,也喊了一辆黄包车尾随。

当陈公博在大世界下车,"尾巴"也在那里跳下车。

陈公博以悠闲的步子,进出书场,走入戏场。当他来到屋顶的露天电影场,在那幽暗而人头攒动的地方他突然加快了步伐,消失在黑压压的观众群中。

当陈公博从另一个出口下楼,赶紧又叫了一辆黄包车,朝北驶去。他从车上回头望着,没有发现跟踪的车子,松了一口气。

他在南京路下了车,等黄包车离去,这才急急闪进英华街,来到那挂着"天下之大,居亚之东"对联的大东旅社,乘电梯来到四楼。

穿白上衣、黑长裤的茶房为他打开四十一号房间的房门,灯亮了,他的太太醒来了。他关紧了房门,顿时出了一身大汗。悄声叫妻子李励庄把皮箱打开,他取出了几份文件,然后倒掉痰盂里的水,把文件放在痰盂中烧掉。

陈公博这才松了一口气,把刚才惊险的经历讲给李励庄听……

洗完澡，汗水仍在不断地溢出。酷暑之中，那大铜床上像蒸笼似的。陈公博索性把席子铺在地板上。

下半夜，那积聚在天空的乌云终于结束了沉默、僵持的局面，雷声大作，电光闪闪，下了一场瓢泼大雨。凉风习习，陈公博总算得以安眠。

然而，清晨突然发生的一桩命案，把陈公博夫妇吓得魂不附体，睡意顿消。

陈公博在他当年的《十日旅行中的春申浦》一文中，如此记述：

这次旅行，最使我终身不忘的，就是大东旅社的谋杀案。我到上海住在大东旅社四十一号，那谋杀案就在隔壁四十二号发生。7月31日那天早上五点多钟，我睡梦中忽听有一声很尖厉的枪声，继续便闻有一女子锐厉悲惨的呼叫。……

像这样一起凶杀案，发生在市中心大名鼎鼎的大东旅社，立即引来好几位新闻记者。上海报纸报道了这一社会新闻：

翌日——1921年8月1日，上海《新闻报》便刊登《大东旅社内发生谋毙案》。

同日，上海《申报》在第十四版所载新闻《大东旅社内发现谋命案，被害者为一衣服华丽之少妇》。

8月2日，《新闻报》刊载《大东旅馆中命案续闻》。

就连在上海用英文印行的《字林周报》（创刊于1864年7月1日），也在8月6日发表报道《中国旅馆的奇异悲剧》。

综合当时的这些报道及陈公博的回忆，案情如下：

7月29日，星期五，一对青年男女来到大东旅社，在四楼开了一个房间。

男的叫瞿松林，是在一个英国医生那里当侍役。女的叫孔阿琴，是一家缫丝厂的女工，二十二岁。

这个瞿松林过去因私用客账，曾坐牢四个月。这次趁英国医生去青岛避暑，便偷了他的一支手枪，和孔阿琴上大东旅社开房间。瞿松林在旅馆循环簿上，写了假名字"张伯生"，职业写成"商人"。

"两个人不知为什么不能结婚，相约同死"。这样，在7月31日清晨五时，瞿松林用三十二毫米口径手枪朝孔阿琴射击。一枪未死，又用毛巾勒死了她。他本想与她同死，后来却下不了决心。

上午，瞿松林只身外出，意欲他往，茶房因他未付房租，向他索钱。他说他的妻子还在房里，不会少你房租的。说罢，扬长而去。

到了下午七时光景，那房间仍紧闭房门。茶房生疑，用钥匙打开了房门，大吃一惊，见那青年女子倒在地板上，鲜血满地，已死。

经警方查验，孔阿琴左臂、大腿被枪弹击伤，并有一毛巾缠在脖颈。地板上扔着一支三十二毫米口径的手枪和几粒子弹。

桌子上，有瞿松林所写的五封信，说自己要与孔阿琴同死云云……

在十里洋场、纸醉金迷的上海，像大东旅社这样的凶杀案，三天两头发生，原本不足为奇。

然而，此案过去几十年，却引起历史学家们的浓烈兴趣。最早查考此案的便是美国哥伦比亚大学教授韦慕庭。远在太平洋彼岸，他从英文的《字林周报》上查阅那篇报道《中国旅馆的奇异悲剧》。他所关心的不是案件本身，却是案件所发生的时间——因为它是一个时间坐标，确定了案件发生的时间，便可确定法国巡捕骚扰中国共产党一大闭幕的时间，以此大致推定开幕的时间。

《字林周报》的报道明明白白地写道：大东旅社凶杀案发生在七月三十一日。

此后，李俊臣所发现的陈公博的《十日旅行中的春申浦》一文，也明确地写道："七月三十一日那天早上五点多钟，我睡梦中忽听有一声很尖厉的枪声……"

接着，为了考证中国共产党一大的会期，邵维正也查阅了当时上海各报，都一致表明，此案在7月31日发生。

另外，在陈公博1924年所写的《共产主义运动在中国》一文中，也有一句：法国警察突然出现在李公馆，是"在大会的第一周周末"。

7月30日正是周末——星期六！

由此，历史学家们准确地推定了法国巡捕闯入中国共产党一大会场的日子是7月30日！

陈公博在一夜之间两次受惊，不敢在上海久留。虽然他清楚听见枪声，却没告诉茶房，生怕警方在侦查此案时会要他充当证人。他并不怕当证人，只是在做证时，警方势必会盘问他姓名、从何处来、来此何干之类，万一把他与李公馆联系起来，那就麻烦了。

三十六计，走为上策。大东旅社的总经理郭标，是陈公博的同乡。"广东人和广东人总容易说话"，他跟郭总经理打了个招呼，把行李暂且寄存在大东旅社，便带着太太李励庄到杭州散心去了……

匆匆转移嘉兴南湖

7月31日早上七时三十五分，一列快车从上海北站驶出，朝南进发。

在各节车厢里，散坐着中国共产党一大的代表们。只是他们仿佛互不相识，各自独坐。他们之中有张国焘、李达、毛泽东、董必武、陈潭秋、王尽美、邓恩铭、刘仁静、周佛海、包惠僧。

何叔衡是否去了，尚是一个待解之谜。据有的当事人回忆，何叔衡提前回长沙了。但是王会悟说[1]，何叔衡去了嘉兴南湖。

比起三天之前，这趟车算是空的。三天前——7月28日，正值阴历六月二十四日，是南湖的"荷花生日"，四面八方的人赶去庆贺，湖里的船也骤然猛增。那天夜里，湖里举行灯会，波光灯影，美不胜收[2]。

不过，比起平日来，这趟车里去南湖的游客稍多一些。因为这天是星期日，上海方向早去晚归的游客自然比往常增加。

[1] 1990年6月18日叶永烈在北京采访王会悟。
[2] 1989年11月17日叶永烈在嘉兴采访南湖革命纪念馆馆长于金良。

那时的快车，只是相当于今日的慢车。小贩们在车上叫卖酱油瓜子、豆腐干、五香豆，旅客们慢条斯理地咀嚼着零食，打发着时光。

王会悟小姐紧挨着李达。她今日显得格外兴奋——她是"领队"兼"导游"。她的小巧的手提包一直不离身，包里放着这次去南湖的活动经费。

嘉兴是座古城，秦朝时称由拳县。到了三国时，这儿是吴国，设置嘉兴县。嘉兴在大运河之侧，又是沪杭铁路的中点，也就兴旺发达起来。

南湖是嘉兴胜景，游嘉兴者差不多都是为了游南湖。

南湖与大运河相连，古称陆渭池，雅称鸳鸯湖——因为南湖分东、西两部分，形状如同两鸟交颈，便得了鸳鸯湖之名。

比起杭州西湖来，嘉兴南湖显得小巧而精致。湖面不大，当年虚称八百亩，如今经航空摄影精确测定，南湖水面面积为六百二十四亩。它是一个平原湖。放眼望去，湖的四周镶着一圈依依垂柳。

南湖之妙，妙在湖中心有一个小岛，岛上亭台楼阁掩映在绿树丛中。

南湖原本一片泽国，并无湖心岛。那是在明朝嘉靖二十七年

20世纪50年代嘉兴南湖上的"红船"

（1548），嘉兴知府赵瀛修浚城河，把挖出的泥用船运至湖心，堆成了一个人工小岛。

在南湖之滨，矗立着一座设计独具匠心的南国风格的楼。登楼眺望南湖，在春雨霏霏的日子里，四处烟雨茫茫，得名"烟雨楼"。那是公元940年前后五代后晋时，吴越国国王钱镠第四子广陵王钱元璙所建。

赵瀛在南湖堆出一个人工岛之后，翌年，便把烟雨楼拆移到岛上。这样，光秃秃的小岛上冒出一座飞红流翠的烟雨楼，又栽上银杏、垂柳，顿时美若仙境。

万历十年（1582），嘉兴知府龚勉又下令在烟雨楼侧建造亭榭，南面拓台曰"钓鳌矶"，北面筑池曰"鱼乐国"。如此这般，南湖如同锦上添花，姿色益增。

南湖名声大振，是在清朝那位"旅游皇帝"——乾隆光临之后。

乾隆爱南湖，尤爱湖心岛上的烟雨楼。他六游江南，曾八次登南湖烟雨楼，前后赋诗近二十首！这样，在湖心岛，四处可见乾隆御笔：

> 春云欲泮旋蒙蒙，
> 百顷明湖一棹通。
> 回望还迷柳绿，
> 到来辨榭梅红。
> 不殊图画倪黄境，
> 真是楼台烟雨中。
> 欲倩李牟携铁笛，
> 月明度曲水晶宫。

这位"旅游皇帝"甚至带走了烟雨楼的图纸，在皇家园林——承德避暑山庄的青莲岛上，仿建了一座烟雨楼。不过，乾隆再三叹息，承德的烟雨楼只是形似而已，登楼却不见烟亦不见雨！

打从乾隆御驾多次临幸，南湖声誉鹊起，慕名前来游览者日众。尤其是清明前后，春雨潇潇，垂柳初绿，烟雨苍茫，南湖洋溢着朦胧之美。

南湖的另一盛事是在民国元年（1912）冬，中华民国临时大总统孙中山路过嘉兴，各界人士万余人集结于嘉兴车站欢迎。孙大总统下车后，来到兰溪会馆，发表了一小时演说，掌声雷动。演说毕，孙中山游南湖烟雨楼，在楼前留下一帧照片：穿一件毛皮大衣，雪白的衬衫领子，系着一条领带……

冒着黑烟的蒸汽火车头拖着一节节车厢，在沪杭线上行驶了将近三个小时，在上午十时二十五分停靠在嘉兴车站。

李达和王会悟下车后，走在最前面。代表们三三两两跟随其后。

两层楼的嘉兴车站，看上去像幢办公楼。走出火车站的正门，王会悟并不直奔南湖，却领着众人朝嘉兴的"南京路"——张家弄（今已拓宽，改名勤俭路）走去。

张家弄里有个热闹的处所，犹如上海的大世界，叫作寄园。寄园里有假山，有楼阁，唱戏的、耍把戏的、说书的，济济一堂。那里有一座嘉兴最高级的旅馆，叫鸳湖旅馆，这名字来自南湖的别名——鸳鸯湖。

王会悟安顿代表们在鸳湖旅馆内开了房间，洗洗脸，吃个粽子，暂且歇息。先在那里开了房间，为的是担心当天会议不能结束，有个过夜的地方。王会悟事先关照各位代表，不说来自上海，而是说来自杭州，是游罢西湖之后来此游南湖。

王会悟像个熟练的导游小姐，在办好代表们的住宿手续之后，便请鸳湖旅馆账房先生代订画舫。

画舫，是文人们对于大型游船的雅称，当地人叫它"丝网船"。

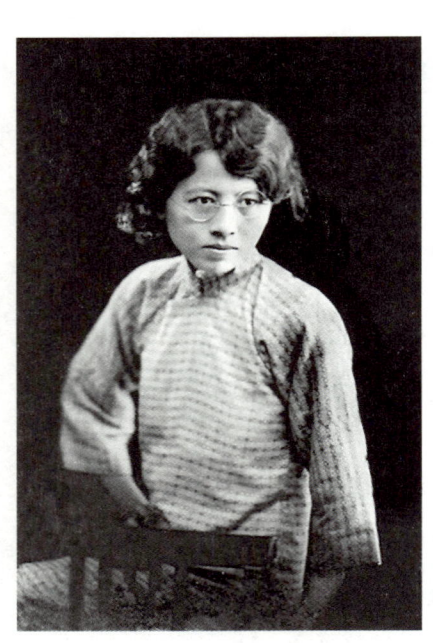

王会悟

据说，南湖里本来没有画舫，只有小船。小船敞篷，坐三五个游人，如此而已。

"丝网船"也就是大型渔船，本是在太湖里拉网捕鱼的，收入一般。不知何年何月，有一艘丝网船沿南北大运河驶入南湖，在南湖里捕鱼。南湖湖小水浅，鱼不多。这艘船正想沿运河重返太湖，却被游人看中，搭船游湖。大船载客多，船上活动余地大，而且平稳。

阴差阳错，渔船"改行"，干起旅游船这角色来了。收入颇丰，比打鱼强多了。

消息传开，好多艘丝网船从太湖南下，进入南湖，"改行"成旅游船。船多了，彼此间为了招徕游客，展开了一番竞争：各船都纷纷向豪华型发展，船舱里铺上红漆地板，舱壁雕龙描凤，放上红木太师椅、八仙桌。设置精美的卧室，供抽大烟者、玩妓女者歇息。后舱砌上炉灶，供应茶水、热气腾腾的点心。

这么一来，办婚事丧事，包上一艘画舫，在湖里慢悠悠游上一天，酒席招待。

这么一来，找个戏子、歌女，吹拉弹唱，湖上优游，也是乐事。

这么一来，呼朋吆友，围坐在八仙桌四周，筑起方城，逍遥自在。

这么一来，寻花问柳，一艘画舫包几天几夜，尽兴而散，成了水上妓院。

这么一来，不光是外地游客雇船，本地人包船的更多。画舫已成变相旅游船，变出各种各样特殊的用途。

这么一来，画舫不再用带腥味的旧渔船改装，干脆定制专供旅游的新船。只是船的外形还是丝网船的模样，还是由那班建造丝网船的工匠们制造。

南湖水浅，尤其是岸边水浅，画舫无法靠岸。各画舫都附一艘小船，往来于码头和画舫之间接客送客。为了博得游客青睐，小船往往由年轻俏丽女子驾驶，名唤"船娘"。倘用现代名词称呼，也就是"水上公关小姐"。

除了靠船娘在码头上拉客之外，画舫还在鸳湖旅馆账房设立了租船处。船主们心中明白，住得起鸳湖旅馆的，都是高等客人，自然也就有钱雇画舫。

"租双夹弄的！"王会悟小姐很内行，她对账房先生说出了租船的规格。

所谓"双夹弄"，是指船的中舱与后舱之间有两条过道，表明是大号船。

"对不起，小姐。双夹弄的都在昨天被预订了。现在只有单夹弄的。"账房先生答道。

"红船"内雕梁画栋，是南湖当年一艘豪华游船

据说,一条双夹弄被城内一位商人为儿子办满月酒租去,另一条是乡下土财主携一家老小进城游玩租去。

所谓"单夹弄",是指船的中舱与后舱之间只有一条过道,表明是中号船。

"那就只好将就了。"王会悟说,"另外,包一桌酒席,借两副麻将。"

听见"借两副麻将",账房先生笑了一下。

王会悟给了他八块银圆——四元半是中号画舫租费,三元是酒菜钱,余下是小费。

定好画舫,代表们在"导游小姐"王会悟的带领下,来到了湖边码头。

见到来了那么多客人,好几位"船娘"上前吆喝:"南湖去?坐我的船!坐我的船!"

"我们订好哉!"王会悟连连谢绝围上来的"船娘"。

代表们分批登上一艘小船。小船来回摆渡,把代表们送上一艘中号的画舫……

中国共产党宣告正式成立

从船头穿过小巧的前舱,便来到宽敞的中舱。

这中舱虽然比李公馆的餐厅小一些,不过八仙桌四周一把把太师椅,坐上去还是宽敞的。另外,还有好几个凳子,圆的、方的都有。

舱里金碧辉煌,就连每一根柱子上都刻着金色盘龙。四壁,刻着金色的花卉、耕牛、人物、飞鸟。横匾上镌"湖光彩月"四字,两侧对联为"龙船祥云阳宝日,凤载梁树阴场月"。

碧绿的波光从窗口射进舱内,轻风吹拂,好一个清凉世界。

八仙桌上放着一套宜兴紫砂茶具。王会悟给代表们沏上龙井绿茶,然后哗的一声,把麻将牌倒在八仙桌上,代表们都会意地笑了。

她到后舱跟船老大打个招呼,递上一包香烟,船便缓缓在湖面上移动。接着,她走过中舱,来到前舱,透过舱门望着"风景"——倘有异常动向,随即报告中舱。

甩掉了跟踪的密探,远离人喧车嚣的上海,如此安谧,如此秀丽,浅绿的湖面上漂着翠绿色的菱叶,一尘不染,令人心旷神怡。

湖上的游船不算很多。偶尔有画舫从近处经过,传来留声机的歌声,代表们便哗哗洗起麻将牌来。

将近中午,下起一阵小雨,游人四散,湖面上更为安静。中国共产党一大的最后一次会议,就在这时开始。

代表们讨论着党纲和决议。那张放在李汉俊家抽斗里,被密探们所忽视的"废纸",此刻成为代表们字斟句酌的文件。马林不在场,又缺了常常持异议的李汉俊和陈公博,讨论的过程不像往日那么激烈,会议进展十分顺利。

中午时分,一艘小船驶近,靠上大船。船娘递上好几只竹编的大笼屉,里面是刚从鸳湖旅馆送来的饭菜。

这时,船老大把圆桌面铺在八仙桌上,十来位代表正好坐满一桌。

南湖的鲢鱼、蟹、虾,味道鲜美,代表们一边吃,一边称赞着。

最为奇特的是一大盆像元宝一般的菱,没有角。王会悟介绍说:"这是南湖的特产,叫无角菱,又叫馄饨菱,肉多味甜。很奇怪,出了南湖,长出的菱就有角了!"

如此有趣的菱角,代表们头一回品尝。

饭罢,大船靠近湖心岛,代表们漫步在烟雨楼,稍事休息。

接着,会议又在船里举行。

第一个获得正式通过的,便是后来分别从美国哥伦比亚大学以及从苏联转来的共产国际档案中发现的《中国共产党第一个纲领》。从英文稿和从俄文稿还原译成中文,并无太多的差异。尤其令人注意的是,英文稿和俄文稿都缺少了第十一条。

现据俄文稿,全文照录于下[1]:

---

[1] 中央档案馆编,《中共中央文件选集》第一卷,3页,中共中央党校出版社1989年版。

中国共产党第一个纲领

一、我们的党定名为"中国共产党"。

二、我们党的纲领如下：

（1）革命军队必须与无产阶级一起推翻资本家阶级的政权，必须援助工人阶级，直到社会阶级区分消除的时候。

（2）直到阶级斗争结束为止，即直到社会的阶级区分消灭时为止，承认无产阶级专政。

（3）消灭资本家私有制，没收机器、土地、厂房和半成品等生产资料。

（4）联合第三国际（引者注：即共产国际）。

三、我们党承认苏维埃管理制度，要把工人、农民和士兵组织起来，并以社会革命为自己政策的主要目的。中国共产党彻底断绝与资产阶级的黄色知识分子及其类似的其他党派的任何联系。

四、凡承认本党党纲和政策，并愿成为忠实的党员者，经党员一人介绍，不分性别，不分国籍，都可以接收为党员，成为我们的同志。但是在加入我们的队伍以前，必须与那些与我们的纲领背道而驰的党派和集团断绝一切联系。

五、接受新党员的手续如下：被介绍人必须接受其所在的地方委员会的考察，考察期限至少为两个月。考察期满后，经大多数党员同意，始得成为党员。如果该地有执行委员会，必须经执行委员会批准。

六、在党处于地下状态时，党的重要主张和党员身份应保守秘密。

七、每个地方，凡是有党员五人以上的，必须成立委员会。

八、委员会的党员经以前所在地的书记介绍，可以转到另一个地方委员会。

九、凡是党员不超过十人的地方委员会，应设书记一人；超过十人的应设财务委员、组织委员和宣传委员各一人；超过三十人的，应由委员会的成员中选出一个执行委员会。关于执行委员会的规定，下面将要说到。

十、工人、农民、士兵和学生等地方组织的人数很多时，可以派他们到其他地区去工作，但是一定要受当地执行委员会最严格的监督。

十一、（遗漏）。

十二、地方执行委员会的财政、活动和政策，必须受中央执行委员会的监督。

十三、委员会所管辖的党员超过五百人或同一地区有五个委员会时，必须成立执行委员会。

全国代表会议应委派十人参加该执行委员会，如果这些要求不能实现，必须成立临时中国共产党执行委员会。关于执行委员会的工作和组织，下面将要更加详细地阐述。

十四、党如果不是由于法律的迫使和没有得到党的特别允许，不得担任政府的委员或国会议员。士兵、警察和职员不在此例。

十五、这个纲领经三分之二全国代表大会代表同意，始得修改。

这个党纲，便是中国共产党一大的最重要的成果。党纲明确地申明了中国共产党的政治主张，规定了中国共产党的奋斗目标、组织原则以及与其他政党的关系。中国共产党是依据马克思主义学说建立的。

看得出，在那样紧张的环境中所通过的党纲，存在着疏漏之处。除了第十一条空缺——很可能是因为引起争论，一时相持不下而删去，却又来不及补上合适的文字，第九条、第十三条中所提及的"下面将要更加详细地阐述"，实际上"下面"没有提及。很可能也是因为引起争论，删去了"下面"的条文，以致造成前后文不衔接。

尽管仓促成文，这个党纲是中国共产党历史性的重要文献，表明了中国共产党从一开始建立，便沿着马克思主义的轨道运行，坚决摒弃了当时颇为盛行的无政府主义。

接着，在南湖的那艘画舫里，又通过了第二个文件，即《中国共产党的第一个决议》[1]。决议分为六部分，即：一、工人组织。二、宣传。三、工人学校。四、工会研究机构。五、对现有政党的态度。六、党与第三国际的关系。

其中第六部分全文如下[2]：

党中央委员会每月应向第三国际提出报告。

在必要时，应派遣特别全权代表一名到驻伊尔库茨克的第三国际远东书记处去。此外，要派代表到其他远东各国去，以发展和配合今后阶级斗争的进程。

据李达回忆，那天的大会还通过了《中国共产党第一次代表大会的宣言》。张国焘的回忆录中，也提起曾起草过《中国共产党成立宣言》。这篇宣言未曾传世，迄今未能找到。

据李达回忆，宣言的大致内容如下[3]：

[1] 中央档案馆编，《中共中央文件选集》第一卷，6页，中共中央党校出版社1989年版。

[2] 同上，8页。

[3] 李达，《中国共产党的发起和第一次、第二次代表大会经过的回忆》，《"一大"前后》（二），人民出版社1980年版。

接着大会讨论《中国共产党第一次代表大会的宣言》草案，这宣言有千把字，前半大体抄袭《共产党宣言》的语句，我记得第一句是"一切至今存在过的历史，是阶级斗争的历史"。接着说起中国工人阶级必须起来实行社会革命自求解放的理由，大意是说中国已有产业工人百余万，手工工人一千余万，这一千多万的工人，能担负起社会革命的使命，工人阶级受着帝国主义与封建势力的双重剥削和压迫，已陷于水深火热的境地，只有自己起来革命，推翻旧的国家机关，建立劳工专政的国家，没收国内外资本家的资产，建设社会主义经济，才能得到幸福生活。宣言草稿中也分析了当时南北政府的本质，主张北洋封建政府必须打倒，但对于孙中山的国民政府也表示不满。因此有人说"南北政府都是一丘之貉"，但多数意见则认为孙中山的政府比较北洋政府是进步的，因而把宣言中的语句修正通过了，宣言最后以"工人们失掉的是锁链，得到的是全世界"一句话结束……

天色渐暗。大会进入最后一项议程，即选举中国共产党的中央领导机构。考虑到当时的中国共产党党员不过五十多人，各地的组织也不健全，所以决定不成立党的中央委员会，只建立中央局。

就在选举着手进行之际，湖面上忽地传来一阵"突突突"的响声，会不会是警察局的汽艇？

代表们收起了刚刚讨论通过的文件，哗啦哗啦叉起麻将来。

"突突突"声由远而近，果真是一艘汽艇，不过，汽艇从画舫一侧一掠而过，并未前来找"麻烦"。事后知道那是嘉兴城里一位葛姓绅士的私人汽艇，与警察局无关。

一场虚惊过去。选举继续进行，用的是无记名投票方式。

中央局的人选很简单，共三人，即书记一人，宣传主任一人，组织主任一人。

书记，当然非陈独秀莫属。这位《新青年》的创始人，北京大学文科学长,"五四运动"和新文化运动的领袖,在当时享有很高的声望。

陈独秀的表弟濮清泉(濮清泉又名濮德治,他说陈独秀母亲姓查,"和我母亲是堂姐妹")写过《我所知道的陈独秀》,内中有一段颇为重要的回忆[1]:

> 据陈独秀告诉我,中国共产党第一次代表大会他因事留在广东,没有参加,之所以要他当总书记,是第三国际根据列宁的意见,派一个荷兰人马林来中国传达的。说是中国无产阶级还没有走上政治舞台,党的总书记一职,要找一个有名望的人,号召力要大点。……

果真,选举结果,以集中的票数,一致选举陈独秀为总书记。

有人这样统计过,在中共早期的党员之中,很多人是陈独秀的学生或追随者。

北京大学的陈独秀学生有:张国焘、刘仁静、谭平山、谭植棠、陈公博、张太雷、罗章龙、高君宇、邓中夏、何孟雄等;

陈独秀亲自上课指导过的学生有:罗亦农、肖劲光、刘少奇、任弼时、汪寿华、柯庆施等;

陈独秀介绍入党的有:施存统、周佛海、赵世炎、陈公培、蔡和森、李立三、刘伯垂、林伯渠等;

陈独秀直系亲属有:陈延年、陈乔年;

受陈独秀影响很大的追随者有:毛泽东、周恩来、朱德、瞿秋白、俞秀松、恽代英、包惠僧、林育南、郑凯卿、王尽美、邓恩铭等;

陈独秀的挚友、同事有:李大钊、张申府、李达、陈望道、李汉俊等。

参加中共一大的十三位代表中,仅陈独秀的学生、追随者和亲自介绍入党的就有八人。

正因为这样,中共一大选举陈独秀为总书记,可谓众望所归。

张国焘主持中国共产党一大,擅长社会活动,也得到

[1]《文史资料选辑》,第七十一辑,中华书局1980年版。

不少选票,被选为组织主任。

李达负责中国共产党一大的筹备工作,是上海共产主义小组的代理书记,著译过大量介绍马克思主义的文章,被选为宣传主任。

在唱票时,忽地唱到李汉俊的名字。董必武问了一句:"是谁选的?"

刘仁静答:"是我选的。"

这是李汉俊获得的唯一的一票。

周佛海在《往矣集》中如此说:

我们就在船上开起会来,通过党纲和党的组织,并选举陈仲甫为委员长,我为副委员长,张国焘为组织部长,李鹤鸣为宣传部长,仲甫未到沪的时期内,由我代理。……

他的这段写于1942年1月的回忆,把书记记为委员长,把组织主任、宣传主任记为组织部长、宣传部长,这种以后来流行的职务称谓当作中国共产党中央局的职务称谓,倒也没有什么。问题在于,周佛海自称当选为"副委员长"。

在张国焘的《我的回忆》中,把此事讲得比较清楚:"大会旋即一致推举陈独秀任书记,李达任宣传,我任组织。在陈先生没有返沪以前,书记一职暂由周佛海代理。"当时由周佛海代理书记,是因为散会之后,周佛海仍留沪度暑假。

在留沪的四人之中——李达、李汉俊、包惠僧和周佛海,选定由周佛海代理书记。

司马璐先生在《中国共产党党史暨文献选粹》一书中论及周佛海自称"副委员长"时说:"周佛海在这个问题上有'自抬身价'之嫌。"

另外,关于南湖会议的日期,亦即中国共产党一大的闭幕日期,许多当事人回忆是在法国巡捕骚扰大会的翌日——7月31日。现在,大多数中国共产党党史专家也认为这一日期准确可靠。

不过,中共中央党史研究室著《中国共产党历史》第一卷上册,只是明确写着"中国共产党第一次全国代表大会于1921年7月23日晚上开幕"[1]。由于闭幕日期存在不同说法，该书没有提及闭幕的日子，而是加了页下注[2]：

> 目前史学界对党的一大闭幕日期有7月30日、7月31日、8月1日、8月2日、8月5日等几种不同的说法。

这几种不同说法，各有不同的依据。

董必武在1929年12月31日致何叔衡的信中写道[3]：

> 会场是借李汉俊的住宅。开到最后一次会的时候，忽被侦探所知，未及成会，李寓即被搜查。隔了一日，我们到嘉兴东湖（引者注：应为南湖）船上，将会开完。

这封信是董必武答复何叔衡的关于中国共产党一大的一些问题而写的。此信表明何叔衡很可能没有出席南湖的闭幕式，不然董必武用不着如此详细在信中答复他。

信中说"隔了一日"去南湖，则应是8月1日。除了董必武之外，张国焘、陈公博等的回忆，也说隔了一日。

不过，查阅1921年8月2日《申报》，却报道8月1日下午嘉兴狂风暴雨，吹翻了南湖游船四五艘。8月3日、4日，《申报》还继续报道此事。然而，在所有中国共产党一大代表回忆中，都未提及狂风暴雨之事。这表明南湖会议不可能在8月1日。

也有人以为南湖会议在8月5日举行。如苏联 К.В. 舍维廖夫在《中国共产党成立史》一文中指出："中国共产党第一次代表大会于1921年7月23日—8月5日在上海和嘉兴秘密举行。"舍维廖夫所依据的是驻赤塔红色工会国际代表

1 中共中央党史研究室著，《中国共产党历史》第一卷上册，67页，中共党史出版社2002年版。

2 同上，68页。

3 《董必武给何叔衡的信》，《"一大"前后》（三），人民出版社1984年版。

Ю. Л. 斯穆尔基斯写于1921年10月13日的一封信[1]：

您大概已经知道，从7月23日到8月5日，在上海举行了中国共产党的代表大会……

斯穆尔基斯与当时在上海的尼科尔斯基以及弗兰姆堡都有着直接联系，而此信又是在中国共产党一大闭幕不久写的，有一定的可信性。

不过，依据当时的形势，那么多的来自各地的代表在受到法国巡捕注意之后，仍滞留上海多日，直至8月5日才去嘉兴，似乎不大合乎情理。

在南湖游船上的会议到下午六时结束，由张国焘宣布闭幕。代表们轻声呼喊以下口号[2]：

共产党万岁！ 第三国际万岁！ 共产主义、人类的解放者万岁！

当天晚上，代表们便乘火车返回上海。抵达上海时，已是夜色如黛了。具有划时代意义的中国共产党一大，就这样结束了。

从此，中国共产党宣告正式成立，并得到了共产国际的承认，作为一支新生的政治力量开始活跃于中国的政治舞台。

那艘在波涛中轻轻摇晃的画舫，成了中国共产党诞生的摇篮。

南湖的画舫，在1937年12月日军占领嘉兴之后，都被拉去当运输船，毁于战火。从此，南湖上再也见不到画舫。

抗日战争结束之后，南湖的游人才渐渐增多，汽船代替了画舫。

新中国成立后，为了纪念中国共产党一大，在南湖湖心岛筹办纪念馆。不过，中国共产党一大是在画舫中召开，没有画舫供后人瞻仰终是憾事。

于是，找了许多当年的摇船人、船娘开座谈会，回忆当年画舫的模样。又派人到无锡，找那些造过丝网船的老

---

[1] 1972年第六期苏联《亚非人民》杂志首先公布这一保存于苏共中央马列主义研究院中央党务档案馆的信。
[2] 张国焘，《中国共产党第一次代表大会》，《"一大"前后》（一），人民出版社1980年版。

中共一大最后一次会议在南湖的一条游船上举行

工匠开座谈会。这样，画出了图纸，做成了模型，送往北京审查。

模型得到了认可。1959年，中央拨专款三万元人民币仿制（不是复制）画舫，还另拨黄金二两，供舱内装饰之用。

经过老工匠们精心建造，一艘崭新的画舫出现在南湖。这艘画舫系在湖心岛畔，装了跳板，供瞻仰者进舱参观。

1964年董必武重游南湖，步入画舫，连声说："很像当年那艘画舫，仿制很成功！"

从此，画舫从供内部参观到公开展出。数以万计的参观者出入画舫参观，遥想当年在舱中召开中国共产党一大闭幕式的情景……

这艘画舫迄今仍停泊在南湖湖心岛之侧，烟雨楼旁。只是参观者太多，使舱板磨损加剧，不得不限定每日参观的人数，以保护这艘现存的唯一的画舫……

第六章·成立

陈独秀返沪出任中共中央局书记

当代表们去嘉兴南湖的时候，陈公博带着太太李励庄到杭州西湖游玩。

逛了两三天也就腻了。酷暑之中的西湖如同蒸笼。陈公博和太太回到上海，方知中国共产党一大早已散会。

陈公博跟张国焘、李达、周佛海晤面，把大会文件抄去一份，带往广州给新当选的中国共产党中央局书记陈独秀。陈公博自己也抄留一份大会文件——这也就是三年后他在美国所写论文《共产主义运动在中国》附录中的中国共产党一大文件的由来。

中国共产党中央局设在上海，而书记却在广州，开展工作诸多不便。虽说周佛海任代理书记，不过，他正沉醉于婚外恋之中——他原在湖南老家有结发之妻，生下一子一女。可是，他在上海偶然邂逅启明中学学生、湖南同乡杨淑慧，便跌入了情网。

周佛海是在李达家里遇见杨淑慧的，因为杨淑慧是王会悟的同学。

在周佛海的《往矣集》附录中，收入杨淑慧写的《我与佛海》，谈及与周佛海"一见钟情"：

> 那时恰好暑假开始，王女士（引者注：即王会悟）是我的同学，有一天她硬要我到她新居去玩，她的丈夫李达，便请我们吃西瓜，因为西瓜刚上市。当我们正在吃瓜的时候，佛海便进来了，高个子，头发乱蓬蓬的，一套山东府绸制的白西装，背上已染成枯草般颜色，脏得不成样子。他的态度很随便，王女士把我向他介绍，他只随便点点头，径同李达谈起天来了。他与李达是同学，他们一面吃瓜，一面谈得很起劲。
>
> 假如世界上真有所谓"一见倾心"的话，那么，我与佛海也许可以说正是属于此类或准此类的了。……
>
> 我与佛海面对面坐在一起，他不说话，我也不说话，因为实在大家也并没有什么话可说。

他的态度很随便，但随便之中仍不失温文潇洒，决没有丝毫粗鲁不懂礼的样子。他的衣服虽然脏，头发虽然乱，但在又脏又乱的衣服头发之外，却有一张英俊挺秀的脸孔，神采奕奕，令人尚不发生恶感。

吃完了瓜，李达和王会悟，便怂恿周佛海伴送我回家，那时我的家是住在卡德路（引者注：今石门二路）祥富里106号。一路上彼此还是默默无言，走着，走着，我不时垂头看自己的脚跨步子，他不时回转头去看街道一旁的铺子，也许是在瞧行人，好容易到了我家门口，我客气地邀他进去坐一会，他客气地推谢了，说是下次再来吧，我也不再留。

从此我们又见面了几次，他送我几本自己著译的书籍，如《社会问题概观》等，我带回家去，读了一遍又一遍。他的文字很锋利，能感动人，初不料见到他本人，却是那样沉默寡言。

渐渐的我知道了他的历史，他是个共产党，在湖南曾娶过妻子……

就这样，周佛海和杨淑慧热恋着。那时，李达住在渔阳里2号。所以杨淑慧对那幢石库门房子极为熟悉。事隔多年，当她领着沈之瑜去寻觅当年旧址时，她首先找到的便是渔阳里2号。她也曾随周佛海去过李汉俊家，去了几回。有时，是周佛海托她送文件到李汉俊家。这样，她认得李公馆，只是印象不深，所以新中国成立后她在贝勒路徘徊多时，才终于把李公馆找到……

中国共产党刚刚建立，工作千头万绪，而设在上海的中央局群龙无首——周佛海不仅正忙于恋爱，而且他当时的声望担当不起代理书记之职。于是，马林坚决要求陈独秀辞去广州的职务，回到上海专门从事中国共产党的领导工作。李达、周佛海不悦，张国焘不吭声，但马林还是坚持了自己的意见。

为了动员陈独秀返沪，马林派出了包惠僧去广州。

包惠僧坐海船来到香港，又改乘火车到达广州，依然落脚于广州昌兴马路23号二楼《新青年》杂志发行部。

包惠僧向陈独秀陈述了共产国际代表马林的意见。那时，陈独秀在广州的处境亦不甚好。于是，他决定离开广州。9月9日，广东省教育委员会为陈独秀饯行。

陈独秀和包惠僧一起回到了上海，仍住渔阳里2号。

这时，张太雷和杨明斋已经从苏俄回到上海。张太雷担任马林的翻译。

抵沪翌日，陈独秀便在张太雷陪同下，前去拜晤马林。这是陈独秀与马林第一次会面。

不料，他们见面不久，便争吵起来。陈独秀和马林都是脾气直爽而又个性极强的人。马林戏称陈独秀为"火山"，动不动会"爆发"。其实，马林自己也是一座"火山"。陈独秀跟维经斯基相处甚为融洽，那是因为维经斯基温文尔雅、待人和悦。

马林这座"火山"，曾在上海马路上"爆发"过：那是他见到一个外国人欺侮中国苦力，怒不可遏，"火山"爆发，跟那个外国人大打出手，可谓"路见不平，拔刀相助"。马林与陈独秀在一起，如两只碗叮叮咚咚碰撞着。

据包惠僧回忆，争论的焦点是[1]：

> 马林按照第三国际当时的体制，认为第三国际是全世界共产主义运动的总部，各国共产党都是第三国际的支部，中国共产党的工作方针、计划应在第三国际的统一领导下进行。陈独秀认为中国共产党尚在幼年时期，一切工作尚未开展，似无必要戴上第三国际的帽子，中国的革命有中国的国情……

张太雷既理解马林的意思，又懂得陈独秀的心理，在两座"火山"之间调解着，以求缩小分歧……

就在两座"火山"在一次次会谈中，彼此"爆发"着的时候，10月4日，一桩突然发生的事件，使会谈中断了。

那是陈独秀返沪之后，上海报纸披露了他的行踪，马

---

[1] 包惠僧，《回忆马林》，《马林在中国的有关资料（增订本）》，人民出版社1984年版。

上引起了法租界巡捕的注意。

早在法租界巡捕闯入李公馆的翌日,就正式发出一份公告。1921年8月2日《上海生活报》曾揭载:

前天(引者注:指7月31日),法国警察通知法租界的中国团体说,根据新的规定,一切团体在他们呆的地方举行会议必须在四十八小时以前取得警察的批准。

显而易见,这是法国警察在7月30日晚发觉李公馆内"中国团体"在开会而发出的警告式通知。

从此,法国警察加倍注意"中国团体"的动向。

渔阳里2号,恰恰又是法租界,在法国警察的管辖范围之内。陈独秀成了密探跟踪的对象——尤其是陈独秀一次又一次与马林密谈,而马林则是密探监控的重点人物。

10月4日下午,渔阳里2号的黑漆大门忽地响起敲门声。这显然是陌生客人来临,因为熟人都知道进出后门,不会去敲前门。正在客厅闲坐的包惠僧,赶快去开前门。门外站着三四个陌生人,一副上海"白相人"的派头,说是要"会一会陈先生"。

包惠僧见来者不善,推说陈先生不在家,欲关上大门,那班人便抢着进屋,把正在客厅里的杨明斋、柯庆施都看住。

陈独秀听见下面有吵叫声,便知不妙,连忙下楼,从后门出走。谁知刚到后门,那里已有密探看守。

于是,陈独秀和妻子高君曼以及包惠僧、杨明斋、柯庆施五人都被押上警车,直奔薛华立路(今建国中路)法国总巡捕房。

在审讯中,陈独秀自称"王坦甫",说是偶然来渔阳里2号,遭到误捕。

被捕另外四人,也报了假名,掩饰身份。

不料,在陈独秀等五人被捕之后,邵力子带着褚辅成去渔阳里2号访问陈独秀。褚辅成乃社会名流,同盟会元老。1917年8月孙中山在广州召开非常国会时,褚辅成是副议长。邵力子和他一进渔阳里2号,当即被密探抓获,也押送法国总巡捕房。

在巡捕房,陈独秀一见到褚辅成,正要打手势,示意不认识,哪晓得褚辅成已先开口:"仲甫,怎么回事,一到你家就把我搞到这儿来了?"

这下子,"王坦甫"露馅!

不过,陈独秀仍旧为另四人遮掩,说他们是在他家打麻将,与他无关。

陈独秀被捕的消息飞快传进马林的耳朵里。"火山"震惊,全力以赴营救陈独秀。

马林请当时上海著名的法国律师巴和出庭为陈独秀辩护。马林还动用共产国际的活动经费,打通法国总巡捕房的各个"关节",并交白银五百两,人银并保。

马林又让张太雷联络褚辅成(他迅速获释)、张继等社会名流出面保释。

折腾了半个来月,在10月19日,高君曼、包惠僧、杨明斋、柯庆施获释;10月26日,陈独秀获释。

经过这次共患难,两座"火山"之间建立起真诚的友谊——虽然有时因意见不合仍会"喷发",但彼此之间已推心置腹,互以战友相待。这样,作为共产国际代表的马林和作为中国共产党中央局书记的陈独秀携手合作,使中国共产党中央局的工作顺利开展起来。

1921年11月,陈独秀发出了《中国共产党中央局通告》,标志着中国共产党中央局开始正常运转:

中国共产党中央局通告

同人公鉴:

  中央局决议通告各区之事如下:

  (一)依团体经济情况,议定最低限度必须办到下列四事。

（A）上海、北京、广州、武汉、长沙五区早在本年内至迟亦须于明年七月开大会前，都能得同志三十人，成立区执行委员会，以便开大会时能够依党纲成立正式中央执行委员会。

（B）全国社会主义青年团必须在明年七月以前超过二千团员。

（C）各区必须有直接管理的工会一个以上，其余的工会必须有切实的联络；在明年大会席上，各区代表关于该区劳动状况，必须有统计的报告。

（D）中央局宣传部在明年七月以前，必须出书（关于纯粹的共产主义者）二十种以上。

（二）关于劳动运动，决议以全力组织全国铁道工会，上海、北京、武汉、长沙、广州、济南、唐山、南京、天津、郑州、杭州、长辛店诸同志，都要尽力于此计画（划）。

（三）关于青年及妇女运动，使各区切实注意，"青年团"及"女界联合会"改造宣言及章程日内即寄上，望依新章从速进行。

中央局书记 T.S.CHEN（引者注：即陈独秀）
1921年11月

这份中国共产党中央局通告虽然只短短几百字，把党、团、工、青、妇以及宣传工作，都抓了起来。

中共二大在上海辅德里召开

最初的一线曙光
躲躲藏藏地窥了
众生底心沸着
鼓着雄壮的勇
狂热地跳舞着起劲地歌唱，催太阳起身

我们的生活苦闷

　　我们的生活枯涩

　　你撒给我们爱和光

　　我们底生命才得复活呀

　　但还有许多兄弟呢

　　他们的不幸就是我们的不幸呀

　　亲爱的父亲呀

　　升罢升罢

　　快快地升罢

　　多多多多地给些光呀！

　　这首题为《天亮之前》的诗，是诗人汪静之所作，收在他在1922年出版的诗集《蕙的风》中。这首诗，过去被人们视为爱情诗，没有给予注意。

　　然而，这却是第一首歌颂中国共产党的诗！

　　1985年5月4日，汪静之这么加以说明[1]：

　　我那首题为《天亮之前》的小诗，写作日期是1921年12月23日。在此前几天，我从一位要好的朋友那里，听到了中国共产党在当年7月成立的消息。我感到参加共产党的这些人很有志气，因此写了这首诗。这首诗收在爱情诗集里，敌人发现不了，但朋友们也将它当成爱情诗了。

　　汪静之的诗表明，尽管中国共产党在当时还很小，历史也很短，但是已经产生了广泛的影响。

　　1921年11月，以中国共产党中央局书记陈独秀名义发出的《中国共产党中央局通告》，明确指出"明年七月开大会"。这"大会"，指的就是中国共产党第二次全国代表大会。

　　中国共产党二大，曾传说是在杭州西湖召开。中国共产党二大的出席者李达，在1954年2月23日写给上海革命

[1]《读者导报》1991年3月27日。

上海的中共二大会址

历史纪念馆的信中，明确否定了这一传闻。李达写道[1]：

> 关于党的第二次代表大会开会地点问题。我曾对胡乔木同志说过，开会地点是在上海，不是在西湖。听说中央方面已经改过了。

李达的回忆是富有权威性的，因为他不仅是中国共产党二大代表，而且会议就在他所住的房子里举行……

日月飞逝，在中国共产党一大召开之后一年——1922年7月，上海又是一片炎夏气氛。

在离上海望志路李公馆几站路，霞飞路之北，有一条南成都路。那儿有一条叫作"辅德里"的弄堂，成排成排的石库门房子，跟李公馆同一模式，就连墙壁也一样，用青红砖相间砌成。石库门的门楣上，雕刻着"腾蛟起凤""吉祥如意"之类的横批。

[1] 李达，《中国共产党的发起和第一次、第二次代表大会经历的回忆》，《"一大"前后》（二），人民出版社1980年版。

第六章·成立　389

辅德里625号（今成都北路7弄31号）迁入一户李姓人家，也成了"李公馆"。此"李"，便是李达。自从陈独秀由粤返沪，李达和王会悟便迁居于此。幸亏当时李达迁走了，所以当陈独秀被捕时，法国警察在渔阳里2号没有搜查到中国共产党文件——有关文件在李达那里。

李达主管宣传，创办了"广州人民出版社"，印行大批"马克思全书"（十五种）、"列宁全书"（十四种）、"康民尼斯特丛书"（即"共产主义丛书"，十一种）。书上标明社址为"广州昌兴马路26号"。其实，那是辅德里625号编印的。标上"广州"字样，为的是迷惑法国警察的眼睛——须知，辅德里也属法租界！

自从李汉俊家的望志路106号遭到法国警察搜查之后，李达家成了中国共产党在上海的尚未暴露的联络站。尤其是那里全是一排排红砖、青砖相间的统一格式的房子，侧身一闪而入，不易叫人辨出哪家哪户。

辅德里625号一楼一底，建造面积为七十四平方米。楼上为李达书房和卧室，楼下为客厅。那排房子是一位姓韩的大房东建筑的，分租给别人。石库门房子各家都有前后门，独进独出，与他人无干。

1922年7月16日，一个重要的秘密会议，在李达家的客厅里举行。这便是陈独秀在《中国共产党中央局通告》中提及的"明年7月"召开的"大会"——中国共产党第二次全国代表大会。

到会的代表十二人：陈独秀、李达、张国焘、蔡和森、高君宇、施存统、项英、王尽美、邓恩铭、邓中夏、向警予、张太雷。

据张国焘所著《我的回忆》说：

中国共产党第二次代表大会开会其（期）间已届，但预定到会的李大钊、毛泽东和广州代表都没有如期赶到。

其实，毛泽东并非"没有如期赶到"，而是他当时在上海！

毛泽东在上海，为什么没有出席中国共产党二大呢？

这曾有过各种各样的说法。其实，内中以他对斯诺所说最为准确[1]：

第二次党代表大会在上海召开，我本想参加，可是忘记了开会的地点，又找不到任何同志，结果没有能出席。

当时，毛泽东是"被派到上海去帮助组织对赵恒锡的运动"。赵恒锡是当时湖南省省长、军阀。

毛泽东"忘记了开会的地点"，这确实是一桩憾事。在两个月前，毛泽东还邀李达到湖南自修大学讲授马列主义。毛泽东是知道在7月召开中国共产党二大的。

据罗章龙在1981年回忆，他曾参加中国共产党二大[2]。但是，也曾经有关文献上称罗章龙没有出席中国共产党二大。罗章龙指出，那些中国共产党二大出席者名单是事后考证的，并非原始档案记载，由于他后来成为"机会主义头子"，有人就从中国共产党二大出席者名单中删去他的名字。后来经过中共党史专家仔细考证，确认罗章龙出席中国共产党二大。在中国共产党二大召开时，中国共产党党员已由最初的五十多人，发展到一百九十五人。其中：上海五十人，长沙三十人，广东三十二人，湖北二十人，北京二十人，山东九人，郑州八人，四川三人，旅俄八人，旅日四人，旅法二人，旅德八人，旅美一人。在这些党员中，工人党员为二十一人，女党员四人。

会议由中国共产党中央局书记陈独秀主持。吃一堑，长一智。这一回开会，每一次会议都改换地点，而且多开分散的小组会，保密工作比中国共产党一大做得好得多。闭幕式是在英租界举行的。

中国共产党二大选举产生了中央执行委员会。中国共产党中央委员共五人，即陈独秀、李大钊、张国焘、蔡和森和高君宇。另有两人为候补中央委员，即邓中夏和向警予。陈独秀当选为中国共产党中央委员长（这一职务名称在当时不固定，有时也用原名——中国共产党中央局书

---

1 埃德加·斯诺，《西行漫记》，134页，生活·读书·新知三联书店1979年版。

2 罗章龙孙女罗星元1991年12月31日致笔者信。

记。陈独秀1922年6月30日写给共产国际的报告上，则署"中国共产党中央执行委员会书记"）。

中国共产党二大最主要的成果，是起草并通过了《中国共产党第二次全国代表大会宣言》。这一宣言是由陈独秀、蔡和森和张国焘组成的起草小组起草的，陈独秀执笔，经大会讨论、修改、通过。

中国共产党二大比中国共产党一大在理论上的大飞跃，便是规定了中国共产党的最高纲领和最低纲领，从而使中国共产党在行动上有了明确的指导方针。

中国共产党二大通过的《中国共产党第二次全国代表大会宣言》指出的最高纲领是：

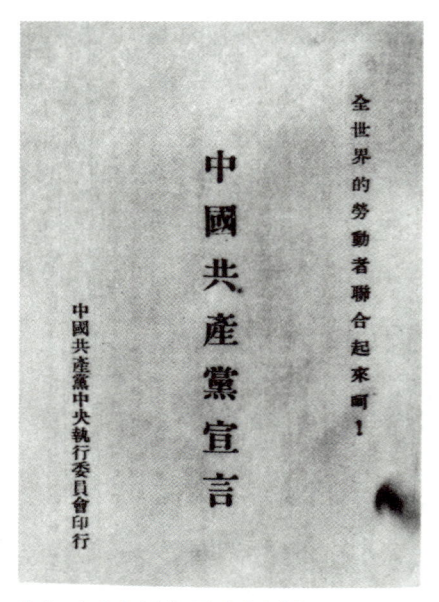

中共二大通过的《中国共产党宣言》

中国共产党是中国无产阶级政党。他的目的是要组织无产阶级，用阶级斗争的手段，建立劳农专政的政治，铲除私有财产制度，渐次达到一个共产主义的社会。

最低纲领是：

消除内乱，打倒军阀，建设国内和平；推翻国际帝国主义的压迫，达到中华民族的完全独立；
统一中国本部（东三省在内）为真正民主共和国。

这最低纲领，亦即彻底的反帝反封建的民主主义革命纲领。
提出最高纲领和最低纲领，表明已经一周岁的中国共产党日渐摆脱了稚气，把革命分为两步走：第一步是民主主义革命；第二步是社会主义革命。
中国共产党二大总共通过了十一种文件。除了《宣言》之外，比较重要的还有：《关于"民主的联合战线"的决议案》《中国共产党加入第三国际决议案》和《中国共产党章程》。

其中的《中国共产党加入第三国际决议案》，明确了中国共产党和第三国际之间的关系：

中国共产党既然是代表中国无产阶级的政党，所以第二次全国大会议决正式加入第三国际，完全承认第三国际所决议的加入条件二十一条，中国共产党为国际共产党之中国支部。

既然"中国共产党为国际共产党之中国支部"，那就是说，中国共产党接受并服从第三国际的领导。

这与中国共产党一大相比，大大前进了一步。中国共产党一大作出的《中国共产党第一个决议》，在《党与第三国际的联系》一节中，只提到"党中央委员会应每月向第三国际报告工作"。中国共产党二大明确了中国共产党是第三国际的"中国支部"，从组织上解决了中国共产党和第三国际之间的关系。

中国共产党二大所通过的《关于共产党的组织章程决议案》，指明中国共产党不是"知识分子所组织的马克思学会"，也不是"少数共产主义者离开群众之空想的革命团体"，所以强调了党的"中央集权"和"铁的纪律"：

凡一个革命的党，若是缺少严密的集权的有纪律的组织与训练，那就只有革命的愿望便不能够有力量去做革命的运动。

严密的集权的有纪律的组织与训练，须依据左列（引者注：原文竖写，故称"左列"）诸原则：

（一）自中央机关以至小团体的基本组织要有严密系统才免得乌合状态；要有集权精神与铁似的（引者注：原文漏"纪"字）律，才免得安那其（即无政府）的状态。

(二)个个党员都要在行动上受党中央军队式的训练。

(三)个个党员不应只是在言论上表示是共产主义者,要在行动上表现出来是共产主义者。

(四)个个党员须牺牲个人的感情意见及利益关系以拥护党的一致。

(五)个个党员须记牢一日不为共产党活动,在这一日便是破坏共产主义者。

(六)无论何时何地个个党员的言论,必须是党的言论,个个党员的活动,必须是党的活动;不可有离党的个人的或地方的意味。离开党的支配而做共产主义的活动这完全是个人的活动,不是党的活动,这完全是安那其的共产主义。

(七)个个党员须了解共产党施行集权与训练时不应以资产阶级的法律秩序等观念施行之,乃应以共产革命在事实上所需要的观念施行之。

所以,第二次全国大会决议,要说我们中国共产党成为一个党,不是学会,成为一个能够实行无产阶级革命大的(引者注:原文如此,可能漏字)群众党,不是少数人空想的革命团体,我们的组织与训练必须是很严密的集权的有纪律的,我们的活动必须是不离开群众的。

中国共产党二大所通过的《中国共产党章程》,规定了"全国代表大会每年由中央执行委员会定期召开一次"。这样,在中国共产党建党初期,差不多每年都召开一次全国代表大会。

中国共产党二大是中国共产党党史上一次重要会议。过去,在宣传毛泽东是"中国共产党的缔造者"的时候(实际上,毛泽东是中国共产党的创始人之一,而中国共产党的缔造者是陈独秀、李大钊),由于毛泽东没有出席中国共产党二大,不仅中国共产党二大没有受到重视,而且连中国共产党二大会址也没有受到应有的重视。笔者当年寻访中国共产党二大会址时,发现里面住着普通居民。内中有一户经营水产,弄得鱼腥味四溢。

如今,中国共产党二大会址受到了应有的尊重。上海不久前在建

中共二大（中共二大会址纪念馆展出的油画）

造成都路南北高架桥时，中国共产党二大会址本来在拆迁范围之中。为了保护这一历史性的建筑物，南北高架桥特地在这里拐了一个弯，使中国共产党二大会址避免拆除。

国共携手建立统一战线

为什么中国共产党二大曾一度传说在杭州西湖召开呢？

其实，这倒是事出有因：在中国共产党二大之后一个月，即1922年8月，在杭州西湖召开了中国共产党中央特别会议，史称"西湖会议"。这次中国共产党中央特别会议格外重要，以致被误认为中国共产党二大。

为什么在中国共产党二大刚刚结束，就召开"西湖会议"呢？

"西湖会议"的"主角"是马林。马林出席了中国共产党一大，但是没有出席中国共产党二大。

在中国共产党二大召开的那些日子里，马林正在莫斯科特维尔斯卡亚大街的留克斯饭店。

第六章·成立　395

在这个饭店里,有一群特殊的旅客在那儿紧张地工作着。马林是这群旅客中的一个。维经斯基也住在那里[1]。

原来,在1922年2月,共产国际执委会决定撤销设在伊尔库茨克的远东书记处,改为在莫斯科设立共产国际远东局,直属共产国际执委会领导。

共产国际办公室,便设在留克斯饭店里。

马林是在1922年4月23日乘坐日本轮船鹿岛丸号离开上海的。他与维经斯基不同,不走"红色丝绸之路",仍走海路,经新加坡、苏伊士运河、马赛,来到荷兰。然后经柏林来到莫斯科。

1922年7月11日,马林在莫斯科写下长长的给共产国际执委会的报告,详细汇报他在中国工作的情况。

诚如本书第一章已经引用的1922年7月30日《真理报》所载报道《中国共产主义运动的现状》,介绍了马林在共产国际执委会7月17日会议汇报中国之行的情况。

这样,由于马林的汇报,以列宁为首的共产国际领导人得知了中国共产党的正式成立及初步的活动。

7月27日,当苏俄政府派出外交代表越飞来华时,共产国际派出马林与他一起来华。

一路上,马林格外留意的是他皮箱里的一件衬衫。

马林一到上海,便会见了陈独秀。两座"火山"一见面,马林便取出了那件衬衫。

借着灯光,陈独秀细细观看,这才看清衬衫上用打字机打印的几行英文 —— 那是共产国际远东局致中国共产党中央的重要文件!

这件珍贵的衬衫,如今保存在荷兰国际社会史研究所。衬衫上的文件,全文如下:

根据共产国际主席团7月18日的决定,中国共产党中

---

[1] 有一些书,如《中国共产党党史简明辞典》(解放军出版社1986年版)说维经斯基出席中国共产党二大(见该书第390页),是不符合史实的。

央委员会在接到通知后，必须立即把地址迁到广州，所有的工作都必须在菲力浦同志紧密联系下进行。

共产国际远东局

维经斯基

1922年7月莫斯科

文件中提及的"菲力浦同志"，亦即马林。

陈独秀看罢这衬衫上的文件，久久沉默着。

中国共产党二大刚刚通过了《中国共产党加入第三国际决议案》。服从共产国际的领导，这是组织原则。看来，必须照这衬衫上的文件执行。

马林为什么要带这份文件来呢？中国共产党中央委员会为什么"必须立即把地址迁到广州"？为什么强调"所有的工作都必须在菲力浦同志紧密联系下进行"？既然是"共产国际主席团7月18日的决定"，为什么要以维经斯基的名义下达？

陈独秀对这一切，都非常明白！

陈独秀与马林的尖锐分歧，是在1922年3月29日马林从北京回到上海之后，达到了不可调和的地步！

干脆，在4月6日，陈独秀直接给维经斯基（亦即"吴廷康"）去信，希望维经斯基向共产国际执委会直接反映他的意见，以求共产国际执委会否定马林的意见。

陈独秀致维经斯基的信，全文如下：

吴廷康先生：

兹特启者，马林君建议中国共产党及社会主义青年团均加入国民党，余等则持反对之理由如左（引者注：陈独秀原信竖写，故云"理由如左"。此信见《中共中央文件选集》第一卷第15页）：

（一）共产党与国民党革命之宗旨及所据之基础不同。

（二）国民党联美国，联张作霖、段祺瑞等政策和共产主义太不

第六章·成立

相容。

国民党未曾发表党纲，在广东以外之各省人民视之，仍是一争权夺利之政党，共产党倘加入该党，则在社会上信仰会失（尤其是青年社会），永无发展之机会。

（四）广东实力派之陈炯明，名为国民党，实则反对孙逸仙派甚烈，我们倘加入国民党，立即受陈派之敌视，即在广东亦不能活动。

（五）国民党孙逸仙派向来对于新加入之分子，绝对不能容纳其意见及假以权柄。

（六）广东、北京、上海、长沙、武昌各区同志对于加入国民党一事，均已开会议决绝对不赞成，在事实上亦已无加入之可能。

第三国际倘议及此事，请先生代陈上列六条意见为荷。

由于此信是陈独秀写给维经斯基的，马林也就带来了以维经斯基名义下达的文件，等于答复了陈独秀。

马林是提出"国共合作"重大战略的第一人，提出中国共产党应建立"统一战线"这一重大决策。

马林有着丰富的工作经验。在爪哇工作期间，他发觉东印度社会民主联盟（印尼共产党前身）又弱又小，而伊斯兰教联盟庞大而松散。他建议，两个组织的成员可以保留自己原来的身份而互相加入。这样，东印度社会民主联盟的成员便迅速地进入伊斯兰教联盟的领导核心，使东印度社会民主联盟的力量很快壮大。

马林来到中国之后，他觉得中国共产党的情况类似于东印度社会民主联盟，而国民党的情况类似于伊斯兰教联盟。马林以为，中国共产党党员在保留自己身份的前提下，应加入国民党，进入国民党的领导层，这样可以迅速壮大中国共产党。

马林这一战略性的意见，极为重要。所以，应当说，马林是国共合作的首创者，也是中国共产党统战策略的提出者和制定者。所以，马林可以说是中国共产党"统战鼻祖"。

在中国共产党一大，马林就已经谈了自己的这一见解。当时，他的意见未受到重视。

当时，设在伊尔库茨克的共产国际远东书记处看重吴佩孚，希望中国共产党与吴佩孚建立合作关系。

维经斯基则与陈炯明"长谈三次"，又倾向与陈炯明合作。

马林经过深入调查、了解，指出吴佩孚、陈炯明都不可靠。他在张太雷陪同下，1921年12月23日在广西桂林拜望了孙中山。马林在孙中山的大本营里住了九天，对国民党进行了仔细的考察。孙中山向马林表示，虽然他并不信仰马克思主义，但是他的思想与马克思主义有许多一致的地方。

马林从桂林归来，写了报告给共产国际执委会，主张中国共产党应与孙中山合作。

马林的意见，得到了共产国际执委会的支持。

这样，1922年3月底，马林从北京来到上海，便非常明确地向陈独秀提出了中国共产党党员应以个人身份加入国民党，实行国共两党的党内合作。

马林的意见，受到陈独秀的坚决反对。两座"火山"在一起，谁也说服不了谁。

陈独秀意识到，要想说服马林，唯一的办法是向马林的上司——共产国际执委会打报告。这样，陈独秀发出了给维经斯基的信。

马林也意识到，要使陈独秀接受他的意见，唯有赴莫斯科，向共产国际执委会面陈自己的主张。

在莫斯科留克斯饭店，马林和维经斯基长谈。维经斯基赞同马林的意见。马林、维经斯基又向主持共产国际常务工作的斯大林、季诺维也夫做了汇报。

这样，共产国际执委会在7月18日做出了正式决定，赞同马林的意见。

于是，马林带着那件具有"尚方宝剑"般威力的衬衫，返回中国。

见到衬衫上的文件，陈独秀当即明白，自己的意见被共产国际否定了。

为了统一思想，马林建议召开一次中国共产党中央委员会全体会议，讨论国共合作问题。

陈独秀同意了。

于是，1922年8月29日、30日，在杭州西湖召开了中国共产党中央全会，亦即"西湖会议"。

出席会议的是五位中国共产党中央委员——陈独秀、李大钊、蔡和森、张国焘、高君宇。此外，马林以及翻译张太雷出席了会议。

马林传达了共产国际的意见。

尽管马林有着共产国际的"尚方宝剑"，在会上，马林还是受到激烈的反对，内中包括陈独秀和张国焘。

张国焘后来在《我的回忆》一书中，这么忆及"西湖会议"：

马林在这次会议中是主要的发言者。他坚持共产党员必须加入国民党；大概是为了减少反对，他避免提到第二次代表大会的决议犯了左倾幼稚病。他的论点是中国共产党党员加入国民党，为实现关于国共建立联合战线唯一可行的具体步骤。其主要理由大致是：第一，中国在一个很长的时期内，只能有一个民主的和民族的革命，决不能有社会主义的革命；而且现在无产阶级的力量和其所能起的作用，都还很小。第二，孙中山先生的国民党是中国现在一个有力量的民主和民族革命的政党，不能说它是资产阶级的政党，而是一个如各阶层革命分子的联盟。第三，孙中山先生可以而且只能容许共产党员加入国民党，决不会与中国共产党建立一个平行的联合战线。第四，中国共产党必须学习西欧工会运动中，共产国际所推行的各国共产党员加入社会民主党工会的联合战线的经验；中国共产党须尊重共产国际的意向。第五，共产党员加入国民党既可以谋革命势力的团结；又可以使国民党革命化；尤其可以影响国民党所领导的大量工人群众，将他们从国民党手中夺取过来等等。

张国焘接着回忆道：

我和蔡和森发言反对马林这种主张。我们认为中国共产党党员加入国民党不能与西欧共党工人加入社会民主党工会一事相提并论，国民党是一个资产阶级的政党，中国共产党加入进去无异与资产阶级相混合，会丧失它的独立性，这与共产国际第二次大会所通过的原则不合。我们指出与国民党建立党外的联合战线是可以做到的；这有过去国民党和其他派系建立联盟的实例为证；如果组织一个联合战线的委员会，可以推孙为主席，委员会中的国民党人数也可比中国共产党人数多一倍左右。我们所要说明的中国共产党并不是要求与国民党来个平行的联合战线，只是不要丧失独立性。我们还着重指出，中国共产党除与国民党合作建立联合战线外，更应注意争取国民党以外的广大工农群众来壮大自己。根据这些观点，我们要求不接纳马林的主张，并请共产国际重新予以考虑。

西湖会议（上海中共二大纪念馆展出的油画）

张国焘还回忆说:

陈独秀先生也反对马林的主张,而且发言甚多。他强调国民党主要是一个资产阶级的政党,不能因为国民党内包容了一些非资产阶级的分子,便否认它的资产阶级的基本性质。他详细说到,一个共产党员加入国民党以后,会引起许多复杂而不易解决的问题,其结果将有害于革命势力的团结。但他声言,如果这是共产国际的不可改变的决定,我们应当服从,至多只能申述我们不赞同的意见。

马林说这是共产国际已经决定的政策,陈先生还提出只能有条件地服从。他着重指出只有孙先生取消打手模及宣誓服从他等原有入党办法,并根据民主主义的原则改组国民党,中国共产党党员才能加入进去。否则,即使是共产国际的命令,他也要反对。

李大钊先生却采取一个调和的立场。他虽同情我们的某些看法,也称许陈先生所提出的条件,但基本上是附和马林的。他认为国民党的组织非常松懈,无政府主义者加入国民党已经多年,挂着国民党党籍,依然进行无政府主义的宣传,并未受到任何约束。即单纯的国民党员也抱有各种不同的政见,单独从事政治活动的例子也不少,足见共产党员加入国民党,同样不会受到约束。他也判断联合战线不易实现,采取加入国民党的方式是实现联合战线的易于行通的办法。

经过讨论,中国共产党中央接受了共产国际的意见,决定实行国共合作。

此后不久,1922年11月5日至12月5日,共产国际四大在彼得格勒召开。陈独秀作为中国共产党代表、刘仁静作为中国社会主义青年团代表、王俊作为中国工会代表出席了会议。记者瞿秋白此时已加入中国共产党,作为工作人员参加了会议。

会上,由英语流利的刘仁静代表中国共产党作了重要发言:

为了消灭在中国的帝国主义这一前提，就必须建立反帝的统一战线，我们党已决定和国民党建立统一战线了，其形式是我们的党员以个人名义参加国民党。

这是中国共产党第一次把关于统一战线的决定公之于世。

这样，1923年1月12日，共产国际执委会做出了《关于中国共产党与国民党的关系问题的决议》。

这样，孙中山提出了"联俄、联共、扶助农工"的"三大政策"。

这样，1924年初中国国民党在广州召开一大时，大会主席为孙中山，而主席团由五人组成，即胡汉民、汪精卫、林森、谢持、李大钊。

中国共产党负责人李大钊居然成了国民党全国代表大会的主席团成员！

会上，李大钊、谭平山等中国共产党党员被选为国民党中央委员；毛泽东、瞿秋白、张国焘等被选为国民党中央候补委员。

之后，中国共产党开始成为中国政治舞台上一支重要的力量⋯⋯

中国共产党十一届六中全会所通过的《关于建国以来党的若干历史问题的决议》，用一段非常准确而又简明扼要的话，概括了中国共产党诞生的历史：

中国共产党是马克思列宁主义同中国工人运动相结合的产物，是在俄国十月革命和我国五四运动的影响下，在列宁领导的共产国际帮助下诞生的。

中共三大的主题是国共合作

按照中国共产党二大关于"全国代表大会每年由中央执行委员会定

期召开一次"的规定,中国共产党中央执行委员会在1923年5月发出通知,决定在"下月"——6月,在广州召开第三次全国代表大会。

罗章龙是出席中国共产党三大的代表。笔者曾采访过他。据罗章龙回忆,他当时接到一封署名"钟英"的信,要他出席中国共产党三大。所谓"钟英",如前述及,也就是中央的谐音,"中国共产党中央"之意。

罗章龙是从北京经天津乘海轮到达上海,再乘船前往广州。到了广州,罗章龙悄然找"管东渠"先生接头。

所谓"管东渠",也就是中国共产党广东区委的谐音代号。

中国共产党一大、二大是在上海召开,但是这一次三大却改在广州召开。所有中国共产党三大代表,都由"管东渠"安排在广州的食宿。

中国共产党三大在广州召开,是因为"西湖会议"之后,中国共产党决定实行"国共合作",而广东当时是国民党的"大本营"。

国民党的势力进入广东,是在1920年。这年2月,驻粤的滇(云南)军阀和桂(广西)军阀之间发生武装冲突,孙中山趁机策动驻闽的粤军将领陈炯明回师广东。10月29日,粤军夺回广州。10月31日,孙中山任命陈炯明为广东省省长兼粤军总司令。11月25日,孙中山离沪赴粤。于是,广州也就成了国民党的"大本营"。

然而,军阀反复无常。1922年6月16日凌晨二时,坐落在广州观音山的孙中山总统府突然遭到陈炯明部队四千多人的袭击。在猛烈的炮火中,总统府化为一片废墟。陈炯明原本打算一举摧毁孙中山政权。在万分紧急之中,孙中山被迫连夜登上"宝璧"号军舰直驶黄埔,然后换乘"永丰"舰,与叛军相持。(由于"永丰"舰在这一战斗中立下历史性功勋,孙中山去世后,被命名为"中山"舰。)

孙中山急电正在浙江宁波的蒋介石:"事紧急,盼速来。"蒋介石赶赴广州,登上"永丰"舰。孙中山授以海上指挥全权。蒋介石指挥反击陈炯明。在那些日子里,蒋介石侍立在孙中山左右,深得孙中山的信任。8月18日,蒋介石护送孙中山前往上海。蒋介石抓住这个难得的机会,写了《孙大总统广州蒙难记》,并请孙中山作序。从此,蒋介石有了一笔令人艳羡的政治资本,常以孙中山的"好学生"的"光辉形象"出现于社会公众面前。孙中山任命蒋介石为大本营参谋长,使蒋介石进入了国民党高层领导之中。

1922年12月,孙中山借助于滇军杨希闵、刘镇寰的力量,打败了陈炯明。1923年3月,孙中山又重返广州。于是,广州再度成了国民党的"大本营"。

中国共产党也在广州发展力量,建立了"管东渠"——广东区委。就在孙中山重回广州前不久——1923年2月26日,陈独秀在参加"西湖会议"之后,也从杭州来到广州。

这样,国共两党的首脑,都坐镇广州。

对于国共合作,虽然共产国际代表马林极力主张,而且在"西湖会议"上得到五位中国共产党中央委员的认可,但是在全党思想上并未统一。即便是在中国共产党中央委员之中,也有好几位只是基于服从共产国际领导这一点而认可国共合作,在思想上并未弄通。正因为这样,共产国际代表马林主张把讨论国共合作,作为中国共产党三大的主题。

既然中国共产党三大要着重讨论国共合作,而且中国共产党中央委员长陈独秀在广州,所以在广州召开当然是最合适的。

1923年6月12日至20日,中国共产党三大在广州永汉路太平沙看云楼召开。

这看云楼,并非古寺名楼,只是因为门口贴了"看云楼"三个字而得名。这看云楼是陈独秀在广州的住所,那三个字也出自陈独秀笔下。陈独秀给住所取名"看云楼",大抵是要在那里"看"中国变幻莫测的风"云"。陈独秀住所有个大客厅,成了中国共产党三大的主会场。也有时会议改在离那里不远的共产国际代表马林在广州的住处"春园"召开。

比起中国共产党一大、二大在上海召开时那种时刻提防特务、巡捕的紧张气氛,中国共产党三大要宽松得多。因为广州是在国民党控制之下,对中国共产党采取友好的态度。

中国共产党三大的代表,比起中国共产党一大、二大,要多得多。

第六章·成立　　405

出席会议的代表，多达三十多人——不过，其中有表决权的十九人。这些代表来自北京、上海、湖北、湖南、广州、浙江、山东、满洲等地以及来自莫斯科。

中国共产党三大代表有陈独秀、李大钊、张国焘、毛泽东、刘仁静、蔡和森、瞿秋白、张太雷、罗章龙、陈潭秋、谭平山、何孟雄、向警予、阮啸仙、徐梅坤、冯菊坡、林育南、于树德、邓培、项英、刘尔崧等。

陈独秀在大会上代表上一届中央委员会作了工作报告。

陈独秀指出[1]：

现在共有党员420人，其中在国外的有44人，工人164人，妇女37人，另外还有十个同志被关在狱中。去年我们只有200名党员，今年入党的大约有200人，其中有130个工人。

陈独秀着重讲述了"西湖会议"的精神。他说：

起初，大多数人都反对加入国民党，可是共产国际执行委员会的代表说服了与会者，我们决定劝说全体党员加入国民党。从这时起，我们党的政治主张有了重大的改变。以前，我们党的政策是唯心主义的，不切合实际的，后来我们开始更多地注意中国社会的现状，并参加现实的运动。

陈独秀批评了党内的不良倾向：

我们党内存在着严重的个人主义倾向。党员往往不完全信赖党。即使党有些地方不对，也不应当退党。我们应该纠正我们的错误。此外，党内的同志关系很不密切，彼此很爱怀疑。

陈独秀也检查了中央委员会的错误：

[1]《中共中央文件选集》第一卷，中共中央党校出版社1989年版。

现在谈谈中央委员会的错误。实际上中央委员会里并没有组织，五个中央委员经常不能呆在一起，这就使工作受到了损失。

中央委员会也缺乏知识，这是罢工失败的原因。我们的政治主张不明确。大家都确信中国有实行国民革命运动的必要，但是在究竟应当怎样为国民革命运动工作的问题上，我们的观点各不相同。有的同志还反对加入国民党，其原因就是政治认识不够明确。

我们不得不经常改换中央所在地，这使我们的工作受到了严重损失。

陈独秀这里所说的"有的同志还反对加入国民党"，其实包括他自己。为此，陈独秀在大会上做了自我批评。他说：

陈独秀由于对时局的看法不清楚，再加上他很容易激动，犯了很多错误。

陈独秀还批评了中国共产党中央委员张国焘。他说：

张国焘同志无疑对党是忠诚的，但是他的思想非常狭隘，所以犯了很多错误。他在党内组织小集团，是个重大的错误。

陈独秀在工作报告中对各地区的党的工作进行了批评，一口气批评了上海、北京、湖北和广州，但是唯独表扬了毛泽东所领导的湖南的工作：

就地区来说，我们可以说，上海的同志为党做的工作太少。北京的同志由于不了解建党工作，造成了很多困难。湖北的同志没能及时防止冲突，因而工人的力量未能增加。只有湖南的同志可以说工作得很好。

广州的同志在对待陈炯明的问题上犯了严重错误，最近他们正在纠正错误。

这次大会，对于中国共产党党员加入中国国民党，做出了《关于国民运动及国民党问题的议决案》。决议（引者注：当时的习惯用语为"议决"，亦即决议。下同）对国民党进行了这样的分析：

依中国社会的现状，宜有一个势力集中的党为国民革命运动之大本营，中国现有的党，只有国民党比较是一个国民革命的党，同时依社会各阶级的现状，很难另造一个比国民党更大更革命的党，即能造成，也有使国民革命势力不统一不集中的结果。

决议也说明了中国共产党党员加入国民党，是共产国际的决定：

共产国际执行委员会议决中国共产党须与中国国民党合作，共产党党员应加入国民党，中国共产党中央执行委员会曾感此必要，遵行此议决，此次全国大会亦通过此议决。

决议指出：

我们加入国民党，但仍旧保存我们的组织，并须努力从各工人团体中，从国民党左派中，吸收真有阶级觉悟的革命分子，渐渐扩大我们的组织，谨严我们的纪律，以立强大的群众共产党之基础。
我们须努力扩大国民党的组织于全中国，使全中国革命分子集中于国民党，以应目前中国国民革命之需要。

决议规定了中国共产党党员加入国民党时的四条注意事项：

（一）在政治的宣传上，保存我们不和任何帝国主义者任何军阀妥协之真面目。

（二）阻止国民党集全力于军事行动，而忽视对于民众之政治宣传，并阻止国民党在政治运动上妥协的倾向，在劳动运动上改良的倾向。

（三）共产党党员及青年团团员在国民党中言语行动都须团结一致。

（四）须努力使国民党与苏俄接近；时时警醒国民党，勿为贪而狡的列强所愚。

对于中国共产党做出的中国共产党党员加入国民党这一国共合作策略，后来蒋介石称之为"寄生"策略。蒋介石在他的《苏俄在中国》一书中，对中国共产党的国共合作、统一战线政策，进行了猛烈的抨击：

……（中国共产党）发育的初期，必须寄生于中国国民党内，施展其渗透、分化、颠覆的阴谋……

不论蒋介石怎么说，事实证明"西湖会议"以及中国共产党三大做出的国共合作、统一战线方针是完全正确的。

这一重大策略的提出者、共产国际代表马林，出席了中国共产党三大。

马林对于中国共产党，可以说立下两大功劳：

第一，为组织召开中国共产党一大，马林出了大力。在中国共产党一大上，他曾以洪钟般的声音作了长篇讲话，他的讲话对于中国共产党的创立起了巨大的推动作用。特别是在特务侦查中国共产党一大时，他以多年地下工作的经验敏锐地察觉并决定分散转移，保护最初的党员。

第二，制定国共合作方针，使当时幼小的中国共产党借助于与国民党合作，迅速得以壮大。

马林在中国共产党三大上作长篇讲话，阐明国共合作的意义，对于此后中国共产党的大发展起了很大的作用。

中国共产党三大选举陈独秀为中国共产党中央执行委员会委员长，

陈独秀、毛泽东、罗章龙、蔡和森、谭平山五人为中央执行委员。

当时中国共产党党员四百二十人。

《国际歌》鼓舞中国共产党人前进

《国际歌》与《共产党宣言》一样经典。

《共产党宣言》经陈望道翻译，中文版自1920年8月出版以来，在中国广为流传，成为每一个中国共产党党员必读书目。

《国际歌》传入中国，最初只有少数懂得英语、法语或者俄语的人，用英语、法语、俄语歌唱。

中国共产党三大之后，中文版《国际歌》开始流行，雄壮激昂的《国际歌》被众多中国人引吭高唱，成为鼓舞中国共产党人前进的战歌。

《国际歌》在1920年秋第一次被译成中文，当时是翻译家耿济之从一本俄文版《赤色的诗歌》中发现的。由耿济之口译，他的好友、作家郑振铎笔述，翻译成中文，发表于1921年5月27日《民国日报》的副刊《觉悟》，歌名叫《第三国际党的颂歌》：

> 起来罢，被咒骂跟着的，
> 全世界的恶人与奴隶；
> 我们被扰乱的理性将要沸腾了！
> 预备着去打死战吧！
> 我们破坏了全世界的强权，
> 连根的把他破坏了。
> 我们将看见新的世界了！
> 只要他是什么都没有的人，
> 他就是完全的人。

不过，耿济之、郑振铎当时只是把《国际歌》的歌词作为诗歌翻译，不能演唱。

《国际歌》毕竟是世界无产者共同的战歌。瞿秋白说，"此歌自1870年后已成一切社会党的党歌，如今劳农俄国采之为'国歌'。"正因为这样，瞿秋白觉得《国际歌》光是译词而不能歌唱不行。

瞿秋白与耿济之有着同窗之谊，他着手译配中文版《国际歌》。

在北京黄化门西妞妞房的叔叔家中，瞿秋白用一架风琴一边弹，一边译《国际歌》。他推敲每一句，尽量使歌词与歌曲吻合。

其中最使瞿秋白困惑的是"International"，译成中文为"国际"，亦即"国际共产主义""国际的精神"的意思。但是把"国际"两个字拉得很长，唱起来不好听。瞿秋白在屋里来回踱步，反复吟唱，最终在歌词中音译为"英德纳雄耐尔"。

后来，瞿秋白曾对翻译家曹靖华说过："'国际（英德纳雄耐尔）'这个词，在西欧各国文字里几乎是同音的，现在汉语用了音译，不但能唱了，更重要的是唱时可以和各国的音一致，使中国劳动人民和世界无产者得以同声相应，收万口同声、情感交融的效果。"

瞿秋白把他译配的中文版《国际歌》歌词连同《国际歌》简谱，发表于1923年6月15日由他主编的《新青年》（季刊）创刊号（"共产国际号"）上。这样，终于有了可以唱出来的中文版《国际歌》。

瞿秋白译配的《国际歌》歌词如下：

起来，受人污辱咒骂的！
起来，天下饥寒的奴隶！
满腔热血沸腾，
拼死一战决矣。

《国际歌》中文版最早译者耿济之

第六章·成立　　411

旧社会破坏得彻底，
新社会创造得光华。
莫道我们一钱不值，
从今要普有天下。
这是我们的最后决死争，
同英德纳雄纳尔（International）
人类方重兴！
这是我们的最后决死争，
同英德纳雄纳尔（International）
人类方重兴！

不论是英雄，
不论是天皇老帝，
谁也解放不得我们，
只靠我们自己。
要扫尽万重的压迫，
争取自己的权利。
趁这洪炉火热，
正好发愤锤砺。

只有伟大的劳动军，
只有我世界的劳工，
有这权利享用大地；
那里容得寄生虫！
霹雳声巨雷忽震，
残暴贼灭迹销声。
看！光华万丈，
照耀我红日一轮。

1923年6月20日，中共三大最后一天，与会代表到黄花岗烈士墓举行悼念活动，由瞿秋白指挥，大家高唱在会议期间刚学会的中文版《国际歌》。这样，中共三大就在《国际歌》声中胜利闭幕。

1928年7月9日，在莫斯科召开的中共六大闭幕，也高唱瞿秋白翻译的《国际歌》。

1931年11月7日，当中华苏维埃共和国（即中央苏区）成立时，决定以《国际歌》作为国歌。

1935年6月18日，瞿秋白面对国民党士兵的刺刀，在福建长汀刑场高唱自己翻译的《国际歌》，英勇就义，壮烈牺牲。《国际歌》成为中国共产党人的正气歌。

不过，瞿秋白用文言文译《国际歌》，唱起来毕竟不很流畅。

在瞿秋白翻译《国际歌》的时候，诗人萧三用白话文转译《国际歌》。

1922年冬，萧三从巴黎来到莫斯科。翌年，他与陈独秀之子陈乔年一起，在莫斯科把《国际歌》的歌词初步翻译成中文。后来，当萧三来到延安，完成了《国际歌》全部歌词的修改、重译，延安四处响起《国际歌》声。这"延安版"的《国际歌》，从延安传到全国，成为中国广为传唱的著名革命歌曲。"英特纳雄耐尔一定要实现"的歌声，成为中国共产党人和革命者前行的战斗口号。

1962年，中国音乐家协会和中央人民广播电台邀请有关专家依据《国际歌》法文原文，对萧三的《国际歌》歌词译文进行逐字逐句的推敲、修改，完成《国际歌》新的中译本，一直唱到今天：

起来，饥寒交迫的奴隶！
起来，全世界受苦的人！
满腔的热血已经沸腾，
要为真理而斗争！
旧世界打个落花流水，

奴隶们起来，起来！
不要说我们一无所有，
我们要做天下的主人！

从来就没有什么救世主，
也不靠神仙皇帝！
要创造人类的幸福，
全靠我们自己！
我们要夺回劳动果实，
让思想冲破牢笼！
快把那炉火烧得通红，
趁热打铁才能成功！

是谁创造了人类世界？
是我们劳动群众！
一切归劳动者所有，
哪能容得寄生虫？
最可恨那些毒蛇猛兽，
吃尽了我们的血肉！
一旦把它们消灭干净，
鲜红的太阳照遍全球！

副歌：
这是最后的斗争，团结起来到明天，
英特纳雄耐尔就一定要实现！
这是最后的斗争，团结起来到明天，
英特纳雄耐尔就一定要实现！

红色的起点

第七章·**锤炼**

第七章·锤炼

有人前进，也有人落荒

中国共产党诞生了，发展了，壮大了。

那曾经围坐在李公馆大餐桌四周的十五位代表，后来又走过了怎样的人生道路？

1930年3月，上海《萌芽》月刊第一卷第三期曾刊载鲁迅的一篇杂文《非革命的急进革命论者》。

文章一开头，鲁迅便写道：

> 倘说，凡大队的革命军，必须一切战士的意识，都十分正确，分明，这才是真的革命军，否则不值一哂。这言论，初看固然是很正当，彻底似的，然而这是不可能的难题，是空洞的高谈……

在论述这一命题时，鲁迅说了一段颇为深刻的话：

> 因为终极目的的不同，在行进时，也时时有人退伍，有人落荒，有人颓唐，有人叛变，然而只要无碍于进行，则愈到后来，这队伍也就愈成为纯粹，精锐的队伍了。

用鲁迅的这段话来形容那张大餐桌周围的十五位代表后来行进的轨迹，是最恰当不过的。

这十五个人当初从天南地北走向李公馆的大餐桌，确是出于对马克思学说、对共产主义的信仰，为着建立中国共产党，走在一起的。不论他们后来怎么样，应当说，当他们走进李公馆的时候，当他们参加建立在当时"非法的"秘密组织——中国共产党的时候，是冒着被密探追捕的危险，是追求并投身于共产主义事业的。

然而，离开那张大餐桌之后的道路是漫长的。在行进中，有人继续奋进，"也时时有人退伍，有人落荒，有人颓唐，有人叛变"。

人是变化着的。退伍、落荒、颓唐、叛变是后来。大可不必因后来如此，去否定这些人当年曾经有过的贡献（虽然贡献有大有小）；也不必因后来如此，而大为迷惑：这些人怎么也是中国共产党一大代表？

当然，最为可贵的是一直向前、向前、向前的。有人在前进途中，抛头颅，洒热血，为着"共产主义真理"；也有人成为中国共产党领袖，领导着中国共产党一步步从胜利走向新的胜利——虽然在晚年陷入了严重失误之中，但通观他的一生，毕竟功绩超过过失。

谁都希望直路通天。然而，历史的道路总是曲曲弯弯，九曲十八弯。曲管曲，弯管弯，一江春水依然向东流。江水，在曲曲弯弯中向东流。这便是历史：一方面，历史的发展趋势无可阻挡；另一方面，又无可避免"左"拐右弯。

中国共产党从最初的五十多个党员，发展成今日世界第一大党（不光是共产党中的第一大党，也是任何政党中的第一大党）。据中共中央组织部统计，截至2017年底，中共党员总数达八千九百五十六万四千名。这一发展过程，不过九十多年。这种从小到大的发展总趋势，无可阻挡。

然而，纵观中国共产党九十多年的历史，时而"左"，时而右，又构成了错综复杂的党内斗争。

有钢必有渣。炼钢与除渣是同时进行的。前进者与退伍者、落荒者、颓唐者以至叛变者并存。

追溯那十五位代表在离开李公馆大餐桌之后的足迹，会给人以一种特殊的启示：自始至终在共产主义之路上前进，并不那么容易。

下面以离世时间为序，勾画那十五位代表后来的人生之旅——也兼及十五位代表之外的中国共产党早期先行者杨明斋、张太雷、陈望道以及对创建中国共产党贡献甚大的维经斯基和马林。

王尽美积劳成疾心力交瘁

已是酷暑时节，地处海滨的青岛也炎热难当。

青岛医院里，一位瘦骨嶙峋的青年已病入膏肓，不时口吐鲜血。他已无力握笔，用微弱的声音口授遗嘱。坐在病床之侧的有他的母亲，笔录者则是中国共产党青岛市委的负责人。

"希望全体同志要好好工作，为无产阶级和全人类的解放和共产主义的彻底实现而奋斗到底！……"他看罢笔录的遗嘱，在纸末捺上了自己的手印。

未几，1926年8月19日，他因严重的肺病死于青岛医院，年仅二十七岁！

他，便是王尽美。在中国共产党一大代表之中，他是第一个离开人世的。

在他去世之后，中国共产党青岛市委为他召开了追悼会，宣读了他的遗嘱。

他被安葬在自己的故乡——山东莒县大北杏村。他的大耳，在冥冥地下，谛听着潍水的清旷声，"沉浮谁主问苍茫"……

他是在出席中国共产党一大时由王瑞俊改名王尽美的。他在一首诗里，表达自己改名之意：

贫富阶级见疆场，
尽美尽善唯解放。

中国共产党一大之后，王尽美出任中国共产党山东区支部书记。

后来，中国共产党山东支部扩大为中国共产党山东地方执行委员会，他仍为书记。

1922年1月，共产国际在莫斯科召开远东各国共产党及民族革命团体第一次代表大会。王尽美作为中国共产党代表出席会议。与他同行的中国共产党代表还有张国焘、邓恩铭、柯庆施、高君宇等。

另外，大会邀请国民党代表参加。在王尽美的动员之下，王乐平放弃了本来去美国参加华盛顿会议的打算，来到了苏俄红都莫斯科。

在苏俄学习、参观了半年之后，王尽美回国，出席了中国共产党二大。会后，他出任中国劳动组合书记部北方分部副主任，罗章龙为主任。

从此，他成为中国工人运动的组织者：

他，领导了京奉铁路山海关钢铁工厂工人的罢工。

他，领导了秦皇岛码头工人的罢工。

他，领导了开滦五矿工人大罢工。

年纪轻轻，他在工人中享有很高的威信。

王尽美多才多艺：

他的口才，使他成为一位富有鼓动力的宣传家。在组织罢工的时候，他拿条板凳一站，即席发表演说，把革命的道理说得一清二楚，工人们心中顿时豁亮。

他擅长绘画。在一次纪念马克思诞辰（5月5日）活动中，他花了一夜工夫，用炭笔画出一幅一米多高的马克思像，翌日高悬于会场中央。

他的书法也不错。写标语，写游行横幅，他颇为拿手。

他还会演戏。他演过话剧《盲人配》中的盲人，演得活龙活现，非常生动地宣传了反封建的思想。

他能演奏各种乐器，不论是琵琶、二胡、月琴、三弦，还是笛、笙、箫、唢呐，他都会。他在苏俄期间，一曲琵琶，曾使苏俄朋友为之倾倒。

他的诗也写得不错。他在济南历下亭写过一首流传颇广的诗：

无情最是东流水，

日夜滔滔去不停。

半是劳动血与泪，

几人从此看分明。

1923年2月，他在山海关被捕。工人们闻讯，重重包围了县衙门。县令无奈，只得释放了王尽美。

在风雪交加之中，王尽美从山海关步行到天津。组织上把他调回山东工作，仍任中国共产党山东省地方执行委员会书记。

1923年10月，遵照中国共产党的指示，他以个人身份加入了国民党。于是，一个月之后，他当选为出席国民党一大的山东代表！这样，他既参加过中国共产党一大，又参加了国民党一大——这时，他不过二十五岁！

1924年12月，孙中山北上，从广州到上海经日本长崎抵达天津。王尽美闻讯，赶去求见孙中山。五十八岁的孙中山已患肝癌，二十六岁的王尽美已患肺病。孙中山委任王尽美、王乐平等四人，作为他的特派员，在山东开展工作。

1925年1月，王尽美去上海出席中国共产党四大之后，便已经病重。他仍在青岛坚持工作。

连日吐血，王尽美终于病倒，不得已在1925年6月回到故乡莒县北杏村静养。

虽然母亲、妻子竭尽全力照料，无奈小小村庄缺医少药，眼看病情日重一日，王尽美自知来日不多。

他惦记着工作，惦记着党组织。1925年7月，由母亲陪同，王尽美前往青岛治疗。

在青岛医院，他终于在中国共产党青岛市委负责人面前，口授遗嘱，交代了未竟之业，了却心事而永别人世。

他的家中，如同倒了顶梁柱。两个儿子不过六岁、四岁。他的祖母和妻子，在苦风凄雨中相继去世。他的母亲带着两个孩子，在极度困苦之中顽强地挣扎着。中国共产党组织尽力给予了帮助。

王翔千资助王尽美遗孤上学。

山东解放之后，王尽美的寡母、遗孤得到了中国共产党的细心照顾和妥善安排。

毛泽东也念念不忘王尽美。当毛泽东视察青岛时，曾这样说及[1]：

你们山东有个王尽美，是党的"一大"代表之一，是个好同志。听说他母亲现在还活着，要好好养起来。

王尽美的母亲，确是一位坚强的女性。她不仅拉扯两个孙子成人，而且还精心保存了王尽美的照片——迄今流传于世的王尽美照片只有一帧，是她当年藏在墙内、外边糊上泥巴，才得以保存下来。不然，中国共产党一大代表的照片，便会缺少一张……

1991年5月，经中共中央宣传部、中共山东省委批准，在王尽美家乡——诸城市大北杏村前的乔有山上，修建了王尽美烈士纪念馆，由陈云题写馆名。王尽美烈士纪念馆于1991年7月1日奠基动工，1992年7月1日建成并对社会开放。王尽美故居被列为山东省重点文物保护单位。

1998年6月，中共山东省委召开座谈会，隆重纪念王尽美一百周年诞辰。

李大钊从容就义绞刑架

1927年3月16日中午，一艘轮船在上海高昌庙码头刚刚泊岸，从船上下来的一位神秘的大人物马上被一串轿车前呼后拥接走，横穿上海市区，直奔西南角徐家汇法租界

---

[1] 王乃征、王乃恩，《怀念我们的父亲》，《王尽美传》，山东人民出版社1981年版。

祁齐路（今岳阳路）的"交涉所"。那里，顿时成为黄金荣、宋子文、张静江、虞洽卿、张啸林、杜月笙等沪上要人络绎来访之处。

这位神秘的大人物，便是蒋介石。他正在密谋"分共""清党"——把中国共产党党员从国民党中"分"出去，予以清洗、消灭。

中国共产党面临着1921年正式成立以来最严重的威胁。

蒋介石尚未正式动手，北洋军阀的"安国军总司令"张作霖先在北京下手了。4月6日，"安国军"突然包围了苏联驻华大使馆，冲入旧俄兵营内，一举逮捕了李大钊等中国共产党党员。

如北京《晨报》所描述，李大钊"着灰布棉袍，青布马褂，俨然一共产党领袖之气概"，在受审时"态度极从容，毫不惊慌"。

沉重的消息，终于出现在1927年4月29日《晨报》：

军法会审于明日上午十一时在警察厅南院总监大客厅正式开庭，审判长何丰林中坐，主席审判官颜文海，法官朱同善、付祖舜、王振南、周启曾（周系卫戍总司令部法官），检察官杨耀曾分左右坐。依次召预定宣告死刑之二十名党人至庭，审问姓名、年龄、籍贯及在党职务毕，一一依据陆军刑事条例第二条第七项之规定，宣告死刑。至十二时十分始毕。十二时三十分即由警庭用汽车六辆分载各党人赴看守所（引者注：指位于北京西交民巷的"京师看守所"）。各党人均未戴刑具，亦未捆绑。下车以后，即由兵警拥入所内。当时看守所马路断绝交通，警戒极严。军法会审派定东北宪兵营长高继武为监刑官。在所内排一公案，各党人一一依判决名次点名，宣告执行，由执行吏及兵警送往绞刑台。闻看守所中只有两架，故同时仅能执行二人，计自二时至五时，二十人始处刑完毕。首登绞刑台者，为李大钊。闻李神色不变，从容就死。

所谓"党人"，亦即共产党人。所用绞刑架，是从外国进口的"洋货"！

李大钊在就义前，曾慷慨激昂地演说：

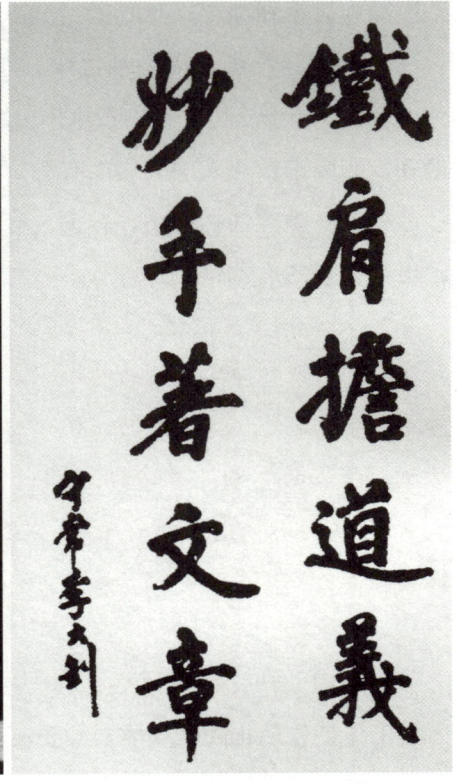

就义前的李大钊　　　　　李大钊手迹

不能因为你们绞死了我，就绞死了共产主义！我们已经培养了很多同志，如同红花的种子，撒遍各地！我们深信，共产主义在世界、在中国必然要得到光荣的胜利！

他高呼："中国共产党万岁！"

李大钊被军阀们定为"罪魁祸首"。施刑时，别人只用二十分钟，李大钊被绞达四十分钟，刽子手故意延长他痛苦的时间。

李大钊磊落、刚毅而死，没有半点的动摇和犹豫。殉难之际，年仅三十八岁。

第七章·锤炼

陈独秀得知噩耗，感叹道："英风伟烈应与天地长存。"

在中国共产党早期领袖之中，李大钊最早接受马克思主义，而且为人敦厚，最孚众望。他与陈独秀相约建党，可是在中国共产党一大上，他并没有因未被选入中央局而有怨言。

鲁迅在李大钊牺牲后，曾为《守常文集》写序，那序言中很真切地画出李大钊的形象：

我最初看见守常先生的时候，是在独秀先生邀去商量怎样进行《新青年》的集会上，这样就算认识了。不知道他其时是否已是共产主义者。总之，给我的印象是很好的：诚实，谦和，不多说话。《新青年》的同人中，虽然也很有喜欢明争暗斗，扶植自己势力的人，但他一直到后来，绝对的不是。……

在中国共产党一大之后，李大钊负责中国共产党北京区委和北方区委工作，先后担任区委委员、委员长和书记。在中国共产党二大，他成为中国共产党五位中央委员之一。

对于马林，李大钊十分尊重。最初，马林提出国共合作时，李大钊也曾想不通。但是，他仔细倾听了马林的见解，虚心接受。在西湖会议上，他是最早站出来支持马林的一个。他指出：中国国民党"抱民主主义的理想，十余年来与恶势力奋斗……从今以后我们要扶助他们，再不可取旁观的态度"。

此后，李大钊奉派执行中国共产党的统一战线工作。

李大钊作为中国共产党代表，多次晤会孙中山。

李大钊与孙中山坦诚相见。李大钊直率地向孙中山说明，他是第三国际的党员。

孙中山毫不介意，说道："这不打紧，你尽管一面作第三国际党员，一面加入本党帮助我。"

由孙中山亲自作为介绍人，介绍李大钊加入中国国民党。

李大钊与孙中山携手并进，为国共合作打开了良好的局面。在1924年1月的国民党一大上，李大钊成为主席团的五个成员之一，参与了国民党的核心领导。他可以说是中国共产党统战工作的鼻祖，做得非常出色。

面对国民党右翼的质问和发难，李大钊在国民党一大上作了专门的发言，说理透彻，令人折服[1]：

……我们加入本党（引者注：指国民党），是几经研究再四审慎而始加入的，不是胡里胡涂混进来的，是想为国民革命运动而有所贡献于本党，不是为个人的私利，与夫团体的取巧而有所攘窃于本党的。土尔其（引者注：即土耳其）的共产党人加入土尔其的国民党，于土尔其国民党不但无损而有益。美国共产党人加入美国劳动党，于美之劳动党不但无损而有益。英国共产党人加入英国劳动党，于英之劳动党亦是不但无损而有益。那么我们加入本党，虽不敢说必能有多大的贡献，其为无损而有益，亦宜与土美英的先例一样。……本党总理孙先生亦曾允许我们仍跨第三国际在中国的组织，所以我们来参加本党而兼跨固有的党籍，是光明正大的行为，不是阴谋鬼祟的举动。……

此后，在1926年6月，李大钊作为中国共产党首席代表，赴苏联出席共产国际五大。在1926年3月18日，李大钊领导十万多北京民众在天安门举行反对八国最后通牒示威大会。他在大会上发表激昂的演说。段祺瑞临时执政府下令开枪，死伤二百余人，史称"三一八"惨案，震惊全国。

此后，李大钊遭到通缉，罪名是"假借共产学说，啸聚群众，屡肇事端"。

一年之后，李大钊不幸落入张作霖手中……

李大钊之死，是中国共产党的重大损失。倘李大钊不死，此后不久陈独秀被撤除，中国共产党领导职务，势必

[1]《党史资料》丛刊1983年第一辑，上海人民出版社出版。

会是李大钊成为中国共产党总书记，中国共产党也许不会在1927年之后走了那么多的"左"的弯路……

就在李大钊被捕后的第六天——1927年4月12日，蒋介石在上海发动了"四一二"政变。

从此，形势急转直下，国共合作破裂，国民党抓捕共产党人。

1927年6月16日，在上海北四川路恒丰里104号，中国共产党江苏省委在那里秘密召开成立会议。王若飞传达中国共产党中央决定，宣布任命陈延年为中国共产党江苏省委书记，郭伯和为组织部长，韩步先为秘书长兼宣传部长。

下午三时多，国民党军队包围了恒丰里，陈乔年、郭伯和、韩步先均被捕，而王若飞在传达中国共产党中央指示后即离开，未落网。

韩步先在狱中叛变，供出陈延年为陈独秀长子、中国共产党江苏省委书记。他还供出了施英（赵世炎）家的地址。

7月2日，国民党军警包围了上海北四川路志安坊190号赵寓，适值赵世炎外出。正在搜查之中，赵的岳母见赵朝家中走来，不顾一切把窗台上用作信号的花盆推了下去。无奈，当时正台风大作，大雨如注，赵世炎竟未发觉，一进家门便遭逮捕。在混乱之际，赵世炎悄声把王若飞地址告诉妻子夏之栩。事后，夏之栩向中国共产党组织报告，使王若飞及时转移。

7月4日，陈延年在上海被秘密处决，年仅二十九岁。

7月19日，赵世炎也倒在刑场上，年仅二十六岁。

翌年6月6日，陈独秀次子、中国共产党第五届中央委员陈乔年，被国民党上海警备司令部处决于上海龙华，年仅二十七岁。

张太雷血染羊城

对于中国共产党来说，1927年是沉重的。

在失去了李大钊、赵世炎、陈延年这样优秀的中坚人物之后，岁末，中国共产党又痛失一员年轻有为的主将——张太雷。

张太雷出任伊尔库茨克共产国际远东书记处中国部书记，出席过共产国际三大，担任过马林的翻译，1924年出任中国社会主义青年团书记……他参与中国共产党核心领导，精明能干，善于交际，富于组织能力。

1927年，张太雷在中国共产党的地位日显重要：4月，他在中国共产党五大上当选为中央委员；5月，调任中国共产党湖北省委书记；不久，他成为中国共产党临时中央政治局五人小组成员；8月7日，他在中共中央紧急会议（即"八七会议"）上当选为临时中央政治局候补委员；11月，他奉派广州，主持中国共产党中央南方局工作兼任中国共产党广东省委书记。

为了扭转"四一二"之后的低潮，中国共产党走上了武装对抗国民党的道路：8月1日，南昌响起了枪声，周恩来、朱德、贺龙、叶挺、刘伯承在那里举行了起义；9月9日，毛泽东在湖南领导农民起义，原计划攻取长沙，遇阻后于10月转入井冈山，建立了中国工农革命军。

张太雷此时从上海南下羊城，肩负重任——在广州发动起义。

中国共产党中央派张太雷前往广州，那是因为他熟悉广州，1925年，他是著名的省港大罢工的组织者、领导者之一。

1927年11月26日，张太雷途经香港抵达广州。这时的广州，正处于一片混乱之中，粤军与桂军在争夺广州。粤军的首领张发奎，曾任孙中山总统府大本营警卫团第三营营长，此时任国民党第二方面军总指挥。

军阀混战之中的广州，倒给中国共产党举行武装起义提供了绝好的时机。张太雷一到羊城，便投入了紧张的起义准备工作之中。他的眼中布满红丝，每天只能睡三四个小时。

就在张太雷到达广州的半个月后——12月11日凌晨三时三十分，

沉睡之中的南国名城忽地在东北角发出雷鸣般的三声炮响，这是起义约定的信号！

顿时，三路兵马齐出动，分东、南、北三个方向出击。每路兵马的最前头，都飘扬着鲜红的铁锤镰刀大旗。

两小时后，广州便落进中国共产党起义部队之手。

11日上午六时，原广州市公安局的大楼上，高高挂起了"广州苏维埃政府"的红色横幅。

身为起义总指挥的张太雷，出任广州苏维埃政府代理主席兼人民海陆军委员。叶挺任工农红军总司令。秘书长为恽代英。

翌日中午十二时，广州丰宁路西瓜园内人头攒动，庆祝广州苏维埃政府成立大会在那里召开。

张太雷身佩毛瑟枪，衣袋里装着手榴弹，出现在主席台上。

张太雷主持大会，他大声宣告："同志们，广州苏维埃政府成立了！"

顿时，全场欢声雷动。

大会在下午二时多结束。

张太雷刚刚回到起义总指挥部，得知大北门一带发生战斗。便与共产国际代表、德国人罗乃曼一起登上汽车，赶往那里指挥。途经大北直街（今解放北路），遭到粤军伏击。密集的子弹朝汽车射来，张太雷当即血涌如注。他用俄语说了一句"Ах, чертиполосатые！"（"哎哟，可恶的魔鬼！"）这成为他二十九岁生命的最后一句话！

李汉俊遭捕后当天处决

就在张太雷血染羊城之后的第五天——1927年12月17日晚九时，在汉口空场（今焕英里），一排国民党士兵举起了手中的枪。黑漆漆的夜空中传来一声"胡宗铎的手段真辣啊"的怒号，便响起了枪声。中国共产党一大代表李汉俊就这样离开了人世，罪名是"附共罪魁"……

李汉俊临终前狠狠咒骂的那个胡宗铎，当时是国民党武汉卫戍司令。

与李汉俊同时被枪决的还有詹大悲。

当天下午五时，李汉俊在汉口日租界中街（今胜利路上段）42号，正与詹大悲下象棋，危浩生在一旁观看。

突然，几个便衣密探在日本巡捕的陪同下，出现在李汉俊面前。

李汉俊续弦陈静珠正怀孕，见状声泪俱下。李汉俊自知在劫难逃，尽力安慰着妻子。

密探押着李汉俊、詹大悲以及危浩生走了。

陈静珠赶紧叫了一辆黄包车，风风火火前往汉口汉中胡同益寿里，向嫂嫂薛文淑哭诉。薛文淑冒着寒风，跳上一辆黄包车，赶往大智门的一家旅馆。李书城为了躲避密探，正与另一位同盟会元老孔庚住在那里。

薛文淑见到李书城，急告李汉俊被捕的消息。

"你先回去，我马上就来！"李书城一听弟弟被捕，非常着急。

薛文淑回家，正在安慰陈静珠，却见本家老爹李万青奔了进来，气喘吁吁道："大先生（即李书城）和孔庚一起被抓走了！听说，关在卫戍司令部楼上！"

真是祸不单行，李书城未能救出弟弟，自己也被捕了！

薛文淑求救于耿伯钊（当时是汉口的一个局长），他摇头，说是无能为力。

李汉俊和詹大悲被捕后，先是押往武汉卫戍司令部，迅即押往汉口特别公安局。未经审讯，立即押往刑场，执行枪决！

就这样，李汉俊和詹大悲在被捕后四个小时，便在枪声中倒下！

李书城终究是同盟会元老，在狱中被关押了一百多天，经冯玉祥、

晚年薛文淑

程潜等出面营救,这才获释。……

李汉俊对于中国共产党的建立,是有过殊勋的。然而,在中国共产党一大之前,他便与陈独秀意见不合。中国共产党一大之后,陈独秀从广州回沪主持中国共产党中央局工作,李汉俊又与陈独秀产生明显的分歧。这样,他在1922年离沪回到武汉。不久,他脱离了中国共产党。

关于李汉俊脱离中国共产党的经过,各种说法不一,包惠僧说李汉俊是"1922年被党开除的",陈潭秋说"在第四次代表大会上被开除党籍",蔡和森则称"直到第四次大会都对汉俊表示同情"。《中国共产党党史人物》第十一卷(陕西人民出版社1983年版)对这一问题作如下注释:

> 我们认为此事大致经过是这样的:1922年李汉俊因与陈独秀、张国焘政见不一,实际上离开了党中央工作岗位,回到武汉。党的"二大"时,他向党中央写过一份意见书。从蔡和森提供的资料来看,其主要内容是反对共产党人加入国民党,主张党的组织原则采用苏维埃联邦宪法,不赞成民主集中制。陈独秀曾致电请他参加"二大"。但是他托人将意见书从河南带至大会,自己却"始终没有到会"。随后便和"玄庐、望道等退出党"。党曾做过他的工作,根据马林建议,党的"三大"在他未出席的情况下,仍选他为五名候补委员之一。1924年,鉴于他自动脱党,中国共产党中央便正式将其"开除"。据蔡和森的回忆,当时"大部分同志认为李汉俊等退党是陈独秀同志的专横,使汉俊等消极"。同时他的被开除与张国焘的打击也不无关系。

李汉俊脱离中国共产党之后,曾任武昌高等师范、武汉大学教授,汉口市政督办公署总工程师,北洋军阀政府外交部秘书。

在北伐军占领武汉之后,李汉俊任国民党湖北省党部委员、湖北省政府委员兼教育厅厅长、青年部部长。

然而,国民党右翼仍不放过他。如1927年12月16日《顺天时报》

所述:"湖北政权由左倾分子李书城及亲共分子李汉俊、詹大悲所主持。"

这样,桂系军阀、武汉卫戍司令胡宗铎便下令缉拿李氏兄弟及詹大悲,发生了12月17日那悲惨的一幕……

李汉俊离世,遗下妻子陈静珠。他和陈静珠是在1923年春节结婚的。

据薛文淑回忆,李汉俊前妻姓陈,感情甚笃,不幸于1918年去世。朋友们劝李汉俊续弦,他提出一个条件,新人必须姓陈,而且要志同道合;倘谈不上志同道合,那就找一个什么都不懂的人,但也必须姓陈。他的朋友万声扬的姨妹恰好姓陈,叫静珠,文盲,符合李汉俊的"条件",他答应结婚。新婚之日,他与新娘才第二次见面!

1923年,李汉俊和陈静珠结婚

据薛文淑回忆,李汉俊的婚礼是在武昌青年会举行。李书城从北京赶来主持婚礼。参加的约有二三十人。李汉俊因为没有像样的衣服,就穿上李书城的燕尾服。在婚礼进行中,有人提出要新娘报告恋爱经过,新娘小声说:"请汉俊代答。"汉俊说:"我和新娘今天是第二次见面,不知道她要说什么,请诸位原谅。"大家一笑了之。

友人们都为他与陈静珠婚后感情担心。出乎意料,他俩感情非常融洽。

薛文淑记得,李汉俊结婚不久,李书城便回北京去了,她还留在武汉。有一天深夜,薛文淑正蒙眬未睡,突然听见有人急促地敲李汉俊的门。薛文淑出于好奇,将自己的门打开一道缝,向外察看动静,只见一个身穿短褂、工人模样的人,提着马灯轻声地喊:"李先生、李先生,赶快离开这里。"不一会儿,李汉俊便与那人一起出门走了。第二天清晨,薛文淑发现一个穿着长袍的形迹可疑的人,老是在李家对面的街上走来走去。隔了几天李汉俊才回家,春节后便去北京了。

不久,薛文淑一家也迁往北京,住在丰盛胡同。李汉俊在外交部工作,李书城任陆军总长。

1926年,李氏兄弟又回到了武昌,李书城一家住在水陆街,李汉俊一家则住在三道街,彼此来往密切。

1927年"四一二"之后,国共分裂,风声日紧,李书城劝李汉俊去日本避难,还给了李汉俊二百元现洋作路费。李汉俊因妻子怀孕移住汉口日租界。李汉俊牺牲后二十天,陈静珠生下一女。李汉俊生前为孩子取名李声铎。由于杀害李汉俊的是国民党武汉卫戍司令胡宗铎,这"铎"字令李家不快。于是,李汉俊的哥哥李书城为这个孩子重新取名为李声馪。

李汉俊的长女李声馥曾回忆说:

父亲有过两次婚姻,有一子二女。我的生母育有一子一女:我哥哥李声簧(1914年4月16日生)和我(1918年4月5日生)。我生母去世以后,我由祖母的保姆照顾。1923年,父亲与继母陈静珠结婚,这件事在当时曾经引起不小的轰动。大家认为以父亲的地位、学识完全可以续弦一位名媛淑女、大家闺秀,可是父亲却和一位没有多少文化的葛店姑娘陈静珠结婚。当时很多人不明缘由,父亲牺牲很多年以后,还有父亲当年的故旧和学生和我谈起这个问题。后来我才得知,父亲当时有两个考虑:一是父亲喜欢简朴,他认为有一位勤劳、朴实的妇女持家,使他能有更多的精力从事马克思主义的研究和他的事业;二是父亲看到一儿一女都还小,这么多年来跟着他奔波南北,吃了不少苦,希望有一个贤良的后母能够很好地照顾他们。后来事实证明,继母陈静珠对

毛泽东签署的李汉俊烈士证书

我父亲忠贞不渝，对我们兄妹视若亲生。新中国成立后，她曾经对我的儿子甘子久说："跟你外公一起死的有好多人，他们的妻子都改嫁了，可我从来没有动摇过，因为你的外公不是一般的人，他是干过大事的人，有学识的人，我只想把他的儿女培养成人，这样才对得起你的外公。"从继母这番质朴的话语里，可以看出父亲的人格魅力。

后来，李汉俊之子李声簧，李书城之子李声华、李声宏，均加入中国共产党。

1952年8月，中央人民政府内务部给李汉俊家属颁发烈属证书，写着："李汉俊同志在革命斗争中光荣牺牲，丰功伟绩永垂不朽！"证书由毛泽东签署。

邓恩铭"不惜惟我身先死"

创刊于1872年的《申报》，是旧中国历史最久的报纸，拥有很大的影响力。1931年4月8日，当这天的《申报》送到众多的读者手中，人们用惊讶的目光读着一条用鲜血写成的消息——《山东枪决大批红匪》。

兹照原文摘录于下：

济南通信，前日下午二时，山东省临时军法会审委员会开会，当经议决，将日前本省捕获之红匪宋占一等二十二名处以死刑，五日上午六时，各委员及公安局长王恺如，复齐集高等法院，将宋占一等提出，验明正身，用汽车三辆，载往纬八路刑场执行枪决……

在开列的二十二名被枪决的"宣传共产邪说，阴谋暴动，颠覆国民政府"的"红匪"名单之中，有"黄伯云即邓恩铭，男"。

邓恩铭牺牲之际，年仅三十岁（《申报》所载"三十一岁"是虚龄）。

在刑场上，邓恩铭高呼："打倒帝国主义！""打倒反动军阀！""中国共产党万岁！"

邓恩铭和他的战友们在纬八路刑场上唱起了《国际歌》。他在雄壮的歌声中，离开了这个世界……

中国共产党一大之后，邓恩铭回到山东，担任中国共产党山东支部委员，支部书记为王尽美。不久，他和王尽美一起，作为中国共产党代表前往莫斯科，出席共产国际召开的远东各国共产党及民族革命团体第一次代表大会。

1922年7月，邓恩铭在上海出席了中国共产党二大。

此后，邓恩铭受中国共产党山东地方执行委员会的派遣，前往青岛开辟工作。他先是建立了中国共产党青岛支部，任书记。不久扩大了成员，成立中国共产党青岛市委，任书记。邓恩铭在青岛领导了胶济铁路工人大罢工，领导了青岛纱厂大罢工。

1925年11月，邓恩铭被捕入狱。在狱中，他受到重刑审讯，结核病又发作，二十四岁的他咬紧牙关，没有屈服，终于被中国共产党组织托人保释，在狱外就医。

1927年4月，邓恩铭出席了在武汉召开的中国共产党五大。回山东后，他接替病逝的王尽美，出任中国共产党山东省执行委员会书记。

山东风声日紧，一批又一批中国共产党党员被捕。

王复元在这个时候倒戈。王复元又名王会，早在1920年便已参加了王尽美、邓恩铭所领导的"山东马克思学说研究会"。后来因为贪污中国共产党活动经费，被开除出党。他向山东当局报告了中国共产党山东省委机关的所在地和活动情况。于是，1928年底，邓恩铭和中国共产党山东省委的一批负责人落入了济南市警察局手中。

关押在济南省府前街的警察局拘留所里，邓恩铭想方设法组织越狱。

1929年4月19日晚八时多，几个"犯人"说是要上厕所。就在看守警察打开囚室门的时候，"犯人"一下子把警察打倒了，缴了十几条枪，从东大门冲了出去……

这次越狱是邓恩铭组织的。他看到跟中国共产党党员们关押在一起的，有一批所谓的"土匪"。这些人大都是当时直鲁联军的军官，身强力壮。他与其中的头头李殿臣商量越狱，马上得到支持。越狱时第一个动手撂倒警察的，便是李殿臣。

只是这次越狱太匆促，李殿臣等冲出去时，关押在另三个囚室里的"犯人"没有来得及响应。邓恩铭也未能冲出去。

李殿臣等虽然逃出去了，后来又被追回。唯有中国共产党党员杨一辰因行走困难，跟不上李殿臣等人，混在街上行人之中，倒反而脱险了。

邓恩铭不灰心，又着手组织第二次越狱。有了上一回的经验，这一回的组织工作更为严密了：他把中国共产党党员分成三个小分队，暗中准备；中国共产党党员吴克敬悄然把清洁厕所用的石灰装在一个个旧信封里，分发到各个囚室；又利用会见家属的机会，与狱外中国共产党地下组织取得联系，秘密带进了钢锯条……

他们选中了7月21日这一天——星期日。晚饭后，大部分看守都回家了。就在这时，第一分队首先冲出囚室，打倒了看守。第二、第三分队也马上行动。一包包石灰撒向狱卒，他们哇哇直叫，睁不开眼睛。

三个分队总共十八人，一下子冲出大门，逃到了大街上。

这时，狱卒们才如梦初醒，持枪追捕。

第一个被抓回来的是邓恩铭。他患结核病，体质甚差，虽有身强力壮的王永庆扶着他，毕竟行走不快。

另十人也终因体力不支，路途又不熟，被看守追回。

中国共产党中央派往山东工作的何自声，幸运逃脱。另五位体力较好的，也终于脱险。只有刘昭章已逃到亲戚家，被叛徒告密，又抓了回去。这样，十八人之中，脱险六人。

这次越狱，使看守长受到上司严厉责问，以致作为"渎职"而被枪毙。

从此监狱加强了看守，越狱已无希望。邓恩铭心中坦然，他早在1917年7月所作《述志》一诗中，便已表示"不顾安危"，把一切都置之度外：

南雁北飞，

去不思归，

志在苍生，

不顾安危；

生不足惜，

死不足悲，

头颅热血，

不朽永垂。

在狱中，他一直用"黄伯云"这个名字。历经审讯，法官并不知道他是邓恩铭，是中国共产党山东省委书记。

直至1931年春，在审讯时忽闻有人直呼他"邓恩铭"。他举眸望去，原来新派的审判官乃张苇村，过去与他相识，如今做了国民党的官。

邓恩铭自知余日不多，1931年3月在给母亲的最后一封家书中，写下一首诗：

> 卅一年华转瞬间，
> 壮志未酬奈何天；
> 不惜惟我身先死，
> 后继频频慰九泉。

1931年清明节——4月5日清晨六时，在一阵刺耳的枪声响过之后，邓恩铭倒在鲜红的血泊之中。

邓恩铭的二叔黄泽沛的儿媳滕尧珍（即邓恩铭的堂弟媳）这样回忆邓恩铭死后的情景[1]：

> 这个噩耗使我惊呆了。全家闻讯后，都为恩铭的惨遭杀害悲痛不已。我们前去收尸，反动当局不准。后经过多方周旋，请了四家连环铺保，第三天才到济南纬八路找到大哥遗体。我们花了50元大洋买了一口棺木，洗净他身上的血迹，把他安埋在济南城外——贵州义地。不久，我们又请人在恩铭的墓前立了一块碑，写上"邓恩铭之墓"。

1961年8月21日，董必武曾赋诗一首，悼念王尽美和邓恩铭：

> 四十年前会上逢，
> 南湖舟泛语从容。
> 济南名士知多少，
> 君与恩铭不老松。

---

1 滕尧珍，《忆革命先烈邓恩铭》，《贵州日报》1980年7月12日。

何叔衡沙场捐躯

> 叔衡才调质且华，
> 独辟蹊径无纤瑕。
> 临危一剑不返顾，
> 衣冠何日葬梅花。

这是谢觉哉1945年为悼念老友何叔衡沙场捐躯十周年而写下的诗。

何叔衡是中国共产党一大代表中最年长的一位。出席一大归来，他和毛泽东一起在湖南建立中国共产党组织，出任中国共产党湘区委员会组织委员。1924年出任中国共产党影响下的湘江学校校长。

1927年湖南军阀何键、许克祥制造"马日事变"，形势陡然紧张。何叔衡转入地下工作，来到上海，出任聚成印刷公司经理。这家印刷公司的广告牌上写着"承印帐册、商标"，暗中印刷中国共产党内部文件及刊物。公司的"同人"，有谢觉哉、恽代英、毛泽民、熊瑾玎。

1928年7月，何叔衡受中国共产党组织指派，与徐特立等一起经哈尔滨去莫斯科，出席了在那里召开的中国共产党六大，然后进入莫斯科中山大学特别班学习。

1930年7月，何叔衡从苏联回到上海。几个月后，进入江西红区瑞金。在那里，何叔衡出任工农检察人民委员部部长、内务人民委员部部长、临时法庭主席。

1933年冬，何叔衡蒙受了沉重的打击——被撤销全部领导职务。内中的原因，如同中央苏区中央局机关刊物《斗争》1933年第17期《火力向着右倾机会主义》一文所指名道姓的"批判"，即何叔衡"右倾"。

实际上，何叔衡受到了当时"左"倾路线的排斥。当时，王明"左"倾路线正日益加剧。

1934年10月，红军开始撤出江西，进行长征。年近花甲的何叔衡被留了下来。

1935年2月，中国共产党江西分局决定，年老体衰的何叔衡、体弱患病的瞿秋白、已经怀孕的项英的妻子张亮，由体力较好的邓子恢和周月林照料，从江西经福建前往香港。组织上给每人一百元港币及一些黄金，交何叔衡保管。

由这么五个人组成的一支特殊的队伍，化装成贩卖香菇的小商人，艰难地在崎岖的山路上前进着。

当他们越过江西边界，进入福建省会昌县（今属江西）的汤屋，中国共产党福建省委派了一支快枪队护送。何叔衡为之一喜，诗兴大发，与瞿秋白一唱一和。

笑颜一闪即逝。形势紧张，沿途的地主武装已经注意到这支特殊的队伍。

他们不得不改为摸黑行进，白日休息。一个老，一个病，一个孕妇，在漆黑的山间小道上行走，异常艰辛。所幸何叔衡和瞿秋白意志坚强，并不畏惧酷劣的环境。

如此昼伏夜行，一夜连着一夜。

4月22日夜里，他们渡过了汀江。

4月23日凌晨（也有的说是24日），他们来到上杭县濯田区水口镇附近的小径村。

他们在这里休息、吃饭的时候，惊动了当地地主的"义勇军"。

"义勇军"急告驻守在水口镇的国民党保安第十四团二营营长李玉。

"紧急集合！"李玉下令。

"义勇军"队长范连升带路，李玉率领二营悄然包围了小径村。

发现了敌军，负责护送的快枪队开枪了。双方互射，战斗十分激烈。

一边抵挡，快枪队一边护送何叔衡等突围，逃往村南的大山上。

何叔衡毕竟上了年纪，又是秀才出身，况且连日劳累，怎敌得上保安团的士兵快疾的步子？

还未到大山上，何叔衡便给保安团追上了。

一阵乱枪砰砰射过之后，何叔衡受伤倒在一块水田旁边。

两个保安团士兵见何叔衡倒下去没有动静，以为他已死去，上前搜身。何叔衡身边带着组织上交给的港币、黄金，看到敌人来搜身，奋力反扑过去。砰！砰！保安团士兵连连开枪，何叔衡栽倒在地，从此再也没有起来……终年五十九岁。

瞿秋白和张亮躲在草塘里被俘。1935年6月18日，在长汀城中山公园里，国民党的临时军事法庭宣读了由蒋介石签署的枪决命令之后，瞿秋白唱起了《国际歌》，走向一片葱茏青草地，席地而坐。瞿秋白说了最后一句话："此地很好！"无情的子弹，便夺去了他的生命。

殷殷鲜血，染红了如茵嫩草。瞿秋白终年不过三十六岁！

唯一在战斗中突围的邓子恢，新中国成立后曾成为国务院副总理……

杨明斋死因终于大白

杨明斋最初作为俄共（布）党员，与维经斯基一起来华，在北京会晤李大钊，在上海会晤陈独秀，帮助建立中国共产党，曾有过不可磨灭的贡献。

杨明斋之死，曾是一个谜。

过去，杨明斋的卒年，被写成"1931年"，或者说是"1931年后"。

关于杨明斋之死的最为权威的说法，是《青运史资料与研究》第三辑所载《曹靖华同志谈中国社会主义青年团情况》一文，曹靖华回忆了周恩来跟他在1954年的一次谈话，内中谈及杨明斋：

后来他（引者注：指杨明斋）生病，苏联送他到西伯利亚养病，那里条件比较好，但后来病死在伊尔库茨克。

为了弄清杨明斋的身世，华东石油大学马列教研室教师余世诚做了许多调查工作。1988年9月,余世诚以个人名义写信给苏共中央总书记戈尔巴乔夫,请求帮助查找杨明斋的下落——因为杨明斋死于苏联,苏共的档案中会有准确的记载。

戈尔巴乔夫认真地批转了余世诚的信。

不久,余世诚收到了苏联科学院远东研究所所长吉塔连科的来信,说他受苏共中央的委托,作如下答复:

1930年1月,杨明斋未经党的领导许可,在走私者的帮助下越过中苏边界,直至这年秋天,他都在哈巴罗夫斯克扫盲站做中文教员。

后来转到符拉迪沃斯托克(即海参崴),在《红星报》和无线电台工作。

1931年,杨明斋被当作"叛逃者"流放到托阿斯克,当勤杂工。

1934年8月,杨明斋流放期满,来到莫斯科,在苏联外国工人出版社当投递员、誊写员、校对员。

1938年2月,杨明斋被以捏造的罪名逮捕,同年5月被杀。

现在,根据苏共中央提出的建议,对所有非诉讼机关镇压的人都应该恢复名誉……

杨明斋的死因之谜,终于大白。这位中国共产党的革命先驱,如此悲惨地死于冤屈之案,几乎令人难以置信!

杨明斋在中国共产党一大之后,又出席了中国共产党二大。

1925年10月,杨明斋带领一大批中国共产党党员,前往莫斯科中山大学学习。他被留在那里,负责中国留学生工作。

1927年夏,得知中国共产党在蒋介石"四一二"政变之后,处境维艰,他坚决要求回国,从事秘密工作。

回国之后,环境险恶,杨明斋被党组织安排到河北省丰润县车轴山中学任国文教员。杨明斋在教学之余,埋头于著述,写出了近二十万言的《中国社会改造原理》。这本书上册在1928年出版,下册在1929年出版。杨明斋在书中指责那些混进革命队伍中的投机分子,当革命处于低潮时,"骑墙、投降、滑头,甚至于做些卖身和害民的勾当"。他鼓励革命的人们,要有"自己的信条,只要所持的人类生活之理是真的,社会运动的方法是对的,毅力是百折不屈的,一定会不但战胜了现在的中国,并且会战胜了将来的全世界"。

这时,杨明斋和他的家人还保持着通信。

在1930年之后,杨明斋消息杳无。他的家人曾在北平报纸上登出寻人启事,也如泥牛入海,没有反馈。

此后,杨明斋的命运,如同苏联科学院远东研究所所长的公函所述……

杨明斋在中国共产党二大之后,日渐受到冷落,其原因可能在于他曾非常坚决地反对共产国际代表马林关于中国共产党党员以个人身份加入国民党、实行国共合作的建议。杨明斋的身份,不同于一般中国共产党党员,他毕竟是由俄共(布)派遣来华的。虽然在中国共产党二大之后,杨明斋服从共产国际的决定,拥护国共合作,然而,他已不像当初陪维经斯基来华时那样受到信任……

据曾任中共上海中央局书记的盛岳后来回忆:"我听说他到上海后,中央审查了他的履历……指派他到天津去处理一些不太重要的地方工作。这是我所能够知道的关于他的最后的消息。"

1930年1月,杨明斋冒着生命危险,秘密越过边境前往苏联,其原因有两种说法:一是去苏联治病;另一种说法是去莫斯科共产国际申诉。他要申诉什么? 那是因为1929年11月,中共中央政治局通过了《关于开除陈独秀党籍并批准江苏省委开除彭述之、汪泽楷、马玉夫、蔡振德四人决议案》。杨明斋向来敬重陈独秀。他以为开除陈独秀党籍处理过重,毕竟陈独秀对于建立中国共产党有重大贡献。此外,杨明斋熟悉共产国际派往中国的代表们。他以为,陈独秀作为中共中央总书记,不得不听命于共产国际派往中国的代表,所以陈独秀的右倾错误很大程度上应由共产国际负责。为此,杨明斋决定前往莫斯科,向共产国际反映情况。杨明斋知道,当时的中共领导人是不会支持他这么做的,所以他选择了偷越国境，前往苏联……

在这两种说法之中，以第二种说法可靠。因为杨明斋为了去苏联治病，大可不必冒生命危险去偷越国境。

杨明斋因偷越国境而被捕，他曾经向共产国际报告，却反而被共产国际斥为"叛逃者"，遭到流放。

在流放中，杨明斋曾经写信给莫斯科中共驻共产国际代表张国焘：

"现在第三国际（引者注：即共产国际）公开了关于中国改造问题的政纲在各报上，我见了这个政纲后，不知怎么的不安于充军生活了。因此请你顺便到第三国际里问一问，究竟为什么把我充军，我的报告犯了什么错误？得知后请给我一封信才好。"

那时候，张国焘已经回国。杨明斋的信，落在中共驻共产国际其他代表手中，不予置理。

杨明斋在流放期满之后，来到莫斯科。他最终被共产国际以"偷越国境、擅离革命岗位"的罪名逮捕以至处死。

1938年5月26日杨明斋蒙冤而死，终年五十六岁。

李大钊曾评价杨明斋："万里拓荒，一身是胆。"

周恩来赞誉他是"忠厚长者"[1]

当年是杨明斋的学生、后来成为著名翻译家的曹靖华则说："他是一位和蔼可亲的忠厚长者，满口浓重的山东口音，举止稳重得像泰山一样。"

虽然杨明斋被历史淹没多年，但中国共产党人仍深深怀念着这位建党元勋。经过中国共产党党史研究者们的努力，现在终于把杨明斋身上的历史积灰掸去。

1989年8月，国家民政部门追认杨明斋为革命烈士。

马林死于法西斯屠刀

马林对于中国共产党，有两大贡献。

[1] 转引自余世诚，《一位忠厚长者》，《人物》杂志1984年第4期。

第一，帮助建立了中国共产党。

第二，制定了国共合作、建立统一战线的战略，使中国共产党迅速得以发展。

虽然马林关于中国共产党党员以个人身份加入国民党的建议刚一提出，便受到了极其激烈的反对，他毕竟还是征得了共产国际执委会的同意和支持，带着"衬衫文件"回中国召开西湖会议，说服了中国共产党的领导者们。

此后，1923年6月，中国共产党在广州召开三大，马林自始至终参加。就连陈独秀本人，也在中国共产党三大所作的报告中说[1]：

起初，大多数人都反对加入国民党，可是共产国际执行委员会的代表说服了与会的人，我们决定劝说全体党员加入国民党。从这时起，我们党的政治主张有了重大的改变。以前，我们党的政策是唯心主义的，不切合实际的，以后我们便更多地注意了中国社会的现状，并开始参加现实的运动。……

中国共产党三大通过了《关于国民运动及国民党问题的议决案》，贯彻了共产国际代表马林的意见。

后来，在1935年8月19日，当马林跟美国伊罗生教授谈话时，曾回忆了他的关于国共合作的意见的由来[2]：

我提出这些意见时，从来没有从莫斯科得到什么具体专门指示的问题。我离开莫斯科时没有什么指示。我只是以我自己在爪哇伊斯兰教联盟运动中取得的经验作为依据。……由此，你就能理解在中国努力同国民党建立这种形式的合作是直接以爪哇的成功经验为依据的。

他提出的国共合作，人称"斯内夫利特战略"，亦即

---

1 《共产国际与中国革命资料选辑》，人民出版社1985年版。

2 伊罗生，《与斯内夫利特谈话记录——关于1920—1922年的中国问题》（1935年8月19日），《马林在中国的有关资料（增订本）》，23页，人民出版社1984年版。

"马林战略"。

他一次次跟陈独秀交谈，一次次跟孙中山交谈，终于促成陈独秀与孙中山会谈，并促使孙中山在1923年8月派出"孙逸仙博士代表团"访问苏俄……

共产国际在海参崴建立了远东局，在1923年1月12日由共产国际执委会书记柯拉洛夫签署第282号文件，任命马林为远东局第三号人物。

马林一家合影

此后，马林的工作又有变动，如他所说[1]：

我被先后提议任驻广州领事和俄罗斯通讯社（引者注：即塔斯社前身）记者，我拒绝了。后来，当我知道已作出上述人事变动的安排，我就离开了。

马林作为共产国际执行委员，被降为"驻广州领事"以至"俄罗斯通讯社记者"，是由于他的意见与共产国际领导——斯大林、加拉罕、鲍罗廷、罗易产生了分歧。

1923年10月，马林被调离中国。

1924年初，马林回到了莫斯科，在共产国际东方部工作。鉴于意见不合，1924年4月，马林向共产国际辞职，回到了祖国荷兰，参加荷兰共产党的工作，担任码头工会秘书。

1925年，罗章龙赴德国汉堡出席国际运输会议，与马林相遇，彼此异常欣喜[2]。会议结束后，罗章龙应马林之邀，到荷兰首都阿姆斯特丹他的家里。他家很不错，花园洋房。那时，他的公开身份是教授。妻子也是荷兰人。马林以主

[1] 1935年8月19日马林与美国伊罗生教授的谈话记录。
[2] 1989年9月15日、1993年11月1日叶永烈在北京采访罗章龙。

第七章·锤炼　445

人身份热情款待罗章龙,留罗章龙在他家住了一星期,情同手足。

马林虽已远离中国,仍非常关心中国的命运。

马林对罗章龙说道[1]:

中国是农业大国,无民主习惯,推翻一代统治者在中国历史上极为平常,但要建立民主制度却有重重困难。唯有通过工人运动可以接近民主,纵有困难,不宜灰心,舍此以外达向民主的道路可谓徒劳!

一年之后,马林的情况剧变:斯大林在共产国际以及联共(布)开展反对托洛茨基反对派的斗争。马林站在托洛茨基一边。这样,他无法再在荷兰共产党内立足,于1927年宣布退出。

1928年,当罗章龙到莫斯科出席中国共产党六大,正巧马林也在莫斯科。马林是前往鸥林别墅看望老朋友。谈及中国共产党在1927年后的艰难处境时,马林对罗章龙说了一番颇为感慨的话:"中国问题,棋输一着,我们大家都有责任,今后应正视错误,努力前进,历史车轮自会循正当轨道迈进。"

1929年,马林在荷兰建立了托派组织"革命社会党"。此后,他以"革命社会党"代表身份参加荷兰国会。

不过,1938年当托洛茨基组织第四国际时,马林拒绝参加。

1940年,德国法西斯侵吞了荷兰,马林投身于反法西斯的正义斗争之中。他编辑了秘密发行的报纸《斯巴达克》,鼓励荷兰人民奋起反抗侵略者。

1942年3月6日,马林终于落进了德国法西斯手中。

马林在狱中坚贞不屈。4月7日至9日,在法庭开庭审讯他时,他怒斥德国法西斯。他自知难逃厄运,在4月11日给女儿菩菩、女婿桑顿写下了诀别的遗书[2]:

---

[1]《国际代表马林》,《马林在中国的有关资料(增订本)》,110—111页,人民出版社1984年版。

[2]《致女儿女婿的信》(1942年4月11—12日),《马林与第一次国共合作》,344页,光明日报出版社1989年版。

永别了，我的女儿，我的宝宝——永别了，我亲爱的人！

孩子们，我无疑真诚地愿为我的理想献身。谁知骤然间死神将至，不可逆转。但我心中坦然——多年来我始终是一个忠诚的战士。告发我的人和法官们无不承认我死得光明磊落。这使我非常感动，因为人们都已十分了解我至死不渝，矢信矢忠，殚精竭虑，高举我信仰的旗帜，奋斗到最后一息……

马林最后写道：

直至弥留之际，我都希望如马来亚格言所云：见义勇为。你们要互敬互爱。最后一次热烈地吻你们。

这位久经考验、意志如钢的共产党人，在德国法西斯面前不屈不挠。他写罢遗嘱，便壮烈地走上刑场。

一位幸存的名叫普雷特尔的难友，后来在1945年11月6日写文章给荷兰《火炬》周刊，翔实地记述了他目击马林就义的悲壮一幕[1]：

4月12日，星期天，我在睡梦中突然被噪杂声震醒。当时大约是晚上9点钟。七扇牢门被踢开，牢门前设了双岗（引者注：这七间牢房原本空着）。我听到大声叫嚷："非常危险的人来了！"德国人下达了指示，过了一会，我听到每个牢房都关进了一位难友。牢房与牢房之间，只要大声说话，隔壁的人都可以听到。我立刻听到其中一个被囚禁的人说："战争之前，荷兰政府就在搜捕我。5月15日以后，德国人一直在追查我。如果我不是出了事故，如果不是被送进医院，他们永远也找不到我。"当时斯内夫利特安慰着说："我们大家感到自豪的是，我们是荷兰第一批为国际事业而被法院判刑的人。我们必须为国际事业而牺牲。"

监狱防卫很严，每15分钟牢房的灯便被打开，目的是

[1] 李玉贞、杜魏华主编：《马林与第一次国共合作》，光明日报出版社1989年版。

通过监视孔看看是否有人自杀或企图逃跑。同时还有两名宪兵在窗外走来走去，手里还拿着手电筒晃来晃去。……

大约早晨6点钟时，有人通知他们说，赦免请求被拒绝了，而且将立刻执行。斯内夫利特当时问，他们是否可以手拉手一起受刑。这个要求也遭到了拒绝。"你们要把手放在背后受刑。"斯内夫利特又问，枪毙时他们是否可不戴遮眼布，这个要求被允许了。斯内夫利特又问，他年纪最大，是否可以最后枪杀他。我还听到他说："同志们，作为你们的长者，这份权利应当让给我，我不是当过你们的领导人吗？"

所有人都可以抽一根雪茄烟。有人说："好，我们抽吧！荷兰国家付烟钱。"然后，斯内夫利特接过话头说："今晚我到了奥莱佛山（引者注：《圣经》中说耶稣曾关押于那里）。当我青年时代参加运动的时候，我的神父对我说：如果你坚持你的信仰，小伙子，你就大着胆子向前走吧！我确实进行了斗争，而且一直坚持我的信仰，恪守我的信念，相信国际的事业。还必须付出更大的努力去斗争，但未来是属于我们的。"……

接着便出现了一个令人感动的时刻："让我们举起手来。"在临死前一个钟头，七个人挺起胸膛唱起了《国际歌》。多么豪壮的旋律！何等感人的歌词啊！我曾出席过多次音乐会，可从来没听过这样感人肺腑的合唱。……

然后，他们被装进了一辆汽车。9时20分，第一枪子弹响了。……

我非常钦佩这些英雄临危不惧的气概，我有必要将其写出来。他们无私无畏，无限忠诚于他们的事业。我毫无保留地为贵刊写下了这些细节，因为我是唯一和这些英雄度过最后几小时的见证人。

就这样，马林在1942年4月14日视死如归地倒在德国法西斯的枪口之下，终年五十三岁。

马林对于建立中国共产党，有着特殊的功勋。正因为这样，中国共产党党史专家李玉贞、杨云若等不远万里前往荷兰，仔细查阅马林档案，这才查清了马林之死的真相。特别是马林的女婿桑顿，把珍藏多年的马林绝命书取出，复印赠给中国朋友，使中国读者得知马林就义前的遗言，更加敬佩这位"真诚地愿为我的理想献身"的异国英雄。

陈独秀凄风冷雨病殁江津

陈独秀和马林一样，都是创建中国共产党的元勋。他后来的道路，竟然也和马林颇为相似……

在中国共产党党史上，倘若以"届"计算的话，陈独秀主持中国共产党中央的"届"数多于毛泽东：从中共一大直至中国共产党五大，陈独秀都是中国共产党第一号人物（有时称"中央局书记"，有时称"中国共产党中央总书记"或"中国共产党中央执行委员会委员长"），共五届；毛泽东则从中国共产党七大至中国共产党十大，任中国共产党中央主席，共四届。当然，按时间计算，毛泽东作为中国共产党领袖的时间比陈独秀长得多。陈独秀作为中国共产党领袖是1921年至1927年，共六年；毛泽东则从1935年至1976年，共四十一年。

笔者曾多次访问年已耄耋的陈独秀原机要秘书郑超麟，他曾这么勾画过陈独秀的形象[1]：

晚年郑超麟

[1] 1984年11月13日叶永烈在上海采访陈独秀机要秘书郑超麟。

讲一口安庆话。虽然在外多年，安徽安庆口音几乎没变。

怎么想就怎么说。有时会骂人，骂得没有道理。

习惯动作是用手拍脑门。特别高兴或者格外苦恼的时候，便拍脑门——前额。

中等个子。样子不算漂亮，但也说不上难看。

不大讲究衣着，但很干净。长袍、马褂都穿，帽子不常戴，难得穿西装——除非在重要的场合。记得，1927年在武汉举行中共"五大"的时候，他穿西装，可能因为好几位国际代表出席会议的缘故。倘若他穿戴非常整齐，这往往表明有女人在照料他的生活。

烟瘾很重。不过，他不抽纸烟，而是抽雪茄——往往抽不起高档的雪茄，只是抽普通的雪茄。

文章写得很快。有学问。口才并不很好……

陈独秀最初对于"马林战略"是坚决反对的，以至向共产国际"告状"。后来他被马林说服，与国民党携手。然而他在国共合作中，犯了严重的右倾错误。1927年，成为他一生的浮沉分界线。

就在1927年蒋介石"四一二"政变的一周前——4月5日，陈独秀与汪精卫所发表的《汪陈联合宣言》，还在那里口口声声说"事事协商，开诚进行"。

"四一二"之后，中国共产党陡然陷入逆境之中。一大批中国共产党党员遭杀，内中有中国共产党主将李大钊、赵世炎、张太雷以及中国共产党一大代表李汉俊。

1927年4月下旬在武汉召开的中国共产党五大上，陈独秀受到党内尖锐的批判，他的领袖地位动摇了——虽然大会仍选他担任中国共产党中央总书记。

到了7月下旬，形势变得益发危急，就连武汉汪精卫的国民政府也实行"分共"，大批逮捕和屠杀中国共产党党员。

在这生死存亡的紧要关头，8月7日中国共产党在汉口召开秘密紧急会议，史称"八七会议"。这次会议，推选瞿秋白、李维汉、苏兆征等组成中国共产党临时政治局。这样,瞿秋白取代了陈独秀,主持中国共产党中央工作。

从此,陈独秀离开了中国共产党的领导岗位。这时,他四十八岁。

此后,他与中国共产党中央、共产国际的分歧越来越大。1928年7月,中国共产党六大在莫斯科召开时,共产国际直接邀请陈独秀出席,他拒不出席。

此后,他越走越远。以他为首,组成了"中国共产党左派反对派",人称"陈独秀派"。他的观点与托洛茨基(自1988年以来,苏共重新处理和评价托洛茨基问题)不谋而合,他接受了托洛茨基观点。他组织了反对派小集团。

此后,在1929年9月26日陈独秀和彭述之联名致信中国共产党中央,表明自己的政治态度:"托洛茨基同志在一年以前,已经预见到你们不正确的政治路线之发展和你们真正的政治面目。……你们说我们是反对派,不错,我们是反对派;我们的党此时正需要反对派……"

于是,同年11月15日中国共产党中央政治局通过了《关于开除陈独秀党籍并批准江苏省委开除彭述之、汪泽楷、马玉夫、蔡振德四人决议案》,从此这位"中国共产党开山书记"被开除了中国共产党党籍。

此后,陈独秀组织了托派小组织"无产者社"。不久,在1931年5月中国各托派小组织的"统一大会"上,他当选为"中国共产党左派反对派"的中央总书记。郑超麟则当选"中国共产党左派反对派"的中央宣传部部长。

1932年10月15日,蒋介石以"危害民国罪"逮捕了陈独秀——尽管他是"反对派"的总书记,但在蒋介石看来,仍属"危害民国分子"。

1933年4月陈独秀受到了国民政府江苏省高等法院公审。当审判长问他"何以要打倒国民政府?"陈独秀慷慨陈词,提出三条理由[1]:

(一)现在国民党政治是刺刀政治,人民既无发言权,即党员恐亦无发言权,不合民主政治原则。

(二)中国人民已穷至极点,军阀官僚只知道集中金

[1]《陈独秀案开审记》,《国闻周报》第10卷第17期。

钱，存放于帝国主义银行，人民则困苦到无饭吃，此为高丽（引者注：即朝鲜）亡国时之现象。

（三）全国人民主张抗日，政府则步步退让。十九路军在上海抵抗，政府不接济。至所谓长期抗战，只是长期抵抗四个字，始终还是不抵抗。

根据以上三点，人民即有反抗此违背民主主义原则与无民权实质政府之义务。

他的老朋友章士钊，担任他的义务辩护律师。

1933年6月30日，国民政府最高法院终审判决，判处陈独秀有期徒刑八年。

在狱中，陈独秀有两个大书架，放着经、史、子、集，他埋头于钻研《说文》。1937年"七七事变"后，经胡适和天津南开大学校长张伯苓保释，陈独秀于1937年8月得以出狱。

出狱后，陈独秀离开南京，在武昌双柏巷租了三间平房暂居。他的老朋友、当年北京大学教授王星拱，此时是武汉大学校长，有意聘他在武汉大学任教。他以"我所学亦无以教人"为理由谢绝了。

1937年11月20日，延安的中共中央机关刊物《解放》周刊发表《陈独秀先生向何处去》一文："当陈独秀先生恢复了自由以后，大家都在为陈先生庆幸，希望他虚心地检讨自己的政治错误，重振起老战士的精神，再参加到革命的行伍中来。"[1]

这表明，中共中央当真对陈独秀出狱表示欢迎和期待，而且称陈独秀为"老战士"。

濮清泉在《我所知道的陈独秀》一文中，也回忆了一段重要史实：

> 陈出狱后，暂住在他友人家中。他说，董老（引者注：即董必武）衔中国共产党中央之命，曾去访问他一次，多年未晤，谈得很长。董老劝他，应以国家民族为重，抛弃固执和偏见，写一个书面检讨，回党工作。他说回党工作，

---

[1]《陈独秀先生向何处去》，《解放》周刊第一卷第22期，1937年11月20日。

固我所愿，惟书面检讨，碍难遵命。……

此外，中共中央还派出叶剑英、博古会晤陈独秀，期望他重新回到中共。

就在陈独秀表示"回党工作，固我所愿，惟书面检讨，碍难遵命"之际，1937年11月29日王明、康生等人从苏联回到延安，接连从极"左"的立场发表文章对陈独秀进行批判，使得陈独秀"回党工作"的大门被砰然关闭。

1937年12月4日，王明在《解放》周刊发表《日寇侵略的新阶段与中国人民斗争的新时期》一文，竟然称陈独秀为"匪徒"。王明称，"日寇侦探机关，必然更加设法安插自己的侦探、奸细、破坏者、暗杀凶手和暗害者等到共产党的队伍中来，他们首先从暗藏的托洛茨基—陈独秀—罗章龙匪徒份子当中，吸收作这种卑劣险毒工作的干部。"[1]

王明还说，黄平、徐继烈、屠庆祺（杜畏之）等[2]每月从日寇"华北特务机关""领取五万元的津贴"。

紧接着，1938年1月，康生也在延安《解放》周刊上发表了题为《铲除日寇侦探民族公敌的托洛茨基匪徒》的文章，激烈地抨击陈独秀："陈匪独秀……使用其老奸巨滑的侦探技术，用'中国抗战是为了发展工业科学'的烟幕来掩盖日寇对中国的侵略。让这些日寇汉奸在全国抗战之后方还能继续活动，这不能不是中国人民的耻辱，全国抗战的损失。"[3]

面对王明、康生的咒骂和污蔑，陈独秀被深深激怒，他再也不考虑重回中共。他给中共的报纸《新华日报》写信，要求拿出"托派中央接受日本特务机关津贴"的证据。

1938年7月陈独秀由武汉入川，来到重庆。重庆是个繁华热闹的所在，已是贫病交加的他，在那里只住了一个月便深感不适。于是，带着老母（继母谢氏）和第四次结合的妻子潘兰珍（在高晓岚、高君曼之后，陈独秀还曾与施芝英同居多年[4]），避居于离重庆一百八十里水路的小小

[1] 陈绍禹（王明），《日寇侵略的新阶段与中国人民斗争的新时期》，《解放》周刊第一卷第26期，1937年12月4日。

[2] 均为陈独秀托派成员。

[3] 康生，《铲除日寇侦探民族公敌的托洛茨基匪徒》，《解放》周刊第一卷第29、30期，1938年1月28日、2月8日。

[4] 1989年9月1日叶永烈在上海相关派出所等处详细调查过施芝英生前情况。

的江津县城。

在江津,陈独秀的母亲去世,他"心绪不佳,血压高涨,两耳日夜轰鸣,几于半聋"。生活困苦的他,身体日衰。

1942年5月13日,老友包惠僧前去看他,使他十分喜悦。但当夜发病,医治无效,于5月27日病逝,终年六十四岁。

陈独秀去世之后,安葬在江津县大西门外鼎山。

1947年,陈独秀三子陈松年遵其遗嘱,把陈独秀的棺木从四川江津迁回故乡安徽安庆市,安葬在北郊十里乡林业村,与原配高晓岚合葬。

陈独秀虽然离世,但由于他是一个错综复杂的人,关于他的是是非非,关于他的评论,却纷纷扰扰,起起伏伏,延续了许许多多时间。

新中国成立之后,陈独秀依然戴着"叛徒""托匪""汉奸"之类可怕的政治帽子。1950年6月春明书店出版的《新名词辞典》里,"陈独秀"词条一开头就这么给他定性:"陈独秀,劳工阶级的叛徒,中国托匪的头子。"这反映了当时对陈独秀的看法。

1951年出版的《毛泽东选集》第一卷《论反对日本帝国主义的策略》一文的注29,仍沿用王明、康生当年对陈独秀的诬陷[1]:

> 在一九二七年中国革命遭受失败之后,中国也出现了少数的托洛茨基分子,他们与陈独秀等叛徒相结合,于一九二九年形成一个反革命的小组织……在九一八事变后,他们接受托洛茨基匪贼的"不阻碍日本帝国占领中国"的指令,与日本特务机关合作,领取日寇的津贴,从事各种有利于日本侵略者的活动。

[1] 毛泽东,《论反对日本帝国主义的策略》注29,《毛泽东选集》第1卷,164页,人民出版社1951年版。

陈独秀既然是"叛徒""托匪""汉奸",于是陈独秀在"五四运动"中的巨大贡献也就被抹杀,出现了所谓"五四无陈论"。

他对于创建中国共产党的重大贡献,也被抹杀,认为中共一大由于"党在初创时的幼稚所致","错误地选择了陈独秀为领袖",即所谓"错误选择论"。

加在陈独秀头上的"叛徒""托匪""汉奸"帽子,纯属不实之词。

在1978年中共十一届三中全会之后,平反了诸多冤假错案。加在陈独秀头上的"叛徒""托匪""汉奸"之类政治帽子,也到了该摘掉的时候。

1981年6月27日中国共产党第十一届中央委员会第六次全体会议通过的《关于建国以来党的若干历史问题的决议》,并没有给陈独秀戴上"叛徒""托匪""汉奸"之类的政治帽子,而是指出陈独秀的主要错误是"右倾投降主义":

1927年,蒋介石和汪精卫控制的国民党,不顾以宋庆龄为杰出代表的国民党左派的坚决反对,背叛了孙中山所决定的国共合作政策和反帝反封建政策,勾结帝国主义,残酷屠杀共产党人和革命人民。党当时还比较幼稚,又处在陈独秀右倾投降主义的领导下,致使革命在强大敌人的突然袭击下遭到惨重失败,已经发展到六万多党员的党只剩下了一万多党员。

其实,陈独秀当年作为中共中央总书记,不能不听命于来自共产国际的指示。在大革命时期,陈独秀固然有其本身的错误,但是中国共产党对国民党的种种退让政策,很多是来自共产国际。然而当1927年爆发"四一二"政变之后,这一切错误就全部由陈独秀来承担。

1981年7月16日,《人民日报》在头版头条发表毛泽东在1945年4月21日中共七大预备会议上的讲话《"七大"工作方针》。首次公布毛泽东对陈独秀曲折多变的一生所作公允的评价[1]:

关于陈独秀这个人,我们今天可以讲一讲,他是有过功劳的。他是五四运动时期的总司令,整个运动实际上是

[1]《人民日报》1981年7月16日。

他领导的。他与周围的一群人，如李大钊同志等，是起了大作用的。……我们是他们那一代人的学生。五四运动，替中国共产党准备了干部。那个时候有《新青年》杂志，是陈独秀主编的。被这个杂志和五四运动警醒起来的人，后头有一部分进了共产党。这些人受陈独秀和他周围一群人的影响很大，可以说是由他集合起来，这才成立了党。我说陈独秀在某几点上，好像俄国的普列汉诺夫，做了启蒙运动的工作，创造了党，但他在思想上不如普列汉诺夫。普列汉诺夫在俄国做过很好的马克思主义的宣传。陈独秀则不然，甚至有些很不正确的言论，但是他创造了党，有功劳。普列汉诺夫以后变成了孟什维克，陈独秀是中国的孟什维克。……关于陈独秀，将来修党史的时候，还是要讲到他。

毛泽东的这一讲话，肯定了陈独秀的两大历史性贡献：
其一，"他是五四运动时期的总司令"；
其二，"他创造了党，有功劳"。
当然，毛泽东也指出，陈独秀曾经"有些很不正确的言论"。
另外，毛泽东在1942年3月30日中国共产党中央学习组关于《如何研究中国共产党党史》的讲话中，也曾这样谈及陈独秀[1]：

在五四运动里面，起领导作用的是一些进步的知识分子。大学教授虽然不上街，但是他们在其中奔走呼号，做了许多事情。陈独秀是五四运动的总司令。

在毛泽东这些正确评价陈独秀的文章、讲话发表之后，所谓"五四无陈论"、中共一大"错误选择论"也就烟消云散。

1981年7月，邓小平在有关陈独秀墓地的材料上批示："陈独秀墓作为文物单位保护，请安徽省委考虑，可否从地方财政中拨款修墓，并望报中央。"

[1]《文汇报》1989年6月20日。

1981年8月，萧克将军提出全面研究陈独秀的意见："陈独秀问题，过去是禁区，现在是半禁区，说是半禁区，是不少人在若干方面接触了，但不全面，也还不深入，大概还有顾虑……即便他后期犯了投降主义及开除出党后搞了托陈取消派，也应该全面地研究。"

在邓小平的关照下，地方财政拨款重修了陈独秀墓，并作为文物单位保护下来

这样，许多学者发表文章指出，陈独秀早年毕竟对于宣传马克思主义、对于建立中国共产党确实做出了巨大的、历史性的贡献。"南陈北李"，相约建党，陈独秀是中国共产党的创始人之一，功不可没。

1989年是"五四运动"七十周年，史学界举行了一系列纪念活动，陈独秀研究也由此进入了新的阶段。瞻仰陈独秀墓的人越来越多。通往陈独秀墓地的，原是一条狭窄的泥路。1989年"五四运动"七十周年前夕，那里修建了一条七米宽的柏油马路，便于汽车直达墓地。

1991年，曾任朱德秘书，后任中央文献研究室副主任的中共党史专家廖盖隆指出："纵观陈独秀的一生，他的历史功绩是主要的，他的错误是第二位的。……我们应当宣传陈独秀的历史功绩，确认他是中国革命历史上的杰出人物，永远纪念他。"[1]

2002年，中共中央党史研究室著《中国共产党历史》一书这样评价陈独秀：

> 最先倡导并吹响思想启蒙号角的，是后来被誉为进步思想界的明星、"五四运动的总司令"的陈独秀。[2]

1 廖盖隆，《陈独秀的评价问题》，引自王学勤编《陈独秀与中国共产党》，东南大学出版社1991年版。
2 中共中央党史研究室著，《中国共产党历史》第一卷上册，29页，中共党史出版社2002年版。

最早酝酿在中国建立共产党的是陈独秀和李大钊。[1]

2013年10月21日，中共中央总书记习近平在北京出席欧美同学会成立一百周年庆祝大会的讲话中，谈及陈独秀与中国共产党的诞生[2]：

历史不会忘记，陈独秀、李大钊等一批具有留学经历的先进知识分子，同毛泽东同志等革命青年一道，大力宣传并积极促进马克思列宁主义同中国工人运动相结合，创建了中国共产党，使中国革命面貌为之一新。

习近平的这段论述中国共产党创建史的讲话，一是把陈独秀的名字列于李大钊之前，二是称陈独秀是"先进知识分子"，毛泽东是"革命青年"，实事求是地还原了中国共产党的创建史。

陈潭秋秘密遇害于新疆

1945年6月9日，中国共产党七大选举中央委员会。

选举结果，产生四十四名中国共产党中央委员，排名以选票多寡为序：毛泽东、朱德、刘少奇、任弼时、林祖涵、林彪、董必武、陈云、徐向前、关向应、陈潭秋……

这名列第十一位的陈潭秋，是中国共产党一大代表，其实那时已不在人世。然而，正处于战争环境之中，消息阻塞，以致代表们不知道他已牺牲，把他选为中国共产党中央委员。

他，早在将近两年前——1943年9月27日那个黑森森的夜里，被新疆军阀盛世才秘密处决于迪化（即今乌鲁木齐）。生怕枪声会惊动四周，他们用麻绳勒死陈潭秋。

---

[1] 中共中央党史研究室著，《中国共产党历史》第一卷上册，57页，中共党史出版社2002年版。

[2] 习近平，《在欧美同学会成立100周年庆祝大会上的讲话》（2013年10月21日），新华社北京2013年10月21日电。

当时，他只有四十七岁！

在同一个夜晚被绳索活活勒死的还有周彬——亦即毛泽民，毛泽东的胞弟，与陈潭秋同龄。

还有林基路——广东台山人，中国共产党党员，新疆学院教育长，年仅二十七岁！

陈潭秋在新疆化名徐杰。

三位烈士牺牲后，在迪化狱中的中国共产党党员曾为之写下《追悼歌》：

……
你们的英名，
将永垂不朽！
它鼓励着后继者的我们，
向黑暗作英勇的斗争！
瞑目吧：
徐杰同志！
周彬同志！
林基路同志！

陈潭秋是在1942年9月17日，被盛世才以"督办请谈话"的名义骗去，与毛泽民、林基路等同时遭到软禁。当天，中国共产党在新疆的工作人员及家属一百多人，也被软禁。中国共产党中央书记处获知消息，于1943年2月10日给正在重庆的周恩来发去密电：

你们与张治中谈话时，望提出释放迪化被盛扣留之徐杰等140余人的要求。

中国共产党中央只知陈潭秋被捕，但不知陈潭秋后来被秘密处决。

正因为这样,他在死后仍被选为中国共产党七届中央委员。

中国共产党在新疆的工作,原由化名王寿成的俞秀松负责。俞秀松在1938年6月25日被押送苏联之后,被诬为托派而惨遭冤杀。新疆的工作改由邓发主持。陈潭秋于1939年5月从莫斯科途经新疆回延安。在他到达新疆时,中国共产党中央来电,要他留在新疆,接替邓发。

陈潭秋走过了红色的道路:

在中国共产党一大之后,中国共产党成立武汉区委员会,他是负责人之一。

1923年,京汉铁路爆发著名的"二七"大罢工时,陈潭秋是领导者之一。

1924年,陈潭秋担任了中国共产党武汉地委书记。他写过一首《五一纪念歌》,颇受工人欢迎——

> 五一节,真壮烈,
> 世界工人大团结!
> 发起芝加哥,
> 响应遍各国。
> 西欧东亚与美洲,
> 年年溅满劳工血!
> 不达成功誓不休,
> 望大家,齐努力,
> 切莫辜负五一节!

1927年,陈潭秋担任中国共产党江西省委书记。在中国共产党五大上,他当选为中国共产党中央候补委员。

1928年10月,中国共产党中央决定撤销北方局,由陈潭秋、刘少奇、韩连惠代行北方局的工作。从三人的名字中各抽一字,组成"潭少连",成为中国共产党北方党组织的代号。

1930年,陈潭秋出任中国共产党满洲省委书记,年底在哈尔滨被捕。他在狱中坚持斗争,于1932年7月被中国共产党党组织营救出狱。

他和谢觉哉打扮成商人,得以通过封锁线,潜入江西根据地。他出任中国共产党福建省委书记。

此时,他的妻子徐全植在上海被捕,于1934年1月牺牲于南京雨花台。

红军开始长征,陈潭秋奉命留守江西。在战斗中,他差一点殒命——他的右耳被子弹打掉,脑子受到剧烈震荡。

重伤的他,被送到上海医治。稍好,他奉命和陈云、杨之华等一起前往苏联,出席共产国际第七次代表大会。

此后,他作为中国共产党驻共产国际代表团成员,留在莫斯科。

1936年7月,中国共产党诞生十五周年。作为中国共产党一大代表,他写了《第一次代表大会的回忆》,发表在1936年《共产国际》第七卷第四、五期合刊上。此文是关于中国共产党一大的早期不可多得的文献之一。

1939年5月,他奉调回国,在新疆工作。

他,竟在墨染的夜里,如此悲惨而又壮烈地死于那勒紧的绳套……
他的挚友董必武闻凶讯,泪如雨下。
董必武写下悼诗:

战友音容永世违,
平生业绩有光辉。
如闻謦欬精神振,
展诵遗篇识所归。

陈潭秋早年与同乡林氏结婚,感情甚为融洽。不幸林氏病故。陈潭秋悲恸不已,曾发誓不再另娶。

后来,在1925年,他与湖北女师学生徐全植结婚,生一女两子。

徐全植牺牲后，他与王韵雪结婚。在新疆，王韵雪亦被捕，幸免于难。

就在陈潭秋被秘密杀害之际，那位出席中国共产党一大的共产国际远东书记处代表尼科尔斯基在苏联死于冤案——被诬陷为托派。这已在前面写及尼科尔斯基时提到。

沦为巨奸陈公博千夫所指

1945年8月25日凌晨三时，在一片黧黑之中，一架MC型中华航空公司的飞机，突然转动了螺旋桨，飞离了南京。

这时的南京，正处于"真空"时期——日本天皇已于8月15日宣布无条件投降，翌日南京汪伪国民政府宣布解散，而国民党蒋介石军队尚未到达南京，只是国民党陆军总司令何应钦宣告将于26日飞抵南京。

就在何应钦到达的前夜，这架飞机急急地在人们熟睡的时刻起飞，朝东飞行。

机舱里空荡荡的，竟然只有一把座椅供一位"大人物"坐着，其余七名乘客都席地而坐。这架飞机在起飞前将座椅拆除，扔了出去，为的是减轻载重量，节省燃油——因为飞机要飞越东海，直飞日本京都！

直到中午十一时，飞机才飞到日本上空。只是燃油所剩无几，不得不紧急降落于日本山阴县米子机场。

几天之后，日本京都右京区花园町柴山别墅住进"东山商店"一行七人，为首的一位叫"东山公子"，妻子叫"东山文子"。

过了些日子，他们隐匿于京都郊外的金阁寺，以为能够栖身。只是他们神情沮丧，心乱如麻。

在日本，他们度过了将近五十天如坐针毡的日子，终于在10月3日在中国武装军警看押下，被一架中国运输机载回南京。唯有那位"东山文子"仍留日本。

那位"东山公子",便是汉奸巨头陈公博。他逃离南京时,由日本小川哲雄中尉陪同,带着"东山文子"——李励庄以及五名亲信,飞往日本。他原想逃脱历史的惩罚,苟延残喘,无奈已成过街老鼠,无处可藏。

陈公博在金阁寺曾经悲叹:"劫数难逃,与其这样东躲西藏,活着受罪,还不如一死了之。"他用手枪自杀,被妻子李励庄一把夺下。

陈公博号哭道:"早晚不得好死,为什么不让我早点死了呢?"

消息传出,日本政府获知后,乘机让同盟通讯社发布假新闻《陈公博在日本开枪自杀身亡》。

然而,死要见尸,日本报纸拿不出陈公博身亡的照片。陈公博最终逃脱不了受到历史惩罚的命运……

陈公博在出席中国共产党一大之后,回到广州。1922年6月,陈炯明在广州叛变,炮轰孙中山的总统府,陈公博还写文章"拥陈反孙",受到中国共产党组织的批评。此后不久,他便宣布脱离中国共产党,前往美国哥伦比亚大学。1924年,他完成了那篇硕士论文《共产主义运动在中国》。

虽然那时他早已脱离中国共产党,并对马克思主义学说也提出种种质疑,不过,他在他的硕士论文中,倒是写下了一段颇有见地的关于中国未来前途的话:

一句话,远东古老的土地上现在充满了激进主义。如果在中国的压迫不停止,那么大概在不久的将来,一个中国的新制度就要麻烦历史学家在世界历史上增加一页,来叙述苏维埃主义的进一步的胜利。

他参与过建立中国共产党,他又读过马克思主义的书,因此他能说出这样预见中国历史发展必然趋势的话。

然而,恰恰又因为他背离中国共产党、背离马克思学说,因此他自己后来所走过的人生之路,正是逆着他自己所说过的历史发展趋势而行。

他从美国回国之后，加入了国民党，担任国民党第一届中央执行委员、中央党部书记长、北伐军总司令部政务局长。

1927年之后，他紧紧追随汪精卫。汪精卫在1932年出任南京政府行政院院长，他出任实业部部长。

抗日战争爆发后，陈公博担任国民党四川省党部主任委员。

1939年，汪精卫叛国投敌，陈公博与他狼狈为奸，担任汪伪国民党中央执行委员会常务委员。

1940年，汪伪国民政府成立，陈公博担任立法院院长、军事委员会常务委员、上海市市长。

1944年11月10日，汪精卫在日本名古屋病逝。离世前，他指定陈公博为继承人。这样，陈公博便成为伪国民政府代理主席，成为汪精卫死后的头号汉奸。

正因为这样，他在面临覆灭之际，还用尽心机，逃往日本，企图改名换姓，藏匿异国。然而，他终于被押回来了。

在苏州狱中，陈公博力图为自己汉奸罪行辩解，写下洋洋六万余言、四十七页的自白书。1946年4月5日下午，陈公博在苏州受到公审。据金志翊、唐成中、徐立平、夏其言当时写的《法庭听审记详》描述：

二时正，公案上已放好尺许高的卷宗，红封面，用粉红色的包袱束着，颇引人注目。二时二十三分，旁听席上起了一阵骚动，陈逆已经从候审室传到庭上来，他身穿夹长袍，白色西装裤，黑皮鞋，从他身上简直找不出曾显赫一时的痕迹，脸部有几条深痕，痕缝里有汗珠挤出，大家注视他的脸部，他的目光就茫然地避开，当他走近被告席附近时，先是背手而立，继又把双手放到胸前，局促之状毕露。有时，还用手去抚摸放在"自白书"上的一只美国式毡帽。……

首席法官韩焘宣读起诉书，列举陈公博十大罪状，即：缔结密约，辱国丧权；搜索物资，供给敌人；发行伪币，扰乱金融；认贼作父，宣言参战；抽集壮丁，为敌服役；公卖鸦片，毒化人民；改编教材，实施奴才教育；托词清乡，残害志士；官吏贪污，政以贿成；收编伪军，祸国殃民。

经过公审，4月12日，江苏高等法院宣判陈公博死刑，褫夺公权终身。

陈公博在当天的日记中写道："今天我被宣判了死刑，当初心里是微微的震动了一下，但随即也就不觉得什么了，并不是我有视死如归的精神，只是我觉得我对于各方面不再有什么放不下心的地方，我是可以就此结束了我这一生的。"

已从日本回来的陈公博之妻李励庄不服，向最高法院提出《申请复判状》。诉状表示，陈公博早在1940年南京伪政权成立之初，即通过军统人员徐天深的秘密电台，与重庆保持联系。李氏再三声明丈夫在伪职期间，曾配合重庆方面，报告日军动态，并尽力剿共，根绝赤患云云。李励庄的申请未被当局采纳，仍维持原判。

5月14日，最高法院驳回李励庄上诉。

1946年6月3日凌晨时分，蒋介石侍从室密电南京司法行政部长谢冠生，命令迅速对陈公博执行死刑。陈公博要求死前先去见同被关在狱中的汪精卫太太陈璧君，两人相视流泪，陈公博说："我此去有面目见汪先生于地下了！"

6月3日上午，在苏州狮子口江苏第三监狱对陈公博执行枪决。

陈公博在行刑前，执笔写信给蒋介石，信中居然如此写道：

悬悬放不下的还是一个共产党问题，因为这个问题，关系到国家前途，关系到党的前途，更关系到先生的前途。……

由此可见，这位大汉奸跟蒋介石在反共方面是完全一致的。

信未写完，他掷笔不写了。

他对法警叮嘱道："请多帮忙，为我做得干净些。"

枪声响了。陈公博结束了他那五十五个春秋的生涯。

卖国求荣周佛海呜呼狱中

如果说,陈公博是汪精卫的左膀,周佛海则是汪精卫的右臂。周佛海走过了与陈公博相似的道路,即共产党→国民党→大汉奸。

周佛海在中国共产党一大之后,仍羁留在上海。热恋中的他,与杨淑慧定于当年阴历八月十六日订婚。

不料,订婚前夕,上海《时事新报》捅出消息,说"周某人行为不检,家有发妻,此次又骗娶某女学生"。看了报纸,杨淑慧的父亲不胜震怒,把杨淑慧关在家中,不许她再与周佛海见面。

杨淑慧从窗口跳出,逃至渔阳里2号,找到寄居在那里的周佛海。于是,周佛海带着杨淑慧私奔日本,在鹿儿岛同居,生下儿子周幼海。

由于他是中国共产党党员,周佛海一回到日本,立即受到日本警方的注意,如他自己所述[1]:

回到鹿儿岛之后,便被刑事尾行了。我的担任教师,也向我警告了,于是我便规规矩矩做了一个很纯良的学生。当时中国的同学,并不知道我在上海和长江一带活跃的情形。因为我对他们是保守秘密的。但是刑事都知道了。……

中共一大代表周佛海(前右)与家人合影,他的儿子周幼海(后左)秘密加入中国共产党

[1]《周佛海先生言论集》,上海中央税警学校1941年版。

1924年5月,周佛海受戴季陶之邀,从日本来到广州,出任国民党中央宣传部秘书。同时又兼任广东大学教授。当年,戴季陶与周佛海一起进出渔阳里,高谈阔论共

产主义，如今也成了国民党中央宣传部部长。

随着社会地位的改变，周佛海看准了国民党，以为在国民党里仕途通达，远远胜过共产党。

这样，1924年9月，周佛海提出脱离中国共产党。当时中国共产党广州区执委的负责人周恩来亲自劝说周佛海，亦无效果。周佛海写下一信，声言脱离中国共产党。这样，中国共产党中央执行委员会同意了他的脱党要求。

周佛海脱离中国共产党之后，迅速转向反共。他追随戴季陶，从1925年下半年开始，发表一系列反共文章，公开表明他与中国共产党决裂。

借助于戴季陶的力荐，周佛海得到蒋介石的垂青，于是在宦途上青云直上。1927年，他担任国民党中央陆军军官学校政治总教官、总司令部政治部主任。1931年，当选为国民党第四届中央执行委员会委员。此后历任国民党中央民众训练部部长、国民党中央宣传部代理部长、蒋介石侍从室第二处副主任。

在汪精卫出任行政院院长后，周佛海又日渐与汪精卫接近。

1938年12月，周佛海随同汪精卫一起叛离重庆。翌年5月，他随汪精卫、梅思平前往日本同平沼内阁会谈。回来后，他出任汪伪国民党中央执行委员会常务委员。1940年3月，当汪伪国民政府成立后，周佛海历任财政部部长兼警政部部长、中央税警总团总团长、清乡委员会副委员长、新国民运动促进委员会副委员长。在汪精卫死后，周佛海任行政院副院长兼上海市市长。

1940年，周佛海在向上海税警学校的青年们演说时，曾"现身说法"，谈及自己怎样加入中共、怎样成为中国共产党一大代表以及如今的"追悔"之情。他说[1]：

> 我因为和毛泽东同乡，所以二人同住在一个私立女学校的楼上。一连开了六天会，最后一天，为法国巡捕所包

[1]《周佛海先生言论集》，上海中央税警学校1941年版。

围，几乎全部都被捉去。第二天，我们便都到嘉兴，雇了一只船，开到南湖中间，开最后一次会。结果推举陈独秀为委员长，我为副委员长。张国焘为组织部长，李达为宣传部长。在陈独秀没有回上海之前，我便代理委员长。中国共产党，便这样的在一只小船中，正式成立了。现在回顾起来，真和做梦一样。当时万万想不到我们几个年青的学生，会闹出这样的大乱。二十年来，流了多少血，死了多少人，烧了多少乡村，破坏多少城市，损伤国家多少元气，都是我们几个青年学生，种下的祸根。我现在想起来，真对不住国家，对不住人民。国家弄到现在这样危险恶劣的情形，我们不能单责军阀和官僚，当时在嘉兴南湖的小船中的几个青年，也要负很大的责任的。……

周佛海这番"自责"之言，充分表现了他在政治舞台上的高超"演技"：从中国共产党发起人转为反共猛士。

周佛海此人，精于政治投机。1944年，眼看着日本大势已去，汪伪政权危在旦夕，他暗中又与蒋介石眉来眼去，表示愿为重庆方面"效劳"。

正因为这样，1945年8月16日，在南京伪国民政府宣布解散的当天晚上，周佛海挂出了"国民党军事委员会京沪行动总队南京指挥部"的牌子，声言效忠蒋介石，气得他的"老朋友"陈公博骂他"卖友求荣"！

8月20日，周佛海被蒋介石任命为国民党军事委员会上海行动总队司令。周佛海兴高采烈，从大汉奸摇身一变，变成国民党大员。

周佛海自以为得计，却高兴得太早。他毕竟早已是臭名昭著的大汉奸，怎能如此遮掩而过？才当了一个月的"总队司令"，在强烈的舆论谴责下，不得不由戴笠出面，把他暂且软禁于重庆。后又移交南京监狱。

陈公博被枪决之后，周佛海也被推上历史审判台。1946年11月7日，国民党首都高等法院判处周佛海死刑。周佛海不服，请律师辩护，声称他当年曾为重庆方面做了大量"地下工作"。

如此这般，如一幕闹剧演至翌年3月26日，蒋介石发布《准将周佛海之死刑减为无期徒刑》，认为周佛海确实为重庆方面做过"贡献"。周佛海终于保住了脑袋。

不过，才略微喘了一口气，周佛海心脏病日重。1948年2月28日，他病死于南京老虎桥监狱，终年五十一岁。

维经斯基花甲之年病逝莫斯科

维经斯基和马林交替着在中国工作：

维经斯基先来中国，帮助各地建立共产主义小组。他回苏俄后，马林前来中国，帮助中国共产党召开一大。

值得提到的是，中共一大曾计划在1921年5月召开。为此维经斯基在1921年4月第二次来华，参加原定5月举行的中共一大。因他在路上遇到麻烦而返回，中共一大也没有如期召开。他在1921年5月返回莫斯科。在那里，他负责起草了共产国际执委会主席团通过的《关于中国民族解放运动和国民党的议决》。

中国共产党二大召开时，马林和维经斯基都在莫斯科。

马林参加了中国共产党三大，然后于1923年10月离华赴苏。

维经斯基奉共产国际之命来华，接替马林，出席了中国共产党四大和五大。

维经斯基穿梭一般，往来于中苏之间：

1923年11月离开莫斯科，1924年4月来到北京、上海，7月又返回莫斯科。

1924年11月来华，1925年2月返苏。

1925年7月来华，1926年1月返苏。

1926年6月来华，1927年6月返苏。

维经斯基先后六次来华，沟通了共产国际和中国共产党之间的联系。他比马林在华的工作时间更长，是共产国际内的"中国通"。对于中国共产党的创建和壮大，维经斯基做出了很大的贡献。

其中，特别是1926年6月至1927年6月，维经斯基在中国工作了整整一年。1926年4月27日，共产国际决定在上海秘密成立共产国际执委会远东局，维经斯基任局长。6月维经斯基来华之后，作为共产国际执委会代表，进入中共中央委员会，参加中共中央的日常工作。

维经斯基态度谦和，中国共产党领导人跟他的合作关系是比较好的。

他写了大量的文章在苏俄、在中国发表。他是架在共产国际与中国共产党之间的一座桥梁。

在1927年"四一二"政变之后，维经斯基被共产国际看成在工作中犯了重大错误，而他本人也主动提出离华回国，要求莫斯科派出"一名有影响的代表到中国来指导整个政策"。这样，维经斯基在1927年6月调离了中国。

回国后，维经斯基不再在共产国际工作。他担任了全俄农业合作社园艺中心副主席。

1930年，维经斯基经过反思，在《中国问题》杂志第四、五期上发表了他的检讨，即《关于中国共产党在1925—1927年革命中的错误问题》。

维经斯基认为，"陈独秀的错误是不久前才成立的殖民地国家年轻共产党所犯的错误"，"对中国共产党所犯的错误我要承担很大的责任，要承担比中国共产党领导更大的责任"。对于陈独秀所犯的错误，他检讨说："应当说，我对陈独秀的观点和方针的态度当然是错误的，是调和主义的……"

此后，在1932年至1934年，维经斯基担任过红色工会国际太平洋书记处书记。

在1935年，他作为特邀代表，出席了共产国际五大。

也就在这一年，他被授予经济学博士学位，成为教授。

从此，维经斯基长期从事教育工作。

不过，他仍时时关心着中国和中国共产党，写下许多关于中国的文章。

1947年，苏联莫斯科东方出版社出版了维经斯基所著的《关于现代中国历史的讲演（1918年—1924年）》一书。

1950年，莫斯科《真理报》出版社出版了他的《争取国家独立和民主斗争中的中国共产党》一书。

1953年，在《莫斯科东方科学研究所文集》第七期发表了他的《论东方国家的人民民主制度》一文。

也就在这一年，维经斯基病逝于莫斯科，终年六十岁。在马林、尼科尔斯基和他三人之中，唯有他属"正常死亡"，寿终正寝。

"理论界的鲁迅"——李达

没有一名中国共产党一大代表死于20世纪50年代。

1966年8月，火炉般的武汉，一位名叫"李三"的老人在遭到十几万人大会的"声讨""批斗"之后入院医治，病危时，血压降到90/50毫米汞柱，高烧持续不退，大小便失禁，终于在1966年8月24日走到人生的终点，终年七十六岁。

"李三"是在他病危时不得不被送进医院的化名，意即"李达三家村"！

那时，自姚文元挖出个北京的"三家村黑店"——邓拓、吴晗、廖沫沙之后，全国各地纷纷挖"三家村"。在武汉大学，挖出了由武汉大学校长李达、党委书记朱劭天、副校长何定华组成的"三家村黑帮"，又称"李达三家村"。李达被称为"反党反社会主义反毛泽东思想的资产阶级代表人物……"

对于中国共产党来说，李达是建党元老之一。中国共产党一大，便是由李达和李汉俊这"二李"负责筹备召开的，而且他是中国共产党一届中央宣传主任。中国共产党二大，是在他家中召开的……

李达在中国共产党二大上，便声言不再担任中国共产党中央宣传主任。他与陈独秀不和。然而，他与毛泽东甚为默契。中国共产党二大前夕，他应毛泽东之邀，到湖南自修大学讲授马列主义。中共二大之后，他干脆和妻子王会悟带着出生不久的女儿李心怡回到湖南，与毛泽东一家一起住在清水塘。李达担任了湖南自修大学校长。

1923年秋，李达正式脱离了中国共产党。据李达自述，原因有三：

一、当时党内的人多注重实际，不注重研究，并有"要求马克思那样的实行家，不要求马克思那样的理论家"的警句。李达自认为对革命实际工作不够积极，但为革命做理论研究与传播，即是对党的贡献。

二、对中国共产党三大决定全体共产党员以个人名义加入国民党以求建立各民主阶级统一战线的方针"想不通"，"不愿意做国民党员"。

三、不堪忍受陈独秀的家长作风。

李达脱离中国共产党，是他一生中的憾事。不过，他脱离中国共产党的原因，与陈公博、周佛海截然不同。

1927年9月3日，汉口《国民日报》曾刊载湖南李达声明"鄙人脱离共产党已有四年"。因此，李达脱离中国共产党的时间，确实在1923年秋。

李达是学者型人物。他脱离中国共产党之后，在湖南大学担任教授，主讲马克思主义社会学。1926年6月，他的哲学专著《现代社会学》出版。

1926年北伐军攻克武汉，应邓演达之邀，李达出任中央军事政治学校代理政治总教官、国民革命军总司令部政治部编审委员会主席。

1927年3月，李达又受毛泽东之聘，在毛泽东主办的中央农民运动讲习所任教。

虽然李达已脱离中国共产党，但是1928年的《湖南清乡总报告》仍称李达是"著名共首，曾充大学教授，著有《现代社会学》，宣传赤化甚力"。

此后，他在武昌、上海、北京、湖南、广西等地的大学里任教，仍教唯物主义哲学。

1930年夏,李达在上海参加了左翼社会科学家联盟。

他埋头于著述,写出三部重要理论著作,即《辩证法唯物论教程》《经济学大纲》《社会学大纲》。这三本书,毛泽东都仔细读过,其中《社会学大纲》读了十遍!

他在著书、教书中,度过那漫长、孤寂、艰辛的岁月。他称,这些日子中,他在"守寡"。

1948年初,李达忽地收到中国共产党华南局转交的一封毛泽东的信,那信使他欢呼雀跃。那是一封用暗语写成的非常巧妙的信[1]:

吾兄系本公司发起人之一,现公司生意兴隆,望速前来参与经营。

这"本公司",显然是中国共产党的代称。毛泽东仍记挂着这位"本公司发起人"。

李达于1949年4月16日深夜离开长沙,先去香港,再坐船北上,抵达天津,终于在5月14日到达北平。毛泽东派人在车站迎候他的到来。

5月18日,毛泽东在北平香山家中与李达长谈。他仍称李达为"鹤鸣兄"。

经刘少奇介绍,毛泽东、李维汉、张庆学等作为历史证明人,李达于1949年12月经中国共产党中央批准,重新加入中国共产党,从此结束了"守寡"的日子。

李达仍希望从事教育工作。这样,他先是被任命为湖南大学校长,后来调往武汉大学任校长。

李达写出了《〈实践论〉解说》和《〈矛盾论〉解说》两书,宣传毛泽东思想。

1956年7月,时任武汉大学校长的李达去看望在武昌东湖宾馆下榻的毛泽东,毛泽东当面评价李达说[2]:

[1] 王元慎,《此身莫向沟中殒——李达与毛泽东》,《中华英烈》1988年第三期。
[2] 汪信砚,《"理论界的鲁迅"李达》,《光明日报》2017年9月11日。

> 你是黑旋风李逵。但你可比他李逵还厉害,他只有两板斧,而你鹤鸣兄却有三板斧。你既有李逵之大义、大勇,还比他多一个大智。你从"五四"时期传播马克思主义算起,到全国解放,可称得上是理论界的"黑旋风"。胡适、梁启超、张东荪、江亢虎这些"大人物",哪个没有挨过你的"板斧"?

毛泽东还说[1]:

> 你就是理论界的鲁迅,我一直就是这么个看法!

毛泽东的几句话,可以说是对李达一生的高度评价。

中国共产党那位"理论权威"康生,深知李达与毛泽东的密切关系。1958年,康生来到武汉大学时,拉着李达的手,甜蜜蜜地说:"李达同志是我的老师,我是他的学生。"

可是,在"文革"大幕拉开之后,1966年7月28日康生却在高等教育部接见群众,宣称:"现在清楚了,李达开除了党籍,他是叛徒,对毛主席是刻骨仇恨的,他们有那么一帮……"

林彪也点了李达的名。

于是,李达变成了"李三"。

武汉召开十几万人大会,批斗李达。

1966年7月16日,毛泽东在武汉畅游长江的消息传遍了武汉。李达在隔离室里写了一短笺,央求武汉大学的"文革"工作队转交毛泽东。李达写道:

> 主席:我有难,请救我一命。李达顿首七月十九日

可是,李达这一短笺没有被直接送到正在武汉的毛泽东手中,而是层层拖延却又不敢不送,直至二十多天之后

---

[1] 汪信砚,《"理论界的鲁迅"李达》,《光明日报》2017年9月11日。

才送到北京，送到毛泽东手中。

这时，李达已经遭到十几万人的大会批斗。8月13日，李达在批斗之后摔倒在地，不省人事。直至8月22日李达才被送进医院。

1966年8月24日，李达含冤而逝，终年七十六岁。

1980年11月，中共中央书记处批准中共湖北省委的决定，为李达平反昭雪，恢复中共党籍。

1993年10月20日18时25分，李达夫人王会悟病逝于北京，享年九十五岁。

1996年9月12日，经中共中央组织部批准，李达的骨灰由武汉九峰山迁至北京八宝山安葬。

年逾九旬的王会悟回忆往事

董必武"九十初度"而逝

九十光阴瞬息过,
吾生多难感蹉跎。
五朝敝政皆亲历,
一代新规要渐磨。
彻底革心兼革面,
随人治岭与治河。
遵从马列无不胜,
深信前途会伐柯。

这首《九十初度》,写于1975年3月5日——这天是董必武九十虚岁生日。他正在病中。

就在他写完这首诗的几天之后,病情转重。正在广州的他,急急地被用飞机送回北京。出了机场,轿车直奔北京医院,住进新盖的北

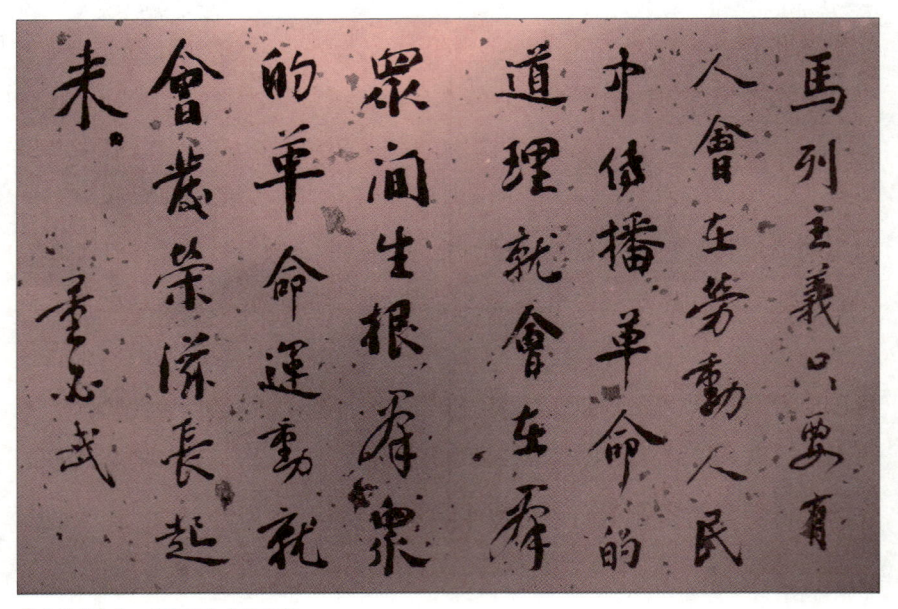

董必武为中共一大会址纪念馆题词

楼高干病房。

自知不起，董必武对守在身边的夫人何芝莲叹道："我这部机器的零件看来已经老了，怕运转正常很困难了。"

半个多月之后，中央人民广播电台播出了哀乐声。播音员以沉痛的语调宣布不幸的消息：

伟大的马克思主义者、杰出的无产阶级革命家董必武同志，因肝癌不治，于1975年4月2日晨七时五十八分，与世长辞。……

在中国共产党一大代表之中，能够成为中国共产党领袖，从20世纪20年代直至70年代的，唯有毛泽东和董必武两人。

董必武走过了漫长的历史之路：

中国共产党一大之后，他是中国共产党武汉区委执行委员。

国共合作时期，他是国民党湖北省党部执行委员。他曾作为国民党湖北省党部代表，出席国民党二大，当选为国民党候补中央执行委员。

1927年12月，他的挚友李汉俊、詹大悲惨死于武汉。董必武成为蒋介石、汪精卫追捕的目标。在袁范宇弟兄的帮助下，在那月黑风高的时刻，他化装成水手从武汉乘船到上海，前往日本。他刚刚离去，他在武汉的寓所便被查抄，外甥张培鑫被杀害。

在日本，董必武与林伯渠、刘伯垂会合。半年之后，他由海参崴来到莫斯科，成为中国共产主义劳动大学特别班的学生。他的同学之中，有徐特立、吴玉章、林伯渠、何叔衡、叶剑英等。此后，他又转入列宁学院学习。已经步入不惑之年的他，以"老学生"的姿态孜孜于学习之中。

1932年3月，董必武离开莫斯科，秘密回国。经过漫长的旅行，他在中秋节到达江西红都瑞金。从此，他一直与毛泽东共事。

他最初的职务是红军大学上级干部队政委。不久，出任中国共产党中央党校校长、中华苏维埃中央执行委员兼最高法院院长。

难能可贵的是，当他年近半百之时，参加了举世闻名的二万五千里长征。

来到延安之后,他任中国共产党中央党校校长。在1938年中国共产党六届六中全会上,他被增补为中国共产党中央委员。

在20世纪40年代,董必武两度成为新闻人物:

一是1945年4月,他作为中国共产党代表参加了中国代表团,飞往美国旧金山,出席联合国成立大会。他在联合国宪章上签了字。

二是他从美国回来,便被任命为中国共产党代表团成员,在团长周恩来率领下,与国民政府进行谈判。

中华人民共和国成立之后,董必武任政务院副总理、最高人民法院院长、全国政协副主席、中华人民共和国副主席、代主席、全国人民代表大会常务委员会副委员长;担任中国共产党第六至第十届中央委员、中央政治局委员,第十届中央政治局常委。

在"文革"中,这位中国共产党元老遭到林彪、江青集团排斥、迫害。1968年春末夏初,他不得不迁出中南海,住在北京六部口附近的一个院子里。

他和朱德、陈毅等,被加上可怕的莫须有的罪名:所谓"另组中国马列共产党""里通外国"……

1969年,董必武被"疏散"到广州。

终于,1971年9月13日,林彪"折戟沉沙",覆灭于蒙古温都尔汗。

董必武欣然命笔,赋诗一首:

盗名欺世小爬虫,
以假乱真变色龙。
日照原形终必露,
岿然牯岭孰能冲。

1975年1月13日,第四届全国人民代表大会在北京举行。虽然已九十高龄,又身患重病,董必武还是坚持出席了会议。他被选为全国人大常委会副委员长。这是他最后一次参加重大的国事活动。

董必武与毛泽东自始至终有着很好的友情。毛泽东总是称他为"董老"。

毛泽东离席震撼世界

1976年9月9日中午,中央人民广播电台反反复复播送"下午三时有重要广播",人们便众说纷纭,猜测着即将发布的是什么重大新闻。

下午三时,中央人民广播电台播出了哀乐,用低缓的声调宣告:

> 我党我军我国各族人民敬爱的伟大领袖、国际无产阶级和被压迫民族被压迫人民的伟大导师、中国共产党中央委员会主席、中国共产党中央军事委员会主席、中国人民政治协商会议全国委员会名誉主席毛泽东同志,在患病后经过多方精心治疗,终因病情恶化,医治无效……

毛泽东在9月9日零时十分与世长辞,享年八十三岁。

巨人离席,世界震惊。一百二十三个国家政府发来唁电。三十多个国家和政党举行追悼大会。在中国,三十万人列队走过他的灵柩,向他遗体告别。百万人聚集天安门广场,举行追悼大会。全国九亿人民,向他致哀……在所有中国共产党一大代表之中,唯有毛泽东去世引起的人们的心灵震动最为强烈。

毛泽东在中国共产党一大上,含而不露。诚如刘仁静在1979年3月答复中国共产党党史研究者关于"毛主席在'一大'会议上发言的内容是什么"所说的[1]:

> 在"一大"会议上,毛主席很少发言,但他十分注意听取别人发言。毛主席在北大图书馆当办事员时,就与我认识了,我当时觉得他对报纸很重视,无论什么报纸他都

[1]《"一大"前后》(二),215页,人民出版社1980年版。

看，不管是反动的或进步的报纸。嘉兴南湖会议结束后，毛主席曾对我说，你今后要多做实际工作。他对我讲这句话，可能与他当时是搞实际工作并在实际斗争中研究马列主义有关系，也可能是认为我在"一大"的发言有点夸夸其谈。

毛泽东后来形象地称中共一大的会址——上海望志路上的李公馆，是"中国共产党的'产床'"。

在中国共产党一大上，毛泽东与马林没有什么个人接触。但是，没多久，毛泽东便给马林留下了印象，诚如马林1935年与美国教授伊罗生谈话时回忆当初道[1]：

> 另外还有一个很能干的湖南学生，他的名字我想不起来了。

这个"能干的湖南学生"，便是毛泽东。

马林与毛泽东在1923年夏作过直接交谈。正因为这样，迄今在荷兰的马林档案中，存有一份当时的记录《与毛泽东同志的一次谈话》。毛泽东赞同、支持马林关于国共合作的战略。这样，毛泽东在中国共产党三大上，当选为五位中央委员之一，并兼任中国共产党中央局秘书，这是毛泽东第一回在中国共产党中央担任显要职务。

紧接着，在国民党一大上，毛泽东当选为候补中央执行委员。不久，还成为国民党中央宣传部代理部长。

毛泽东重视农民运动。1926年11月，他出任中国共产党中央农民运动委员会书记。对于中国共产党来说，1927年是一场严格的考试。陈独秀在这场考试中"不及格"，从此失去了他在党中央的领导地位。

毛泽东却在这场考试中获优，他领导了湖南农民的秋收起义，进军井冈山，从此走上了武装斗争的道路。

1935年1月，中国共产党中央政治局在长征途中召开的遵义会议，确立了毛泽东在红军和党中央的领导地位。

---

[1] 《马林在中国的有关资料（增订本）》，25页，人民出版社1984年版。

从此，毛泽东成为中国共产党的领袖，直至他病逝，达四十一年之久。

毛泽东在遵义会议上，当选为中国共产党中央书记处书记，而中国共产党中央书记处总书记为张闻天。严格来说，当时毛泽东尚未成为中国共产党第一号人物。此后不久，在长征行军途中，组成毛泽东、周恩来、王稼祥三人指挥小组，毛泽东成为红军最高指挥官。

毛泽东在中国共产党的领袖地位，在组织上得以确立，那是1943年3月20日，在延安举行中国共产党中央政治局会议。会议通过《中共中央关于中央机构调整及精简的决定》，设立中央政治局主席一职。毛泽东被推选为中央政治局主席。另外又决定中国共产党中央书记处由毛泽东、刘少奇、任弼时三人组成，亦设一主席。毛泽东担任书记处主席。这样，毛泽东身兼政治局主席、书记处主席两职，成为中国共产党领袖。"毛主席"之称，便始于此时。

自1945年中国共产党七大起，中国共产党设立中央委员会主席一职。毛泽东被推选为中国共产党中央委员会主席，一直任职至他去世。

1949年9月30日，中国人民政治协商会议第一届全体会议选举毛泽东为中央人民政府委员会主席。

1954年，第一次全国人民代表大会召开，通过了《中华人民共和国宪法》。宪法规定，设立中华人民共和国主席。毛泽东当选为中华人民共和国第一任主席。1959年，在第二次全国人民代表大会上，毛泽东希望集中精力考虑重大问题，大会选举刘少奇为中华人民共和国第二任主席。

此后，毛泽东的职务一直是中国共产党中央委员会主席兼中国共产党中央军委主席。

对于中国共产党来说，毛泽东是第一位成熟的领袖。当年围坐在李公馆大餐桌四周的十五位代表之中，毛泽东对于中国共产党、对于中国的贡献是最大的。

毛泽东是中国现代史上的伟人。即便是他的政敌，也无法否认这样的客观事实：毛泽东深刻地影响了中国20世纪的历史进程。

毛泽东成功地领导中国共产党战胜了蒋介石，建立了中华人民共

毛泽东在莫斯科大学给中国留学生讲话

和国。紧接着，他又领导中国共产党进行社会主义革命和建设。

毛泽东是一位久经风霜的政治家，也是一位深谙韬略的军事家——虽然他没有军衔，但是他实际上堪称大元帅。他不愿意像斯大林那样给自己授大元帅之衔。

毛泽东是一位深邃广袤的思想家，一位勤于笔耕的著作巨匠。以他的名字命名的"毛泽东思想"，被视为马列主义在中国的运用和发展，成为中国共产党的指导思想。就他的思想影响而言，远远超出了中国共产党，而且超出了20世纪。

他也有明显的失误。如同邓小平所说："总起来说，1957年以前，毛泽东同志的领导是正确的，1957年反右派斗争以后，错误就越来越多了。"[1]

毛泽东晚年的严重失误，便在于发动了"文革"。

邓小平说了一句非常生动的话："毛泽东同志的错误在于违反了他自己正确的东西。"[2]

关于毛泽东，中国共产党十一届六中全会通过的《关于建国以来党的若干历史问题的决议》，做出了对他的一生的评价：

> 毛泽东同志是伟大的马克思主义者，是伟大的无产阶级革命家、战略家和理论家，他虽然在"文化大革命"中犯了严重错误，但是就他的一生来看，他对中国革命的功绩远远大于他的过失。他的功绩是第一位的，错误是第二位的。他为我们党和中国人民解放军的创立和发展，为中国各族人民解放事业的胜利，为中华人民共和国的缔造和我国社会主义事业的发展，建立了永远不可磨灭的功勋。他为世界被压迫民族的解放和人类进步事业作出了重大的贡献。

陈望道脱党又重新入党

1977年10月20日，上海高干医院——华东医院里，正在供应晚餐。晚餐是可口的馄饨。一位八十七岁高龄的瘦弱病人才吃了一颗馄饨，便吐了出来。他摇摇头，轻声对守在床前的曾是他的研究生陈光磊[3]说道："我吃不下。"

他躺了下来。护士走进来收拾盘碗。当护士离去时，他忽地伸出手来轻轻挥动，仿佛向她致谢、告别——这是他入院后从未有过的动作。

就从这个晚上开始，他的病情恶化了，再也说不出话

[1]《邓小平文选（1975—1982）》，258—259页，人民出版社1983年版。
[2] 同上，262页。
[3] 1990年4月8日叶永烈在上海采访陈光磊谈陈望道。

来。医院的大夫、护士日夜轮流看护着他……

他便是当年《共产党宣言》第一个中译本的译者陈望道，中国共产党最早的党员之一。

陈望道曾与陈独秀有过密切的合作。陈独秀1920年底去广州时，委托陈望道主持上海《新青年》编辑工作。然而，没多久，陈望道与陈独秀之间，发生了激烈的争执。其中的缘由，如同邓明以的《陈望道》一文所写的那样[1]：

> 正当陈望道等积极参与筹备召开党的"一大"之时，为审批组织活动经费一事，陈独秀和李汉俊发生了争执。据李达回忆说："李汉俊写信给陈独秀，要他嘱咐新青年书社垫点经费出来，他复信没有答应，因此李汉俊和陈独秀闹起意见来。"不料这一争执竟牵连到陈望道身上。陈独秀曾蛮横地到处散发书信，诬称李汉俊和陈望道要夺他的权。如尚在日本留学的施存统，在接到陈独秀的信后，信以为真，竟然为此感到疾首痛心。于是便给李汉俊写了一封措辞十分激烈的谴责信，把李、陈二人大骂了一通。陈望道见到施的这封来信顿时火冒千丈，认为"陈独秀此举实在太卑鄙了"（引自陈望道1951年写的思想小结）。于是他坚持要求陈独秀对事实予以澄清，并向他公开道歉。但陈独秀不肯这样做。陈望道一气之下，就表示今后不愿再接受陈独秀家长式的统治，提出脱离组织的请求，并因此而未去出席党的第一次代表大会。陈望道虽然没有出席党的"一大"，但当时也没有脱离党的组织。

1921年11月，上海成立中国共产党上海地方委员会，陈望道担任第一任书记（又称委员长）。

但是，陈望道仍不满于陈独秀家长式作风，再度要求退出中国共产党。中国共产党曾派茅盾劝说当时要求退党的邵力子、沈玄庐、陈望道三人。

---

[1]《中国共产党党史人物传》，第25卷，陕西人民出版社1985年版。

茅盾回忆道[1]：

党组织又决定派我去向陈、邵解释，请他们不要退出党，结果邵同意，陈却不愿。他对我说："你和我多年交情，你知道我的为人。我既反对陈独秀的作风而要退党，现在陈独秀的家长作风依然如故，我如何又取消退党呢？我信仰共产主义终身不变，愿为共产主义事业贡献我的力量。我在党外为党效劳也许比党内更方便。"

从此，陈望道脱离了中国共产党。

陈望道投身于教育事业、文化事业和学术研究。他担任中国共产党创办的上海大学中文系主任。1927年后，任复旦大学中文系主任。他参加左翼文化运动，与鲁迅有着密切交往。1934年9月他在鲁迅支持下，创办进步刊物《太白》。他从事修辞学研究，于1932年出版了开山之作《修辞学发凡》。

新中国成立后，陈望道被任命为复旦大学校长。他以民主人士的身份，出现于各种社会活动之中。

他担任中国民主同盟中央副主席兼上海市委员会主任委员。1960年冬起，他担任修订《辞海》的总主编。

他毕竟是中国共产党最早的党员之一，总希望有朝一日回到中国共产党。特别是1956年元旦，毛泽东在上海会见了他这位老朋友，谈起往事，更使他强烈地希望重返中国共产党。

陈望道向中国共产党上海市委透露了自己的要求。

陈望道的身份、资历非同一般中国共产党党员。他要求重新入党，不是中国共产党上海市委所能决定的。

逐级向上请示，最后把报告送到了中国共产党中央主席毛泽东那里。

毛泽东主席了解陈望道的历史和为人。他说"陈望道什么时候想回到党内，就什么时候回来。不必写自传，不

---

1. 茅盾，《我走过的道路》（上），人民文学出版社1981年版。

20世纪50年代，陈望道担任上海复旦大学校长。右起：陈望道，苏步青，谈家桢

必讨论。可以不公开身份"。[1]

就这样，陈望道于1957年6月，由中国共产党中央直接吸收他为中国共产党党员。

陈望道重新入党之后，没有公开中国共产党党员身份，仍以非中国共产党人士的面目参与社会活动。直至1973年8月，他作为中国共产党十大代表出席会议，他的名字出现于代表名单之中，人们才惊讶地得知他是中国共产党党员。

儿子陈振新回忆说[2]，父亲一生有三大爱好，读书、散步、喝茶。

陈望道是酷爱读书之人，所以不断添置新书。他买书，以文史类居多。

他每天晚上都要在复旦大学的校园里散步，顺便到校园各处走走，了解情况。

陈望道喜欢淡雅清香的龙井绿茶，但每次只要儿子买一二两，用毕再买，以求茶叶新鲜。

[1] 这是毛泽东话的大意。陈光磊1990年3月18日与笔者谈话时，回忆陈望道生前曾告诉过他这一段毛泽东的话。

[2] 1990年11月8日叶永烈在上海采访陈望道之子陈振新。

对于陈望道来说，沉重的一击发生在1964年：爱妻蔡葵因患脑瘤，撒手西去。

蔡葵比陈望道年轻十岁，却先他而逝，陈望道陷入无言的痛苦之中。

紧接着，"文革"开始，陈望道更加忧心如焚。

这两桩事使他老态骤增，精神大不如前。他在极度的孤寂之中，仍日坐书城，埋头学问，致力于修辞学研究。儿子陈振新和儿媳朱良玉细心照料着他的生活。

"文革"之初，陈望道在复旦大学曾遭到大字报的猛烈攻击，说他"执行修正主义教育路线"等等。北京大学校长陆平蒙尘，他作为复旦大学校长亦受重炮猛轰。据云[1]，周恩来指示上海要保护三个人，即宋庆龄、金仲华和陈望道，提及陈望道是《共产党宣言》译者。这样，陈望道也就不大受到"炮轰"。

他的体质颇好。他自幼练过武功，据云，徒手可对付三四个未曾学过武术的人，有一棍子则可对付十来个人。陈光磊是他在新中国成立后招收的第一个研究生。据陈光磊回忆[2]，陈望道曾叮嘱过他："我睡着时，有急事，你只可喊我，不可用手拉我。"原来，他睡觉时，总是双手握拳于胸前，谁拉他一下，他会"条件反射"，那拳头就会在睡梦中"出击"！

往常，他若不慎跌跤，用一只手轻轻一撑，便会一跃站正，然而在1968年，有一天参加"抗大清队学习班"（"抗大清队学习班"，指用延安抗日军政大学那种精神、作风去"清理阶级队伍"），他在复旦大学教学楼前滑倒而起不来，便叹道："功散了，体力大不如前了！"

除了儿子、儿媳精心照料陈望道之外，他的学生们，也细心照看着他。他家在二楼，楼下便是语言研究室，是他的学生们工作的地方。

他年轻时，性格异常急躁，雅号曰"红头火柴"。历经

[1] 1990年11月8日叶永烈在上海采访陈望道之子陈振新。

[2] 1990年4月8日叶永烈在上海采访陈光磊。

陈望道和他的学生们

磨难，他变成了"黑头火柴"，变得"安全"起来。人们尊称他为"陈望老"，雅号"城隍佬"。

老人怕跌。自从他"功散了"之后，他在家中又跌了一次。晚年，他不得不三天两头住进医院。但是，他的头脑仍很清楚，思维很有条理，仍能清楚地与人谈话。

晚年，他仍嗜茶。每天清早起来的头一件事，便要陈振新为他沏一杯茶。他的饭量很小，每餐吃浅浅的一碗饭，喜欢吃鱼饼、葱花油煎老豆腐。在华东医院里，倘若菜单上有鱼饼，他必定点这个菜。

陈振新告诉笔者，陈望道一年到头，总穿中山装，冬日呢中山装，夏天派力司中山装，领子破了还在穿，只有接待外宾时才换上那身"礼服"。他向来喜欢穿船形皮鞋，不用系鞋带，省时间，方便。

自知不起，他悄然写下遗嘱给儿子，希望能把两个可爱的小孙子好好带大；希望儿子能争取入党。他还说，自己教了一辈子的书，没有什么遗产留给子女。他的财产是书。考虑到儿子是学电子工程的，而他的藏书大都是社会科学方面的，他嘱咐儿子在他故后把图书献给学校……

自1977年10月20日晚病危之后，他变得气短、气急，不能言语。经过医生抢救，呼吸一度恢复正常。双眼能够睁开，见到前来看望的熟人尚能颔首致意。

毕竟已是八十七岁高龄。正常的呼吸维持不了多久，又转急了。

医生们全力抢救，给他进行人工呼吸。

抢救进行了一个多星期。1977年10月29日凌晨四时，他的心脏停止了跳动。

1980年1月23日，中国共产党上海市委为陈望道举行了隆重的追悼会。他的骨灰盒上覆盖着中国共产党党旗。

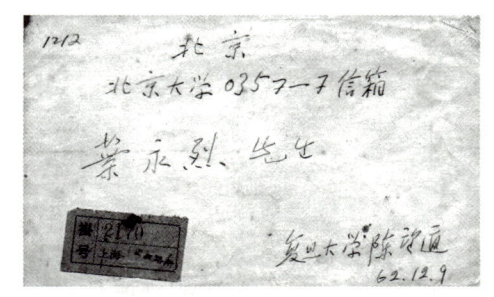

1962年12月9日陈望道亲笔复函叶永烈

去世之后，他的遗著由上海人民出版社分四卷出版——《陈望道文集》。其中第四卷为译著及有关翻译的文章。他的《共产党宣言》中译本收入了第四卷。

陈望道先生关心青年，诲人不倦。笔者二十二岁时，在北京大学读五年级（当时北京大学理科六年制），曾去信向他请教一些问题，承他在1962年12月9日亲笔复信，令我非常感动。这封信收入《陈望道文集》第一卷。

2005年5月，为了纪念复旦大学建校一百周年，复旦大学在上海青浦福寿园陈望道、蔡葵墓前，矗立起陈望道、蔡葵铜像。蔡葵坐着，陈望道则站立于蔡葵一侧。铜像高一点六米，连基座高达二米。

"栖梧老人"原来是包惠僧

1957年7月1日出版的《新观察》杂志，刊载了署名"栖梧老人"的《中国共产党成立前后的见闻》一文，马上引起了海外的注意。

这篇文章是以当事者亲历的笔调，记述了中国共产党的诞生。显然，作者是中国共产党最早的党员之一。

外国研究中国共产党党史的专家们当即把此文看作是研究中国共产党一大的重要新文献。他们在写作论文时，引述了这篇文献，并注意到以"栖梧老人"名义发表的其他著作。

道夫·宾在他的《对〈有关斯内夫利特战略的中文资料〉一文的答复》中指出[1]：

让我们首先来谈这个栖梧老人。1957年他写了四篇文章和一本书，从互相参照这些材料的内容来看，作者无疑就是包惠僧。周策纵教授和W.郭两人都证明了这一点。

这三位海外研究中国共产党党史的专家的分析、判断，完全正确："栖梧老人"，正是当年中国共产党一大代表包惠僧。

包惠僧不用真名而以笔名"栖梧老人"发表回忆文章，是因为他大有"行年五十而知四十九年之非"之感。

他是在1949年11月从澳门回到北京的。如他所言，最初，"我除了学习以外，甚么事也不敢做。谢觉哉部长常鼓励我写点'社会观感''人口问题'之类的文章，其他领导同志也鼓励我写有关革命历史的故事，我都不敢写。……"

他，新闻记者出身，写文章原是看家本领。他如此"不敢写"，是有着他的重重顾虑……

在中国共产党一大之后的最初几年，包惠僧的表现是不错的。他早先在上海参与编辑《劳动周刊》。自1922年起，他历任中国劳动组合书记部长江支部主任、中国共产党北京区委员会委员兼秘书，中国共产党武汉区委员会委员长。

1924年，他奉中国共产党之命加入国民党，出任黄埔军校政治部主任，与校长蒋介石共事。

此后，历任黄埔军校高级政治训练班主任、黄埔军校教导师党代表兼政治部主任、武汉新闻检查委员会主席、武汉中央军事政治学校筹备主任。1927年1月，出任独立第十四师（师长夏斗寅）党代表兼政治部主任。

在1927年"四一二"政变之后，包惠僧脱离了中国共产党。他在《包惠僧回忆录》中，是这样自述脱党的经过

[1]《中国季刊》第56期。

的（写于1966年4月11日）：

我约在（1927年）7月20日前后，奉共产党中央军委周恩来同志之命，到南昌待命，并准备接江西省军委工作。我先到南昌，周恩来同志后到，他告诉我："不必在江西作长久之打算，要随军南征。"派我任《前敌日报》主编。《前敌日报》没来得及成立，南昌宣布起义。

事有凑巧，我又病了，周恩来同志叫我在南昌暂时潜伏，如赶不上队伍，即到武昌去找组织。他给我写了介绍信，我在南昌一个表亲家里住了一个多月，才化装逃出南昌，到九江搭船回了我的故乡黄冈。当时白色恐怖遍地皆是，在乡下也住不下去，遂到武昌，也没有找到组织。武汉也呆不下去，即带着妻子逃到江苏高邮（妻家）暂行避难。在高邮住了两个多月，风声不好，才逃往上海。我会见了李达（他此时已脱党多年）、施存统、马哲民等。上海的情况很混乱，我遂和这些人一起走了失败主义的道路，消极脱党。

自从脱离中国共产党之后，包惠僧先是在上海卖文为生，办《现代中国》杂志，混了三年半。

1931年，借助于他与蒋介石在黄埔军校有过共事关系，当上蒋介石的陆海空军总司令部的参议。"九·一八"事变后，蒋介石任军事委员会委员长，任命包惠僧为军委秘书，兼任中央军校政治教官。

1936年，包惠僧由武官转为文官，任内政部参事。他在陈独秀临死前，去江津看望，那时便在国民政府内务部做事。1944年起，任内政部户政司司长。1947年改任内政部人口局局长。

1948年，蒋介石政府风雨飘摇，从南京撤往广州，包惠僧申请遣散，带着家眷到了澳门。在澳门住了半年之久。

包惠僧面临着抉择：去台湾？ 去北平？ 还是留在澳门？

他终于下了决心，回到当年的中国共产党朋友中去。

他给北平打了电报，表明自己的态度。

如他在回忆录中所写：

约一个星期，接到中国共产党复电，叫我回来。我于1949年11月回到北京。回北京第二天，董老（引者注：即董必武）请我吃饭。他对我说："你回来是党中央作出的决定。"同年12月25日，周总理请我到中南海吃饭。他同我见面之后，对我还是以老朋友相待，我们作了长谈。

周总理给我的礼遇和温暖，我几乎感激得流出泪来。1950年，我在革大（引者注：即"华北人民革命大学"的简称，当时设在北京颐和园附近）政治研究院学习一年，12月初毕业后即分配到内务部研究室任研究员。

据包惠僧夫人谢缙云回忆[1]，1949年包惠僧住在澳门柯高马路88号楼上。他在9月上旬，给周恩来发去电报，原文如下：

北京人民政府周总理恩来兄鉴：兄等以廿馀年之坚苦奋斗得有今日，良堪佩慰，尚望以胜利争取和平，以和平与民更始，吊民伐罪，天下归仁也。南天引颈，曷胜钦迟，一有便船，当来晤教。弟包惠僧叩。

抵京后，董必武见了包惠僧，埋怨他道："你那时做了国民党的官，就不要共产党的朋友了？！"

据云，那是包惠僧胆小，做了国民党的官，生怕特务耳目众多，不敢再与共产党老朋友来往，故董必武出此言。

不过，周恩来在重庆，曾去国民政府的内务部，会见部长张厉生。

那天，周恩来走出张厉生的办公室，见到包惠僧，向他表示过欢迎他归来之意。所以，后来他到了澳门，终于下定了决心给周恩来发去电报。

回到北京，周恩来接见包惠僧，在中南海勤政殿宴请，

[1] 1990年6月21日、22日叶永烈在北京采访包惠僧夫人谢缙云。

作了长谈后周恩来说道:"你过去不是一个普通的共产党员。你对党要有个交代。"

这样,周恩来安排包惠僧到华北人民革命大学学习。

在"革大",包惠僧开始清理自己的思想,改造自己的思想。他在学习中十分积极。有一回,学生们去种树,他这个"老学生"也参加了。在劳动中他晕倒,被抬到校医务室检查,查出心脏病,医生劝他回家休息。包惠僧说:"我回家,就不能完成周总理交给我的学习任务。"他在学校宿舍里养病、学习,一直坚持到毕业。

笔者见到了包惠僧的毕业证书:

毕业证书研字第0042号

学生包惠僧现年五十七岁,系湖北省黄冈县人。在本校政治研究院第二期第四班修业期满,准予毕业。此证。

校长刘澜涛

教育长侯维煜

1950年12月

作者在北京采访了包惠僧夫人谢缙云,她详细地回忆了中共一大代表包惠僧曲折的一生

谢缙云还拿出另两份证书,给笔者看。

其一:

1952年8月20日内务部第二十二次会议任命包惠僧为本部参事。

谢觉哉部长

就这样,包惠僧从国民党政府内务部局长,经过思想改造,转为

第七章·锤炼　493

共产党政府内务部参事。

其二：

任命包惠僧为国务院参事。

总理周恩来
1957年4月29日

在成为国务院参事之后，包惠僧的心境好了些，从"不敢写"到开始写回忆文章。他的笔名"栖梧老人"，出现在《新观察》上。

笔者问谢缙云，"栖梧"两字的含意是什么？她答道："包先生从澳门回到祖国大陆，觉得新中国如同一棵茂盛的梧桐，而他只是飞来栖息其间的一只小鸟。这笔名也反映出他的自卑心理。"

笔者又问及"惠僧"两字的来历，谢缙云说出了鲜为人知的原因："他本叫包悔生。跟董必武初识之后，董必武给他写信，写成了'包惠僧'。后来，他干脆就改用'包惠僧'——以至现在流传于世的名字，就叫'包惠僧'。"

1957年，包惠僧曾在国务院党外人士鸣放座谈会上，说过一些话。反右派之后，他沉默了一段时间。

他晚年的主要贡献，是为后人写下了近百万字的回忆录。他当过记者，又参加过中国共产党一大，而且参与中国共产党1927年7月前的一些重要活动，因此他的回忆录富有史料价值。尤其是关于中国共产党一大，他和张国焘两人是留下回忆文字最多的。虽然因事隔多年，包惠僧的回忆有一些不准确的地方，而且又明显地回避了某些问题，但他毕竟还是尽力做好这项工作——这是毛泽东关照中宣部让他做的工作。

在"文革"中，包惠僧受到了冲击。国务院参事室也人员复杂，各种来历者都有，有人贴了他的大字报。一个挂拐杖的参事，甚至用拐杖打了包惠僧的右腿。他病倒了，躺在家中。

扫"四旧"的风声正紧。在极度的痛苦之中，包惠僧生怕惹是生非，叫子女把陈独秀写给他的一百多封信，付之一炬！他原本是非常珍惜这些信件的，曾一一裱糊，装订成册，封面上题《陈仲甫先生遗墨》，还特地写了前言，以作永久保存。这些信化成了灰烬，再也无法重新得到了，包惠僧内心如煎如熬，痛苦不已……

他在病中熬过了那苦难的十年，心脏病不时发作。

1971年，大夫发现他的肚脐附近有个瘤，诊断为"腹主动脉瘤"。虽然大夫建议做切除手术，但他和家属考虑到他年事已高，身体衰弱，未动手术。

1979年7月2日，八十五岁的包惠僧早上起床后说腰痛，叫家属到北大医院去拿了点药。下午，他在家看文件。那时，全国政协开会，发了许多文件。

吃过晚饭后，他看电视。那天播映的是电视剧《伽利略传》。他觉得很枯燥，看不下去。于是，邀老邻居三人，在客厅打扑克。打到九点多，他忽然把扑克牌一甩，说腹部不舒服。他朝卧室走去，往床上一倒，就再也没有起来。

他脸色煞白。那是因为腹主动脉瘤破裂，大量失血。

家属一连打了八次电话，大夫终于赶来。做人工呼吸，无效。夜十时四十分，包惠僧离世。

在他去世之后，他留下的大量回忆录手稿，由人民出版社编辑、整理，夫人谢缙云协助，于1983年出版，全书三十二万字。书前所载他的照片，双眉紧锁，据他的女婿说，是在家门口为他拍的。

张国焘冻死于加拿大养老院

在毛泽东病逝之际，从加拿大多伦多的老人病院里，发出一声长叹："我们都年华消逝！"

这位老人中风在床，已是风中残烛，自知剩下的时光不多。他说："我像毛泽东一样，是个总归要死的人，而死只不过是个时间问题罢了。"

此人便是张国焘，比毛泽东小四岁。

张国焘晚景凄凉。1968年，他和妻子杨子烈双双住进加拿大多伦多养老院，仰仗一点微薄的养老金打发残年……

在中国共产党一大，二十四岁的北大哲学系学生张国焘非常活跃，当上了大会主席，当上了第一届组织主任。

会后，张国焘担任中国劳动组合书记部主任。

1922年7月，在中国共产党二大上，他当选为中国共产党中央委员兼中央组织部部长。

此后，张国焘极其激烈地反对马林关于国共合作的战略。中国共产党三大，虽然他出席了，但是落选了——他被拥护马林战略的毛泽东所代替。毛泽东成为中国共产党中央委员兼中央局秘书，旋任中国共产党中央组织部部长。另外，张国焘在党内组织小集团，也受到中国共产党中央的尖锐批评。

他意识到再坚持反对意见，也没有什么好处。于是，他也以个人身份，加入了国民党。1924年1月，在国民党一大上，他当选为候补中央执行委员。

四个月后——5月21日凌晨，正在北京的张国焘，落进了北洋军阀的京师警察厅手中。据当时的《北洋政府京师警察厅呈报拘捕张国焘文》所载[1]：

> 在腊库十六号杏坛学社内，查获张国焘同一女子杨子烈奸宿，当场搜出中国共产党第三次全国大会决议宣言书，并信函多件。

一个星期后——5月28日，上海《申报》披露了张国焘受到严刑拷打的消息：

[1]《历史档案》1982年第一期。

张等被捕后，即拘于鹞儿胡同侦缉队中，现据侦缉队中传出消息，连日对张等严讯，惟并无若何口供。故自前日起，侦缉队已开始拷讯，且每日拷打三四次之多。闻在张室中搜出之文件等，侦缉队认为关系重大者颇多，中且有派人赴俄护照一纸，上有加拉罕签字（引者注：加拉罕为当时苏俄驻华全权代表），侦缉队对此追究颇严，谓此护照系俄国何人接洽得来，然关于此层尚无结果也。

经过严刑拷打，张国焘招供了。据1924年5月30日《京畿卫戍总司令部咨请转令严拿共产党李大钊等归案讯办文》所载：

案据京师警察厅解送拿获共产党人张国焘等一案，业将审讯情形函达在案。兹经派员将张国焘提讯明确，据称：伊等以私组工党为名，实行共产主义。陈独秀为南方首领，有谭铭（平）三等辅助进行；北方则李大钊为首领，伊与张昆弟等辅助进行。北方党员甚多，大半皆系教员学生之类，一时记忆不清。时常商量党务，男党员有黄日葵、范体仁、李骏、高静宇、刘仁静、方洪杰等，女党员有陈佩兰、缪佩英等。查李大钊充膺北京大学教员，风范所关，宜如何束身自爱，乃竟提倡共产主义，意图紊乱国宪，殊属胆玩不法。除张国焘等先行呈明大总统分别依法判决外，其逸犯李大钊等相应咨行贵部查照，转令严速查拿，务获归案讯办，以维治安，而遏乱萌。

由于张国焘供出了李大钊，京师警察厅派出侦缉队密捕李大钊。李大钊得知风声，迅即离开北京铜幌胡同寓所，避往河北乐亭老家。当晚，李寓便遭查抄。然后，侦缉队又追往河北乐亭。中国共产党中央及时安排李大钊前往苏俄出席共产国际五大，才使他免遭毒手。

不过，当时中国共产党中央并不知道供出李大钊者是张国焘。除了李大钊之外，京师警察厅根据《张国焘供出在京党员姓名单》《张国焘供出各路在党工人姓名单》，逮捕中国共产党党员范体仁等多人。

1924年10月冯玉祥发动北京政变，曹锟政府垮台，中国共产党组织趁机营救被捕人员，张国焘获救。他对自己狱中招供一事守口如瓶，中国共产党组织亦未察觉。直至新中国成立后这些当年的审讯档案落入中国共产党之手，才使张国焘那五个月铁窗生涯真相大白。

张国焘出狱不久，出席中国共产党四大，当选为中央执行委员兼工农部主任。

1927年，在中国共产党五大，他当选为中国共产党中央委员、政治局常委兼组织部部长。

1928年6月，赴莫斯科出席中国共产党六大，当选中国共产党中央政治局委员。会后，担任中国共产党驻共产国际代表团副团长，留驻苏联。直至1931年1月下旬，由莫斯科回到上海。

1931年4月，张国焘进入鄂豫皖根据地，担任鄂豫皖中国共产党中央分局书记兼军委主席。

1935年6月，在长征途中，毛泽东、周恩来所率红军第一方面军与张国焘所率红军第四方面军会师于四川懋功。毛、周主张北上抗日，张国焘以为"长征是失败"，主张在川西休战，产生尖锐的分歧。

1935年10月，张国焘自立"中国共产党中央""中央政府""中央军委"，自封为主席，并宣称：

毛泽东、周恩来、博古、洛甫（引者注：即张闻天）应撤销工作，开除中央委员及党籍，并下令通缉。杨尚昆、叶剑英应免职查办。

张国焘南下不得，西进失败，不得不于1936年10月率部北上，与毛泽东所率中央红军主力会合。

1937年3月，中共中央在延安召开了政治局扩大会议，批判了张国焘的错误，通过了《关于张国焘错误的决定》，指出张国焘"犯了许多重大的政治的原则的错误"。张国焘也写了《我的错误》，表示[1]：

---

[1]《党的工作》第31期（1937年4月12日）。转引自于吉楠著《张国焘和〈我的回忆〉》，四川人民出版社1982年版。

> 我的错误是整个路线的错误，是右倾机会主义的退却路线和军阀主义最坏的表现，是反党反中央的错误，这错误路线不仅在各方面表现它的恶果，使中国革命受到损失，而且造成极大罪恶，客观上帮助了反革命。

鉴于张国焘承认了错误，中国共产党中央仍任命他为陕甘宁边区政府代主席。

1938年4月4日，清明节前夕，时任陕甘宁边区政府副主席的张国焘去陕西黄陵县城北桥山，借祭扫黄帝陵之名，逃离了延安。黄帝陵那里是国民党统治区。国民党西北行营主任蒋鼎文担任主祭。祭毕，张国焘一头钻进蒋鼎文的轿车，从此一去不复返。

张国焘辗转从西安来到武汉。中共"特工之王"李克农得知之后，在汉口车站守候数日，终于发现张国焘，连"请"带拖把张国焘拉到武汉中共长江局（八路军）办事处，周恩来在那里规劝张国焘。

此时，蒋介石派出"特工之王"戴笠，在武汉太平洋饭店秘密会晤张国焘。在戴笠策反下，张国焘投入蒋介石怀抱，从此成为中共叛徒。

笔者2014年在台北"国史馆"查阅并复印了一份极其重要的档案：1938年7月18日戴笠致"西安第一军胡军长宗南兄"的特急电报手稿，称："张国涛（焘）抵汉后因寓八路办事处，弟未便往访。昨晚由开椿电约在太平洋饭店晤谈，据云因信仰委座（引者注：指委员长蒋介石）之伟大，今后愿在三民主义……"（引者注：电文稿无标点。引者加了标点符号。）

张国焘在武汉叛变中共，戴笠的这一电文是一铁证。

4月17日，张国焘在武汉声明脱离中国共产党。

4月18日，中国共产党中央作出《关于开除张国焘党籍的决定》。

张国焘在脱离中国共产党之后，在国民党特务组织"军事委员会调查统计局"（简称"军统"）主持"特种政治问题研究室"。

1948年冬，张国焘带全家逃往台北。此时的他，已经"贬值"，"军统"已经冷落了他。

台北无法落脚,他在1949年冬迁往香港。在那里办杂志,维持生计。

1961年,美国堪萨斯大学看中了他。因为连续出席中国共产党一大至六大的,他是唯一的人,他的经历成为美国教授们研究中国共产党的史料,于是约他写回忆录。

张国焘写下了百万言的《我的回忆》。这部回忆录的收入,使他和妻子杨子烈几年生活费有了着落。

用光了这笔钱,张国焘的日子越来越拮据。

无奈,1968年,他和杨子烈迁往加拿大多伦多。不久,进入那里免费的养老院。

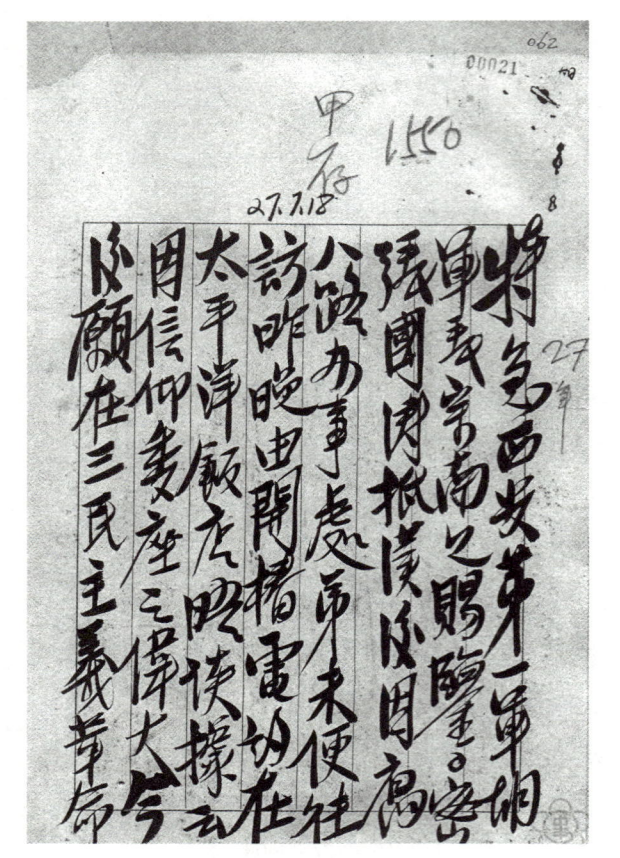

笔者2014年在台北"国史馆"查阅并复印截笠1938年7月18日关于策反张国焘的电报手稿

1976年,张国焘中风,转入那里免费的老人病院。

在包惠僧去世的那一年——1979年12月3日凌晨,他在翻身时,毛毯掉在地上,无力捡起,冻死在病床上,时年八十二岁。

刘仁静丧生车祸

在张国焘去世之后,中国共产党一大代表只剩下一人健在——刘仁静。

在十五名中国共产党一大出席者之中,刘仁静最年轻,当时十九岁。倘不是一场飞来横祸——车祸，使他在1987年8月5日丧生，八十五岁的身体硬朗的他也许还能活些时日[1]。

刘仁静的一生，磕磕碰碰，浮沉无常，也是够曲折、复杂的。

刘仁静在中国共产党一大上担任翻译。他自诩读过不少马克思主义英文版著作，在会上常与李汉俊展开论战。

在中国共产党一大之后，刘仁静回到北京，筹备创办北京社会主义青年团刊物《先驱》(THE PIONEER)。

1922年1月15日《先驱》创刊号问世，定价为"铜元两枚"。创刊号上注明："本刊尚未觅定地址，请读者诸君向该处代派人订购可也——北大传达室代售。"

《先驱》由刘仁静、邓中夏两人负责。后来，《先驱》迁往上海，成为中国社会主义青年团机关刊物。

1922年11月，刘仁静作为中国社会主义青年团代表，与中国共产党代表陈独秀一起在莫斯科出席了共产国际四大。刘仁静在会上作了发言。就在这次会上，刘仁静结识了托洛茨基。

会议结束后，陈独秀先回国，刘仁静在苏俄逗留了几个月。回国后，在广州列席了中国共产党三大。

1923年，刘仁静担任中国社会主义青年团中央书记。他在《中国青年》《向导》《民国日报》发表了近百篇文章。他用谐音"竞人"（"仁静"谐音颠倒一下）作笔名。后来，由于他与施存统意见不合，离开了团中央。

1926年9月，刘仁静赴苏联，在国际党校列宁学院学习。这时，他学会了俄语。

也就在这时，苏联党内发生了斯大林与托洛茨基的尖锐斗争。1927年，托洛茨基被开除党籍。

刘仁静同情并倾向于托洛茨基。1929年6月，当刘仁静回国时，特地用美金买了一张假护照，绕道欧洲回国。

刘仁静绕道欧洲的目的，是听说托洛茨基在土耳其，

---

[1] 1989年9月13日叶永烈在北京采访中共一大代表刘仁静之子刘威力，本节内容主要依据刘威力的口述。

希望一晤托洛茨基。刘仁静先来到德国，得知托洛茨基准确的地址，便来到土耳其，在一个小岛上终于找到托洛茨基。

"中国是一张很重要的牌！"托洛茨基用俄语跟他交谈，"我很高兴有了来自中国的支持者。"

在那些日子里，托洛茨基每天上午花半天时间跟刘仁静交谈，有时，下午也交谈。他们一起划船、散步。

刘仁静在那个小岛上度过了十几天。从此，他成了托洛茨基忠实的门徒。

1929年8月，刘仁静坐海轮回到了上海。

托派郑超麟这么回忆：

刘仁静回国，住在上海法租界一个公寓，我和尹宽（引者注：也是托派）两人去看他，他公然以反对派立场同我们说话，也同拥护中央（引者注：指中国共产党中央）的人说话。他告诉我们，昨日恽代英来看他，他向代英批评党的官僚化。仁静又告诉我们，他此次经过君士坦丁堡，见过"老托"。我同仁静约好时间，在我家里会见陈独秀。

刘仁静虽然一回国便与陈独秀以及中国托派组织站在一起，但是，他又以见过托洛茨基自傲，处处以"托洛茨基代表""正统托派""钦差大臣"自居，以至在托派之中也弄得相当孤立。他先是加入托派"十月社"。不久，被"十月社"赶出去。他孤家寡人，竟一个人办起一个刊物《明天》来！

他脱离了中国共产党。在托派中，刘仁静也单枪匹马。1930年，他与陆慎之结婚。

不久，他在坐火车时被人认出是刘仁静，国民党警察逮捕了他，关进了苏州反省院。在那里关了三年。他写了《资本改良刍议》等文章，发表在反省院的刊物上。

后来，他母亲的哥哥出了钱，总算把他保出来。这时，托派组织把他开除了。他找陈独秀，陈独秀不见他。

这样，中国共产党不理他，托派也不理他。他倒向国民党，倒向三青团。他在国民党的刊物上发表文章。尤其是1948年，他还发表反共文章《评毛泽东的〈目前形势和我们的任务〉》。这位中国共产党一大代表，已经走得很远。

新中国成立后，刘仁静在上海审时度势，自知今后的日子不好过，便给上海市军管会写信，要求处理。

不久，他来到北京，中国共产党中央组织部要他写一份材料，承认错误。刘少奇找他谈话，要他好好认识错误，并表示在他认错之后会安排一个适当的工作，让他能够生活下去。

这样，1950年12月31日《人民日报》登出了《刘仁静的声明》：

我于一九二一年加入共产党，在党的领导下积极工作，至一九二七年，在当时中国大革命失败后，我在共产国际内部的斗争中参加托洛茨基派的组织及活动，一九三七年因意见不同又为托派开除，但托派思想的残余仍支配着我很久，使我不能认识党的路线之正确。……

中国革命的胜利使我更清楚的认识我过去政治思想的真面目，即是说我过去是一个小资产阶级民主主义者，是一个门什维克（引者注：即孟什维克），而不是一个布尔什维克列宁主义者。……由于我的脱离群众，不肯服从党的纪律和代表上层小资产阶级的思想，所以我在政治上长期的和党对立……

今后必须向毛主席和中国共产党学习。我过去犯了严重的政治错误，以后决心在党及毛主席的领导下，为建设新中国而努力，谨此声明。

与刘仁静声明同时刊出的，还有《李季的声明》。李季是在1921年初夏在广州加入中国共产党的，后来亦成为托派。

《人民日报》为刘仁静和李季的声明，加了"编者按"。内中涉及刘仁静的，照当时原文摘录于下：

刘仁静曾经加入中国共产党,在一九二七年时革命失败后即叛变了革命,一九二九年曾到土耳其去拜访已经公开叛变革命而被苏联政府驱逐出境的托洛茨基,回国后进行托派的组织活动。虽然他自称在一九三七年已被托派开除,但从那个时期直至一九四九年止他一直都在国民党反动派组织中继续进行反革命活动。在抗日战争期间,他曾在国民党的"三民主义青年团"的宣传处,第十战区政治部,及胡宗南的特务训练机关"战干第四团"担任职务。抗日战争结束后,曾为上海的特务造谣刊物《民主与统一》担任写作与编辑;一九四八年,在国民党的中央党部和伪国防部工作,写作诽谤中国共产党和人民革命的文章,一直到南京解放。……

刘仁静和李季现在表示他们开始认识了自己过去的反革命罪恶。但是第一,他们的这种表示还不是诚恳坦白的,特别是刘仁静竭力不提自己的实际反革命罪恶行为,而只把它们轻描淡写地说成是简单的"思想上的错误";第二,无论他们说得怎样,他们是否确实有所悔悟,仍然有待于他们的行动的证明。

刘仁静改名刘亦宇,被安排在北京师范大学教政治经济学,给苏联专家当翻译,还参加土改。

后来,他被调往人民出版社,从事编译工作,发挥他的一技之长。他翻译了《普列汉诺夫哲学著作选》等著作,署名"刘若水译"。

在肃托运动中,刘仁静受到过批判,一度得了精神病。

在"文革"中,刘仁静被捕,从1966年关押至1978年。最初关押在秦城监狱。这消息传进毛泽东的耳朵。毛泽东说,有些老托派,像刘仁静,不要关了吧。于是,刘仁静就从秦城狱中释放。不过,有关部门不敢把他放回家,怕红卫兵会成天斗他。于是,在别的监狱里找了间房子,让他单独住,可以看书、看报。每月可以进北京城一趟。进城时给他专门派车,由专人陪送。

后来，竟把刘仁静调到少年犯管教所里看管果树！

1978年，刘仁静获得人身自由，回到家中。这时，他已七十六岁，垂垂老矣。不过，他的身板还硬朗。与妻子、儿子一起生活，安度平静的晚年。

1979年之后，刘仁静成了唯一健在的中国共产党一大代表。许多党史研究者不断来访，给他寂寞的晚年增添了几分工作的欢乐。不过，回首往事，他常常恍若隔世。

1981年"七一"前夕，为了纪念中国共产党成立六十周年，中国新闻社记者走访刘仁静，特地发了专稿《访问刘仁静》。文中记述了刘仁静关于中国共产党一大的回忆之后，也写了他如何参加托派活动。在结尾处写道：

……直到一九四九年新中国成立以后，他才如梦初醒，抛弃反动立场，站到人民方面来。从一九五一年到现在，他一直在人民出版社从事翻译工作，翻译了十几部重要的文献资料和著作。

刘仁静深有感触地说："共产党对我仁至义尽，不管我犯了多大的错误，还是没有抛弃我，给了我生活的出路。"

刘仁静的专访见报以后，来访者更多了。

1986年底，刘仁静被任命为国务院参事。这时，他已八十四岁，身体相当不错。

一场意想不到的灾祸，在1987年8月5日清晨降临。

照例，那天五点钟，他持剑下楼。他住的宿舍大楼紧靠马路边。每日清早他都持剑横穿马路，来到对面的北京师范大学操场舞剑，真可谓"闻鸡起舞"。

那天他穿着白府绸衬衫，衣袋里放着北京师范大学出入证。头发稀疏，已经灰白。

清早行人稀少，公共汽车的行驶速度很快。刘仁静横穿马路时，一辆22路公共汽车飞快驶来。说时迟，那时快，一下子撞倒了刘仁静，顿时颅骨碎裂，当场死去。

一位邻居认得他，急急拦车，直送不远处的中国人民解放军262医院抢救。

喧叫声惊醒了刘仁静的儿子[1]和妻子，他们从窗口朝下一看，明白了发生什么事，匆匆奔下楼，奔往医院。

到医院时，刘仁静已咽气。打了强心针，也毫无效果。终年八十五岁。

北京公共汽车公司的领导起初听说手下的司机不慎撞死中共一大代表，非常紧张。后来听说是"托派"，又不那么紧张了。

一个星期之后，《人民日报》为刘仁静去世发了简短的消息，只一句话："1987年8月5日国务院参事刘亦宇去世。"

刘亦宇，即刘仁静。只是不熟悉情况的人，并不知道去世的是刘仁静。

人民出版社和国务院参事室为刘仁静开了追悼会。会上没有悼词。

刘仁静的骨灰盒安放在八宝山烈士公墓。他属局级干部，安放在骨灰盒架子最下面的一层。

终于找到尼科尔斯基的照片

在中共一大十五位出席者之中，唯有尼科尔斯基的照片一直空缺。因此，上海的中共一大会址纪念馆里，只挂着中共一大十四位出席者的照片，没有尼科尔斯基的照片——给他留了一个空位。

随着苏联的解体，寻找尼科尔斯基照片的工作在俄罗斯中断了好多年之后，又再度进行……

那位在1989年发表过《被遗忘的中共"一大"参加者》一文的苏联科学院远东研究所卡尔图诺娃博士，继续从事

[1] 1989年9月13日叶永烈在北京采访中共一大代表刘仁静之子刘威力。

研究尼科尔斯基的工作。2006年卡尔图诺娃在俄罗斯联邦安全局中央档案馆的帮助下，又找到了尼科尔斯基的一部分档案资料。她在俄文杂志《远东问题》2006年第4期上发表了《尼科尔斯基——中共"一大"参加者》，详细披露了尼科尔斯基的身世：

1889年2月10日尼科尔斯基出生于外贝加尔省巴尔古津地区奇特坎村，他出身于一个小市民家庭，上过三年的赤塔商业学校，1912年至1916年在赤塔市的一些私人商店和阿穆尔铁路斯贝尔加车站任店员和雇员。1916年至1917年在第16西伯利亚预备步兵团和第516乌法预备步兵团任列兵。1917年至1918年，复员之后在赤塔和符拉迪沃斯托克的一些私营企业里任职员。1918年至1920年，先后在白匪军第31赤塔步兵团和白匪军谢苗诺夫部犹太人独立连任列兵。1920年4月随同整个犹太人独立连投向红军。1920年至1921年在雅科布松红军游击队（也就是远东共和国革命人民军第24阿穆尔起义团第4游击队）任普通战士，1921—1923年在远东共和国革命人民军情报部服役，然后在第5集团军参谋部下属的情报部服役。1921年加入俄共（布）。

在1921年之后，尼科尔斯基的经历是这样的：

1922—1925年，他在苏联人民委员会国家政治保安总局驻远东边疆区分局情报科服役，1925—1926年任苏联人民委员会国家政治保安总局驻远东边疆区分局反间谍科全权代表，1926—1927年任苏联人民委员会国家政治保安总局赤塔分局反间谍科全权代表，1927—1929年任苏联人民委员会国家政治保安总局符拉迪沃斯托克分局反间谍科全权代表和高级全权代表，1929—1930年任苏联人民委员会国家政治保安总局符拉迪沃斯托克分局驻格罗杰科沃车站全权代表，1930—1932年任苏联人民委员会国家政治保安总局驻远东边疆区分局反间谍科科长，1932—1933年任苏联人民委员会国家政治保安总局驻远东边疆区分局外国人科科长，1933—1935年在内务人民委员部远东边疆区局服役，1935—1937年在内务人民委员部国家安全总局七处任职。

尼科尔斯基的被捕和遭到错杀是这样的：

1938年2月23日尼科尔斯基在哈巴罗夫斯克遭到内务人民委员部的逮捕，罪名是"积极参与了托洛茨基恐怖组织的间谍破坏活动"。1938年9月21日，根据苏联最高法院军事法庭巡回法庭的判决，尼科尔斯基被认定犯有如下罪行："自1931年起积极参与托洛茨基恐怖主义组织的反苏活动，在内务人民委员部驻远东边疆区机关从事颠覆破坏活动"，并且参与了替日本情报机关效力的间谍活动，判处尼科尔斯基死刑，判决于当天在哈巴罗夫斯克得到执行。被捕时尼科尔斯基已经是苏联国家安全机关的一名大尉。1956年11月8日，根据苏联最高法院军事法庭的决议，"由于缺少犯罪要素"，尼科尔斯基被平反昭雪。

这样，关于尼科尔斯基的身世，可以说已经查得相当清楚。其中特别是尼科尔斯基被处决的日期，不是卡尔图诺娃博士早先所说的1943年，而是1938年9月21日。这样，尼科尔斯基生卒，精确到日，即1898年2月10日出生，1938年9月21日去世，终年四十岁。

不过，卡尔图诺娃博士没有发现尼科尔斯基的照片。

2007年6月29日，从上海传出令人兴奋的消息：尼科尔斯基的照片找到了！

这消息怎么会从上海传出的呢？

原来，俄罗斯远东国立大学历史学教授阿列克赛·布亚科夫来到上海中共一大会址纪念馆，要求面晤馆长倪兴祥先生。他给倪兴祥馆长带来了企盼多年的尼科尔斯基的照片！

布亚科夫教授是怎么找到尼科尔斯基的照片的呢？他告诉倪兴祥馆长，他是在2006年来到上海中共一大会址纪念馆的，见到中共一大的十五位出席者唯缺尼科尔斯基的照片，决心填补这一空白。

布亚科夫教授回到俄罗斯之后，向尼科尔斯基工作过的几个边疆地区的档案馆致函查询，均无收获。布亚科夫教授又向俄罗斯联邦安全局鄂木斯克州联合档案馆问讯。两个月后，他欣喜地收到鄂木斯克州联合档案馆的回函，寄来一张光盘，内有两张照片：一张是尼科尔斯基的人事档案封面，另一张是贴有尼科尔斯基照片的履历表。这样，布亚科夫教授终于找到了尼科尔斯基的照片。更准确地说，是找到了尼科尔斯基在20世纪30年代的照片。

俄罗斯联邦安全局鄂木斯克州联合档案馆还告诉布亚科夫教授，该馆还收藏有尼科尔斯基的几十页人事档案。从这份人事档案中得知，尼科尔斯基其实是化名，本名弗拉基米尔·阿勃拉莫维奇·涅伊曼。在涅伊曼的人事档案封面上，左上角有"绝密"的字样，上面写有"苏联人民委员会国家联合政治局""国家联合政治局远东边疆区全权代表处""伯力""干部处"等字样。下面是姓：涅伊曼；名：弗拉基米尔；父称：阿勃拉莫维奇。最下面是编号：10459[1]。

据布亚科夫教授说，涅伊曼的档案材料是独立装订的，分为四个部分：1923年、1928年、1932年和1935年。里面包含有涅伊曼自己填写的履历表，自传材料和工作汇报，苏联安全局对他的考核评语，以及后来对他的审讯记录和证词等。其中涅伊曼自己填写的履历表上，贴有他的照片。

布亚科夫教授所找到的尼科尔斯基的几十页人事档案，显然比卡尔图诺娃博士找到的尼科尔斯基的档案更加详尽。

在布亚科夫教授的热情帮助下，上海中共一大会址纪念馆终于有了第十五位中共一大出席者的照片。

当然，这张新发现的尼科尔斯基的照片略有遗憾，因为上海中共一大会址纪念馆所展出的中共一大出席者照片，大都是20世纪20年代的照片，即尽量是1921年前后

---

[1] 王利亚，《揭开尼科尔斯基之谜》，《解放日报》2016年7月14日。

的照片。

喜讯接连不断。2007年8月，从蒙古国打来电话，学者达西达瓦也找到了尼科尔斯基的照片。

蒙古国的学者，怎么会关注起尼科尔斯基的呢？

那是在2001年，蒙古国人民党的一位负责人来到上海中共一大会址参观，注意到尼科尔斯基的照片空缺。在回国之后，请蒙古国研究共产国际历史的学者达西达瓦关注这一问题。2005年，达西达瓦到中国呼和浩特出席学术会议时，又听到中国同行说起这个问题。

于是，达西达瓦在2006年的4月、9月、10月多次前往俄罗斯，在跟尼科尔斯基生平相关的几家档案馆、博物馆细细查找，得到大量第一手资料。据此，达西达瓦写出尼科尔斯基的年谱：

1898年2月10日生于贝加尔湖巴尔古斯区。

1916年至1917年在第16西伯利亚步兵预备团等当列兵。

1920年4月转入红军。

1921年起为俄共（布）党员。

1921年在俄共远东区书记处[1]工作。远东区书记处机构内设领导委员会，设中国处、朝鲜处、日本处等四个分支机构。尼科尔斯基在中国处工作。

1921年6月间，他代表远东国际间谍处、远东国际书记处[2]、赤色职工国际这3个机构来到中国，来中国时使用的名字为尼科尔斯基。同年7月23日代表共产国际，出席在上海召开的中共第一次代表大会，并在会议上讲话。

1922年到1925年在远东边疆区全权代表处间谍科工作，曾在满洲里等地从事地下工作。

1925后，在远东边疆区工作，曾任远东边疆区领导委员会外事处处长。

1933年到1935年，在远东边疆区内务部管理处工作。

1、2 应为共产国际远东书记处。

1935年到1937年，为原苏联内务部国家安全领导委员会第七处全权代表，曾到中国从事过地下工作。

1938年2月，在哈巴罗夫斯克，尼科尔斯基以"间谍罪"被捕，同年9月21日在哈巴罗夫斯克被枪决。

1956年11月8日，苏联最高法院军事法庭为尼科尔斯基平反昭雪。

另外，达西达瓦的朋友拉·博·库尔斯利用工作便利，在鄂木斯克州档案馆里，发现了尼氏的两张照片。

2007年9月12日，达西达瓦来到上海中共一大会址纪念馆，向倪兴祥馆长赠送了两张珍贵的尼科尔斯基照片。倪兴祥馆长一眼就看出，其中一张跟俄罗斯布亚科夫教授提供的尼科尔斯基照片一样，另一张则是新发现的，而这张照片是尼科尔斯基在20世纪20年代的照片，更为接近中国共产党诞生的年份——1921年。于是，这张照片被放大，悬挂在上海中共一大会址纪念馆里。

就这样，经过中国、荷兰、俄罗斯、蒙古学者的共同努力，终于破解了尼科尔斯基之谜；中共一大十五位出席者，终于在上海中共一大会址纪念馆"大团圆"！

红色的起点

尾声·中国共产党历程

尾声·中国共产党历程

毛泽东对中国共产党的成立，曾作过如此评价[1]：

一九一七年的俄国革命唤醒了中国人，中国人学得了一样新东西，这就是马克思列宁主义。中国产生了共产党，这是开天辟地的大事变。孙中山也提倡"以俄为师"，主张"联俄联共"。总之是从此以后，中国改换了方向。

对于中国漫长的历史而言，1921年7月23日至31日，确实是不平常的一周。这一周使"中国改换了方向"，是中国现代史上"红色的起点"。

虽说那十五位出席中国共产党一大的代表，在离开李公馆那张大餐桌之后，人生的轨迹各不相同，有人成钢，有人成渣，然而，中国共产党却在九十多年间，从最初的五十多个党员发展到今日拥有八千九百万党员。中国共产党不仅是中国第一大党，也是世界第一大党。在苏联解体之前，中国共产党党员的人数，占世界共产党员总数的一半以上。在苏联解体、东欧动荡之后，中国共产党成为世界共产主义运动的中流砥柱。

如今，每二十个中国人中，差不多就有一位中国共产党党员。就成年人而言，则每十五个中国人中，有一位中共党员！九十多年间，中国共产党确实从最初的星星之火，发展到今日燎原之势。这清楚地表明，

[1]《唯心历史观的破产》，《毛泽东选集》第四卷，1451页，人民出版社1966年版。

九十多年前在上海法租界李公馆召开的中国共产党一大,虽只十五个人出席,却是顺应了时代的潮流。

每一次全国代表大会,都标志着中国共产党历史上一个新的阶段的开始。迄今,中国共产党已召开过十九次全国代表大会。最初的"频率"差不多每年开一次全国代表大会。但是,从中国共产党六大之后,间隔了十七年,才开中国共产党七大。然后,又间隔十一年,召开中国共产党八大。再隔十三个年头,召开中国共产党九大。此后,转为正常的"频率",即五年左右开一次全国代表大会。

在这十九次全国代表大会之外,还有两次会议,其意义不亚于甚至超过全国代表大会,那便是:

1935年的遵义会议;

1978年的十一届三中全会。

宏观而言,在毛泽东成为中国共产党领袖之前,中国共产党还是幼稚的、不成熟的党。

大致来说,在1927年前第一次国共合作期间,主要是发生陈独秀的右倾;此后纠正了右倾,却转为瞿秋白、李立三、博古、王明的"左"倾。直至毛泽东成为中国共产党的舵手,才正确把握了航向。只是在他晚年,曾航向偏"左"。到了1978年12月召开的中国共产党十一届三中全会,才扭转过来。

以下用粗线条描述中国共产党九十多年历程,权且作为本书的尾声:

1921年7月23日至31日,中国共产党一大在上海召开。选出陈独秀为中央局书记,李达为宣传主任,张国焘为组织主任。当时党员五十多人。会议宣告中国共产党正式成立。

1922年7月16日至23日,中国共产党二大在上海召开。选出陈独秀为中央书记,陈独秀、李大钊、张国焘、蔡和森、高君宇五人为中央委员。当时党员一百九十五人。会议确定中国共产党的最低纲领和最高纲领。

1923年6月12日至20日，中国共产党三大在广州召开。出席代表三十余人，当时党员四百二十人，大会的中心议题是国共合作的问题。大会选举了新的中央执行委员会，由陈独秀、蔡和森、毛泽东、罗章龙、谭平山（后由于谭调职，改为王荷波）五人组成中共中央局，推选陈独秀为委员长，毛泽东为秘书，罗章龙为会计。这次会议加快了国共两党合作的步伐。

1925年1月11日至22日，中国共产党四大在上海召开。选出陈独秀为总书记，陈独秀、李大钊、蔡和森、张国焘、项英、瞿秋白、彭述之、谭平山、李维汉九人为中央执行委员。当时党员九百九十四人。会议总结了一年来国共合作的经验和教训，为迎接革命新高潮做了准备。

1927年4月27日至5月9日，中国共产党五大在武汉召开。这时形势急转直下。会上，有三十八位代表发言批评陈独秀的右倾错误。仍选举陈独秀为总书记，陈独秀、瞿秋白、毛泽东、周恩来、任弼时、蔡和森、李立三、苏兆征、张太雷、李维汉、谭平山、张国焘等三十九人为中央委员。这时党员已猛增到五万七千九百余人，已成为中国政治舞台上一支重要的力量。

三个多月后——1927年8月7日中国共产党中央在汉口召开紧急会议，史称"八七会议"。这次会议结束了陈独秀在中国共产党中央的领导地位，改为瞿秋白主持中央工作。选出瞿秋白、李维汉、苏兆征为中国共产党中央政治局常委。党内的右倾错误得以克服，但"左"倾思潮又由此开始抬头。

中国共产党在国内处境困难，中国共产党六大不得不于1928年6月18日至7月11日在苏联莫斯科召开。

此时党员减至四万多人。会议继续批判了陈独秀右倾错误，又批判了瞿秋白"左"倾错误。

由于过分强调党员的工人成分，会议把向忠发选为总书记（三年后被捕叛变）。向忠发、李立三、周恩来、项英、瞿秋白、张国焘、蔡和森七人为中央政治局委员。李立三为中央秘书长兼宣传部部长。

1930年6月11日，中国共产党中央政治局在上海举行会议。在李立三主持下，通过了《新的革命高潮与一省或数省的首先胜利》。李立三"左"倾冒险主义此时登峰造极。

三个月后，中国共产党六届三中全会在上海召开，结束了李立三在中国共产党中央的领导地位，批判了李立三"左"倾错误。会议由瞿秋白、周恩来主持。

又过了三个多月——1931年1月，中国共产党六届四中全会在上海举行。中国共产党中央领导权落在王明手中。王明比李立三更"左"。

1931年9月下旬，中国共产党成立临时中央政治局，推选博古（秦邦宪）主持。博古、王明继续"左"倾。

在陈独秀之后，短短几年间，中国共产党中央频繁地撤换领袖，从瞿秋白到向忠发到李立三到王明到博古，一连换了五人。这表明中国共产党还没有找到自己成熟的领袖。

1935年1月，红军强渡乌江，占领遵义。中国共产党中央在这里召开了政治局扩大会议，史称"遵义会议"。会上批评了博古的"左"的错误，撤销了博古、李德（原名奥托·布劳恩，德国人，受共产国际委派来华，担任中华苏维埃政府革命军事委员会顾问）的最高军事指挥权。改组了中国共产党中央书记处，由张闻天任总书记，毛泽东、周恩来、王稼祥、博古为书记处书记。在行军途中，组成了毛泽东、周恩来、王稼祥三人指挥小组，负责红军军事指挥。从此确立了毛泽东在红军和中国共产党中央的领导地位。

1938年9月14日，中国共产党中央召开政治局会议，王稼祥传达共产国际指示和季米特洛夫的意见，认为中国共产党中央领导机关要以毛泽东为首解决统一领导问题。此后不久，9月29日至11月6日，中国共产党中央扩大的六届六中全会在延安召开，张闻天主持开幕式，王稼祥传达共产国际指示，毛泽东作政治报告《论新阶段》。自此，中国共产党中央明确了以毛泽东为首。

1943年3月20日，中国共产党中央召开政治局会议，推选毛泽东为中央政治局主席、中央书记处主席。毛泽东、刘少奇、任弼时三人组成书记处。

1945年4月23日至6月11日，中国共产党七大在延安隆重召开。这时中国共产党已拥有一百二十万党员。中国共产党七大是中国共产党党史上一次规模盛大的代表大会。大会由毛泽东作政治报告，刘少奇作修改党章报告，朱德作军事报告，周恩来作关于统一战线的重要发言，显示了"毛、刘、朱、周"体制，显示了中国共产党有了第一代成熟的领袖和稳定、团结的核心。七大为中国共产党夺得全国胜利做了准备。

中国共产党七届一中全会选举毛泽东为中国共产党中央委员会主席兼中央政治局主席、中央书记处主席，毛泽东、朱德、刘少奇、周恩来、任弼时为中央书记处书记，任弼时为中央委员会秘书长，李富春为副秘书长。

1949年10月1日，中华人民共和国宣告成立，中国共产党成为执政党。

1956年9月15日至27日，中国共产党八大在北京举行。此时中国共产党党员跃增至一千零七十三万。

毛泽东致开幕词，刘少奇作政治报告，邓小平作修改党章报告，周恩来作第二个五年计划报告。八大是中国共产党执政后召开的第一次全国代表大会，指出今后的主要任务是集中力量发展社会生产力，实现国家工业化。大会还着重提出执政党的建设问题，强调要坚持民主集中制和集体领导制度，反对个人崇拜，发展党内民主和人民民主，加强党和群众的联系。

八届一中全会选举毛泽东为中国共产党中央委员会主席，刘少奇、周恩来、朱德、陈云为副主席，邓小平为总书记。

此后，1958年5月25日在北京召开的中国共产党八届五中全会增选林彪为中国共产党中央副主席。从此，林彪在中国共产党中央的地位日益重要。

1969年4月1日至24日,在"文革"高潮中,中国共产党九大在北京召开。此时中国共产党党员约为二千二百万人。毛泽东主持大会。林彪作政治报告,强调"在无产阶级专政下继续革命"。破天荒把"林彪同志是毛泽东同志的亲密战友和接班人"载入党章。

九届一中全会选举毛泽东为中国共产党中央委员会主席,林彪成为唯一的副主席。毛泽东、林彪、周恩来、陈伯达、康生为中央政治局常委。

1973年8月24日至28日,中国共产党十大在北京召开。中国共产党党员发展到二千八百万。毛泽东主持大会,周恩来作政治报告,王洪文作修改党章报告。十大重申九大的政治路线、组织路线是正确的,但开展了对林彪集团的批判。

十届一中全会选举毛泽东为中央委员会主席,周恩来、王洪文、康生、叶剑英、李德生为副主席。中央政治局常委除包括主席、副主席外,还有朱德、张春桥、董必武。

1975年1月8日至10日,中国共产党十届二中全会增选邓小平为中国共产党中央副主席、政治局常委,同意李德生辞去中国共产党中央副主席之职。

1976年4月7日,中国共产党中央政治局会议通过《关于撤销邓小平党内外一切职务的决议》和《关于华国锋任中国共产党中央委员会第一副主席、中华人民共和国国务院总理的决议》。

历史到了急转弯的时刻。1976年10月7日,中国共产党中央政治局举行紧急会议,揭发、批判了江青集团,从此结束了十年"文革"。会议通过《关于华国锋同志任中国共产党中央委员会主席、中国共产党军事委员会主席的决定》,提请十届三中全会予以追认。

1977年8月12日至18日,中国共产党十一大在北京召开。这时,中国共产党拥有三千五百万党员。华国锋作政治报告,主旨是批判"四人帮",号召在本世纪内把中国建设成社会主义现代化强国。叶剑英作修改党章报告。邓小平致闭幕词。

十一届一中全会选举华国锋为中国共产党中央主席，叶剑英、邓小平、李先念、汪东兴为副主席。

政治局常委由主席、副主席组成。

著名的中国共产党十一届三中全会，1978年12月18日至22日在北京召开。这是一次被誉为拨乱反正的历史性会议。会议着重批判了"两个凡是"（即"凡是毛主席作出的决策，我们都坚决维护，凡是毛主席的指示，我们都始终不渝地遵循"，这是华国锋继续坚持"左"的做法而提出的方针），决定停止使用"以阶级斗争为纲"和"无产阶级专政下继续革命"的口号，坚决平反冤假错案，做出了把工作重点转移到社会主义现代化建设上来的战略决策。

中国共产党十一届三中全会是中国共产党里程碑式的会议，被誉为"新时期的遵义会议"。这次会议确立了邓小平在全党的领袖地位，开始了邓小平时代。

1982年9月1日至11日，中国共产党十二大在北京召开。此时党员已近四千万。邓小平致开幕词，胡耀邦作政治报告，李先念致闭幕词。

十二届一中全会选举胡耀邦为总书记，胡耀邦、叶剑英、邓小平、赵紫阳、李先念、陈云为政治局常委，邓小平为中央军委主席。

另外，十二大还首次设立中央顾问委员会，邓小平为主席，叶剑英、徐向前、聂荣臻、杨尚昆为副主席，杨尚昆为常务副主席。

1987年1月16日，中国共产党中央政治局举行扩大会议，一致同意胡耀邦辞去中国共产党中央总书记的职务，推选赵紫阳代理总书记。

中国共产党十三大于1987年10月25日在北京开幕。此时，中国共产党党员增至四千六百多万。大会由邓小平主持，赵紫阳作政治报告。

十三届一中全会选举赵紫阳为总书记，邓小平为军委主席，陈云为中央顾问委员会主任，赵紫阳、李鹏、乔石、胡启立、姚依林为政治局常委。

1989年6月23日至24日，中国共产党十三届四中全会在北京召开。全会通过了李鹏代表中央政治局提出的《关于赵紫阳同志在反党反社会主义的动乱中所犯错误的报告》，决定撤销赵紫阳的中国共产党中央总书记、中央军委第一副主席等职务。全会选举江泽民为中国共产党中央总书记。增选江泽民、宋平、李瑞环为中央政治局常委，免去胡启立的中央政治局常委、政治局委员、书记处书记职务。从此，中国共产党开始形成了以江泽民为核心的第三代领导集体。

1989年11月6日至9日中共十三届五中全会举行。全会通过《中共中央关于进一步治理整顿和深化改革的决定》。全会同意邓小平辞去中央军委主席职务，决定江泽民为中央军委主席。

1989年11月10日至12日中央军委扩大会议举行。江泽民在会上讲话，强调加强党对军队的绝对领导是我们建军的根本原则。邓小平在会见与会代表时指出，确定以江泽民为核心的党中央，是我们全党做出的正确的选择。

1992年1月18日至2月21日，邓小平视察武昌、深圳、珠海、上海等地并发表谈话，精辟地分析当前国际国内形势，科学地总结十一届三中全会以来党的基本实践和基本经验，明确地回答了长期困扰和束缚人们思想的许多重大认识问题。

1992年10月12日至18日，中国共产党十四大在北京召开。这时，中国共产党已经拥有五千一百多万党员。江泽民作了题为《加快改革开放和现代化步伐，夺取有中国特色社会主义事业的更大胜利》的政治报告。

中国共产党十四届一中全会选举江泽民、李鹏、乔石、李瑞环、朱镕基、刘华清、胡锦涛为中共中央政治局常委，江泽民为总书记。

1997年2月20日，九十二岁高龄的中国改革开放的"总设计师"邓小平去世。

1997年9月12日至18日，中国共产党十五大在北京召开。这是在邓小平去世后召开的全国代表大会。这时，中国共产党党员已达五千九百多万人。江泽民总书记的政治报告，是中国共产党面向新世纪的政治宣言和行动纲领。大会确立邓小平理论为中国共产党的指导思想。

中国共产党十五届一中全会选举江泽民、李鹏、朱镕基、李瑞环、胡锦涛、尉健行、李岚清为中共中央政治局常委,江泽民为总书记。

2000年2月25日江泽民在广东考察党建工作,提出"三个代表"重要思想。他指出,中国共产党所以赢得人民的拥护,是因为中国共产党在革命、建设、改革的各个历史时期,总是代表着中国先进生产力的发展要求,代表着中国先进文化的前进方向,代表着中国最广大人民的根本利益,并通过制定正确的路线方针政策,为实现国家和人民的根本利益而不懈奋斗。5月14日,江泽民在江苏、浙江、上海党建工作座谈会上讲话,进一步指出:始终做到"三个代表",是中国共产党的立党之本、执政之基、力量之源。必须把"三个代表"的要求贯彻落实到党的全部工作中去。

2001年7月1日,中共中央举行庆祝中国共产党成立八十周年大会。江泽民在会上讲话,系统总结党八十年来的奋斗业绩和基本经验,全面阐述"三个代表"重要思想的科学内涵。

2002年5月31日,江泽民在中央党校省部级干部进修班毕业典礼上发表讲话。指出:"三个代表"同马克思列宁主义、毛泽东思想和邓小平理论一脉相承,反映了当代世界和中国的发展变化对党和国家工作的新要求。贯彻"三个代表"要求,关键在坚持与时俱进,核心在保持党的先进性,本质在坚持执政为民。

2002年9月2日胡锦涛在中央党校秋季开学典礼上发表《以扎实的工作迎接十六大召开》的讲话。指出"三个代表"重要思想丰富和发展了马克思列宁主义、毛泽东思想和邓小平理论,是我们党理论创新的最新成果,是加强和改进党的建设、推进我国社会主义制度自我完善和发展的强大思想武器。

2002年11月8日至14日,中国共产党第十六次全国代表大会在北京召开。江泽民代表第十五届中央委员会向大会作了题为《全面建设小康社会,开创中国特色社会主义事业新局面》的报告。他说,中国共产党第十六次全国代表大会，是我们党在新世纪召开的第一次代表大会，也是我们党在开始实施社会主义现代化建设第三步战略部署的新形势下召开的一次十分重要的代表大会。大会的主题是：高举邓小平理论伟大旗帜，全面贯彻"三个代表"重要思想，继往开来，与时俱进，全面建设小康社会，加快推进社会主义现代化，为开创中国特色社会主义事业新局面而奋斗。

中共十六大胜利完成领导班子新老交替。中共十六届一中全会选举胡锦涛、吴邦国、温家宝、贾庆林、曾庆红、黄菊、吴官正、李长春、罗干为中共中央政治局常委，胡锦涛为中共中央总书记。

2003年10月11日至14日，中共十六届三中全会举行。全会通过的《中共中央关于完善社会主义市场经济体制若干问题的决定》提出，坚持以人为本，树立全面、协调、可持续的发展观。胡锦涛在会上发表重要讲话，强调树立和落实科学发展观。

2004年9月16日至19日，中国共产党十六届四中全会在北京召开。全会审议通过了《中国共产党第十六届中央委员会第四次全体会议关于同意江泽民同志辞去中共中央军事委员会主席职务的决定》和《中国共产党第十六届中央委员会第四次全体会议关于调整充实中共中央军事委员会组成人员的决定》，决定胡锦涛任中共中央军事委员会主席。这样，胡锦涛任中共中央总书记、中华人民共和国主席、中央军委主席，兼党政军最高职务于一身，实现党政军一元化领导。中国共产党在以胡锦涛为总书记的党中央领导下，开始新的征程。

2007年10月15日至21日，中国共产党第十七次全国代表大会在北京召开。胡锦涛总书记代表中共十六届中央委员会作报告。中共十七大是在我国改革发展关键阶段召开的一次十分重要的大会。这次大会的主题是：高举中国特色社会主义伟大旗帜，以邓小平理论和"三个代表"重要思想为指导，深入贯彻落实科学发展观，继续解放思想，坚持改革开放，推动科学发展，促进社会和谐，为夺取全面建设小康社会新胜利而奋斗。

2007年10月22日举行的中共十七届一中全会，选举胡锦涛、吴邦国、温家宝、贾庆林、李长春、习近平、李克强、贺国强、周永康为政治局常委，胡锦涛为中共中央总书记。

据中共中央组织部统计，截至2007年6月，中共党员总数七千三百三十六万三千名，这一数字比十六大时增加六百四十二万二千名。

2012年11月8日至14日，中国共产党第十八次全国代表大会召开。胡锦涛代表中共十七届中央委员会向大会作政治报告，题为《坚定不移沿着中国特色社会主义道路前进　为全面建成小康社会而奋斗》。中国共产党第十八次全国代表大会是在我国进入全面建成小康社会决定性阶段召开的一次十分重要的会议。大会的主题是：高举中国特色社会主义伟大旗帜，以邓小平理论、"三个代表"重要思想、科学发展观为指导，解放思想，改革开放，凝聚力量，攻坚克难，坚定不移沿着中国特色社会主义道路前进，为全面建成小康社会而奋斗。

2012年11月15日举行的中共十八届一中全会，选举习近平、李克强、张德江、俞正声、刘云山、王岐山、张高丽为政治局常委，习近平为中共中央总书记。

2017年10月18日至24日，中国共产党第十九次全国代表大会召开。习近平代表第十八届中央委员会向大会作政治报告，题为《决胜全面建成小康社会　夺取新时代中国特色社会主义伟大胜利》。中国共产党第十九次全国代表大会是在全面建成小康社会决胜阶段、中国特色社会主义发展关键时期召开的一次十分重要的大会。大会的主题是：不忘初心，牢记使命，高举中国特色社会主义伟大旗帜，决胜全面建成小康社会，夺取新时代中国特色社会主义伟大胜利，为实现中华民族伟大复兴的中国梦不懈奋斗。

大会做出了中国特色社会主义进入了新时代，我国社会主要矛盾已经转化为人民日益增长的美好生活需要和不平衡不充分的发展之间的矛盾等重大政治论断，确立了习近平新时代中国特色社会主义思想的历史地位。

2017年10月25日举行的中共十九届一中全会，选举习近平、李克强、栗战书、汪洋、王沪宁、赵乐际、韩正为政治局常委，习近平为中共中央总书记。

2017年10月31日，中共十九大闭幕仅一周，中共中央总书记、国家主席、中央军委主席习近平带领中共中央政治局常委李克强、栗战书、汪洋、王沪宁、赵乐际、韩正，专程从北京前往上海和浙江嘉兴，瞻仰上海中共一大会址和浙江嘉兴南湖红船，回顾建党历史，重温入党誓词，宣示新一届党中央领导集体的坚定政治信念。

据中共中央组织部统计，截至2017年底，中国共产党党员总数为八千九百五十六万四千名。中国共产党是世界上党员人数最多的政党。

回顾中国共产党九十多年的红色历程，历次党的全国代表大会留下了一个又一个前进的脚印：

	时间	地点	代表人数
第一次	1921年7月23日—31日	上海—嘉兴	13人，代表全国50多名党员
第二次	1922年7月16日—23日	上海	12人，代表全国195名党员
第三次	1923年6月12日—20日	广州	近40人，代表全国420名党员
第四次	1925年1月11日—22日	上海	20人，代表全国994名党员
第五次	1927年4月27日—5月9日	武汉	82人，代表全国57967名党员
第六次	1928年6月18日—7月11日	莫斯科	142人，代表全国4万多名党员

第七次	1945年4月23日—6月11日	延安	755人，代表全国121万党员
第八次	1956年9月15日—27日	北京	1026人，代表全国1073万名党员
第九次	1969年4月1日—24日	北京	1512人，代表全国2200万名党员
第十次	1973年8月24日—28日	北京	1249人，代表全国2800万名党员
第十一次	1977年8月12日—18日	北京	1510人，代表全国3500多万名党员
第十二次	1982年9月1日—11日	北京	1694人，代表全国3965万多党员
第十三次	1987年10月25日—11月1日	北京	1997人，代表全国4600余万名党员
第十四次	1992年10月12日—18日	北京	2000人，代表全国5100多万党员
第十五次	1997年9月12日—18日	北京	2074人，代表全国5900多万党员
第十六次	2002年11月8日—14日	北京	2154人，代表全国6600多万党员
第十七次	2007年10月15日—21日	北京	2213人，代表全国7000多万党员
第十八次	2012年11月8日—14日	北京	2270人，代表全国8500多万党员
第十九次	2017年10月18日—24日	北京	2287人，代表全国8900多万党员

从十一大开始，中国共产党全国代表大会定期每五年召开一次。

在九十多年间，中国共产党经历了初创时期，经历了国共合作的北伐战争，经历了土地革命战争，经历了抗日战争，经历了全国解放战争，然后又经历了七年社会主义改造，经历了开始全面建设社会主义的十年，经历了"文革"十年，又经历了粉碎"四人帮"和中国共产党十一届三中全会这样历史的转折，进入社会主义建设新时期。其中最为严峻的考验是1927年"四一二"政变后的白色恐怖、1934年第五次反"围剿"失败而不得不进行二万五千里长征转战到陕北以及十年"文革"、1989年春夏之交的政治风波、2002年及2012年中共十六大、十八大的新老交替。越过激流，越过险滩，中国共产党的九十多年是由小到大、由弱到强的九十多年。

回顾中国共产党九十多年历程，借用毛泽东的一句名言，作为本书的结束语[1]：

领导我们事业的核心力量是中国共产党。

指导我们思想的理论基础是马克思列宁主义。

2017年12月19日改定于上海"沉思斋"

---

[1] 毛泽东，《中华人民共和国第一届全国人民代表大会第一次会议开幕词》，《人民日报》1954年9月16日。